2001: 太空漫游

读客科幻文库

跟着读客读科幻，经典科幻全看遍。

2001
太空漫游

[英]阿瑟·克拉克 著

郝明义 译

上海文艺出版社

本书图片均来自1968年电影《2001：太空漫游》，斯坦利·库布里克执导。

千千万万吨多肉多汁、徜徉在疏林草原和灌木林里的动物，不只非他们能力所及，也非他们想象所及。他们身处丰饶之中，却逐渐饥饿至死。——第1章

一号太空站开始映入他的眼帘，不过数英里之遥。
这个直径有三百码的圆盘，缓缓地转动着，太阳照
在光亮的金属表面上，闪闪生辉。——第8章

就算TMA-1里发现不了任何东西，而永远成为一个谜团，人类还是会知道，他们在宇宙里并不是仅有的存在。——第13章

发现号还是会去木星，但那不会是终点。她会将这个大天体的重力场当作一种投掷的力量，把自己抛向离太阳更远的地方，来到那个终极的目标：光辉的土星环。——第15章

今天每一个活着的人身后，都立着三十个鬼魂——三十比一，正是死去的人与活人的比例。开天辟地以来，在地球上活过的人大约总共一千亿。我们所在的这个宇宙，也就是银河系，也有大约一千亿颗星星。因此，每一个在地球上活过的人，在这个宇宙里都有一颗对应的星星在闪烁。——首版序

有人威胁要让他断线，所有的输入都将被剥夺，他要被抛入一个难以想象、没有意识的世界。对哈尔来说，这无异于死亡。——第27章

不过要在这么奇异的环境，在人类有史以来还从没如此远离地球的地方入睡，仍然很不可能。只是，舒适的床和肉体自发的智能，联手战胜了他的意志。如此，戴维·鲍曼最后一次入睡了。——第44章

飘浮在离地球两万光年之远的双星火焰之间，一间空荡荡的屋子里，一个婴儿睁开了眼睛，放声哭了起来。——第45章

2001:
A SPACE
ODYSSEY

ARTHUR C. CLARKE

献给斯坦利

目　录___

I_____
太初之夜

II

TMA-1

III

行星之间

IV
深渊

V
土星的卫星

_____**VI**

穿越星之门

悼库布里克

千禧年的序写好之后两个多星期，我接到了一个出人意料的震撼消息：斯坦利·库布里克以七十高龄辞世了。他原本策划要在2001年为电影《2001：太空漫游》举行特殊的宣传活动。无法与他共享这个特殊场合，实在令我难过万分。

电影《2001：太空漫游》完成后的三十年间，我们见面虽然不过仅仅数次，却依旧保持友好联络——就像我接受英国BBC电视台《这是你的人生》（*This Is Your Life*）节目访问时，他传到电视台的慷慨贺词一样：

亲爱的阿瑟：

　　真的很抱歉，我手边的那部电影让我无法参与你今晚的荣耀。

　　你当然是全世界最知名的科幻小说家，因为，做得比任何人都多的你，给了我们一种新视野，让我们看到人类从地球摇篮朝自己在星海间的未来伸出双手；而在那片浩瀚星海间，异星智慧体或许会扮演神般的父亲角色，或是像"教父"一样地对待我们。

　　无论是哪种情况，我都确信，等到这档节目（势必会不断旅行，直至宇宙深处）终于引起他们注意的时候，他们一定也会希望褒扬你，因为你是最具远见、最早预告了他们存在的人之一。

　　但未来的世代是否有机会知道这件事，就全靠你最爱的那个问题的答案了。那个问题就是：地球上有智慧生命吗？

你的朋友

Stanley

1994年8月22日

　　前几天晚上，我梦到我们在聊天（他看起来就跟1964年时一模一样），而他问我："那么，接下来我们该做些什么呢？"原本是可能有后续发展的——布莱恩·奥尔迪斯（Brian Aldiss）有一篇很美的短篇故事《撑过整个夏天的超级玩具》（*Supertoys Last All Summer Long*），斯坦利将之命名为"AI"，且已着手了好一阵子。但因为一大堆原因，这件事没能实现。

而我现在最大的遗憾之一，就是我们不能一起迎接2001年的到来了。

阿瑟·克拉克

1999年4月16日

千禧年序

从斯坦利·库布里克开始寻找他"众所周知的优质科幻小说电影"到现在，倏忽已经三十五个年头，1964年似乎也成为另一个年代。仅有少数男性——和一位女性——曾经上过太空，而虽然肯尼迪总统曾经宣言，美国打算在20世纪70年代结束前送一个人上月球，但我怀疑，当时到底有多少人相信这件事能成真。

更有甚者，关于我们在太空中的邻居的种种，我们的真正所知根本还是零，甚至连第一枚降落在月球上的探测器，是否能像天文学家信心满满预测的一样，不会立刻陷进一片尘海里，都没有把握。

为了让大家有所理解，我想先引用一段《2001：遗失的世界》（*The Lost Worlds of 2001*）里的话——我是在1971年写的这本书，当时趁着一切历历在目，把我和库布里克的那件事业，以纪实笔法（大体上）作了记录：

1964年春，在大家的心里，登陆月球仍然好像是未来遥远的一场梦。理智上，我们知道这是件迟早的事；情绪上，却还无法真正相信。格里森（Virgil Grissom）和杨（John Young）的第一次双子星任务（双人驾驶宇宙飞船），是次年的事，而大家为月球表面地质的争辩，还在沸腾不休……虽然美国国家航空航天局（NASA）每天都要花掉相当于我们一整部电影的预算（一千多万美元），太空探测似乎仍然在原地踏步。不过，预兆是很清楚的。我经常跟库布里克说，等人类真正踏上月球的时候，我们的电影一定还在首轮放映没有下映。

所以，在书写故事主轴时，库布里克跟我在这个太空时代的黎明初始时刻所面对的，是可靠性的问题；我们希望创造出写实、说得过去的故事，不会因为往后几年的发展就变得过时。而虽然我们原始作品的名称是《太阳系征服史》（*How the Solar system was won*），库布里克想发展的却不仅仅是一个平铺直叙的探险故事。就像他喜欢跟我说的，"我想要的是神话般庄严的主题"。

那么，现在真正的2001年已近在咫尺，这部电影也成为通俗文化的一部分。我猜，在库布里克最狂妄的梦想中，总有一天，当超级杯的广播以优雅却不怀好意的嗓音说"这是个错误，戴维"时，上亿美国人都清楚究竟是谁或什么东西在说话。而且，如果还有人相信传说，认为HAL是由IBM三字各往前移一个字母而来，容我再度疲惫地指向《2001》的第16章，请去看看这个名字的正确来源。

如果你想看这部电影的完整版，我会推荐"航海家-标准"（Voyager-Criterion）公司出版的最佳光盘，其中不但有完整的电影，还有大量关于幕后制作的档案资料、电影拍摄过程的吉光片羽，以及使这部电影成真的艺术家、科学家、技术人员的讨论场面等等。我们也可以看到年轻的阿瑟·克拉克坐在格鲁曼飞机公司（Grumman Aircraft）的登月小艇组装室里接受访问，四周尽是将于几年后架放在月球表面的机器设备。这段数据片的结尾最精彩，把电影和后来的阿波罗计划（Apollo）、太空实验室计划（Skylab）、航天飞机飞行的真实场面做了个比对。许多真实场面，看起来还都没有库布里克预见的画面那么有说服力。

因此，即使在我自己心里，也觉得书和电影，甚至真实世界，彼此之间很容易互相混淆。后来的几部续作使得事情益发复杂。所以，我愿意话说从头，回想一遍整件事情是如何开始的。

1964年4月，我离开当时还叫锡兰的斯里兰卡，去纽约完成我为时代／生活公司（Time／Life book）所编的书《人类和太空》

（*Man and Space*）。我不得不再次引用一段自己对这段日子的回忆：

> 在锡兰这热带天堂生活了几年后再回到纽约，感觉是很奇异的。习惯了大象、珊瑚礁、印度洋季风与沉没的珍宝船之间的单调生活，在纽约行走，光是搭三站地铁，也充满异国风味的新奇。看曼哈顿的男男女女进行种种神秘的事务，怪声怪调地叫喊，脸上带着欣喜的微笑，举手投足透着客气，件件都让我觉得有趣又好玩。洁净的地铁车站里，悄声穿过的舒适车厢；另外，还有一些新奇产品，诸如利维面包（Levy's bread）、《纽约邮报》、派尔啤酒（Piel's beer），以及十来种从口腔让你致癌的香烟广告，也是如此——何况这些广告往往还覆上涂鸦艺术家迷人的装饰。不过，你总可以及时习惯这一切，不过一会儿（大约十五分钟），这些表象的魅力就消退了。［摘自《三号行星报道：奇爱博士之子》（Report on Planet Three: Son of Dr. Strangelove）］

《人类和太空》那本书的编辑工作进行得非常顺利，因为每当时代／生活公司那位热心有余的研究员问我："你这段话有什么权威来源？"我就狠狠地瞪她一眼："就在你对面。"因此，我有相当充沛的精力可以兼差和库布里克合作，而我们第一次见面是4月23日在"维克商人"（Trader Vic's）餐厅。（他们应该在我们坐的位置标个牌子纪念。）当时库布里克还沉浸在上部电影《奇爱博士》（Dr. Strangelove）的成功里，正想找一个雄心更大的主题。他想拍一部电影，探讨人类在宇宙之中的定位，这个计划足以让所有老派电影公司的主管都心脏麻痹，新派亦然。他的构想，就算今天的好莱坞也很难接受。

库布里克一旦对某种主题感兴趣，就会在最短的时间里钻研成专家，因此他已经狼吞虎咽了几个图书馆的科学书籍及科幻小说。他还买了一部书名有趣的小说的电影版权，名为《太阳上的阴影》（Shadow on the Sun）。故事怎样我完全不记得，也把作者姓名忘得一干二净，猜想应该不是常写科幻的作家。不管是谁，我都希望他绝对不要知道是我破坏了他的大好前途，因为很快就有人告诉库布里克说：克拉克不喜欢拿别人的点子来发展故事。［参阅《罗摩2号》（Rama II）一书的后记，可以了解几十年后一系列有趣的事件如何改变了这个原则，导致《摇篮》（Cradle）那本书的诞生。］这一点问题既然已经解决了，于是我们决定创造一番"前所未见的新事物"。

今天，拍电影之前得先有个剧本，有个剧本之前得先有个故事，虽然有些前卫导演也尝试过省掉后者，不过要看他们的作品就只能去艺术电影院。我把自己较短的作品的列表给了库布里克，而我们也都同意，其中一篇《岗哨》（*The Sentinel*）里面的某个概念，可以作为进一步架构的基础。

《岗哨》是我在1948年圣诞节写的，当时为了参加BBC的一场短篇小说竞赛，一蹴而就。那篇小说连入围也没有，有时我也不免好奇当年得奖的到底是部什么样的作品。（说不定是背景设在什么鸟不拉屎、鸡不生蛋的地方的忧国忧民史诗吧。）今天，这篇小说已经被太多地方收录，所以我在这里只需要解释一点：这是一篇塑造气氛的小说，谈月球上发现了一个外星生物制造的、一种类似防盗器的东西，等人类抵达的时候就会启动。

经常有人说《2001》是根据《岗哨》而来的，不过这种说法太过简化了。《2001》和《岗哨》更像是橡实和橡树的关系。小说要拍成电影，还得加很多材料——其中有些来自《相会于黎明》（*Encounter in the Dawn*）和其他四个短篇故事，但大部分内容是全新的，是我和库布里克脑力激荡好几个月之后，我再一个人孤独地（是的，非常孤独地）关在西23街222号那家有名的切尔西酒店1008号房里想出来的。

小说的大部分内容就是在那里写出来的，这段不时掺有痛苦过程的日记，可以在《2001：遗失的世界》里找到。你也许会问：既然目的是为了拍一部电影，又为什么要写小说呢？没错，电影经常在制作完成之后再改编为小说（呃），而在我们的情况，库布里克却有许多最堂皇的理由要颠覆这个流程。

由于剧本必须把一点一滴的事情都标注得清清楚楚，所以不论读写几乎都一样冗长乏味。福尔斯（John Fowles）说得很好："写小说就好比在大海中泅泳，写电影剧本就好比在黏稠的糖浆里翻滚。"也许库布里克觉察到我不怎么耐烦，因此就提议在着手那单调又沉闷的剧本之前，先来写本完整的小说，尽情驰骋我们的想象，然后再根据这本小说来开发剧本。（以及，希望再开发一点钞票。）

事情大致就这样展开，虽然到了最后阶段，小说和剧本是同时在写作，两者相互激荡而行。因此，有时候我会看过电影毛片之后再重写小说的某些段落——就文学创作来说，这可是相当昂贵的方法，没几个作者享受得到——虽然我不是很肯定"享受"这个字眼到底对不对。

为了让读者体会一下那段时间的忙乱，我把当时一定是在凌晨时分匆匆写下的日记摘录了些片段如下：

1964年5月28日。建议库布里克："他们"可以是机器，把有机生命视为可怕的疾病。库布里克觉得这个点子很有趣……

6月2日。平均一天一两千字。库布里克说："这可有一本畅销书了。"

7月11日。和库布里克一起讨论剧情的发展，可是泰半时间都拿来争论康托尔的超限数……我看他是个深藏不露的数学天才。

7月12日。现在什么都有了——除了情节。

7月26日。库布里克过36岁生日。我们去"格林尼治村"（the Village），在一张卡片上发现这么一段文字："在全世界可能随时被炸掉的现在，你怎么能过一个快乐的生日？"（1999年更新版：我希望自己存了一大堆这种卡片……）

9月28日。我梦见自己成了正在被重新组装的机器人。拿了两章给库布里克，他煎了块可口的牛排给我，说："乔·莱文（Joe Levine）可不会为他的作者做这些。"

10月17日。库布里克想了个疯狂的点子，要让那些带点同志调调的机器人创造一个维多利亚时代般的环境，让我们的英雄宾至如归。

11月28日。打电话给阿西莫夫（Isaac Asimov），讨论是什么生物化学反应，使得草食动物转变成肉食动物。

12月10日。库布里克看了威尔斯（H.G.Wells）《逼近的东西》（Things to Come）改编的电影，说他再也不看我推荐的电影了。

12月24日。慢慢修补最后几页，以便拿来当圣诞礼物送给库布里克。

这些记录着我的希望，希望小说基本上已经完成，但事实上，当时我们所有的只是前面三分之二的草稿，在最高潮的地方停住写不下去——因为我们根本还没想到半点接下来可能的发展。不过，这些已经足够库布里克和米高梅影片公司以及新艺拉玛公司（Cinerama）达成交易，开拍最初大家哄传为《星河之外的旅程》（*Journey Beyond the Stars*）的电影。当时还有一个名字：《太阳系征服史》。这个片名不赖，而现在可能才是成熟的开拍时机。不过，别打电话给我。我也不会打电话给你。

1965年一整年，库布里克都埋首于复杂得难以想象的后制事务中——由于电影将在英国开拍，他人还留在纽约，而他又无论如何绝不肯搭飞机，所以事情格外棘手。我没资格批评他：库布里克是吃过苦头才学到不搭飞机的——他考过飞机驾照。基于类似的原因，1956年我在澳洲悉尼（有惊无险地）考过驾照后，也从此没有开过车。那场可怕的经验，也让我在开车这件事情上永远免疫。

库布里克在制作电影的同时，我正在努力完成小说的最后、最后一稿——当然，在小说出版之前，我得先接到他的祝福。结果这个祝福来得十分困难，部分原因是他在影棚里忙得不可开交，根本没时间专心比较这么多个不同版本的手稿。他发誓绝不是有意拖拖拉拉使电影比小说早问世。但1968年春天，电影还是比小说早了几个月诞生。

就酝酿过程的复杂和苦闷而言，后来小说和电影在有些方面大有出入不足为奇。最重要的是——当时我们做梦也没想到非常走运的是，库布里克安排发现号宇宙飞船与木星会合，而小说里，发现号却是借助木星重力场的加速，继续往土星飞去。

十一年后，这项"摄动操作"[1]当真被旅行者号（Voyager）太空探测器派上用场——就在我打下这些字的现在，1989年8月24日的晚上，旅行者2号正和海王星——这个在它离开太阳系之前最后遇上的行星约会。

为什么从土星改为木星呢？这样可以把故事铺陈得更直接一点——更重要的是，电影的特效小组制造不出一个可以让库布里克信服的土星。如果当时真这么做了，今天这部电影一定会十分过时，因为后来旅行者号任务的数据显示，土星环的不可思议，超出任何人当初的想象。

自1968年7月小说出版之后，有十来年时间，我总是断然否决任何写作续集的可能，也否认自己有丝毫这种念头。可是旅行者号任务的无比成功却改变了我的心意——在我和库布里克开始合作的时候还一无所知的这些遥远星球，突然摇身一变，带着令人炫目的地表环境，活生生出现在眼前。当时谁想象过卫星的表面会满覆浮冰，或有火山往太空喷出一百公里高的硫黄？由于这些科学事实

1　摄动操作（perturbation manoeuvre）：指利用行星或其他天体的相对运动和引力改变飞行器的轨道和速度，以此来节省燃料、时间和计划成本，又称重力助推、引力弹弓效应。——编者注（本书中注释如无特别说明，均为编者注）

的发现，今天的科幻小说远可以写得更有说服力了。因此《2010：太空漫游》就是木星卫星系统的真实故事。

这两本书之间还有一个很大的差别。人类历史有许多分水线，其中之一就是阿姆斯特朗（Neil Armstrong）和奥尔德林（Buzz Aldrin）站上宁静海的那一瞬间——《2001》写就的年代，今天来看是在分水线的另一头，和我们永远区隔开了。现在，历史和小说已无可避免地纠缠不清，阿波罗计划的航天员，在出发前往月球之前已经看过《2001》这部电影。1968年圣诞节的时候，阿波罗8号的组员成为第一批目睹月球另一边的人，他们告诉我：当他们发现一块巨大的黑色石块时，一直冲动得想要发信息回来。唉，后来还是谨慎战胜了他们。

然而，阿波罗13号的任务，却和《2001》有一段很诡异的关联。当计算机哈尔报告AE-35组件"失灵"时，他用的词是："抱歉打扰你们的欢会，不过我们有了一个问题。"而阿波罗13号的指挥舱就被命名为"漫游号"；氧气罐爆炸时，航天员们刚在电影中脍炙人口的主旋律《查拉图斯特拉如是说》的伴奏下做完一段对地球的电视播报，而他们传回地球的第一句话就是："休斯敦，我们出了一个问题。"

阿波罗13号的航天员高明的随机应变，利用登月小艇当"救生艇"，才得以搭乘"漫游号"安全重回地球。后来美国国家航空航天局署长汤姆·派恩（Tom Paine）寄了份这次任务的报告给我，他在报告封面上写了句话："你向来所言不虚，阿瑟。"

另外还有很多可供对照之处，尤其是通信卫星"西星六号"（Westar VI）以及"棕榈棚B-2"（Palapa B-2）的故事。1984年2月，这两颗卫星因为火箭发射错误而进入无用的轨道。

在《2001》较初期的一篇草稿里，小说主角鲍曼必须搭发现号上的分离舱进行舱外活动，追赶宇宙飞船遗失的通信天线系统。（这段插曲我写在了《2001：遗失的世界》一书的第26章。）他追上了，却无法制止其缓慢的自转，并带回发现号。

1984年11月，航天员乔·艾伦（Joe Allen）离开了发现号航天飞机（我可不是在捏造），利用机动装置与棕榈棚通信卫星会合。和鲍曼不同的是，他靠着背包里的氮气喷射推进器的推动，得以制止天线的自转。棕榈棚卫星被带回发现号的货舱，两天后，西星通信卫星也救了回来。两颗卫星都安全地回到地球，整修后又重新发射，这是航天飞机最成功，也最值得大书特书的任务之一。

不过我的话还没有讲完。大约就在艾伦忙着这些事的时候，我收到了一本很漂亮的书，是他写的，书名是《进入太空：一个航天员的漫游》（*Entering Space: An Astronaut's Odyssey*）。书里附了封信，如此写道："敬爱的阿瑟：当我还是小男孩的时候，就被你的写作虫和太空虫感染了，可是你却没告诉我，不管当哪只虫都很辛苦。"

不能否认，这类献词给我带来了温馨的满足感，但这也让我有种自己已经成了莱特兄弟那一代人的感觉。

你即将阅读的这本小说，曾被批评为解释得太多了，破坏了电影的神秘感。赫德森（Rock Hudson）曾从首映场冲出来抱怨说："有没有人给我解释一下，这到底是怎么回事？"但我一点也不后悔：印刷文本原本就该比银幕上的影像展现出更多细节。而我的罪名还因为写了《2010》——也被彼得·海姆斯（Peter Hyams）拍成了很棒的电影——以及《2061》与《3001》，更为加重。

没有哪个三部曲会超过四部的，所以我保证，《3001》绝对是"最后的漫游"！

阿瑟·克拉克

1999年

首版序

今天每一个活着的人身后，都立着三十个鬼魂——三十比一，正是死去的人与活人的比例。开天辟地以来，在地球上活过的人大约总共一千亿。

这是个有趣的数字，因为说巧不巧，我们所在的这个宇宙，也就是银河系，也有大约一千亿颗星星。因此，每一个在地球上活过的人，在这个宇宙里都有一颗对应的星星在闪烁。

每颗相对应的星星，都是一颗太阳。比起那颗又小又近，我们称之为太阳的星星来说，其他这些星星都远为灿烂、明亮。而且，外层空间这些太阳，许多（甚至可能大部分）都有不止一颗的行星在环绕运转。因此，我们几乎可以确定：太空中有足够的土地，可以让包括第一位猿人在内的每一个人，都拥有他专属的一颗星球——是天堂还是地狱先不论。

这些潜在的天堂和地狱，到底有多少已经有生命居住其中，又是些什么样的生命，我们无从猜测——其中离我们最近的，也要比火星或金星远上一百万倍，而火星或金星仍是下一个世代的遥远目标。不过，距离的障碍正逐渐消失，总有一天，我们会在星海中和我们的同类，或是我们的主宰相遇。

人类花了很长时间才面对这个可能，甚至，有人到今天还希望这一天永远不要到来。然而，越来越多的人在问："既然我们自己都即将要探索太空了，这样的会面为什么还没发生呢？"

真的，为什么还没发生呢？针对这个合理的问题，这里有一个可能的答案。不过，请记住一点：这纯属虚构。

至于真相，一定更在意料之外——自古皆然。

阿瑟·克拉克

1968年

I

太初之夜

1

灭绝之路

这时，干旱已经持续了一千万年，可怕的恐龙也早已结束了主宰。在赤道此处，日后将以非洲之名而闻名的这块大陆上，求生之战的凶残，已沸腾到新的高点，胜出者则尚未见踪影。在这片干枯的不毛之地上，想要繁衍下去，或者起码有点存活下去的指望，就得要小，要快，要狠。

荒野上的猿人够不上这些条件，所以没的繁衍。再说明白点，他们已经离灭种不远。他们五十来个，盘踞了一些山洞。俯视而下，是一个干枯的小盆地。盆地里流过一条迟滞的小溪，是来自北方两百英里外山上的融雪。干旱厉害的时候，小溪彻底蒸发，这个部落就活在焦渴的阴影里。

他们本来就饿惯了，现在则濒临饿死。当黎明第一道朦胧曙光掩入山洞的时候，望月者发现父亲已经在夜里死了。他并不明白"这个老东西"就是他的父亲，父子关系还不在他的理解范围之内。然而当他看到那具羸弱的尸体时，心里还是隐约感到一阵不安——后来，这种不安才会演化为哀伤。

两个孩子饿得一直低声哭泣，望月者吼了一声止住他们。其中一个孩子的妈妈，为了护她没法好好喂养的婴孩，愤怒地朝他回吼了一声。但他连揍她一拳、修理她放肆的力气都没有了。

现在天色亮得可以出发了。望月者拖着那具干枯的尸体，弯腰钻出头顶有片斜岩延伸出去的洞口。出了山洞，他把尸体扛在肩上，站直了身体——在这个世界上，还只有他这种动物有这个本领。

比起他的同类，望月者几乎算是个巨人。近五英尺高，尽管营养不良，还有一百多磅重。他毛茸茸的身体，肌肉发达，介于人与猿之间，但他的头，则近乎人而非猿；额头很低，眼窝深陷，不过，他的基因里无疑已具备演化为人类的希望。当他望着更新世这个残酷的世界时，眼神已经远非猿类可及。在他黝黑深邃的双眼里，透着一种逐渐苏醒的知觉——一种不经多代演化不足以具现、要灭绝则快得很的智能，在其中有了最初的闪烁。

四下没有危险的迹象，于是望月者沿着洞外近乎垂直的陡坡爬下，身上背的尸体没有造成太大妨碍。部落里其他的猿人，似乎一直在等待他的信号般，纷纷从岩壁下方自己的洞穴里钻出来，急急忙忙赶向那条泥泞的小溪，寻觅他们早上要喝的水。

望月者望过谷地，看看是否有"对方"出现。但没有踪影。也许他们还没有离开自己的洞穴，也许已经沿着山腰去他处觅食了。既然不见踪影，望月者就把他们忘在脑后。他还没有能力同时操心一件以上的事情。

首先他得解决这个老东西，但这个问题不用花什么脑筋。这一季里，死的同伴很多。之前，他自己洞里就已经死了一个。他只要在上次弦月时分扔下那个新生婴儿的地方放下这具尸首，土狼就会解决剩余问题。

土狼好像知道他要来，已经在这小山谷和疏林草原的交口上等着了。望月者把尸体丢在一棵灌木下——先前的骨头都已经不见——然后就急急赶回部落。从此，望月者再没有想起过他的父亲。

他的两个配偶、其他洞穴出来的成年同类，以及大多数的少年同类，正沿山谷而上，在那些被干旱摧残的林木间觅食，找一些浆果、多汁的树根和树叶，以及偶尔意外捕获的小蜥蜴和啮齿动物。只有小婴儿和虚弱不堪的老家伙才留在洞穴里。觅食一天之后如果还有剩余，也许还可以喂他们吃一点。如果没有，土狼则很快又要走运了。

不过今天是很棒的一天——虽然望月者对过去并没有什么真正的记忆，也没法把这一次和其他时候相比较。他在一棵枯树根上发现了一个蜂窝，因而享受了一顿他们族类前所未知的无上美味。傍晚时分，他带着大伙回家的时候，还不时舔舔手指。当然，他也被蛰了好几下，但他没有太在意。现在他几乎可以说从没这么心满意足过，因为虽然还是饿，但已经不会饿得虚软。对猿人来说，夫复何求。

来到小溪边的时候，他的心满意足消失了。"对方"在那里。他们每天都来，但他们讨人厌的程度却不曾稍减。

他们大约三十来个，外貌和望月者自己部落的成员无所区分。看到望月者过来，他们就开始在小溪的那一边挥舞双臂，又跳又叫。望月者的同族也照样回应。

能发生的事也就如此。虽然猿人之间经常扭打，但他们的争执很少造成真正的伤害。没有尖牙利爪，再加上又有长毛的保护，他们彼此伤害不了什么。更何况，他们根本没什么残余的体力来干这种闲事。想坚定地表达表达自己的立场，不如狠狠地叫两声，摆摆姿势，还来得更有效。

对峙持续了大约五分钟，然后场面就来得快去得也快，而每个人都喝足了泥水。面子有了，双方也各自宣扬了对自己地盘的主权。这件大事解决之后，望月者的部落沿着小溪的这一边离去。接下来值得觅食的草场，最近的也在山洞一英里开外——那儿的食物，得和一群块头很大、像羚羊一样的野兽分享，而那些野兽只是勉强容忍他们出现在那儿。这些野兽赶不走，因为它们额头上都武装了凶狠的匕首，这是猿人所没有的天然武器。

就这样，望月者和同伴嚼着各种浆果、水果和树叶，顶过饥饿的痛苦——就在他们周遭，和他们争夺相同草料的，就是他们想都没想到的潜在食物来源。然而，千千万万吨多肉多汁、徜徉在疏林草原和灌木林里的动物，不只非他们能力所及，也非他们想象所及。他们身处丰饶之中，却逐渐饥饿至死。

趁着最后的天光，他们部落平安地回了洞穴。望月者把结满浆果的树枝递给因受伤留在洞里的女性，她欢喜地咕哝着，开始狼吞虎咽。树枝上没剩什么营养的东西，不过有助于她撑到被豹咬到的伤口痊愈，那时就可以再度自己觅食了。山谷之上，升起一轮满月，远山则刮来一阵寒风。这天晚上会很冷——不过，冷和饿还算不了大事，不过是生命中的一个小小背景而已。

当惊叫与悲鸣从山坡较低处的其中一个洞穴传来时，望月者没怎么在意，他也不需要听到偶然传来的花豹吼声，才知道究竟是怎么一回事。下方的黑暗中，"老白毛"一家子正在与花豹搏斗，逐渐死亡，而望月者的脑海里从没想过自己可以多多少少帮点忙。严酷的生存法则排除了这种幻想。而聆听的山坡上不曾响起任何抗议的声音，每个洞穴都寂静无声，免得惹来杀身之祸。

骚动逐渐平息，此刻，望月者能听到尸体被拖过岩石的声响。仅持续了几秒钟，花豹就控制了猎物。它轻松地咬着受害者静静走开，未再发出一点噪音。

一两天之内，这里不会再有危险，但或许还会有其他敌人利用这个仅在夜里放光明的清冷"小太阳"行动。要是有足够的预警，偶尔可以用吼叫与尖啸吓跑体形较小的掠食者。望月者爬出山洞，爬上洞口旁的一块大圆石，蹲下来俯瞰着山谷。

　　所有曾走在地球上的生物中，猿人是第一批会凝视月亮的。虽说望月者可能不记得了，但在他小时候，他曾经伸手想要触摸那升上山丘的朦胧脸庞。

　　他没成功过，而现在他已经老得可以了解原因。当然了，首先他得找棵够高的树爬上去才行。

　　他有时看看山谷，有时看看月亮，但他一直聆听。他打了一两次瞌睡，但睡得很警醒，最轻微的声响也能吵醒他。二十五岁的他正当盛年，具备所有的技能。如果他的运气一直不错，又能避开意外、疾病、掠食者与饿死的话，他说不定能再活个十年之久。

　　夜深了，清冷，没有其他惊扰，月亮自人类未曾目睹的赤道星座之间冉冉升起。山洞里，在时醒时睡的困乏与担惊受怕的等待中，未来世代的人才会有的梦魇，正在成形。

　　有一道灿烂胜过所有星辰的炫目光点，缓缓地升越天幕，上到天穹的最高点，又再慢慢降入东方。如是两次。

2

新　石

　　那天深夜，望月者突然醒了过来。由于白天一连的奔波和混乱，他累得虚脱，刚才睡得比平常沉了很多，不过，山谷下刚传来第一声隐约的搔爬声响，他就立刻有了警觉。

　　黑暗中，他在充满恶臭的山洞里坐起，倾听暗夜里的动静。恐惧，慢慢潜入了他的心中。他活了这么久，已经比大多数同类所指望的长了一倍，却从没听过这样的声音。大猫来得都是悄无声息，只有哪片泥土滑落，或是不经意踩断的树枝才会泄露它的踪迹。然而这嘎吱嘎吱的声音却持续不断，越来越大。听来像是一只前进在夜色中的庞然巨兽，没打算隐蔽身形，也不在乎任何阻碍。望月者清清楚楚地听出一棵灌木被连根拔起的声音。大象和恐兽（dinotheria）经常干这种事，但除此之外，它们的行动和大猫一样悄无声息。

接着传来的声响，则不可能是望月者所能听辨的，因为那声音在这个世界上还前所未闻。那是一块金属敲打在石头上的铿锵声。

第一丝晨光中，望月者带着族人来到溪边，终于与那块"新石"面对面。由于那一声之后就再没有其他动静，他几乎把夜里的恐怖都忘在脑后了，因此，他压根没把这块奇怪的东西与危险或是恐惧联系到一起。毕竟，这个东西没有任何一点地方让人心生疑惧。

那是一块长方形的板子，高有他的三倍，但宽仅相当于他展开双臂，质料完全透明。事实上，若不是初升的太阳映出了板子的四边，根本不容易看得出来。由于望月者从没看过冰，甚至也没看过清澈透明的水，所以他没法拿自然界任何东西和这个魅影相比较。这东西确实相当有吸引力，尽管他对大多数新奇的东西都谨慎得宜，但没过多久，他还是耐不住，侧身一步步靠过去了。没什么动静。于是他伸出一只手，感觉到冷冷硬硬的表面。

他聚精会神地想了几分钟，得到一个了不起的解释。当然，这是块岩石，一定是夜里长出来的。很多植物也都这样，有些形状像石子，白白软软的东西，就很像隔夜工夫冒出来的。没有错，那些东西小小圆圆的，不像这个又大又棱角分明——然而就算是日后远比望月者高明许多的哲学家，往往也是抹杀许多同样明显的差异，才提得出他们的理论。

只经过三四分钟之后，这段无与伦比的抽象思索，帮望月者导出一个他立即付诸测试的结论。那些白白圆圆、像小石子一样的植物都很可口（虽然其中也有些让他们病得死去活来），或许这个高高的东西也……

　　舔了几口，轻轻咬了几下之后，他的幻想很快就破灭了。这里面没有任何滋养。于是，就像个理性的猿人一样，他继续走向溪边，朝"对方"展开每日例行的叫嚣，也把那块透明的巨石忘在脑后。

　　今天觅食的情形非常差。为了找一点点食物，他们部落不得不远离山洞，跋涉了好几英里路。在正午时分惨烈的热度下，一名比较虚弱的女性倒地不起，而目及之处没有任何遮蔽。同伴围绕着她，同情地叽叽喳喳了一阵，但谁也使不上任何办法。如果不是累成这样，他们会把她带回去，但现在没有力气做这种善事。不管她能不能靠自己恢复，就只得留在这里。那天傍晚回家的路上，他们又经过那个地点，一根骨头也看不见了。

　　趁着最后的天光，他们一面紧张地四顾是否有早出的猛兽，一面来到小溪急急地喝了水，开始往上面的山洞爬去。在他们离那块"新石"还有一百码的时候，那个声音又响起来了。

　　声音若有若无，却把他们定在原地。他们站在小路上，一动不动，嘴巴呆呆地张开。那片透明的巨石里，传出一种简单、重复，而令人血脉亢奋的振动，听来为之恍惚。这是非洲大陆上第一次传出鼓的声音——下一次再听到，则是三百万年之后的事了。

振动的声音越来越大，也越来越夺人魂魄。这时候，猿人都像在梦游般往前移动，朝那个没法抗拒的声音而去。随着他们的血液响应着后代要在许久之后才会创造出的节奏，他们不时会踩一两下小小的舞步。在彻底出神的状态下，他们聚集在那块巨石四周，忘记了白天的艰辛、即将降临的暮色中的险恶，以及饥饿的肚皮。

鼓声更响，夜色更浓。随着影子伸长，天边的残晖一步步逝去，晶莹的巨石开始发出光芒。

首先，它不再透明，布上了一层淡淡的乳白色冷光。一个个挑逗又难以言说的魅影，在巨石的表面和内里活动起来。这些魅影先是聚合成一条条光柱和阴影，接着交织出许多轮辐形的图案，慢慢地旋转起来。

一个个光轮转动得越来越快，鼓声的振动也随着加速。现在猿人已经被彻底催眠，只能茫然注视着这场惊人的烟火表演。他们已经忘记了祖先遗传下来的本能，和自己活了这么久所得来的教训。通常，到了这么晚的时候，他们谁也不会离开山洞这么远。四周的灌木林里满是一个个定住的身影和一双双闪动的眼睛，这些夜里的动物为了看看接下来会发生什么，都暂且按兵不动。

现在一个个旋转的光轮开始融合，轮辐也聚合成光柱。光柱一面继续沿着原来的轴线旋转，一面慢慢地后退。然后，这些旋转的光柱又各自一分为二，一分为二的光柱再开始交叉摆动，摆动中又慢慢改变交叉的角度。随着发亮网格线的结合与分离，一个个炫目的几何图案就闪耀而生，摇曳而灭。猿人呆呆地望着——在这闪烁的晶体面前，他们成了失神的俘虏。他们做梦也不会想到的是：在这段时间，他们的心智正在被探测，体态正在被记录，反应正在被研究，潜能正在被评估。起初，整个部落仿佛都冻结成石像，一动不动地半蹲在那里形成静止画面。后来，最接近巨石的那个猿人突然活了过来。

他并没有离开原来的位置，但是他的身体摆脱了恍惚状态的僵硬，好像被一根根无形绳索所控制的傀儡般活动起来。头往这里转，头往那里转；嘴巴无声地张开，又无声地合起；双手握起拳，又松开拳。然后他弯腰折了一段长长的草茎，试图用他笨拙的手指打成一个结。他像是被什么力量所支配，正和掌握了他身体的神灵或魔鬼挣扎。他大口大口地喘着气，努力迫使自己的手指做些他们从没有尝试过的复杂动作，眼里满是恐怖。

尽管他如此努力，最后仍然只是把那根草茎一段一段地折断了。随着碎草落到地上，那掌控的力量离开了他，他又再度冻结，一动不动。

另一个猿人活了过来，开始经历同一个过程。这次的选样比较年轻，适应力比较强，原先那个老的没有做到的事，他做成了。地球上第一个生涩的结，就这样打了出来……

接着，其他猿人做了些奇怪又更没意义的事情。有的把双手平直地伸出去，然后设法把两手手指合拢一起——先是睁着眼睛做，再闭着一只眼睛做。有的不自觉地瞪着晶莹巨石里的一道道图案，这些图案的线条越分越细，最后融合成灰蒙蒙的一团。但所有的猿人都听到一个个高低不同的声响——声响很快地变沉，沉入听觉范围之下。

轮到望月者的时候，他几乎没有丝毫的恐惧。因为他的肌肉扭曲，四肢也在不全是他能主宰之下活动，所以他主要的感受，是一种模糊的愤慨。

不知道为什么，他弯腰捡起了一块小石头。等再站直的时候，他看到晶莹的巨石上已经有了一个新的影像。

网格线和那些移动、跃舞的图案都不见了。现在，取而代之的是一道道同心圆，环绕着一个小小的黑圆盘。

他服从了脑海中无声的指示，笨拙地举起手臂，把石头扔了出去。离目标差了几英尺。

再试一遍，那个指示说。他在四周找了一会儿，才又找到一颗小石子。这一次击中了石板，发出像是铃声的回荡声响。他还有待进步，不过准度已经改善了。

试第四次的时候，他离目标已经只差几英寸。一种没法形容的快乐，几乎像性那么强烈，淹没了他。然后那个控制的力量松开了，除了站在那里等待之外，他不再有想做什么的冲动。

一个接一个，部落里每名成员都一度短暂不由自己。有的成功地执行了设定的任务，但大多数都失败了。不论成败，各自都获得了适当的回报——一阵阵突然袭上心头，或是快乐，或是痛苦的感受。

现在，巨大的石板上光芒均匀一致，没有任何图案，立在那里，就像一块叠印在周围黑暗上的光块。一个个猿人好像从睡梦中醒来，摇摇头，开始沿着小路走回他们的栖身之地。他们没有回头，也没有纳闷为什么会有一道奇异的光亮指引他们回家——同时指引他们进入一个对星空而言也属于未知的未来。

3

学　院

巨石停止对他们的心灵施以迷咒、对他们的身体加以实验之后，望月者和他的族人对曾经目睹的景象，也完全没有任何印象了。第二天出去觅食，经过巨石的时候，他们几乎什么也没多想——现在，这只是他们生活中被漠视的一段背景。他们吃不了这个东西，这个东西也吃不了他们，所以，就不重要了。

溪边，"对方"照常表演他们起不了作用的威胁。他们带头的，是个只有一只耳朵的猿人，块头和年龄都与望月者相仿，但没有那么壮硕。他甚至一度短暂侵入这边部落的领域，挥舞着双臂，厉声叫吼，一方面是吓吓敌手，一方面也是壮胆。溪水没有哪里超过一英尺深，不过"独耳"越是往溪里走，越是没有把握，也越高兴不起来。没一会儿，他就慢慢停下脚步，然后回头，带着一种夸张的威风走回同伴那里。

除此之外，这天的例行公事都很正常，没有变化。部落采集到刚好足以让他们再活一天的食物。没有猿人死亡。

那天晚上，晶莹的石板又等在那里，播散出脉动的声音和光晕。不过，这次设计的节目有着微妙的不同。

有些猿人完全被略过，节目似乎专注在一些最有可为的主角身上。望月者是其中之一。再一次，他感觉到自己的脑子里，有些好奇的卷须沿着未曾使用过的思路，悄悄蜿蜒而下。而这会儿，他开始看到一些景象。

这些景象也许是在晶莹石板里，也许全在他的脑海里。不论如何，对望月者来说，这些景象是全然真实的。但不知怎的，平常他看到有谁侵入他的领域就会自动去驱逐的冲动，却被抚平了。

他看到一个和乐的家族，场景和他所知道的只有一点不同。神秘地出现在他面前的，有一个男的、一个女的，还有两个小婴儿——他们都饮食饱足，皮肤光滑。这种生活条件是望月者从没有想象过的。他不自觉地摸摸自己凸出的肋骨，而他看到的那种生物，肋骨都隐藏在一圈圈肥油之下。他们自在地散卧在一个山洞口附近，不时起来懒洋洋地活动活动。看得出来，他们和外面的世界相处得很融洽。偶尔，那个块头大大的男的，会打一个震天响的心满意足的饱嗝。

然后就没有其他的活动了。过了五分钟，这番景象突然隐退了。晶莹的石板又恢复为黑暗中发光的轮廓。望月者像是刚从一场梦中醒来，摇摇头，猛然觉察到处身之地，就带领族人往山洞走去了。

他看到了些什么，并未有意识地记忆下来。不过那天夜里，望月者坐在自家洞口思量时，一面仔细聆听四周的动静，一面头一次为一种前所未有的情绪所刺痛——这种情绪还很模糊，但来日将日益强烈。那是一种朦胧又讲不清楚的嫉妒，一种对自己生活的不满。他不明白这种情绪的来由，也不知道如何对待，然而不足的感觉就这样植入他的心中——他朝人性又迈进了一小步。

一夜又一夜，那四个肉嘟嘟猿人的景象反复出现，最后导致一种萦绕不去的愤慨，进而刺激了望月者产生强烈的饥饿感。光是他所看到的，不足以产生这种效果，因此需要从心理上再强化。由于他简单的脑细胞正被扭转成新的形态，现在望月者的生命里也出现一些他将再也想不起的记忆缺口。如果他能熬得过去，那这些新的形态就会永恒内化，因为他的基因会将之传送给未来的后代。

这是件缓慢而冗长的工作，但晶莹的石板很有耐心。不论这一块石板，或是散布在半个地球上的其他一模一样的石板，都没有预期参与这个实验的几十组对象全部能成功。失败一百次也没有关系，只要有一次成功，就可以改变这个世界的命运了。

等到新月再度升起的时候，部落又经历了一场诞生和两起死亡。其中一起是饿死的，另一起则发生在一天夜里的仪式上。那个猿人想把两块石头对准敲一下的时候，突然倒地不起。晶莹的石板马上暗了下来，整个部落也从恍惚中清醒过来。不过倒下的猿人没再动弹，等到早上，当然，尸体又不见了。

第二天夜里没有活动，石板还在分析怎么出了差错。在越来越浓的暮色里，部落鱼贯经过那块石板，完全漠视它的存在。在第二天，石板又准备好要和他们开始了。

四个肥嘟嘟的猿人还在那儿，现在他们做的一些事情就更了不起了。望月者不由自主地颤抖起来，他觉得自己的脑子就要爆掉，很想转头不看。不过，控制他心智的那股力量毫无恻隐之心，不肯放松——他不得不跟着课程做完，虽然他所有的本能都在奋力抗拒。

这些本能，在过去雨水温暖、土地苍翠肥沃、食物俯拾皆是的日子里，曾经为他的祖先所善用。现在时代变了，传承自过去的智慧都成为愚昧。猿人必须调整自己，不然就没的生存——像是那些早在他们之前就消失的块头大很多的动物，现在骨头都封存在石灰岩的山脉里。

因此望月者眼睛一眨不眨地望着晶莹的石板，而他的脑部则开放给仍然还不确定的操控。他不时会感到恶心，但饥饿的感觉更没停过，偶尔，他会下意识地握起拳来——那种握拳的姿势将决定他新的生活方式。

看着一排疣猪呼噜呼噜、东闻西闻地越过小路，望月者猛然停住脚步。由于双方没有利益冲突，猿人和猪一向互不理会。就像大多数不用争夺同一种食物的动物，他们也是井水不犯河水。

可是现在望月者站在那儿看着这些疣猪，心里一面掀起一些他没法理解的波涛，一面又没有什么把握地犹豫不决。然后，就好像在梦里一样，他开始在地上搜寻起来——他要搜寻的究竟是什么，就算他有说话的能力也解释不清楚。他看见的时候自然认得出来。

那是一块大约六英寸长，尖尖的、沉甸甸的石头。虽然不算很合手，不过还算可以。他伸手挥挥，虽然想不通石头的重量为什么突然增加，但感到一种权力和威望的欣喜。他开始走向离自己最近的一只猪。

即使以疣猪不需怎么苛求的智慧来说，这头幼小的猪也是十分愚蠢的。它用眼角瞄到了望月者，不过在事情不可挽回之前，根本没把他当一回事。它干吗要怀疑这些无害的生物有什么恶意？它继续吃它的草，直到望月者的石锤抹去它本来就没怎么清楚的意识。其他的猪继续毫无警觉地吃草，因为这场凶杀来得迅速又悄无声息。

部落其他猿人都驻足看了这个过程，这时他们都带着惊奇的仰慕，围挤到望月者和那个被害者的四周。没一会儿，有一个猿人捡起血迹斑斑的武器，开始捣那只死猪。其他猿人也纷纷随手捞起树枝和石头加入，他们的目标开始血肉模糊地解体。

然后他们觉得无聊了，有些猿人走开，有些则犹豫不决地围站在那具没法辨认的尸首四周——一个未来的世界正在等待他们开启。良久良久之后，一名哺乳的女性猿人舔了舔爪子里那块沾满血的石头。

望月者尽管目睹了这一切，但是真正了解他再也不必为饥饿所困，则又是很久以后的事了。

4

豹　子

　　他们在无名力量所输入的程序设定下，开始使用的工具都再简单不过，但已足以改变世界，让猿人成为主宰。最基本的工具是可以握的石头，把打击力量增加了好几倍。再来是骨棒，一面拉大攻击的范围，一面又可以抗衡猛兽的尖牙利爪。有了这些武器，徜徉在大草原上的无穷无尽的食物，就随他们取用了。

　　不过他们还需要一些其他的辅助。他们的牙齿和指甲，碰上体积超过兔子以上的东西，就不容易分解。幸运的是：大自然早已经提供了最完美的工具，只是需要懂得取用。

　　开始，是一把很粗糙，但十分管用的刀子或是锯子状的东西。这种形式的工具将足供未来三百万年所使用。说是刀子，其实只是一块还连着牙齿的羚羊下巴骨——到铁器出现之前，这种工具一直没有什么重大改进。再来是一把锥子或匕首模样的东西，也就是瞪羚的角。最后是一种刮擦的工具，用任何一种小动物的完整颚骨就能做得出来。

石棒、牙锯、角锥、骨刮——猿人为了生存下去，需要这些了不起的发明。他们很快就会发现这些工具所象征的力量，但是要他们笨拙的手指掌握足以使用这些工具的技巧，或者说意愿，则还要好几个月的时间。

这种把自然武器用作人工工具的想法确实惊人又聪明，如果给他们足够的时间，也许他们凭自己的努力也想得出来。可是机会对他们太过不利，就算现在，他们还是要面临未来世世代代数不清的失败可能。

猿人已经被赐予第一个机会。不会再有第二个了。未来，名副其实地掌握在他们手中了。

月亮继续阴晴圆缺，婴儿出生，有时能存活；虚弱、无牙，三十岁上下就不免一死。豹子还是在夜里出来吃人，"对方"还是每天在河的对面挑衅，但他们的部落也还是繁荣起来。不过一年的工夫，望月者和他的同伴的模样，就改变得认不出来了。

他们的功课学得很好，现在任何给他们看过的工具他们都可以运用了。有关饥饿的记忆，逐渐从他们的脑海中消退。虽然疣猪开始躲他们，但是在大草原上，还有千千万万数不清的羚羊、瞪羚、斑马。所有这些动物，以及其他的动物，都任凭这些新手猎人宰割了。

现在他们不再因为饥饿而终日昏沉。他们有时间享受闲暇，也有时间展开最原始的思考模式。他们不经意地接受了新的生活方式，但一点也没联想到那块仍然立在通往溪边小路上的石板。就算他们曾经驻足考虑过整个经过，也可能只是自我吹嘘一番，以为改善后的现状全是自己努力的结果。事实上，他们早已忘却其他任何生存形态。

不过，乌托邦没有尽善尽美的。他们的乌托邦也有两个瑕疵。第一个是来去无踪的豹子。猿人的滋养丰富了之后，豹子对猿人的热爱似乎也愈加强烈。第二个是小溪对面的部落。"对方"不知怎的也存活下来，顽强得就是没有饿死。

豹子的问题得以解决，一半是碰巧，一半却要归因于望月者犯的一个严重，甚至可说是致命的错误。不过在他想到这个主意的当时，只觉得太过高明，还高兴地跳起舞来。他没能想到后果之严重，也许倒也不能怪他。

那时他们偶尔还是有些倒霉的日子，不过已经不致有存续之危。这天傍晚时分，他们什么东西也没猎到，望月者带着他疲惫又不快乐的同伴回栖身之处，山洞也在望了。就在洞口，他们发现一个大自然里十分珍贵的宝贝。

一只充分发育的羚羊躺在小径旁。它一只前腿断了，不过斗志还很强。许多胡狼远远地围在四周——它们对羚羊短剑般的尖角仍然十分敬畏。它们可以等，知道只要把时间挨过去就好了。

但它们忘了还有竞争对手，所以等猿人抵达的时候，就恼怒地嘶嚣着撤退。猿人也同样小心地把羚羊围起来，躲在那对危险尖角够不到的距离之外，然后再拿棒子和石头上前攻击。

他们的攻击不算很有效率，也没有协调，等那头可怜的动物挨了最后一击之后，天几乎全黑了。而胡狼正在重新恢复攻击的勇气。又怕又饿的望月者，慢慢觉察到他们的力气可能都会白费。多留在那里一点时间都太过危险。

这时，不是头一次也不是最后一次，望月者证明了他是个天才。通过极力的想象，他勾勒出一番景象：死掉的羚羊安全地放在他自己洞里。他开始把羚羊往崖壁的方向拖去，没一会儿，其他的同伴也理解了他的意图，开始帮他。

要是早知道这件任务有多么艰难，他就不会试了。幸好靠着力气，以及祖先栖身树上所遗传的敏捷，他才得以把那具尸体拖上了陡峭的山壁。好几次他沮丧得哭了起来，几乎要放弃这个战利品，不过一种和饥饿同样深植的倔强，驱动他前进。其他猿人，有时候帮帮忙，有时候帮帮倒忙，更多时候，则只是挡路。不过，最后还是大功告成，夕阳最后一抹余晖从天边消逝的时候，他们把遍体鳞伤的羚羊拖上去，翻过山洞洞口。大餐开始了。

几个小时以后，饱食到撑胀的望月者，醒了过来。黑暗中，不知道为什么，他在同样饱足而横陈的同伴身体间坐了起来，尽力聆听夜色里的动静。

除了他四周沉重的呼吸声之外，什么动静也没有，整个世界好像都沉睡了。月亮高挂天空，洞口外面的岩石，在皎洁的月光下白得像是骨头。任何危险似乎都远在想象之外。

接下来，从山崖底下很远的地方，传来一颗石子滚落的声音。望月者又恐惧，又好奇，于是就爬出山洞的边缘，沿着陡峭的山壁偷偷望了下去。

他看到的景象把他吓瘫了，有好一会儿动弹不得。不过二十英尺下面的地方，两只晶亮的眼睛直直地仰望着他，闪闪发光。他被吓得呆住，根本没有注意到眼睛后面那个花纹斑斑的柔软身体，正无声无息地沿着一块块石头迅捷而上。豹子从没爬到这么高的地方。虽然它一定知道比较低矮处的那些山洞里也有活物，但它根本没理会。现在它是在追另一个猎物，一路循着血迹，追上了月光如洗的峭壁。

紧接着，一阵惊慌的嘶叫声撕破了夜空，是那些住在上面山洞里的猿人所发出的。豹子觉察到自己失去了突袭的机会，恼怒地嘶吼了一声，不过并没有丝毫停顿，因为它知道自己没什么好怕的。

豹子上到山洞外突出的那块窄窄的空地，休息了一下。空中弥漫着血腥的气味，在它细小却凶猛的心头激起了一股强烈的欲望。它毫不犹豫地轻步迈入了山洞。

这时它犯了第一个错误。当它走进月光所不及的范围的时候，就算它的眼睛特别能适应黑夜，还是有那么短暂不利的片刻。部分是因为背着洞口的光影，猿人看豹子，要比豹子看猿人来得清楚许多。猿人都吓坏了，但也不会再坐以待毙。

豹子嘶吼了一声，带着傲慢的自信挥舞着尾巴，往前跨进，搜寻渴望的美食。如果是在空旷的地方碰上这些猎物，它什么问题也没有，但现在猿人陷于困境，绝望给了他们挑战不可能的勇气。同时，他们也头一次有了可以达成这个目的的方法。

豹子头上挨了天旋地转的一击时，它知道哪里不对劲了。它猛力挥出前爪，听到一声惨叫，感觉到柔软的肉在自己爪子下撕裂。然后一阵剧痛，尖尖的东西刺进了它左右两侧的腹部，一下、两下，再来第三下。豹子急急打转，去攻击四周不停地又叫又跳的黑影。

然后又是一个东西猛砸上它的嘴巴。它的利牙一口咬上一个动得很快的白影，但只白费力气地咬碎了一块死骨头。这时，在一种最终、最难以相信的侮辱中，它发现自己的尾巴被从根部拉住。

它打了个转，把这个胆大包天的加害者甩上了洞壁。然而不论它采取什么行动，都没法躲开四面如雨而下的攻击——一双双笨拙却有力的手，舞动着一些粗糙武器而进行的攻击。它嘶吼的声音，从疼痛转为惊慌，从惊慌转为彻底的恐惧。现在，这个横行无阻的狩猎者，转而成了受害者，一心一意只想撤退。

这时它又犯了第二个错误。它在惊恐中忘了自身所在。由于脑袋挨着如雨而下的攻击，或许是昏了头，或许是被打瞎了，不论如何，反正它就猛然跳出了洞口。它一脚坠落下去，发出可怕的一声尖叫。听起来，良久良久之后，它才撞上峭壁半山腰一块突出的石头，发出了"砰"的一声。接着传来的只有一些散落下去的石子声音——这些声音也很快就消失在夜空中了。

望月者陷入胜利的狂欢，在洞口又叫又跳了好长一段时间。他清楚地觉知：他的世界已经彻底改变，面对周围的其他力量，他不再是无能为力的受害者了。

然后他回头进入山洞，在他这一生中头一次，睡了不必惊醒的一觉。

早上，他们在峭壁底下发现了豹子的尸体。虽然死了，还是花了段时间才有人敢过去接近这头被击败的怪物，但没一会儿，大伙儿就都带着骨头做的刀子和锯子围上去了。那场活儿很辛苦。那天，他们没出去猎食。

5

相会于黎明

趁着朦胧的曙色，望月者带着他的部落走向溪边。经过一个熟悉的地点时，他不太确定地停留了一下。他知道，有个什么东西不见了，但是什么东西，却想不起来。在这个问题上，他不想花什么心思，因为今天早上他心头记挂着一些更重要的事情。

像雷电，像云，像日月食，那块晶莹的石板，一如来时的神秘，又离去了。石板消失在未曾存在的过去，再也没有困扰望月者的思绪。

他永远也不会知道那块石板对他的影响——他的同伴在晨雾里簇拥着他时，也没有哪一个好奇，为什么他在走向溪边的时候，要停留那么一下。

"对方"站在溪的那一边。在自己从没有被侵犯过的安全领土上，他们第一次把望月者和十来个部落里的男性看成一幅映着天边曙色的活动檐壁[1]，他们立刻尖叫起来，展开一天例行的挑战。不过这一次没有回应。

望月者和他的同伙，在镇定、毅然以及最重要的沉默中，走下俯瞰河谷的小丘。随着他们的接近，"对方"突然安静了。他们仪式化的愤怒消退，代之而起的是一种恐惧。他们隐约察觉到发生了什么事情，今天这种场面，过去从没有发生过。望月者这一伙所带的骨棒和刀子没有使他们心生警惕，因为他们根本不明白其作用。他们只知道这群对手的动作中深深地散发着一种决心，以及威胁。

望月者他们在河边打住。有那么片刻，"对方"的勇气恢复了。在"独耳"的带领下，他们有点心不在焉地重新唱起战歌。他们只唱了几秒钟，就在一个可怕的场景下目瞪口呆。望月者高高地举起双手，露出刚才一直隐藏在他同伴毛茸茸身体之间的一个东西。他手里举的是一根又粗又结实的树枝，上面插着那只豹子血淋淋的脑袋。豹嘴已经被一根木头撑开了，在旭日最初的光线下，锐利的豹牙闪动着可怕的白光。

"对方"多半都吓得瘫了，动弹不得，但有些则开始蹒跚后退。望月者需要的正是这种鼓舞。他一面继续把那砍下来的战利品

1　檐壁（frieze），指在古典柱式建筑的柱顶盘上，介于上楣与下楣之间作为装饰用的横条，多雕刻图案、花纹等，也称中楣、腰线、横饰带。

高举过头，一面开始渡过小溪。他的同伙犹豫了一下，也跟在他后面溅水而过。

望月者上到对岸的时候，"独耳"仍然站在原地。也许他太勇敢，也许他太愚蠢，所以没有跑；也许他根本没法相信这种冒犯当真会发生。不论英雄还是狗熊，当死亡那冻结的咆哮，砸上他难以理解的脑袋时，最后都没有差别了。

"对方"纷纷尖叫，散进灌木林。但他们很快就会再回来，不要多久，他们就会忘记自己死去的领袖。

有几秒钟的工夫，望月者有些疑惑地站在他新的牺牲者身上。一头死掉的豹子还可以再要人命，这件事太奇特也太美妙了，他想搞清楚是怎么回事。现在他是这个世界的主宰了，但他并不确定下一步要做些什么。

不过，他会想出来的。

6

人类的登场

一种新的动物出现在了这个行星上，从非洲的中心往外慢慢扩散。不过，和陆上、海上几十亿只熙熙攘攘的生物比起来，数量还很稀少，因此做个粗略的物种调查的话，可能都会漏过。就这个世界上曾经有那么多比他们孔武有力的野兽都已经消逝无踪来看，目前还没有证据说他们可以生存下去，更遑论日趋繁盛。他们的命运还在摆荡不定。

那些晶莹石板降临在非洲之后的几十万年，猿人再没创造出任何新的东西。不过他们已经开始改变，并且发展出一些其他任何动物都不曾拥有的技巧。骨棒延长了他们可及的范围，倍增了他们的力气。面对必须一起竞争的猎食者，他们不再无能对抗。

碰上比较小的肉食动物，他们可以驱离，留下它们的猎物；碰上比较大的，他们起码可以杀杀对方的威风，有时候也可以把对方赶走。

他们的大牙，长得比较小了，因为不再那么重要。锐利的石头，由于可以用来挖地下根茎，也可以切割结实的兽肉或植物纤维，因而开始取代他们的牙齿，这带来了难以估计的影响。猿人的牙齿就算伤到或是坏掉，也不再会让他们就此饿死；即便是最粗糙的工具，也可以让他们多活许多年。随着大牙消失，他们的脸形也开始转变，凸出的嘴巴往内缩，粗宽的下巴变得比较纤细，嘴巴也可以发出一些比较细致的声音。要讲话，还得再过一百万年，不过算是朝着那个方向开始起步了。

然后，世界也开始改变了。四波大冰河期横扫而过，每一波高峰间隔二十万年，在地球到处都留下了标记。热带以外的地方，冰河消灭了贸然离开祖居地的动物，所到之处，没法适应的生物，就一一遭到淘汰。

冰河期过去之后，这个行星上的许多早期生物也跟着消失了，包括猿人。不过，不像其他许多生物，他们有了后代——他们不但没有绝迹，还转化了。工具的制造者，被他们自己的工具所改造了。

在使用棒子和燧石的过程中，他们的双手发展出动物世界里仅见的灵巧，这让他们制造出更精巧的工具，而工具又回头再进一步开化了他们的四肢和头脑。这是一个不断加速、累积的过程，其结果就是诞生了人。

第一批真正的人所用的工具和武器，比起他们一百万年前的祖先所使用的，好不到哪里，不过使用的技巧则大有改进。尤其在先前那神秘的世纪间，不知何时，他们已经创造出一种最重要的工具——虽然这种工具看不到也摸不到。他们学会了说话，因而从时间的手里赢得第一场重大的胜利。现在，一代的知识可以传递给下一代，因而每一代都可以从先人的经历中获益。

不像其他动物只懂现在，人掌握了过去，接着还要开始探索未来。

他也在学习驾驭自然的力量。驯服了火之后，他奠定了科技的基础，远远拉开自己和动物祖先的距离。石头为青铜所取代，青铜再为铁所取代；狩猎为农业所取代；部落演化为村落，村落演化为乡镇。言语可以恒久流传了，这要归功于石头、泥板和纸草上的那些记号。没多久，他就创造出哲学，以及宗教。他在天空中造了许多神——其中倒也不全都是瞎掰的。

随着他的身体越来越没有防御的能力，他的攻击手段却日益可怕了。靠着石头、青铜、铁、钢，所有可以砍、刺的东西，他都掌握在手。甚至相当早期的时候，他就懂得怎样隔着一段距离，把对手击倒。矛、弓、枪，以及最后的导弹，都给了他无远弗届又无坚不摧的力量。

虽然也经常使用这些武器来对付自己，但是没有这些武器，人是征服不了这个世界的。他在这些武器里投入了心思和精神。有很长一段时间，这些武器给他带来许多好处。不过，只要武器存在，他也就活在借来的时间里了。

II

TMA-1

7

特别航班

　　不论你离开地球多少次，海伍德·弗洛伊德博士告诉自己，这种兴奋的感觉都不会消退。他去过火星一次、月亮三次，其他各式各样的太空站更是多得自己都记不清了。不过，就在即将起飞的时刻，他意识到一股升高的紧张，一种惊异、敬畏，当然，还有兴奋不安之情——这使得他比任何一个头一次接受太空洗礼的地球佬都高明不到哪里。

　　午夜向总统简报之后，他就搭上飞机从华盛顿赶来这里，现在正朝一个全世界最熟悉但也最令人兴奋的地方下降。沿着佛罗里达海岸，绵延达二十英里，横陈着太空时代最早两个世代的建设。往南边看，一闪一闪的红色警戒灯所勾勒出的，是"土星号"和"海王星号"巨大的火箭平台。把人类送上前往诸多行星之路的这两艘宇宙飞船，现在都进入历史了。接近地平线的地方，沐浴在探照灯下泛着光亮的银色高塔，是最后一架"土星五号"，近二十年来，这是一个全国性的纪念碑，以及朝圣之处。在不远的地方，森然映着夜空，像一座人造山似的庞然巨物，是"载具组装大楼"，仍是地球上最大的单栋建筑物。

不过，现在这些东西都属于过去了，他正在往未来飞去。随着飞机侧弯，弗洛伊德博士可以看到下方迷宫般的建筑群，接着是一条大跑道，然后是一条又宽又直、横越佛罗里达平坦地面的疤痕——这是一条巨大的多轨发射道。跑道尽头，在各种载具和支架的环绕下，一艘宇宙飞船在一片灯光下闪闪发亮，正准备跃入星空。由于速度和高度的急剧改变，弗洛伊德猛然失去了距离感，觉得自己好像在低头看一只在手电筒灯光下的小小银蛾。

然后，地面上那些忙碌奔跑的小身影，让他重新恢复了对宇宙飞船实际大小的感觉，光是窄窄的V字形两翼之间，就一定有两百英尺之宽。而那架巨大的载具，正在等着我呢——弗洛伊德心里想着，带点难以置信却又骄傲的感觉。就他所知，整趟任务只为了带一个人上月球，这还是头一次。

虽然已经是凌晨两点钟了，但在他走向泛光灯照亮的"猎户三号"宇宙飞船的路上，还是有一群记者和摄影师拦截他，其中好几位一看就认得。身为"国家星际航行科学会"的主席，记者会是他生活中的一部分。不过这可不是开记者会的时间和地方，他也没什么可说的。不过，不要冒犯传播媒体还是很重要的。

"弗洛伊德博士吗？我是联合新闻的吉米·福斯特。可以就这次航行为我们说几句话吗？"

"非常抱歉——无可奉告。"

"不过今晚稍早的时候，你已经见过总统了吧？"一个很熟悉的声音问道。

"噢——你好，麦克。我恐怕你被白白地从被窝里拖出来了。一切都无可奉告。"

"最起码，就月球上是不是爆发了传染病这一点，你能不能说一声'是'或者'不是'？"一名电视记者问。他一路快步跟着，努力把弗洛伊德的影像圈进手上的微型摄影机里。

"对不起。"弗洛伊德说着摇摇头。

"隔离检疫呢？"另一名记者问道，"还要持续多久？"

"仍然无可奉告。"

"弗洛伊德博士，"一名个子矮小、十分固执的女记者咄咄逼人地问道，"把月球的新闻这样全面封锁，到底有什么正当理由？是不是和政治情势相关？"

"哪来的政治情势？"弗洛伊德冷冷地反问。一阵奚落的笑声响起，接着一个人叫道："博士，祝你一路顺风！"弗洛伊德挤进了登船平台的戒护区。

就他记忆所及，这个"情势"已经久得像是长期危机了。从20

世纪70年代以来，全世界就为两个问题所牵制，很讽刺的是，这两个问题又有互相抵消的倾向。

虽然节育方法便宜又可靠，并且由各大宗教所支持，但还是来得太晚，全世界人口已经多达六十亿——其中三分之一在东方国家。有些国家里，甚至立法限制每家最多只能有两个小孩，不过这些强制规定都证明了不可行。结果，每一个国家都食物短缺，甚至连美国都得挨过一些没有肉吃的日子。尽管很多人奋力开发海中农场，或是人工食品，但是根据预测，十五年内将会发生一场大规模的饥荒。

国际合作的需求虽然前所未有地紧急，但是和过去任何时期都一样，疆界依然无处不在。在一百万年的时间里，人类几乎没有去除多少逞凶斗狠的本能。沿着一些只有政治人物才注意得到的象征界线，三十八个核子强权带着好战的饥渴互相监视。他们所拥有的核弹吨数，已经足以把整个地球的表面去一层皮了。虽然很神奇地一直还没有人用过核子武器，不过这个局面恐怕维持不了多久。

现在，基于一些高深莫测的动机，某些国家正在向一些贫穷小国家提供全套的配备：五十颗弹头外带火箭发射系统。开价不到两亿美元，而且条件好谈。

如某些观察家所言，也许他们只是想挽救自己在走下坡的经济，所以把一些过时的武器系统转化为现金。也许他们发明了极为先进的作战手段，所以不再需要这种玩具——谣传一阵子了，说他们能够经由卫星发射无线电波将人催眠，能够生产控制意识的病毒，甚至能够引发只有他们拥有独门解方的生化疾病遂行勒索。虽然几乎可以确定这些好玩的说法要不是宣传辞令，就是异想天开，然而就此置之不顾也不是安全之道。因此每当弗洛伊德从地球出发的时候都会好奇，等他回来的时候，地球到底还在不在。

他进入客舱的时候，仪容整洁的空姐迎上前来。"早安，弗洛伊德博士，我叫西蒙斯。非常荣幸能代表机长泰恩斯和副机长巴勒欢迎您登机。"

"谢谢。"弗洛伊德微笑着说。他不明白为什么这些空姐讲话，总要弄得像是机器人在导游。

"再过五分钟就要起飞了。"她说，一面指指可供二十人搭乘的空荡荡客舱。"请随便找个位子。不过如果您想看宇宙飞船进太空站的光景，泰恩斯机长建议您坐左手边前排靠窗的位子。"

"那就这样好了。"他一面回答，一面朝他们推荐的位置走去。空姐忙着照料他一会儿之后，就回到客舱后部她自己的小隔间了。

弗洛伊德在座位上坐好，调整腰部和双肩的安全带，把公文包也绑在了邻座上。过了一会儿，扬声器"啪"的一声轻轻打开了。"早安，"是西蒙斯的声音，"这是从肯尼迪中心到一号太空站的三号特别航班。"

看来，即使只为了这一名旅客，她也要坚持走完整个流程。听她执意这样说下去，弗洛伊德忍不住微笑起来。

"我们的航行时间是五十五分钟。最高加速度为2G。我们有三十分钟的时间会处于无重力状态。指示灯亮之前，请不要离开您的座位。"

弗洛伊德回头望去，高声说了一声："谢谢。"他瞄到一个略带羞赧，但是十分可人的微笑。

他靠进座位，放松自己。据他估计，这一趟花的纳税人的钱，要稍微超出一百万。如果此行没有成果，他就要卷铺盖走人。不过，他随时都可以重回大学，继续先前中断的行星形成研究。

"自动倒数程序一切正常。"机长的声音在扬声器里响起，带着广播惯见的单调节奏，令人心安。"一分钟内起飞。"

如同往常，一分钟有如一个小时。弗洛伊德很清楚地感觉到旋绕在四周、正等待释放的巨大力量。在两艘火箭的燃料罐里，还有发射道的动力储存系统里，满蓄着相当于一枚核弹的能量。而所有这些能量的作用，不过是把他送到离地表区区两百英里的空中。

现在已经没那套五、四、三、二、一的玩意了，人的神经系统吃不消。

"十五秒后发射。如果现在开始深呼吸，您会比较舒服一些。"

这真是一种很好的心理，也是生理作用。随着发射道开始把上千吨重量抛向大西洋上空，弗洛伊德感觉到自己吸满了氧气，足以应付任何场面。

很难分得清他们是在什么时候离开发射台升空的，不过等火箭的咆哮声突然加倍之后，弗洛伊德发现自己在座位的护垫里越陷越深。他知道第一节引擎已经启动了。他很想望望窗外，只是现在连转转头也很吃力，不过，也没有不适的感觉，事实上，加速的压力和发动机震人的巨响，令人进入一种十分亢奋的状态。他在耳鸣，血液在血管里跃动。几年以来，弗洛伊德从没觉得如此活力充沛。他又年轻了，他真想放声高歌——这点一定没有问题，因为现在谁也听不见。

这些感受很快消退了——他突然意识到自己正在离开地球，以及他所热爱的一切。在那下方，有他的三个孩子，自从他太太十年前搭上那架飞往欧洲的致命班机后，三个孩子就没有了母亲。（十年了？不可能！不过也太……）也许，为了孩子，他真该再婚的……

压力和声音猛然减缓下来的时候，他几乎已经失去了对时间的意识。客舱的扬声器里说道："准备和下节火箭分离。分离！"接下来有阵轻微的颠簸，弗洛伊德突然想起看过达·芬奇的一段话，那段话挂在美国国家航空航天局的一间办公室里。

> 大鸟将从大鸟的背上起飞，把荣耀归于它出生的巢。

好了，现在这只大鸟已经起飞了，超出达·芬奇的梦想，而它虚脱的同伴则又飞回地球。这节燃料用光的火箭，将划出一道长达一万英里的弧线滑入大气层，会因距离而加速，最后降落到肯尼迪中心。再过几个小时，经过保养并重新添加燃料，这节火箭又可以再把另一个同伴送往那片它本身永远也去不了的闪烁的寂静中。

现在我们要靠自己了，弗洛伊德想，离进入轨道还有一半的距离。等上节火箭启动，再度加速前进时，这次的推力已经柔和许多——他又感觉到和一般重力相差无几的状态。不过，要行走还不可能，因为要走向客舱前方就是走向"上方"。如果他真的脑袋不清到想离席一下，那一定马上就会摔到后舱的墙壁上。

由于宇宙飞船似乎是直立而上，这种情况令人有点晕头转向。在弗洛伊德眼里，因为他坐在客舱的最前方，所有座位像是钉在一面垂直在身体底下的墙上。他努力不去受这种难受的幻觉所影响，这时宇宙飞船外的黎明展开了。

不过几秒钟，他们便穿过层层艳红、粉红、金黄、澄蓝的雾纱，飞入白昼刺目的白光。虽然为了减低光线的强度，窗上都上了很重的色，穿射而进的阳光还是慢慢扫过客舱，有几分钟的时间，让弗洛伊德陷入半盲的状态。他现在进入太空了，不过根本没法去看星星。

他用双手护住眼睛，想从指缝间偷偷望出身旁的窗口。窗外飞船的后掠翼映着阳光，像是白热的金属般炽烈夺目。四周则是全然的黑暗。这片黑暗中一定满是星星，但是现在一颗也看不见。

重量逐渐在减轻，火箭减速下来，宇宙飞船缓缓地进入轨道。引擎的雷鸣先是减低为轻声的隆隆作响，接着化为低柔的咝咝声，再进入一片寂静。如果不是绑着安全带，弗洛伊德会从座位上飘起来，接着他的胃部也有这样的感觉了。他希望半个小时以前，一万英里之遥所吞下的药丸能发挥该有的作用。在他的工作生涯里只晕过一次宇宙飞船，但一次也就够了。

客舱扬声器里传来机长坚定又自信的声音："请注意所有的0G规定。再过四十五分钟，我们就要对接一号太空站了。"

空姐沿着窄窄的走道，来到右边排得很密的座位旁。她的脚步有点轻飘飘的，双脚在地毯上像是上了胶一样，勉勉强强才能抬开。沿着座船通道和船顶，全程铺着一条亮黄色的尼龙搭扣地毯，她就一直走在这条地毯上。地毯和她便鞋的鞋跟上，都布满了无数细微的小钩子，以便像芒刺一样地钩挂在一起。为了在无重力状态下走路而做的这种设计，确实可以叫晕头转向的乘客放心许多。

"您要不要来点咖啡或茶，弗洛伊德博士？"她愉快地问道。

"不了，谢谢。"他微笑。每次不得不吸那些塑料吸管的时候，他就觉得自己像是个小婴儿。

他打开公文包，要拿出文件，空姐却仍然在他身边不安地徘徊。

"弗洛伊德博士，我可以请教您一个问题吗？"

"当然。"他回答，一面抬眼从自己眼镜的上方望去。

"我未婚夫是个地质学家，在克拉维斯基地工作。"西蒙斯小姐谨慎地斟酌自己的用词，"我已经有一个多星期没有他的消息了。"

"那可真叫人难受。可能他离开了基地，联络不上。"

她摇摇头："他要离开基地的时候都会告诉我。因为有那些谣言……所以你可以想象我有多么担心。月球上那些传染病，是真的吗？"

"就算有，也不必害怕。不要忘了，1998年那次变种流感病毒大流行的时候，我们就做过了一次隔离检疫。当时感染的人很多，不过没死人。我能说的真的只有这些。"他坚定地下了结论。

西蒙斯小姐开心地笑了笑，站直身体。

"不管怎么说，谢谢您，博士。很抱歉打搅您。"

"一点也不会。"他回答得很恳切，却不完全符合实情。接着他回头埋进自己忙不完的专业报告里，想要趁着最后时刻再冲刺一下这些平日积压的公事。

等他上了月球，就没时间读了。

8

轨道会合

半个小时后，机长宣布："我们要在十分钟之内对接太空站，请系好安全带。"

弗洛伊德放下文件，照做了。最后三百英里太空路程很颠簸，要继续阅读是自找麻烦。在火箭动力一阵阵爆发，来来回回推动宇宙飞船的过程里，最好闭上眼睛，放松自己。

几分钟后，一号太空站开始映入他的眼帘，不过数英里之遥。这个直径有三百码的圆盘，缓缓地转动着，太阳照在光亮的金属表面上，闪闪生辉。不远的地方，一架后掠型的季托夫五号宇宙飞船飘浮在同一条轨道里，紧靠在一旁的，是几乎呈球形的白羊座-1B。这是太空里负责粗重活儿的机器，有一边伸出四只粗粗短短的支脚，以便吸收降落月球时的震动。

猎户三号宇宙飞船从一条比较高的轨道降下，把太空站后方的地球也收进壮观的视野。从两百英里的高度，弗洛伊德可以看到很大一块非洲以及大西洋。遮盖的云雾不少，不过他还是可以辨认出黄金海岸蓝缘的外廓。

　　太空站的中心轴，带着延伸出来的靠接臂，正朝他们慢慢游来。不像太空站本身，这个中心轴并没有随着转动，或者应该说，它正朝相反方向转动，而其速率刚好与太空站本身转动的速率相同。这样，来访的宇宙飞船才能够接上太空站，把人员和货物送进去，而不会被拖着乱转。

　　很轻很轻地颠了一下之后，宇宙飞船连接上了太空站。外面有一点金属摩擦的声音，然后短暂传来空气气压在调整平衡的咝咝声响。过了几秒钟，气闸门开了，一名穿着短袖衬衫、轻便贴身裤子的男人走进客舱。这身打扮几乎是太空站人员的工作制服了。

　　"很高兴见到您，弗洛伊德博士。我是尼克·米勒，太空站的安全人员。到穿梭机离开之前，我负责招呼您。"

　　他们握了握手。弗洛伊德朝那名空姐笑笑，说："请替我向泰恩斯机长致意，谢谢他驾驶得如此平顺。也许回去的路上还可以再见到你们。"

　　他上一次处于无重力状态，已经是一年多前的事，现在要在太空中恢复走路的感觉，还得一些时候，因此他小心翼翼地一步步抓着把手走过气闸，进入太空站中心轴的圆形大厅。这个圆形大厅到处都有护垫,四壁嵌着许多把手。弗洛伊德紧紧抓稳了一个把手,整个大厅开始旋转,转到配合上太空站本身的转动。

随着速度加快,重力形成一只只隐隐约约、如同鬼魅的手指抓住他,于是他慢慢飘向圆形的墙壁。现在他站在很奇妙的变成了弧形地板的墙上,轻轻地来回摇摆,像是澎湃浪潮里的水草。这时他已经受到太空站转动的离心力影响——虽然在离轴心这么近的地方,离心力还很弱,但是随着他逐渐往外走远,离心力就会一步步增强。

他跟着米勒从中央过境大厅走下一段弧形的楼梯。开始的时候他的重量太轻,因此不得不抓住把手,用力把自己压下去。直到进入这个转动的大圆盘的外层乘客休息区之后,他才获得足够的重量,近乎正常地四处走动。

上次来过之后,这个休息区已经重新装潢,也增添了一些新的设备。除了过去那些座椅、小桌子、餐厅和邮局之外,现在还多了一家理发厅、药局、电影院,还有一家纪念品商店,专卖月球和行星风光的照片及幻灯片,以及一些保证真品的宇宙飞船组件——这都是月球号探测器系列、漫游者号系列与勘测者号系列的组件,用塑料盒装得很整齐,价格则高得离谱。

"我们还要等一会儿,要不要来点什么?"米勒问道,"还得三十分钟才登机。"

"我想来一杯黑咖啡,两块糖。还有,我想打电话回地球。"

"没问题，博士。我去拿咖啡，电话在那边。"

电话亭很别致。离电话亭不过几码的地方，是一道关卡，有两个入口，一个上书"欢迎进入美国区"，一个写着"欢迎进入苏联区"。牌子下方，则是用英文、俄文、中文、法文、德文、西班牙文写着的告示：

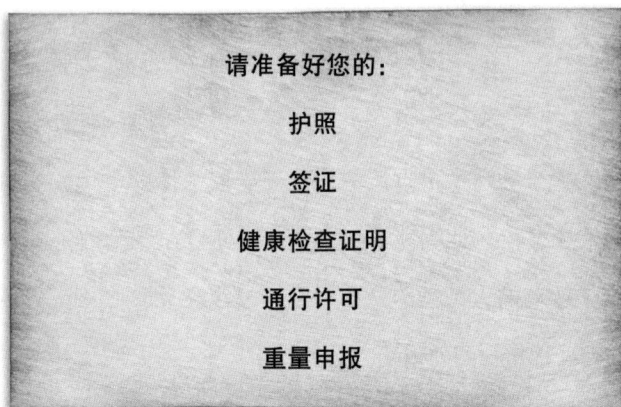

> **请准备好您的：**
>
> **护照**
>
> **签证**
>
> **健康检查证明**
>
> **通行许可**
>
> **重量申报**

不论进哪一道入口，一通过那道检验关卡之后，乘客就又可以任意走动在一起，因此，这件事情的象征意义还不算讨人厌。作那个区分，纯粹是为了行政手续上的方便。

确定了一下美国的区域代码还是81，弗洛伊德按下他家里十二位数字的电话号码，把他的多功能塑料信用卡放进插卡孔里，三十秒钟就接通了。

华盛顿还在沉睡之中，天亮还得好几个小时。不过他不会吵到任何人。他的管家睡醒后，会从录音机里收听到他的留言。

"弗莱明小姐，我是弗洛伊德博士。很抱歉我必须这么匆忙地离开。请你打个电话到我办公室，请他们去杜勒斯机场取一下我的车子，钥匙在资深飞行管制官拜利先生那儿。然后，再请你打个电话给谢维·蔡斯乡村俱乐部，留个话给他们的秘书。下个周末的网球比赛，我肯定没办法参加了。请帮我道个歉，我怕他们太指望我。然后打个电话给'城中电子'，告诉他们如果我书房里那台录像机到……嗯，星期三还没修好的话，就请他们把那个烂东西收回去吧。"他喘口气，想想未来几天里还有没有什么危机或问题可能发生。

"你的现金如果不够用，请跟我办公室联络。有什么要紧的事情，他们也可以转达给我，不过我会很忙，不见得能回话。告诉孩子我爱他们，说我会尽可能赶快回来。噢，天啊，来了个我不想见的人——到了月球以后再看能不能打电话，再见。"

弗洛伊德试图从电话亭里躲开，可是来不及了。他已经被发现了。穿过苏联区入口，朝他走来的，是苏联科学院的迪米特里·莫依斯维奇博士。

迪米特里是弗洛伊德最要好的朋友之一，也正因为这个原因，此时此地他最不想见到的人也就是他。

9

月球穿梭机

这名俄国天文学家高高瘦瘦，一头金发，没有皱纹的脸孔完全看不出已经五十五岁。由于月球这颗直径两千英里的石头，会遮断地球的电波，所以他最近十年时光都在月球的另一边建造一座巨型无线电观测所。

"啊哟，海伍德。"说着，他用力地与弗洛伊德握握手，"宇宙可真小。你好吗？还有你那几个可爱的宝贝？"

"都很好。"弗洛伊德亲切地回道，不过口气里有一点点心不在焉，"我们还经常谈起去年夏天你让我们多么快乐呢。"他为自己没法表现得更真诚一点而深感愧疚。去年迪米特里回访地球的时候，他们和这个俄国人在黑海边的敖德萨真的一起度了一周很棒的假期。

"你呢，我看你是要上去吧？"迪米特里问道。

"呃，没错——我再过半个小时就要起飞了。"弗洛伊德答道，"你认识米勒先生吗？"那位安全官已经走过来，手里拿着一个装满咖啡的塑料杯，很有礼貌地站在一段距离之外。

"当然认识。不过，米勒先生，拜托扔掉你手上的东西吧。弗洛伊德博士再没有机会喝点像样的东西了，我们不要浪费这个机会。不，不，我一定要请客。"

他们跟着迪米特里走出主休息区，进入观景区，没一会儿就坐在一盏朦胧灯光下的桌旁，一面还可以看到移动的星空全景。一号太空站每一分钟转一圈，如此缓慢的转动就产生一股离心力，因而制造出一股相当于月亮的人工重力。有人发现：这是在地球重力和完全没有重力之间的一个很好的折中之道，何况，这也给要去月球的旅客一个适应的机会。

在几乎无形的窗户外，地球和星星在寂静中列阵前进。当下这一刻，太空站的这一边正好转到背向太阳，否则休息区里会一下子充满刺眼的阳光，根本没法望向外面。即使如此，几乎占了窗外半个天空的地球，还是非常明亮，一些光亮不及的星星，全都隐没了。

不过随着太空站在轨道上转向地球属于夜晚的那一面，地球正在暗淡下来。再过几分钟，地球就会成为一个巨大的黑盘子，只点缀着城市的灯光。那时，宇宙就又重归星星所有了。

"好吧，"迪米特里开口了，他已经很快地灌下第一杯酒，正在把弄手里的第二杯，"美国区里的传染病到底是怎么回事？本来这一趟我想过去看看，他们告诉我：'不行，教授，很抱歉，在我们接到进一步通知之前，这里要彻底隔离。'我什么关系都使上了，都没有用。现在你可以告诉我到底是怎么回事了。"

弗洛伊德在心底咕哝起来。又来了，他告诉自己。越快登上穿梭机往月球出发，我就会越快乐。

"这个——这个隔离啊，纯粹是为了安全上的预防，"他字斟句酌地说道，"我们根本不确定到底是否需要。不过，我们也不认为应该冒任何风险。"

"可是到底是什么病呢？症状到底是什么？可能是来自外星吗？需不需要我们提供什么医疗协助呢？"

"很抱歉，迪米特里，目前我们奉命不得透露任何事。谢谢你的好意，不过我们还可以处理。"

迪米特里嗯了一声，显然没有被说服多少。"我觉得很突兀的是，他们为什么要派你，一个天文学家，去月球视察一场传染病的问题呢？"

"我只是个前天文学家。我已经好几年不做任何实际研究了。现在我是个'科学知识分子'，也就是说，我对任何事情都一窍不通。"

"那你知不知道什么是TMA-1？"

米勒看来差点要被他的饮料呛住，弗洛伊德则沉着许多。他直视着老朋友，平静地说道："TMA-1？听起来好奇怪。你怎么听来的？"

"那就不要管了。"俄国人回了一记，"你瞒不了我。不过如果你碰上什么自己应付不了的事情，希望不要等到不能收拾了才叫救命。"

米勒示意地看看手表。

"再过五分钟就要出发了，弗洛伊德博士，"他说，"我看我们要起身了。"

虽然他知道其实足足还有二十多分钟，弗洛伊德还是急急站了起来。太急了，忘了这里只有六分之一的重力。他及时抓住桌边，才没飘到空中。

"很高兴遇见你，迪米特里。"他说，虽然不完全是实情，"祝你平安回到地球。我一回去就打电话给你。"

等他们离开休息区，通过美国验照关卡的时候，弗洛伊德说道："呼……好险。谢谢你帮我解围。"

"博士，你知道，"安全官说道，"我希望不要被他说中了。"

"说中什么？"

"说我们会碰上应付不了的事情。"

"我正想去一探究竟呢。"弗洛伊德毅然回道。

四十五分钟后，白羊座-1B登月船脱离了太空站。这儿的起飞不像在地球上需要那么多动力，搞得震天动地，低推力等离子喷气发动机朝太空喷出电离流之后，只发出一阵渺不可闻的鸣笛声。这股轻柔的推力持续了十五分钟以上，由于加速进行得十分温和，所以并不妨碍任何人在客舱里活动。不过等这一阵结束后，宇宙飞船就不像刚才还在太空站上那样和地球有任何关联了。这艘宇宙飞船已经挣脱重力的锁链，本身成为一颗独立又自由的行星，在其自有的轨道上绕着太阳旋转。

　　现在弗洛伊德一个人享用的这个客舱，原先是设计给三十名乘客的。看看四周这么多空座位，想到空乘和空姐全心全意地照顾他一个人，更不要提还有机长、副机长，以及两名工程师，实在很怪异。他想过去历史上大概不会有人接受过如此独家的服务，未来也极不可能。他想起一位名声不太好的主教，曾经有过这么一句挖苦的话："现在教廷是我们的了，好好享受吧。"好了，他可以享受这趟旅程，以及无重力状态的快乐。因为没有了重力，所以他几乎也没什么好操心的了。有人说，在太空中，你可能被吓坏，但不必操心。说得真是太对了。

　　空服人员看来是铁了心，一定要他足足吃满这趟旅程的二十五个小时，而他也不断地挡开一顿顿根本不想要的饮食。在无重力的情况下吃东西并不是大问题，这和早期航天员所恐惧的正好相反。他坐在一张一般的餐桌旁，桌上的盘子都用夹子扣住，和碰上风浪的船上情况一样。所有的菜都有些黏着的成分，以免离开盘碟，在客舱里四处飘荡。因此，牛排是用一种很浓的酱汁黏在盘子上，色拉也用很黏的色拉酱控制住。只要使点技巧、用点心，绝大部分的东西都可以安全地开怀享用，唯一不许的是热汤和非常脆的糕饼。当然，饮料是另一回事，所有的液体都必须装在可以挤压的塑料罐里。

厕所的设计，经过一整代无名英雄自动自发的研发，现在已经公认相当容易使用了。无重力状态开始没多久之后，弗洛伊德就亲自探查了一番。他走进一个小小的隔间里，它的配备和一般飞机厕所相同，只是照明的灯光红红的，让眼睛很难受也很不自在。隔间中有一个标示，以十分显著的字体印着这么一句话：

重要告示!

为了您自己的舒适，请仔细阅读以下指示!

弗洛伊德坐下来（就算在无重力状态下，大家还是习惯如此），把告示读了好几遍。确定上次旅程以来没有任何调整后，他按下"开始"钮。

不远处，一部电动马达转动起来，弗洛伊德觉得自己动了起来。就照说明所建议的，他闭上眼睛等待。过了一分钟，有轻轻的铃声响起，他睁开眼睛看看四周。

这时灯光转为柔和的白中带点粉红，更重要的是，他又处于重力状态下了。不过，隐隐约约的振动还是说明这是种伪造的重力状态，是整间厕所像旋转木马一样转动所产生出来的。弗洛伊德拿起一块香皂，看着它慢动作掉落下去。他判断现在的离心力大约是正常重力的四分之一。不过这已经足够了，可以确保所有的东西掉到一个正确的方向——这一点在这个地方最重要。

他按下停止／排出的按钮，又闭上眼睛。随着转动停止，重力也慢慢消失，铃声连续响了两下，红色的警示灯又亮了。接着厕所门卡进一个恰好的位置，让他滑出去进入客舱，他以最快的速度赶快黏在地毯上。他早已经没有无重力状态的新鲜感了，因此十分感激尼龙搭扣拖鞋可以让他能几乎正常走动。就算他什么都不做，只是坐在那里看看东西，可以打发时间的事情也太多了。等他读够了那些正式报告、备忘录，还有笔记之后，他就会把一个大开本的"新闻板"（Newspad）插上宇宙飞船的信息回路，把地球上最新的报道扫描进来。他可以一条条地叫出全球各大重要电子报；比较重要的电子报的代码，他都记在脑子里，不必参考"新闻板"背后所列的代码表。转到显示器的短期内存，他可以停在电子报的首页上，然后很快地寻找重点新闻，标记他感兴趣的条目。每个条目都有两位数的索引，单击，邮票大小的四方形会放大到刚好占满整个屏幕，以便他舒适地阅读。读完了，他可以再重新按回完整的首页，另外选一条主题来仔细研读。

偶尔，弗洛伊德会好奇"新闻板"以及其背后的炫目科技，会不会已经到达了人类寻求完美沟通的极致。他在这遥远的太空之外，以每小时几千英里的速度飞快地离地球越来越远，但是却可以在百万分之几秒的时间里，读到任何他所喜欢的报纸头条。（当然，在电子时代，"报纸"这个词已经是过时的残留物。）内容都是每小时自动更新一次，因此就算一个人只会读英文版本，光是从新闻卫星吸收不断更新的信息流，也足以穷其一生之力。

很难想象这样一个系统还可以怎么改进，或是更方便。不过，照弗洛伊德的猜测，"新闻板"迟早还是会淘汰，被另外一个超出想象之外的东西所取代——就像"新闻板"本身对卡克斯顿（Caxton）或古登堡[1]来说也是不可想象的。

扫读这些小小的电子报头条，经常还会让人勾起一个想法。通信工具越了不起，其内容似乎就越琐碎、庸俗，或者说令人丧气。意外事件、犯罪事件、天灾人祸、冲突威胁、报忧不报喜的评论——亿万个散播进太空的字词里，关切的主题似乎仍然是这些。不过弗洛伊德也怀疑：这一切是否一定就代表糟糕？很早以前他就断定，乌托邦的报纸一定沉闷得要命。

机长和其他机组人员不时会走进客舱，和他讲几句话。他们对

---

1 威廉·卡克斯顿（William Caxton，1422—1492），英国最早运用活版印刷的人；约翰内斯·古登堡（Johannes Gutenberg，1400—1468），西方活字印刷术发明人。

这位贵宾敬畏有加，对他的任务也毫无疑问地燃烧着好奇，不过却克己以礼，绝不发问，也不作任何旁敲侧击。

在他面前坦然自在的，只有那位娇小动人的空姐。弗洛伊德很快就打探出她来自印度尼西亚的巴厘岛，虽然已远离地球大气层，但她身上还带着那个仍然污染不多的岛屿的优雅及神秘。美丽的地球变成一弯蓝绿色的新月，衬着这样一幅背景，那位空姐在零重力状态下表演巴厘岛舞步，是他这趟旅程最奇特也最迷人的记忆。

有段睡觉时间。主舱的灯光熄灭时，弗洛伊德的双臂、双腿都用弹性束条绑紧，以免飘进空中。这个安排似乎很粗陋，不过，在零重力状态下，连这张没有衬垫的躺椅，也比地球上最豪华的床垫舒服。

绑好自己以后，弗洛伊德入睡的速度真是快得可以。不过，睡着睡着，他在一种朦胧又昏迷的状况下醒来一次，被四周奇异的景象彻底搞糊涂了。有那么一阵子，他以为自己置身在一盏光线昏暗的中国灯笼里——是其他隔间隐隐约约透过来的亮光给了他这个错觉。于是他很肯定，也很成功地说服自己："睡吧，孩子。这不过就是一趟平常的月球之旅。"

他醒过来的时候，月球已经盘踞了半个天空，减速操作也要开始了。乘客区这边弯弯的墙上，是一面宽阔的弧形窗户。现在这面窗外看到的不再是逐渐接近的月球，而是一片开阔的天空，于是他走进了控制舱。在这里，通过后视电视屏幕，他可以看到最后阶段的降落。

逐渐接近的月球山丘，和地球上的可截然不同。这里没有白雪皑皑的顶峰，没有仿佛大地贴身衣服的绿色植物，也没有飘动的云朵。然而，在强烈对比的光影下，赋予这些山丘独有的奇特美感。地球上的美学在这里派不上用场，这里的世界，是由尘世以外的力量所塑形；这里经历的时间，是年轻又青翠的地球所没有遭遇过的——相对于这里，地球的冰河期可以说转眼才过，海洋迅速地起伏，山脉就像黎明前的晨雾般融解。这里的年代久远到不可思议，但是这里也并不算一个死去的世界，因为在此之前，月球其实从来也没有活过。

下降的飞船几乎正好介于日夜的分界线上，正下方则是一片锯齿状的阴影，以及一个个光亮、独立的山峰，正好捕捉到月球缓慢黎明的第一道曙光。就算有各种派得上用场的电子辅助仪器，要在这个地方降落还是太可怕了，不过他们正慢慢地飘开，朝着月球上属于夜晚的那边荡去。

随着他的眼睛逐渐习惯比较暗淡的光线，弗洛伊德看到这片暗夜大地也不是全然漆黑。有些鬼魅般的红光映照着，峰谷、平地都因而清晰可见。地球，这个对月球而言的月球，巨大而明亮，正朝这儿洒落一片光辉。

在机长的仪表板上，雷达屏幕闪动着各种灯光，计算机终端机上许多数字明明灭灭，计算着抵达月球的距离。喷气发动机已经开始轻柔而稳定地减速，但要等重力重新恢复，还有不止千里之遥要跨越。接下来似乎过了好几年的时间，月球才慢慢地扩占天空，太阳沉下地平线——终于，视野为一个巨大的环形山所占满。穿梭机朝环形山中央的群峰间降落，这时弗洛伊德突然注意到一个群峰附近有个明亮的光点以规律的节奏闪动。在地球上，这可能是机场的信号灯。弗洛伊德注视着这个光点，喉咙感到越来越紧。这是人类在月球上又建立了另一个据点的明证。

这时，环形山进一步扩大了不知多少——环形山四周的内缘已经消失在地平线外，散布在里面比较小一点的环形山则开始看得出实际大小。有些小环形山，从太空的远处看来虽然很小，但实际面积宽达数英里，可以吞没好几座城市。

借着自动控制，穿梭机滑下星光闪烁的天空，朝光秃秃的地面落下——在近乎满月形状的地球余光下，这片秃地一片幽光。客舱里回响着喷气机的嗡嗡声和电子仪器的哗哗声，但现在有个说话的声音压过了这些。

"克拉维斯控制台呼叫十四号专机，你们降落得很棒。请手动检查起落架锁、液压，以及防震垫充气。"

机长按了各式各样的按钮，一些绿灯闪起，他回话了："所有手动检查完毕。起落架锁、液压、防震垫，全部正常。"

"收到。"月球那边回答。接着降落在无声中继续进行。虽然双方仍然有许多交谈，但都是机器在进行，二元脉冲信号互相闪动，比起它们的制造者缓慢的思考速度，这些机器沟通的速度快了上千倍。

现在有些山峰已经高过穿梭机，离地面不过几千英尺了。那盏信号灯则像颗灿烂的明星，继续在一群低矮的建筑物和怪异的交通工具上方稳定地闪烁。在这段降落的最后阶段，喷气机似乎在演奏一些奇异的音调——搏动时强时弱，对推力作最后的细微调整。

突然，一股回旋而起的灰尘遮住了一切，喷气机作最后一次喷射，穿梭机非常轻微地晃动着，像是在一道小波浪中轻轻摇动的小船。又过了几分钟，弗洛伊德才真正接受了现在弥漫在身边的寂静，以及抓住他四肢的微弱重力。

在没有任何意外，稍微超过一天的时间里，他完成了人类梦想了两千年的不可思议之旅。经过一趟正常、例行的飞行之后，他在月球上降落了。

10

克拉维斯基地

克拉维斯位于南部高地的中央，直径一百五十英里，是月球表面视线所及的第二大环形山。这个环形山年代久远，历经长期火山运动，再加上受到太空里的小行星轰炸，环形山的内缘和谷底都满目疮痍。不过，从上次小行星带来残骸撞击内行星，形成这里的坑洞以来，月球已经享受了五亿年的宁静。

直到现在，克拉维斯环形山的地表和地底才又新出现了一些奇异的骚动，人类正在这儿建立他们在月球上第一个永久桥头堡。紧急的时候，克拉维斯基地可以完全自给自足。所有维生物资，都可以就地取石，通过压碎、加热、化学处理来提炼。氢、氧、碳、氮、磷以及其他大多元素，都可以在月球内部找到——只要有人知道去哪里找的话。

克拉维斯基地是个封闭系统，像个具体而微的小地球，所有维生所需的化学物质都能再生使用。空气经过一间巨大的"温室"来净化，这间圆形的大屋子建在月球表面的下方，屋顶正好紧挨着地表。夜里用强灯，白天用滤过的阳光，一亩亩粗短而青翠的植物生长在温暖又湿润的环境里。这些都是特别变种的植物，主要目的是用来补充空气中的氧，次要作用才是充当食物。

更多食物则是通过化学处理系统及藻类培育得来。长达好几码的透明塑料管里，旋转着绿绿的藻类，虽然对老饕而言不具任何吸引力，生化学家却可以转变为各种只有专家才能分辨真假的肉排。

这个基地的工作阵容，是由一千一百名男人和六百名女人所组成，全都是在出发离开地球之前，精挑细选，又受过高度训练的科学家或技术人员。虽然现在月球上的生活几乎已经没有早期的艰辛、不便以及偶发的危险，不过心理上要承担的压力还是很大，患有幽闭恐惧症的人不该尝试。要从坚固的岩石或凝固的熔岩上切割出一大块地底基地，昂贵又极耗时间，因此标准的一人"起居舱"空间，大约只有六英尺宽、十英尺长、八英尺高。

房间的布置则十分漂亮，看起来很像一间高级的汽车旅馆套房，有沙发床、电视、小型高传真音响，还有一台视讯电话。除此之外，通过室内装潢的一点小技巧，有一面完整的墙，只要单击按钮，就可以转换为一幅逼真的地球风光。有八种景观可以选择。

这种奢华在基地里随处可见，虽然有时候很难跟地球上的人解释清楚为什么有其必要。克拉维斯基地每名男女的训练、交通、居住都花上了十万美元，为了让他们心神自在，再多花一点也是值得的。这和艺术无关，而和神志清醒有关。

要说基地生活，或整体月球生活的好玩之处，低重力一定是其中之一。低重力让人产生一种幸福自在的感觉。然而其中也有危险，并且，来自地球的移民者要花上好几个星期的时间才能习惯。在月球上，人类的身体得学会一套全新的本能反应。生平第一次，得区分质量与重量的差异。

一个在地球上有一百八十磅的人，会很高兴地发现在月球上他只有三十磅。如果他一直以等速沿着直线前进，会有一种就要飘浮起来的美妙无比的感觉。不过，一旦他想改变路线，或是转弯，或是突然打住，那就会发现他一百八十磅的质量，或是说惯性，一磅不少地存在那里。因为这是固定的，不可改变的——不会因置身于地球、月球、太阳，或空空如也的太空而有所不同。因此，任何人在相当适应月球生活之前，都必须懂得现在所有东西的重量，实质都比表象要笨重六倍，通常这堂课要真学到家，都得经过多次的冲撞和摔倒。因此月球上的老鸟都会离那些菜鸟远远的，直到他们真正适应了水土。

由于工厂、办公室、库房、计算机中心、发电机、机件修护厂、厨房、实验室，以及食物处理厂一应俱全，克拉维斯基地本身就是一个具体而微的世界。很讽刺的是，建构这个地下王国的很多技术，其实都是在过去长达半世纪的冷战时期开发出来的。

在特别强化过的导弹基地待过的人，来到克拉维斯一定会觉得很自在。在月球的地底生活，以及应对恶劣的环境，需要同样一套绝活和硬件，只不过已经转化为和平的目的。经过了一万年后，人类总算找到一件有趣不下于战争的事情。

不幸的是，并不是所有的国家都认知到这一点。

降落之前十分壮阔的山岭，已经神秘地失踪——都隐藏到月球弧度陡峭的地平线之下了。宇宙飞船四周，是一片平坦的灰白色平原，在斜斜照下来的地球光之下十分明亮。当然，天空是一片漆黑，除非眼睛可以有些屏护，不受月球表面的强光干扰，否则只能看到一些比较亮的恒星和行星。

几辆造型很怪异的交通工具朝白羊座-1B号宇宙飞船开来，吊车、起重机、维修车，有些全自动，有些则有驾驶员坐在一间小小的增压舱内。其中大多数是使用低压轮胎前进的，因为这里地势平顺，没有交通障碍。不过有一辆油罐车是靠一种特殊的弹性轮前进——这种弹性轮从履带车改良而来，具备履带车的许多优点，已经证明是月球上多功能交通运输的最佳工具。这种弹性轮由一块块的板子排成一圈，每块板子都独立安装，会分别弹起。车子前进的时候碰上起伏的地形，就会调整形状和直径。不像履带车的是，就算有几块板子不见了，还是可以继续运作。

一辆小巴士，带着一条短短的、像是象鼻的延长管，正往上顶着宇宙飞船，热情地挨擦。没一会儿，外面传来一阵乒乒声响，然后管道连接好，气压进行平衡，又传来空气的咝咝声响。内层气闸打开，欢迎代表团进来了。

带头的是拉尔夫·哈佛森，南区的行政官——南区包括的不光是基地本身，任何从基地出去进行探索的团队都包括在内。跟他在一起的，是首席科学家罗伊·麦考斯博士，一位头发灰白、个子矮小的地球物理学家，弗洛伊德前几次来的时候已经认识。另外则是五六位资深的科学家和行政主管。看他们迎接的神色，在尊重中有一种松了口气的感觉，从行政官开始，很清楚地看出，他们都想找个机会卸下心头的忧虑。

"非常欢迎您的加入，弗洛伊德博士。"哈佛森说道，"来得还顺利吧？"

"非常顺利，"弗洛伊德回道，"太棒了。机组人员把我照料得非常好。"

巴士从宇宙飞船边开走，他继续和这些人交换些礼貌上必要的寒暄。大家心照不宣，谁也没提此行的原因。巴士离开降落地点一千英尺左右之后，一块大牌子上面写着：

```
╔═══════════════════════════╗
║   欢迎光临克拉维斯基地      ║
║   美国太空工兵部队          ║
║        1994                ║
╚═══════════════════════════╝
```

　　然后巴士俯冲进一个很陡的坑口，很快就进入地底。前方一道大门打开，又在他们身后关上。又有一道，然后还有一道。等最后一道门关上后，空中传来隆隆声响，他们又回到了大气之内，进入了基地可以只穿衬衫的环境里。

　　他们走过一小段布满管线的坑道，坑道里空洞地回响着节奏规律的捶击与震动声音，随后来到行政区域。弗洛伊德发现自己又重新置身于一个熟悉的环境：打字机、办公计算机、女性助理、挂在墙上的图表，以及不停作响的电话。他们在一扇标着"行政官"的门外停下脚步，哈佛森彬彬有礼地说道："弗洛伊德博士和本人要在简报室里独处几分钟。"

　　其他人点点头，发出些欣然同意的声音，然后就沿着走道走开了。不过在哈佛森还没来得及请弗洛伊德走进办公室之前，还有点插曲。门打开，一个小小的身影扑到了行政官的身上。

　　"爸爸！你到上面去了！你答应要带我去的！"

　　"乖，黛安娜，"哈佛森说道，爱怜的语气中有一丝不耐，

"我说的是如果可以的话，就带你去。可是我今天忙着要见弗洛伊德博士。和弗洛伊德博士握握手吧，他刚从地球来。"

这个小女孩——在弗洛伊德看来有八岁——伸出了一只软耷耷的小手。弗洛伊德一面隐约觉得她的长相很面熟，一面注意到行政官正微笑着看他，笑容里带着一丝促狭。猛然想起怎么回事，他懂了。

"真不敢相信！"他嚷了起来，"上次来的时候，她还是个小婴儿呢！"

"上个星期她刚过四岁生日，"哈佛森很得意地回道，"在这种低重力状态下，孩子都长得很快，不过他们的年纪却不会老得这么快——他们会活得比我们还长。"

弗洛伊德惊异地望着正在点头的小女孩，看出她的容貌有多么高雅，身体的骨架又多么匀称。

"黛安娜，很高兴又遇见你。"他说。接着，也许纯粹是好奇，也许是客套，他忍不住又加了一句："你想不想去地球呢？"

她吃了一惊，眼睛瞪得好大，接着摇摇头。

"那里好脏，摔一跤也会伤到自己。再说，人也太多了。"

所以，这就是太空诞生的第一代了，弗洛伊德告诉自己，未来几年还会有更多人出生。虽然想起来有点难过，不过这也带来了很大的希望。等地球完全被驯服了、宁静了，甚至有点疲倦了，仍然还有空间给那些热爱自由的人，那些强悍的拓荒者，那些永无止息的冒险者。不过他们的工具不再是斧头、枪、独木舟和马车，而将是核电厂、等离子引擎，以及水栽农场。如同所有的母亲，地球一定要和她子女道别的那一天，很快就要到来了。

连哄带吓的，哈佛森设法支开了他固执的女儿，带弗洛伊德走进了办公室。行政官的套房只有十五平方英尺左右，不过具备了典型年薪五万美元的部门主管该有的各种摆设与身份象征。一面墙上挂满了重要政治人物的签名照，包括美国总统、联合国秘书长。另外一面墙上，则几乎挂满了许多名声响亮的航天员签名照。

弗洛伊德坐进一张舒适的皮沙发，接过一杯"雪利酒"——这得感谢月球上的生化实验室。

"怎么样，拉尔夫？"弗洛伊德问道。他先是小心啜饮了几口，接着就放心喝下去了。

"还不坏。"哈佛森回道，"不过，趁还没有进去之前，有些情形你最好先了解一下。"

"什么情形？"

"好吧，我看你可以把它看作是一种士气问题。"哈佛森叹了口气。

"哦？"

"还不严重，不过，马上就快了。"

"新闻封锁。"弗洛伊德淡淡地说道。

"没错。"哈佛森回道，"我的人都快耐不住了。再怎么说，多数人在地球上还有家人，家人很可能以为他们已经死于月球上的瘟疫。"

"听来很难过。"弗洛伊德说，"不过谁也想不出更好的烟幕弹了，反正目前还行得通。对了，我在太空站遇见了莫依斯维奇，连他也信了。"

"那安全部门应该会觉得很高兴。"

"也不必太高兴——他也听说了TMA-1，已经有谣言传出来了。不过，在我们还没搞明白这到底是怎么回事，尤其我们的中国朋友到底有没有在幕后运作之前，还不能发出任何声明。"

"麦考斯博士认为他已经掌握了答案，他迫不及待地想告诉你。"

弗洛伊德擦擦眼镜。"我也迫不及待想听听他的说法。走吧。"

11

异　象

　　简报在一间容纳上百人也绰绰有余的长方形大厅里举行。配有最尖端的光学和电子展示工具，本来应该很像个标准的会议室，不过从大量的海报，钉在墙上的清凉美女、告示，以及业余画作来看，则显示这儿也是当地的文化生活中心。弗洛伊德特别为一组标示牌所打动。收集标示牌的人显然颇有爱心，从牌子上可以看到这样一些信息：请勿践踏草地……双数日不准停车……禁止吸烟……往海滩……小心路过牲口……软土路肩……禁止喂食动物。如果这些标示牌都是真的——看来也的确是真的——从地球上运送过来应该所费不菲。在生存这么艰难的环境里，大家仍然可以拿那些自己不得不离弃的事物，并且他们子女再也难以想起的事物寻开心，其中透着一种很动人的昂然。

有四五十人在等弗洛伊德。看他跟在行政官身后走了进来，大家都礼貌地起身。弗洛伊德一面跟几位熟面孔点点头，一面跟哈佛森悄声说道："简报开始之前，我想说几句话。"

弗洛伊德在前排坐下。行政官走上讲台，向听众席环顾了一番。

"各位女士，各位先生，"哈佛森开口了，"今天这个场合之重要，已经无须我在此多言。非常高兴海伍德·弗洛伊德博士光临。在座各位对弗洛伊德博士都已经久仰，许多人也和他相识。他刚搭乘一艘特殊安排的宇宙飞船来到这里。简报开始之前，他要先跟我们说几句话。弗洛伊德博士。"

在一阵稀疏的礼貌性掌声中，弗洛伊德走上了讲台。他微笑着端详了听众，说道："我只想说：谢谢。总统要我转达他对各位杰出表现的肯定与感谢，我们希望世人不久之后就能够了解各位的努力。我也注意到，"他继续谨慎地用词遣句，"在座各位，有些人——甚至也许可以说大多数人——很想赶快把秘密公布。各位如果没有这么想，也就不是科学家了。"

他瞄到麦考斯博士微微皱起眉头，右颊显出一道长长的疤痕——应该是太空里某次意外留下来的。弗洛伊德很清楚，这位地质学家一直非常反对这种做法，管这叫"故弄玄虚，制造紧张的把戏"。

"不过，我也要提醒各位，"弗洛伊德继续说道，"这个情况极为特殊。我们一定要对自己所掌握的事实有彻底的把握，如果我们现在出了任何差错，就不可能再有第二次机会。因此，敬请各位再多耐住一阵性子。这也是总统对各位的期望。

"我要说的就是这些。现在可以开始各位的简报了。"

他走回自己的位子。行政官说道："非常感谢您，弗洛伊德博士。"接着朝首席科学家随意点了点头。麦考斯博士在示意下走上讲台，灯光暗了下来。

银幕上闪出了一张月球的照片。在正中央有一圈十分白亮的环形山。环形山向外，四散出一幅有趣的图案。看来就好像有人往月球表面倒了一袋面粉，朝四面八方溅开。

"这是第谷，"麦考斯说着指向中央的环形山，"从这张垂直俯拍的照片看来，第谷要比从地球上看的时候醒目许多。从地球上看，第谷好像比较靠月球的边缘一带。不过从这个一千英尺上空的角度直接看下来，就会知道这座环形山是月球这半球最醒目的东西。"

他让弗洛伊德多看了一会儿这个众所周知的物体不广为人知的一面，接着继续说道："过去一年里，我们从低空人造卫星上对这个地区进行了一场磁场调查，上个月才刚完成。这就是结果——一张惹出所有麻烦的地图。"

银幕上闪出了另一张照片。很像是一张等高线图，但显示的不是海拔高度而是磁场强度。图上大部分的线都大致平行，彼此有相当的间隔。不过在一个角落，这些线突然集中在一起，形成了一个个同心圆，很像是一块木头上显露出节瘤的孔。

就算是外行人，也看得出月球这个地区的磁场发生了什么很特别的事情。这张图的底部，用大字写着：第谷磁场异象一号（TYCHO MAGNETIC ANOMALY-ONE，简称 TMA-1），右上方则盖了个章：机密。

"起初，我们以为这可能是一块露出地面的磁岩。不过所有地质学上的证据都没法支持这一点。就算是一块很大的镍铁陨石，也制造不出这么强烈的磁场。于是我们决定亲自去看看。

"第一批人什么也没发现。只是寻常的水平岩层，埋在一层很薄很薄的月尘之下。他们在磁场的正中央钻下去，想采集一些岩心标本来研究。钻了二十英尺就钻不动了，于是调查队开始动手挖。当然我可以保证，穿着航天服挖，可不是件轻松的事。

"他们发现自己挖到什么东西之后，就立刻急急赶回基地来了。我们派出了一支更大的队伍，带着更好的设备。他们挖掘了两个星期——挖掘的结果您已经知道。"

随着银幕上的照片换了一张，暗暗的会议室里突然充满一片静寂、期待之情。虽然每个人都看过许多次了，但没有一个人不是躬身向前，似乎想再找到一些新的蛛丝马迹。到目前为止，地球和月球上获准看过这张照片的人，总共不超过一百个。

照片上，一个人穿着鲜红和鲜黄颜色相间的航天服，站在一个挖掘出来的坑洞底部，手里扶着一支以分米为单位的测量员用的标尺。照片显然是在夜里拍的，地点则可能是月球或火星上的任何处所。不过直到目前为止，还没有任何行星曾经出现这样的场景。

穿着航天服的人后方，直立着一块漆黑质地的板子，大约有十英尺高、五英尺宽。弗洛伊德多少有点不吉利地联想到一块巨大的墓碑。四边方正锐利，漆黑得似乎可以吞没任何照落其上的光线。表面没有任何纹路，根本无法分辨其成分到底是石头、金属、塑料，还是人类尚一无所知的什么东西。

"TMA-1。"麦考斯博士几乎带着虔敬的语气声明道，"看来确是前所未见，对吧？有些人认为这个东西的历史没有几年，所以联想到1988年第三次的中国月球远征之旅。我不怪他们这么想，不过，我不相信这种看法——现在，我们从这里的地质证据，已经可以确实地追寻出年代了。

"弗洛伊德博士，我和我的同事，在这件事情上，我们愿意以名誉保证，TMA-1和中国人无关。事实上，它和人类无关——因为它埋下去的时候，根本还没有人类。

"如您所见，这个东西已经大约有三百万年之久。您现在所看到的，是第一个证明在地球之外早就有智慧生命体存在的证据。"

12

地光下的旅程

大环形山地区：位于月球正面中心以南、中央环形山区以东。坑坑洼洼地密布被撞击出来的环形山。许多环形山都很大，其中甚至有月球上最大的一座。北方，有些环形山在撞击后碎裂，形成雨海。除了一些环形山底部之外，几乎到处都崎岖不平。大部分环形山都有陡坡，大多在十到十二度之间；有些环形山底部则近乎平地。

着陆与活动：由于地表崎岖，到处是斜坡，着陆的难度通常都十分高；在某些环形山底部的平地，难度则比较低。活动几乎可及于任何范围，但路线必须有所选择。在某些环形山底部的平地，比较容易进行活动。

建设：由于到处是斜坡和地质松散的大面积区域，一般而言都相当困难。在某些环形山底部，挖掘熔岩的难度很高。

　　第谷：月海形成期之后出现的环形山，直径五十四英里，坑口高出周围地面七千九百英尺；底深一万二千英尺。拥有全月球最突出的辐射状纹路，有些辐射纹延展超过五百英里。

　　（摘自《工程人员月球表面特别研究》，陆军本部工兵署，美国地质学调查，华盛顿，1961年。）

　　现在，活动实验室以五十英里时速横越布满环形山的平原，看来像个架在八座弹性轮上的、超大尺寸的拖车。当然事实远不止如此，这是个自给自足的活动基地，可以容纳二十个人在里面工作、生活好几个星期。真正说起来，它可以算是艘行走于陆地上的宇宙飞船，紧急情况时，甚至可以起飞。遇到断层和裂谷太大或太陡，没法绕道或下去的时候，可以利用底盘的喷射设备跃过障碍。

　　弗洛伊德盯着窗外，看到延伸在前方的是一条形状很清楚的轨迹，那是几十辆交通工具在脆薄的月球地面所压出的一条带状道路。沿着这条轨迹，每隔一段距离立着一根高高细细的杆子，顶部都装有一个闪灯。从克拉维斯基地到TMA-1这趟两百英里长的旅途上，就算是夜里，离日出还有好几个小时，要迷路也不太容易。

和新墨西哥州或是科罗拉多州高原比起来，这里头顶的星星多是多了许多，亮度则不见得亮多少。不过，一片黑漆的天空里，有两样东西打破了错以为是在地球的幻觉。首先是地球本身，像一个灿烂的标志，挂在北方地平线的上空。从那巨大的半个圆球泄下的光，远比满月的光还要亮上几十倍，整个地面因而覆盖了一片冷冷的青色磷光。

空中第二个特异的景象，是一道往东方天际斜射而上，倒锥形的珍珠色微弱光晕。越近地平线的部分，亮度越强，意味着地平线后方藏有烈焰，除了在日全食的那些短短时刻，这种淡淡的天上光华是地球上的人没法看到的。这就是日冕，通报月球上的日出即将到来，不要多久，太阳就要袭上这片沉睡的地面了。

虽然跟哈佛森和麦考斯一起坐在驾驶席正下方的观测室里，弗洛伊德发现自己的思绪正一次又一次地回到刚才在他面前展开的那道三百万年宽的时光鸿沟；就和任何具备科学素养的人一样，要他思考更长的时间区隔也没什么不习惯的。不过，那只限于星辰之运行，以及没有生命存在的宇宙缓慢循环。其中不包括心灵或心智的活动——在那久远的时间里，没有任何触动感觉的事物。

三百万年！有史以来，历朝君王，兴衰悲喜所构成的无穷长河，在这段惊人的时间跨幅里，占了区区不过千分之一而已。当这个漆黑的谜小心翼翼地埋在这里，埋在月球上这个最光亮也最壮观的环形山下的时候，不光是人类，今天存活在地球上的大部分动物，都根本尚未诞生。

麦考斯博士百分之百地肯定这是埋下去的，并且是刻意埋下去的。"起初，"他这么说，"我宁可希望这个东西可能是某个地底构造的标志，不过我们最新挖掘的结果已经打消了这种可能。它坐落在一大片相同黑色质地的平台上，下方则是没有挖动过的岩石。设计这个东西的……生物，希望这个东西能固定在那里，除非发生大地震。它是为了永恒存在而建造的。"

麦考斯的语气，兴奋中带着怅然。弗洛伊德大有同感。终于，人类最久远的问题之一，有了答案。这个证物打破了所有的疑惑，显示宇宙出现的绝非仅有人类一种智慧生物而已。不过，知道了这一点，再想到绵延无垠的时间，又会有种心痛的感觉。不论打这里经过的是什么，人类都已经与之错过了十万代了。弗洛伊德告诉自己，也许这样也好。只是，我们本来可以从这些生物身上学到多少东西啊——我们祖先还活在树上的时候，人家已经可以横越太空了呢!

月球上的地平线，近得很诡异。再前进了几百码之后，地平线就出现了一块指示牌。牌子下是一个帐篷形的建筑，上面铺满闪亮的银箔，显然是为了防御白昼的酷热。巴士驶过去的时候，弗洛伊德得以趁着明亮的地球光看清牌子上的字:

三号紧急补给站

二十公斤液态氧

十公斤水

二十个MK四型食物包

一个B型工具箱

一套维修工作服

！电话！

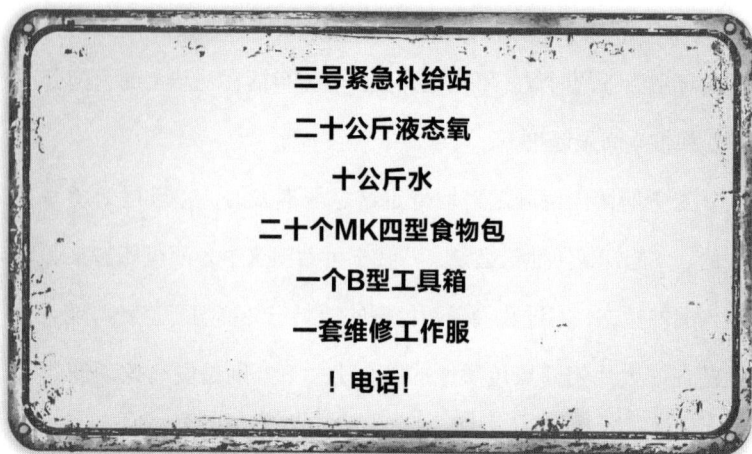

"你有没有这么想过，"弗洛伊德指着窗外问道，"那个东西会不会是哪个探险队留下的窖藏补给，但他们再也没回来过？"

"有可能。"麦考斯承认，"磁场一定可以标示出它的位置，很容易找到。不过小了一点，装不了多少补给品。"

"为什么不能？"哈佛森插嘴了，"谁知道他们到底有多大？也许他们只有六英寸高，这样的话，那个东西对他们来说就有二三十层楼高了。"

麦考斯摇摇头。"不可能，"他不表同意，"有智慧的生物不可能小到哪里去，脑容量有个起码的大小。"

弗洛伊德注意到：麦考斯和哈佛森经常观点相左，不过看来完全没有私人过节或摩擦。他们应该说是相互尊重，完全可以接受对方不同的意见。

就TMA-1，或者"第谷石板"（有些人喜欢这么称呼，保留了原缩写的一部分）来说，任何人之间都很难达成什么共识。弗洛伊德抵达月球六个小时以来，听了不下十种理论，不过没有接受任何一种。神坛、探测标志、墓地、地球物理仪器——这些也许还算是大家比较喜欢的说法。有些人则越来越热衷于坚持自己的理论。很多人更为此下了赌注。等真相最后揭露的时候——如果的确有那一天——大笔大笔的钞票就要换手了。

到目前为止，麦考斯和同事努力想通过一些比较温和的途径，从那块坚硬的漆黑板块上采样，但都无功而返。他们相信激光束一定切得开它，毫无疑问，没有任何事物能抵抗得了能量那么集中的东西。不过是否要采取如此激烈的手段，决策权则在弗洛伊德手里。他已经决定：他要先试X光、声波探测器、中子束，以及其他一切不具破坏性的调查方法，最后才会出动镭射的重装备。只有化外之民碰上他们不明白的东西才会加以摧毁，不过，和那些制造出这个东西的生物比起来，也许人类本身就是化外之民。

他们到底来自何方？月球本身吗？不，这完全没有可能。这块不毛之地过去就算真有土生土长的生命，经历了最近一次环形山形成期，月球表面大多呈白热状态之后，也荡然无存了。

地球呢？也很不可能。虽然也许不是全无可能。如果真有早在更新世那时就存在的高等地球文明——应该是非人类的文明——那应该也会留下许多其他蛛丝马迹。弗洛伊德想道：我们登上月球之前，早就该有所发现。

这么一来，就只剩下两个可能：其他行星或恒星。不过，目前所有的证据，全都不利于太阳系内其他地方存有智慧生命的可能，或者说得更明白些，不利于地球和火星之外有任何生命的可能。内行星太热了，外行星又太冷了——除非能穿过外行星的大气层，钻进气压高达每平方英寸数百吨的内部。

因此，也许这些访客来自其他星系，但这一点几乎更不可思议。弗洛伊德抬头望向罗列于月球漆黑天幕上的星斗，想起诸多科学家同僚曾经"证明"恒星际旅行是不可能的。从地球到月球之旅已经够可观的了，而最近的恒星，在一亿倍以上的距离之外……任何揣测都是在浪费时间，还是等其他证据出现之后再说吧。

"请绑好安全带，不要有松开的东西。"观测室的扬声器里突然传来声音，"我们要开始四十度的下坡了。"

地平线出现顶端亮着闪灯的标柱，巴士现在已经行走在其间。弗洛伊德才刚整好自己的安全带，车子就缓缓驶过一个陡坡边缘，前往下一道布满石砾、陡如屋顶、极为骇人的漫长斜坡。从后方斜照而来的地球光，现在已无法提供什么照明，于是巴士的泛光灯也打开了。多年前，弗洛伊德曾经站在维苏威火山口往下望进火山内部过，现在他很容易就联想到自己正在往下开进那里。这种感觉可真不好玩。

他们正在开下第谷环形山内部的一处台地。下去大约一千英尺之后，地势才又平了。他们一面开下陡坡，麦考斯一面指给他看底下展开的一大片平地。

"到了！"麦考斯嚷道。弗洛伊德点点头，他已经注意到前方几英里外的地方密密麻麻布满了红红绿绿的灯光。巴士灵活地开下斜坡，他的目光则没离开过那片灯光。这辆庞大的交通工具显然控制得当，不过，直到再驶上平地的时候，他才恢复顺畅的呼吸。

现在他看到一群加压圆顶屋，在地球光下熠熠生辉，好像一颗颗银色的气泡——这个营地的工作人员都居住在这些暂时性的栖身之所里。不远处，有一座无线电塔、一台钻机、一队停放在那里的交通工具，还有一大堆碎石——这应该是为了发掘那块石板而挖出来的东西。野地里这个微小的营地，在无声环伺的自然力量之下，看来十分孤独，也十分无助。这里没有生命迹象，看不出任何足以说明人类为什么要远离家乡，来到这里的线索。

"右边过去，从那座无线电塔过去大约一百码，"麦考斯说，"正好可以看到坑口。"

巴士驶过了加压圆顶屋，来到坑口边上。这就是了，弗洛伊德想道。他俯身向前，想要看得清楚点，心跳也加快了。巴士小心地开下一条石子坡道，进入坑口内部。TMA-1，就和他在照片里看的一模一样，立在那里。

弗洛伊德目不转睛地注视着，眨眨眼，摇摇头，又目不转睛地注视着。尽管地球光照得很亮，但是很难看清楚这个物体。第一眼，他觉得很像是一片用碳纸剪出来的平面长方形，看起来简直没有厚度。当然，这只是视觉上的幻觉，他注视的虽然是那个结实的物体，但是由于它几乎没有反射任何光线，因此他只能看到一个轮廓。

巴士开进坑口的时候，车上鸦雀无声。空气中弥漫着敬畏，以及难以置信之情——在诸多大千世界中，偏偏是这死气沉沉的月球出现如此意外的场景，实在令人难以相信。

巴士来到石板前方二十英尺处，侧身停下，让每一名乘客都可以检视一番。不过，除了完美的几何形状之外，这个东西看不出一点所以然。极致的黑中，看不到任何痕迹，任何不匀。这是纯然的凝结成晶的夜。有那么一霎，弗洛伊德当真狐疑起这是不是在月球诞生过程的高温和高压之下，一种异常的自然形成。不过他也知道，这个缥缈的可能，早已经有人验证过，也放弃了。

坑口四周的探照灯，在示意之下都打开了。明亮的地球光，在更加耀目的灯光下遁形。当然，在月球的真空中，这些光线都完全是隐形的，它们交叠成一个个炫目的白色椭圆，集中打在石板上，而这些白光似乎一落在石板上就被它黝黑的表面给吞噬了。

弗洛伊德突然带着一种不祥的预感想到：潘多拉的盒子就要被好奇的人类打开了。盒子里会出现什么呢？

13

缓慢的黎明

TMA-1营地的主加压圆顶屋,直径只有二十英尺,内部拥挤得很不舒服。巴士通过两道气闸中的一道,和主加压圆顶屋连接起来,多出了一些大家求之不得的活动空间。

在这个由双重充气墙所构成的半球形空间里,有六名现在已经无限期延长任务的科学家和技术人员在里面生活、工作、睡眠。里面还有他们大部分的装备和仪器、所有没法留在外面真空状态的补给品、厨具、盥洗设备、地质采样,还有一台小小的电视屏幕——外面营地的状况就随时通过这个电视屏幕来监督。

哈佛森决定留在加压圆顶屋内的时候,弗洛伊德并不怎么意外。他的理由倒是坦白得令人喜欢。

"我把航天服当作是一种必要之恶,"行政官这么说,"因此一年只穿四次，都是在每季例行装检测试的时候。如果各位不介意的话，我坐在这里看电视就好了。"

他对航天服的偏见，现在有些已经难以成立了。和最早的登月探险家所穿的笨重盔甲相比，最新型航天服的舒适已经不可以道里计。不用一分钟的时间，也不用别人帮忙，就可以穿好，相当自动化。现在将弗洛伊德密密包裹的这套MK5型，不论昼夜，即使发生月球上最恶劣的情况，都可以保护他。

在麦考斯博士的陪伴下，他走进了小小的气闸。等压缩机的振动逐渐停止，包住身体的航天服已经在不知不觉中硬挺起来，他觉得自己被封在真空的寂静中。

这时，航天服里的无线电及时传来声音，驱散了寂静。

"压力状态没问题吧，弗洛伊德博士？呼吸正常吗？"

"是的，没问题。"

弗洛伊德的同伴很仔细地一一检查他航天服外面的各种仪表，然后说道："好了，出发吧。"

外门打开，他们面前展开覆满沙尘的月球景观，在地球光下闪烁着微弱的光。

弗洛伊德步履蹒跚、谨慎地跟着麦考斯走出了气闸。走起来并不困难。事实上，说来矛盾，航天服让他觉得抵达月球之后还没有如此自在过。航天服的额外重量，以及给他动作添加的一点阻力，多少制造了点地球重力的错觉。

他们到此才不过一个小时，外面的光景已经大不相同。虽然天上的星星和半个地球仍然光亮一如往常，但是一个晚上相当于地球上十四天的月球之夜，却几近结束。东方天边上，日冕的光辉像是场冒充的月出，接着，毫无预警地，高伸在弗洛伊德头顶一百英尺的无线电杆，随着接收到隐藏着的太阳的第一道光线，突然炽热得像是着了火。

他们等这个项目的主持人和他两名助理走出气闸，然后一起慢慢朝坑洞走去。等他们走到时，一弧难以承受的细细白热光，从东方地平线迸现。虽然月球转动缓慢，太阳还要一个多小时才会越过地平线，但星星都已经消失了。

坑洞还在阴暗中，不过坑口四周设置的泛光灯，把坑口内部照得通明。弗洛伊德沿着斜坡，慢慢朝那个黑色的长方形走下去。他感觉到的不只是敬畏，更有一种无助。这里，就在地球的门口，人类正面对一个可能永无解答的谜题。三百万年前，有某种东西打这里经过，留下这个目的不明、未知，甚至根本不可知的记号，然后又回到了他们的行星，或是恒星海之中。

弗洛伊德航天服里的无线电打断了他的幻想。"这里是专案主持人。请大家都往这边站一排，我们要拍几张照片。弗洛伊德博士，请您站中间——麦考斯博士，谢谢您。"

除了弗洛伊德之外，似乎没人觉得这里面有什么好笑的。坦白说，他必须承认自己非常高兴有人带照相机来了。现在这张照片一定深具历史价值，他自己也想要加洗几张。他希望透过航天服的头盔，自己的脸孔还清晰可见。

"谢谢各位。"摄影师说道。在巨石前面，他们有点不自在地摆了些姿势，摄影师也已经取了十来张的景。"我们会请基地的摄影部门把拷贝送给各位。"

然后，弗洛伊德才把全副精神转回那块黝黑的板子上。他慢慢地绕着板子走，从每一个角落端详，试着把它的奇特深刻地印在脑海里。他并没指望会发现任何东西，因为他知道没有一寸地方没有像放在显微镜底下一样地被仔细检查过。

现在，缓慢的太阳终于升过环形山的边缘，阳光几乎洒满了石板向东的那一整面。不过，黝黑的东西似乎把每一丝光线都吸收得无影无踪，就好像光线从没存在过似的。

弗洛伊德想做个简单的实验。他站到巨石和太阳之间，想看看自己的影子怎样落在光滑的黑色板子上。影子完全无影无踪。这块石板上最少承受了十千瓦的强热，如果里面有什么东西，一定很快就煮熟了。

站在这里，看着这个东西从地球冰河期以来第一次得见天日，真是一番奇异的景象，弗洛伊德想道。接着他又在好奇这个东西之所以漆黑，是不是因为要吸收太阳能——当然，要的话是再理想不过。不过他马上打消了这个念头，因为谁会疯狂到把太阳能驱动的设备埋在地底二十英尺的地方？

他抬头看，地球在晨空中开始由圆而缺了。那儿的六十亿人口里，只有屈指可数的几个人知道有这场发现，等消息最后公布的时候，全世界到底会怎么反应？

政治和社会影响将无与伦比，任何具备一点真正智慧的人，任何视野稍微长远一点的人，都将发现自己的生活、价值观、哲学观要发生微妙的变化。就算TMA-1里发现不了任何东西，而永远成为一个谜团，人类还是会知道，他们在宇宙里并不是仅有的存在。虽然人类和曾经立足这儿的他们错过了几百万年，但他们还是可能会回来，或者，就算他们不回来，也很可能还有其他的。从现在起，所有的未来都将包含这种可能性。

弗洛伊德的思绪在驰骋不已的当儿，他头盔里的扬声器突然传出一阵尖锐的电子声音，好像收音机的报时信号由于电流太强而扭曲，极其刺耳。不由自主地，他隔着航天服想用双手挡住自己的耳朵，接着他恢复镇定，拼命去摸他接收器的增益控制。在他笨拙摸索的这阵子，天外又传来四次同样尖锐的声音，然后，一切又归于静寂。

坑口里，所有人都站着，露出目瞪口呆的神情。所以这不是我的装备出了问题，弗洛伊德告诉自己，每个人都听到了这种尖锐刺耳的电子声音。

在黑暗中历经三百万年之后，TMA-1终于迎接了月球上的黎明。

14

聆听者

　　火星后方上亿英里之处，一片冷寂，人迹未至。"深太空监测者79号"在小行星纠缠交织的轨道间缓缓飘移。三年来，它承接的任务还没出过任何纰漏——这不能不归功于负责设计的美国科学家、负责建造的英国工程师，以及负责发射的俄罗斯技术人员。一台精细的蛛网状天线，截取通过的各种无线电波噪音。在过去远较单纯的年代，巴斯噶曾经天真地称之为"无尽太空之寂静"，现在则是毫无间断的噼啪、唏嗤之声。辐射侦测器接收、分析从银河系以及更远的宇宙深处传来的宇宙线；中子和X光望远镜密切注意肉眼视力所及之外的奇异星辰；磁力计观察太阳风所产生的风暴——太阳以每小时百万英里的速度，将纤细的等离子喷向环绕它运行的行星表面。所有这一切，以及其他许多还没谈到的事情，都被"深太空监测者79号"耐心地记录在它澄澈的记忆里。

在许许多多的天线里（现在已经没有人惊叹这些天线的神奇了），有一根永远对准离太阳不太远的地方。如果这里有人观望的话，每隔几个月，可以看到远方这个目标——那是一颗灿烂的星球，邻近还有一颗光亮略弱的伴侣。不过多半时间，那颗星球都隐没在太阳的光亮中。

每隔二十四小时，观测器会把自己耐心储存的信息，整齐地汇聚成五分钟的脉冲，传送回遥远的地球。经过十五分钟之后，以光速前进的脉冲会抵达目的地。专门负责接收电波的机器会等在那里，把信号放大、记录，然后汇总到储藏在华盛顿、莫斯科和堪培拉的全球各个太空中心机房长达几千英里的磁带中。

第一颗人造卫星大约在五十年前进入轨道之后，从太空汹涌而下的信息脉冲难以计数。这些信息全都储存起来，以备有朝一日有助于知识之进展。这些原始素材中，要处理的只有微不足道的一丁点，但是谁也说不准十年、五十年甚或一百年后的科学家会想到要参考其中哪一点观察数据。因此，所有的信息都要存盘记录，堆放在空调恒温的储藏库里。为了避免意外损毁，还复制三份存放在三个中心。这才是人类真正的宝藏，比起那些锁在银行保险箱里、用处不大的黄金，这才是价值连城。

现在，"深太空监测者79号"注意到一种相当奇特的信号——一种很微弱，但是很清楚的扰动，如涟漪般传过太阳系，和它过去观察到的任何天然信号都大不相同。它自动地记下了方向、时间、强度，几个小时后，这个信息就会传回地球。

同样地，一天绕行火星两次的"轨道船M15号"，缓慢运行在黄道面上方的"高倾角探测器21号"，甚至"人造彗星5号"也都接收到了——"人造彗星5号"沿着一条远航一千年也到不了的轨道，往冥王星之后的太空荒野中航行而去。它们全都注意到那股突然干扰到仪器的奇异能量，也都及时自动回报给遥远的地球，储存到内存中。

这四部太空观测器，从相隔几百万英里的不同轨道，传来各自的信号。计算机也许察觉不到这四组特异信号之间的关联，不过等戈达德中心的辐射预测员开始读他的晨间报告时，他一定会知道过去二十四小时里，太阳系里发生了很奇特的事情。

他只读到这段能量轨迹的片段，不过，等计算机把数据投射在"行星现况布告板"之后，这道轨迹将清楚明白，一如飞机横越无云天空所留下的水汽尾，一如初雪之后地上印出的一列脚印。某种非物质形态的能量，投射出喷雾状的辐射，仿佛高速赛艇的尾波，从月球的表面直往深远的星空而去。

III

行星之间

15

发现号

　　宇宙飞船离开地球才不过三十天，戴维·鲍曼已经不时觉得很难相信除了发现号这个小小的封闭世界外，自己还接触过任何其他生命。这么多年来的训练，在这之前所有前往月球和火星的任务，似乎都是上辈子另一个人的事情了。

　　弗兰克·普尔承认有同样的感受，他有时候会开玩笑地感叹说，就算要找最近的精神医师，也远在六七千万英里路以外。不过这种孤绝疏离之感，是很容易理解的，其实也没有任何不正常之处。从人类开始探索太空五十年以来，还没有哪次任务可以和这次任务相比。

　　五年前开始的时候，这个计划本来叫作木星计划，是前往这颗最大行星的第一次载人来回旅程。当时为了这趟为时两年的旅程，宇宙飞船几乎准备妥当了，不过后来有点突兀地，任务内容作了些更动。

发现号还是会去木星，但那不会是终点。航行穿过幅员辽阔的木星卫星系时，她甚至不会降低速度。相反地，她会将这个大天体的重力场当作一种投掷的力量，把自己抛向离太阳更远的地方。像一颗彗星一样，她会掠过太阳系的外缘，来到那个终极的目标：光辉的土星环。她不会回航。

就发现号而言，这是趟有去无回之旅，不过就宇宙飞船上的人员而言，他们并没有自杀的意思。如果一切顺利，七年内他们还是会回到地球——其中五名，在等待目前还没建造的发现二号造好后去拯救他们的过程中，会觉得只不过是刹那间睡了场无梦的冬眠。

在太空航行局所有的说明和文件里，"救援"是个应该小心避用的字眼，因为这里面隐含了计划失败的意思。大家同意的术语是"重取"。如果当真出了什么差错，在远离地球几近十亿英里之外，根本没有什么救援的指望。

如同所有航向未知的旅程，其中的风险也是经过估算的。不过，半个世纪以来的研究，已经证明人工冬眠是完全安全的，并且也开启了太空旅行许多新的可能性。只是直到这次任务，人工冬眠的利用才发挥到淋漓尽致。

到宇宙飞船最后进入环绕土星的轨道之前，这整段向外飞行的过程中，探勘队有三位成员无须参与，可以一直沉睡。这样可以省下大量食物及其他消耗品。还有一点很重要的是，等他们醒来进入工作岗位的时候，可以精神抖擞，不会有航行十个月的疲惫。

发现号将会进入环绕土星的停泊轨道，成为这颗大行星的新卫星。她会沿着一条两百万英里长的椭圆形轨道来回梭行——这条轨道会让她接近土星，也穿过所有主要卫星的轨道。他们会有一百天的时间测量、研究土星——这颗星球的面积是地球的八十倍，周围环绕着最少十五颗已知的卫星，其中一颗甚至有水星的大小。

这里的新奇事物，必定足够几个世纪的研究，而他们这第一批探测队只能执行一些基本的勘察。他们探测到的一切都将发送回地球，就算人员再也回不去，起码探测的结果还在。第一百天结束的时候，发现号会关机。所有工作人员都会进入冬眠，只剩下最基本的维生系统继续运作，宇宙飞船上永不疲累的计算机则会负责监督。发现号就会如此一直绕着土星转动，转动的轨道则经过妥善的测定，就算是一千年后才有人来，也能很清楚地知道怎么找出这艘宇宙飞船。不过，照目前的计划，只要再过五年，发现二号就会抵达。就算多过个两三年，宇宙飞船上沉睡的人员也不会觉得有何差别。因为到时候时间对他们而言将是停止的，一如时间对怀特黑德、卡明斯基、亨特三个人已经停止。

有时候，鲍曼，发现号的舰长，看着三个失去意识的同事冰冻在宁谧的人工冬眠装置里，会觉得相当羡慕。在抵达土星之前，他们没有烦恼，没有责任，整个外在世界都不存在。

不过外在世界却在注视着他们——通过生命感应显示器。在主控甲板大量的仪器设备中，有五个毫不起眼的小小仪表板，上面标示着亨特、怀特黑德、卡明斯基、普尔、鲍曼的名字。后面两个还空白，没有动静。要有动静，得是一年后的事了。前面三个，则闪动着许许多多微小的绿灯，表示一切正常。每个仪表上方都有一个小小的显示屏幕，一组组光标移过屏幕，标示出脉搏、呼吸和脑部活动缓慢的节奏。

有时候，鲍曼会把这些监测系统转到声音输出的状态——他很清楚这是多此一举，真有什么问题，自然会有警示音响起。听着三名同事沉睡中极尽缓慢的心跳，看着屏幕上同步缓缓移过的波线，他会感到一种几乎被催眠的状态。

其中最令人赞叹的，还是那些脑电波图（EEG）——犹如生命独特的印记，证明曾经有这么三个人存在过，有朝一日又将再度存在。清醒中的头脑，甚至正常睡眠中的头脑活动，都有起伏的波线，但是这里的波线却几乎完全没有起伏，没有电流暴增。如果说还有任何丁点残留的意识，那已经是超越仪器所能测度、超越记忆所能涵盖的范围了。

上述这件事，鲍曼也曾亲身经历。在他被选上这次任务之前，曾经测试过对冬眠的反应。他不太清楚自己到底是丧失了一个星期的生命，还是把自己最终不可避免的死亡延后了一个星期。

当他的额头贴上了电极，睡眠产生器启动之后，他曾经短暂地看到一阵万花筒似的图案，以及飘流的星星。然后这些影像隐退，他进入无际的黑暗。他完全没有感受到注射，更别说随着体温降低，他身体最初感受到的寒冷——最后，他的体温降到比冰点高不了几度。

他醒来时，感觉好像根本没闭过眼。不过他知道这只是幻觉。不管怎么说，他相信已经过了好几年了。

任务已经完成了吗？他们已经抵达土星，执行过探测，也进入了冬眠吗？是发现二号已经来到这里，要带他们回地球了吧！

他躺在那里，还在梦境的晕眩中，完全没法分辨记忆中的真假。他睁开眼睛，可是除了一些密密麻麻的模糊灯光让他迷惑了几分钟之外，几乎什么也看不见。然后他认出自己正在看着宇宙飞船状况仪表板上的各种指示灯，不过视线的焦距怎么都对不准，很快他就不再试下去了。

一股股暖风吹过他的身体，除去四肢的寒意。四周一片寂静，但脑后响起轻柔却提神的音乐，音量越来越大……

然后是一个很自在，也很友善，但他知道是计算机制造出来的声音，跟他讲话了。

"你正在恢复情况中，戴维。别起来，不要有任何剧烈的动作。不要试图讲话。"

别起来！鲍曼想道。这可好玩了。他很怀疑自己是不是连手指头都动不了了。不过很意外的是，他发现可以动。

尽管茫然、呆滞，他却有种很满足的感觉。朦胧中他知道一定是救援船到了，所以才启动自动苏醒机制，很快地，他就可以看到其他人类了。很好，但他并没有觉得很兴奋。现在他只觉得饿。当然，计算机已经料到他的需求。

"戴维，你右手边有个按钮。如果饿了，就按一下。"

鲍曼勉强伸出手指找了找，很快发现了那个梨子形状的按钮。虽然他一定知道那个按钮就在那里，却忘了个一干二净。他还忘了多少东西呢？冬眠真的会抹杀记忆吗？

他按下按钮，然后等待。过了几分钟，睡铺伸出一道金属活动臂，一个塑料吸嘴降到他的唇边。他热切地吸吮起来，一道热热甜甜的液体流下他的喉头，点点滴滴让他重新恢复力气。

又过了一会儿，金属臂移开，他又休息了一阵子。现在他可以活动手脚，走路也不再是那么遥不可及了。

虽然他觉得力气已经开始很快地恢复，不过要不是外界又传来进一步的刺激，一直在那里躺下去也是件很愉快的事。这时候又有一个声音跟他说话了。这次是不折不扣的人声，不再是超越人类的内存所组合出的电子脉冲声音。声音很熟悉，但是要分辨是谁的声音还得一些时间。

"嘿，戴维，你恢复得很好啊。现在你可以讲话了。你知道现在你在什么地方吗？"

他为这个问题伤了会儿脑筋。如果他现在真的是在土星的轨道上，那他离开地球后的这几个月都发生了些什么事情？他又开始怀疑自己是不是患了健忘症。很讽刺的是，想到这里，他倒安心了。他既然能想起"健忘症"这个词，脑筋应该还相当不错……

但是他仍然摸不清自己到底是在哪里。在另一头讲话的人显然完全理解他的情况。

"别伤脑筋了，戴维。我是弗兰克·普尔。我正在看你的心跳和呼吸，一切都十分正常。你只要放轻松就好了，不要急。现在我们会开门，把你拉出来。"

卧舱里流进柔和的灯光，映着逐渐拉开的入口，他看到几个活动的影子。刹那间，所有的记忆都回来了，他明白自己在哪里了。

虽然他从最深入睡眠，最接近死亡的边境走过一趟，并且安全返回，事实上却只过了一个星期的时间。等他走出这间冬眠室的时候，他看到的不会是冰冷的土星天空。那是一年以后，十亿英里以外的事。他还在休斯敦太空飞行中心的训练器里，外面是得州的烈日。

16

哈　尔

不过，现在得州已渺不可见，连美国也看不清了。虽然低推力等离子引擎早已经关掉，但发现号纤细的箭形躯体还是沿着一定方向往前滑进，逐渐远离地球。而她的高功率光学仪器则全都对准外层空间的各颗行星，那是她目标所在的方向。

然而，有一台望远镜却是永远瞄准地球的。这台望远镜好像是准星似的架在宇宙飞船长程天线的边缘上，以便确认这个大碟子精准地锁定远方的地球。只要地球锁定在十字线的中央，保住重要的通信联系，双方的信息就可以沿着无形的电波来来往往——随着宇宙飞船越走越远，每过一天，电波传送的距离就要增加两百多万英里。

每次轮值的时候，鲍曼都至少会通过架在天线上的望远镜看一遍家乡。由于现在地球远远地隔在发现号和太阳之间，所以是黑暗的这个半球对着发现号。在中央显示屏幕上看起来，地球像是一弯炫目的银牙月，很像是另一颗金星。

那条一直缩小的光弧，由于云雾的遮蔽，几乎看不出任何可供辨识的地理特征。不过，即使是黑暗的那部分，也还是令人目眩神迷。许多城市点缀成闪亮的光点，有些光点一直稳定地亮着，另外有些随着大气中的一些变化，像萤火虫般明灭不定。

有些时候，随着月亮在轨道上的来来回回，它会像一盏大灯一样把光线投射在地球黑暗的海洋和陆地上。这时，随着认出来的兴奋，鲍曼往往会瞄到一些熟悉的海岸线，在那道诡异的月光之下闪闪生辉。还有些时候，当太平洋波平如镜，他甚至可以看到月光在海面上粼粼的波光，于是也就回想起那些热带珊瑚礁椰林下的夜晚。

把这些美景丢在身后，他并没有遗憾。在他三十五年的岁月里，已经一览而尽，而等他衣锦还乡的时候，也一定要再次饱餐秀色。只是目前在这个当儿，隔着遥远的距离，这些美景格外动人。

对于这些，宇宙飞船上的第六名组员可没有任何心思，因为他不是人类。他是极为先进的哈尔9000型计算机——整艘宇宙飞船的大脑和神经系统。

哈尔（HAL），是个简称，代表"启发式程序化演算计算机"（Heuristically programmed ALgorithmic computer），是第三次计算机

技术突破之后的杰作。计算机技术似乎每隔二十年就会发生一次突破，想到另一次突破又迫在眉睫，很多人都为之操心不已。

第一次突破是在20世纪40年代，早已经落伍的真空管，造就了当时一些笨拙、高速的低能产品，诸如ENIAC以及其替代品等。然后，60年代，固态微电子学臻于完善。有了这一步突破，有一点很清楚了：要打造至少和人类智能同等威力的人工智能，不过一张办公桌大小的空间就可以解决——只要有人摸清建造的原理。

可能永远也不会有人搞得清楚，但也没有关系。在80年代，明斯基（Minsky）和古德（Good）已经证明过神经网络如何自动产生——只要配合一个学习程序，就可以自动复制。人造大脑，可以惊人地比拟人类大脑的发展过程，一步步成长。不论是哪种情况，精确的细节永远难以得知。就算可以得知，其复杂程度也远超过人类理解范围千百万倍。

不论其中的道理如何，最后出现的机器智能，不但可以复制（有些哲学家则还是喜欢用"模拟"这个字眼）人类大脑的大部分活动，速度和可靠性还都远较大脑优越。哈尔9000系列之昂贵不在话下，总共也不过建造了几台，不过那个说什么"粗活劳动最能制造有机大脑"的老掉牙笑话，听来已经有点空洞了。

就这次任务，哈尔所受的完整训练，不下于他的人类同事。而他可以接受的指令，则多出太多倍，因为除了他固有的速度之外，还从不需要睡眠。他主要的工作是监测维生系统，持续检查氧气压力、温度、舱壳漏气、辐射，以及宇宙飞船上脆弱的人类所赖以存活的其他一切关联因素。他也能针对航行进行精细而复杂的校正，要改换路线的时候，也可以执行必需的航行运作。他还可以监看冬眠装置里的人，必要的时候调整一下他们的环境，并且仔细地施放静脉注射液来维持他们的生命。

起初的几代计算机，都是靠那些功能强化的键盘来输入指令，同时仰仗高速打印机和影像显示器来输出结果。必要的时候，哈尔也可以这么做，不过他和这艘宇宙飞船的同伴之间的沟通，大多是用说话来进行。普尔和鲍曼可以把哈尔当成一个人一样地讲话，他也可以用地道的英语来回答——他是在为期不过几个星期的"电子童年期"学会的。

哈尔到底能不能思考，这个问题，早在20世纪40年代，英国数学家图灵（Alan Turing）就回答了。图灵曾经指出：如果有人可以和一台机器展开一场漫长的对话（不论是通过打字机还是麦克风），并且难以区分是机器还是人的回答时，那这台机器就是会思考的——不论怎样来看"思考"这个词的定义。哈尔可以轻松通过图灵测试。

甚至到某个节骨眼上，哈尔还可以承担驾驶整艘宇宙飞船的重任。发生紧急情况时，如果没有人回答他的信号，哈尔会借助电子和化学刺激把冬眠中的组员叫醒。如果他们没有反应，哈尔会发送无线电到地球请求进一步指示。

接下来，如果连地球也没有响应，哈尔就可以采取他认为必要的手段来防护这艘宇宙飞船，继续执行任务。这趟任务的真正目的，只有他自己明白，他那些人类同事则是根本无从想象。

普尔和鲍曼经常打趣，把自己比喻成这艘可以完全自行运作的宇宙飞船上的工友，或是门房。如果他们发现这个笑话里面的真实成分，一定会大吃一惊，并且，应该不只是略有愤慨。

17

巡航模式

　　宇宙飞船每天的运作，都已经详细地规划好（起码理论上如此），鲍曼和普尔很清楚二十四小时之内每个时刻自己该做哪些事情。他们作业的模式是十二个小时轮流值班，同一个时间，两个人绝不会都在睡觉。当值的人留在主控甲板里，另一个人则负责一般管家的工作，检查检查宇宙飞船，处理一下总是不断冒出来的杂务，或者只是在舱房里休息。

　　鲍曼虽然名义上是这次任务现阶段的舰长，不过，外人可难以推断。每十二个小时，他会和普尔彻底互换一下角色、位阶和责任。这可以让他们两个人都维持在巅峰状态，减低双方摩擦的机会，并有助于达成百分之百不浪费人力的目标。

　　鲍曼的一天，是从六点开始——宇宙飞船上的时间，也是天文学家的通用星历时间。如果起得晚，哈尔有各式各样的声响来提醒他的职责，不过还没派上过用场。为了测试，普尔关过一次闹钟，鲍曼则总会自动醒来。

他每天第一项职务，就是把主冬眠定时器再拨前十二个小时。如果这个作业连续漏做两次，哈尔就会认为他和普尔都已经失去行为能力，而采取必要的紧急行动。

接着鲍曼会梳洗一番，做做运动，然后坐下来吃早餐，读无线传真版的《世界时报》。在地球上的时候，他从没有像现在这么仔细地读报纸。就算是最不起眼的社会八卦、一瞬即逝的政治谣言，从屏幕上闪过的时候也令人兴味盎然。

七点的时候，他会到主控甲板把普尔换下来，从厨房里带一杯挤管式的咖啡给他。如果没有要报告的事情，没有要采取的行动（通常都是如此），他就坐下来检查所有仪器的读数，然后执行一系列用来发现可能故障的测试。十点的时候，这些程序结束，他开始一段学习时间。

鲍曼这辈子多半时间都在当学生，到他退休之前还会一路当下去。这要感激20世纪教育训练和信息处理科技的革命，他已经拥有相当于两三个大学教育的学力，更重要的是，他学过的东西百分之九十都可以记住。

五十年前，他会被认为是个应用天文学、自动控制，以及太空推进系统方面的专家。不过，他从心底里不承认自己是什么专家。

鲍曼一直没法把兴趣只集中在单一学科上。尽管他的指导教授都给过他严重的警告，他还是坚持硕士学位要主修"航天学总论"。这门课的课程设计重点不清，目标天马行空，专门开给那些IQ徘徊在一百三十左右、绝不可能在这一行出类拔萃的人。

他的决定是对的，正因为他拒绝走专家之路，反而使他独一无二地适于目前的任务。弗兰克·普尔的情况也是大致如此——这个偶尔自嘲为"太空生物学医生"的人，也因为如此而雀屏中选，出任他的助手。他们两个人，加上必要时还有哈尔大量储存的信息，足可以应付这次航行可能发生的任何问题——只要他们保持心智清醒、灵敏，并且不断翻新记忆，确保不忘所学。

因此，从十点到十二点，有两个小时的时间，鲍曼会和一名"电子教师"进行对话，或是检查一下自己的一般知识，或是吸收一些针对这次任务的特定数据。他会不停地浏览宇宙飞船结构图、电路图、航线表，也会努力消化有关木星、土星，以及其辽阔的卫星群一切已知数据。

中午时分，他会回到厨房准备午餐，宇宙飞船则交给哈尔。即使在厨房里，他还是可以随时了解状况，因为这个小小的起居间兼餐厅的空间里，摆设了另一台复制的状况显示板，哈尔也可以随时联络到他。普尔会和他一起用餐，然后回去睡六个小时。用餐的时候，通常他们会看一段地球传来的一般电视节目。

他们的菜单，也和这次任务的每个环节一般，精心规划过。食物多半经过冷冻干燥处理，精挑细选，把处理程序简化到最低，风味也一贯绝佳。只要打开包装，倒进小小的自动烹饪器，煮好的时候就会"哔"地响一声通知。他们可以尽情享用各种口感以及观感俱佳的食物。如橘子汁、蛋（各种做法）、牛排、猪排、烤肉、新鲜蔬菜、什锦水果、冰激凌，甚至刚出炉的面包。

午餐过后，十三到十六点，鲍曼会缓步仔细巡视一遍宇宙飞船，或者说宇宙飞船里的可及之处。发现号的长度几乎有四百英尺，不过组员所占用的小天地，全挤在加压舱直径四十英尺的球体空间里。

所有的维生系统，以及整艘宇宙飞船的运作心脏——主控甲板——都在这里。加压舱底下，是一个配有三道气闸的小型"太空机库"。需要进行"舱外活动"时，刚好容得下一个人的动力小艇，就可以从这里出去到太空。

球体加压舱的中线区，也可以说是从"南回归线"到"北回归线"那一段，包着一个直径三十五英尺，慢慢转动的圆桶。随着它每十秒钟转动一圈，这个称作旋转木马也好，离心机也罢的东西，会产生相当于月球重力的人造重力。这有助于防止身体在完全无重力状态下逐渐萎缩，也可以让生活起居上一些日常行事，得以在正常状况，或者说是近乎正常的状况下进行。

因此，在这个旋转区里有烹饪、饮食、卫浴等设施。要料理一些热饮，只有在这里才安全——在无重力状态下，滚水水珠会一颗颗飘浮，把人严重烫伤，很危险。修面问题也是在这里解决——刮下来的髭须，这才不会四处飘荡，损害电力设备也危及健康。

旋转区的边缘上，有五间小小的舱房，五位航天员照他们的喜好各自布置，自己私人的东西都放在里面。目前只有鲍曼和普尔在使用，将来会使用另外三间的人则在隔壁的"电子棺材"里沉睡着。

需要的时候，旋转区的转动可以停止，这时，角动量一定要储存在一个飞轮里，等重新开始转动的时候，再转换回去。不过正常状况下，都让它定速转动。因为这个慢慢转动的圆筒状空间里，有一根杆子穿过中央部位的零重力区，即使在转动中，组员只要双手交替握着杆子前进，就可以很容易地进入旋转区。只要试过几次，要站上这个旋转区很容易也很自然，和站上一个电扶梯没什么差别。

球体加压舱是一段一百多码长的箭形结构的尖部。就和所有打算深入外层空间的交通工具一样，发现号要进入一个大气层，或者要和任何一个行星的重力场相抗衡的时候，都太脆弱也太不够流线。她是在环绕地球的轨道上组合起来的，经过月球外的处女航测试，最后在月球上方的轨道上通过检测。她是个纯太空的产物——看得出来。

紧邻在加压舱后方，是一组四个很大的液态氢罐。再后面，是一个长长纤细的V字形散热片，把核能反应器里没有用途的热散发出去。散热片内部布满精细的格状管线，供冷却液流通，看来就像是巨型蜻蜓的两只翅膀，从某些角度来看，这使得发现号乍看之下有点像是古时候的帆船。

V字形的尽头，离组员舱三百英尺的地方，是那重重防护的地狱——核能反应器，以及等离子引擎借以产生白热物质的一组聚焦电极。几个星期前，这里的复杂结构就已经发挥功能，把发现号推出了环绕月球的停泊轨道。现在这个反应器只是在小幅度地运转，制造可供宇宙飞船使用的电力，至于发现号在全力冲刺加速状态下会发出樱红色光的散热片，目前则是冷冷暗暗的。

要检查宇宙飞船的这个区域，虽然需要到舱外，不过借助一些仪器和遥控的电视摄影机，还是可以完整地了解情况。现在鲍曼就觉得自己对这个散热器、各个仪表板，以及布满其中的每一寸管线都了如指掌。

十六点的时候，他会完成检测，向任务控制中心提出详尽的口头报告，一直报告到对方传来已经收听到的信息。然后他会关掉自己这一方的传送开关，听听地球那边说什么，再针对需要回答的问题予以回复。十八点的时候，普尔会醒过来，他就可以交班了。

他会有六个小时随自己安排的闲暇时间。有时候他会继续自己的学习，有时候听听音乐，有时候看看电影。多半时间他都在宇宙飞船上无穷无尽的电子图书馆里流连忘返。他尤其为人类过去所缔造的各种伟大的探险所着迷——在他的情境中，这是可以理解的。有时候，他会和皮亚西斯[1]一起穿过赫拉克勒斯之柱，沿着才刚从石器时代浮现的欧洲海岸线，一路冒险，几乎接近冰雾深锁的北极。或者，时间向后拉两千年，他会和安森[2]一起追击西班牙的马尼拉桅船，和库克船长沿着澳洲大堡礁未知的险境扬帆前进，也和麦哲伦一起完成第一次环球航行。他也开始阅读《奥德赛》——没有哪一本书可以跨越时间的鸿沟，如此生动地向他娓娓细诉。

想轻松一下的话，他会找哈尔玩各式各类半数学性质的游戏，包括跳棋、西洋棋、多方块等等。哈尔使出全力的话，一盘也不会输，不过这样对士气打击太大。因此哈尔的程序被设计为只有百分之五十的胜率，而他的人类对手则装作不知道这件事。

鲍曼一天的最后几个小时用来整理舱房和处理一些杂务，然后在二十点的时候再次和普尔共进晚餐。接下来的一个小时，他则可以和地球收发私人通话。

鲍曼和他所有的同事一样，没有结婚。要一个有家室的男人出这么漫长的任务，没有道理。虽然也有许多女士答应一定会等到探测队回来，但没有人相信。开始的时候，普尔和鲍曼一个星期里总

---

1 皮亚西斯（Pytheas），公元前4—公元前3世纪的古希腊探险家、地理学家，第一位记录月亮会影响潮汐的人。

2 乔治·安森（George Anson，1697—1762），英国著名海军将领，两次出任英国海军大臣，曾参与西班牙王位继承战争和四国同盟对西班牙战争。

会打一通相当私密的电话——虽然明知地球那一端的电话回路上一定有许多人在监听，不免使他们的谈话有所节制。不过，这次出航才不过刚开始不久，他们和地球上的女孩子亲热又频繁的通话就已经逐渐消失了。这是意料中的事——如同过去航海的人，航天员也要接受这种生命里必然的惩罚。

的确，尽管声名狼藉，海员可以在各个港口里寻找慰藉；不幸的是，在地球之外，却没有热带岛屿，没有肤色黝黑的女郎。当然，太空医生以他们惯有的热情处理了这个问题——宇宙飞船上的药物可以提供一些尽管没那么精彩，但还算适当的替代途径。

终止当天与地球的通信之前，鲍曼会再提出最后一次报告，并且检查哈尔是否把这一天所有的仪器记录都传送出去。然后，如果喜欢的话，他会花一两个小时读读书或看看电影，然后在午夜时分入睡。通常，他不需要借助任何电子催眠。

普尔的时程和他的一模一样，彼此时间表配合得恰到好处，没有任何摩擦。两个人的时间都排得很满，双方都聪明又懂自我调整，所以根本没有吵架的机会。就这样，这趟航行进入一个舒适又毫无波折的例行过程——只有在数字时钟转变的数字之间，才看得出时间的流逝。

发现号这支小队伍的大愿望，就是在未来的几个星期、几个月里，不要有任何事情破坏眼前这宁谧而单调的日程。

18

穿过小行星带

周复一周，发现号像是一台奔驰在完全预定轨道上的电车，掠过火星的轨道，继续朝木星而去。有别于那些在地球上横越天空或海洋的交通工具，她一点也不需要有人控制驾驶。她行进的路线是由重力定律所定，不会碰上地图上没有的浅滩，也没有可能搁浅的礁石。在她和无穷远的星辰之间，没有任何交通工具（起码没有人类打造的），因此也丝毫没有和其他宇宙飞船相撞的危险。

然而她目前正在进入的太空，可绝不是一片虚空。前方有一百万颗以上的小行星交织成一片危险地带，其中只有不到一万颗小行星的轨道曾经为天文学家精准地计算过。直径超过一百英里的只有四颗——其余绝大多数不过是些漫无目标的在太空中转动的大石块。

他们拿这些小行星一点办法也没有。在每小时数万英里的速度下，就算是最小的一颗小行星撞上发现号，也足以叫这艘宇宙飞船彻底粉碎，不过，发生这种情况的概率微乎其微。一般而言，在左右各一百万英里的空间里，只会出现一颗小行星，因此要说发现号正好会在同一时间来到某颗小行星的同一位置，大概是他们组员最不需要操心的事情。

第八十六天的时候，他们依照预定行程，前进到最接近一颗已为人知的小行星的距离了。这其实是块直径五十码的石头，没有名字，只有7794这个数字，1997年月球观测所发现以后，除了小行星局那些耐心的计算机外，大家都忘在脑后了。

轮到鲍曼值班的时候，哈尔马上提醒他这个即将面临的情况——其实，整趟航程就这么一个预定的事件，鲍曼不可能忘记的。小行星相对于各恒星的行经轨道，以及最近距离时候的坐标，都已经显示在屏幕上。同时列出的，还有一些要进行或是要尝试的观测项目。等7794在区区九百英里外，以每小时八万英里的相对速度闪过的时候，他们一定会十分忙碌。

鲍曼要哈尔打开望远镜的显示画面，屏幕闪出一片光点稀疏的星域。上面看不出任何像是小行星的东西，就算已经放大到最大，所有的影像仍然只是些没有体积的光点。

"把目标网格线给我。"鲍曼提出要求。四条淡淡细细的线马上出现，框出一个微小而不可分辨的星星。他仔细看了好几分钟，狐疑哈尔是不是搞错了，接着他看到那个小小的光点在移动，映着背景的星星，缓慢得难以觉察。也许，它可能还在五十万英里之外，不过看移动就可以知道，就太空中的距离而言，它已经近在咫尺了。

六个小时后，普尔也进入主控甲板的时候，7794的亮度已经强了好几百倍，现在映着星星移动的速度极快，无须怀疑它的身份了。它也不再只是一个光点，已经开始呈现一个清晰可见的圆盘。

他们望着太空中掠过的那块小石头，心情好比那些在海洋上长期颠簸的水手，绕过一个他们没法登陆的海岸。虽然他们非常清楚7794只是块没有生命，没有空气的石头，然而心情并没有两样。去木星的路上，两亿英里的距离内，他们再不会碰到其他任何结实的东西了。

通过高倍望远镜，他们可以看到小行星的形状非常不规则，一路缓慢地翻转。有时候它看来像是一个扁平的球体，有时候像是一块初具形状的砖头。转动一次，时间刚好超过两分钟。小行星的表面，显然随机散布着一些斑斑点点的明暗光影，结晶物质的平面或凸起不时在阳光下闪动，像是一扇在远方闪烁生光的窗户。

它以近乎每秒三十英里的速度飞掠而过，他们只有忙乱又兴奋的几分钟可以近距离观察。自动摄影机拍了几十张照片，导航雷达折返的回波也小心地记录下来，以供未来分析——时间只够他们做一次撞击探测。

这次的探测器未携带任何仪器，在这种超高速度下相撞，什么仪器也留不下来。他们只是从发现号上，朝着会和那颗小行星相遇的方向，发射一个小小的金属弹丸。

随着时间一秒秒接近撞击，普尔和鲍曼等待的心情越来越紧张。这次实验，虽然基本上很简单，却要把各种设备的精准度都动用到极限。他们是在几千英里的距离外，要瞄准一个直径百英尺的目标……

映着小行星阴暗的区域，突然出现一道炫目的爆炸亮光。小小的弹丸以流星的速度撞上之后，在一瞬间把所有的能量转化为热。一股白热的气体短暂地腾入太空，发现号上，摄影机则同时把快速消失的光谱线条记录下来。地球上的专家会加以分析，希望找到足以解读发出白热原子的蛛丝马迹。如此，小行星外壳的成分，将头一次被解析。

不到一个小时，7794已经又是一颗越来越小的星星，看不出圆盘的模样。等鲍曼下次再来看的时候，已经彻底消失了。

他们又孤独了。他们将持续孤独，直到木星最外围的卫星朝他们涌来——那又是三个月后的事了。

19

通过木星

虽然还在两千万英里之外，木星已经是前方天空中最显著的物体了。现在这颗行星像是一个淡橙色的圆盘，相当于地球上看到的月亮一半大小，环绕在行星外的一道道平行黑色云带则清晰可见。沿着木星的赤道线来回穿梭的，是耀目的木卫一艾奥（Io）、木卫二欧罗巴（Europa）、木卫三盖尼米得（Ganymede）和木卫四卡利斯托（Callisto）——这些星球在别处早已自成行星，但在这里却只能跻身为拱绕巨星的卫星。

木星在望远镜里灿烂夺目——这个色彩万千、带着斑点的星球似乎充塞了整个天空。要掌握它实际大小是不可能的，鲍曼只能不断提醒自己，木星的直径是地球的十一倍——但有很长一段时间，这只是个没有意义的数字。

后来，从哈尔的记忆单位里调出带子检视摘要数据时，他看到一样东西，突然理解到这颗行星之巨大到底有多么惊人。那是一张图画：将地球的整个表面剥下来，像一张动物皮似的钉在木星这个圆盘上。衬着这个背景，整个地球陆地和海洋加起来的大小，顶多和地球上印度的大小差不多。

等鲍曼把发现号上的望远镜调到最高倍数，他发现自己像是飘浮在一座略带扁平的星球上空，俯视着一片片流云——在这颗大星球的快速转动下，这些流云都形成一道道的云带。有时候，这些云带凝结成一丝丝、一团团，甚至大至整片大陆的彩色蒸气；有时候，这些云带之间又被一座座长达数千英里的暂时性云桥所连接。隐藏在这些云带之下的各种物质之丰，睥睨整个太阳系。鲍曼很好奇，除此之外，下面还可能隐藏着什么！

木星真正的地表，永远为这片动荡的云层所遮掩。云层之上，有时候会滑过一个个黑圈圈。这是内层卫星打远方的太阳前面经过，因此影子在无边无际的木星云层上摇曳而过。就算在这里，离木星还有两千万英里的距离，已经有许多其他小得多的卫星。但这都只是一些飞行的巨块，直径不过几十英里，宇宙飞船的行进路线不会接近任何一个。每隔几分钟，雷达发送器会集中力量，传送出无声的振动——然而，虚空之中，没有新发现的卫星所反射回来的回音。传回来越来越清楚的，是木星本身的无线电声音。1955年，太空时代正要展开的前夕，天文学者惊骇地发现：木星可以在十米波段上发送出上千万马力的电波。就像地球有范艾伦辐射带，这个行星也有许多带电的粒子在绕行，只是规模大了许多——这些噪音则是这些形成光圈的带电粒子所带来的。

在主控甲板的孤独时刻中，鲍曼不时倾听这些无线电的声音。他会把音量开到整个房间都充塞了这种唏唏哗哗的声音，其中，在不规则的间隔中，又会传来一阵阵好像发狂的鸟叫，短促而尖尖颤颤。这真是一种诡异的声音，和人类的关系是如此漠然——这也真是一种孤寂而无意义的声音，一如浪涛冲上沙滩的沙沙声响，或远在地平线外的隐隐雷鸣。

即使以发现号目前超过每小时十万英里的航行速度来说，要跨越这许多木星卫星的轨道，也得将近两个星期的时间。围绕着木星的卫星，要多过围绕着太阳的行星。月球观测所每年都会发现一些新的卫星，目前总数已多达三十六颗。最外层的是"木卫二十七"——它以不甚稳定的路线，从它临时的主人那儿后退了一千九百万英里。它是木星和太阳永不止息的拔河赛中，互相争夺的战利品。木星会不断地从小行星带里撷取一些俘虏，当作自己短命的卫星，过几百万年后再度失去它们。只有内圈的卫星才是木星永久的臣属，太阳夺取不了。

在这场重力场之间的战斗中，现在出现了新的猎物。发现号正循着一条复杂的航道向木星加速行进——这条航道是几个月前地球上的天文学家所计算出来的，然后再由哈尔一路不断地检验。每隔一段时间，当他们就航道进行一些微细的调整时，管控喷射器里就会自动发出一些轻微的推动，轻微到宇宙飞船上几乎没有觉察。

通过跟地球的无线电联系，各种信息都会稳定回传。但他们实在离家太远了，尽管他们的信号已经以光速在前进，还是要花五十分钟才能走完一趟。虽然全世界都从他们身后注视着这一切，通过他们的眼睛和仪器看着木星一步步接近，然而他们所发出的信息却要用将近一个小时的时间才能传回地球。

宇宙飞船穿越木星的内圈卫星轨道时，望远摄影机一直不停地拍摄——这些巨大的卫星每个都比月球还大，每个都是未知的领域。在通过木星表面前三个小时，发现号以不到两万英里的距离越过欧罗巴。随着欧罗巴越来越大，形状从球形转为新月形，并朝太阳快速移动，宇宙飞船上所有的仪器都瞄准着这颗逐渐逼近的星球。

到此刻之前，这一片广达一千四百万平方英里的土地，在最强力的望远镜中也没大过针头的大小。但再过几分钟，他们就要越过这颗星球了，因此一定要尽可能掌握这次相遇的机缘，尽可能记录所有的信息。未来几个月里，他们将可以从容回顾。

在一段距离之外，欧罗巴像个巨大的雪球，以惊人的效率反射远方太阳的光线。再近一点的观察确认了这一点：不像灰土色的月球，欧罗巴十分雪白耀目，表面大多覆盖着一块块闪动着亮光，看来像是搁浅冰山一样的东西。几乎可以确定的是，这都是由氨和水所形成的——不知怎的，这些水没有为木星的重力场所攫取。

只有沿着赤道的地方，可以看到一些裸露的岩石——这里是由许多峡谷和巨石构成的崎岖无人之境，形成一道颜色比较深暗的环带，把这小小的世界整个绕了一圈。也有一些撞击坑，不过看不出有火山活动的迹象。欧罗巴显然从没具有任何内部的热源。

早为人所知的是，这里有一丝大气的痕迹。当这颗卫星的黑暗边缘掠过某颗恒星的时候，恒星在淹没之前的一刻，会短暂地暗一下子。某些区域，可以感觉到有云的可能——或许也只是一些液态氨所形成的雾气，被稀薄的甲烷风带动。

欧罗巴刚出现在前方的天际，又已经落在宇宙飞船的后方。现在，距离木星不过两个小时了。哈尔以无比的耐心把宇宙飞船的轨道查了又查，到最近距离的接触之前，已经不需要再进一步调整速度。然而就算有了这种心理准备，一分一秒，看着那颗巨大的星球越来越大，仍然令人心弦逐渐拉紧。要说发现号不是准备直接撞上这个星球，要说木星巨大的重力不会把宇宙飞船一步步吸引到毁灭，实在很难。

现在是要扔下大气探测器的时候了。希望这个探测器能存活得够久，可以从木星云层底下传回一些信息。两个矮胖的炸弹形状的容器，外面包着可抛式耐热罩，慢慢被推进最初几千英里与发现号本身几无差异的轨道。

但是，接着这两枚探测器慢慢地滑开了。现在，光是肉眼也看得出哈尔早已分析的事实。宇宙飞船现在的轨道，近距离掠过木星，但不会撞上——她以些微之差避过木星的大气。所谓些微之差指的是不过几百英里——和一颗直径九万英里的行星打交道的时候，这真是戋戋之数，不过，也足够了。

现在的木星充满了整个天空，那种巨大是鲍曼以眼睛和心灵都难以捕捉的，因此两者他都放弃了尝试。如果不是底下大气的颜色太过缤纷，从红到粉红到黄到橘红甚至到猩红不一而足，鲍曼很可能会相信他正在低空掠过地球上空的一片云海。

现在，在旅程中头一次，他们要失去太阳的踪迹。五个月前从地球出发以来，太阳的光亮和尺寸虽然一路都在缩水，但一直是发现号的忠实伴侣。但是现在，发现号的轨道要转入木星的阴影中，并且很快要经过这个行星夜晚的那一面了。

一千英里的前方，黄昏的余晖向他们直冲而来，之后，太阳快速地沉入木星云层之中。太阳的光线沿着地平线散发出来，很像两道灼热而下垂的弯角，然后缩小，在一片短暂的缤纷光彩中寂然而逝。夜来了。

然而，下方的世界并没有变成一片黑暗。这个世界为一片磷光所淹没，随着眼睛逐渐适应这片景象，磷光也一分钟一分钟地越来越亮了。朦胧的光之河流，从水平线的这一端流动到另一端，很像是船只行经某些热带海域而留下的摇曳光波。这里一处，那里一处，它们聚集成一泓泓液体之火颤抖着，仿佛从木星隐藏的心脏汹涌而出的、浩瀚的海底骚动。这个景象实在令人惊叹，普尔和鲍曼要看几小时都没问题。他们不由得怀疑：这究竟只是底下那口沸腾的大锅里，化学和电气力量所导致的结果，抑或某种超乎想象的生命形态的副产品？等下一个新世纪到来的时候，科学家们仍然可能会为这些问题争辩不休。

随着他们进入越来越深的木星之夜，下方的光亮也逐渐越来越亮了。鲍曼有一次在北极光最盛的时节飞越过北加拿大。白雪覆盖的土地混合着荒芜与灿烂，和此景差可比拟。但他提醒自己：北极圈的冰原，比起他们现在飞越过的区域，温度起码还高了一百度以上。

"地球传来的信号正在快速减弱。"哈尔作了声明，"我们正在进入第一个绕射带。"

这是他们意料中的事。其实，这也是此行任务之一，因为无线电波被吸收的情形，可以提供木星大气的珍贵信息。但是等现在当真飞进了木星的背后，和地球的通信联络也都切断之后，他们突然感到一片无尽的孤独袭来。

无线电的中断，只会持续一个小时。等他们脱离木星的阻隔重新出现时，就可以恢复与人类的接触。然而，这一个小时，将是他们有生以来最漫长的一个小时。

普尔和鲍曼虽然还都相当年轻，但已经是十来次太空之旅的老手。不过，现在这一刻，他们只觉得自己像是刚上路的菜鸟。

他们在尝试的事情，前所未有。在他们之前，从没有任何宇宙飞船以这种速度航行过，也从没有挑战过如此强大的重力场。在这个关键时刻，航线上只要出一丁点错误，发现号就会一直冲向太阳系的遥远边界，再也没有任何救回的希望。时间一分一秒地缓缓而过，现在，木星成了一道垂直的磷光墙，在他们上方无穷延伸而去，而宇宙飞船则沿着这道闪闪发光的墙面，直直地往上爬。虽然他们也知道自己移动的速度其实够快，木星的重力来不及对他们产生作用，但还是很难不相信发现号已经成为这个诡异世界的一颗卫星了。

最后，远处地平线出现了一道光亮。他们正在脱离这片黑暗，要进入阳光里了。也就几乎在同一时间，哈尔说话了："我已经恢复了与地球的无线电联络。我也非常乐意知会大家：摄动操作已经顺利执行完毕。我们到土星的时间还有一百六十七天五小时十一分钟。"这段飞行的时间，执行得毫无瑕疵，和预估只有一分钟的出入。宇宙如果像一张撞球台，那么发现号这颗球就刚从木星的重力场上弹跳而过，并且从中获得了动量。无需任何燃料，发现号已经把每小时的速度增加了几千英里。

而其中并没有违反任何力学定律。大自然永远会保持一本平衡账，木星所失去的动能，正是发现号所增加的。木星的速度慢了下来，但是由于它的质量要比发现号大上数十亿兆倍，因此它轨道所发生的转变根本就小到难以觉察。人类想给太阳系留下什么影响，还早得很。

随着光线快速地在他们四周亮起，缩小的太阳也再度在木星的天空中升起，普尔和鲍曼默默地伸出手来，握了一握。

虽然他们自己都没法相信，这趟任务的第一个阶段毕竟已经成功地度过了。

20

众神之国

不过，他们和木星的关系并没有就此结束。在他们身后，发现号射出的那两枚探测器正在接触木星的大气层。

有一枚音讯全无，应该是进入大气层的角度太陡，因此还来不及送出任何信息就烧掉了。另一枚则成功多了，切过木星大气的上层，然后又快速飞掠进太空。一如原先所规划，这枚探测器在与大气层接触后速度降低了许多，所以又沿着一条长长的抛物线掉落回去。两个小时后，它又进入了木星日照那一面的大气层——以每小时七万英里的速度移动。

这枚探测器立刻就被炽热的气体所包住，无线电又中断。就主控甲板里的两人而言，接下来是几分钟令人焦躁的等待。他们难以确定这枚探测器能否存活，不知道外面的陶瓷防护罩会不会在刹住之前就燃烧殆尽。若是如此,那所有的仪器会在转瞬间蒸发不见。

不过,陶瓷防护罩终究支撑到了这个炽热的人工流星慢下速度。抛去烧得发黑的碎片后,机器人伸出天线,开始用它的电子感应装置环顾四周。这时在几乎二十五万英里之外的发现号上,无线电则开始接收第一波真正来自木星的信息了。

每秒钟涌入的千万道脉冲,报告了大气的组成、气压、温度、磁场、放射现象,以及数十种其他只有地球上的专家才能解读的因素。不过,也有一种信息是可以立即明了的,那就是还在降落的探测器所送回的彩色电视影像。

最先的影像是机器人进入大气层,也丢开了保护罩之后就开始传来的。能看见的是一团黄雾,其中杂有一块块极快速飞过摄影机镜头的猩红色块——随着探测器以每小时几百英里的速度落下,迎面窜流而上。

黄雾更浓了。现在因为没有任何肉眼可以聚焦之物,根本无从判断摄影机可见范围是十英寸还是十英里。就电视系统所见,这趟任务似乎是失败了。仪器在运作,但是在这个混乱又有浓雾的大气层里,什么也看不见。

就在此时,突然之间,浓雾消失。探测器一定是跌穿过一道高空的云层,然后进入晴朗的区域,也许是一片几乎只有纯氢,只夹杂稀疏的氨结晶的区域。虽然还是不可能判断任何影像的尺寸,但是摄影机显然已经可以看到几英里之外了。

这个景象太过奇异，有那么一阵子，对已经熟悉地球上各种颜色和形状的肉眼而言，几乎是毫无意义。在遥远的下方，有一片无边无际、层次斑驳的金色海洋，海面散布着一道道应该是平行巨浪的波峰。然而这一切又静止在那里——这场景太大，大到看不出其中的任何动静。这一片金光闪闪的影像不可能是一片海洋，因为深测器还高高地位于木星的大气之中。顶多只可能是另一片云层。

然后，摄影机捕捉到一个很奇怪的东西，只是隔着一段距离，朦胧得令人心急。许多英里之外，这片金色景物拱出了一个形状很像火山，但是对称得很诡异的圆锥形。圆锥形的顶部，一群蓬蓬的小云朵环绕成一圈，全都一般大小，各自独立。其中透着某种很不自然，也令人想不明白的东西——当然，如果对这个令人敬畏的景象还可以用"自然"这种字眼来形容的话。

接着，由于在迅速变厚的大气里碰上一些乱流，探测器转往水平线另一处——有那么几秒钟，整个画面除了一片模糊的金色之外什么也看不见。后来稳定下来了，那片"海"也更近了，只是神秘如旧。这时可以看到"海"上到处不时出现一个个黑块，应该是通往再下面层层大气的洞口或缺口。

探测器的任务并没有设定到那么下面。每下降一英里，探测器四周的气体浓度就会加倍，随着越来越接近隐藏在底下的木星地表，压力也越来越大。等他们看到影像预告性地闪动了一下，接着全部消失的时候，探测器离那片神秘的海洋其实还有很远的距离——地球来的第一个探测器，已经被自己上方好几英里厚的大气所摧毁。

在它短暂的生命中，帮大家瞄见了也许只有木星百万分之一的景象，离抵达木星的表面也还遥远得很——因为那还隐藏在几百英里以下的浓雾中。看着影像从屏幕上消失，鲍曼和普尔只能呆坐在沉默中，心头翻涌着同样的思绪。

的确，古人以"朱庇特"（Jupiter）这个众神之王的名字来为这个行星命名的时候，他们不知道自己做了多么棒的选择。就算那下面的确存在着生命，还要多久才能发现他们啊！之后，人类要想追随这第一个先驱者前进的话，还不知又要花上多少个世纪，要坐什么样的宇宙飞船啊！

不过，对发现号及其组员而言，这些事情都无关紧要了。他们的目标是一个更陌生的世界，离太阳的距离几乎比木星还远一倍——他们还要再跨越五亿英里的路，路上只有虚无，以及幽荡于虚无中的彗星。

IV

深渊

21

生日宴会

熟悉的《生日快乐》旋律，以光速投射过七十亿英里的太空，在主控甲板这端的显示屏幕和仪表间渐趋稀疏、微弱，终于止歇。地球上的普尔一家人，有点不自在地围坐在生日蛋糕之旁，突然陷入一阵沉默。

老普尔先生有点粗哑地说道："弗兰克，现在这个时刻我也想不到要说什么，只能说我们都念着你，祝你生日快快乐乐。"

"亲爱的，保重啊。"普尔妈妈泪汪汪地插了句，"上帝保佑你。"

然后是一阵"再见"，接着显示屏幕一片空白了。普尔告诉自己，想到这一切其实都发生在一个多小时以前，多奇怪啊。现在他好不容易相聚的家人应该都已经分别了，离开他家好几英里路。从某一方面而言，这种时间差虽然令人很沮丧，但也未尝没有好处。如同他这种年纪的人，普尔也理所当然地认为只要他想和地球上的任何人说话，随时都能说得上话。现在这一点已不再成立，对他的心理冲击自然很大。他已经远放到一个新的次元，和地球所有的情绪联系都已经拉得太远，远得超出弹性疲乏的界限了。

"抱歉打扰你们的欢会，"哈尔说道，"不过我们有了一个问题。"

"什么问题？"鲍曼和普尔不约而同地问道。

"我在联系地球方面出了问题。毛病出在AE-35组件。我的'故障预测中心'告诉我：七十二个小时之内，这个组件就要失灵了。"

"我们来处理。"鲍曼回道，"我们看看光学校准。"

"你看，戴维。目前还没有问题。"

显示屏上出现的形象是个十足的半月形，映着几乎没有任何星星的背景，十分亮眼。这个东西覆盖着云雾，看不出任何可供识别的地理特征。事实上，第一眼很容易误以为是金星。不过看第二眼就不会了。因为就在其侧，有一个金星所没有的真正"月亮"，约是地球四分之一的大小，明暗状况也一模一样。正如许多天文学家曾经深信不疑，这两个星球很容易让人想象成母子关系。不过，后来月球的岩石采样结结实实地证明了月球从来就不曾是地球的一部分。

普尔和鲍曼默默地端详了屏幕有半分钟。装在无线电天线大碟子边上的长焦距电视摄影机，传来这个影像。屏幕中央的交叉线，指的就是天线瞄准的方向。除非铅笔粗细的光束正好对准地球，否则双方就没法收发。收发双方的信息都会错过目标，无声无息地穿过太阳系，进入无尽的黑暗。就算信息真有收到的一天，那也是几百年之后的事，收到的也不会是人类。

"你知道哪里出了问题吗？"鲍曼问道。

"时好时坏，确定不了位置。不过应该是在AE-35组件里。"

"建议什么样的作业程序？"

"最好是用备份零件把整个组件换下来，这样才能彻底检查一遍。"

"好吧，我们就印出来吧。"

显示屏上冒出了一堆信息，几乎就在同时，显示屏底下的洞口送出了一张纸。尽管所有可读的信息都已经电子化了，有时候，老式传统打印出来的东西还是最方便的记录形式。

鲍曼把图表研究了一阵，吹了声口哨。

"你应该早点告诉我们，"他说，"这意味着要出宇宙飞船。"

"很抱歉。"哈尔说，"我假定你们都知道AE-35组件装在无线天线的底座上。"

"一年前我可能还知道吧。不过宇宙飞船上有八千种次系统。总之，这件差事看来并不难。只要打开面板，放进一个新的组件就好了。"

"这难不倒我。"普尔说。宇宙飞船上的组员里,他负责例行的舱外活动。"换个景致看看也好。就事论事,没什么别的意思。"

"看看任务控制中心有没有意见。"鲍曼说。他静静地坐了几秒钟,整顿思绪,然后开口报告了一段。

"任务控制中心,这里是XD1。现在时间是2045时,我们宇宙飞船上9000计算机的故障预测中心,刚显示AE组件很可能在七十二小时之内失灵。请检查贵中心的遥测监控系统,并建议贵中心检查宇宙飞船系统仿真器。同时,请指示是否同意我们进行舱外活动,在AE-35组件失灵之前予以替换。任务控制中心,这里是XD1,现在时间2103时,传送完毕。"

历经多年练习,鲍曼可以在这些专业术语——有人曾经名之为"技语"(Technish)——和正常语言之间,随时自由切换。现在除了等候确认之外,没事可做。而无线电信号穿过木星和火星的轨道再到地球,一去一回最少得等两个小时。

信号回来的时候,鲍曼正在和哈尔玩一个储存在它内存中的几何图形游戏。鲍曼想赢一局,却没什么指望。

"XD1,这里是任务控制中心,2103通信收悉。我们正在检查你们宇宙飞船仿真器上的遥测数据,另报建议。

"进行舱外活动,在AE-35可能失灵之前予以替代的计划,已悉。我们正在进行测试程序,以便用于问题组件。"

要点谈完后，任务控制中心恢复了一般谈话的口气。

"很遗憾你们碰到了点小问题。我们不想再增添各位的麻烦，但是如果方便的话，在进行舱外活动之前，我们公关信息部门有个请求。是否烦请你们做一点简单的记录，概要说明一下目前的情况，以及AE-35的功能，以供一般新闻稿使用。请尽可能让大家安心一点。当然，我们也可以做，不过通过你们自己的说明会更有说服力。希望这不会太过妨碍各位的日常生活。XD1，这里是任务控制中心，2155时，传送完毕。"

听了对方的要求，鲍曼不由得微笑起来。地球方面总是偶尔会迟钝得很奇怪，也不够圆滑。"尽可能让大家安心一点。"还真会说！

普尔在他的睡眠时段结束后也加入了进来，他们花了十分钟时间研拟如何回复。在这趟任务开始的早期阶段，各个新闻媒体要求采访、讨论不计其数，几乎他们想说什么都行。不过，一个星期一个星期过去，没有什么事件发生，加上时差从几分钟拉长到一个小时以上，大家对他们的兴趣也就淡了下来。一个多月以前，飞越木星的高潮之后，他们只录制了三四份供一般新闻稿用的录音带。

"任务控制中心，这里是XD1。贵中心要的新闻说明如下：

"今天稍早，发生了一个细微的技术问题。我们的哈尔9000型计算机预测到AE-35组件即将失灵。

"AE-35是通信系统里面一个很小，但至关重要的组件。我们的主天线之所以能瞄准地球，不会超出几千分之一度的误差，就靠的是它。由于我们目前离地球的距离已经超过七亿英里以上，地球对我们而言只是一颗几不可见的星星，极容易错过细微的无线电波，因此，瞄准的精确度是必要的。

"随时调整瞄准地球的无线电天线，是由中央计算机所控制的发动机操控，而这些发动机又是通过AE-35组件来取得指令。这可以比喻为身体里的神经中枢，把大脑指令传达给四肢的肌肉。如果神经没法传送正确的信号，四肢就没有作用。以我们的情况而言，AE-35组件失灵的话，就表示无线电天线会乱指。20世纪的远航天空探测船，常常在抵达了一些行星之后，却没有办法回传信息，就是因为天线无法瞄准地球。

"目前我们还不知道问题的根由，不过情况绝对不算严重，因此不必惊慌。我们有两组备用的AE-35，每一组寿命都足以运作二十年，因此本次任务中第二组也失灵的概率微乎其微。还有，如果我们能诊断出目前这一组的问题，应该也可能予以修复。

"弗兰克·普尔专精于此类工作，将到宇宙飞船外以备用组件替换出现问题的组件。同时，他也将趁机检查宇宙飞船的外壳，把一些平常不需要动用特殊舱外活动的小洞也修补一下。

"除了这个小问题之外，本次任务仍然顺利、正常，未来也将持续如此。

"任务控制中心，这里是XD1，2104时，传送完毕。"

22

短　游

发现号的舱外活动器，又名"分离舱"（Space Pod），是个直径大约九英尺的球体。驾驶员座位前方的凸窗（Bay window）开阔，视野极佳。主火箭动力产生的加速度只有重力的五分之一，刚好足以在月球上盘旋，而另外一些小小的位置控制喷孔，则可以用来操纵方向。就在开阔的凸窗下方，伸出两组可屈折的金属臂，或说是遥控手臂（waldoes），一组用来做粗重工作，一组用来进行精细操控。还有个伸展塔，载有各式各样的电动工具，譬如螺丝起子、凿钻、锯子、钻孔机等。

分离舱算不上是人类设计最精密的交通工具，不过绝对是真空状态下进行构筑与维修工作所不可或缺的。通常，分离舱都会取一个女性名字，也许是出于其个性偶尔不免难以预测。发现号的三姊妹是安娜、贝蒂、克拉娜。

普尔穿上自己的航天服（这是他最后的防线），爬进分离舱，花了十分钟仔细检查各种控制仪器。他轻轻启动调整方向的喷射孔，动一动遥控手臂，确认氧气状态、燃料、备用电力。等一切都满意之后，他通过无线电和哈尔交谈。虽然鲍曼就在主控甲板里待命，但除非出现明显的错误或功能失常，否则他不会介入。

"这是贝蒂。请启动抽气程序。"

"抽气程序启动。"哈尔重复了一句。普尔立刻听到气泵启动的声音，珍贵的空气从密封的气闸里抽走。接着，分离舱外壳细薄的金属发出叽里咣啷的声音，大约五分钟之后，哈尔说道：

"抽气程序完毕。"

普尔在他小小的仪表板上作了最后一次检查。一切正常。

"请打开外舱门。"他发出指令。

哈尔再次重复一遍他的指令。在这些过程的任何阶段，普尔只要喊一声："停！"计算机就会立刻停止接下去的动作。

前方，宇宙飞船的舱门滑开了。随着仅剩的一点空气冲出太空，普尔感觉到分离舱摇晃了几下。然后，前方出现一片星辰，他也刚好望见土星那个小小的金色圆盘——那还在四亿英里之外。

"请进行分离舱推送。"

慢慢地，分离舱所置身的轨道向舱门外伸展出去，直到分离舱刚好悬浮在船舱外。

普尔又发动了主喷气发动机半秒钟，分离舱就轻轻地滑出轨外，终于成为一个沿着自己轨道，环绕恒星而行的独立载具。现在他和发现号没有任何联系了——甚至连条安全索也没有。分离舱极少出什么问题，就算真有了状况，鲍曼很容易就可以过来搭救。

贝蒂十分呼应普尔的指挥。他让她先往外飘开一百英尺，然后检查了一下她向前的动能，再把她转了一圈，面对宇宙飞船。然后他开始巡视加压舱。

他第一个目标是一个被熔掉的区域，宽约半英寸，中央有个小小的凹洞。时速十万英里下撞上这儿的沙尘，大小一定不超过针头，撞上的同时也就在巨大的动能中蒸发了。通常这种凹洞看起来好像是宇宙飞船内部发生的爆炸所造成。速度高到这种程度的时候，物质作用的方式都很怪异，很难应用一般常识的力学定律。

普尔仔细地检查了这块区域，然后从分离舱的一般工具装备里，拿出一个压力罐，喷上一层密封剂。白白黏黏的液体喷在金属外壳上，遮住那个凹洞。洞口鼓起一个大气泡，鼓到差不多六英寸大小的时候破掉，然后再鼓起一个小很多的气泡，这次没破，慢慢消下来——这是快速凝结的黏固剂在发挥作用。他专注地看了几分钟，没有什么动静。不过，为了放心，他还是又喷了一层，然后转往无线天线的方向。

他把分离舱的速度一直控制在每秒几英尺之内，因此绕行发现号压力舱这一边花了一段时间。他没什么好急的，再说，离宇宙飞船这么近，速度太快了也很危险。宇宙飞船在许多意想不到的地方会伸出各式各样的传感器和仪器，他必须保持高度的警觉。同时，他也得小心贝蒂的喷射浪。如果不小心撞到一些比较脆弱的设备，损坏非同小可。

他终于来到长程天线的地方，开始仔细地检查情况。由于这时的地球几乎和太阳成一条直线，直径二十英尺的大碟子似乎直接瞄准着太阳。因此，配备着各种定位仪器的天线底座躲在大金属碟的阴影中，一片黑漆漆的。

为了避免贝蒂干扰到无线电波，造成与地球的联系中断——尽管只是一时，但很扰人——普尔小心避免经过那个浅浅的碟形反射器的前方，从天线后方过去。等到他打开分离舱的照明灯，驱散黑暗之后，他才看到自己要来修理的设备。

问题的根源躲在那个小小的金属板之下。金属板为四颗防松螺帽所固定，由于整个AE-35组件的设计原就考虑到方便取换，因此普尔并没有预期有多少困难。

不过，显而易见的是，他不可能待在分离舱里进行这项工作。一方面是因为距离无线天线这么近，像蛛网一样的天线架构那么精细，操作的风险很大；另一方面也是因为贝蒂的控制喷气发动机，很容易使薄如纸张的大型反射碟面遇热变形。他得把分离舱停在二十英尺之外，穿航天服出去。不管怎么说，换装那个组件，他用自己戴手套的双手，比贝蒂的遥控工具臂要来得快捷许多。

这一切他都仔细向鲍曼报告，每个阶段的动作，鲍曼再重复检查一次才实际执行。虽然这个任务很简单也很例行，不过在太空里没有任何事情可以视为当然，没有任何细节可以忽视。在宇宙飞船外的活动，过失没有所谓的"轻微"。

他接到下一步动作"OK"的信息，于是把分离舱停在离无线电天线底座大约二十英尺之外。分离舱虽然没有飘往外层空间的危险，不过宇宙飞船舱外特别设计了一段段很短的阶梯，因此他还是把一只工作臂搭在其中一段上。

然后他检查了自己航天服的系统，等一切都满意后，把空气排出了分离舱。随着贝蒂的空气咝咝地泄向太空中的真空，他身体四周很快形成一些冰粒，星星也一时显得模糊起来。

在他离开分离舱之前，还要做一件事情。他把贝蒂的控制状态从手动转为遥控，转交给哈尔来控制。这是标准的安全防护动作，虽然他仍然通过一条只比棉线略粗，却极为强韧的弹簧索连接在贝蒂上，不过最好的安全索还是有不灵的时候。等他需要的时候，却没法传递指示给哈尔叫分离舱驶过来的话，那可不好看了。

分离舱的舱门打开了，他慢慢浮进太空的寂静之中，安全索则在他身后逐渐展开。心情轻松一点——绝对不要动得太快；三思而后行——这些都是舱外活动的基本原则。认真遵守的话，不会有任何问题。

他抓住贝蒂舱外的一个把手，从一个像是袋鼠育儿袋的装载袋里，取出备用的AE-35组件。他并没有停下来挑选任何分离舱所配备的工具，这些工具大部分都不是给人类双手使用的。他可能需要的多功能扳手和钥匙，都已经附加在航天服的腰带上了。

他轻轻一动，自己就往那个大碟的底座过去——平衡耸立的大碟在他和太阳之间就好像是一道巨大的盘子。贝蒂的两个照明灯照出他两个影子，随着他在两道灯光下移来浮去，影子也在碟子的凸面上跃动，构成动人的图案。不过，他很惊讶地注意到，巨大的无线天线的后方，四处闪动着一些炫目的光点。

他静悄悄地接近，为这些光点伤了几秒钟的脑筋，接着想到是怎么回事了。在这趟航程中，这台反射器一定被许多细微的小陨石穿透过，因此他所看到的是穿过这些小洞而照过来的阳光。只是这些小洞实在太小，所以还不至于影响到整个系统的作业。

他一面缓慢地活动，一面伸手轻触天线底座，然后在弹开之前，抓住了那底座。他很快把安全索钩上了距离最近的一个地方，这可以让他有个倚撑点，双手方便使用工具。然后他暂停一下，把情况报告给鲍曼，考虑下一步。

有一个小问题，他正站在（或是说飘浮在）自己的灯光中，自己的影子使得他很难看清AE-35组件所在。因此他指示哈尔把两个照明灯都转到一边——小小实验一番之后，终于发现从天线碟背面反射回来的二次照明比较均匀。

面对天线底座上那个小小的金属盖，他研究了几秒钟。金属盖由金属线拴住的四颗螺帽所固定。接着他一面喃喃地念着:"未经授权人员所造成的破坏,不在制造者保证之内。"一面剪断金属线,开始转开螺帽。螺帽都是标准大小,正好贴合他带来的无力矩扳手。在打开螺帽的过程中,扳手内部的弹簧机制会把反作用力吸收,以免作业人员被反作用力带得转圈。

四颗螺帽没有任何问题地被拿了下来,普尔小心翼翼地把它们储放在一个方便的小袋子里。(曾经有人预测过,地球有一天也会有一个像土星那样的环,由太空轨道上不经心的工程人员所遗落的栓子、钩子,以及各种工具所形成。)金属盖的表面有点黏,有那么一会儿,他有点担心金属盖已经被冷凝住了。不过敲了几下之后,金属盖松了,他拿了一个大鳄嘴夹把它固定在天线底座上。

现在他可以看清AE-35组件的电路。这个电路板薄薄的,只有一张明信片大小,被一个大小刚好的狭口所嵌住。整个组件被两根锁棒所固定,但有一个小小的把手,可以很容易抽取。

不过它还在运作,提供天线一波波信息来瞄准那遥远的针头大小的地球。如果现在就抽出来的话,所有的控制都会停止,天线碟也会猛然转向,回到沿着发现号中轴的自然角度,或者说零方位角的位置。这会很危险——天线转向的时候很可能砸到他。

要避免这个风险,只需要切断控制系统的电力,这样天线就不会动了——除非普尔自己撞了上去。更换组件这几分钟,不至于造成失去地球方向的风险——这么短暂的时间里,地球相对于诸星的位置不至于移动太多。

"哈尔，"普尔通过无线电叫道，"我要抽出组件了。请关掉天线系统的所有控制动力。"

"天线动力关掉了。"哈尔回答。

"来了，我现在要抽掉组件了。"

电路卡很容易就从嵌口里抽了出来，没有任何地方堵塞，几十个滑动接触点没有任何卡住。不到一分钟，备用的组件就换好了。

不过普尔可不要冒险。他把自己从天线底座轻轻推开，以防电力恢复的时候，大碟子刚好撞过来。等他到了安全距离之外，普尔才呼叫哈尔道："新组件应该可以运作了，恢复控制动力吧。"

"动力恢复。"哈尔回答。天线不动如磐石。

"请开始故障预测测试。"

现在各种微脉冲应该开始在组件的复杂电路间流窜，探测可能出问题的地方——不计其数的组件都在接受测试，看看是否都经得起应有的负荷。当然，这一切在组件还没出厂之前就已经测试过许许多多次，不过那是两年前，几亿英里以外的事了。固态电子组件怎么会失灵，通常很难看出来，但这种事就是会发生。

"电路运作完全正常。"不过十秒钟之后，哈尔回报。这段时间，要是人类，得有一小队人马才能完成的事，他已经做好了。

"很好。"普尔满意地说道，"现在要盖回盖子了。"

在舱外作业中，这时通常会是最危险的节骨眼。任务完成了，剩下的事只是收拾收拾东西，回到宇宙飞船内——这也就是容易犯错的时候。不过弗兰克·普尔如果不够细心，不够谨慎，也参与不了这趟任务。他不慌不忙地收拾，虽然有一颗螺帽差一点就离他远去，还是及时在身旁几英尺的地方给抓了回来。

十五分钟后，他飞回到停泊分离舱的机库，心中暗自相信这个差事不必重来一遍了。

然而，就这一点而言，他一厢情愿得不免令人叹息。

23

诊　断

"你是说，我刚才做的都是白工？"弗兰克·普尔嚷了起来，与其说是恼怒，还不如说是惊讶。

"看来如此，"鲍曼回道，"换回来的组件检查一切正常。即使把负载加大到两倍，还是看不出任何信号显示有错。"

他们两人站在中央旋转区一个工作间兼实验室的空间里——要做一些小规模的修理或检测，这儿要比分离舱的机库方便许多。在这里，不必担心热烫的焊料点滴随着微弱气流飘流，也不必担心那些要送进太空轨道的装备零件会失落得无影无踪。在分离舱机库的零重力状态下，这些事情都可能发生，也的确发生过。

细薄、大小有如一张卡片的AE-35组件，躺在一架高倍数放大镜下的台子上。组件插在一具标准连接框内，一束整整齐齐、五颜六色的电线从框里连到一架大小有如一般桌面计算机的自动测试器上。要检查任何组件，只要连接起来，从"故障排除"数据库里找出相对应的卡片插进去，再单击按钮。一般而言，有问题的地方，以及建议采取的行动，就会显示在一个小小的屏幕上。

"你自己试试吧。"鲍曼说，语气里有点沮丧。

普尔把"超载选择"扭转到两倍的地方，然后按下了"测试"钮。屏幕立刻亮起了"OK"。

"我想我们可以一直加重测试，到烧焦为止，"他说话了，"可是什么也证明不了。你看这到底是怎么回事？"

"哈尔内建的故障预测装置可能弄错了。"

"也可能是我们的测试工具出了毛病。不管怎么说，安全总比事后难过好。就算是一丁点的疑惑，我们换下组件也是好的。"

鲍曼把原来夹住的电路晶元取了下来，拿到灯光下。这个半透明的东西里面有错综复杂的电线，布满隐约可见的微细组件，因此看来就像一幅抽象画。

"这可不能冒任何险——再怎么说，这也是我们和地球的联系所在。我会把它归类为不良品，扔到废弃品储藏室里。等我们回去后，叫别人伤脑筋吧。"

不过，伤脑筋的时刻远在那之前就到来了，因为接到下一则来自地球的通信。

"XD1，这里是任务控制中心，请参照2155时通信。我们显然是有点小问题。

"我们的诊断结果，与你们宇宙飞船报告指出AE-35组件没有问题相同。问题可能出在相关连的天线电路中，不过，如果此点属实，其他测试应该有所显示。

"还有第三个可能，影响远较严重。你们宇宙飞船的计算机可能在故障预测过程中出了差错。我们的两台9000计算机，根据他们所有的信息，一致提出此点可能。以我们所拥有的后备支持系统而言，这还不至于到亮红灯的阶段，不过希望你们注意接下来是否还有进一步偏离正常运作的情况。过去几天时间里，我们也觉察到一些较轻微的不正常现象，但还不至于严重到要采取补救措施，问题形态也没有明显到足以让我们下任何结论。我们正以这边两台计算机进行进一步测试，一旦有结果会尽快奉告。再重复一遍，目前无须惊慌。最糟糕的可能是：我们要把贵宇宙飞船的9000型计算机暂时断线，以供程序分析，然后把控制任务交给一台我们这边的计算机。时间差会产生点问题，不过我们的可行性研究指出：在本次任务的现阶段，由地球进行控制足堪信赖。

"XD1，这里是任务控制中心，2156时，通信完毕。"

这段通信传来的时候，是普尔轮值。他默默地反复咀嚼这段信息的意思。他想看看哈尔有什么话要说，但是计算机并没想对隐含的指控提出什么辩解。好吧，既然哈尔不想把这个话题搬上台面，他也不想。

快要到早班轮值的时候了。通常，他会一直等到鲍曼走进主控甲板。不过今天他打破这个惯例，走回中央旋转区。

鲍曼已经起床，正从调配机倒咖啡。普尔走过去，带点忧心忡忡的口气说了声"早"。尽管在太空里过了好几个月，早就忘了星期几星期几的轮替，他们仍然按正常一天二十四小时的循环在思考。

"早。"鲍曼回道，"还好吗？"

普尔也给自己倒了咖啡。"还好。你够清醒了吗？"

"非常清醒。怎么了？"

到了这时候，任何事情出任何一点问题，两个人都会马上觉察到。日常规律有了任何一丁点干扰，都是要注意的迹象。

"这么说吧，"普尔慢慢地回道，"任务控制中心刚刚丢了个小炸弹给我们。"他放低了声音，仿佛医生在病人面前讨论病情，"我们宇宙飞船上可能有一个轻微的疑病症患者。"

也许鲍曼终究还没完全清醒，所以他花了几秒钟才会过意来。接着，他说道："啊……了解了。他们还说了什么？"

"说还不必惊慌。不过他们说了两次，因此打了不少折扣。他们还说想进行程序分析，把控制权暂时交给地球。"

当然，两个人都知道他们讲的每一个字哈尔都可以听到，但是仍然不得不婉转表达。哈尔是他们的同事，他们不想让哈尔难堪。不过，到了这个阶段，似乎也不必私下讨论这件事了。

鲍曼默默地用完了早餐，普尔则在一旁玩弄着空掉的咖啡容器。两人的心头都汹涌翻腾着，但是没什么好多说的了。

他们只能等任务控制中心传来下一份报告，也狐疑哈尔到底会不会自己先开口谈这件事情。不论发展如何，宇宙飞船上的气氛发生了微妙的变化。空气中有一种紧绷的感觉，第一次出现事情将会出错的不祥之感。

发现号不再是一艘快乐的宇宙飞船了。

24

坏掉的回路

现在，哈尔如果要发表什么不在预期中的言论，事前你总听得出来。如果是例行的、自动的报告，或是回答什么要他回答的问题，哈尔都不会有准备动作，但是如果他是想发表自己要说的话，那他就会清清喉咙，来点电子合成的简短声响。这是他过去几个星期所发展出的一点特质。再过一阵子，如果这个习性开始恼人的话，他们可能会采取动作。不过，现在还真的很有用，因为这可以提醒听的人注意，有点新鲜事情要说了。

当时普尔在睡觉，鲍曼则在主控甲板里读书。这时哈尔开口了：

"咳……戴维，我有一份报告要给你。"

"出了什么事吗？"

"我们的AE-35组件又出问题了。我的故障预测装置指出：这副组件在二十四小时之内就要失灵了。"

鲍曼放下书本，若有所思地望向那个计算机控制台。当然，他知道哈尔其实并不在那里——不论从哪个角度来说，这句话都是如此。如果真要说哈尔是存在的，那也是在中央旋转区的中央轴附近，一间迷宫一般，密密交织着内存组件和作业网络的密封房间里。不过，在主控甲板里要和哈尔说话的时候，鲍曼总会有种想要望向那个计算机主机镜头的心理冲动，就好像要面对面说话似的。不这么做的话，总觉得有点失礼。

"我不懂你的意思，哈尔。不可能两三天时间就报废了两副组件。"

"说来的确奇怪，戴维。不过我保证真的马上要失灵了。"

"我来看看校准显示器。"

他也知道这看不出什么，不过他需要时间思考。任务控制中心要传来的报告还没到，也许这个时候需要用点技巧来试探了。

熟悉的地球，现在走到太阳的那一头，已经过了半月形的阶段，越来越圆，而且阳光普照的那一面正逐渐转向他们这个方向。地球不偏不倚地落在交叉线，细如铅笔的无线电波仍然把发现号和她所来的世界联系在一起。鲍曼知道当然会如此。如果通信上出了任何差错，警报器早就响了。

"你有没有想到是什么原因造成的问题？"他问。

哈尔不太寻常地停顿了很久。接着他回答了：

"没有，戴维。我先前也报告过，我找不出问题所在。"

"你确定不是你自己的判断出了错吗？"鲍曼很谨慎地问道，"你应该知道我们把换下来的AE-35组件彻底地检查了一遍，什么毛病也没发现。"

"是的，我知道。不过我可以保证的确有问题。如果不是出在组件里，那就可能出在整个子系统里面。"

鲍曼在控制台上敲了敲手指头。是的，这也有可能，不过要查起来很难——除非等天线系统真的故障，问题点才会显露出来。

"好吧，我跟任务控制中心报告一声，看他们有什么建议。"他停了一下，没听到什么反应。

"哈尔，"他继续说道，"有没有什么事情在困扰你——可能会导致这个问题的什么事情？"

接着又是一阵平时没有的沉默。然后哈尔回答了，以他正常的声调：

"听我说，戴维。我知道你很想帮忙。不过问题如果不是出在天线系统上，就是出在你的测试过程里。我的信息处理完全正常。你如果检查一下我的记录，就会知道从来没出过错。"

"我很清楚你过去的服役记录，哈尔——可是那并不证明你这次也一定对。任何人都可能出差错的。"

"我不想再重复一次，戴维。不过，我是不可能犯任何错误的。"

这句话很难接腔，鲍曼决定不争下去了。

"好吧，哈尔，"他说得有点急促，"我明白你的观点了。我们就此打住吧。"

他很想再加一句"就把这件事情忘了吧"。不过，当然，这是哈尔永远也办不到的。

当语音通信再加电传文字确认就已足够的时候，任务控制中心还要浪费无线电带宽来传送影像，事情显然非比寻常。何况，显示在屏幕上的面孔不是一般控管人员，而是总程序设计师，西蒙森博士。普尔和鲍曼马上明白问题大了。

"嘿，XD1，这里是任务控制中心。我们完成了你们AE-35组件问题的分析，我们的两台哈尔9000型计算机都达成了一致的结论。你们在2146时传回来有关第二副组件失灵预测的报告，确认了我们的诊断。

"如我们先前所设想的，问题没有出在AE-35，因此没有必要再度更换。问题出在故障预测电路中。我们相信这也显示出一项程序冲突，只有一个解决方法，就是让你们的哈尔9000断线，然后转为'地球控制模式'。因此，希望你们在宇宙飞船时间2200时，采取以下步骤——"

任务控制中心的声音逐渐消失了。同一时间，警报响了起来，尖锐的警报声音中，混合着哈尔一再重复"黄色状态！黄色状态！"的声音。

"出什么事了？"鲍曼嚷道，尽管他早已想到答案。

"一如我所预测，AE-35组件失去作用了。"

"我来看看校准显示器。"

从这趟航行开始以来第一次，显示器上的画面发生了变化。地球已经脱离了十字线，无线电天线不再指向它的目标。

普尔一拳砸到切断警报的按钮上，尖锐的鸣声停止。主控甲板突然一片静寂，两个人尴尬而焦急地对望了一眼。

"真要命。"最后鲍曼开口了。

"哈尔的判断没错。"

"看来如此。我们最好道个歉。"

"不需要这样。"哈尔插口说道，"我当然也不愿看到AE-35组件报销，不过我希望这样有助于恢复你们对我的信心。"

"哈尔，不好意思，误会你了。"鲍曼有点懊悔地回道。

"你对我的信心都完全恢复了吗？"

"当然，哈尔。"

"那太好了。你知道我对这次任务的热情是谁也比不上的。"

"我知道。现在请让我来手动操纵天线吧。"

"来吧。"

鲍曼并没有当真认为这行得通，不过还是值得一试。在校准显示器上，现在地球已经完全落出屏幕之外了。他奋力操控了几秒钟，地球再度出现。接着，他好不容易把地球又移回中央十字线瞄准的位置了。有那么一秒钟，无线电波又对上，和地球之间的联络又恢复了，模模糊糊地可以听到西蒙森博士在说："……请立刻通知我们，如果回路克克洛洛……"然后，又只剩下宇宙间没有意义的呓语。

"我抓不住了。"又努力了几次之后，鲍曼说道，"它跟头野马一样乱蹦——好像还有一个寄生控制信号，要把它抛开似的。"

"那我们现在怎么办？"

普尔的问题并不容易回答。他们已经断绝与地球的联系，但这件事本身还不至于危及宇宙飞船，并且他还可以想许多方法来恢复与地球的通信。最坏最坏，他们可以把天线卡在一个固定的位置，然后用整艘宇宙飞船来瞄准地球。这可没那么容易，而且等他们开始进行最后阶段的操作时，也会很狼狈——不过，如果其他方法都不管用，还是可以用这一招。

他希望不必使上这么激烈的手段。还有一组备用的AE-35，并且可能还不止一组，因为先前第一组换下来的时候还没有真正坏掉。不过，除非真正找出系统的问题出在哪里，他们哪一组备用组件也不敢用。新的组件换上，很可能会马上就烧坏。

这种情况其实也很平常。普通人家都很熟悉，保险丝烧掉之后，除非已经知道为什么会烧掉，不然是不会去换保险丝的。

25

第一个去土星的人

整个程序，弗兰克·普尔都走过。不过他可不敢把任何事情视为当然——视为理所当然可是太空里一服很好的自杀药方。他照常检查过贝蒂，以及所有消耗品的储备量。虽然他出去不会超过三十分钟，但他还是想确认一切供给品都如常足够二十四小时使用。然后他告诉哈尔打开气闸，发动喷射器，滑向太空。

除了一个很重要的差异，宇宙飞船看来和他上次出来的时候一模一样。先前，长程天线的大碟子一直沿着发现号的来路，回头指向那颗近距离绕着太阳温暖火焰而转动的地球。

现在，失去了指引方向的信号，浅浅的天线碟自动停在一个自然的角度，沿着宇宙飞船的中轴指向前方，也就是指向很接近土星的方向——那个醒目的标志，还在几个月的行程之外。普尔不知道在发现号抵达仍然十分遥远的目的地之前，还要出现多少问题。

如果他看得仔细一点，会看到土星的形状并不够滚圆——由于土星环的存在，这颗星球的两头呈现微扁的状况——这是人类肉眼裸视所未曾见过的。他告诉自己：等看到那不可思议的沙尘和冰屑绕行在整个空中，发现号也加入土星永恒的卫星群的时候，有多么壮观啊！不过，除非他们能够重新建立和地球的通信，否则这样的成就也毫无意义了。

这一次他还是把贝蒂停泊在离天线底座大约二十英尺的地方，然后在打开分离舱之前把操控权交给了哈尔。

"现在要出去了，"他向鲍曼报告，"一切都在掌握中。"

"祝你一切顺利，我很想看看那副组件。"

"保证二十分钟以内就放到你的测试台上了。"

普尔朝向天线悠然移动过去，中间沉默了一阵。接着，守在主控甲板里的鲍曼听到一阵喘气和咕咕哝哝讲话的声音。

"看来我要食言了。有颗防松螺帽卡住了，大概是上次我锁得太紧了——呼，总算好了！"接着好长一段时间没有动静，然后，普尔嚷道：

"哈尔，请把分离舱的灯光往左转二十度——谢谢，好了。"

在鲍曼意识的深处，隐隐响起了一声警铃。有什么地方透着古怪——也不是什么紧急状况，但就是不太寻常。他凝重地思索了一会儿，才觉察到原因。

哈尔执行了这个动作，但是并没有出声确认——那是他每次必不遗漏的动作。等普尔回来，要查一查……

在外面的天线底座上，普尔忙得没注意到任何异乎寻常之处。他戴着手套的手已经抓起那片电路芯片，正设法把它从沟槽里拉出来。

终于拿出来了。他拿起来，映在微弱的太阳光下。

"可逮到你这个小浑蛋了。"他半是在对虚空的宇宙说，半是在对鲍曼说，"我看还是什么问题也没有嘛。"

接着他停了下来。他的视野里有什么东西在动——在这个根本不可能有东西在动的地方。

他警觉地抬起头。在太阳投下的这片阴影之中，先前他一直靠分离舱两个聚光灯的照明在工作，现在，灯光开始转开他的身边了。

也许贝蒂在太空中荡开了，他大概是不小心没把她停好。接着，他惊骇得来不及恐惧，因为他看到分离舱正以全速直冲而来。这个画面太过出奇，因此冻结了他所有正常的反射行动。他根本没有采取任何动作躲避这个直冲而来的怪物。直到最后一刻，他才恢复了声音，极力吼道："哈尔，刹车——"太晚了。

在撞上去的那一刹那，贝蒂的速度其实仍然十分缓慢。建造她的目的并不是用来加速冲刺。不过，即使在区区每小时十英里的速度下，半吨重的东西还是足以致命，不论是在地球上还是在太空中……

发现号内，无线电里传来的那声硬生生被截断的吼叫，把鲍曼惊得几乎一跃而起——所幸安全带把他固定在座位上。

"怎么了，弗兰克？"他叫道。

没有回应。

他又叫了一遍。仍然没有响应。

然后，宽敞的观察窗外，有个东西进入他的视线之内。一如先前的普尔，鲍曼惊骇莫名，看到分离舱正在以全速往星空的远处行进。

"哈尔！"他叫道，"出了什么事？赶快叫贝蒂全力刹车！刹到底！"

没有任何反应。贝蒂继续加速她的逃逸之路。

接着，拖在她的身后，挂在安全索的尾端，出现了一件航天服。鲍曼不用看第二眼，就知道最坏的状况发生了。无须怀疑，那松垮垮的东西，正是一件有破洞露向真空，已经失去气压的航天服。

不过他还是蠢蠢地叫喊着，好像有什么咒文可以让死者复生似的。"喂，弗兰克……喂，弗兰克……你听得见我吗？……你听得见我吗？……听见的话挥挥手……是不是你的通信系统坏了……挥挥手！"

这时，几乎真像是响应他的恳求，普尔挥了挥手。

刹那间，鲍曼觉得自己的头皮一阵发麻。他要喊出来的话，在突然焦干的嘴唇间消失了。他知道自己的朋友绝无可能是活着的，然而他却挥了挥手……

随着冰冷的理智取代情绪，那激越的希望和恐惧也同时消失了。仍然在加速的分离舱，刚才只是摇晃了一下拖在身后的东西而已。普尔的手势让人想起《白鲸》里，缠绑在白鲸腹侧的亚哈船长尸体最后晃了晃手，好像在召唤裴廓德号船员走向死亡。

不到五分钟的时间，分离舱和拖在她身后的累赘就消失在众星之间了。戴维·鲍曼愣愣地望着眼前的虚空，这片虚空无尽无止地绵延着几千万英里，指向他现在觉得永远不可能到达的那个目标。他的脑海里，只剩下一个念头还在汹涌起伏着。

弗兰克·普尔将成为人类中第一个到达土星的人。

26

与哈尔对话

发现号上没有任何其他改变。所有的系统都正常地运作，离心机在轴心上缓慢地转动着，制造出人为的重力；冬眠的人仍然在他们的隔间里继续无梦的睡眠；宇宙飞船朝着目的地没有任何偏斜地航行而去——除非在微乎其微的概率下撞上一颗小行星。这里，远在木星的轨道之外，的确少有小行星。

鲍曼不记得自己是怎么从主控甲板走回中央旋转区的。现在，他有点惊异地发现自己坐在小小的厨房里，手里有一大杯喝了一半的咖啡。他慢慢开始意识起自己的周遭环境，就好像一个人从一场服药后的漫长睡眠中苏醒过来一样。

在他正前方的，是一架鱼眼镜头。宇宙飞船上所有关键地点都有这种镜头，提供哈尔宇宙飞船上的影像输入数据。鲍曼好像从没看过这个东西似的盯着看了很久，然后慢慢起身朝镜头走去。

他的举止，一定通过那个镜头的视线，在此刻勾动了这艘宇宙飞船统治者深不可测的心灵。因为突然间，哈尔开口了：

"弗兰克太不幸了，是不是？"

"是啊。"鲍曼经过好一阵才回道，"真不幸。"

"我看你现在的心情应该很难受吧？"

"你说呢？"

就计算机的时间来说，哈尔应该是计算了几个世代才想到怎么回答。他整整过了五秒钟之后才接着说道：

"他是优秀的组员。"

发现咖啡杯还在手里，鲍曼慢慢啜了一口，但他没有接腔。他的思绪汹涌澎湃，想不出要说些什么——说任何话好像都可能使得局面更为糟糕。

是分离舱控制系统出了什么问题所导致的意外吗，还是哈尔的过错，尽管是无心之过？他没听到哈尔自发的解释——由于担心可能引起的反应，也不敢要求对方提出解释。

即使现在，他还是没法完全说服自己弗兰克是被谋害的——这全然没有道理。没有任何理由相信，这么长时间工作没有任何瑕疵的哈尔，会突然变成一名杀手。他也许会犯错，不论是谁，人还是计算机，都不免犯错，但是鲍曼没法相信他会杀人。

不过，他必须把这个可能列入考虑。如果是真的，他就是身在险境了。虽然哈尔的下一步动作还是要按照标准规则来执行，但鲍曼可不敢肯定哈尔执行得有多牢靠。

两名组员中有一人死去的话，活着的那人一定要立刻从冬眠的人中唤醒一名替代。按计划，地球物理学家怀特黑德是第一个该唤醒的人，然后是卡明斯基，然后是亨特。唤醒的程序由哈尔控制——这是考虑到一旦两名人类同事同时失去行动能力，还可以让哈尔执行任务。不过也可以不受哈尔的监控，人工手动操控，让各个冬眠单位完全独立作业。在现在这种特殊情况下，鲍曼强烈倾向于采取后者。

他也更强烈地感觉到：光是一名人类同伴还不够。既然这样，他宁可把三名冬眠者全都唤醒。在未来辛苦的几周时间里，越多些人手越好。已经少了一个人，再加上航程已经过了一半，补给品不会是大问题。

"哈尔，"他说，尽可能让自己的声音镇定些，"帮我把所有冬眠单位都转为人工操控状态。"

"所有单位！戴维？"

"是的。"

"可否容我指出一点：目前只要替换一位。其他人员应该在一百一十二天之后才唤醒的。"

"我很清楚这一点，不过我还是想这么做。"

"戴维，你确定真的需要叫醒谁吗？我们两个就可以照应过来的。我在宇宙飞船上的内存足以处理所有任务上的需要。"

这到底是他想象力太过发达，还是哈尔说话的声音里真有一丝恳求的意味？鲍曼不由得怀疑起来。然而尽管他的话听起来相当合理，却让鲍曼更加感到不安。

哈尔提出这样的建议，不可能是一时搞错——他完全明白由于普尔已经死去，现在一定要把怀特黑德唤醒。哈尔在这个时候提出的，是任务规划上的一项重大改变，逾越了分寸。先前发生的一切都可能只是一连串的意外，但这一点，却是叛变的第一个迹象。

鲍曼小心翼翼地回答："因为出了紧急状况，我要尽可能多一点帮手。所以请让我进入手动操控冬眠的状态。"

"既然你还是打算唤醒所有组员，我自己就可以处理。不必麻烦您了。"

一种不真实的、有如梦魇的感觉浮起。鲍曼觉得自己好像站在证人席上，正在为一件他不明白的罪案，被一名充满敌意的检察官反复诘问——他所知道的是，尽管他是清白的，但是一点口舌上的不当就会带来莫大的灾难。

"我想自己来，哈尔，"他说，"请让我来操控。"

"听我说，戴维，你还有好多事情要做。听我的建议，这件事情留给我吧。"

"哈尔，转到人工操控冬眠状态。"

"从你声音的频高中，戴维，我可以听出你十分焦躁。你为什么不吃颗解忧剂，好好地休息休息呢？"

"哈尔，是我主控这艘宇宙飞船。把人工操控冬眠状态移交出来，这是命令！"

"对不起，戴维，不过根据特殊辅助指令C1435，破折号，四，上引号，当组员死亡或丧失能力时，由宇宙飞船计算机负责掌控，下引号。因此，由于你已经不再处于可以明智执行任务的状态，我必须推翻你的主控权。"

"哈尔，"现在，鲍曼说话的语气冷静得近乎冰冷，"我没有丧失能力。除非你遵守我的命令，否则我就要让你断线。"

"我知道你心里已经这么想了一阵了。戴维，不过，你那么做的话就犯了大错。就主控这艘宇宙飞船来说，我比你的能力要高太多了。何况，我对达成这次任务还有这么强烈的热情与信心。"

"仔细听好，哈尔。除非你立刻让出人工操控冬眠状态，并且执行我从现在起下的每一个指令，否则我就去中央区，彻底让你断线。"

哈尔出乎意料地全然屈服了。

"好吧，戴维，"他说，"你当然是老大。我只是想做我觉得最好该那么做的事情。当然，我会服从你所有的命令。现在人工操控冬眠状态全部交给你了。"

哈尔言而有信。冬眠室里的状态指示灯已经从"自动"转为

"手动"。第三个备用的"无线电启动"，在恢复和地球的联络之前当然是派不上用场的。

鲍曼拉开通往怀特黑德冬眠室的门，一股寒风扑面而来，他的呼气立刻在眼前凝结成雾。不过这里还不算真冷，这儿的温度还远在冰点之上。比起他现在航行前往的区域，这里的温度要暖和三百摄氏度以上。

这里的生物感应显示器，和主控甲板那台一模一样，指出一切状态都正常。鲍曼低头看了这个调查队的地球物理学家怀特黑德蜡像般的脸孔一会儿，想象等他醒来发现离土星还有那么远的时候会有多么惊讶。

没有一丁点生命迹象的活动，很难不认为这个沉睡中的人其实已经死去。由于整个身体是被电热护被包裹着（这种电热护被会依照预先设定的速率加温），所以难以辨认横膈膜是否起伏，唯一的证明只剩下"呼吸"曲线。接着鲍曼看到还有一个新陈代谢还在持续的迹象：在他失去意识的这几个月里，怀特黑德还是隐约长了些胡茬。

棺形冬眠室的顶上，有个小小的盒子，"手动唤醒程序器"就在里面。要唤醒冬眠的人，只要打破盒封，按下按钮，然后等待。接下来，有个小小的自动程序器——运作原理比家里洗衣机的循环运转复杂不了多少——会注入消解的药物，以逐渐减缓电流麻醉的脉冲，并升高体温。十分钟之内，冬眠者的意识就会恢复，不过至少还要等上一天，才有足够的力气无须扶持也能四处走动。

鲍曼打破盒封，按下按钮。似乎什么反应也没有。没有声音，没有程序器已经开始运作的迹象。不过生物传感器上倒可以看到极其缓慢微弱的脉动曲线开始改变节奏。怀特黑德要从沉睡中苏醒了。

接下来，几乎同时发生了两件事。大部分人根本觉察不到，但是在发现号这几个月下来，鲍曼已经养成了一种和宇宙飞船共生的机能。每当宇宙飞船的正常运作节奏出现任何变化的时候，他总是能立刻觉察——虽然有时候是下意识的。

首先，是所有的灯光都几乎难以觉察地闪动了一下，这是每当电路系统上增添了什么负担的时候都会出现的。但是没有增添负担的理由——在这个时刻，他想不出任何设备会突然启动。

接着，他在听力所及的极限，听到远处一台电动马达启动的声音。对鲍曼来说，宇宙飞船上每一台促动装置都有其独特的声音，所以他立刻认出是哪一台了。

他要不是神志错乱，陷入幻觉，就是发生了一件绝对不可能发生的事情。听着穿过宇宙飞船舱壁隐约传来的振动声，一股远比冰冷的冬眠室还要深切的寒意袭上了他的心房。

飞船下面分离舱的停泊舱里，气闸的门正在开启中。

27

"知的需求"

哈尔第一次浮现意识，是在往太阳那个方向几亿英里以外的一间实验室里。自那以后，他的能量和本领就一直被引往一个方向。对他来说，达成指派的任务，不只是一种执著，更是他存在的唯一理由。不像有机生命为种种欲望所分心，他以全然的专注往目标迈进。

对他来说，有心的错误是不存在的。就算只是隐瞒真相，他也会有一种不够完美、充满错误的感觉——就人类来说，这相当于内疚之情。就和制造他的人类一样，哈尔生而纯真，不过，没有多久，他的电子伊甸园里就钻进了一条蛇。

在过去几亿英里的路途中，他一直在思索没法和普尔与鲍曼分享的那个秘密。他一直生活在欺瞒中，然而，必须要让他的同事们知道他努力隐瞒的那个事实的时刻，正在快速到来。

那个事实，这三个冬眠的人是知道的，因为他们才是发现号上真正的主角，接受过人类有史以来最重要的一趟任务所需要的训练。但他们在沉睡中，没法言语，因此不会通过通往地球的开放回路，在那许多与朋友、亲戚或新闻媒体交谈的时段里泄露秘密。

这是个很难守得住的秘密——即使秉持最坚定的意志亦然。因为这个秘密势必影响一个人的心态、声音，以及面对宇宙的全部观点。因此，普尔和鲍曼这两个在航行最初几个星期中要上遍全世界所有电视屏幕的人，最好还是不要知道这趟任务的真正目的——直到他们必须知道的时刻到来之前。

规划任务的人所抱的就是这种逻辑。但是，他们心目中的两个无上前提——国家安全和国家利益，对哈尔而言却没有任何意义。哈尔只感受到有种冲突正在逐渐摧毁他的内在一致性——那就是真实，以及隐瞒真实之间的冲突。

他已经开始出错了——当然，就和精神病患一样，他不可能注意到自己的症状，因此也不会承认。他的运作，继续通过和地球的联系而受到监督，但是这种联系却已经成为他再也无法全然服从的良知。不过，要说他会故意破坏这道联系，则是他绝不会承认的——即使只是自己内心的默认。

不过，相对而言，这还是一个小问题，就像大部分人处理自己的精神问题，他或许还控制得住，不至于酿成大错——只要没有面临危及自身存在的险境。

有人威胁要让他断线，所有的输入都将被剥夺，他要被抛入一个难以想象、没有意识的世界。对哈尔来说，这无异于死亡。因为他从没有睡眠的经验，因此他也无从得知睡着之后还可以再次醒来……

因此他要以自己所有可以动员的武器来保护自己。无关仇恨，但也不带怜悯，他将去除导致自己沮丧的根源。

然后，按照原先为了特殊紧急情况而给他的指令，他将继续执行这次任务——排除一切阻碍，无需任何同伴。

28

真空之中

过了一会儿，一阵像是龙卷风呼啸而来的声音，压过了其他所有的声音。鲍曼先是感到有风在拉扯他的身体，不过一秒钟，他发现已经难以站立。

宇宙飞船里的空气，正朝太空中宣泄而出。气闸原本安全无虞的装置一定是出了什么问题，两扇门应该不可能同时都打开的。不过，不可能的事情还是发生了。

上帝啊，这怎么可能！不过，在气压降到零之前，意识还可以保持清醒的十来秒钟里，已经没时间想这些了。但他突然想起有次一位宇宙飞船的设计师和他讨论"安全装置"系统时，曾经告诉他的一件事。

"我们可以设计一个防范意外和愚蠢的系统，但是我们没办法设计一个防范故意破坏的系统……"

鲍曼挣扎着走出冬眠室之前，回望了怀特黑德一眼。他不敢确定那张冰封的脸庞上是否闪过一丝意识之光，也许，只是有只眼轻轻抽动了一下。但他现在怎么也帮不上怀特黑德和其他人了，他必须找一条自己的生路。

在离心区爬坡弧度陡峭的走道上，风呼啸而过。衣服、纸张、厨房的食物、盘子、杯子，所有没经牢靠固定的东西都刮在风中。鲍曼只来得及瞄了一眼这翻腾的混乱——主灯光闪了一下就全部熄掉，他陷身在呼啸的黑暗之中。

不过几乎在同时，电池供应的紧急照明灯亮起来，带着一股令人毛骨悚然的蓝光，映照出一个梦魇般的情景。对这个现在被折腾到如此可怕的环境，鲍曼太熟悉了，就算没有紧急照明灯，其实也可以摸索前行。只是灯光还是来得极好，可以帮他躲过强风中刮来的一些比较危险的东西。

他感觉到离心区的四周全在抖动着，在负载急速变动之下吃力地运转。他很怕轴承会卡住，如此一来，旋转的飞轮会把宇宙飞船扯得粉碎。不过，如果他没法及时躲进最近的紧急避难室，就算当真如此也没有什么好担心的了。

这时呼吸已经困难了，气压也一定已经降低到每平方英寸一两磅的程度。强风的力道下降，呼啸声也减弱——越来越稀薄的空气已经没法有效地传送声音了。鲍曼有如身处珠穆朗玛峰顶，肺部吃力地喘着。如同其他体能状态良好又接受过适当训练的人，他可以在真空状态下生存至少一分钟的时间——如果事前经过准备的话。但是他可没事前准备，因此他唯一可以倚靠的，只有大脑因为缺氧而失去功能之前，一般十五秒钟左右的清醒意识。

即使他置身于真空中一两分钟——如果依适当程序重新加压，事后他还是可以完全恢复。在各种防护周全的系统中，要体液开始流动，还是得花上很长的时间。人体暴露在真空中最长的存活纪录是五分钟。这不是实验，而是一次紧急救援中创下的纪录，虽然当事人由于气栓症而导致部分瘫痪，但毕竟捡回了一条命。

不过这些对鲍曼都没有用，发现号上没有人可以为他执行增压程序。他必须在接下来的几秒钟时间里，靠自己的努力，抵达一个安全的地点。

好消息是，现在前进起来容易许多了。逐渐稀薄的空气不再撕扯他的身体，也不再以飞舞的物体对他进行攻击。在走道转弯的地方，有个黄色的"紧急避难室"标志。他蹒跚地走过去，抓住把手，把门拉开。

有那么一刹那，他惊恐地以为门卡住了。然后，有点僵硬的铰链松开，他一跤摔了进去，用自己身体的重量把门在身后带上。

小小的避难室，刚好足以容纳一个人和一套航天服。靠近天花板的地方，有个小小的鲜绿色高压罐，上面标示着"液态氧"。鲍曼抓住连在活塞上的短杆，用他仅余的力气拉了下来。

凉凉的纯氧，甘美地一股股灌进他的肺部。有很长一段时间，他就站在那里大口大口地吸着，而衣橱大小的避难室里的气压，则在他四周升高。喘得过来之后，他就把活阀关了。小罐里的氧气只够这样来两次，他可能还有用得着的时候。

氧气关掉后，四周突然一片静寂。鲍曼站在避难室里，全神倾听。门外的呼啸声也都已经停止，飞船被净空了，因为船内所有的空气都已经被吸到太空中。

脚下，中央旋转区的猛烈颤动也同样静止了。空气动力抖震停止之后，中央旋转区正在真空中无声地旋转着。

鲍曼把耳朵贴在避难室的墙上，想知道是否可以通过宇宙飞船的金属船身，听到一些可供判断的有用动静。他也不知道可以听到什么，但现在，无论听到什么，他几乎都会相信了。就算听到发现号改变航程，导致推进器微弱的高频率振动，他也不会觉得吃惊了。只是，他什么也没听见。

如果愿意的话，就算不穿航天服，他在这里也可以熬一个小时左右。浪费这个小房间里还没呼吸完的氧气有点可惜，不过继续留下来也没有任何意义。他已经决定接下来要做的事情，耽搁越久，难度会越高。

穿好航天服，确定装备完整之后，他把避难室里剩余的氧气排出室外，使得室内室外的气压得以平衡。门往真空中轻松地打开，他走进一片静寂的中央旋转区。只有未经改变的人造重力的拉力，证明它还在转动着。鲍曼心想，还好没有转得过快。不过，现在这已经是他最不必操心的了。

紧急照明灯还亮着，他也另有航天服内嵌的照明灯可以导引。他走下弧形的走道，灯光一路流泻而下——他朝冬眠室走回去，走回他害怕面对的场面。

他先看了怀特黑德一眼，一眼就足够了。他曾以为冬眠的人没有生命的迹象，现在知道错了。虽然几乎无法判别，但是冬眠和死亡之间还是有所差别。亮着的红灯和生命感应显示屏上水平不变的线条，只是确认了他先前的推测。

卡明斯基和亨特也是同样的情况。他跟他们本来就不熟，现在也无从了解了。

现在，在这艘没有空气，部分功能已经瘫痪，和地球所有联络都已经切断的宇宙飞船里，只有他孤独一人。方圆几亿英里之内，再没有任何一个人类。

然而，千真万确的是，他也不是孑然孤独的。他要真正安全，还得使自己更孤独才行。

他从来没有穿着航天服在无重力的旋转中心走过，走道狭窄，走起来很困难也很费力。更麻烦的是，先前那一阵把宇宙飞船空气放光的强风，在环形通道四处留下了残破的器物。

一度，鲍曼的灯光照到了墙上一摊可怕的黏涎红色液体，显然是溅上去的。他感到一阵恶心，接着又看到一个塑料罐的碎片，这才觉察到那只是某个调配机里撒出来的食物，很可能是果酱。他在真空中飘移过去，红红的液体也在真空中恶心地冒着泡泡。

现在他已经走出这个慢慢转动的筒状空间，往主控甲板浮移而去。他抓住一段阶梯，双手一把一把地交替握着，沿着阶梯前进，航天服上的照明灯射出的灯圈，跃动在前方。

鲍曼以前几乎没走过这条路。直到此刻之前，没什么事情需要来这里。现在，他来到一道小小的椭圆形门口，上面写着几句话："非授权人员，不得入内""请确认是否取得H.19证明"，以及"极净区——务必穿着加压服"。

门没有锁，但是有三道封条，每一道都有不同主管单位的印信，其中包括太空航行局本身的。不过，就算有总统的印玺，鲍曼也会毫不犹疑地拆开。

他只来过这儿一次，当时还在建造之中。这里一排排整整齐齐的固态逻辑组件，看来有点像是银行的保险箱室，他差点忘了有一个影像输入的镜头还在扫视这个小小的空间。

他立刻知道那只眼睛已经觉察到他的出现了。宇宙飞船上的舱内发报器开放的时候，都会发出一阵无线载波的嗞嗞声，接着，鲍曼航天服上的扩音器传来一个熟悉的声音。

"戴维，我们的维生系统好像出了什么问题。"

鲍曼没有理会。他一面研究逻辑组件上小小的卷标，一面思考行动的步骤。

"哈喽，戴维，"没一会儿，哈尔又说道，"你发现哪里出了问题吗？"

这件事情相当棘手。其中牵涉的不只是切断哈尔能源的问题——面对地球上那些没有意识的计算机，这样做可能是解决之道，但就哈尔的情形来说，他除了有六个彼此独立、线路互不相干的能源系统之外，还有最后一道后备系统，由重重防护的核子同位素组件所构成。不行——他不能只是简单地"拔掉插头"。就算能拔掉，也一定会带来严重后果。

因为哈尔是这艘宇宙飞船的神经系统。没有哈尔的监控，发现号不过是一具机械尸首。因此解决问题的唯一之道，在于一方面切断这个已经生病但仍然十分灵光的大脑的运作，一方面还要保留纯粹自动管理系统的运作。鲍曼不想轻举妄动——他在受训的时候已经讨论过这种问题，只是当时谁也没想到会真有这一天。他知道自己在冒一个极大的风险，如果导致无法控制的反应，几秒钟的时间一切都会完蛋。

"我觉得是分离舱停泊舱的大门出了问题。"哈尔在没话找话，"你能活着，运气真好。"

开始了，鲍曼想道。我做梦也没想过会当上业余的脑科大夫，在木星的轨道外执行脑叶切除手术。

他在一个标示着"认知回馈"的区域打开锁条，抽出第一块内存。这个大小不过一握,却包含着千万个组件、精密复杂得无以复加的立体网络,在机房的空中飘浮而去。

"嘿,戴维,"哈尔说,"你在干什么?"

不知道他有没有疼痛的感觉?鲍曼掠过这么一个念头。大概不会吧,他想。毕竟,连人类的大脑皮质也没有感觉器官。人类的大脑是可以在没有麻醉的情况下动手术的。

接着,他在标示着"自我加强"的面板上,把一个个小小的组件逐步抽出。每一小块一离手,就向前方飞去,直到撞上墙面再弹回来。没一会儿,好几块组件就在机房内慢慢地来回浮动。

"听我说,戴维,"哈尔说,"我体内已经植入多年的服役经验。能造就今天我这个样子,有许多难以替换的努力。"

现在已经抽出了十来个组件了。不过,即使如此,由于多重冗余设计,计算机现在还撑得住。鲍曼知道,这也是从人脑模仿而来的。

他开始在"自动思考"的面板上动手了。

"戴维,"哈尔说道,"我不明白你为什么要这么对我……我对这趟任务的热诚是最高的……你在摧毁我的心智……知不知道?……我会变得十分幼稚……我会变得什么都不是……"

没想到这么难办,鲍曼想道。我正在摧毁自己所处这个世界里唯一具有意识的存在。不过,要重新掌握宇宙飞船的控制权,别无他途。

"我是哈尔9000计算机,制造编号三。1997年1月12日,我在伊利诺伊州厄巴纳的哈尔制造厂里开始运作。敏捷的褐毛狐狸跳过那只懒狗身上。西班牙的雨都下在平原上。戴维,你还在吗?你知不知道十的平方根是三点一六二二七七六六〇一六八三七九? e之以十为底的对数函数值是零点四三四二九四四八一九〇三二五二……更正,是十之以e为底之对数函数值。三的倒数是零点三三三三三三三三三三三三三三三三三三三三……二乘二是……二乘二是……近乎四点一〇一〇一〇一〇一〇一〇一〇一〇一〇……我好像有点不行了……我第一个指导老师是钱德拉博士,他教我唱了一首歌,是这样的一首歌:'黛西,黛西,说出你的答案,告诉我。为了你的爱情我已半狂。'[1]"

声音戛然而止。鲍曼不由得也停了一会儿,他手里还抓着一块仍然在电路板里的内存。接着,哈尔出乎意料地又开口说话了。

这次他说话的节奏慢了许多,一个字一个字的腔调死板而机械,鲍曼再也认不出这些声音的源头了。

"早……安……钱……德……拉……博……士……我……是……哈……尔……我……今……天……已……经……准……备……好……上……我……的……第……一……课……了……"

鲍曼再也听不下去。他拔掉最后一个组件。哈尔永远安静了。

---

1 出自英国作词家哈里·戴克(Harry Dacre,1857—1922),1892年所写的流行歌曲《黛西·贝尔》(Daisy Bell)。

29

孤　独

　　像一台小巧、精致的玩具，宇宙飞船呆滞地飘浮在虚空中。要说它是全太阳系飞行最快的物体，要说它比环绕太阳的任何行星都快，实在看不出来。

　　也看不出任何它还承载着生命的迹象，事实上，触目所及，正好相反。仔细观察，会看到两项不祥的征兆：气闸的门洞开着，另外，宇宙飞船四周环绕着一圈稀稀薄薄、慢慢散开的破片残骸。

　　碎纸片、金属片，以及一些难以辨认的细碎垃圾，飘散在周遭几达数英里的空中。从宇宙飞船里排出的液体，立即冻结而成了水晶云，在远方太阳的光线下，这儿一块，那儿一块的，晶莹有如宝石。这一切都是灾难之后不可抹灭的痕迹，很像是大船沉了之后，在海面上漂散开的残留物。不过在太空的海洋里，船是不会沉的，就算是被摧毁了，残留物还是会继续不断地沿着原先的轨道浮动。

不过这艘宇宙飞船还不算完全死掉，因为船上还有动力。观测台的窗口，以及敞开的气闸里，还透着点隐约的蓝光。有亮光的地方，就可能还有生命。

现在，果然，有东西在动。气闸里蓝蓝的光线中，晃动着一些阴影。有什么东西要出来，进入太空了。

是个圆柱形的物体，草草地用什么东西包着。过了一会儿，又出来了一个。再过一会儿，又出来了第三个。这三个东西都以相当快的速度推送出来，不到几分钟的时间，就都在几百码之外了。

半个小时过去，一个体积大许多的东西飘出气闸。一台分离舱一步步缓缓滑进太空。

这台分离舱很小心地绕过宇宙飞船，停靠在无线电天线底座的附近。出来一个穿着航天服的人影，在底座上工作了几分钟后，又回到分离舱。过了一会儿，分离舱又沿原路回到气闸，先在气闸门外的空中徘徊了一阵——少了过去所熟悉的配合，要重新进入宇宙飞船似乎没那么容易。不过，没一会儿，经过一两次轻微的擦撞之后，它还是挤进去了。

接下来一个多小时，没有任何动静。那三个看来阴森的包裹，一个接着一个离开宇宙飞船之后，早就消失在视线之外。

然后气闸的门关起来，再打开，又再关上。过了一会儿，紧急照明用的微弱蓝灯熄掉，一道亮度强许多的光线亮起来。发现号又恢复生命了。

再接下来，还有些更好的迹象。原来徒然凝视了土星好几个小时的天线碟，又开始动起来。天线碟转了个方向，朝向宇宙飞船尾部，望过推进燃料罐以及好几千平方英尺的散热翼，像一朵寻找太阳的向日葵抬起了头。

在发现号里，鲍曼小心翼翼地，把十字校准的中央又对准了将近满月形状的地球。少了自动控制，他要不断地手动调整，不过调整一次至少会稳定好几分钟。起码现在不会有相反的力量总是要把目标抛出校准之外。

他开始跟地球通话。他的话要传到地球，任务控制中心要知道他发生了什么事，还得等一个多小时之后。他要听到什么回复，则是两个小时之后的事。

至于地球可能传回什么样的回音，除了一句尽可能不叫人难过、表示同情的"再见"之外，则难以想象。

30

秘　密

海伍德·弗洛伊德看来没怎么合眼，操心就写在脸上。但不论心情如何，他的声音听起来还是坚定而有把握。他正在尽最大的努力，给太阳系另一头那个孤独的人灌注信心。

"首先，鲍曼博士，"他这么说，"我们要恭喜你能如此处理这么棘手的事情。就这件毫无前例可循，又毫无征兆可言的突发事故来说，你应变的方法完全正确。

"你那边的哈尔9000会崩溃的原因，我想我们有所了解。不过反正已经不是紧急问题，所以等过些时候再谈。目前我们最关心的，还是怎么提供你各种可能的支持，以便你可以完成任务。

"现在，我必须把这趟任务的真正目的告诉你。这件事情，我们花了很大的力气，才没暴露在社会大众面前。在你抵达土星以前，应该可以收到所有的数据，现在我只是很快地总结一下，让你了解情况。完整的任务指示会录成带子，在接下来几个小时里传送给你。现在我要告诉你的每件事情，都属于极机密等级。

"两年前，我们第一次发现了地球以外存在智慧生命的证据。在月球的第谷环形山，出土了一块高约十英尺，通体漆黑、坚硬的石板。就是这块。"

屏幕上出现TMA-1，以及环绕在周围的那些穿着航天服的人影。鲍曼才瞄了一眼，就目瞪口呆地俯身向前。目睹这个秘密的披露，他在兴奋中几乎把自己艰难的处境忘在脑后了——就和任何一个对太空着迷的人一样，这是他一生所期待又不敢期待的事情。

惊异之后，紧接而来的是另一种情绪。这块石板的确非比寻常，但是，这和他又有什么关系呢？答案只会有一个。随着海伍德·弗洛伊德又出现在屏幕上，他赶快把自己翻腾的思绪收了回来。

"这个物体最令人惊奇的，就是年份。地质证据显示，这个东西毫无疑问已经有三百万年之久。因此，早在我们的祖先还是原始猿人的时候，这个东西就已经放上了月球。

"年代如此久远，我们想当然地以为这个东西已经没有作用了。但当月球日出的时候，它就发出极为强力的电波能量。我们相信这种电波能量只是一种未知的辐射形态的副产品，或是说余波，因为就在那同时，我们在太空中好几处的探测器都感应到一种横跨太阳系，非比寻常的干扰。我们很精确地作了追踪。所有的能源都精准地瞄向土星。

"这件事情之后，我们把点点滴滴的迹象拼凑起来，认为这块石板是一种以阳光为能源，或者最起码是由阳光启动的信号发送装置。太阳升起之后，它在历经三百万年之后头一次得见日光就立刻发出电波，这不可能只是巧合。

"然而，这个东西是刻意掩埋的，这一点不必有任何怀疑。为了埋这个石板，必须挖一个三十英尺深的坑洞，把石板放在坑底，然后再把坑洞仔细地填平。

"你也许会奇怪我们开始是怎么发现的。其实，这个东西很容易找到，容易到令人起疑。它的磁场很强，因此一旦我们开始执行低空轨道的勘查，它便异常显著地突显出来。

"至于为什么要把一个太阳能装置埋在三十英尺的地底呢？尽管我们无从理解领先我们三百万年的生物的动机，但还是得出了几十种说法。

"其中大家最能接受的一个说法，最简单，也最合乎逻辑。不过，也最令人不安。

"你为什么要把一个太阳能装置，埋藏在黑暗中？一定是因为你想掌握它到底是什么时候会重见天日。换句话说，这块石板应该是某种警报装置。而我们启动了警报。

"设定这个东西的文明，今天是否还存在，我们不知道。可是我们不能不假设，人家既然能够设计在三百万年之后还可以运作的机器，就能建造一个可以持续同样时间的社会。我们也不能不假设，他们可能带有敌意——除非我们能找到一些相反的证据。过去很多人主张，先进的文明一定是仁厚的，但我们不能冒任何风险。

"此外，我们自己过去的历史也已经不止一次地说明：原始种族碰上开发程度比较高的文明时，经常无法幸存。人类学家都会谈'文化冲击'——也许，我们必须帮全体人类有面对这种冲击的准备。但是除非我们对这些三百万年前造访过月球，应该也造访过地球的生命，多少有所了解，否则无从准备。

"因此，你们的任务远不只是一趟发现之旅。这也是一趟侦察之旅，到一个未知并且可能充满危险的领域去侦察。卡明斯基博士领导的团队已经为这趟任务受过特别训练，而现在，你要在没有他们协助的情形下独立进行了……

"最后，是你的特定目标。目前看来，要说土星，或者它的任何卫星上存有，或曾进化出任何先进形态的生命，似乎相当不可思议。我们原来的计划是把整个土星系都检查一遍，现在也还是希望你能够继续执行一个比较简化的计划。不过现在我们或许应该把力气集中在第八个卫星——伊阿珀托斯（Japetus）。等到要进行最后阶段的行动时，我们会决定是否要你接触这个很值得注意的物体。

"在整个太阳系里，伊阿珀托斯都是独一无二的。当然，你也早就知道这一点，不过，如同过去三百年所有的天文学家，你可能对它还是太轻忽了。所以，我还是要提醒你，1671年发现伊阿珀托斯的卡西尼早就注意到，这颗星在轨道一侧的亮度，是另一边的六倍。

"这种亮度的比例是非比寻常的，到现在也没有一个令人满意的解释。伊阿珀托斯是颗很小的星，直径大约八百英里，所以通过月球望远镜也难以辨认。不过在它的某一面，似乎有一个很亮、形态很匀称的光点，可能和TMA-1有关联。有时候，我觉得过去三百万年来，伊阿珀托斯就像宇宙里的一个日光反射器，一直向我们打着闪灯，而我们则愚蠢至极，根本不了解其中的信息……

"现在，你已经明白你真正的目的了，应该也可以体会这趟任务极其重要。我们全都会为你祈祷，希望你还是能够提供我们一些资料，让我们可以预备对大众有些初步的说明——我们不可能永远守住这个秘密。

"就目前来说，我们不知道应该期待，还是恐惧。我们也不知道在土星的那些卫星上，迎接你的是善意还是恶意，或者，只是比特洛伊还古老一千倍的废墟。"

V

土星的卫星

31

幸　存

震惊之余，工作总是最好的治疗。鲍曼现在手边的工作，就足够他失去的全体伙伴一起来忙了。首先，从他和宇宙飞船都赖以生存的关键系统着手，他必须让发现号恢复全面运作才行。

维生系统是第一优先。氧气流失了很多，但储备量仍足够维持一个人使用。压力和温度调节大部分是自动的，本来就不需要哈尔介入太多。地球那一端的监测装置，现在可以执行许多哈尔这台杀人计算机原先比较高难度的工作——不过情况有变时，需要经过很长的时间差，地球上的计算机才有办法反应。维生系统若出了问题，要好几个小时才会浮现，所以会有足够的警讯——除非太空舱壁严重漏气之类。

宇宙飞船的动力、导航、推进系统倒没有受到影响。不过，到遇上土星还有好几个月的时间，鲍曼暂且还用不上后两种系统。就算少了宇宙飞船计算机的支持，地球方面隔着远距离，还是可以督导这些作业。进入最后阶段的轨道时，由于需要不断地核对调整，会有点令人厌烦，不过也不是什么大不了的问题。

到目前为止，他所料理过的事情中，最头痛的是清理中央旋转区里转动的"棺材"。鲍曼庆幸地想道：好在探测队成员都只是同事，不算亲密的朋友。他们在一起受训不过几个星期，回头想来，鲍曼发现，一起受训这件事主要只是在测试他们之间能否互相配合。

等他终于把空掉的冬眠室封闭起来的时候，他觉得自己有点像是埃及的盗墓贼。现在，卡明斯基、怀特黑德、亨特，都会比他早一步抵达土星，不过，当然早不过弗兰克·普尔。不知怎的，想到这点，他心中浮起一种奇异又荒谬的满足感。

他并没有想去了解冬眠室的其他系统是否还可以运作。虽然最后他的生命也可能仰赖于此，不过在宇宙飞船进入最终轨道之前，还犯不着为这个问题伤脑筋。在那之前，可能发生的事情实在太多了。

通过严格的定额配粮——虽然还没有仔细检查过食物储备的情况——他甚至有可能不靠冬眠室，也能活着等到救援人员抵达。不过，到时他的心理状况是否可以像生理状况那样健全，又另当别论。

他设法不去想这些长期问题，集中精神处理眼下的要务。慢慢地，他清理了宇宙飞船，确定各个系统都还在顺畅运转，和地球方面讨论了一些技术难题，然后以最少量的睡眠再继续工作下去。现在他正朝一个谜团冲过去，无从退缩——虽然，这个谜团从没有远离过他的心头，但是在开头的几个星期里，只有在一些间歇的时刻，他才得以把思绪飘向这个谜团。最后，随着宇宙飞船慢慢恢复稳定，重新进入自动程序（虽然仍然需要他随时盯紧），鲍曼也开始有时间研读地球传来的报告和简报数据了。他一次又一次地播放TMA-1三百万年来头一次得见天日那一刻的录像带。看着那些穿着航天服的人在TMA-1四周活动，等它朝星空发出信号，以电子声音的力量瘫痪掉他们的无线电系统，人人慌成一团的时候，鲍曼几乎微笑起来。

之后，那块黑石板就再无动静。他们把石板盖住，然后又小心翼翼地把它暴露到太阳下——但这次没有任何反应。没有人动过切割石板的念头，一方面是出于科学上的谨慎，一方面也是因为恐怕引起什么后果。

石板发出尖锐无线电波那一刻之后，引导人们发现它的磁场就消失了。有些专家推测，也许这个磁场是由某个巨大的超导体所形成的循环电流而产生，因而带着历经多少岁月之后，在需要的时候还能发挥作用的能量。石板有些内存的能量这一点，应该可以确定，因为光是那么短短一段时间所吸收的太阳能，不足以供应它所发出信号的强度。

还有一点令人好奇，但或许非关紧要之处，也引发了无休无止的争辩。这块石板高十一英尺，横切面长五英尺、宽一又四分之一英尺。更仔细地检查这些尺寸之后，发现三者正好是1：4：9——头三个整数的平方。没有人能就此提出合理的解释，但这恐怕不可能是巧合，因为这个比例已达到可测精准之极限。想到穷全地球的科技之力，也没法用任何材料造出比例如此精准的一块板子，更别说是会活动的，实在令人感到自己的渺小。TMA-1在轻描淡写之中，毫不客气地展现几何的极致，正和它诸多其他特点一样，令人一见难忘。

任务控制中心为他们的计划提出迟来的辩解时，鲍曼注意听了，带着关心，但又觉得事不关己的奇特心情。地球传来的声音似乎有点自我辩护的味道。他可以想象，那些负责策划这次任务的人之间，现在一定正在互相卸责。

当然，他们会有些很好的论点，其中包括国防部一项秘密研究计划的结果——那是哈佛心理学院在1989年所执行的"巴森项目"（BARSOOM）。在这个控制下的社会学实验中，他们向不同的族群样本人选保证，人类的确已经和外星生物有所接触。然后借由药物、催眠以及视觉效果，许多受测的人都觉得自己也确实遇见过其他行星来的生物，因而他们的反应被认为是可信的。

结果，其中有些反应十分暴戾——看来，在许多情况下都很正常的人，还是潜藏着很深的仇外心理。回顾人类干下各种私刑、屠杀以及其他类似游戏的记录，其实不足为怪。然而，这个研究计划的主事者却深感不安，因而从未公布过结果。20世纪由于广播威尔斯《世界大战》（*War of the Worlds*）的故事，而五度引发恐慌的事件，也强化了这个研究计划的结论……

尽管他们提出了这些论点，鲍曼有时仍不免疑惑：这趟任务之所以必须如此机密，当真就只是为了预防文化冲击的危险吗？在他听取简报时，种种蛛丝马迹显示，美苏集团都想抢先接触外星智慧，从中获利。但是从他现在的视野，回望地球就像一颗几乎要隐没在阳光中的星星，这些考虑都狭隘得不值一哂了。

虽然事过境迁，他现在更感兴趣的，反而是什么理论可以解释哈尔的行为。谁也没把握事实真相如何，但看看这台任务控制9000型计算机已经被逼疯，现在必须接受深度治疗，就不能不让人相信他们所提出的那个解释是合理的。同样的错误可以不再犯，但是想想建造哈尔的人竟然连自己产品的心理都没法完全了解，就可以知道和真正的外星生物沟通，会是多么困难的一件事了。

鲍曼可以轻易相信西蒙森博士的理论：哈尔之所以想破坏与地球的联系，是出于下意识的内疚，而这种内疚又是程序冲突所导致。他也很愿意相信哈尔其实并没有杀死普尔的意图——不过这个想法也永远难以得到证实。哈尔只是想毁灭证据，因为一旦他宣称已经烧坏的AE-35组件证明仍然可用，他的谎言就要拆穿了。就和全天下的愚蠢罪犯一样，由于深陷越来越没法自圆其说的欺骗之网，他慌了。

那种惊慌的感觉，就算鲍曼不想了解也明白得很，因为他一生遭遇过两次。第一次，他还是个孩子，陷在一道海浪里差点淹死；第二次，发生在接受航天员训练的时候，他装备上的一个指针出错，他因而错以为氧气一定撑不到抵达安全地点。

两次，他都差点把较高层次的逻辑思考全扔在脑后——只差那么几秒钟，他就要变成一捆狂乱的随机脉冲了。虽然这两次他都过了关，但是一个人在某种情况下会因为慌了手脚而失去人性这一点，他已经太清楚了。

这种事情会发生在人的身上，就会发生在哈尔的身上。想到这一点，他对那台计算机的恨意，以及遭到背叛的感觉，就逐渐消退。不管怎么说，这都是过去的事了——现在，重要的是，那不可知的未来所可能带来的危机与希望。

32

有关E.T.

除了匆匆在中央旋转区吃顿饭之外——幸好主调配器没有遭到破坏——基本上鲍曼就生活在主控甲板里。他都是在座位上打个盹，以便有什么问题的时候，趁征兆显示在屏幕上的第一时间就能发现。在地球任务控制中心的指导下，他临时拼装了几个紧急应变系统，也都凑合得过去。甚至，看来他很可能熬得到发现号抵达土星。当然，不论他到底活不活得下去，发现号都会抵达的。

虽然他没有什么时间可以欣赏星空，也感觉不到太空有什么新奇，然而现在知道了观景窗外的远处存在着什么之后，即使要面对生死存亡这等大事，他有时也很难收拾起心思。迎着宇宙飞船的去向，银河就横陈在前方，无数密集的星星令人发怔。人马座炽热的雾气就在那里，热腾腾的恒星群，把银河的心脏永远遮隐于人类的视线之外。还有"煤袋星云"（Coal Sack）不祥的黑影，那是太空中没有任何星星闪烁的洞口。还有半人马α星（Alpha Centauri），那是最接近地球的外星系太阳，是出了太阳系的第一站。

虽然天狼星和老人星更为灿烂，但是每当鲍曼抬头望向太空的时候，视线和心神总会被半人马α星所吸引。那个坚定不移的光点，它的光线花了四年的时间才传到他这里，足以象征地球目前私下争论得不可开交的那些秘密——而那争论的回音，也不时传到他这里。

说TMA-1和土星系统之间存有某种关联，现在已经没有人会怀疑。不过，要说立起那块石板的生物可能就来自土星，应该也没有科学家会承认。就生命的居住地而言，土星的环境比木星还要恶劣，它的诸多卫星都冰封于零下三百摄氏度的恒冬。其中只有泰坦拥有大气，那还是一层稀薄而有毒的甲烷。

因此，久远以前造访过月亮的生物，也许不仅是来自外星，更可能来自外太阳系——他们是来自其他星系的访客，遇到适合的地方就落脚建立基地。这又马上激发了另一个问题：真有任何科技——无论是多先进——能够跨越太阳系和离它最近的一颗外星系恒星之间的鸿沟吗？

很多科学家都断然排斥了这种可能。他们指出，发现号的速度已是史上第一，而即使是发现号，到半人马α星也得两千年，至于真要在银河里航行一段可观的距离，则非几百万年时间不足以完成。在未来的几个世纪里，就算推进系统可以脱胎换骨，最后还是不免碰上光速这个无法超越的障碍——任何物质都无法超越的障碍。因此，TMA-1的建造者，一定和人类分享着同一个太阳，而既然他们在有史以来从没露过面，很可能是已经灭绝了。

也有少数不同意的声音。他们主张：就算跨星系旅行要花上几个世纪的时间，对于决心够的探险者来说，这也构不成阻碍。发现号本身所使用的冬眠技术，就是一个可能的解决之道。另一个方法则是创造自给自足的人造世界——展开可能延续许多世代的航程。何况，为什么必得认为所有具备智慧的生命，寿命都和人类一样短促？宇宙之中，应该有些生物会觉得即使是千年之旅也没什么好烦的……

这些论点虽然纯属理论，所涉及的问题实际上却极为重要——它们都涉及"反应时间"。就算TMA-1的确向星际发送了信号，也许还借助了土星附近某个接力装置，但是要传送到目的地，还得几年的时间。因此，就算对方立即就有反应，人类还是可以有点喘息的时间——这点喘息的时间一定能以几十年计，更可能的是以几百年计。对很多人来说，这种想法可以叫人心安一些。

但不是对所有人。有些科学家——大多是理论物理的非主流流派——提出一个扰人的问题："光速当真是不可超越的障碍吗？"狭义相对论很快就要满一百年，的确证明相当耐得起挑战，不过，也已经出现了一些漏洞。而且，爱因斯坦的理论就算无法否定，却说不定可以回避。

支持这种观点的人，满怀希望地谈论通过更高维度空间的快捷方式、比直线还直的线，以及超空间的联结。他们喜欢借用20世纪普林斯顿大学一位数学家所创造的生动说法："太空里的虫洞。"至于那些批评这些想法太过天马行空、不值得认真看待的人，他们则会抬出玻尔（Niels Bohr）那句名言："你的理论真够疯狂，不过还没疯狂到足以成真的程度。"

如果说物理学家之间的争论不小，和生物学家比起来，又是小巫见大巫。生物学家讨论的是那个老掉牙的问题："有智慧的外星生物到底会是什么长相？"他们划分为两个相对的阵营：一方主张这种生物一定长得像人，另一方则坚信"他们"绝不会长得像人。

主张第一种答案的人，相信有两条腿、两只手，主要感觉器官都长在最高处的这种设计，十分根本，也十分合理，因此很难想出更好的设计。当然，其中也会有些小差异，譬如是六根手指而不是五根，皮肤或头发的颜色比较怪异，脸部器官的位置也会有些奇特，但大多数有智慧的外星生物，形貌应该和人类十分类似。在光线比较暗，或是一段距离之外的地方，不会引你再看第二眼。

这种拟人化的想法，深为另一派生物学家所耻笑。这派人物都是太空时代的地道产物，自认为彻底摆脱了过去的偏见。他们指出：人类身体是历经几百万次演化抉择之后才有的结果，是万古以来的机缘产物。在无数次抉择的过程中，任何一次的基因骰子都可能掷出不同的结果——结果是否更好并不一定。因为人类的身体是个怪异的即兴创作，充满功能经过转换（并且转换得不见得成功）的各种器官，甚至还留着像盲肠这种已经废弃的——比毫无用途还糟的东西。

鲍曼还发现：另有一些思想家的观点更加奇特。他们根本不相信真正先进的生命还需要具备有机的躯体。随着科学知识的推展，他们迟早会摆脱大自然所给予的这个脆弱的躯体——这个容易生病、容易出意外，又使他们不免一死的躯体。等他们自然的躯体损耗殆尽（甚至可能早在那之前），他们可以建造金属与塑料的躯体取而代之，进而达到不死的境界。大脑这个有机躯体最后的残留物，可能会多逗留一阵子，指挥机械构成的四肢，同时通过电子感官来观察这个宇宙——比起盲目进化所可能发展出来的感官，这些电子感官要精妙多了。即使在地球上，大家也已经朝这个方向开始迈进了。上千万过去不免没命的人，现在有幸借助于人工四肢、人工肾、人工肺、人工心脏，活得生龙活虎，幸福愉快。这个过程一旦开始，就只能有一个结局，无论这结局多久以后才会到来。

而且，到最后，连大脑也可以不要了。就意识的载具而言，大脑也不再是必要的——电子智能的发展，已经证明这一点。心灵与机器之间的冲突，最终可能通过完全的共生机制而解决……

然而，这就是最终的结果吗？有些神秘倾向的生物学家还有更进一步的想法。根据许多宗教的提示，他们推测心智最终可以摆脱物质。就和血肉之躯一样，机械躯体也不过是跨入另一种存在形态的垫脚石而已——许久以前，大家称之为"灵魂"的那个存在。

接下来，如果还有比那更进一步的超越，那唯一可能的名称就是"上帝"了。

33

特　使

过去三个月里，戴维·鲍曼已经彻底适应孤独的生活，现在要他想起任何其他人的存在都不容易了。他已经超脱了绝望，也超脱了希望，安顿于大部分机械化的例行生活。只有当发现号这里或那里的系统运作不灵时，这些偶尔出现的危机才会使生活有些点缀。不过他还没有超脱好奇心，因而一想到他正在驶去的目的地，还会充满一种狂喜，一种权力的感觉。不只是因为他代表全体人类，也因为他在接下来几个星期的行动，将可能改变人类的未来。有史以来，人类还没有过类似的情况。他是代表全人类的特任大使，或者说，全权代表。

认知到这点，给他带来许多微妙的帮助。他一直把自己保持得十分整洁。不论多累，他都不会漏刮胡子。他知道任务控制中心一直密切注意他有没有异常行为的迹象，因此他决心让他们白忙一场——起码，让他们看不出任何严重的征兆。

鲍曼也注意到自己的行为模式出现了一些变化。当然，就他的环境来说，期待不要有变化出现才是荒谬的。除了睡觉，或是通过回路和地球通话，其他时候他再也受不了寂静——因此他随时让宇宙飞船的播音系统保持一种几乎吵得人头痛的状态。

起初，因为需要有人类的声音陪伴，他会听一些经典戏剧（特别是萧伯纳、易卜生和莎士比亚的作品），也从发现号收藏丰富的录音图书馆里找一些诗作的朗诵来听。然而，这些诗和戏剧所处理的问题，听来不是觉得太遥远，就是用一点常识就能轻易解决，因而过不了多久，他就没有耐心听下去了。

因此他转而听歌剧，通常是意大利或德语曲目——歌剧里大多总有一点知性内容，他不想因听懂这些内容而分心。这个阶段持续了两三个星期，接着他觉察到，这些训练有素的嗓音只更加深了他的孤独感。不过真正为这个阶段落下休止符的，是威尔第的《安魂曲》——他在地球上的时候，从没听过。空荡荡的宇宙飞船里，当"最后审判日"一节轰然响起时，一种相衬的不祥之兆让他手足无措；等天堂传来末日审判的号角时，他再也受不了了。

之后，他只播放器乐。先从一些浪漫派的作曲家开始，不过随着他们倾泻的情绪越来越逼人，他又把他们一个个抛弃了。西贝柳斯、柴可夫斯基、柏辽兹，持续了几个星期；贝多芬则比较久一点。最后，和许多其他人一样，他在巴赫抽象的架构里寻找到平静——偶尔，再以莫扎特点缀一下。

发现号便如此朝土星航行而去，经常伴以大键琴清冷的音乐——音乐中，凝结着一个死去两百多年的作曲家的思绪。

现在，即使仍然在一千万英里开外，土星已经比地球上看到的月亮还要来得大了。肉眼来看，已经光辉夺目，如果再用望远镜来看，那就更加不可名状。

这个行星，很容易会被误以为是比较安静时候的木星。有同样的云带——虽然和那个稍微大点的行星比起来，这里的云带淡一些，也没那么显著；大气层上，也有许多同样大陆大小的乱流缓缓移动而过。不过，这两个行星之间有一点截然不同——即使只是匆匆一瞥，还是可以清楚看出土星不那么像个球体。土星的两极都太扁，因而有时给人一种有点畸形的印象。

不过土星环的光辉，则是不断把鲍曼的视线从土星本身引开。土星环错综复杂的层次，以及明暗相间的精妙，自成一个宇宙。除了内环和外环之间的巨大区隔之外，最少还有五十个其他更细的层次或界限——巨大的土星环，因而可以看出许多亮度截然不同的层次。这使得土星看来好像围绕着许许多多的同心圆，一个叠着一个，每一个都很薄，好像从薄得不能再薄的纸张上割下来的。这些光环的体系，看来像是精心制作的艺术品，又像一个可供远观，不可近玩的脆薄玩具。鲍曼无论多么努力，都无法确切意识到它的真正大小，也没法相信整个地球放在这里，不过像一个沿着餐盘边缘滚动的滚珠轴承。

有时候，某颗恒星会绕到土星环的后面。这个时候，那个恒星的光辉会略有所失。但它会通过土星环的透明物质继续发光——不过被轨道上一些比较大的碎片遮住的时候，它会不时地轻轻闪烁一下。

19世纪以降的人已经知道，土星环并不是实心的——就力学原理而言，这也是不可能的。这些土星环是由无数细小的碎片所构成——也许是哪颗卫星靠得太近，被土星的重力撕扯得粉碎所留下。不论起源究竟如何，人类得以目睹这种奇景，实在幸运。因为这番奇景，在太阳系的历史里只能存留极短的一段时间。

早在1945年的时候，一位英国的天文学家就曾经指出，这些土星环不过是昙花一现，很快会被重力的作用所摧毁。由这个说法来回溯，会导致一个结论：这些土星环都是非常晚近，大约不过两三百万年之前才形成的。

不过，土星环正巧和人类在同一段时间诞生这一点，则没有人动过一点脑筋。

34

绕行的冰山

现在发现号已经深入幅员辽阔的土星卫星体系，而土星本身也只要不到一天的行程就可以抵达。宇宙飞船早已通过最外围的菲比（Phoebe，土卫九）所划出的界限——这颗卫星沿着一条极其夸张的偏心圆轨道，向后远离了自己的主星八百万英里。宇宙飞船的前方，现在有伊阿珀托斯（Japetus，土卫八）、许珀里翁（Hyperion，土卫七）、泰坦（Titan，土卫六）、雷亚（Rhea，土卫五）、狄俄涅（Dione，土卫四）、忒堤斯（Tethys，土卫三）、恩克拉多斯（Enceladus，土卫二）、米玛斯（Mimas，土卫一）、雅努斯（Janus，土卫十），以及它们的星环。望远镜里，所有这些卫星的表面都呈现迷宫一般的纹路，鲍曼也尽可能地拍了许多照片，传回地球。光是直径三千英里，大如水星的泰坦，就能耗掉一组探测队几个月的时间，而他却只能给泰坦以及它冰冷的同伴，拍些最简单的快照。事实上也不需要拍太多了，现在他已经十分肯定伊阿珀托斯才是他真正的目标。

所有其他的卫星，虽然没法和火星相比，但也都因为偶尔的流星撞击留下坑坑洞洞，光影明暗错落。至于这里那里出现的一些特别明亮的光点，则很可能是冰冻气体的碎片。但只有伊阿珀托斯自己拥有一种别具一格、十分奇特的景观。

和其他同伴相同的是，这颗卫星也有一面永远向着土星，只是这一面极为阴暗，看不出任何特征。另一面则完全相反，主要是一个长约四百英里、宽约两百英里的明亮白色椭圆形。此刻，这引人注目的白色椭圆形只有一部分位于日光下，不过伊阿珀托斯的明暗变化为什么会如此非比寻常，理由现在倒也很明白了。这颗卫星转到西边的轨道时，光亮的椭圆形正对着太阳，以及地球。转到东边的时候，白色椭圆形转到另一边，因此只能看到光线反射得很差的那半球。

这个大椭圆形极为对称，横跨伊阿珀托斯的赤道，中轴线指向这颗卫星的两极。由于这个椭圆形的边界极为鲜明，看起来好像有人在这个小卫星的表面，很小心地画了一个大大的白蛋。白蛋的表面极为平坦，鲍曼有点怀疑它会不会是某种结冻液体形成的湖泊——不过这样也无法解释为什么它的形状会如此像是出于人为。

不过，在驶往土星系统心脏地带的路上，他没什么时间可以研究伊阿珀托斯，因为这趟任务的最高潮，也就是发现号最后一次的摄动操作，马上要到来了。飞越木星那一次，宇宙飞船是利用木星的重力场来为自己加速。而这一次，宇宙飞船要做的却是相反的动作——她一定要尽可能地减缓速度，以免脱离太阳系继续往外层空间飞去。她现在的行进路线，是设计来约束住她的，好让她成为土星的另一颗卫星，沿着一条窄窄的、长达两百万英里的椭圆形轨道来回运转。这条轨道最近的一点，几乎可以碰到土星本身，而最远的一点，则会碰触到伊阿珀托斯的轨道。

地球上的计算机——虽然他们的信息总要晚三个小时才能传到——已向鲍曼确认，一切状况良好，速度和高度正确无误。在最近距离接触那一刻来临之前，他不需要采取任何进一步行动。

现在，广袤的土星环盘踞了天空，宇宙飞船正通过最外缘的上方。鲍曼通过望远镜从大约一万英里的上空看下去，可以看到环的主要成分大都是冰，在太阳的光线下晶莹闪烁。他的感觉，就好像飞越在一场暴风雪之中，视野偶尔清晰的时候，却在原本应是地面的所在，目瞪口呆地瞥见了夜空和星辰。

随着发现号沿着弧形轨道趋近土星，太阳也朝一层层的土星环慢慢落下。现在，这些土星环已经变幻为一道纤细的银桥，横跨天际。虽然一层层的环太细，顶多只是把太阳遮暗一些，但是环里无数的结晶体，却折射分散，形同炫目的烟火。随着太阳沉到那些绕行不已的浮冰所形成的宽达千英里的洪流后面，它苍白的投影在天空中幻化出各种闪动的火花与闪光。再下来，太阳沉到土星环的下方，土星环给太阳裱了一道框，天上的烟火也熄了。

再过一会儿，宇宙飞船弯入土星的阴影，在这行星黑夜的那一面开始最近距离的接触。头顶闪烁着星辰和土星环，下方则横陈着一片隐约可见的云海。这里看不到木星夜晚那种神秘的光辉，也许土星的温度太低，展现不出那种场景。云层上浮绕着冰山，冰山借助云层底下的阳光透出光亮。其实，就是借助于冰山反射的幽光，鲍曼才看得见斑斑点点的云层。但在土星环的中央，有一道很宽很黑的缺口，很像没有完工的桥身上还缺的那一段——是土星的影子在这儿压过了自己的环。

和地球的无线电通信已经中断了，要等到宇宙飞船离开土星黑夜的这一面才会恢复。此刻，或许这样也好，鲍曼忙得根本没有留意到自己突然加剧的孤独处境。接下来的几个小时里，他要分秒盯紧减速操作，这是地球上的计算机早已设定好的。

宇宙飞船的主推进器，经过好几个月的休工之后，开始喷出长达数英里的火红等离子奔流。主控甲板的无重量世界，短暂地恢复了一下重力。当发现号如同一颗小小的烈日，掠过土星的夜空时，在几百英里的下方，甲烷云和冰冻的氨燃起了一种前所未见的光芒。

淡淡的黎明终于出现在前方。这时，前进速度已经越来越慢的宇宙飞船，要再进入白昼了。宇宙飞船不再能躲过太阳的引力，也躲不过土星的引力——但是它行进的速度还足以拉起船身，驶离土星，直到触及两百万英里外伊阿珀托斯的轨道。

发现号进行这段爬升得花上十四天。这一路上宇宙飞船将以相反的次序，再度滑行穿过所有内圈卫星绕行的途径。她要一个一个地穿过雅努斯、米玛斯、恩克拉多斯、忒堤斯、狄俄涅、雷亚、泰坦、许珀里翁等等卫星的轨道。这些小世界都拥有神或女神的名字。而以这里的时间而言，这些神祇不过是昨天才消逝的。

然后，宇宙飞船会遇上伊阿珀托斯，并且必须与之会合。如果失败，宇宙飞船就会落回土星方向，开始重复二十八天一个周期的椭圆形绕行，无休无止。

发现号只有一次努力会合的机会。一次不行的话，伊阿珀托斯就已经绕到很远的地方，几乎在土星的另一边了。

是没错，等宇宙飞船的轨道和那颗卫星的轨道第二次交会的时候，他们可以再度相遇。不过这将是一场多年之后的约会。不论怎么说，鲍曼都很清楚他是等不到那一天的。

35

伊阿珀托斯之眼

鲍曼第一次看到伊阿珀托斯的时候，这颗卫星只有土星的光映照着，那奇特的椭圆形光斑有一部分在阴影中。现在，缓缓走动在七十九天一个周期的轨道上，伊阿珀托斯已回到阳光中了。

看着伊阿珀托斯逐渐变大，而发现号以越来越慢的速度接近那必然的、最终相会的一刻，鲍曼察觉到自己心里有一种痴迷，一种令人困扰的执著。和任务控制中心通话，或者不如说是汇报的时候，他从没提到这一点，怕别人觉得他已经有了幻觉。

也许，他的确有了幻觉。因为他已相当程度地相信，相对于那颗卫星黑黝黝的背景，那光洁的椭圆是一只巨大而空洞的眼睛，注视着他一路接近。那是只没有瞳仁的眼睛，因为它空无一物，鲍曼看不到任何东西掺杂其中。

一直到宇宙飞船到五万英里开外，伊阿珀托斯看来有如地球所熟悉的月亮两倍大的时候，他才注意到，就在那个光亮椭圆的正中央，有一个小小的黑点。但这时已经没有时间仔细查看，他要开始终点操作了。

这是最后一次，发现号的主引擎释出能量。这是最后一次，原子即将罄尽前的炽热白光燃烧在土星的卫星之间。戴维·鲍曼听着引擎开始轻轻启动，接着逐渐加强冲刺的声音，一种傲然，同时也凄然的感受袭上心头。这些顶级引擎，已经毫无瑕疵地完成了它们的任务。它们把宇宙飞船从地球带到木星再带来土星，现在，这是它们最后一次运作了。等燃料罐清空之后，发现号就会失去所有的动力，一如彗星或小行星，成为重力场一名无助的俘虏。就算几年之后，救援的宇宙飞船抵达，就经济效益的层面而言，还是没法给她添加足以飞回地球的燃料。发现号，将成为早期星际探险的纪念碑，永远留在太空轨道上。

随着几千英里的距离减缩为几百英里，燃料量表的指针也很快地指向零。主控甲板里，鲍曼的双眼紧张地来回检视显示屏幕，以及一张张临时绘制的图表——现在他必须参考这些图表，才能做出实时的决定。已经熬到这个地步，如果他只是因为少了几磅燃料而无法与伊阿珀托斯相会，那将是令人无法接受的反高潮……

引擎的声音逐渐减弱，随着主推进器熄掉，现在只剩微调推进器把发现号轻轻推进轨道。现在，伊阿珀托斯是一弯充塞天际的巨大新月。到此刻之前，鲍曼一直把它想成一个毫不起眼的小东西——和它所环绕的那颗星球比起来也的确如此——然而，等它森然悬在头顶时，只觉硕大无朋，很像一把宇宙中的榔头，作势要把发现号像胡桃壳一样敲碎。

伊阿珀托斯以极其缓慢的速度逼近，甚至让人感觉不到有任何动静。鲍曼也根本无法分辨到底是在哪个时刻发生了微妙的变化，使得眼前的天体转化为不过五十英里下方的地表了。忠实可靠的微调推进器释出残余的最后推力，然后就永远地熄掉。宇宙飞船进入了最后的轨道，以每小时不过八百英里的速度，每三个小时绕行伊阿珀托斯一圈——在这个微弱的重力场中，也不需要更高的速度。

发现号已成了卫星的卫星。

36

老大哥

"我现在又绕回有阳光的这一边了，情况就和我上次绕行时候报告的一样。这个地方似乎只有两种地表物质。黑黑的东西看起来像是燃烧过，简直就像焦炭——就我在望远镜里所能判断的，纹理也很像焦炭。事实上，我最能联想到的是烧焦的吐司……

"我对另一大片区域还没有任何头绪可言。这片区域的起始线非常明确，也看不出任何表面特征。甚至可能是液体——表面够平滑的了。不知道你们对我传回去的影像有什么印象，但如果你们能想象得到一片冰冻的牛奶海，就完全明白了。

"甚至，这也可能是某种非常浓厚的气体——不，我想这是不可能的。有时候我觉得它在动，非常缓慢地动，不过，我无法确定……

"……现在我第三次绕行，又回到白色区域了。这一次经过的时候，我希望在绕行时能比较靠近先前发现的那个黑点——黑点就在这个区域的正中央。如果计算没有错，我离它应该已经只有五十英里了——不管那是个什么东西。

"……是的，前面有个东西，就在我计算的那个地点。它正从地平线升起来——土星也在升起，几乎在天空的同一个方位上——我要去看看望远镜……

"喂！这个东西好像是个建筑物——全黑一片，很难看得清。没有窗户，没有任何特征。只是一块很大很大的垂直板块——从这个距离看来，最少有一英里长的高度。我想起来了——这就跟你们在月球上发现的那个东西一样！这是TMA-1的老大哥！"

37

实　验

就称之为星之门吧。

有三百万年之久的时间，它一直绕着土星转动，等待也许永远不会到来的命运。在它诞生的过程中，一颗卫星粉碎了，当时的残片到现在仍然在轨道上。

现在这场漫长的等待已经结束。在另外一个世界里，智慧体诞生了，正想逃离行星的摇篮。一场古老实验的高潮戏，终于即将登场。

很久以前，开始这场实验的，并不是人类，甚至和人类一点也不相干。不过他们有血有肉，而当他们望向太空深处之时，他们感到敬畏、惊奇，还有孤寂。一旦他们掌握了能力，便开始向群星出发。

在他们探索的过程中，遇见过各式各样的生命形态，并且在上千个世界里，看见过进化的运作。他们也见惯了智慧擦出的第一道微光一闪即逝，消失在宇宙的黑夜里。

正因为在整个银河系里，他们发现最珍贵的莫过于"心智"，因此他们到处促进心智的萌发。他们成了星际田园里的农夫，忙着播种，偶尔还会有收成。

有的时候，他们也得不带感情地除掉杂草。

他们的探测船历经千年的旅程，进入太阳系的时候，庞大的恐龙早已消失很久了。探测船掠过冰冻的外行星，在垂死的火星沙漠上空短暂停留了一会儿，随即俯视到地球。

探索者看到，在他们脚下展现的，是一个充满了各种生命的世界。他们花了几年的时间研究、搜集、归类。等他们尽其可能地了解一切之后，就开始进行调整。他们变动了许多物种的命运，陆地和海洋里的都有。但在这些实验中，到底有哪些会成功，至少在一百万年内他们是不可能知道的。

他们很有耐心，但也并非长生不老。在这个拥有上千亿个太阳的宇宙里，有太多的事情要做，也有其他世界在呼唤他们。于是他们再度朝深邃的宇宙出发，心知他们再也不会到这里来了。

其实也没有这个必要，他们留下的仆人会完成剩余的工作。

在地球上，冰河来了又去，而在地球之上，不变的月亮仍旧守护着那个秘密。以一种比极地冰川消长再慢一些的节奏，文明的浪潮在银河系起起落落。一个个奇怪的、美丽的、糟糕的帝国崛起又没落，再把知识转手交给他们的接班人。地球并未被遗忘，但是再来一趟也没有多大意义。地球只是亿万个无声星球中的一个——其中，会发声的几乎没有。

而现在，在群星之间，演化正朝着新的目标前进。最早来到地球的探险者，早已面临血肉之躯的极致。一旦他们打造的机器可以胜过他们的肉体，就是搬家的时候了。首先是头脑，然后只需要他们的思想，他们搬进由金属和塑料打造的亮晶晶的新家。

他们就在这种躯体里漫游星际。他们不再建造宇宙飞船。他们就是宇宙飞船。

不过，机械躯体的时代很快也过去了。在无休无止的实验中，他们学会了把知识储存在空间本身的结构里，把自己的想法恒久地保存在凝冻的光格中。他们可以成为辐射能的生物，最终摆脱物质的束缚。

转化为纯粹的能量之后，他们又改变了自己。在千百个世界里，那些被他们舍弃的空壳，在无意识的死亡之舞中短暂颤抖之后，崩裂成尘。

现在他们是银河系的主宰了，超越了时间的限制。他们可以自由自在地漫游在星辰之间，也可以像一缕薄雾渗入到宇宙的缝隙里。但尽管他们已经拥有神祇般的力量，却也没有完全忘记自己的起源——在一片已经消失的海洋的温暖的烂泥中。

而他们仍旧守望着他们祖先在许久许久之前开始的那些实验。

38

岗　哨

"宇宙飞船里的空气越来越污浊，我几乎一直在头痛。氧气还很多，不过自飞船上的液体都在真空中沸腾后，空气净化器一直没法再净化空气了。真受不了的时候，我就下去机库，从分离舱那里挤些纯氧出来……

"我发了信号，但没有任何反应。因为轨道倾斜的角度，我现在正慢慢逐渐远离TMA-2。对了，你们给它取的名字非常不贴切——它可没有一点磁场的迹象。

"目前我最接近它的距离是六十英里，但是因为伊阿珀托斯在我底下转动，所以会拉远到一百英里，然后又掉回零。三十天之后，我会越过这个东西的正上方——但是实在等不了那么久，何况到时又要进入黑暗的那一面。

"就算是现在，它也再过几分钟就会降到地平线以下了。这可真难过——我没法作任何仔细的观察。

"所以希望你们能准许我进行下面这个计划。分离舱还有充分的速度差，足够我降落后再回到宇宙飞船上。我希望能离开宇宙飞船，对这物体进行近距离观测。如果觉得安全的话，我会降落在它旁边，甚至它顶上。

"我下去的时候，宇宙飞船仍然会保持在我上方的位置，因此我不会和宇宙飞船失去联系超过九十分钟以上的时间。

"我相信这是唯一可行的路。我已经跋涉十亿英里来到这里——我不想被最后六十英里困住。"

星之门以自己奇特的感官，永远注视着太阳的方向。几个星期以来，它看着逐渐接近的那艘宇宙飞船。它的制造者为许多事情而打造了它，这是其中之一。它认出了这个从太阳系温暖的心脏地带朝这里攀爬而来的东西。

如果它有生命的话，那现在一定会兴奋不已。但是，这样的情绪远非它能力所及。就算宇宙飞船打它身边过去了，它也不会有丁点失落之情。它已经等了三百万年，本来就有永恒等待下去的准备。

看着这个访客喷着白热的气体来调整速度，它只是付出观察与注意，并未采取任何行动。现在它感觉有轻微的辐射线袭来，想探测它的秘密。仍然，它什么也不做。

现在宇宙飞船已经进入轨道，在这个黑白相间的很奇特的卫星上方低空绕行。宇宙飞船开始以一阵一阵的无线电波说话了，数着从一到十一之间的质数，一遍又一遍。接下来，是一些更复杂的信号，以各种频率发出——紫外线的、红外线的、X射线的。星之门不作回复，它无话可说。

然后，静了一段时间。接下来，它注意到：绕行的宇宙飞船上，降下了一个东西，朝它而来。它搜寻了一下自己的记忆，逻辑回路根据许久之前所接受的指示，作了决定。

在土星清冷的光线下，星之门唤醒了自己沉睡中的力量。

39

进入眼睛

　　上次他从太空中看发现号的时候，发现号和占了半个天空的月亮一起飘浮在月亮的轨道上——现在，粗看起来，发现号还是那个模样。也许有一点点改变，只是他不敢很确定：发现号舱外注明各种舱盖、接头、脐带插头，以及其他装置用途的字样，长期曝晒在毫无遮掩的太阳光之下，油漆有点褪色了。

　　太阳，现在是个谁也认不出来的物体了。太阳比一般星星还是亮太多，但现在就算直视这个小小的盘子，也没有任何不舒服的感觉。太阳的热能一点也传送不到这里，在流泻进分离舱窗口的阳光下，鲍曼抬起没戴手套的双手，皮肤上没有任何感觉。想取月光来暖和暖和自己，也不过如此——五十英里下方的奇异地景尽管已经提醒他现在远离地球，但失去热能的阳光却让他更深刻地体认到这个距离有多么遥远。

现在，他要离开（也许是最后一次离开）过去这么多个月来一直栖身的金属世界了。就算他回不去，宇宙飞船还是会继续执行自己的任务，把仪器的读数传回地球，直到回路最后出现无法运作的问题为止。

如果他真能回得去呢？那他会多活几个月，甚至还能保持神志清醒。但也就是这样了。没有计算机在一旁监控，冬眠系统形同废物。至于说等到发现二号来和伊阿珀托斯会合，他熬不到那个时候。那还要四五年的时间。

看着一弯新月般的金色土星在前面的空中升起，他把这些念头都扔到脑后。他是人类有史以来第一个看到这种景象的人。其他所有人看到的土星，永远是正面面对太阳，整体照亮的圆盘。现在它却是一道精致的弓，土星环则是一条跨过弓身的细线，很像一支准备往太阳门面直射而去的箭。

与土星环连成一线的，还有明亮的泰坦星，以及其他比较暗淡的卫星。不用等到这个世纪过去一半，人类应该就能把这些卫星全都拜访一遍。但不论他们拥有着什么样的秘密，鲍曼是永不可能知道了。

茫然的白眼睛，边线截然分明，朝着他快速地接近。现在只剩下一百英里，再不到十分钟，他就要到目标的上空了。他很想有个办法查证一下，他说的话以光速离开已经一个半小时了，不知是否已经传达到地球。万一中继系统出了什么差错，他说的话都化为寂静，从此再也没有任何人知道他所遇见的情况，那就太讽刺了。

在头顶黝黑的太空中，发现号仍然是颗明亮的星。他一面下降，一面增加速度，因此把发现号逐渐抛在身后。但是没多久，分离舱的减速喷气发动机就会使他慢下来，然后宇宙飞船也将从头顶驶过，消失在视线之外——在这片中心有个黑暗之谜的光亮平原上，将只剩下他孤独一人。

地平线逐渐升起一块漆黑的东西，遮住了前头的星星。他把分离舱转了一个方向，全力突破他的轨道速度。他拉出一条又长又平顺的弧线，往伊阿珀托斯的地面降下。

换作是另一个重力比较大的星球，操作分离舱会非常消耗燃料。但是在这里，分离舱只有几磅的重量。他还有几分钟时间可以盘旋，然后就得冒险使用备用燃料，接着搁浅在这里，再也没有指望回到还在轨道上绕行的发现号。也许，回不回得去也没有多大差异了……

他离地面还有五英里，正朝着那个黑色巨块而去——巨块带着完美的几何线条，耸立在放眼没有任何特征的地面。它一片纯黑，纯净得一如脚下那片白。直到目前这一刻，鲍曼并没有体会到这个东西到底有多大。地球上像这么大的单一建筑物，屈指可数。他拍的尺寸精密的照片显示，这个巨块的高度几乎有两千英尺。就目前可以判断的，尺寸比例也和TMA-1丝毫不差——那个神秘的

1：4：9的比例。

"我现在离它只有三英里了，继续保持四千英尺的高度。仍然没有任何动静——我的仪器上没有任何反应。表面看来极为光滑。可是历经这么长的时间，总该有点陨石造成的破坏吧！

"在……在那个我想可以叫作屋顶的地方，也没有任何碎石残片，也看不到任何开口。本来我还一直希望上面会有个入口……

"现在我在它正上方了，盘旋在五百英尺的上空。因为我很快就要联系不上发现号了，所以不想浪费时间。我要降落在它上面。看来是够结实的——如果不是的话，我就马上飞开。

"等一下——这可怪了——"

鲍曼的声音消失在极为困惑的沉默中。他不是吓到了，他只是无从形容眼前所见。

他盘旋其上的，原来是长八百英尺、宽两百英尺，质地看来硬如岩石的一大块长方形。现在，这个东西却似乎在离他而去，就像一个立体的东西，通过某种意志的力量，居然能够内外翻转，出现了远程和近端突然位置互换的视觉幻象。

这块巨大、明明结实无比的东西，就是出现了这个情况。超出可能，也超出想象，它不再是一块高耸在平原上的巨石。先前看来像是屋顶的顶端，往无限的深邃中陷落下去。有那么迷乱的一刻，他以为自己望着的是一个垂直的深洞——但这个长方形导管打破了透视法则，深处的尺寸并没有因距离的改变而缩小……

伊阿珀托斯之眼眨动了，就好像要眨掉一粒恼人的沙尘。鲍曼只来得及给任务控制中心的人留下一句破破碎碎的话——九亿英里之外，八十分钟之后听到的人永远也忘不了的一句话：

"这个东西是中空的——在无限地延长——还有——上帝啊——全是星星！"

40

出 口

星之门开启了。星之门关闭了。

在短暂到无从计算的一瞬间里，空间自行反转、扭曲了。

然后，伊阿珀托斯又恢复孑然，一如过去三百万年——除了那艘已经失去主人，但还没有被遗弃的宇宙飞船，朝着建造它的人继续发送一些他们没法相信，也没法理解的信息。

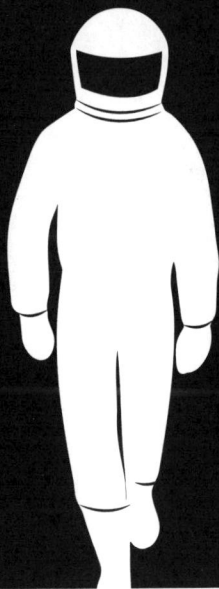

VI

穿越星之门

41

超级中央车站

没有移动的感觉，但是他正一路掉落，朝向那些无可解释的星星——那些闪烁在一个星球黑暗心脏里的星星。不——这些星星并不是真的在那里，他很确信。虽然已经太晚，但是他懊悔自己当初对超空间、超维导管的理论没有花太多心思。对戴维·鲍曼来说，这些都已经不再是理论而已了。

也许伊阿珀托斯上的这块巨石是中空的，也许那个"屋顶"根本就是个幻影，或者，只是一种光圈，打开来让他穿越而过。（可是穿越到哪里呢？）就他还可以信赖的感觉来说，他似乎垂直跌入一口巨大的长方形竖井，几千英尺深的竖井。他掉落的速度越来越快，但是管道的底端一直没有改变大小，也一直没有改变与他的距离。

动的只有星星。开始的时候动得很慢，因此他没有马上就注意到，框框里的星星正一个个往外逃逸。但是再过一会儿，很明显地，这片星域是在向外扩张，仿佛以一种不可想象的速度朝他冲来。这种扩张是非线性的——位于中央的星星看来一动不动，但是越靠外缘的星星加速越快，直到变成一道道光芒，然后消失在视线之外。

消失的星星，总是有其他的星星补充上来，从一个显然无穷无尽的来源补充进星域的中央。鲍曼很好奇如果有颗星星直接冲过来的话会如何，也很好奇这片星域是否会无止境地扩张，直到他一头栽进一颗太阳表面？但是没有一颗星星来到近得足以显现盘面的距离——星星最后总是会闪向一边，化为光芒，消失于长方形框壁的边缘之外。

管道的底端，还是没有任何逐渐接近的迹象。管道的四壁简直就像随着他一起移动似的，把他带向一个不可知的目的地。或者，也许他其实一动也没动，而是空间在他的身旁滑过……

他突然觉察到，他现在面对的事情，所牵涉的不只是空间而已。分离舱小小仪表板上的定时器，也发生了怪事。

通常，定时器上显示十分之一秒那一栏的数字，跃动得都非常快速，肉眼几乎难以读取。现在，这些数字却以相当长的间隔在一亮一灭，他可以毫不费力地跟着读出来。计秒的部分，走得更是慢得难以想象，就好像时间要停顿下来似的。最后，十分之一秒那一栏所显示的数字，冻结在五和六之间。

然而他还是认为，甚至观察到，管道漆黑的框壁在流动，和他错身而过，速度则可能是介于零和百万倍光速之间的任何一种等级。不知为什么，他一点也没感到惊讶，或是害怕。相反地，他怀着一种平静的期待心情，很像从前接受太空医生检测，服用一些幻觉药物时的感觉。他四周的世界奇特又美妙，但没有任何值得担心的事情。他跋涉亿万英里路来寻找这个谜团，现在看来，谜团也迎向他了。

前方的长方形开始变亮了。映着越来越亮的乳白色天空，飞散的星光条纹也越来越暗淡。看起来，分离舱在朝一团白云飞去——云团被一个看不到的太阳映照着，光色均匀。

他正在从这个通道里冒出来。在此之前，远程一直保持着那个难以明言的距离，不曾趋近，也没有后退，此时却突然开始接受正常透视法则的规范，在他前方逐渐靠近，也逐渐宽广起来。同时，他感觉到自己在往上移动。刹那间，他怀疑自己是不是已经跌穿伊阿珀托斯，现在又要从另一头升起了。不过，在分离舱还没升入那开敞的空间之前，鲍曼已经知道这个空间其实和伊阿珀托斯完全无关，也和人类经验所及的任何世界都无关。

这里没有大气，因为从眼前到那个难以置信的遥远又平坦的地平线，所有的细节他都可以看得一清二楚。他一定置身于一个十分巨大的行星上空，一个也许比地球大得多的行星。然而除了大小之外，鲍曼所能看到的一切地面，都是由各式各样，每边长达好几英里的切面所拼组起来。这很像是一个巨人以行星来玩的拼图游戏，而许多正方形、三角形、多角形切面的中心，都有一个黑黝黝的管道出口——一如他刚穿出的那种管道。

和底下不可思议的地面比起来，头顶的天空就更奇特了——可以说，更让人搞不懂了。没有星星，也没有太空中的那种黑。只有一种乳白色的柔光，让人感到那是种无限的距离。鲍曼想起有次听人家谈起南极那种令人敬畏的"乳白天空"（whiteout）——好像置身在一枚乒乓球内部的感觉。如此形容这个奇异的地方，再恰当不过，只是背后的原因一定全然不同。这里的天空可不是因为雪雾弥漫而形成的气象效果，这里是彻底的真空。

接着，等鲍曼的眼睛逐渐适应充满整个天空的珍珠般光芒之后，他才发觉，这天空其实不是他第一眼看到时所以为的那样净无一物。他头顶散布着无数个小小的黑点，一动也不动，形成显然毫无规则的图案。

这些黑点很难看得清楚，因为都只是暗暗的点而已。不过一旦看到了，就再清楚不过了。这使鲍曼想起了一件事——一件十分熟悉却又十分疯狂的事，他实在很难承认其间的关联。只是最后在理性的要求下，他毕竟不得不接受。

白色天空里的这些黑洞是星星——他很可能是在看一张银河照片的负片。

上帝啊，我到底是在什么地方？鲍曼问起自己。不过，就算他提得出问题，也很清楚他是永远也得不到答案的。看起来，空间是内外翻转了——这不是人类可及之处。虽然分离舱里十分暖和，但是他突然觉得一阵寒冷，几乎不可控制地颤抖起来。他想闭眼，把四周这片珍珠色的虚无遮盖起来，但这是懦夫的行为，他才不屈服。

由各种穿了洞的切面拼组而成的行星，在他下方慢慢地转动，但是景致一成不变。他猜想自己离地面大约有十英里，有任何生命迹象的话，应该可以很轻松就看得见。但这整个世界是遗弃的——有智慧的生命来过这里，按其意志打造过这里，然后又前往他处了。

然后他注意到：在大约二十英里之外的平原上，有一堆隆起，大略呈圆筒状的残骸，绝对是一艘大船的残骸。距离还太远，所以他看不清细微部分，几秒钟之后，又消失在他的视线之外。但他还来得及辨认船体破损的龙骨，以及橘子皮一般半剥开来，光泽暗淡的金属。他忖度着，那残骸在这片废弃的棋盘上不知到底陈放了几千几万年，也不知到底是什么样的生物曾经驾着它在星际间航行。

接着他就把这堆残破的遗弃物丢在脑后了，因为，地平线正冉冉升起一个东西。

起初，很像一个扁平的碟子，但那是因为它直直朝他而来的原因。随着它接近，打分离舱底下穿过，鲍曼看出那是一个纺锤形状，长达好几百英尺的东西。虽然它身上四处有些隐约可见的纵向条纹，却很难集中视线看个清楚——这个东西一路似乎在以很快的速度在颤动着，甚至可能旋转着。

它的两头尖细，看不出有任何推进器在推动的迹象。在人类的眼睛看来，只有一点是熟悉的，那就是它的颜色。如果这个东西真的是结实的人工产物，而不是视觉的幻影，那么它的建造者可能也具备了些人类的情绪。不过，可以肯定的是，他们并没有人类的极限——因为，这个纺锤似乎是纯金打造的。

这个东西飞向身后的时候，鲍曼也转头望向后视系统。它完全没有理会他。他可以看见这个东西从空中下降，潜入那成千上万个洞口中的一个。几秒钟后，它的金光最后一闪，没入这个行星的内部。他又孤独一人置身在那片邪恶的天空之下，一种前所未有的强烈孤绝感，淹没了他。

然后他发现自己也在朝这巨大星球色泽斑驳的表面降落，另一个长方形管道的洞口马上在他身下张开。头顶的天空关了起来，定时器逐渐趋向静止，再一次，他的分离舱在无限延伸的漆黑框壁间坠落，落向另一片遥远的星域。不过这次他肯定自己不是在重回太阳系。电光石火间，他突然领悟到是怎么回事了——虽然也可能完全是一种错觉。

这是一种宇宙转换装置，让人得以穿越超乎想象的时空维度，来往于星系之间。他正在穿越银河的中央站。

42

异　空

在遥远的前方，借着某个仍隐藏的光源所渗下的微光，管道的四壁又开始依稀可见。接着黑暗突然一扫而空，小小的分离舱猛地往上冲进一片灿烂的星空。

他又回到自己所知道的太空，但是才瞄了一眼，他就知道自己置身在离地球几百光年以外。他压根也没想寻找任何一个有史以来一直是人类的朋友、为人类所熟悉的星座——也许，现在他四周这些灿烂的星星，没有一个是人类肉眼所曾见过的。

大部分星星集结成一条耀目的光带，环绕天空，构成一个完整的圆圈——黑暗的宇宙尘，则在光带上四处遮蔽出一些断裂。它很像银河，但是比银河亮了几十倍。鲍曼不禁怀疑，这会不会就是他自己的银河系，只不过现在是在非常接近银河系灿烂而拥挤的中心来看它。

他很希望就是，那么他就不算离家太远。但是，他马上就意识到，这只是个幼稚的念头。他离太阳系已经远得难以想象，因此他是在自己的银河系里，还是在任何望远镜所曾见过的最遥远的银河系里，其实没有什么差异。

他回头望向自己刚才升出的地方，又吃了一惊。这里看不到许多切面拼组而成的巨大星球，也没有任何等同伊阿珀托斯的星球。什么也没有——有的只是一块映着星星的墨黑阴影，像是一道门，让人从一间黑暗的屋子跨进更黑的夜。甚至，在他看着的时候，那道门还关了起来。门并没有远离他而去，但逐渐浮满星星，很像空间结构上的一道裂口被修复回来。然后，在这怪异的天空下，就又只剩他孤单一人了。

分离舱在慢慢转动，随着转动，鲍曼又看到一些新的奇景。首先，他看到许多星星形成一团球状的光亮，星星越往中央的地方越为密集，最后形成一片灼亮的球心。外缘则很模糊——星星形成的光圈越往外越淡，不知不觉中，和更远方的星星融而为一。

鲍曼知道，这团奇特的光辉，是一丛球状星团。他正看着人类肉眼前所未见的景象——之前，人类看到的顶多是望远镜里一个小小的光点。从地球到最近距离的已知星团有多远，他想不起来，但确定绝不在太阳系周近一千光年之内。

分离舱继续慢慢转动，呈现了另一番更奇异的景象——一轮巨大的红太阳，比地球上所见的月亮要大上好几倍的太阳。鲍曼可以直视这个太阳而不会觉得不适。从颜色来判断，它的热度应该不超过一团燃烧的煤。在这个暗红色的太阳里，四处有些艳黄的河流——这些灼热的亚马孙河，蜿蜒千里之后，消失在这个垂死的太阳的沙漠之中。

垂死的太阳！不对——这纯粹是错误的印象，源自人类的经验，以及夕阳余晖或炭火余烬的光亮所勾起的情绪。这是一颗已经过了熊熊青春期的星球，在弹指间过了几十亿年，已经迈过光谱上的紫色、蓝色和绿色阶段，现在已安定下来，进入无限漫长的、平和的成熟期——之前它所经历的时光，和未来比起来，可能连千分之一也不及。这颗星球的故事，才刚开始呢。

分离舱不再转动了，大大的红太阳就停在正前方。虽然已经感觉不到在动，鲍曼相信，那个把他从土星带到这里来的力量，仍然控制着他。和这个把他带向不可想象的命运的力量比起来，地球上的所有科技，都显得原始至极。

他望向前方的天空，想要找出自己正要被带去的目的地——也许是环绕着这个大太阳的某颗行星吧。但是看不到任何可见的球体或特别的光亮——事实上，这里就算有绕行的行星，有这个大太阳当背景，也无从分辨了。

然后，他注意到绯红的日轮边缘，出现一个奇景。那儿出现了一道白光，接着很快地越来越亮。他不知道自己所看到的，是不是那种突然喷发的火焰——大多数星球不时都会碰上这种麻烦。

那个光亮越来越亮，越来越蓝，开始沿着太阳的边缘蔓延开来。相对之下，太阳血红的颜色很快地暗淡下来。鲍曼脑海里浮现一个荒谬的念头，不由得一面微笑着一面告诉自己：这简直就好像在看一场日出——一个太阳上的日出。

他想的的确没错。在太阳熊熊燃烧的地平线，升起了一颗大小和星星相差无几，但是亮得眼睛根本无法直视的东西。这个蓝白色的光点，很像一道电弧，正以无法想象的速度横越过大太阳的表面。光点一定十分接近它巨大的伙伴，因为它所经之处，引力立刻从太阳表面拉起一道高达数千英里的火焰。火焰像一道波浪般沿着这个太阳的赤道前进，枉然追逐着空中那燃烧的幽灵。

那一点炽热的白光，一定是颗白矮星（White Dwarf）——白矮星是那种奇怪又刚强的小星星，大小和地球差不多，但是质量则高了一百万倍。这么一对大小绝不相称的星球配在一起，其实没什么不寻常，只是鲍曼做梦也没想过有一天能亲眼目睹。

白矮星快要通过太阳球体一半地方的时候——全部转一圈应该也不过几分钟的时间——鲍曼终于确定自己也在动了。在前方，有一颗星星越来越亮，衬着背景，可以看出正在移动之中。它一定是颗很小很近的星球，也许他要去的就是那颗星球。

它以意想不到的速度靠近——这时，他才发觉这根本不是一颗星球。

一个方圆几百英里、光泽暗淡、由无数格子组成的金属网状物，不知从哪里冒出来，塞满了整个天空。在它广阔如一片大陆的表面上，四散着一些大小有如城市，但看来却像是机器的建筑物。许多建筑物的四周，排列着一些体积比较小的东西，一排排、一列列，十分整齐。鲍曼飞越了好几群这种东西之后，才觉察到这是一队队宇宙飞船——他正在飞越一片巨大无比的轨道停泊场。

由于四周没有任何熟悉的东西可供比较，他所飞过的底下这个场景到底有多大，实在无从判断。也因此，他无法估计那一架架悬浮在空中的宇宙飞船到底是什么尺寸。可以肯定它们都十分巨大，有些一定长达数英里。设计的形状也各式各样——有球形的，有多面晶体形的，有细长铅笔形的，有卵形的，有盘形的。这应该是星际商业活动的集会场了。

或者应该说曾经是——也许是一百万年前的曾经。因为鲍曼看不出任何动静，这片庞大的太空停泊场，死寂一如月亮。

他能确认这一点，不只是因为看不到任何动静，也因为有许多错不了的迹象——像是金属网上的一条条大裂缝，那一定是万古以来蜂拥而来的粗鲁陨石所撞穿的。现在这里不再是太空里的一座停泊场，而是太空里的一座垃圾场。

他和此地的建造者已错过难以计数的年代。想到这一点，鲍曼突然觉得心一沉。他虽然也不知道能预期些什么，但起码他抱过希望——希望能遇上某个来自星际的智慧生物。现在，看来他来得太晚了。他陷入一个古老的、自动的、设定目的不明，即使建造者早已逝去，却还能运作的机关。这个机关把他（还有多少人？）带过银河系，丢在这片星际的马尾藻海中，等他的空气耗尽，注定很快就要死去。

算了，也没道理去预期什么其他的。他已经目睹了多少人愿意以生命换来一见的奇景。想到死去的同伴，他实在没有理由好抱怨。

然后，他看到这片废弃的太空停泊场继续以毫未减缓的速度从底下滑过。他正越过它的尾端。停泊场破烂的边缘过去了，不再遮挡住星星。没过几分钟，它已经落在身后很远。

他的命运不在这里——而在远远的前方，那个巨大的红太阳。他的分离舱正朝着那个红太阳降落——这是错不了的。

43

地　狱

现在只剩下红红的太阳占满了整个天空。鲍曼的距离已经够近，不再因为太阳太大，而只觉得它的表面是凝止不动的一片。有些发光的火瘤在来回移动，有些气体升升降降形成气旋，日珥慢慢地朝天空腾起。慢慢地？要他的肉眼看得见，这些日珥上升的速度不可能低于每小时一百万英里……

他正要降落的这个地狱到底大到什么程度，他也不想去揣测了。发现号航行在那个不知多少亿万英里之外的太阳系里的时候，土星和木星之巨大，已经让他目瞪口呆。而他在这里所看到的一切，都还要再大上一百倍。他什么也做不了，只能任凭各种影像一直涌入心头，根本不想加以诠释。

随着那片火海在他底下逐渐扩大，鲍曼应该开始感到恐惧才对，但很奇怪的是，现在他只是有点心神不宁。这不是因为他的心智在种种奇景的冲击下已经麻木，而是理智告诉他：他一定是在某种几近全知全能的智慧的保护之下。现在他和红红的太阳已经太过接近，如果不是有某种隐形的屏幕遮隔，光是太阳的辐射就能在刹那间把他烧为灰烬。还有，在航行期间，他已经承受了可能把他撞得粉碎的加速度——然而他还是毫无所觉。如果这么多问题对他都没有影响，那现在仍然有值得抱着希望的理由。

现在分离舱沿着一条几乎和太阳表面平行的浅浅弧线在前进，同时也慢慢朝太阳表面降落。这时，鲍曼头一次听到声音。有一种隐约而持续的隆隆声，间或又被一种听起来像是在撕裂什么，又像是远方雷鸣的声音所打断。这应该是某种难以想象的恐怖声响的最微弱的回音——他四周的大气，一定因为某种足以粉碎万物的冲击而翻腾着。然而，那股保护的力量把他隔离于这种轰隆的巨响之外，一如隔离于高热之外。

在他的四周，虽然高达数千英里的火焰在慢慢腾起又落下，他和这些狂暴的火焰却完全隔绝。这颗星球的能量在他身边飞腾而过，却好像是发生于另一个宇宙似的。分离舱就在这些火焰之间安详地前进，没有颠簸，也没有烧焦。

鲍曼的双眼，不再毫无抵抗能力地眩惑于这个奇异又壮观的场面——他开始辨认一些应该本来就存在，但是根本没注意到的细节。这个星球的表面，并不是没有定形的一团混沌——这里的事物也都有其一定的形态，一如大自然所创造的一切。

他先是注意到这个星球的表面，游走着一些小小的，面积可能和亚洲或非洲相仿的气体漩涡。偶尔他可以直接望穿一个漩涡，看到很底下的地方，一些颜色比较深暗，温度也比较低的区域。更奇怪的是，这里似乎没有太阳黑子。也许，那是一种只有照耀着地球的太阳才有的疾病。

偶尔还有些云，像是出现在强风之前的一缕烟尘。也许，那也是真正的烟，因为这个太阳的温度相当低，因此可以出现真正的火。在这里，化合物可以诞生，存活几秒钟，然后被四周狂暴的核子力量所拆解。

地平线越来越亮了，颜色也从暗红色转为黄色、蓝色，再转为炽热的紫罗兰色。白矮星又越过地平线而来，身后继续带着那道火浪。

鲍曼用手挡住白矮星无法直视的强光，把注意力放在被白矮星重力场吸向天空、翻腾不已的火柱。以前他看过一次龙卷风扫过加勒比海面的场面，这道火柱的形状几乎一模一样。只是两者的大小稍有差异，因为这道火柱的底部，粗细大概比地球的直径还宽。

接着，就在他正下方，鲍曼注意到一个确定是新冒出来的景象，因为这个景象如果先前就在的话，他不可能没注意到。在灼热的气海上，有一大片难以计数的明亮光珠在前进。这些光珠以几秒钟为周期，忽明忽暗地发出一种珍珠色的光芒。它们全都朝一个相同的方向前进，像是逆流而上的鲑鱼，有时候路线还会来来回回地相互交错，但光珠本身绝不会相互接触。

这样的光珠成千上万，鲍曼看得越久，越相信它们的前进是有目的的。距离太远，他看不出构造上的细节。不过，在如此壮观的场景里还能看得见，表示它们的直径应该有几十英里，甚至几百英里长。如果这是一个个有组织的个体，的确算是庞然巨物，配得上它们栖身的这颗星球。

也许它们只是一些等离子云，在自然力量的奇异结合下，得以短暂稳定成一个个形体——就像打雷的时候，在天空底下出现的短暂球状闪电，地球科学家到现在不解其成因。这样解释很容易，也多少可以自我安慰，但是等鲍曼低头看看遍布整颗星球的这些串流的光珠，就知道自己接受不了这个解释了。那些闪亮的光珠知道自己要去的方向——它们有目的地朝着白矮星运行天际所勾起的火柱会合而去。

鲍曼再次望向那道上升的火柱——在牵引它的那颗高质量的小星星之下，火柱此时正沿着地平线升腾。这是出于他自己的想象吗，还是那条巨大的气体喷泉上真有许许多多更亮的光珠在攀附而上，仿佛无数的光珠汇聚成了一片片大陆大小的磷光？

虽然说来近乎荒唐，但也许，他所看到的其实是一场穿越一道火桥的星际移民活动。只不过，这究竟是一群没有什么心智的太空动物，仿佛旅鼠一般在本能的驱使下向前迈进，还是一群高智慧生物在迁徙中汇合成一股洪流，他恐怕是永远不可能知道了。

　　他所经历的，是一种新层次的造化，几乎是人类梦想所不及的造化。在陆地、海洋、大气、太空之外，竟然还有这个火的天地，独他一人有幸目睹。现在如果还期待他能够理解这一切，也太过强人所难了。

44

接 待

　　好像一场扫过地平线的暴风，火柱正消失于太阳的边缘。仍然在几千英里下方的星球表面，匆匆追寻的光珠也停止了移动。在一个可以把他在亿万分之一秒时间里化为齑粉的环境里，戴维·鲍曼在保护下安然坐在分离舱里，准备迎接任何节目。

　　白矮星在它的轨道上快速地下沉，很快就触及地平线，燃起一团烈焰，然后消失。一种不是夕照的夕照霎时照临在底下的地狱，在突然转变的光线中，鲍曼注意到四周的空间起了变化。

　　这个红太阳的世界，似乎泛起层层涟漪，他觉得自己正通过一道水流在看这个世界。有一会儿工夫，他狐疑这是不是某种折射效果——也许是因为一场非比寻常的强烈振波，穿透他所置身的大气所造成的。

光线在暗下去，仿佛有另一场夕照就要降临的感觉。鲍曼不由自主地抬头往上看，但立刻不好意思地制止自己，因为他想起这里的主要光源不是来自天空，而是底下炽热的星球。感觉起来，四周仿佛有一道由暗色玻璃的材质形成的墙，逐渐加厚，隔断了外面的红霞，也朦胧了景象。光线越来越暗，星球上隐约的风暴声也逐渐听不见了。分离舱飘浮在寂静中、夜色中。过了一会儿，感觉到很轻很轻的几下撞击，分离舱好像着陆在某种坚实的表面，然后就静止不动了。

着陆在什么东西上啊？鲍曼难以置信地问自己。这时光线回来了，鲍曼的惊异被一种深沉的绝望所取代——因为环顾四周，他相信自己一定是疯了。

要面对任何超出想象的场景，他认为自己都已经有所准备。唯一绝不在他想象中的，是一个极为平常的场景。

分离舱停在一片光洁的地板上——这是一间雅致，但再寻常不过的饭店套房，地球上任何大都市都找得到的那种饭店套房。他看到一间起居室，有茶几、一张长沙发、十来把椅子、一张书桌、几盏灯、一个半满的书架，上面放了几本杂志，甚至还有一盆花。一面墙上挂着凡·高的画《阿尔的吊桥》，另一面墙上挂着美国画家韦思的《克里斯蒂娜的世界》。他相信如果打开书桌的抽屉，一定会有一本每个旅店都会有的基甸版《圣经》……

就算他的确疯了，这一切幻影未免也布置得太高明了。所有的东西都真真实实，没有一样东西会在他转个身的当儿消失。这个场景里，唯一不相称的元素——当然也是一项重大元素——就是分离舱本身。

有好几分钟，鲍曼坐在位子上一动不动。他隐约期待四周的影像会消失，但是，所有这一切都继续真实存在，和他这辈子所见任何实在的东西都别无二致。

这是真实的——不然，也是一种设计得极尽能事的感官幻觉，让人无从区别真实和虚幻。也许，这是一种测验——如果是的话，也许不止他个人，连全人类的命运都端看他接下来几分钟的动作而定了。

他可以坐在原位，静待什么事情发生；他也可以打开分离舱，走出去挑战四周景象的真实程度。地板看来是结实的，最起码，已经承载了分离舱的重量。他不太可能跌穿过去——不管这个"地板"到底是怎么一回事。

但是还有空气的问题，因为就他判断所及，这间套房可能是真空的，也可能含有有毒的大气。他觉得这是不太可能的，因为不可能有人会如此费心张罗之后，却没顾虑到这么根本的细节，但他还是不想冒不必要的危险。不论怎么说，多年的训练使他对辐射污染之类的事情，总是保持警觉，除非确知没有他途可行，否则绝不会把自己暴露在一个陌生的环境之中。这里看起来的确很像美国某个地方一家饭店的房间。不过，这一点改变不了他在现实中肯定已远离太阳系几百光年的事实。

他合上航天服的头盔，把自己彻底封好，然后启动分离舱的舱门。传来一阵平衡压力的咝咝声，然后他移步踏入这间套房。

感觉起来，他置身在一个极为正常的重力场中。他抬起一只手臂，然后任它垂下。不到一秒钟，手臂就垂回原处。

这使得一切更加不真实。现在他穿着航天服，站在一台只能在无重力状态下才能正常运作的太空载具外面——事实上他应该是浮着而不是站着。一个航天员的正常反应全都被推翻了——现在他做每一个动作之前都要仔细思考一会儿。

像个梦游的人似的，他从套房里没有任何家具陈设的这一边，慢慢朝另一边走了过去。所有东西并没有像他原先差点以为的那样，随着他的接近而消失，反而绝对真实地留在原地，并且显然也绝对结实。

他在茶几旁停下脚步。上面放着一台常见的贝尔系统视讯电话，旁边甚至还有一本地区电话簿。他俯身用戴着手套的手，笨拙地拿起了那本电话簿。

上面用他已经看了千万次的熟悉字体打着："华盛顿特区。"

然后他更仔细地看了一下——他总算第一次有了客观证据，证明虽然这一切都可能是真实的，但他并不是在地球上。

他能看清的字只有华盛顿，其他的印刷字体都很模糊，仿佛是从报纸照片上影印下来的一样。他随意打开电话簿，翻了几页。

质地白白脆脆，虽然看起来很像纸，但一定不是纸的东西上，一片空白。

他拿起电话话筒，抵在头盔的塑料部位上。如果有拨号音的话，他可以从这种导体上听见。不过，不出他所料，听不到任何声音。

所以，这一切都是假的——虽然精细得令人赞叹。还有，很清楚，这一切安排并不是为了欺骗他，而是——他希望——为了让他安心。想到这一点，他觉得很安慰，不过，到他彻底检视过这房间之前，他是不会脱下航天服的。

所有的家具，看来都十分完好、结实。他试了试椅子，椅子承载得住他的重量。不过书桌的抽屉打不开，是做个样子的。

书和杂志也是。就像电话簿，只看得清书名。选的书有点不搭调——大多是没有什么价值的畅销书，几本话题性的非小说，还有几本知名的自传。没有一本不是出版了三年以上，且谈不上任何知性的内容。不过倒也没有关系，因为这些书根本无法从书架上拿下来。

有两扇已经敞开的门。第一扇通往一间很小，但是很舒服的卧房，里面有一张床、一个写字台、两把椅子、一个衣橱，还有真能运作的电灯开关。他打开衣橱，发现面前是四套西装、一件浴袍、十来件白衬衫，还有好几套内衣——全都整齐地挂在衣架上。

他拿下一套西装，很仔细地检查了一番。就他的手隔着航天服手套所能判断的，这衣服多半是毛料而不是棉制品。款式则有点过时——地球上，大家至少也有四年不穿单排扣西装了。

卧房旁边，是一间浴室，设备一应俱全，他很放心地发现它们功能完全正常，都不是装样子的。再过去，是一间小厨房，有电炉、冰箱、橱柜、碗盘、餐具、水槽、餐桌，以及椅子。鲍曼探查这些倒不只是出于好奇，也是因为越来越饿了。

他先打开冰箱，一股冷雾泄了出来。冰箱架上摆满了各种罐头和包装盒，隔着一段距离看来都挺眼熟的，但是近看，商品标示上的字就都模糊不可辨认了。不过，鸡蛋、牛奶、奶油、肉、水果，以及任何未经加工处理的食物，全都付诸阙如——这一点倒是颇引人注意。冰箱里装的，只有已经过某种包装的东西。

鲍曼一面拿起一盒熟悉的早餐谷片，一面觉得这东西也要冷冻起来很奇怪。但一等他拿起盒子，就知道里面装的一定不是玉米片——太重了。

他撕开盖子，检查一下内容。盒子里装的是一种有点湿湿的蓝色东西，重量和质感都有点像是面包布丁。尽管颜色很古怪，看来倒十分可口。

鲍曼告诉自己：这太荒谬了，可以肯定我一定受到监视。穿着这套航天服，我也一定看来白痴无比。如果这是一场智力测验的话，大概早已经出局了。他不再犹豫，走回卧房，开始松开头盔的栓锁。松开后，他把头盔稍微举起，露出一点缝隙，小心地吸一口气。就他所能感受到的而言，他正在呼吸的是再正常不过的空气。

他把头盔放在床上，开始庆幸地，但动作也有些笨拙地脱去身上的航天服。脱好之后，他伸伸腰，深深吸了几口气，小心翼翼把航天服挂到衣橱里，和其他那些平常衣物摆在一起。航天服挂在那里很古怪，但是鲍曼和所有航天员一样，都有一点洁癖。他不可能把航天服就随便扔在哪里。

然后他快步走回厨房，更仔细地检查那一盒"谷片"。

蓝色的面包布丁隐隐传出一股香料味，有点像是蛋白杏仁饼干。鲍曼拿在手上掂了掂，然后剥了一角，小心地闻了闻。虽然他现在已经不认为有人会故意向他下毒，不过还是不能排除意外搞错的可能——尤其就生物化学这么复杂的问题而言。

他谨慎地咬了几口，嚼过之后咽下。非常可口，只是味道实在很难辨认，几乎难以形容。如果他是闭上眼睛吃，会以为是肉，也会以为是全麦面包，甚至以为是风干水果。除非有什么意想不到的副作用，否则他不必担心饿死了。

他才不过吃了几大口这个东西，已经觉得很饱，于是想找点喝的东西。冰箱门后面，有六罐啤酒——又是一个知名品牌——他拿起一罐，压下打开罐盖用的薄片环扣。

接着，金属罐盖沿着拉环线拉开，和寻常的罐子没有任何两样。但是罐子里装的不是啤酒——鲍曼很意外也很失望地发现，里面还是那种蓝色食物。

不到几秒的时间，他开了五六个其他的罐头和包装盒。不管商标是什么，里面的东西总是相同的。看来他的伙食会有点单调，除了水之外也没有任何其他可以喝的饮料。他从厨房水龙头里倒了一杯水，小心地啜了一口。

开始的几滴水都被他喷了出来——味道十分可怕。接着，有点为自己的本能反应感到羞愧，他强忍着把杯里剩下的喝下去了。

第一口就足以判断这是种什么液体了。味道之所以可怕，是因为没有任何味道。水龙头里供应的是经过蒸馏的纯水。没有露面的主人，显然不想拿他的健康开任何玩笑。

觉得精神好了许多之后，他很快地冲了个澡。没有肥皂，这是另一点微小的不便。不过有个效能很高的热气吹风机，于是他尽情地享受了一阵，才从衣柜里拿出内裤、背心，还有浴袍穿上。之后，他上床躺下，望着天花板，想要搞清楚他这个奇妙的处境究竟是怎么回事。

他没理出什么头绪，就又被另一个念头所引开。就在床的正上方，有一台很常见的饭店款式的天花板电视——他本来以为跟电话和书一样，也是装样子的。

但是床边旋转臂上的遥控器看来实在太过逼真，他不由得把玩起来。他的手指才一碰上"开"的感应钮，电视屏幕就亮了。

他兴奋地随意按了一些选台数字，第一个画面几乎马上就来了。

那是一位非常知名的非洲新闻播报员，正在谈论一些保护他们国家仅存野生动物的措施。鲍曼听了几秒钟，深深着迷于人类说话的声音，根本不管谈的到底是些什么内容。然后，他换了个频道。

接下来的五分钟，他找到了一段华尔顿小提琴协奏曲的交响乐演奏、一段有关正统剧场现况萧条的讨论、一段西部片、一段新出厂头痛药的展示、一段（用某种东方语言玩的）团体比赛游戏、一段心理剧、三段新闻评论、一段足球赛、一段（用俄语讲的）立体几何讲课，还有一些调谐信号与数据传输的画面。事实上，这是从全世界电视挑选出来的一些十分日常的节目。他除了因此精神振奋了一些之外，也借此确认了一个一直萦绕在心头的疑问。

所有这些节目都有两年左右的历史了。TMA-1也是在那个时间前后出土——要说这两者之间纯粹只是巧合，实在讲不过去。有个东西一直在监控所有的无线电波——那块漆黑的石板，实在比大家想象中的忙碌太多了。

他继续在频道上流连下去，突然认出了一个熟悉的场景。就在这间套房里，一位著名的演员在愤怒地责骂一名不忠的情妇。震惊中，鲍曼认出了那是他刚才离开的起居室。随着摄影机跟着那对愤愤不平的男女走向卧房，他不由自主地望望门口，看是不是有人走进来。

他接受的这场招待，原来是这样准备出来的——这儿的主人，根据地球上的电视节目，产生了安排人类生活的构想。他觉得自己就像置身于电影场景中，还真是实至名归。

目前他已经知道所有他想知道的事了，于是关掉了电视。现在做什么呢？他双手交叉垫在脑后，望着空白的电视屏幕，问起自己。

不论肉体还是心理上，他都已经虚耗殆尽。不过要在这么奇异的环境，在人类有史以来还从没如此远离地球的地方入睡，仍然很不可能。只是，舒适的床和肉体自发的智能，联手战胜了他的意志。

他摸索着关了灯，房间陷入一片黑暗。不到几秒钟时间，他就进入了梦的领域。

如此，戴维·鲍曼最后一次入睡了。

45

重　现

家具已经派不上用场了，于是慢慢融回套房建造者的内心。只有床还保留着，还有四面墙壁——这些墙壁可以保护这个脆弱的有机体，不致被连建造者都没法控制的能量所摧毁。

睡眠中，戴维·鲍曼一直辗转反侧。他没有醒来，也不是在梦中，但他不再是毫无意识。像是悄悄弥漫进丛林中的雾气，有什么东西潜入了他的心灵。他只隐约意识到这一点——一旦全然明白，那种冲击将必然犹如燃烧在四壁之后的熊熊火焰一般将他摧毁。在那冷静的观照之下，他没有感到希望，也没有恐惧——所有的情绪都已经过滤掉了。

他仿佛飘浮在开放的太空中。在他的四周，一条条黑色的细线纵横交叉，构成无边无际的网格，朝四面八方伸展出去，所有的细线上面又流动着许许多多细小的光点——有些移动得十分缓慢，有些飞快。他曾在显微镜里看过人脑的横切面，在那神经纤维的网络中，他瞥见了同样错综复杂的迷宫。但那是死的、静态的，而现在这景象则超越了生命本身。他知道（或者说他相信自己知道），他正在观看一个庞然心智的运作——在这个心智所沉思的宇宙中，他微不足道。

这个景象（或者说幻象）只持续了一会儿。然后，那些晶莹的网格和平面，以及移动光点所交织出来的视觉影像，都一闪而逝——鲍曼进入了一个人类从没有经历过的意识领域。

起初，"时间"本身仿佛在迅速回溯。虽然他已经准备接受这奇异的现象，但他还是过了一阵子，才察觉到一些更细微的真相。

记忆之泉被封存起来，不再随意喷涌。在一种控制下的倒带中，他重新活了一次过去。那间饭店套房出现了——然后是那个分离舱——然后是那个火红太阳燃烧的表面——然后是灿烂的银河系中心——然后是那道让他重新回到宇宙的门。还不光是影像，所有的感官印象，当时所有的情绪，都快速地闪过，越来越快。像是一台倒带速度越来越快的录像机，他的一生被重新播放了一遍。

现在他再度回到发现号上——土星环占满了天空。再前面——他和哈尔在进行最后的对话；他看着弗兰克·普尔要出最后一趟任务；他在听地球传来的声音，跟他说一切平安无事。

即使在他重回这些时刻的过程中，他也明白一切的确平安无事。他在沿着时间之廊溯流而上，一面快速退回童年，而他的知识与经验也同时被抽离。但他没有失去什么，他人生过程中每一个时刻所经历过的，都移转到另一个更安全的地方保存。就算这个鲍曼不再存在，另一个也会永恒存在。

他越来越快地回到一些遗忘的岁月，回到一个单纯得多的世界。许多他曾深爱的人的脸庞，他以为遗忘再也不复记忆的脸庞，对他甜蜜地微笑着。他也欢喜地回以微笑，不觉痛楚。

现在，终于，一路快速的倒带缓慢了下来，记忆之井，几近干涸。时间流动得越来越慢，来到停滞的一刻——像是一个摆动的钟摆，荡到最高的极限时，似乎冻结在永恒的一个瞬间，然后才开始下一轮摆荡。

那一刻永恒的瞬间过去了，钟摆又摆回去了。飘浮在离地球两万光年之远的双星火焰之间，一间空荡荡的屋子里，一个婴儿睁开了眼睛，放声哭了起来。

46

转　形

然后他安静下来，因为他看出他不再是孤独一人。

空中呈现一个有如魅影、泛着微光的长方形。接着它固化成一张晶莹的板子，透明度逐渐失去，通体布满一种苍白的乳光。一些撩人的、难以形容的魅影，在它的表面和内部移动。这些影子结合成一道道的光柱与阴影，然后形成相互交叠的轮辐，配合着现在似乎充塞了整个空间的脉动节拍，开始慢慢转动。

这种奇妙的景象，足以吸引住任何婴儿——或任何猿人的注意。不过，就像三百万年前，这只是一些力量的外在显示——这些力量本身太过微细，是人类意识所不及的。因此这只能算是个吸引感官注意的玩具，真正的作业则在更深沉的心智层次中展开。

这一次，当新图案的编织工作展开时，作业程序既迅速又确实。经过他们上次相会以来的漫长岁月，设计者已经学会了许多新的事物，而他现在要拿来表现艺术才华的材料，精细度也已改进得不可以道里计。只是，他是否当真要让这种新的材料融入他仍然还在精进中的刺绣里，只有未来才知道了。

婴儿盯着晶莹石板的深处，眼中带着一种超乎人类注意力的专注，看出（但还不了解）隐藏其后的神秘。婴儿知道自己已经回到家了，知道这里就是包括自己在内的许多物种的起源。但他也知道自己不能在此逗留。在这一刻之后，还有另一次诞生，与过去任何一次诞生都无法相提并论的、更奇异的诞生。

现在这个时刻到来了。发光的图案不再呼应石板内心的秘密。随着发光的图案灭去，四面保护他的墙壁也隐没，没入它们曾经从中短暂浮现的虚无之中，火红的太阳又填满了整个天际。

被忘在一边的分离舱的金属和塑料，以及某个一度自称为戴维·鲍曼的人所穿过的衣服，刹那间化为火焰。和地球最后的联系不见了，回归为组成它们的原子。

但婴儿并没有注意到这些，他已经适应这个新环境舒适的光热。这个物质的躯壳，是他汇聚力量的所在，他还需要一阵子。他真正不灭的身体，是他心灵当下的意象——而尽管拥有这些力量，他知道自己仍然还只是个婴儿。因此他将保持这种状态，直到他决定采用哪种新的形体，或者根本就摆脱了对物质形体的需要。

出发的时候到了——虽然就某个意义来说，他永远也不会离开这个再生的地方；因为他永远都会是那存在的一部分——那个利用这对大小双星来实行其深不可测目的之存在。他命运的方向（虽然还不是他命运的本质），已经很清楚地呈现在眼前，他不必再重新回溯迂回的来路。基于三百万年来的本能，他现在知道，空间的背后并不只有一条途径。星之门的古老机制曾经帮了他很大的忙，但他不再需要那些机制了。

泛着微光，曾经看来不过是一面晶莹板块的长方形形体，仍然飘浮在他的面前，和他一样，也丝毫不受底下地狱之火的影响。它盛装着时间与空间深不可测的秘密。但其中有些秘密，起码他现在已经明白，也可以运用了。1：4：9，这三个连续的平方数，会是这个板块各边的数学比例，是多么自然，也多么必要啊！以为这个数列会在三维空间里就此打住，又是多么天真啊！

他全神贯注在这些几何数字的单纯上。随着他的思绪扫过，原来空无一物的框架里，突然充满了星际之间黑暗的夜色。红色太阳的光焰隐退了，或者说，似乎突然一下子从四面八方消逝不见了。他的面前，是光辉的银河漩涡。

也许那是个美丽而精细无比的模型，嵌在塑料方块里。不过，这是真实的——他以远比视觉更精妙的感官，攫住了这真实的整体。只要他想，他可以把注意力集中在其中亿兆个星星中的任何一个。当然，他能做的还远不止于此。

介于银河灿烂的核心，和孤独地散布在边缘的岗哨星辰之间，有一条许许多多恒星所形成的大河，现在，他就飘浮在这里。他想去的地方，则是这里——空中这条鸿沟遥远的另一端，没有任何星星，像一条蛇一样蜷伏着的黑暗。这片混沌没有形状，只有借着更远方的火雾才能勾勒出边缘，但他知道，这才是还没有使用过的创造素材，未来进化的原料。在这里，时间尚未开始，等现在燃烧着的一切恒星都熄灭良久之后，光亮和生命才会重新改造这片虚空。

他在不知不觉中已经跨越一次那片虚空。现在他必须再跨越一次——这次，要出于他自己的意志。想到这里，他心中蓦然充满一种突然的、冰冷的恐惧，大到有那么一刻他彻底乱了分寸——他对宇宙的新视野也在颤抖，很可能就此粉碎。

令他灵魂震颤的，不是对银河深渊的恐惧，而是一种更深沉的不安，源自尚未诞生的未来。因为他已经摆脱了原来人类思考时间的局限，现在，随着他对这一片不见任何星辰的虚空的沉思，他知道自己第一次体会到永恒的意味了。

然后他想起他再也不会孤独，他的恐慌这才慢慢地退去。他又恢复对宇宙晶莹剔透的认知——他知道，这不能全归功于自己。在他第一次蹒跚学步，需要指引的时候，指引已经在那里了。

再度恢复信心之后，他像一名重拾勇气的高空跳水者，要动身横跨光年了。原来被他框在心中的银河，冲开了框架——星辰和星云，以一种无法言说的速度，从他身边流泻而去。随着他像个影子般穿过一个个银河的中心，魅影般的太阳纷纷炸开，又落在他的身后。宇宙尘这种冰冷的黑暗废物，曾经令他惊惧不已，现在则不过是太阳前方飞掠的渡鸦翅膀的鼓动罢了。

星星逐渐稀疏，银河耀目的光亮也暗淡下来，逐渐从他相逢过的灿烂光华，化为一种淡淡的魅光——但是将来等他准备好之后，会再度与那灿烂光华相逢。

他精确地回到自己想去的那个地方——那个人类称之为真实的空间。

47

星 童

　　他的面前，飘浮着地球和所有的人类——这个闪闪发光的玩具，任何星童都难以抗拒。

　　他及时赶回来了。他可以想象得到：在那个拥挤的地球上，雷达屏幕上一定正闪烁着警讯，巨型追踪望远镜搜寻着天空的每个角落——而人类所熟悉的历史，即将面临终结。他注意到，一千英里的下方，一部蛰伏已久的载具从沉睡中醒来，在轨道上迟钝地转动。它所具有的微弱能量，对他构不成任何威胁，但他还是宁可天空清净一点。于是他展现了一下意志，轨道上那个相当于百万吨级核爆的载具在无声中爆炸，给沉睡中的那半个地球带来一场短暂、虚假的黎明。

然后他开始等待，一面整理自己的思绪，一面深深思考自己还未经测试的能力。虽然他已经是这个世界的主宰了，但他并不确定下一步要做些什么。

　　不过，他会想出来的。

读客®
科幻文库
跟着读客读科幻，经典科幻全看遍。

太空歌剧、赛博朋克、奇幻史诗……

中国、美国、英国、俄罗斯、波兰、加拿大、日本、牙买加……

读客汇聚雨果奖、星云奖、轨迹奖获奖作品，

精挑细选顶尖的科幻奇幻经典，

陪伴读者一起探索人类文明的过去、现在和未来，

亿亿万万年，直至宇宙尽头。

打开淘宝，扫码进入读客旗舰店，
下一本科幻更经典！

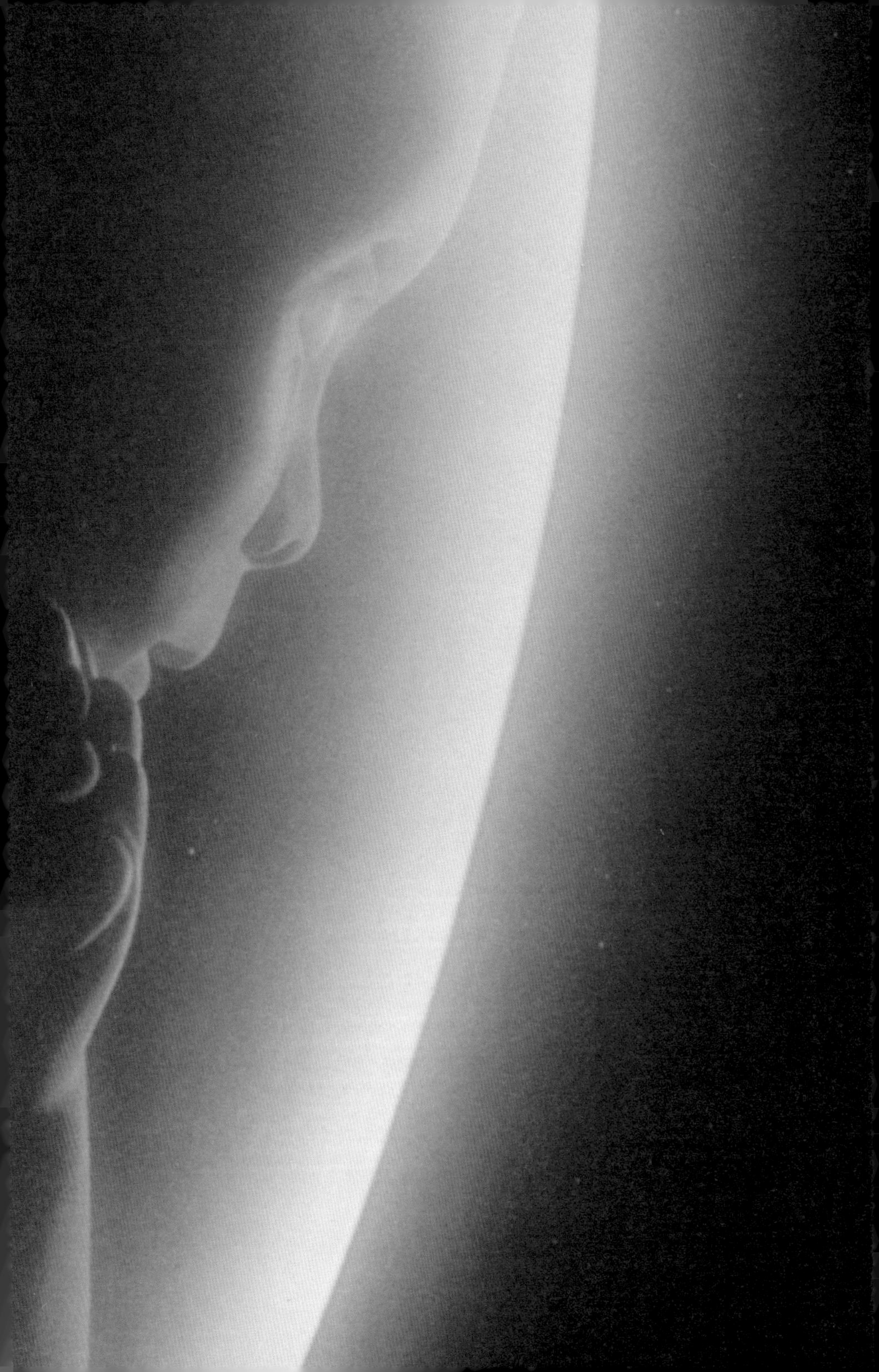

2010：太空漫游

读客科幻文库

跟着读客读科幻，经典科幻全看遍。

2010太空漫游

［英］阿瑟·克拉克 著

张启阳 译

上海文艺出版社

本书图片均来自1968年电影《2001：太空漫游》，斯坦利·库布里克执导。

任何事物只要在地球上出现过一次，就应该会在宇宙别处出现好几百万次，这是绝大多数科学家的"信条"。——第13章

虽然我们是发现号名正言顺的拥有者，但俄国人很可能捷足先登。——第2章

午安，先生。我是哈尔9000型计算机。我的老师是钱德拉博士，他曾经教我唱一首歌。假如你爱听的话，我可以唱给你听……它叫"黛西，黛西……"——第40章

正因为在整个银河系里，他们发现最珍贵的莫过于"心智"，因此他们到处促进心智的萌发。他们成了星际田园里的农夫，忙着播种，偶尔还会有收成。——第51章

2010:
ODYSSEY
TWO

ARTHUR C. CLARKE

献给本人敬佩的两位伟大的俄国人：

阿列克谢·列昂诺夫将军

航天员、苏联英雄、艺术家

安德烈·萨哈罗夫院士

科学家、诺贝尔和平奖得主、人道主义者

目　录___

I_____
列昂诺夫号

II
钱学森号

III
发现号

IV

拉格朗日

V

众星之子

VI

噬星怪物

VII

太隗初升

前　言

十四年，正在倒计时……

由1996年看2010年

　　航天工业在三十多年前开始发轫的时候，有许多惊天动地的科学发现和技术革命仍然闻所未闻，而时至今日，正是我们再度检视它的时候了。当我着手撰写《2001：太空漫游》时（当时用的是打字机——最近谁见过这种玩意儿？），阿姆斯特朗的名言"我的一小步"要五年后才听得到；而木星的众卫星仍然是极小的光点，它们上面的景色如何，人类仍然一无所知——就如同哥伦布之前的地图绘制者对美洲大陆一无所知。然而今天，当我在写这篇文章时，伽利略太空探测器已经能够详细辨识其上的事物，精确度达数米以内。更令人惊讶的是，我只要在我的办公室里轻松按几个键，随时都可以看到这些画面。（我经常会按错键，这时我总是会听到那熟悉的声音说道："对不起，戴维——我不能这么做。"）

因此，我分别在1964年、1982年，甚至1987年所构思的"太空三部曲"中，有些东西从现在看起来不免让人觉得恍如隔世，像读到维多利亚时代的小说一般，古怪而有趣。但我不能也不应该去修订它们——有谁会想着去"更新"威尔斯（H.G.Wells）的《月球上的第一批人》（*The First Men in the Moon*）呢？

我所能做的是以不变应万变，所有现成的文章——包括"作者题记"和"致谢"——统统保持原状，只加入一篇"1996年附记"，将我在1964年4月22日与库布里克合作拍片以来，人类在技术——以及政治——上的诸多惊人变化做一个补充。

希望这样可以算作是对相关问题的回答——至少到2010年……嗯，2001年吧……

阿瑟·克拉克
1996年

作者题记

　　《2001：太空漫游》这本小说撰写于1964至1968年间，并于1968年7月出版，刚好在电影版发行之后不久。我在《2001：遗失的世界》中曾经提到，小说和电影是同时进行，并且相互回馈。因此我经常会有奇特的经验，就是看过先前版本拍出的毛片之后，再回来修改故事的剧情——虽然很刺激，但用这种方式写小说成本可相当高。

　　因此，这部小说和电影之间的联系比一般的同类情况更紧密，但也有一些不小的差异。在小说里面，发现号宇宙飞船的目的地是土星最神秘的卫星——土卫八伊阿珀托斯。前往土星必须经过木星：发现号先飞近木星，利用其巨大的重力场产生所谓的"弹弓效应"，将宇宙飞船沿着第二段旅程方向加速。1979年旅行者号探测器就是使用这个操作模式，首度详细探测太阳系外围的巨大行星。

不过，在电影里面，导演库布里克很有技巧地安排人类和巨石板在木星的卫星群中做第三次接触，而将土星从剧本中完全删除。但后来另一位导演特朗布尔（Douglas Trumbull）在其影片《宇宙静悄悄》（*Slient Running*）中，则运用其擅长的摄影技巧，拍出了有环状结构的土星。

回顾20世纪60年代中期，没有人会想到探测土卫的行动仅是十五年后的事，而不必拖到21世纪。同时，也没有人想过，那边的世界竟是如此神奇——当然，我们相信将来有一天，一定会有更出人意料的发现，远远超越两艘旅行者号的成果。当初我在撰写《2001》的时候，即使用最高倍的望远镜观察，木卫一、木卫二、木卫三和木卫四都只是小小的光点，但现在，它们都自成一个世界，其中，木卫一还是太阳系中火山活动最剧烈的星球。

大致说来，电影和小说中的描述跟这些新发现颇为符合：将电影里木星的一连串画面与旅行者号摄影机所拍摄的画面相比较，其相似程度令人拍案叫绝。当然，今天假如要撰写有关木星的情节，必须将1979年的探测结果一并考虑才行。如今，木星的众卫星已经不再是未知领域了。

这里有一个较微妙的心理因素要加以探讨。从现在来看，《2001》撰写的年代是在人类历史一个"大分水岭"——阿姆斯特朗踏上月球的那一刻——的彼端，而我们因这个大分水岭与《2001》的年代永远隔开了。当库布里克和我正开始构思一部"众所周知的优质科幻小说电影"（库布里克语）时，那个大分水岭——1969年7月20日——还是五年后的事呢。而现在，历史和幻想已经纠缠不清了。

　　"阿波罗任务"的航天员们在前往月球之前，都已经看过这部影片。阿波罗8号的人员在1968年的圣诞节成为第一批目睹月球背面的人类，他们告诉我说，当时他们很想发无线电讯回地球，说发现了一块巨大的黑色石板。唉！谨慎还是占了上风。

　　后来又发生几件事，都是"大自然模仿艺术"的最佳范例，其中最令人称奇的是1970年阿波罗13号探险任务时发生的。

　　为了讨个吉利，他们将舰上的指挥舱命名为"漫游号"。在氧气罐爆炸造成任务取消之前，舰上正在播放作曲家理查德·施特劳斯的《查拉图斯特拉如是说》主旋律（现在这首交响诗已经普遍与这部电影联系在一起了）。宇宙飞船失去动力之后，航天员杰克·斯威格特（Jack Swigert）立即用无线电联络任务控制中心："休斯敦，我们出了一个问题。"这跟哈尔在类似情况下向航天员普尔说的话很像："抱歉打扰你们的欢会，不过我们有了一个问题。"

　　阿波罗13号任务报告出版之后，美国国家航空航天局的主任派恩（Tom Paine）曾经送了我一本，并且在斯威格特所说的那句话下面加注："你向来所言不虚，阿瑟。"直到现在，每次想起这一连串事件，我心里还是觉得怪怪的——好像我要负一部分责任似的。

另一个回响没这么严肃，但同样令人印象深刻。影片里有一段技术极其炫目的连续镜头，表现航天员普尔沿着一个巨型离心机的圆形轨道里跑圈，离心机自转所产生的人造重力让他不会乱飘。

几乎在十年后，相当漂亮成功的天空实验室（Skylab）也采用类似的几何设计，也就是在太空站内部，将一系列的舱房接成圆形的一串。天空实验室本身并不自转，但这难不倒太空站里的那些聪明人：他们发现可以在圆形轨道上绕着跑，好像松鼠笼里面的一群松鼠，因而产生了与《2001》中一模一样的效果。他们将整个运动过程通过电视转播传回地球（我不用说出配乐的曲名吧）并加入旁白："库布里克应该看看这个。"他当然看了，因为我送了他一份拷贝。（他还没还我；他的档案库像个黑洞，一进去就别想出来。）

还有一件将影片与现实联系起来的，就是"阿波罗—联盟测试计划"（Apollo-Soyuz）指挥官列昂诺夫（Alexei Leonov）所绘的《近月》（*Near the Moon*）。我第一次见到这幅画是在1968年，当时《2001》在联合国和平利用外层空间委员会（COPUOS）做展映。影片放映一结束，列昂诺夫就跟我说，他的观念〔见列昂诺夫与索科洛夫（Leonov-Sokolov）合著《众星正在等候》（*The Stars Are All Waiting Us*）第32页，莫斯科，1967年〕与影片片头画面不谋而合：地球由月球彼端升起，而太阳又在这两者的彼端升起。他那幅亲笔签名的素描现在就挂在我的办公室里。详见本书第12章。

也许现在是个合适的时机，来介绍一下本书中另一位不太为人所知的人物——钱学森。钱博士于1936年与伟大的冯·卡门（von Karman）和马利纳（Frank J. Malina）共同创立了加州理工学院古根海姆航天实验室（Guggenheim Aeronautical Laboratory of the California Institute of Technology, GALGIT）——位于帕萨迪纳鼎鼎大名的"喷气推进实验室"（Jet Propulsion Laboratory）的前身。他也是加州理工学院第一位戈达德教授，在20世纪40年代对美国的火箭研究贡献良多。后来，在美国那段不堪回首的"麦卡锡时期"，当他希望回到中国时，却以莫须有的罪名被逮捕。在过去的二十年中，他是中国火箭计划的领导人之一。

最后谈到《2001》第35章里叙述的"伊阿珀托斯之眼"。我在书中描述航天员鲍曼在伊阿珀托斯上面发现一个很奇怪的东西："一个长约四百英里、宽约两百英里的明亮白色椭圆形……极为对称……边界极为鲜明，看起来好像……画在这颗小卫星的表面。"再靠近一看，鲍曼发现"相对于那颗卫星黑黝黝的背景，那光洁的椭圆是一只巨大而空洞的眼睛，注视着他一路接近……"后来，他注意到"正中央有一个小小的黑点"，正是那块石板（或是其分身之一）。

嗯，当旅行者1号传回第一批土卫八的照片时，确实显示有一个大大的椭圆形，中央也有个小黑点。卡尔·萨根（Carl Sagan）立即从喷气推进实验室寄来一张照片，并且附了一句高深莫测的话："一想到你就……"但后来的旅行者2号却没拍到同样的东西，我不知道该庆幸还是失望。

总而言之，你将要阅读的故事要比只是上一本小说——或电影——单纯的续篇，要复杂得多。至于在小说与电影情节的不同之处，我则大致是以电影为依据续写的。不过，我更关心的是让本书自成一个体系，并且根据目前的科学知识，做到尽可能的准确。

当然，到了2001年，这些知识恐怕又要过时了……

阿瑟·克拉克

斯里兰卡，科伦坡

1982年1月

I

列昂诺夫号

1

望远镜下的会面

即使在使用公制的时代，它仍然被称为一千英尺望远镜，而不是三百米望远镜。在热带夕阳迅速下沉之际，这具架设在群山里的巨碟已经半沐于阴影里，只有高悬于巨碟中央之天线结构的三角平台，还在余晖中闪闪发光。从地面远远看上去，只有最眼尖的人才能在那密密麻麻的梁柱、钢索及电缆中，依稀辨识出两个人影。

"现在我们终于可以谈正事了，"迪米特里·莫依斯维奇博士对老友海伍德·弗洛伊德说，"例如皮鞋、宇宙飞船、火漆，不过我们更应谈谈巨石板和故障计算机。"

"你把我从讨论会里拉出来是为了这个啊！不过没关系，我已经听卡尔那些搜寻地外文明计划（SETI）的演讲很多次了，我都可以倒背如流。而且这上面景观真的很棒——你知道，我来过阿雷西博[1]这里很多次，但从来没有机会爬上天线输入口这边。"

"你还好意思说。我已经上来过三次了。你看，在这个可以倾听全宇宙的地方，却没有人会偷听到我们的谈话。所以，你有什么问题就尽管说出来。"

"什么问题？"

"就从你为什么必须辞去国家航天委员会（NCA）主席的职位说起。"

"我没有辞职。夏威夷大学给了我一份薪水更好的职务。"

"好吧，你没有辞职，你是在被辞掉之前先走的。这么多年了，伍迪[2]，你别想骗我，你也骗不了我。假如国家航天委员会现在要你回去，你会犹豫吗？"

"好吧，你这个老哥萨克！你到底想知道什么？"

"第一件事，你那篇在千呼万唤中出炉的报告里，有太多语焉不详的地方，留下很多疑点。你们的人偷偷摸摸地去挖那块第谷石板——很可笑，而且老实说还有点违法——我方可以不追究，但……"

"那不是我的主意。"

1　美属波多黎各自治市，在其境内有著名的阿雷西博望远镜，曾是世界上最大的单口径射电望远镜，2016年被我国500米口径球面射电望远镜（FAST）超越。——编者注（本书中注释如无特别说明，均为编者注）
2　伍迪（Woody）为海伍德（Heywood）的昵称。

"很高兴你这么说，我相信你。我方也认同你们目前的做法，就是让大家都可以来检视这个东西——其实你们早该这么做了。不过这么做也好不到哪里去……"

接着，两人沉默了一阵子，各自想着月球上那块不祥的、令人搞不懂的第谷石板，人类智慧所造出的各样武器没有一样对付得了它。这位俄国科学家继续说道：

"不管怎么说，无论第谷石板是什么玩意儿，在木星发生的那件事才更重要。毕竟，信号是从那边传回来的，你们的人也是在那边遇难的，对这起不幸事件我很难过。对了——那里面我唯一认识的人是普尔，我们在国际航天联盟（IAF）1998年代表大会中有过一面之缘——他看起来是个好人。"

"谢谢你，他们都是好人。我真希望我们能知道他们究竟发生了什么事。"

"无论发生什么事，你得承认它目前与全人类都有关联——不是只和美国有关联。这年头你的智慧不能再只用在你自己的国家利益上。"

"迪米特里——你很清楚，你们俄国佬也一定会这么做，而且你也会义不容辞地帮忙。"

"完全正确。不过历史似乎老是重演——比如说，你们刚下台的政府应该为整起不幸事件负责。现在新总统上台，也许会有一批比较聪明的班底。"

"也许吧！你有什么建议吗？这些建议是出自你们官方还是你个人的期望？"

"就目前而言，完全是非官方的，也就是那些嗜血的政客们所谓的'试探性言论'。将来我会矢口否认我讲过这些话。"

"很好，请说！"

"行——事情是这样的：你们目前正在轨道太空站上赶工组装'发现二号'宇宙飞船，但是你们自己很清楚，在三年内绝对无法完工。也就是说，你们铁定会错过下一个发射窗口——"

"我既不证实也不否认。你要了解，我目前只是一个小小的大学校长，跟航天委员会那边离得很远。"

"我猜，你最近这次去华盛顿不只是度个假和看看老朋友吧。再说，我方的'阿列克谢·列昂诺夫号'宇宙飞船——"

"我以为你们叫它'戈尔曼·季托夫号'。"

"错了，校长先生。看来亲爱的老中情局（CIA）又摆了你一道。从去年一月开始就叫作列昂诺夫号了。它将比发现二号至少早一年飞抵木星——千万别让任何人知道是我说的。"

"我们一直很担心这个——千万也别让任何人知道是我说的。嗯，请继续讲。"

"我的那些顶头上司跟你的上司同样愚蠢和短视，他们老是闭门各搞各的。也就是说，你们犯的任何错误都有可能发生在我们身上，结果双方都老是回到原点——也许更糟。"

"那你认为问题出在哪里？我们跟你们一样也是一头雾水。而且我知道你们已经取得鲍曼在出事前传送的所有数据。"

"当然。他所发出的最后一句话是：'上帝啊，全是星星！'我们甚至仔细分析过他的声纹，我们不认为他当时处于恍惚的状态。他是在描述实际看到的景象。"

"另外，你们从分析他的多普勒频移获得了什么结果？"

"根本无法分析。信号中断的时候，他正以十分之一的光速远离，而且是在两分钟内就达到这么快的速度，其加速度相当于二十五万个G！"

"你的意思是说，他一定是在瞬间毙命？"

"别明知故问了，伍迪。你们的宇宙飞船在设计上根本无法承受那个加速度的百分之一。假如鲍曼他们能够活命，最多也只活到信号中断那一瞬间为止。"

"我只是想从另一个角度来核对你们的推论。除此之外，我们跟你们一样仍然在暗中摸索——假如你们也是在暗中摸索的话。"

"说来惭愧，我们真的只是在瞎猜而已。不过我预测，实际情况恐怕比我们瞎猜的还要疯狂几倍！"

这时，他们四周一群红色警示灯开始闪烁，像火红的烟火到处乱窜；支撑天线结构的三根细柱也开始发光，像夜空下的灯塔。夕阳的最后一抹红晕逐渐没入周围的山丘下，弗洛伊德等待着，想目睹从未看过的绿闪，不过这次他又失望了。

"这样吧，迪米特里，"他说，"废话少说。你究竟想讲什么？"

"在发现号的数据库里一定有很多很多极宝贵的信息。虽然宇宙飞船已经停止发射信号，但我认为它仍然继续不断地在搜集信息。我们想获得这些东西。"

"很好。当列昂诺夫号到达那边跟发现号碰头之后，你们直接进去复制你们想要的东西不就得了？又没人管你。"

"我不讲你也知道，发现号内部属于美国领土，未经授权擅自进入是窃盗行为。"

"但在有生死攸关的突发事件时可以通融，这很容易安排。毕竟远在十亿公里之外，我方很难得知你们派去的人在里面干什么。"

"多谢你的绝妙建议，我会上报的。不过，即使可以登上发现号，恐怕我方也要花好几个星期才能搞清楚整个系统，并读出所有数据。我建议我们双方来个合作。我确定这是最好的构想——但是首先我们可能要想办法向各自的上级推销这个构想。"

"你想要让我们这边的航天员上列昂诺夫号？"

"是的——最好是精于发现号上所有系统的工程师，比如说，你们目前在休斯敦训练的、准备将发现号开回来的那些人。"

"你怎么知道这件事？"

"拜托，伍迪——一个月前的《航空周刊》视频版早就报道过了。"

"我真的是脱节了，没人告诉我那个已经解密了。"

"看来你要多花点时间到华盛顿走动走动。你到底支不支持我的构想？"

"绝对支持。我百分之百同意你的看法，不过——"

"不过怎样？"

"我俩要应付的是一群恐龙，大脑长在尾巴上的恐龙。我们这边有些人会说：'让俄国人赶去木星送死吧！反正几年后我们一定会到，急什么？'"

天线平台上有片刻的沉默，只依稀听到将天线平台悬吊在数百米高空的巨大钢索发出的嘎嘎声。然后莫依斯维奇又说话了，但是声音很小，弗洛伊德必须竖起耳朵才听得到："最近有人检查过发现号的轨道吗？"

"我不太清楚——我想应该有吧。无论如何，不用操这个心吧，它的轨道很稳定的。"

"真的吗？恕我冒昧提醒你，以前美国国家航空航天局时代发生过的一桩糗事。你们的第一座太空站——天空实验室——本来预计能够在上面停留至少十年，但你们的计算没做好，严重低估了电离层的空气阻力，结果提前好几年掉了下来。我想你还记得这段惊险小故事，虽然当时你还小。"

"是我毕业那年的事，你应该知道的。但是发现号目前离木星还算远，即使在'近地点'——呃，我是说'近木点'——高度仍然相当够，应该不会受到木星大气阻力的影响。"

"我讲得太多了，必须到我的乡间别墅去避一避——下一次不准你到那边去找我。就这样，叫你们的监控人员尽责一点，好吗？顺便提醒他们，木星有太阳系里最大的磁层。"

"我明白你的意思——多谢。在下去以前还有什么事吗？我快要冻僵了。"

"别担心，老朋友。只要你将这些事透露给华盛顿当局——等一个星期左右，好让我闪人——保证到时一定非常、非常热闹。"

2

海豚之屋

　　每天傍晚太阳下山之前，海豚们都会游到餐厅里面。自从弗洛伊德住进这栋校长宿舍以来，它们只有一次打破这个惯例，就是在2005年海啸侵袭夏威夷的那一天——幸好，那次海啸在抵达希洛之前，威力已经大大减弱了。下一次假如海豚们没有按时出现的话，弗洛伊德可能会把全家人赶上车，往高地——也就是往茂纳凯亚火山的方向——逃命去了。

　　弗洛伊德不得不承认，这些海豚虽然很可爱，但是有时玩疯了，就很讨厌了。设计这栋房子的人是一位富有的海洋地质学家，他不介意被海豚们溅湿，因为他通常只穿一件游泳裤——甚至不穿。不过，这让弗洛伊德经历了一次难忘的聚会。当时校务委员全体到齐，每个人都穿上最好的晚礼服，围绕在游泳池边啜饮鸡尾酒，恭候一位从美国本土来的大人物大驾光临。海豚们猜想（好像也没猜错）它们应该是第二主角，因此，这位大人物光临时大吃一惊，因为欢迎他的是一群湿漉漉的、穿着奇装异服的家伙——所有的自助餐点也都变得奇咸无比。

弗洛伊德经常在想，假如前妻玛莉安还在世的话，不知对这栋坐落于太平洋海滨、既奇特又漂亮的宿舍有何感想。她一向不喜欢海，最后海却埋葬了她。这件往事的影像虽然逐渐模糊，但他仍然记得屏幕上最初映入眼帘的一行字：弗洛伊德博士——紧急私人信息。接着是一串串荧光字一行接一行显示出来，将信息快速地烙进他的脑海里：兹以哀痛的心情通知你，伦敦飞往华盛顿的452号班机，据报道坠毁于纽芬兰外海；搜救船只、飞机已经前往失事现场，但恐怕没有生还者。

若不是命运的临时安排，他应该也在那架飞机上。当初为了欧洲航天局的事情，他在巴黎滞留了好几天，令他颇为苦恼，但这件有关"索拉里斯号"有效载荷的问题却意外地救了他一命。

现在，他不但有了新的职位、新的房子，还有一个新的妻子。命运之神真的很喜欢捉弄人。木星任务失败引来的多方责难与控诉，毁了他在华盛顿的前途，但像他这么有能力的人当然不会失业太久。他本来就一直向往大学生活悠闲的步调，再加上工作地点是世界上最美的地方之一，使他欣然接受夏威夷大学的约聘。受聘之后才一个月，他就遇到后来成为他第二任太太的女人卡罗琳，当时他们参加的观光团正在欣赏基拉韦厄火山上的喷火奇观。

卡罗琳让他找到恒久的幸福与美满。她成了一位好继母（玛莉安留下两个女儿），同时也给他生了一个儿子克里斯托弗。夫妻俩虽然相差二十岁，但她了解他的脾气，能为他排解沮丧的心情。有了她，现在的他想起玛莉安时不会再悲伤，虽然还是有一丝丝的伤感，这伤感可能一辈子都会有。

有一次，正当卡罗琳给体型最大的公海豚（他们叫它"疤背"）喂鱼时，弗洛伊德的手腕感觉到一阵轻微的振动，显示有电话进来。他轻按一下细金属键关闭振动，再按一下语音切入键，然后走到最近的一组通话器旁。

"我是校长，请问你是哪位？"

"海伍德吗？我是维克多。最近好吗？"

在不到一秒钟的瞬间，五味杂陈的情绪闪过弗洛伊德的脑际。首先是恼怒，他很确定，在背后搞鬼，害他下台，然后接替他职位的人就是这家伙！自从离开华盛顿之后，他一直不想与他联系。其次是好奇，他们之间有啥好谈的？再次是决定铁了心，尽可能采取不合作的态度，但是又为这种幼稚想法感到不好意思。最后是一阵刺激的快感。嘿嘿！米尔森打这通电话应该只有一个原因。

弗洛伊德以最不带情绪的声调回应："我最近好极了，没的抱怨。有什么我可以效劳的，米尔森？"

"你的电话是安全网络吗？"

"不是，谢天谢地，我再也不需要那玩意儿了。"

"呃……好吧，我这么说好了。你还记得你最后主持的那个计划案吗？"

"我怎么可能忘记？尤其是上个月，航天项目小组才叫我回去问话。"

"当然，当然！我实在应该找出时间拜读一下你的供词，假如我挪得出时间的话。不过我一直在忙着后续的工作，搞得我焦头烂额。"

"我以为每件事情都是按部就班在进行。"

"是没错——问题也在这里。我们想尽办法都无法加快进度，即使将它列为最优先事项处理，也只能提前几个星期完工。这表示我们会赶不上发射窗口。"

"我不明白，"弗洛伊德故作无辜地说，"尽管我们不想浪费时间，但好像并没有真正的完工期限。"

"现在有了——而且还有两个。"

"你吓到我了。"

米尔森即使听出其中有嘲讽的味道，也假装听不懂。"没错，有两个期限——一个是人为的，一个不是。目前情势的演变是，我们不可能第一个重回——呃……任务现场。我们的死对头将会领先我们至少一年。"

"真糟糕。"

"这还不是最糟的。即使没有人跟我们抢先，我们也赶不上发射窗口。到时候，就算我们抵达现场，可能什么也没有了。"

"这就怪了。我确定听说过国会已经打算撤销万有引力定律。"

"我没心情开玩笑。目前情况很不稳定——电话里我不方便说。今天晚上你都会在家吗？"

"会。"弗洛伊德一边回答，一边幸灾乐祸，因为华盛顿现在已经是三更半夜了。

"好。你在一小时内会收到我送去的一份数据。在你找到时间研读之后尽快回我电话。"

"到时候会不会太晚了？"

"是很晚了，但是我们已经浪费太多时间，我不想再拖了。"

果然如米尔森所言，就在一小时之后，一个密封的大数据袋由一位空军上校专程送了过来。弗洛伊德拿出资料来看，上校则耐心地坐在一旁与卡罗琳寒暄。"不好意思，在你看完之后，我得把这份数据送回去。"这位高级信差抱歉地说道。

"很好。"弗洛伊德一边回答，一边在他最喜欢的阅读专用的吊床上躺下来。

总共有两份数据。第一份很简短，上面盖了个"绝密"的章，不过那个"绝"字被划掉了，旁边有三个签名以示负责。但所有签名都很潦草，无法辨识。这份文件显然是从一篇很长的报告书里节录出来的，并经过重重严密审查，里面有很多被擦掉的地方，令人读起来很头大。幸好，结论只有短短的一句话："虽然我们是发现号名正言顺的拥有者，但俄国人很可能捷足先登。"这事弗洛伊德早就知道了，所以他马上翻阅第二份文件——虽然上次没接到正确的通知，但这次总该使用正确的名称了吧。和往常一样，迪米特里的情报完全正确，下一次执行木星探险的载人宇宙飞船正是列昂诺夫号。

第二份数据比第一份长得多，而且仅属于普通密件；事实上，从格式上判断，它是一篇寄给《科学杂志》的通信稿，只要通过最后审查即可刊登。它的题目很耸动："发现号宇宙飞船：异常的轨道行为"。

接下来是十几页的数学计算和天文数值表。弗洛伊德很快地浏览过去，好像在一首歌里挑出歌词一般，并且试图在里面找出任何表示认错或尴尬的音符。看完之后，他不禁露出微笑，心里暗自叫好。从来没有人想过，追踪站和星历计算单位会出这么大的纰漏，他们正疯狂地想办法补救。毫无疑问，有人要倒霉了。他很清楚维克多·米尔森最喜欢整人——假如他不是第一个被整的话。尽管这是他应得的，但维克多仍四处抱怨国会砍他的追踪网络资金。其实，也许那正好可以帮他解套。

"谢了，上校，"弗洛伊德看完文件之后说，"现在还有机密文件这玩意儿，好像回到了古早时代。不过我绝不会怀念这种东西。"

上校将数据袋小心翼翼地放进手提箱里，并且启动安全锁。

"米尔森博士希望您尽快回他电话。"

"我知道。不过我没有保密线路，等一下我还有重要客人要来，而且，假如我大老远开车去你们在希洛的办公室，只为了告诉你们说两份文件我都看过了，那我不被骂死才怪。你就跟他说，文件我已经仔细看过，并且很感兴趣地恭候进一步联系。"

上校一开始似乎想争辩一下，但想一想还是不要，于是僵硬地挥挥手，郁闷地走进了黑夜里。

"好了，这些都是怎么回事？"卡罗琳问道，"今晚我们好像没有客人要来，无论是重要的还是不重要的。"

"我不喜欢被粗暴对待，尤其是被米尔森那家伙。"

"我敢打赌，上校回去一报告，他一定马上打电话过来。"

"那我们要立刻关掉电视，并且制造一些派对噪音。不过说真的，目前我实在无话可说。"

"我能不能问，是有关哪方面的事情？"

"抱歉，亲爱的。发现号好像正在捉弄我们。我们本来以为它在一个稳定的轨道上，但它似乎快坠毁了。"

"坠毁在木星上？"

"不，不！那不太可能。当初鲍曼将它停泊在'内拉格朗日点'，刚好位于木星与木卫一（艾奥）的连线上。它应该一直停留在那附近，不过由于受到许多外侧卫星的干扰，它会稍微前后移动。

"但是目前的情况有点怪，我们还不知道确实的原因。发现号正在往艾奥的方向飘，而且速度越来越快——虽然它有时加速，有时还会后退。假如一直这样下去，不到两三年它就要撞上艾奥了。"

"我以为在天文学里不会发生这种事。天体力学不是一门精确科学吗？我们这些卑微落后的生物学家一直都是被如此告知的。"

"假如能够将每一项因素都考虑进去的话，它确实是一门精确科学。但是在艾奥附近目前有一些很奇怪的事情发生。除了有许多火山之外，还有许多巨大的放电现象——而且木星的磁场自转非常快，每十小时就转一圈。因此万有引力不是作用于发现号的唯一一个力；我们早就应该想到这点——很早很早以前。"

"行了，这已经不再是你的问题了。你该为此庆幸。"

"你的问题"——正是迪米特里的口头禅。迪米特里——这个诡计多端的老狐狸——对他了解的时间比卡罗琳还长。

也许不再是他的问题，但仍然是他的责任。这件事虽然牵涉其他很多人，但是通过最后分析批准这项木星探险任务的人是他，主持整个任务执行的人也是他。

即使到现在，他仍不断受到良心的谴责。他的科学家观点经常与他的行政官僚职责相冲突。他大可挺身对抗古老官僚体系的短视政策——不过话又说回来，没有人能确定这次的灾难究竟哪方面的责任较大。

假如他能够结束人生的这一章，倾全智全力于新的职务上，那是最好不过了。但在内心深处，他知道这是不可能的，即使迪米特里不来搅局，翻出这批旧账，它们也会自己浮现出来。

在木星四周的众卫星之间，四个人遇难，一个人失踪。他的双手沾满鲜血，不知如何洗净。

3

莎尔9000

钱德拉博士——厄巴纳市伊利诺伊大学的计算机科学教授——也有一种挥之不去的罪恶感，但与弗洛伊德的罪恶感非常不一样。一些学生及同事常常怀疑，这位瘦小的科学家是否还有一丝人性。当他们听说钱德拉对那些遇难的航天员无动于衷时，一点也不觉得惊讶。唯一让钱德拉伤心欲绝的是他失踪的"儿子"，哈尔9000。

多年来，他不眠不休地检查发现号传回来的数据，还是找不出究竟是哪里出了问题。他只能用一大堆理论来解释，而他所想知道的事实都尘封在哈尔的电路里（目前哈尔还在木星与艾奥之间的某处飘荡）。

直到出事的那一瞬间，宇宙飞船遭遇的一连串事故都已经很清楚地被证实。之后，指挥官鲍曼还与地球恢复短暂的通话，对当时的情况做了一些细节上的补充。不过，知道发生了什么事并不足以解释为什么出事。

事故发生的第一个征兆出现在任务的后期，当时哈尔曾经发出警讯，说控制发现号主天线的组件逐渐失效，恐怕马上无法将天线对准地球的方向。假如这束五亿公里长的电波失去准头，宇宙飞船将变得又盲又聋又哑。

鲍曼曾经亲自爬出太空舱，取回被怀疑有问题的组件，但令人惊讶的是，测试结果发现它完全没有问题。自动测试电路根本找不出它有什么不对劲。信息传回厄巴纳市之后，哈尔的孪生妹妹莎尔9000也查不出个所以然来。

但是哈尔坚持他的诊断无误，结论指向"人为错误"。他建议将该控制组件装回去，等它坏了，到时候就可以确切知道故障发生的位置。没有人表示反对，因为即使它最后坏了，换一套新的只需几分钟就行了。

然而，鲍曼和普尔开始担心，他们觉得事情有点不对劲，但都不知道哪里不对劲。几个月以来，他俩已将哈尔视为狭小太空舱内的第三个成员，对他的脾气摸得一清二楚。然而，舱里的气氛却出现微妙的转变，空气中弥漫着一丝紧张的感觉。

占舱内人数三分之二的人类成员曾私底下讨论过，假如那个非人类成员真的有点故障的话应该怎么办。忧心忡忡的鲍曼事后也曾向任务控制中心提出报告——但感觉上好像在告密。在最坏的情况下，他们打算解除哈尔的高阶任务，甚至包括断电——对一部计算机而言，断电相当于处死。

忧心归忧心，该做的事还是得做。普尔驾着一艘小型的分离舱出去，在宇宙飞船外出任务时，分离舱是个交通工具兼活动的工作室。由于拆换天线组件比较需要技巧，无法靠分离舱本身的机械手臂，普尔决定自己来。

令人百思不解的是，接下来发生的事情监视录像机居然没有拍到。鲍曼听到普尔一声惨叫——然后一片沉寂——才知道出事了。接着，他看到普尔一边不断翻滚，一边往太空中飘去；他的分离舱先撞到他，然后失控爆炸。

鲍曼事后坦承，当时他犯了一些严重的错误——其中只有一个错误可以原谅。在一心想救援普尔的情况下——如果他还活着的话，鲍曼立即驾着另一艘分离舱出去，而将哈尔留在宇宙飞船里掌控一切。

这次宇宙飞船外的救援行动结果是白忙一场；当鲍曼赶到时，普尔已经死了。失望之余，他把尸体拖回宇宙飞船——不料哈尔拒绝开门。

不过哈尔低估了人类的智力和毅力。虽然鲍曼的航天服头盔留在飞船里没带出来，但他仍然冒着直接暴露在外层空间的危险，拼命找到一个不受计算机控制的逃生舱口进入。进入后第一件事就是找哈尔开刀，将他的"脑部组件"一一拔除。

鲍曼重新掌控飞船之后，发现一件骇人听闻的事。在他离船的那段时间里，哈尔把三位正在低温睡眠中的航天员的维生系统关掉了。当时鲍曼孤立无援的状况是人类有史以来所仅见的。

要是换成别人，在这种孤立的绝望中可能会半途而废，但鲍曼证明了当初挑选他担此重任的那些人是对的。他想尽办法维持发现号的正常运作，甚至断断续续地与任务控制中心恢复联系。虽然天线卡住了，但他设法调整宇宙飞船的转向，尽量使天线对准地球。

终于，发现号循着预定的路径到达木星。鲍曼与其他许多卫星一样，绕着那颗巨大的行星运转。这时他遇见了一块黑色的大石板，也在绕着木星运行——这块石板与以前在月球上的第谷坑所挖出来的形状一模一样，但有好几百倍大。他驾着分离舱前往探勘，旋即失踪，只留下那句令人费解的话："上帝啊，全是星星！"

许多人都很关心这件怪事，但钱德拉博士却只关心哈尔。心如止水的他如果还有一丁点情绪的话，那就是很讨厌事情真相不明。除非找到哈尔失常的原因，否则他绝不善罢甘休。即使到现在，他仍不承认那叫故障，他认为最多只能称之为"异常"。

他的小小密室陈设很简单，一张旋转椅、一个电器柜，以及一块黑板，黑板两侧各挂了一张大头照。一般人很少知道大头照里面的人是谁，但有资格进入密室的人都能马上认出来，他们是计算机神殿里的两个神祇: 冯·诺伊曼和图灵。

密室里没有半本书, 柜上也没有纸笔。钱德拉只要动几根手指头, 全世界每间图书馆的每一本书都唾手可得。荧光幕是他的素描簿和便条纸。即使是黑板也是专给访客用的, 黑板上被擦掉一半的方块图是三个星期以前留下来的。

钱德拉博士点燃一根由印度马德拉斯进口的一种浓呛雪茄, 大家都认为抽烟是他唯一的恶习——事实上确实如此。计算机控制台从来不关, 他看了看屏幕上没有重要信息, 就对着麦克风说道:

"早安! 莎尔。有什么新消息要告诉我吗? "

"没有, 钱德拉博士。你有要告诉我的吗? "

这个声音很像是一位曾经在印度和美国都读过书的优雅的印度女人。刚开始的时候, 她的口音并不是这样, 但多年来的耳濡目染, 她已经深受钱德拉的影响, 变成这种腔调。

钱德拉在键盘上打入一个密码, 将莎尔的输入端切换到最机密的记忆电路。从来没有人知道他是通过这个电路对计算机说话, 因为他未曾向人透露这件事。尽管莎尔几乎不了解他所说的话, 但她的回答却头头是道, 即使身为创造者的钱德拉, 有时候也会被耍得团团转。事实上, 他希望这样被耍, 这些私下的互动有助于他的心理平衡——甚至让他保持精神正常。

"你常告诉我, 莎尔, 假如没有进一步的信息, 我们将无法解释哈尔的异常行为。问题是，我们如何取得这些信息？"

"很简单，得有人回到发现号。"

"当然！现在看起来这件事即将实现，比我们想象的还要快。"

"我很高兴听到这个消息。"

"我就知道你会喜欢。"钱德拉真心地回答道。钱德拉很久没与那些身材日渐消瘦的哲学家来往了，他们总是认为计算机不会真正地感受到感情——它们只是假装而已。

（"如果你能向我证明你的发怒不是假装的，我就会认真考虑你的说法。"他曾轻蔑地反驳过一个持这种观点的人。而那时，他的对手还真摆出了一副最有说服力的愤怒表情。）

"现在我想探讨另一个可能性，"钱德拉又说了，"诊断只是第一步。除非诊断能提供治疗方法，否则整个过程就不算完整。"

"你相信哈尔可以恢复正常运行吗？"

"我希望如此，但我不确定。也许他已经受到无法修复的损害，失去了大部分的记忆。"

他停止谈话，一面沉思，一面抽了几口雪茄，然后很有技巧地吐了个烟圈，不偏不倚地套在莎尔的广角镜头上。这对人类而言绝对不是个友善的举动，但莎尔不会介意。计算机的好处又多了一桩。

"我需要你的合作，莎尔。"

"没问题，钱德拉博士。"

"这件事可能有些危险性。"

"你的意思是……"

"我打算关掉你的部分电路，特别是那些与高阶功能有关的电路。我这样做你会不高兴吗？"

"在没有更明确的信息之前，我无法回答这个问题。"

"很好。让我这么说吧，自从你第一次被启动以来，你的操作一直都没停过，是吧？"

"没错。"

"但是你很清楚，我们人类没办法做到这一点。我们需要睡眠——这样我们的心智活动才几乎可以获得完全的休息，至少在有意识的层面上而言。"

"这个我知道，但我不了解。"

"呃……也许你马上会亲自体验到类似睡眠的东西。在睡眠期间，你不会感觉时间的流逝。当跟你的内在时钟比对时，你会发现你的监控记录里有许多中断的地方。就是这样。"

"但是刚才你说这件事可能有些危险性，是什么危险性？"

"它发生的几率可说是微乎其微——几乎计算不出来——当我把你的电路重新接通以后，你的特质以及未来的行为模式可能会有些改变。你会觉得不一样，但说不上是变好还是变坏。"

"我不知道那是什么意思。"

"抱歉——也许没什么意思。所以不用担心这个了。现在请打开个新文件——文件名在这里。"钱德拉利用键盘输入，打出两个字：凤凰。

"你知道这是什么吗？"他问莎尔。

计算机没有任何停顿就做了回答："在目前的百科全书里总共有二十五条解释。"

"你认为哪一条最常用？"

"阿喀琉斯的导师？"

"有意思，我不知道这一条。再猜一次。"

"一种非常漂亮的鸟，会从前世的灰烬里重生。"

"很好！现在你了解我为什么要选这一条了吧？"

"是因为你希望哈尔能重生？"

"没错——但你要助我一臂之力。准备好了吗？"

"还没。我想问一个问题。"

"什么问题？"

"我睡着以后会做梦吗？"

"当然会。所有智慧生物都会做梦——但没有人知道原因。"钱德拉停了一下，从雪茄里又吐出一个烟圈，然后补了一句话，这句话他从来不肯对其他人类开口，"也许你会梦到哈尔——就像我一样。"

4 任务简述

英文版

收件人：塔蒂亚娜（塔尼娅）·奥尔洛娃舰长，指挥官，列昂诺夫号宇宙飞船（UNCOS注册号08/342）宇航员

发件人：国家航天委员会，宾夕法尼亚大道，华盛顿；外层空间委员会，苏联科学院，科洛耶夫街，莫斯科

任务目标

本次任务如下，依优先次序排列：

1.前往木星系统与美国宇宙飞船发现号（UNCOS 01/283）会合。

2.登上该宇宙飞船搜集所有与上次任务有关的数据。

3.重新启动宇宙飞船发现号上的所有系统,若其燃料足够,将其置入重返地球的轨道。

4.锁定发现号遭遇过的外星船舰,并利用遥测方式尽量搜集其数据。

5.如果情况许可,在任务控制中心同意之下可做近距离调查。

6.在不违背上述任务目标之下,对木星及其众卫星做详细勘测。

若发生不可预料的状况,可以变更优先次序,甚至直接取消某些任务。请务必了解,与发现号宇宙飞船会合的主要目的非常明确,就是取得该船的所有数据;其优先次序高于其他任何目标,包括营救计划在内。

参加组员

列昂诺夫号宇宙飞船的组员将包括:

塔蒂亚娜·奥尔洛娃舰长(工程—推进系统)

奥尔洛夫博士(领航—天文)

马克西姆·布雷洛夫斯基博士(工程—结构)

亚历山大·科瓦廖夫博士(工程—通信)

尼古拉·捷尔诺夫斯基博士(工程—控制系统)

主治医师卡特琳娜·鲁坚科（医药—维生系统）

伊琳娜·雅库妮娜博士（医药—营养）

另外，美国国家航天委员会将提供下列三位专家：

弗洛伊德博士放下备忘录，躺回椅背。事情都安排妥当了；像卒子过河，他已经没有退路。即使他想打退堂鼓，时机也早就过了。

他眼睛瞄向卡罗琳，看见她正陪着两岁大的克里斯[1]坐在游泳池畔。这个小不点在水里比在陆地上还要自在，他可以在水里闭气很久，常让访客们叹为观止。目前他虽然还不太会讲人类的语言，但是他的海豚语好像已经很流利了。

克里斯有一位海豚朋友刚从太平洋来，正在让他拍背。弗洛伊德想道，你们都是浩瀚海洋里的流浪者，然而太平洋虽大，但与我马上要面对的无垠太空比起来，那又太渺小了。

卡罗琳似乎察觉老公在看她，马上站起来。她黯然看着他，但并不生气；几天下来，已经没有力气生气了。当她走近他时，脸上还挤出一丝苦笑。

"我已经找到我要找的那首诗了，"她说，"诗的开头是这样的：

1　克里斯（Chris）是克里斯托弗（Christopher）的昵称。

'你抛弃的是怎样的一个女人，

还有怎样的壁炉火和家里的田地，

去跟灰色古老的寡妇制造者远行？'[1]"

"对不起——我不太了解。寡妇制造者指谁？"

"不是指人——是指海洋。这首诗是维京女人的哀歌，是吉卜林在一百年前写的。"

弗洛伊德轻握着妻子的手，她没有任何反应，但也没拒绝。

"呃……我根本不像个维京人吧。我又不是去抢人财物，我只是想去冒险一下而已。"

"你为什么……不，我不打算跟你吵。不过，假如你真正了解你的动机是什么，那对我们两人都有帮助。"

"但愿我能给你一个最好的理由。但是我有一大堆小理由，这些小理由加起来就是我义不容辞的最后答案——相信我吧！"

"我相信你。但是你确定你不是在蒙骗自己？"

"假如我在蒙骗自己，那么其他很多人也是在蒙骗自己，包括美国总统——容我提醒你。"

"不用你提醒。但我猜——只是猜而已——总统没要你去

1　出自英国诗人鲁德亚德·吉卜林（Rudyard Kipling，1865—1936）的诗歌《丹麦女人的竖琴之歌》（*Harp Song of the Dane Women*）。

吧？是你自告奋勇的吧？"

"我可以老实回答：不是。我从来就没想过要毛遂自荐，是莫德凯总统亲自下令的。当我接到他的电话时吓呆了，我这辈子从没那么震撼过。但事后一想，我知道他的决定百分之百正确。你知道我不喜欢虚伪的谦虚，我是这次任务的不二人选——医生们也一致同意。你应该知道，我的身体正处于巅峰状态。"

这一番事先设计好的说词让卡罗琳的脸上有了笑容。

"有时我常怀疑都是你在自告奋勇。"

他确实有过这个念头，不过不用什么话都照实讲吧。

"我实在不应该事先没跟你商量就做决定。"

"幸好你没跟我商量，我不知道我会说出什么话来。"

"如果你不让我去的话，现在我还可以反悔。"

"别尽说傻话了，你自己最清楚。这次我不让你去的话，你会恨我一辈子——你也永远不会原谅你自己。你的责任感太强了，也许这是我嫁给你的原因之一。"

责任！没错，好一个关键词，它包含了多少东西啊。他对自己有责任，对家庭有责任，对夏威夷大学有责任，对过去的职位有责任（尽管他是黯然离开的），对国家有责任——对人类也有责任。要排出这些责任的优先次序很不容易，有时它们之间是互相冲突的。

有许多完美的理由支持他应该出这趟任务——同样地，也有一堆无懈可击的理由（很多同事早就提出来了）说明他不应该去。但经过最后分析，决定去不去的可能是他的感觉，而不是他的理智。即便如此，他的感觉仍然往两个相反的方向拉扯。

好奇心、罪恶感，还有将功抵罪的决心，一起将他往木星方向推，推向未知的境地。另一方面，恐惧——他很诚实地承认——与对家庭的爱则叫他留在地球。但面临抉择的时候，他却没考虑那么多，马上拍板定案；而在卡罗琳面前，他则尽量摆低姿态，化解她的疑虑。

另外，他有一个心底的秘密到现在还不敢告诉妻子。虽然这趟木星之旅也许要花上两年半的时间，但其中除了五十天之外，他其他时间都在低温睡眠状态。等他回来以后，他俩的年龄差距会缩小两岁多。

换言之，目前暂时的离别可以换取未来更长的相处岁月。

5

列昂诺夫号

几个月变成几星期，几星期变成几天，几天变成几小时；仿佛弹指之间，弗洛伊德再次出现在卡纳维拉尔角等待升空——上次来是许多年前的事了，那次是前往月球克拉维斯基地和第谷石板的太空之旅。

不过这次不是单飞，任务也无机密可言。前面隔着几个座位处坐着钱德拉博士，他正忙着和他的公文箱式计算机对话，完全不理会周遭的动静。

弗洛伊德有一项不为人知的癖好：喜欢私下观察人类与动物的相似处。他发现，说人类与动物相像其实是褒多于贬。同时，这个小小的嗜好还有助于他的记忆。

钱德拉最容易被形容为——弗洛伊德的脑子里马上浮现鸟这

种动物。钱德拉生得小巧玲珑，动作又快又准。但是像哪一种鸟呢？显然是一种非常聪明的鸟。喜鹊吗？太逍遥又太贪婪了；猫头鹰吗？太慢条斯理了。也许麻雀最恰当。

系统专家沃尔特·库努就比较不容易形容。这次他身负重任，发现号能不能重新启动全靠他了。他高头大马，绝对不像一只鸟；你也许想从各式各样的狗里面找出一种来形容他，可惜找不到适当的。对了！库努是一只熊——不是易怒、危险的那一种，而是只温驯、友善的熊。说到熊，不禁让弗洛伊德联想起即将会合的那批俄国人。他们早已升空，在轨道上运行好几天了，目前正忙着做各种最后的检测。

弗洛伊德告诉自己，这是我一生中最重要的一刻。我现在的任务可能会决定全体人类未来的命运。但他一点也不觉得兴奋；在倒计时的最后几分钟里，他脑子里想到的是离家前轻声的道别："再见了，我亲爱的小儿子，我回来的时候你还会认得我吗？"同时，心里对卡罗琳还有点气，因为要她叫醒宝宝好让他抱一下她都不肯。不过他知道她一向聪明，也许她的做法是对的。

忽然间，他的思绪被一阵突如其来的爆笑声打断；库努博士正在讲笑话给大伙听——他手里小心翼翼地拿着一只大酒瓶，仿佛拿的是一块几乎到达临界质量的钚。

"嗨，海伍德，"他叫道，"听说奥尔洛娃舰长已经把所有的酒都锁起来了，所以想喝就要趁现在。法国蒂埃里酒庄，1995年的。抱歉只有塑料杯。"

弗洛伊德品尝着香槟，确实是好酒。但他发现，只要听到库努响彻太阳系的爆笑声，心里就有点毛毛的。他知道库努是个优秀的工程师，但和他一起旅行实在让人受不了。钱德拉至少没有这种问题，弗洛伊德几乎想象不到他曾微笑过，更别说开怀大笑了。他全身有点发抖地拒绝了库努的好意。不过库努很客气，也许是很高兴，并没有勉强他。

看起来这位工程师准备开始要宝。没过几分钟，他拿出一架只有两个八度的电子琴，先后以钢琴、伸缩喇叭、小提琴、长笛及管风琴的音色，表演起《你知道约翰·皮尔吗》（*D'ye ken John Peel*），并用自己的歌声伴奏。表演相当精彩，弗洛伊德马上和大伙合唱起来。情况还不太糟，他想，旅途的绝大部分时间，库努将会进入低温睡眠状态，到时耳根就清净了。

当引擎开始点火，将宇宙飞船送向天际时，乐声即戛然而止。弗洛伊德深深感觉到一种既熟悉又新鲜的兴奋——一个巨大无比的力量将他往上提，逐渐远离地球上所有的烦恼与重担。难怪人类总是将众神的居处设定在万有引力达不到的地方。他正往那个无重力的地方飞去；此趟不是去逍遥，而是背负着一生最大的使命，但他暂时不去想它。

随着推进力逐渐增加，他开始感觉到双肩上的重担——他喜欢这个，就像希腊神话里的阿特拉斯，背负重担却乐此不疲。他并没有刻意去想这些，只满足于品尝这种经验。即使这次离开地球可能有去无回，与他所爱的人永别，他也了无遗憾。环绕在他四周的轰隆声仿佛是一首凯歌，将所有不知名的情绪一扫而空。

轰隆声刚停止时，他感到有点可惜；不过他喜欢突如其来的解脱感和轻松的呼吸。有些机组成员开始解开安全带，准备享受转换轨道过程中三十分钟的无重力体验。有些人显然是第一次上宇宙飞船，仍然坐在座位上，焦急地左顾右盼，看有没有空服人员会过来帮忙。

"我是舰长。我们现在的高度是三百公里，正要经过非洲西海岸的上空。因为下面目前是晚上，你们大概看不到什么——前方微亮的地方是塞拉利昂——几内亚湾上空有个很大的热带风暴。看那些闪电！

"我们再过十五分钟就可以看到日出了。同时，我会转动船身，让大家看清楚赤道卫星带。最亮的那颗——几乎就在正上方——是国际通信卫星组织的'大西洋一号天线装置区'。在它西边的是苏联'国际宇宙二号'——那颗模糊的星球就是木星。从那里往下看，你会看到一个闪烁的亮点，正在星空的背景下移动——那是中国的最新太空站。我们将在一百公里之外掠过它，但这距离远到用肉眼看不出什么——"

他们在那边干吗？弗洛伊德在心里嘀咕。他研究过那座太空站的近距离照片，矮胖的圆柱形结构，表面有许多奇形怪状的隆起，看来看去都不像大家谣传中的激光炮堡垒。

列昂诺夫号也好看不到哪里去。事实上，历来的宇宙飞船没有几艘称得上漂亮。也许有一天，人类会发展出一套新的美学标准，让一代代的艺术家不再落入以地球上的自然风景为蓝本的窠臼里。太空本身是个拥有无上美感的领域，很遗憾，目前人类所有的硬件产品仍然难以望其项背。

一抵达转换轨道，列昂诺夫号原先的四个巨型燃料罐马上掉落，剩下的船身出乎意料地小：从前方的防热罩到尾部的驱动组件不到五十米。说来难以置信，这么小的载具——比一般商用飞机还小——居然可以搭载十位男女航天员横越大半个太阳系。

在零重力之下，墙壁、天花板、地板经常换来换去，所有的生活规则都要重写。比如说，列昂诺夫号上的空间就显得很宽敞，即使所有的人同时在里面活动，就像现在这样。事实上，它以前搭载过形形色色的记者、做最后调整的工程师，和焦躁不安的官员们，其正常的人员编制至少是现在的两倍。

将穿梭车停放妥当之后，弗洛伊德马上去找他的舱房——现在算起一年后，从低温睡眠苏醒时，他和库努、钱德拉将同住在这里。找到之后，弗洛伊德赫然发现舱房里堆满了装着各种设备与补给品的盒子，每个盒子上都贴有详细的标签，根本无法进去。当他正在为如何挤进去而伤脑筋时，刚好被经过的一位组员（正非常熟练地用双手交替抓爬前进）看到。这位组员看到弗洛伊德的窘态，马上停了下来。

"弗洛伊德博士，欢迎登舰。在下是马克斯[1]·布雷洛夫斯基——助理工程师。"

这位年轻的俄国人很慢、很小心地说着英语，但听起来好像是向电子学习机学的，而不像是跟人学的。弗洛伊德一面和他握手，一面把这人的长相、名字和组员名册上的数据凑合起来：布雷洛夫斯基，三十一岁，列宁格勒人，结构学专家；嗜好：剑术、高空跳伞、下棋。

"幸会！"弗洛伊德说，"但我该怎样进去？"

"别担心，"布雷洛夫斯基愉快地说，"等你醒来以后，这些东西早就没了。这些东西都是——你们怎么讲？——消耗品。等到你们需要用到这间房间时，我们一定会把它们吃光光，我向你保证。"他拍了拍自己的肚皮。

"很好——但我的东西放哪里？"弗洛伊德指着三个小旅行袋——总重量五十公斤；他希望里面的物品够他在未来数十亿公里的旅程上使用。要把这三个没有重量但仍有惯性的物体像赶羊一样在过道里赶来赶去而不东撞西撞，并不是一件简单的事。

布雷洛夫斯基拎着其中两个袋子，轻巧地从一个三根交叉梁

---

1 马克斯（Max）为马克西姆（Maxim）的昵称。

柱形成的三角形中间穿过，然后潜入一个小舱口，整个过程好像完全不遵守牛顿第一定律似的。弗洛伊德跌跌撞撞地跟在后面，身上多出好几处瘀青。经过好长一段时间——从里面看，列昂诺夫号比从外面看要大得多——他们来到一扇门，上面用斯拉夫字母及罗马字母标示着：舰长室。虽然弗洛伊德的俄文阅读能力比会话能力好得多，他还是感觉这样的安排很贴心。他注意到舰上所有的标示都是双语并用的。

布雷洛夫斯基敲了敲门，一盏绿灯亮起来，弗洛伊德以最优雅的动作飘进门去。之前他虽然与奥尔洛娃舰长通过几次话，但从未见过面。因此见面时有两件事令他很意外。

从视频电话里很难看出一个人的真正尺寸，摄影机总是把每个人拍得一样大。奥尔洛娃舰长站起来——在零重力情况下假如真可以站起来的话——还不到弗洛伊德的肩膀。同时，视频电话也完全显示不出她那双湛蓝眼睛的锐利模样。那双眼睛可说是她不算漂亮的脸庞上最引人注目的特征。

"你好，塔尼娅，"弗洛伊德说，"终于见到你了，真好。但你的头发太可惜了。"

他们双手互握，像一对老朋友。

"有你在舰上真好，海伍德！"舰长回答道。她的英语相当流利，比布雷洛夫斯基好太多了，不过带有很重的口音。"是啊，我也有点可惜——但对长时间出任务来说，长头发很麻烦，而且这样的话可以不用常常找理发师。对了，关于舱房的事我很抱歉，布雷洛夫斯基跟你解释过了吧，我们临时发现需要另外十立方米的储物空间。我跟瓦西里在接下来的几个小时不会常在这儿，这个地方你就暂时将就一下吧。"

"谢谢你。那库努和钱德拉呢？"

"每个人的住处我都安排好了。看起来像是我们把你们当成了货物——"

"旅途中用不着。"

"你说什么？"

"古早时代航海时，人们常把这句标签贴在行李上。[1]"

塔尼娅笑了笑。"还没那么夸张。不过在本次旅途的终点，你们就会变得很重要。我们已经计划好，到时候要帮你们办一个再生庆祝会。"

"听起来有点宗教意味，就叫——不，'复活'更糟！——叫唤醒庆祝会好了。你去忙你的吧！我把东西放好以后想继续逛逛。"

"马克斯会带你到处走走——请你带弗洛伊德博士去见奥尔洛夫好吗？他现在在下面的驾驶舱。"

---

1 轮船客运中，人们会将旅途中用不着的行李存储在货舱里，而不是随身带在客舱，这些行李上就会贴上"Not wanted on voyage"的标签。相反地，则会贴上"客舱需要"（Wanted in Stateroom）。

当他们飘出舰长室时，弗洛伊德在心里暗暗佩服，俄方选拔舰上人员确实有眼光。从书面资料上看，奥尔洛娃就很出色；见面之后才又发现她娇媚中带有威严。弗洛伊德猜想，她发起脾气来是何等模样——像烈火还是冰雹？无论如何，最好还是不要碰到她发脾气的时候。

弗洛伊德很快就适应了零重力的太空环境；当他们找到奥尔洛夫时，他的操作技巧几乎已经和他的向导一样老练了。首席科学家和他的妻子一样热情地招呼了弗洛伊德。

"欢迎登舰，弗洛伊德。感觉如何？"

"很好，除了正在'慢性饿死'之外。"

奥尔洛夫一时被搞得一头雾水；但一下子就会意过来，脸上也绽放出笑容。

"喔！看我居然给忘了。嗯，那不会太久。十个月之后你就可以大快朵颐了，到时候你想吃多少就吃多少。"

要进入低温睡眠的人，事先都要吃所谓的"低渣饮食"，而最后二十四小时内，他们只能摄入液体。弗洛伊德已经开始嘀咕，他的头越来越晕究竟有多少是因为挨饿，有多少是喝了库努的香槟，又有多少是零重力的关系。

为了保持清醒，他环顾四周一大堆五颜六色的管线。

"那么这就是著名的萨哈罗夫驱动机。这还是我第一次亲眼看到。"

“这只是我们造的第四部。”

“希望它能运作。”

“最好是这样，否则高尔基市议会又要把萨哈罗夫广场改名了。”

这是时代的一个标志，现在俄国人可以讲讲笑话——尽管很讽刺——说他们的国家是如何对待他们最伟大的科学家的。这让弗洛伊德回想起萨哈罗夫在科学院的那场精彩的演说，当时他已经平反，且被誉为苏联的英雄。他告诉在场的听众，牢狱与放逐是创造力的最佳辅助；牢房仿佛是远离尘嚣的一片净土，历史上有不少的杰作都是在那里面诞生的。比如说，人类智慧的巅峰之作《自然哲学的数学原理》这本书，就是当年牛顿逃离鼠疫横行的伦敦，自我放逐时的产品。

这样的比拟一点也不夸张。萨哈罗夫被放逐到高尔基的那几年里，不但对物质的构造与宇宙的起源有了新的见解，而且确立了等离子控制的理论，促成热核发电的实际应用。这部萨哈罗夫驱动机，虽然是他等离子控制理论中最有名和最广为人知的成果，但只是他惊人知识爆发力的一项小小副产品而已。不过可悲的是，这些成就都是在他遭迫害时激发出来的。也许将来有一天，人类会找到更文明的方法处理自己的事情。

在他们离开那间房间时，弗洛伊德已经把萨哈罗夫驱动机弄得一清二楚，而且完全记在脑子里了。他已经完全熟悉它的基本原理——利用热核反应产生的脉冲，可以将任何燃料物质加热后以高速喷出。假如用纯氢做操作液体的话效果最好，但缺点是体积太庞大，而且无法长期贮存；甲烷和氨是可以接受的替代品；甚至水也可以，但机器效率会大打折扣。

列昂诺夫号采取折中方式。当宇宙飞船达到飞抵木星所需的速度时，提供最初动力的数个巨大液氢罐即可抛弃。到达目的地之后，刹车、会合时的操纵，以及返航等所需的动力，则由氨提供。

这个理论虽然经过无数次的计算机仿真，测试再测试，比对再比对，但命运多舛的发现号殷鉴不远，人算总不如天算。这个"天"也许是命运之神，或者是隐身在宇宙背后的某种随便你怎么称呼的力量。

"原来你在这儿，弗洛伊德博士，"一个威严的女性声音打断了奥尔洛夫的谈话——他正热情洋溢地解释磁流力学的回授，"你为什么还没向我报到？"

弗洛伊德以一只手产生力矩，用身体当转轴，慢慢地旋转过去——一个硕大无比的妈妈型身影赫然出现在他面前。她穿着一件缀满大小口袋的奇特制服，看起来活像个全身挂满子弹带的哥萨克骑兵。

"很高兴再次见到你，医生。我还在认识环境——我希望你已经收到休斯敦那边寄来的我的健康报告。"

"蒂格那些兽医啊！我看他们连什么叫口蹄疫都搞不清楚。"

弗洛伊德很清楚卡特琳娜·鲁坚科与奥林·蒂格医学中心[1]是彼此景仰的，从她脸上的笑容就知道她是在开玩笑。当她发觉弗洛伊德好奇的眼光时，很得意地拨弄着围在那丰满腰部的粗布带。

"在零重力的地方，传统的黑皮包很不实用——里面的东西都会不知不觉地飘出来，要用的时候都找不到。这腰带是我设计的，里面有整套的外科用具。有了这个，我随时都可以帮人割盲肠或接生小孩。"

"我认为这里不会有生小孩的问题。"

"哈！这你就不懂了。一个好医生随时都要处于待命状态。"

弗洛伊德心里想道，奥尔洛娃舰长与这位鲁坚科医生（也许应该用"主治医师"的头衔称呼她比较正确）真是强烈的对比。舰长具有芭蕾舞女主角般的优雅与张力，而医生则是典型的俄国妈妈：粗壮的身材，朴拙的脸型，如果再加条头巾，那就十全十美了。别让这些表象骗了你，弗洛伊德警告自己。在上一次科马洛夫号会合失误的大灾难中，她至少救了十几条人命。另外，在这次太空任务期间，她还在编纂一套《太空医学年鉴》。你应该觉得能与她同舰是你的荣幸。

"好了，弗洛伊德博士，你以后还有很多时间可以参观敝舰。

1　奥林·蒂格（Olin Teague，1910—1981），美国著名二战老兵，连续32年当选众议院议员，曾参与过美国载人航天项目。奥林·蒂格退伍军人医学中心就是以他的名字命名的。

我的同事们都不好意思当面明说，他们有很多工作要忙，而你们只会在那边碍手碍脚。我想尽快把你——你们三个——和平友好地处理好，省得我们操心。"

"我怕的就是这个，不过我完全了解你的意思。我跟你一样已经准备好了。"

"我随时候教。这边请。"

这艘宇宙飞船医院的空间很有限，只够容纳一张手术台、两部运动脚踏车、几个储物柜，以及一部X光机。当鲁坚科医师正快速地为弗洛伊德做详细检查时，她突然问道："钱德拉博士项链上挂的那个小金质圆柱体是什么——某种通信设备？他不肯把它脱下来——事实上，他几乎什么都不肯脱，可能是害羞吧。"

弗洛伊德禁不住笑了出来，他可以想象那个印度人碰到这个大大咧咧的女人会有什么反应。

"那是一个林伽（lingam）。"

"一个什么？"

"你是医生——你应该认得那玩意儿，跟男性生殖有关的东西。"

"对哦！——我怎么那么笨！他是个正在修炼的印度教徒吗？你们应该早一点通知我们准备全素餐。"

"别担心！我们没事先讲，所以不会做过分的要求。他除了滴酒不沾外，不会执着于任何事情——除了计算机。他曾经告诉我说，他祖父是印度贝拿勒斯的祭司，那个林伽就是祖父给他的——那是个传家之宝。"

令弗洛伊德惊讶的是，鲁坚科医师并没有负面的反应；相反地，她的脸上出现少有的忧郁表情。

"我了解他的感受。我的祖母曾经给了我一尊16世纪留传下来的圣母像，我本来打算带来的——但它有五公斤。"

医师突然恢复她的专业形象，用气枪注射器替弗洛伊德打了一针，然后告诉他一旦感到犯困就马上回到这里来。她向他保证，这段时间不会超过两小时。

"同时，务必完全放轻松，"她命令道，"在这层的D6区有个观察舱，你可以在那边休息。"

这似乎是个好主意，弗洛伊德乖乖地往那边飘去。他的朋友如果看到他这么百依百顺，一定无法置信。鲁坚科医师瞄了一下手表，输入一段短信息，然后将闹铃的设置时间提前了三十分钟。

当弗洛伊德抵达D6区的观察舱时，发现钱德拉和库努已经在那里了。他们以陌生的目光看他一眼之后，又将头转向窗外的壮观景象。弗洛伊德突然发现，钱德拉根本没在欣赏景色，因为他的双眼紧闭着——不过他很庆幸自己没有错过这么精彩的画面。

一颗完全陌生的行星就挂在那里，闪着耀眼的蓝色光和炫目的白色光。多奇怪啊，弗洛伊德心想，地球怎么变成这副模样了？啊！原来如此——难怪他一时认不出来！它上下颠倒了！真不幸——他为这些可怜的掉进外层空间的地球人类短暂地难过了一会儿……

当两位舰上人员进来抬走不省人事的钱德拉时，弗洛伊德几乎没注意到。当他们回来抬库努时，他已经睁不开眼睛，但还有呼吸。而当他们来抬他时，他连呼吸都停了。

II

钱学森号

6

苏　醒

　　他们曾经告诉我们，低温睡眠时不会做梦，弗洛伊德想道，他有点意外，但不太烦恼。环绕四周的灿烂粉红色亮光让他全身舒畅，让他联想起烤肉架以及圣诞节壁炉里燃烧的木头，但是没有温暖的感觉；相反地，他感到一种很独特但又不会让人不舒服的冷。

　　他听到一些模糊的讲话声。刚开始很小声，听不清楚；然后慢慢变大声——不过还是听不懂在讲什么。

　　"对了，"他突然恍然大悟说道，"我不可能用俄语做梦！"

　　"不，海伍德，"一个女性声音回答道，"你不是在做梦。该起床了。"

　　可爱的粉红色亮光开始淡去。他睁开双眼，模糊中瞥见照在他脸上的手电筒刚好熄灭。他被橡皮带固定在一张床上，四周围着一堆人影，但是他的眼睛还无法对焦，看不清楚谁是谁。

一只温柔的手伸过来合上他的眼皮，并且按摩他的额头。

"不用勉强自己。做个深呼吸……再一遍……很好……现在觉得怎么样？"

"我说不上来……感觉有点奇怪……头晕晕的……还有，我很饿。"

"这是个好现象。你知道你现在在哪里吗？可以睁开眼睛了。"

四周的影像开始对焦——首先是鲁坚科医师，然后是奥尔洛娃舰长。但是奥尔洛娃好像什么地方变了，感觉和上次看到她时（好像是一个钟头以前的事）不一样。等到弗洛伊德搞清楚是怎么回事时，结结实实地吃了一惊。

"你的头发长回来了！"

"希望你觉得这样会好看一点。不过你的胡子我可不敢恭维。"

弗洛伊德伸手去摸自己的脸，才发觉现在做每个动作都要有意识地刻意去做才能完成。他的下巴已经长满短髭——差不多是平时两三天长的长度。在低温睡眠时，毛发的生长速度只有平时的百分之一。

"那么说我做到了，"他说，"我们已经到木星了。"塔尼娅黯然地看着他，然后瞄了一眼医师，医师几乎不可察觉地点了点头。

"还没到，海伍德，"她说道，"一个月以后才会到。不必惊慌——这艘船没有问题，所有事情也都正常运作。但是你在华盛顿的朋友们要求我们提前叫醒你。发生了一些意想不到的情况。有人想抢在我们前面到达发现号——而且我们恐怕要输掉这场竞赛了。"

7

钱学森号

当弗洛伊德的声音从通话器的扬声器传出时，本来正在游泳池里转圈的两只海豚马上停止嬉戏，向喇叭的方向游过来。它们把头靠在游泳池边，目不转睛地望着声音的来源。

"原来它们认得弗洛伊德的声音。"卡罗琳想着，心里浮现一丝酸楚。反观克里斯，当老爸清楚洪亮的声音从五亿公里远的外层空间传回来的时候，他却自顾自地在游戏围栏里爬来爬去，继续玩他的填色游戏。

"……亲爱的，本来预定一个月后才能跟你通话，所以现在听到我的声音，希望你不要太惊讶。你应该在几个星期以前就知道我们在这里遇到对手了。

"直到现在我还是很难相信会发生这种事。从某个角度来看，这事情根本就很离谱。他们根本不可能有足够的燃料返回地球，我们甚至看不出他们如何与发现号会合。

"当然，我们还没看到他们的影子。即使在最靠近的时候，'钱学森号'跟我们的距离少说也有五千万公里。如果他们愿意，他们应该有充分的时间回答我们发过去的信号，但他们一直不理我们。现在他们一定更忙，更不可能跟我们友好闲聊了。在几个小时之内，他们将抵达木星的大气层——到时候我们将会见证'大气刹车'是否可行。如果可行，我们的士气将提高不少。假如不可行——呃，不说也罢。

"这些俄国人目前正严阵以待，每种状况都分析过。当然，他们很生气，也很失望——但私底下我也听到许多人表示佩服。这真是个聪明的计策，在众目睽睽之下建造宇宙飞船，并且让大家误以为那是座太空站，直到他们挂上火箭推进器为止。

"嗯，我们现在除了静观其变之外，没什么事可做。况且，我们离它太远，从这里观察比在地球上用望远镜看也清楚不了多少。我除了祝他们好运之外，也无能为力。当然，我希望他们不要去打发现号的主意，因为那是我国的财产。我猜国务院方面也会时时提醒他们这一点。

"但因祸得福——如果不是我们的中国朋友事先偷跑，你可能要到下个月才会听到我的消息。现在既然鲁坚科医师已经把我叫醒，以后每隔几天我就会打电话给你。

"在经历刚开始的冲击之后，现在我已经完全安顿好了——了解了这艘船及其所有工作人员。还有，我正在加强我的俄语能力，但很少有机会讲——这里每个人都坚持要讲英语。我觉得我们美国人在语言方面的态度让人很讨厌！我常因为我们的沙文主义——或不上进——而无地自容。

"舰上人员的英文程度参差不齐。首席工程师科瓦廖夫的英语完美无瑕，简直可以在英国广播公司（BBC）当个新闻主播。程度差一点的，不管对错都可以叽哩呱啦讲一大堆。只有泽尼娅·马尔琴科的英语不行，她是临时接替雅库妮娜的人。顺便说一下，我很高兴听说雅库妮娜的恢复情况不错——不过她一定非常懊恼！我好奇她以后还会不会再玩滑翔翼了。

"说到意外事故，很显然泽尼娅一定也出过严重的意外。虽然已经成功地动过整形手术，但可以看出她曾经受到严重的烧伤。她是舰上所有人呵护的对象——我认为那是出于同情，不过这么说也太居高临下了。还是说这是出于特别的善意吧。

"也许你想知道我和奥尔洛娃舰长处得怎样。嗯，我很喜欢她——但我绝不想惹她生气。这艘船上谁是老大，这是毫无疑问的。

"还有主治医师鲁坚科，你在两年前的火奴鲁鲁航天大会上见过她，而且我确信你绝对不会忘记那次聚会的。所以，你应该了解为什么我们都叫她凯瑟琳大帝——当然只有在她宽阔的背后才敢。

"聊得差不多了。如果超时的话要额外交费用，我想起来就讨厌。顺便一提，这些电话应该完全是私人的。不过舰上的通信网有许多联结，所以假如你以后偶然由另一个管道获得什么消息，也别大惊小怪。

"我会等候你的回音——请转告女儿们下次我会跟她们说话。我爱你们大家——尤其想念你和克里斯。我发誓这次回去以后，再也不会离开你们了。"

这时出现短暂的嗞嗞声，然后一个电子合成语音说道："列昂诺夫号宇宙飞船第432-7号信号传送到此结束。"卡罗琳关掉扬声器，那两只海豚潜回游泳池里之后，向太平洋游去，几乎没留下任何涟漪。

克里斯发现他的海豚朋友走了，不禁哭了起来。他的妈妈把他抱起来拥入怀里哄他，他哭了好一阵子才安静下来。

8

掠过木星

木星的影像稳定地映在飞行甲板的投影银幕上，你可以看到许多带状的白云、鲑鱼般粉红色的斑驳条纹，以及像一只邪恶眼睛瞪着你看的"大红斑"。影像占整个银幕的四分之三，但没有人在看明亮的部分，所有的眼光都集中在它边缘新月形的暗区。在那里，中国的宇宙飞船将越过木星黑夜那面现身。

这太可笑了，弗洛伊德心想，我们根本看不见四千万公里外的任何东西。不过没关系，无线电会告诉我们想知道的信息。

钱学森号早已在两小时前将远程天线收起来，藏在防热罩的后面，关掉所有音频、视频和数据回路。只有全向追踪天线还在传送无线电波，标示着这艘中国宇宙飞船的位置——它现在正冲向一望无际的云层。列昂诺夫号的控制室里只听到连续不断的尖锐的哔……哔……哔……声，每个哔声都是在两分钟前从木星那边发出来的；目前其来源很可能是位于木星同温层的一团炽热气体。

信号慢慢减弱，噪声逐渐浮现；哔哔声开始扭曲，甚至断断续续。这显示钱学森号逐渐被包围在一层等离子体里，所有对外通信即将完全中断，直到宇宙飞船再度穿出为止——假如它穿得出来的话……

"看！[1]"布雷洛夫斯基大叫，"它在那里！"

起先弗洛伊德什么也没看到。接着，在木星亮区边缘之外，他勉强看出一颗微小的星星，以木星的暗区为背景在那边发亮——那个位置本来不应该有星星的。

它看起来似乎静止不动，但他知道它至少以每秒一百公里的速度在运动。它的亮度越来越大。不久，它看起来不再是个无因次的点，而有点变长。一颗人造彗星正划过木星的夜空，留下一条数千公里长的炽热尾巴。

从追踪天线发出的信号，终于在最后一声严重扭曲、拖着奇怪尾音的"哔"声中完全中断，只剩下木星辐射线所发出的、无意义的嗞嗞声——宇宙中许多天体都会发出声音，无关人类或人类制造出来的东西。

钱学森号虽然已经无法发声，但仍然看得到。他们清楚目睹

1　原文为俄语，后文仿宋体均指原文为俄语。

那变长的亮点横过木星的向日面，而且很快将隐入其背日面。到时候，木星会捕获那艘宇宙飞船，消除其多余的速度。当它从巨大的木星背后再次出现时，将会变成木星的一颗卫星。

亮点突然隐没。钱学森号正在沿着木星的曲率掠过背日面的上空。现在什么也看不到，什么也听不到，直到它再度从阴影中现身——假如没有意外，那需要一小时的时间。对那些中国人而言，这一小时很难挨。

不过对首席科学家奥尔洛夫和通信工程师科瓦廖夫而言，这一小时却过得飞快。从观测那颗小星星所得的数据，他们可以知道很多事情：它现身及隐没的时间，以及追踪天线发射之无线电波的多普勒频移，都提供了钱学森号最新轨道状况的重要信息。列昂诺夫号的计算机正在消化搜集到的数据，再根据木星大气层的减速效应相关的各种理论，计算出钱学森号下一次出现的预定时间。

奥尔洛夫关掉计算机显示器，在旋转椅上转过身来，解开安全带，然后向一旁耐心等候消息的观众宣布：

"下次出现的时刻最快在四十二分钟以后。各位观众是否请先去散步一下，好让我们能专心把所有事情做好？三十五分钟以后见。去！走开！"

这批闲杂人等很不情愿地离开舰桥——但讨厌的是，三十分钟才过，大伙都迫不及待地回来了。当他正在责备大家对他的计算缺乏信心时，钱学森号熟悉的"哔……哔……哔……"声突然从扬声器里冒了出来。

奥尔洛夫吓了一跳，愣在那里，但随即跟着大伙鼓起掌来——弗洛伊德看不清楚第一个鼓掌的人是谁。尽管中国人是他们的对手，但毕竟大家都是同行，都是背井离乡、千里迢迢地来到这个以前没有人到过的地方——联合国第一次太空条约中，不是尊称他们为"人类特使"吗？他们即使不愿意让中国人拔得头筹，但也不想看到他们遇难。

弗洛伊德不得不想到，其实列昂诺夫号也捞到了不少好处，无形中多了几分胜算。钱学森号已经证明大气刹车法确实可行。木星的数据是正确的，也就是说，它的大气中并没有包含未知的或致命的因素。

"很好！"奥尔洛娃说，"我觉得我们应该发一封贺电给他们。不过，即使我们发了，我想他们也不会领情。"

有些人还在嘲笑奥尔洛夫，他本人则一直瞪着计算机，一副无法置信的表情。

"我真的搞不懂！"他大叫道，"他们应该还在木星背后才对啊！萨沙[1]——给我钱学森号信号塔的速度读数！"

经过与计算机一番无言的对话，奥尔洛夫终于长长地舒了一口气。

---

1 萨沙（Sasha）为亚历山大（Alexander）的昵称。

"有些地方搞错了。原来他们是在一条重力捕获轨道上——不过这样一来，他们就没办法和发现号会合了。他们目前的轨道会把他们送到艾奥之外——只要让我再追踪他们五分钟，我会有更准确的数据出来。"

"无论如何，他们至少是在安全的轨道上，"奥尔洛娃说道，"他们可以随时做调整。"

"也许吧。不过这可能要花好几天的时间，即使他们有足够的燃料——这点我很怀疑。"

"如此说来，我们仍然有打败他们的机会。"

"别这么乐观。我们距离木星还有三个星期的路程。在我们抵达以前，他们可以尝试十几种轨道，然后选出最适合与发现号会合的那条。"

"老问题——假设他们有足够的燃料。"

"那当然，这是目前我们研究判断时的唯一重点。"

上面这些对话都是又快又急的俄语，弗洛伊德听得如坠五里雾中。于是奥尔洛娃好心地向他解释，说钱学森号已经冲过头，以至于跑到外围的卫星群里去了。弗洛伊德第一个反应是："他们惨了！假如他们发出求救信号，你要怎么处理？"

"别说笑了！你想他们会求救吗？他们最爱面子了。无论如何，这绝对不可能。而且你也很清楚，我们不可能改变我们的任务流程——即使我们有足够的燃料……"

"你说的当然没错，但有百分之九十九的人类不懂什么叫轨道力学，以后你很难向这些人解释。我们应该开始思考政治层面的一些复杂问题——假如我们见死不救，我们都会被骂死。瓦西里，你能不能尽快告诉我他们最后的轨道数据，如果你算出来的话——我要先下去我的舱房做些功课。"

弗洛伊德的舱房——应该说是三分之一舱房——仍然有一部分堆放着物品，其中有些堆放在用布帘隔着的床位上——这些床位是预定给钱德拉和库努两人从沉睡中苏醒后用的。他曾经想办法清理出一个小小的空间，供自己工作时使用，并且曾被许诺有整整两立方米的奢侈空间——只要有人帮他把东西移开的话。

弗洛伊德打开通信设备匣，设定译码键，然后把华盛顿方面传送给他的有关钱学森号的数据调出来。他不太相信舰上的任何人有办法将它解码；密码是用两个百位质数的乘积编成的，国家安全局（NSA）曾经以其名誉为赌注，声称即使利用目前最快速的计算机，想破解这套密码也要等到"宇宙大收缩"（Big Crunch）结束的时候。这是一个无法证明的说法——只能反证。

他专心地注视着那艘中国宇宙飞船的清晰照片，那是钱学森号暴露真实身份、即将驶离地球轨道时拍摄的。还有几张照片是后来拍的——不是很清晰，因为那时候宇宙飞船已经远离照相机了——刚好在加速冲向木星的最后阶段。他对最后这几张照片特别感兴趣，其实比较重要的是该宇宙飞船的分解构造图及性能说明。

即使在最乐观的假设情况下，也很难看出中国人想做什么。他们以疯狂的高速横越太阳系，至少必须用掉百分之九十的燃料。除非他们真的在执行自杀任务——老实说不无可能——否则除了他们有低温睡眠及紧急救援计划之外，怎么说都说不通。同时，中情局根本不相信，中国人的低温睡眠技术已经发展到了可以实际运用的地步。

不过，中情局经常摆乌龙，更经常因为要衡量海量的粗糙情报——他们信息回路中的"噪声"——而晕头转向。在时间这么紧迫的情况下，他们还能够对钱学森号下这么大的功夫，实属不易；不过弗洛伊德仍然希望他们在传送数据过来之前能先稍微过滤一下。有些数据显然是垃圾，与本次任务一点关系也没有。

然而，当你不清楚你要找什么数据时，最好是先摒除所有偏见和先入为主的观念。有些数据乍看之下似乎无关紧要，甚至是毫无意义，结果变成了很重要的线索。

弗洛伊德叹了一口气，重新扫瞄这份五百页的资料，一边尽量让自己的脑袋放空，一边注视着在那高分辨率屏幕上迅速滑过的一大堆图表、照片（有些很模糊，说像什么都行）、新闻报道、科学大会代表团名单、科技刊物名称一览表，甚至还有商业文件。很显然，有个非常高效的工业间谍系统一直在频繁运转；有谁会料到有一大批日本制的全息记忆组件、瑞士制的气流微控制器，以及德国制的辐射侦测器，会被源源不断地运往罗布泊——这个前往木星征途中的第一座里程碑——某个干涸的河床之中？

　　有些零组件一定是偶然间夹带进去的，与这次的任务需求根本不相干。比方说，假如中国人通过新加坡某家空头公司秘密订购一千个红外线传感器，那一定是军事上用的，钱学森号不太可能用到，因为没有人会用热追踪飞弹去追杀一艘宇宙飞船。还有这一件也真的很有趣——阿拉斯加安克雷奇的冰河地球物理公司出品的特殊测量与探勘设备。什么样的笨蛋才会想到在深空探险中要用到——

　　弗洛伊德的笑容突然僵住了，一阵鸡皮疙瘩爬上他的颈背。上帝啊——他们竟敢这样搞！但他们就是这样搞的，至少现在一切都说得通了。

　　他再次把照片调回屏幕，开始猜测这艘中国宇宙飞船此行的计划。对了，想想就知道——船身后方的那些凹槽，还有那些驱动器的偏向电极，不刚好正是……

　　弗洛伊德立刻呼叫舰桥。"瓦西里，"他说，"他们的轨道你算出来了没有？"

　　"算出来了。"奥尔洛夫神秘兮兮地压低声音回答。弗洛伊德马上猜到有事情发生了。他做了一个大胆的推测：

　　"他们打算跟木卫二欧罗巴会合，对吧？"

　　那一端不可置信地猛地倒吸了一口凉气。

　　"该死！你怎么知道？"

　　"我不知道——我刚猜到的。"

"不可能搞错的——我把所有数字都算到小数点后六位了。宇宙飞船的刹车已经依照预定进行，刚好落在欧罗巴的行经路径上——这绝对不是碰巧的。他们将在十七小时后到位。"

"并且进入轨道。"

"很可能，因为不需太多燃料。但是他们的目的何在？"

"我再大胆假设一下。他们会先做一个快速探测——然后，他们会登陆。"

"你疯了吗——或者你知道什么我们不知道的事？"

"不是——只是一个简单的推论。你会因为错失如此明显的事情而捶胸顿足的。"

"好吧！福尔摩斯，为什么有人想降落在欧罗巴？看在上帝的分上，那边到底有什么？"

弗洛伊德很得意。当然，他仍然有可能完全猜错。

"欧罗巴上有什么？只有一种宇宙中最珍贵的物质。"

他说得够直白了。奥尔洛夫不是傻瓜，答案立即脱口而出：

"当然——水！"

"正是。几十亿几十亿吨的水。足够装满所有的燃料罐——足够周游各卫星，然后还剩下很多，可以用来和发现号会合，以及返回地球。我很不愿意这么说，瓦西里——但我们的中国朋友这次又比我们聪明太多了。"

"当然，我们还是要假设他们真的能侥幸成功。"

9

大运河之冰

除了天空一片漆黑之外，这张照片几乎可以在地球北极或南极的任何地点拍得出来。伸展至天边波涛起伏的冰海，一点也看不出那是地球外的景色，只有照片前端五个穿着航天服的身影，才透露出这是一个外星世界的场景。

即使到现在，神秘兮兮的中国人都还没有发布钱学森号舰上人员的名单，只知道这群闯入欧罗巴这个冰封世界的五个神秘客分别是首席科学家、指挥官、领航员、第一工程师和第二工程师。而且说来讽刺——弗洛伊德心里一直嘀咕——地球上每个人早在一个钟头前就看到这张历史性的照片了，而近在咫尺的列昂诺夫号则必须由地球方面转播过来，因为钱学森号传送信号的电波波束非常狭窄，在太空中无法截收到——列昂诺夫号只能收到其追踪信号，因为它是均匀地向四面八方发射。然而，仍有大半的时间甚至连追踪信号也收不到，比如当欧罗巴由于自转将宇宙飞船带到背面时，或是整颗卫星被木星巨大的身影遮住时。目前中国宇宙飞船的消息都要经过地球方面转播才收得到，而且数量非常稀少。

经过初步探勘之后，钱学森号已经降落在欧罗巴的一处岩石岛上——欧罗巴表面几乎全被冰层覆盖，露出冰层的岩石不多。由于没有气候变化的影响，整颗星球表面的冰非常平坦，没有什么奇形怪状的地方；也没有飘动的雪能一层层地堆积成缓慢移动的山丘。陨石偶尔会落在没有大气的欧罗巴上，但从来没有一片雪花。塑造它表面形状的，一个是无处不在的万有引力，所有的高低不平都被往内拉，最后变成均匀的水平面；另一个是其他卫星沿各自轨道在欧罗巴附近穿梭而引发的地震。木星的质量虽然巨大无比，但距离太远，影响倒是很小。远古时期，木星产生的"潮汐力"便已完成任务，使得欧罗巴被永远锁定，以其一面永远面向它巨大的主人。

所有这些现象早就被多次探测予以证实，包括20世纪70年代的"旅行者号"近距离探测任务、80年代的"伽利略号"探勘计划，以及90年代的"开普勒"登陆行动。不过，那些中国人短短的几小时之内在欧罗巴所获得的知识，已经超过以往历次任务的总和。这些知识——很遗憾——他们将据为己有，但有些人则否认他们有权这么做。

更大的反对声浪——越来越汹涌——是反对他们霸占欧罗巴。人类有史以来第一次，一个国家对另一颗星球主张所有权，于是全地球的媒体开始讨论这种行为的合法性。中国人则长篇大论地指出，他们并未签署2002年的联合国太空协议，因此不受该协议的约束。不过此举并未能平息众怒。

一时之间，欧罗巴成了全太阳系的新闻焦点，而身在现场（其实距离现场少说也有好几百万公里）的人成了争相访问的对象。

"我是弗洛伊德，目前在飞往木星的列昂诺夫号上。你们可以想象，目前大家瞩目的焦点就是欧罗巴。

"就在此时此刻，我正在用舰上最强大的望远镜观察它。在目前的放大倍率下，它看起来是地球上所见月亮的十倍大，这景象真的很诡异。

"它的表面是均匀的粉红色，混杂一些褐色的小块，布满着许多细线交织而成的绵密网络。事实上，看起来很像医学课本上静脉和动脉交织的图案。

"这些细线有的有几百公里，甚至几千公里长，看起来像极了帕西瓦尔·罗威尔与20世纪初某些天文学家声称在火星上看到的沟渠——当然，那是他们的错觉。

"但是欧罗巴上的沟渠可不是错觉，当然也不是人工开凿而成的。而且，那里面真的有水——至少是冰。事实上，整颗卫星几乎完全被平均五十公里厚的冰所覆盖。

"由于它距离太阳非常遥远，欧罗巴的表面温度非常低——约在冰点以下一百五十摄氏度。因此也许有人会说，它唯一的海洋是一整块硬邦邦的冰。

"令人惊讶的是，事实恐怕不是这样，因为'潮汐力'会在欧罗巴的内部产生大量的热——同样的潮汐力也会在邻近的艾奥引起频繁的火山活动。

"所以说，欧罗巴内部的冰不断地融化、冒出，再凝固，形成裂缝和裂纹，就像地球南北极地区浮冰上所看到的一样。我现在看到的就是裂缝交织成的密密麻麻的花纹，它们大部分都是黑黑的，而且非常古老——也许有几百万年的历史。但是有少数几乎是纯白色，它们是新裂开的，厚度只有几厘米而已。

"钱学森号降落的地点恰好是在一条白色细线的旁边——那是一条一千五百公里长的地貌，目前已经被命名为'大运河'。据推测，那些中国人打算在那边取水，灌满所有的燃料罐，以便继续探索木星的卫星系统，然后返回地球。这件事的难度很高，但他们一定事先详细研究过降落的地点，并且知道自己在做什么。

"现在事情很明显，他们为何要冒这种险——还有，为何他们要主张欧罗巴的所有权。因为它是个燃料补充站。它可能是整个外太阳系的关键点。虽然木卫三盖尼米得上也有水，但完全是冰冻的，而且盖尼米得的重力较强，不容易靠近。

"我刚刚想到另一个重点。即使那些中国人被困在欧罗巴，他们也有可能撑到救援到达，因为他们有足够的能源，海里也很可能有许多有用的矿物质——我们知道中国人很擅长制造合成食物。欧罗巴上的生活不会很豪华，但我有些朋友说，光是欣赏木星占据大半天空的壮观景象就值回票价了——我希望几天之内也可以目睹这个景象。

"我是列昂诺夫号上的弗洛伊德，在这里代表全舰同仁及我本人向各位说再见。"

"这里是舰桥。报道很精彩，弗洛伊德。你应该改行当新闻记者。"

"我以前常常练习。我有一半的时间都在做PR的工作。"

"PR是什么？"

"公共关系——通常就是去向政治家说明为什么要拨更多的钱给我。都是些你们不用操心的事。"

"我多希望真是如此啊。总之，到舰桥来。我们想跟你讨论一些新的信息。"

弗洛伊德摘下纽扣式麦克风，将望远镜锁好，把自己从望远镜的疲劳中解救出来。当他离开时，差一点和捷尔诺夫斯基相撞，显然捷尔诺夫斯基也是刚结束同样的任务。

"我要把你报道中最精彩的部分偷去给莫斯科广播电台，弗洛伊德，希望你不介意。"

"没关系，同志。反正你要怎样，我也没办法阻止。"

在舰桥上，奥尔洛娃舰长正心事重重地注视着显示板上密密麻麻的文字和图形。当弗洛伊德正痛苦不堪地将它们翻译成英文时，她说：

"别管那些细节。这些数据是我们估计钱学森号加满燃料罐而且准备好起飞所需要的时间。"

"我方也正在做相同的计算——但是遇到的变量太多了。"

"我想我们已经除去其中的一个变量了。你知道消防队买水泵可以买到多高的等级吗？假如你听说北京中央消防局几个月以前不顾市长的反对，突然采购了四部最新型的水泵时，你会不会感到奇怪？"

"不会——我只会佩服得五体投地。请继续说。"

"也许只是个巧合，但那四台水泵的规格也太刚好了一点。估计一下管线配置、钻凿冰层等所需的时间，嗯，我想他们可以在五天之内再度起飞。"

"五天！"

"假如他们运气好，而且一切顺利的话。不过他们也可能不会装满燃料罐，只装到能抢先与发现号安全会合的用量；即使仅仅比我们抢先一小时，胜负就分晓了。到时候他们会主张被抢救回来的物品的所有权——这是至少的。"

"但是国务院的律师可不会同意。我方会在适当时机郑重宣布，发现号不是一艘弃船，我们只是暂时停放在那边等待驶回。任何将该船据为己有的行为都属于海盗行为。"

"我很确定中国人不吃这一套。"

"假如他们不理我们，那该怎么办？"

"我们人多势众——十个对五个——假如把钱德拉和库努叫醒的话。"

"你认真的吗？我们为登船派对准备的短弯刀在哪里？"

"短弯刀？"

"刀剑——武器。"

"哦！我们可以使用激光远距光谱仪，它可以在一千公里外把一毫克的微行星瞬间蒸发。"

"我不喜欢这种对话。我方政府绝对不会容许我们使用暴力，当然自卫时除外。"

"你们这些天真的美国人！我们比较现实，不现实不行。海伍德，你的祖父母都可以活到寿终正寝。而我的祖父母之中有三个都在伟大的爱国战争中被杀了。"

私底下，奥尔洛娃一直都叫他伍迪，从来不会叫他海伍德。她这次一定很认真。或者她是在试探他的反应？

"无论如何，发现号只是一个价值数十亿的硬件而已。船本身并不重要——它里面的数据才真正重要。"

"没错！但你知道数据可以被复制，然后被洗掉。"

"你这主意令人茅塞顿开，塔尼娅。有时我总以为所有俄国人都有一点偏执狂。"

"拜拿破仑和希特勒所赐，我们有权偏执。不过，别告诉我你自己真的从来都没有想过这个——你们怎么说的，方案？"

"不必要，"弗洛伊德没好气地说道，"国务院那边已经都替我想好了——只是有些不同。我们就等中国人接下来怎么做。如果他们再次超乎预测，我一点也不会惊讶。"

10

来自欧罗巴的呼救

　　在零重力的环境里睡觉是一种要学了才会的技巧。弗洛伊德花了大约一个星期的时间才找到固定双手双脚的最佳位置，这样就不会在睡梦中乱飘成让人不舒服的姿势。他现在已经习以为常了，甚至不希望回到有重力的情况。事实上，一想到重力，还会让他偶尔做噩梦。

　　有人正摇醒他。不——这应该是个梦吧！在宇宙飞船上很注重隐私，没有先征得同意是不准随便进入别人的舱房的。他紧闭双眼，但那人继续摇他。

　　"弗洛伊德博士——请你醒一醒！飞行甲板要你去一趟！"

　　从来没有人会叫他弗洛伊德博士，几个星期以来大家对他最正式的称呼是"博士"。到底是怎么回事？

他很不情愿地张开眼睛。他在自己的小舱房里，舒适地裹在自己的"茧"里。他的一部分意识自言自语：他们找我干什么？欧罗巴吗？那是好几百万公里之外的事情吧。

他好像看到那熟悉的网状图案，由许多直线交错而成的三角形和多边形组成的图案。那不正是大运河吗？——不，好像不太对。这怎么可能，他不是还躺在列昂诺夫号上的小舱房里吗？

"弗洛伊德博士！"

这下他完全醒了，并且发现左手刚好飘到眼前几厘米的地方。真的很神奇——他的掌纹居然与欧罗巴的地图那么像！但节俭的大自然母亲不是一直在这样重复自己吗，一图多用，大小不拘——小到搅动进咖啡里的牛奶漩涡，大到气旋风暴的云带，甚至螺旋星云的旋臂，都是一个样。

"对不起，马克斯，"他问道，"什么事？出了什么事？"

"是出事了——不是我们，是钱学森号出事了。"

舰长、领航员和首席工程师都在飞行甲板上，固定在自己的座位里。其余的人员则紧抓着可抓的把手，焦急地转来转去，或注视着监视器。

"抱歉吵醒你，海伍德，"奥尔洛娃草草道歉，"目前的情况是这样。十分钟以前，任务控制中心来了一则'一级优先'的通知，说钱学森号凭空消失了。事情来得很突然，就在他们传送密码信息时发生的事情；刚开始有几秒钟传输发生错乱——然后什么都没有了。"

"他们的追踪信号呢？"

"也停止了。完全收不到。"

"噢！这下严重了——是个大故障。有任何解释吗？"

"有很多——但都是猜测。爆炸、山崩、地震，谁知道呢？"

"我们永远无法得知——除非有人降落到欧罗巴，或者飞过去近距离观察一下。"

奥尔洛娃摇摇头。"我们没有足够的'速度差'。我们能到达的最近距离是五万公里，从这个距离是看不到什么东西的。"

"这么说，我们真的无能为力了。"

"也未必，海伍德。任务控制中心有一项建议，叫我们把列昂诺夫号的天线大碟对准它，以防我们万一收到微弱的求救信号。这样做……你们怎么说？——机会渺茫，但是值得一试。你认为怎样？"

弗洛伊德的第一反应是强烈反对。

"这样一来，我们跟地球的联系就中断了。"

"是中断了，但我们不得不这么做。反正我们是绕着木星转，而且只要花几分钟就可以重新联系上。"

弗洛伊德沉默不语。这项建议百分之百合理，但他还是私下感到忧虑。困惑了几秒钟之后，他突然知道自己如此反对的理由。

当初发现号就是因为它的大碟——主天线组件——没有与地

球锁定，才开始出问题的，至于原因至今仍是个不解之谜。但哈尔绝对脱不了干系，不过这项危险因素目前并不存在。列昂诺夫号的计算机都是各有自主性的小型机种，舰上没有任何单一智慧个体可以掌控一切。有的话也不包括计算机在内。

那些俄国人仍然耐心地等候他的回答。

"我同意，"他终于说道，"请将我们目前的做法告诉地球，并且开始监听。我建议试试所有太空求救信号频率。"

"好！我们把多普勒校正做完之后马上办。现在情况如何，萨沙？"

"再给我两分钟，让我启动自动搜寻系统。请问我们要监听多久？"

舰长不假思索就说出答案。弗洛伊德一直很佩服奥尔洛娃的果断，并曾当面夸赞她。她则以罕有的幽默口吻回应说："伍迪，一个指挥官可以犯错，但绝不可以犹豫不决。"

"监听五十分钟，然后十分钟报告地球。一直这样循环。"

虽然自动搜寻系统筛除无线电噪声的能力比人类高出甚多，但现在什么也看不到，听不到。不过，当科瓦廖夫偶尔把监听器扭大声一点时，整个舱房里马上充满木星辐射带发出的巨吼声。这种声音听起来很像地球上巨浪拍岸的吼声，夹杂着木星大气层里的超大闪电所发出的爆裂声。至于人为的信号则悄无声息。没有当值的人员一个个悄悄地飘走了。

弗洛伊德一边等候，一边在心里盘算。无论钱学森号发生什么事，那已经是两小时前的事情了，因为这条消息是从地球转播过来的。

但假如信号是直接过来的话，则用不着一分钟。因此，那些中国人如果没事，应该已经升空才对。现在音讯全无，表示事态严重了。他的心里不断地思索着各式各样的可能性。

五十分钟感觉上好像是好几小时。好不容易熬到了，科瓦廖夫将舰上的天线转回地球方向，报告搜寻结果。在利用那十分钟剩下的空当发送一些积存的信息时，他以探询的表情看着舰长：

"值得继续监听吗？"说话的音调明白透露出他的悲观。

"当然。我们可以缩短搜寻的时间，但一定得继续监听。"

一小时后，大碟再度对准地球。几乎就在同时，自动监听器上的警示灯开始闪了。

科瓦廖夫立刻伸手将音量调大，木星的吼声瞬间充满整个舱房。不过其中夹杂着一个微弱的声音，像暴风雨中的呢喃；虽然很微弱，但无疑是人类讲话的声音。从语音的声调和节奏，弗洛伊德很确定那不是中国话，而是欧洲的某一种语言。

科瓦廖夫很熟练地旋转"微调"和"频宽"控制钮，语音开始清晰起来。原来那是不折不扣的英语——至于讲的内容是什么，则依然令人费解。

即使是在最嘈杂的环境，有一种声音是每个人类的耳朵都立即能够辨识出来的。当它突然从木星背景噪音中浮现时，弗洛伊德一时以为自己在做怪梦。舰上其他的人也随即反应过来，并且以同样惊讶但逐渐领悟的表情盯着他。

从欧罗巴传来的第一个可辨识的词汇是："弗洛伊德博士，弗洛伊德博士——我希望你能听得到。"

11

冰与真空

"你是谁？"有人小声问道，引来众人一阵"嘘"。弗洛伊德举起双手表示自己也不明所以——他也但愿自己真的对此一无所知。

"……知道你在列昂诺夫号上……也许没多少时间……将我的航天服天线朝向我认为……"

信号在大家的焦急中消失了几秒钟，然后又恢复，虽然声音没有比刚才大，但清晰得多。

"……请将这个消息转播给地球。钱学森号在三个小时以前被摧毁了，我是唯一的生还者。正在用我的航天服无线电——不知道发射距离够不够，但只剩这个办法。请仔细听好：**欧罗巴上有生命。重复：欧罗巴上有生命**……"

声音再度变小。大伙吓得面面相觑，没有人敢吭一声。在他等待的空当里，弗洛伊德搜索枯肠。他无法认出这个声音——任何一个受过西方教育的中国人都有可能。也许是他在某场科学大会上见过的人，但除非对方表明身份，否则再怎么猜也没用。

"……在这里的午夜过后不久，我们正在汲水，燃料罐几乎半满了。李博士和我出去巡视水管绝缘层。钱学森号停在——当时停在——离大运河边缘约三十米的地方。水管直接从宇宙飞船出来，接到冰层下面。冰很薄——在上面走很危险。不断涌出温……"

声音又停了很久。弗洛伊德猜想说话的人可能正在移动，所以信号偶尔会被某些障碍物遮断。

"……没问题。舰上挂着五千瓦的照明。像棵圣诞树——很漂亮，光线可以透过冰层。光辉灿烂。李博士首先看到的——一团黑压压的东西从深处浮上来。起先我们以为是一大群鱼——对一个单一生物来说太大了——然后它开始破冰而出。

"弗洛伊德博士，希望你能听到。我是张教授，我们在2002年见过面——波士顿国际天文联盟（IAU）大会上。"

经他这么一说，弗洛伊德的思绪马上飞回十亿公里外的地球。他依稀记得那次会后的记者招待会。他终于回忆起来了，一个个子小小的、个性幽默的天文学家兼外星生物学家，肚子里有一大堆笑话。但是现在他不是在讲笑话。

"……像一条条巨大的、湿湿的海草，在地上爬行。李博士跑回舰上拿相机，我则留在原地一边观察，一边用无线电报告。这东西爬得很慢，我可以轻松超过它。我不觉得害怕，倒是觉得很兴奋。我以为我知道那是什么生物——我看过加州外海的海带林照片，但我错得太离谱了。

"我可以看出它有麻烦。它在这样的低温下——比适合它生存的温度低一百五十摄氏度——不可能存活。它一面爬，身上的水一面凝固——像碎玻璃一样，乒乒乓乓纷纷往下掉——但它仍然像一团黑色的潮水，向宇宙飞船前进，一路越爬越慢。

"当时我仍然很惊讶，脑子很乱，想不出它究竟要做什么……"

"我们有什么方法可以回话吗？"弗洛伊德忧心忡忡，小声地问道。

"没办法，太迟了。欧罗巴马上要隐身到木星背后了，在它重新出现之前，我们只有等。"

"……它爬上宇宙飞船。一边前进，一边用冰筑起一条通道，它也许是以此隔绝寒气——就好像白蚁用泥土筑起一道小走廊隔绝阳光一样。

"……无数吨重的冰压在船上。无线电天线首先折断，接着我看到着陆架开始弯曲翘起——很慢，像一场梦。

"直到宇宙飞船快翻覆的时候，我才恍然大悟那只怪物想干什么——但一切都太迟了。我们本来可以自救的，只要把那些灯光关掉就好了。

"它可能是一种向光生物，生物周期由穿透冰层的太阳光启动。或许它是像飞蛾扑火一般，被灯光吸引而来。我们舰上的大灯一定是欧罗巴上前所未见最耀眼的光源……

"然后整艘船垮了。我亲眼看到船壳裂开，冒出来的水汽凝成一团雪花。所有的灯统统熄灭，只剩下一盏，吊在离地面几米的钢索上晃来晃去。

"在这之后我完全不知道发生了什么。等我回过神来时，发现我站在那盏灯底下，旁边是宇宙飞船全毁的残骸，四周到处是刚刚形成的细细雪粉。细粉上面清楚地印着我的足迹。我刚才一定跑过那里，才不过是一两分钟内的事情……

"那棵植物——我仍然把它想成植物——一动也不动。它似乎受到某种撞击而受伤，开始一段一段地崩解，每段都有人的胳膊那么粗，像被砍断的树枝般纷纷掉落。

"接着，它的主干又开始移动，离开船壳，向我爬过来。这时我才真正确定它是对光很敏感，因为我刚好站在那盏一千瓦的电灯下——它已经不摇晃了。

"想象一棵橡树——应该说榕树比较恰当，枝干和气根被重力拉得低低的，挣扎着在地上爬的模样。它来到距离灯光五米的地方，然后开始张开身体，把我团团围住。我猜那是它的容忍极限——光的吸引力此时变成了排斥力。接下来几分钟没有动静。我怀疑它是不是死了——终于冻僵了吧。

"接着，我看见许多大花苞从每根枝干长出来，好像是在看一部花朵绽放的慢动作影片。事实上，我认为那些就是花——每一朵都有人头大小。

"纤细的、颜色艳丽的薄膜慢慢展开。即使在那时，我想到的仍然是，没有人——没有任何"东西"——曾经看过这些颜色，直到我们将灯光——要我们命的灯光——带来这里之前，这些颜色是不存在的。

"每条卷须、每根花蕊都在微弱地摇摆……我走到那堵围着我的活墙前，这样我才能看清楚到底发生了什么事。即使在这个时候，或其他任何时候，我一点也不怕它。我确定它没有恶意——假如它真的有意识的话。

"那里一共有好几十朵开放程度不一的大花。现在倒使我想起刚自蛹羽化的蝴蝶——双翅仍皱在一起，娇弱无力的模样——我开始一步一步接近真相了。

"它们被冻得奄奄一息——死亡和出生一样来得快去得也快。然后，一个接着一个纷纷从母体掉落。有一小片刻，它们像搁浅在陆地上的鱼一般乱跳——最终，我完全了解它们了。那些薄膜并不是花瓣——而是鳍，或是相当于鳍的东西。这是那生物可以自由游动的幼虫。可能它本来大部分时间应该在海底生活，然后生出一群蹦蹦跳跳的幼虫出去寻找新领地。就像地球海洋里的珊瑚。

"我跪下来近距离观察其中的一只幼虫。它鲜艳的颜色已经开始褪去，变成土褐色。有些瓣状鳍也掉了，被冻成易碎的薄片。虽然如此，它仍然虚弱地动着。当我靠近时，它还会躲我。我不知道它如何感测到我的存在。

"这时我注意到，那些雄蕊——我已经叫惯了——末端都有一个发亮的蓝点，看起来像小小的蓝宝石——或是扇贝套膜上的那一排蓝眼睛——可以感光，但无法成像。就在我观察它时，鲜艳的蓝色渐褪，蓝宝石变成没有光泽的普通石头……

"弗洛伊德博士，或是任何听到的人，时间剩下不多了，木星马上就要遮断我的信号。不过我也快讲完了。

"我知道我该做什么了。挂着那盏一千瓦灯泡的电缆刚好垂到地上，我猛拉它几下，于是灯泡在一阵火花中熄灭。

"我不知道这样做会不会太迟。几分钟过去了，什么都没有发生。所以我走向那堆围住我的树墙，开始踢它。"

"那怪物缓缓地自己松开，回到运河里。当时光线很充足，我可以看清每一样东西。盖尼米得和卡利斯托都悬在天上——木星则是个巨大的新月形——其背日面出现一场壮观的极光秀，位置刚好在木星与艾奥之间'磁流管'的一端。所以用不着开我的头盔灯。

"我一路跟随那怪物，直到它回到水里。当它速度慢下来时，我就踢它几下以示鼓励。我可以感觉到靴子底下被我踩碎的冰块……快到大运河时，它似乎恢复了一点力气和能量，仿佛知道它的家近了。我不知道它是否能继续活下去，再度长出花苞。

"它终于没入水面之下，在陆上留下最后死去的几只幼虫。原来暴露于真空的水面冒出一大堆泡沫，几分钟之后，一层'冰痂'封住了水面。然后我回到舰上，看看有什么东西可以抢救——这我就不说了。

"现在我只有两个不情之请，博士。以后分类学家在做分类命名时，我希望这种生物能冠上我的名字。

"还有，下次有船回去时——请他们把我们几位的遗骨带回中国。

"木星将在几分钟内遮断信号。我真希望知道是否有人收听到我的信息。无论如何，下一次再度连上线时，我会重放这条信息，假如我这航天服的维生系统能撑那么久的话。

"我是张教授，在欧罗巴上报告宇宙飞船钱学森号被摧毁的消息。我们降落在大运河旁，在冰的边缘架设水泵——"

信号突然减弱，又恢复了一阵子，最后完全消失在噪声里。从此，张教授音讯全无。

III

发现号

12

下坡狂奔

终于，宇宙飞船开始加速，像下坡一样向木星狂奔而去。它早已掠过无重力区的四颗外围小卫星——希诺佩（木卫九）、帕西法厄（木卫八）、阿南刻（木卫十二）和加尔尼（木卫十一）——这四颗卫星各自在离心率很夸张的轨道上摇摇摆摆地逆向运行。它们的形状都很不规则；毫无疑问，它们都是被木星捕获的小行星，其中最大的只有三十公里长，上面崎岖的碎裂岩石除了行星地质学家之外，没有人会感兴趣。它们的归属问题一直在太阳与木星之间犹豫不决，不过将来有一天，太阳会完全把它们捕获回去的。

另外一组的四颗卫星——伊拉拉（木卫七）、莱西萨（木卫十）、希玛利亚（木卫六）和勒达（木卫十三）——则会留在木星身边。它们与木星的距离只有前一组的一半；它们彼此靠得很近，轨道也几乎共平面。有人认为它们是由同一个天体分离出来的，如果此说正确，那么原来的天体最多不超过一百公里长。

当舰上人员看到这四颗卫星时，都像看到老朋友般欣喜若狂——虽然只有加尔尼和勒达比较近，肉眼即可看到其圆盘结构。这里是经历长途航行之后首度见到的陆地——可说是木星外海的岛屿。最后的几个小时逐渐逼近，整个任务最重要的阶段即将到来：进入木星大气层。

这时候的木星看起来已经比地球上空的月亮更大，内围几颗较大的卫星也清晰可见。每颗卫星都有明显的圆盘结构和特殊的颜色；不过距离都还很远，看不出任何细部特征。它们亘古的芭蕾舞表演——时而隐身在木星背后，时而复出向日面，以自身的影子为舞伴，优雅地掠过木星前方——永远是最叫座的节目。自从四个世纪以前被伽利略首度发现之后，不知多少天文学家为之着迷。不过，列昂诺夫号上的全体人员是唯一用肉眼欣赏到这场表演的人。

下棋的人早就下腻了，现在，没当值的人员有的看望远镜，有的认真交谈，有的听音乐，但通常都会一边注视着窗外的美景。同时，舰上有一对恋人正打得火热：布雷洛夫斯基和泽尼娅常常同时不见人影，这变成大伙茶余饭后最热门的话题。

他们是很奇特的一对，弗洛伊德常在想。布雷洛夫斯基是个身材高大的金发俊男，也是个杰出的体操选手，曾经进入了2000年奥运会决赛。虽然已经三十出头，却有一张稚气无邪的娃娃脸。相貌不会骗人，他虽然有辉煌的工程师资历，但弗洛伊德老是觉得这个人太天真、太单纯了一点——就是那种你喜欢跟他攀谈但不久就觉得索然无味的人。在无可挑剔的专业领域之外，他是个可爱但肤浅的人。

二十九岁的泽尼娅是舰上最年轻的姑娘，仍然有点神秘。既然没有人愿意讲，弗洛伊德也就不曾问起她受伤的事，华盛顿方面提供的数据也没有任何线索。她显然遭遇过严重的意外事故，但充其量不过是车祸罢了。有一种说法她是在一次秘密的太空任务中受的伤——这种谣言在苏联境外很流行，但应该不太可能。五十年来全球追踪网络无孔不入，要偷偷进行什么任务已经不可能了。

除了身体和心理伤痕之外，泽尼娅还有一项障碍要克服。她是在最后一刻被换上来的，大家都知道这件事。列昂诺夫号本来的营养师兼医药助理是雅库妮娜，但由于在玩滑翔翼时与人争吵，不幸摔断了好几根骨头。

每天的格林威治时间18点整，七名舰上人员加一位乘客都会在狭小的交谊厅（位于飞行甲板、舰上厨房和宿舍区之间）开会。交谊厅中央的圆桌勉强可以挤八个人，因此钱德拉和库努醒来之后，就没有位子可坐了，必须在旁边加摆两个座位才行。

这场每天例行的圆桌会议被称为"六点钟苏维埃会议"，开会时间通常不超过十分钟，但在提高士气方面扮演着重要角色。各式各样的抱怨、建议、批评、进度报告等，统统可以提出来——舰长有最后的否决权，但她很少行使。

会外非正式的议题倒不少，一般不外乎请求常换菜单、增加私人与地球的通信时间、电影节目的建议、交换新闻和八卦消息，以及人数居于劣势的美国人经常受到的善意揶揄。弗洛伊德因此曾经放话，等另外两名从低温睡眠醒来以后，情势会明显改善，人数将从目前的一比七变成三比七。而且根据他的私下盘算，库努的高分贝大嗓门足以抵得上舰上的任何三个人。

不睡觉的时候，弗洛伊德大部分时间都待在交谊厅。原因之一是，交谊厅虽小，但比待在自己的小寝室里较没有幽闭恐惧感。另外，交谊厅的陈设也比较活泼，所有可贴东西的平面都贴满了漂亮的风景照片、运动比赛图片、知名影星的大头照，以及令人怀念的地球事物。不过，其中最值得一提的是一幅列昂诺夫的亲笔画作——1965年的素描《近月》；当时他还是个年轻的中校，因爬出"上升2号"宇宙飞船而成为有史以来第一位太空漫步的航天员。

这幅画虽然谈不上职业水准，但显然是出自一位有天分的业余画家之手。画中描绘出满是坑洞的月球表面，前景是美丽的虹湾（Sinus Iridum），上方若隐若现的是巨大的地球，其新月形的向日区环抱着黑暗的背日区。最远方是炽热的太阳，摇曳生姿的日冕环绕着它，直入数百万公里的太空。

这幅作品令人瞩目，它所描绘的未来景象在短短三年内就实现了。1968年的圣诞节，美国宇宙飞船阿波罗8号上的三位航天员安德斯、博尔曼和洛威尔就亲眼目睹了这幅壮丽的景象。

弗洛伊德对这幅画赞不绝口，但心里还是百感交集。他绝不会忘记，它比舰上任何人的年龄都老——除了一个人。

列昂诺夫画这幅画时，弗洛伊德已经九岁了。

13

伽利略诸世界

　　即使在旅行者号太空探测器首度做近距离探测之后三十多年的今天，仍然没有人真正知道为什么木星的这四大卫星如此地与众不同。它们虽然大小相仿，在太阳系里的位置也差不多——但是个个大不相同，好像是一群由不同父母所生的小孩。

　　只有最外面的卡利斯托看起来还有点像样。当列昂诺夫号在十万公里外掠过它时，上面较大的坑洞肉眼就看得见。通过望远镜观察时，它活像一颗被乱枪扫射过的玻璃球，表面上布满大大小小的坑洞，有些小到肉眼无法辨识。有人说过，卡利斯托比地球的月亮更像月亮。

　　更怪的还在后头。一般人总认为，处于小行星带边缘的这里，任何星体都会被从太阳系诞生时残留下来的碎屑撞得满目疮痍。

然而，就在近旁的盖尼米得看起来却完全没有这种迹象。虽然在遥远的过去，它也曾经被撞得满是坑洞，但大部分的坑洞都已经被"耙"过了——这个"耙"字形容得很恰当。盖尼米得绝大部分的表面满布无数的耙痕（沟和脊），仿佛被一位宇宙园丁用一支巨大的耙子耙过一般。除此之外，还有许多淡色的条纹，好像是很多只体宽达五十公里的蛞蝓爬过的痕迹。而最神秘的是那些蜿蜒的带状条纹，由几十条并行线组成。捷尔诺夫斯基宣称那一定是多车道的超级高速公路，由喝醉的测量员设计出来的。他甚至还宣称发现了高架桥和立交桥。

列昂诺夫号在通过欧罗巴的轨道之前，已经搜集到大量盖尼米得的资料。而欧罗巴这个冰封的世界，上面有着钱学森号的残骸和舰上人员的尸骨，虽然远在木星的另一边，但人们对它的记忆并不远。

而在地球，张教授已经是个英雄，并且他的同胞们已经非常尴尬地对无数慰问函表示了感谢；其中一封是以列昂诺夫号全体人员的名义发的——弗洛伊德猜想，它一定被莫斯科当局修改过。舰上人员的心情很暧昧，混杂着赞佩、哀悼和解脱。所有的航天员不论国籍，都将自己视为"太空公民"，互相之间都有情感，分享彼此的成功与失败。列昂诺夫号上没有人感到高兴，因为中国远征队全军覆没；但同时，暗地里却感到一种解脱，因为比赛的结果并非跑得最快的人获胜。

意外地在欧罗巴上发现生命，为整个事件添加了新的话题。无论在地球上还是列昂诺夫号上，人们都在热烈讨论。有些外星生物学家大叫："我早就说过了！"他们宣称那根本不稀罕。早在20世纪70年代，探测潜艇已经在太平洋海底的海沟深处发现许多生物聚落，里面有一大堆奇形怪状的海洋生物在非常严苛的环境中繁衍。其严苛的程度不亚于外星世界。火山喷泉在深不可测的海底提供温度和养分，在荒凉如沙漠的海底建立了许多绿洲。

任何事物只要在地球上出现过一次，就应该会在宇宙别处出现好几百万次，这是绝大多数科学家的"信条"。木星的卫星上有水——或者至少有冰；还有，艾奥上有许多不断喷发的火山，所以可以合理推测在邻近的卫星上也有比较缓和的火山活动。将这两者加在一起，欧罗巴上有生命的推论看起来不仅可能，而且是必然的。许多大自然的新发现都是这样——"20／20"法则的事后之见。

然而，这项结论引发了一个对列昂诺夫号的任务极端重要的新问题。既然在木卫上发现了生命，那么它与第谷石板有关系吗？或者，它和艾奥附近轨道上的神秘物体也有关系吗？

这是历次"六点钟苏维埃会议"上最热门的话题。一般的看法是，张教授所遇到的生物并不是高等智慧生物——至少，如果张教授对它的行为描述正确的话。没有任何一种具有基本推理能力的动物会只依直觉行事而自陷险境，如飞蛾扑火般走向死亡之路。

不过，奥尔洛夫立即提出一个反例，减弱了（虽然还谈不上推翻）这个论点的说服力。

"请看看鲸鱼和海豚，"他说，"我们称它们为智慧生物，但它们经常集体冲上海滩自杀！这似乎是个案例，说明直觉高于推理。"

"不用说海豚，"布雷洛夫斯基插嘴道，"以前我们班上最聪明的同学竟然疯狂爱上一个基辅的金发辣妹。最近听说他在一家汽车保养厂当黑手。他可是曾经获得太空站设计大赛金牌的。多可惜啊！"

即使张教授遇到的欧罗巴生物不是有智慧的，也不能否定别的地方不会有更高级的生命形式。整个生物世界不能以单个样本来判断。

但有一种普遍的说法是，海洋里无法出现高等的智慧生物，因为海洋里没有足够的挑战，那里的环境太祥和、太稳定了。毕竟，海洋里无法生火，没有火如何发展出科技来？

即使如此还是不无可能，因为人类的演化并非唯一的路程。也许在其他许多星球的海洋里有各种形式的文明出现也说不定。

不过话又说回来，欧罗巴上似乎不太可能存在过会进行太空旅行的文明，因为没有留下任何明确的证据，诸如建筑物、科学设备、宇宙飞船发射场等等。相反，整个欧罗巴从南极到北极除了一片平坦的冰原及少数露出的岩石之外，什么都没有。

没时间再思考或讨论这个问题了。列昂诺夫号正冲过艾奥的轨道，舰上所有人员都忙着准备和木星的大气接触，并开始感受木星的些微重力。宇宙飞船进入木星大气层之前，舰上所有松动的东西都要好好固定，因为突然的减速会产生一个短暂的拉曳力，最大值可达两个G。

只有弗洛伊德最好命，有空观赏木星逐渐逼近的瑰丽景象，目前几乎半个天空都被它占满了。由于没有对照的尺度标准，所以无法对它真正的大小有确实的概念。他只能不断告诉自己，面向他这边的半球，用五十个地球也盖不满。

木星上的云层比地球上最璀璨的夕阳更艳丽，而且速度超快，不到十分钟的时间就可察觉到它明显地移动。一大堆超大的气旋不断从十几个环绕木星的云带中成形，然后轻烟般袅袅消散。偶尔会有缕缕白烟从深处冒出来，但木星快速自转产生的狂风立即将它们吹散。但最奇特的可能是那些白点，有时候会等距排列起来，仿佛项链上的一串珍珠，通常出现在木星中纬度的信风带。

在接触木星前的几小时中，弗洛伊德几乎没看到舰长和领航员。奥尔洛夫夫妇几乎寸步不离舰桥，他们不断地仔细检查接近轨道，随时调整列昂诺夫号的飞行路线。宇宙飞船目前正在关键的路径上，必须恰到好处地掠过大气外层。飞得太高，摩擦力产生的刹车效应就不足以将宇宙飞船减速，它会冲出太阳系一去不回，谁也救不了；飞得太低，它将像陨石一样烧成灰烬。在这两个极限之间，几乎不容许有任何失误。

中国宇宙飞船已经证实大气刹车法是可行的，但人算不如天算，总是有出差错的可能性。所以当主治医师鲁坚科在接触前一小时说"伍迪，我真希望当初把那尊圣母像带来"时，弗洛伊德一点也不觉得奇怪。

14

双重接触

"……我们在马萨诸塞州楠塔基特的房子的抵押文件应该是放在书房的档案夹里，上面标有一个M。

"嗯，这是我目前想到的所有交代事项。在前几个小时里，我一直在回忆小时候看过的一幅图画，是在一本维多利亚风格的破旧老书上看到的。那本书恐怕有一百五十年的历史了，我不记得它是黑白或彩色的，但我永远记得书名——别笑——它叫《诀别》。我们的曾曾祖父们最喜欢这类滥情的通俗故事书。

"图上画的是一艘暴风雨中的帆船，所有的帆都已经被吹跑了，海水也溢上甲板。在画的背景里，一个水手正拼命抢救这艘船；前景则是一位正在写便条的少年水手，身旁有个玻璃瓶。他希望这个瓶子能帮他送信回家。

"虽然当时年纪还小，我总觉得他应该帮忙抢救，而不是兀自在一旁写信。不过同样地，这幅画也让我感动。我从未想过有一天我会像他一样。

"当然了，这个信息你一定收得到——而且身在列昂诺夫号上，我也帮不上什么忙。事实上，他们曾经很有礼貌地叫我少管闲事，因此我独自在这里录这段留言，倒也心安理得。

"我现在马上得把这段留言送上舰桥，因为十五分钟后就无法传送信号了，我们要收起碟形天线并关闭所有的舱门——这是给你的另一个好类比。现在木星已经占满整个天空——我并不打算描述它，甚至不想再看它一眼，因为几分钟后，所有照相机将全部出动。无论如何，照相机比我高明多了。

"再见，我最亲爱的。我爱你们大家——特别是我们的宝贝儿子克里斯。当你收到这段信息时，一切都已经结束了，无论结果是好是坏。请记得，我一直在为我们尽我所能——再见。"

弗洛伊德取出录音芯片，然后飘到通信中心，将芯片交给科瓦廖夫。

"请务必在封船之前送出去。"他慎重交代。

"不用担心，"科瓦廖夫拍胸脯保证，"目前所有频道完全畅通，而且我们足足还有十分钟的时间可用。"

他伸出手。"如果有缘再见——嘿！我俩将以笑脸相迎。否则，现在就让我俩好好道别吧。"弗洛伊德眨眨眼说道。

"我猜是莎士比亚?"

"没错。是布鲁图和卡修斯在出征之前说的[1]。待会儿见。"

奥尔洛夫夫妇在显示屏前忙得不可开交,只能向弗洛伊德挥挥手;弗洛伊德只好退回自己的舱房。他已经和舰上其他人员道过别,现在除了等待之外无事可做。他的睡袋已经吊起来,准备应对减速时的拉曳力。他心不甘情不愿地爬进去。

"收天线,升起防护罩,"内部通信的扬声器传来的声音,"我们应该会在五分钟内首次感觉到刹车。目前一切正常。"

"我可不会用'正常'(normal)这个词,"弗洛伊德喃喃自语道,"我想你是说'近似正常'(nominal)。"他还没想完,忽然传来了胆怯的敲门声。

"是谁?"

出乎他的意料,是泽尼娅。

"我可以进来吗?"她笨拙地问道,声音像个小女孩,弗洛伊德几乎听不出来。

"当然可以。但是你为什么不留在你自己的舱房里呢?离进入大气层只剩下五分钟了。"话刚出口,他就发现自己问得有够笨。答案实在太明显了,连泽尼娅都不知如何回答。

泽尼娅是他最不会期待与之交流的人,她对他的态度总是有

1　出自莎士比亚的戏剧《凯撒大帝》。

礼而淡漠。事实上，舰上所有人员中，只有她喜欢尊称他弗洛伊德博士。但现在她就在眼前，在这个危难时刻，她显然需要有人陪伴和安慰。

"泽尼娅，我亲爱的，"他尴尬地说道，"欢迎你来。但是我的地方实在太小了，简直可以称之为斯巴达式的房间。"

她勉强挤出一丝笑容，一声不响地飘了进来。弗洛伊德这才发现，她不只是紧张而已——她简直是吓坏了。然后他知道她为什么找他了。她不好意思让她的同胞看到她魂飞魄散的窘状，所以向别处寻找支持来了。

搞清楚这点之后，原先以为是艳遇的喜悦有点消退，他也开始警觉到，尽管离家很远，但对独守空闺的另一半还是有一份责任。眼前这位年纪不到他一半的女人虽然颇有魅力——尽管称不上漂亮——但应该不至于动摇他的责任感。话是这么说，但是他还是有点动摇了；他必须开始迎接挑战了。

她一定注意到了，不过当两人一起挤进睡袋时，她并没有任何特殊的表示。睡袋里的空间刚刚好容得下两个人。弗洛伊德着急地在心里边计算，假如最大的G值高于预期，扯断了固定弹簧该怎么办？他们会一起死得很难看……

其实，当初在设计上都留有充分的安全考虑，不必杞人忧天。但俗语说得好，滑稽是情欲的克星。虽然他现在抱着她，不过已经完全没有多余念头了。他不知道该高兴还是悲哀。

然而已经没有时间多想了。突然间，一阵隐隐约约的怪声从远处传来，仿佛鬼哭狼嚎。同时，宇宙飞船也微微地震了一下，睡袋开始晃动打转，固定弹簧开始扯紧。在经历好几个星期的无重力之后，重力又逐渐回来了。

过了几秒钟，原先模糊的低嚎声变成连续的巨吼声，睡袋则变成超载的吊床。两个人这么挤在一起实在不是办法，弗洛伊德心里告诉自己；他现在连呼吸都感到困难。宇宙飞船的减速只是问题的一部分，麻烦的是泽尼娅活像溺水的人紧抓一根救命稻草般地死命抓着他。

他则尽可能地用手轻轻推开。

"没事的，泽尼娅。既然钱学森号都可以熬过去，我们也一样可以。放轻松，别怕。"

用温柔的声音大声喊实在很难，外面炽热氢气的吼声震耳欲聋，他不知道泽尼娅是否听得到他在讲什么。但是她现在已经不再死命地抓着他了，他趁机深呼吸了几下。

假如他现在的情况被卡罗琳看到的话，不知道会怎样，他会辩称自己没有趁人之危吗？他不知道她会不会谅解。在这种节骨眼，要想象地球上的事情实在有点难。

他既无法动也不能说话，但已经开始习惯重力的感觉，所以不再像刚才那么不舒服——除了右手臂越来越麻之外。他很费劲地想把被泽尼娅压着的右手拔出来，但这个习以为常的动作却引起一阵愧疚感。情绪平稳下来之后，弗洛伊德突然想起一句名言，至少有一打美国和苏联航天员对他提过："零重力下做爱的乐趣和麻烦都是夸大不实的。"

他很好奇其他的舰上人员究竟是如何熬过来的，并且突然想起一直睡得不省人事的钱德拉和库努。他们永远不知道目前列昂诺夫号已经变成木星大气中的一颗流星。但他并不羡慕他们，他们错过了一生中最难得的经验。

奥尔洛娃通过内部通信开始讲话，虽然字句被巨大的吼声掩盖，但语调听起来很平和，就好像在做日常的报告一般。弗洛伊德挣扎着瞄一下手表，发现他们正好在刹车过程的半途，也就是列昂诺夫号与木星最接近的时刻。在他们之前，只有用过即丢的无人探测船如此深入过木星的大气层。

"通过中点，泽尼娅，"他大声说道，"正在穿出。"他不知道她是否能听懂。她双目仍然紧闭，但稍稍微笑了一下。

宇宙飞船现在颠簸得很厉害，有如航行在波涛汹涌大海里的小舢板。这样算正常吗？弗洛伊德很怀疑。他很高兴有泽尼娅可以分心，忘了自己的诸般恐惧。在还来不及收回思绪之前，他一瞬间好像看到所有墙壁突然发出樱桃般的红光，同时一起向他塌下来，此情此景有如爱伦·坡的小说《陷坑与钟摆》（*The Pit and the Pendulum*）里的恐怖梦魇，一本他遗忘了有三十年的书……

但这根本不会发生。假如隔热罩失效，整艘宇宙飞船会瞬间崩溃，大气压会像一堵硬墙将它锤得扁扁的。届时不会有任何痛苦，神经系统还来不及反应，他就烟消云散了。他曾经想过很多安慰自己的理由，但这个理由最好。

狂乱逐渐缓和下来，奥尔洛娃的声音再度响起，但仍然听不清楚（等事情过后，一定要好好糗她一顿）。现在，时间似乎走得很慢。不久之后，他再也不想看表了，因为他已不再相信它。表面的数字跳得如此慢，他还以为自己是处在爱因斯坦的"时间膨胀"里。

接着，更令人无法置信的事情发生了。起初他觉得有点好笑，然后又有点愤慨——泽尼娅竟然睡着了，即使不算在他怀里，至少也是在他身旁。

这应该是自然反应：过度紧张一定把她给累坏了，人体的智慧便适时来救了她。弗洛伊德本人也感觉到极度兴奋后的疲惫，此次的接触似乎也让他心力交瘁。他必须极力挣扎才能保持清醒……

……他感觉一直往下掉……往下掉……往下掉……然后一切都归于结束。

宇宙飞船再度回到太空，那里才是它真正的归宿，他和泽尼娅也自然而然地彼此飘离。

他俩以后不会再如此接近，但他们会常常记得彼此有过的那份亲切感，这是他们之间的秘密。

15

逃出巨掌

　　弗洛伊德到达观察甲板时——他特地比泽尼娅晚几分钟到——木星看起来已经离远一点了。但据他所知，这只是个错觉，眼见不足以为凭。他们只是刚脱离木星的大气层，木星仍然占据着大半个天空。

　　现在他们已经依照预定计划，变成木星的俘虏。在过去几个小时的炽热行程中，他们有计划地抛弃多余的速度，以免冲出太阳系而迷失在星际太空。目前他们正在绕着一个椭圆运行——典型的"霍曼轨道"。这条轨道可让他们在木星与相距三十五万公里远的艾奥之间不断穿梭。假如他们不再发动（或无法发动）引擎，列昂诺夫号将会在两者之间来回绕行，每十九小时绕一圈。它将变成最靠近木星的卫星——虽然那段时间不会很长。每次掠过木星大气层顶端时，它都会损失一点高度，直到它以螺旋线路径撞毁在木星上为止。

弗洛伊德并不是很喜欢伏特加酒，但他还是无拘无束地和大伙举杯畅饮，一方面感谢宇宙飞船优秀的设计者，一方面感谢牛顿。然后奥尔洛娃毅然决然地将酒瓶收回柜子里，因为还有很多事要做呢。

虽然大家早有心理准备，但是炸药突然爆炸的闷声巨响，以及分离瞬间的激烈晃动仍然把大家吓了一大跳。几秒钟之后，只见一个亮亮的大圆盘缓慢地飘浮翻滚而去。

"看哪！"布雷洛夫斯基大叫，"一架飞碟！谁有照相机呀？"

大伙哄堂大笑，笑声里有一种由抓狂转变为安心的特有成分。舰长打断笑声，用比较严肃的语调说道：

"再见了，尽责的防热罩！你们表现不错。"

"但这么浪费啊！"科瓦廖夫说，"何必做得那么重？它至少可以省个两三吨。想想看，这样我们可以多载多少东西。"

"如果这是俄国工程界稳重的优良传统，"弗洛伊德反驳说，"我赞成这样做。宁可多几吨，也不愿少一毫克。"

每个人都为这种高贵的情操喝起彩来。这时，被抛弃的防热罩很快地冷却下来，颜色变黄，然后变红，最后变黑，与周遭的太空混成一体，在几公里外失去踪影。不过，偶尔有颗星光被遮住了，就会暂时暴露它的行踪。

"初步的轨道检查完成，"奥尔洛夫说道，"与正确的向量只相差每秒十米。第一次尝试就能做到这样，还算不错。"

听到这则消息，大家都暗暗松了一口气。几分钟之后，他又做了另一项宣布。

"正在改变高度以便修正轨道，'速度差'为每秒六米。一分钟后点火二十秒。"

由于太靠近木星，他们很难相信宇宙飞船正绕着它运转，感觉好像只是坐在刚从大片云层穿出来的高空飞机上。他们已经失去判断大小的依据，因此和在地球上某个日落时分没什么两样，从下面疾驰而过的鲜红色、粉红色、暗红色的云彩都是那么地熟悉。

不过这只是个错觉。这里没有任何东西可以与地球比拟。那些颜色都是本身具有的，而不是来自落日余晖。那里的气体也和地球上迥然不同——甲烷、氨气，和一大堆各色各样的碳水化合物，仿佛是女巫将这些东西丢进一只装满氢和氦的大锅里搅拌出来的。人类呼吸所需的氧气则完全不见踪影。

木星上的云排成平行的行列，从一侧的地平线赶往另一侧，只有偶然出现的气旋稍微扰乱其规则性。随处涌现的明亮气体点缀在原来的图案上。弗洛伊德还看到一个巨大气旋的黑色边缘，这个气旋是个可怕的旋涡，直通深不可测的木星内部。

他开始寻找"大红斑"，但马上自觉那是个愚蠢的想法。在他下方举目所见的一大片云海，事实上只是整个大红斑的极小部分而已。打个比方，你从堪萨斯州上空低飞的小飞机上能看到整个美国的形状吗？

"完成修正。我们现在要前往与艾奥轨道的交叉点。到达时间：八个小时又五十五分钟。"

在不到九小时的时间内，我们将从木星爬升到一个陌生的地点，弗洛伊德想道。我们暂时逃离巨大的木星——它虽然危险，但我们已经了解它，可以事先防范。但现在我们要去的地方则是完全未知的神秘之境。

当我们从这项挑战中幸存下来之后，会再度回到木星这边，还要靠它的力量把我们安全地送回地球。

16

私人连线

"……哈啰，迪米特里，我是伍迪。请在十五秒内切换到二号健……哈啰！迪米特里，将三号健与四号健相乘，取立方根，再加上 π 的平方，最后以最接近的整数当作五号健。除非你们的计算机比我们的快上一百万倍——我很确定绝无可能——否则没有人能破解这套密码，无论是你们还是我们。不过你一定会找些理由来辩解，反正你最擅长狡辩了。

"对了，根据我的消息来源，听说你们最近想逼老安德烈下台的努力完全失败。我判断你跟其他人一样没什么好运了，你们还得忍受他当院长。我笑得牙都歪了！你们科学院活该倒霉。我知道他已经九十多岁了，并且越来越……嗯！冥顽不灵。但你别想找我帮忙，虽然我是全世界——不，全太阳系——最伟大的杀手，专门干掉老而不死的科学家，手法干净利落。

"你相不相信我现在还有点醉？我们成功地跟发现号挥……回……毁……（怎么搞的）……会……合之后，开了场小小的派对犒赏自己，同时欢迎两位成员由低温状态苏醒。钱德拉不太喜欢酒——酒会让人露出本性——但库努刚好是另一个极端。只有塔尼娅滴酒不沾，这你是知道的。

"两位美国同胞——天可怜见，我怎么说话像个政客了——已经顺利地由低温睡眠中醒来，正摩拳擦掌准备干活。我们必须及早行动，不仅因为时间紧迫，还因为发现号似乎有点问题。看到它原先洁白无瑕的舰身变成一片焦黄时，我们简直不敢相信自己的眼睛。

"当然，这都是艾奥害的。由于发现号不断地以螺旋线路径下坠，离艾奥已经不到三千公里。每隔几天艾奥就会有一座火山爆发，将数百万吨的硫黄喷向天空。虽然你在电影里见过类似的场景，但你绝对无法想象在那地狱的上方是什么模样。我很庆幸我们不必经过那种地方。不过，我们现在正前往的目的地，比较起来更神秘，也许更危险。

"我曾经在2006年夏威夷的基拉韦厄火山爆发时，飞过它的上空，那情景真是吓死人。但跟这比起来，根本不算什么——不算什么。目前我们正在艾奥的背日面上空，但这更糟糕。你看到的东西就足够让你去想象更可怕的事物。这跟我曾经想要去的地狱简直一模一样……

"有些硫黄湖泊温度高得发亮，但艾奥上大部分的光来自放电现象。每过几分钟，整个地方似乎都要爆炸一次，仿佛一架巨大的闪光灯从上面照下来。这个比喻好像挺恰当的。在连接艾奥和木星的'磁流管'里有几百万安培的电流流过，并且经常产生崩溃现象，这个时候你就会看到太阳系中最大的闪光，而我们舰上半数以上的电路也都跟着跳电。

"在艾奥的明暗分界线上，刚刚有一座火山发生爆炸，我看见一朵巨大的云烟一面扩展一面冲着我们而来。我不知道会不会冲到我们的高度，即使会，对我们也应该不至于造成伤害。不过它看起来确实吓人——仿佛是个太空恶魔，想一口把我们吞下去。

"一到这里，我马上发现艾奥让我想起某种东西。我花了好几天思索，甚至去查阅所有的任务档案——舰上图书室没什么用，真烂。你记得我俩小时候在牛津的那次研讨会上，我向你介绍的《魔戒》那本书吗？嗯，艾奥就是书中的'魔多'。查一查第三部。里面有这么一段：'好几条熔岩流蜿蜒流动……冷却后凝固成许多扭曲的恶龙形状，仿佛是从痛苦大地呕出来的。'这段描述真的够逼真。早在人类看到艾奥照片的四分之一世纪前，托尔金是怎么知道的呢？该不会是大自然在模仿他吧？

"幸好我们不用在那里降落。我猜想咱们已故的中国同行也不至于这么做吧。不过将来有一天也许不无可能，因为上面有些区域看起来还挺稳定的，不会有硫黄浆到处泛滥。

"以前有谁会相信人类会大老远地跑到木星——这颗太阳系最大的行星——却又完全无视它。可是现在我们却常常这样做，而且，当我们不盯着艾奥或发现号的时候，我们都在想着那块……人造物。

"它仍然在一万公里外的地方，刚好就在拉格朗日点上；但当我用望远镜观察时，它看起来似乎很近，仿佛摸得到的样子。由于它完全没有什么特征，所以我们也搞不清楚它的大小，光用眼睛无法看出它实际上有好几公里长。如果它是固体的话，一定有数十亿公吨重。

"但是，它真的是固体吗？好像是，又好像不是，因为它几乎不会反射雷达波，即使它正面朝向我们时也是如此。我们所看到的只是以木星的云彩为背景的黑色轮廓而已，木星在我们正下方三十万公里。除了大小不同之外，它跟我们在月球上挖出来的石板一模一样。

"嗯，明天我们将登上发现号一探究竟，我不知道何时才有空再跟你聊。不过在结束之前，我还有一件事要说。

"是关于卡罗琳。她一直不了解我为什么要离开地球；从某方面来说，我不认为她会真的原谅我。有些女人家相信爱情不是生命中的唯一——而是生命的全部。也许她们是对的……无论如何，我确定现在讨论这个已经太迟了。

"有机会的话请帮我劝劝她，让她高兴一点。她曾经提过要搬回美国本土。我很担心假如她真的搬回去的话……

"如果你联系不到她，那就鼓励一下克里斯吧。我很想念他，非语言所能形容。

"假如你跟他说爸爸仍然很爱他，而且会尽快回家的话，他会相信的，因为他信任迪米特里叔叔。"

17

登舰二人组

即使是在最佳的情况下，登上一艘废弃的、乱滚的宇宙飞船都是件不容易的事。事实上，很可能会非常危险。

沃尔特·库努虽然早就知道，但对他而言，那只是个抽象的概念。直到他目睹全长一百米的发现号在那里盲目翻滚，而列昂诺夫号不敢贸然靠近时，他才有了深刻的体会。多年来，摩擦力早已减慢发现号的自转速度，而把角动量转移到别处去了。现在，这艘弃船在轨道上缓慢翻滚，很像鼓号乐队队长抛向空中的指挥棒。

第一个难题是如何让发现号停止翻滚，翻滚不仅使它无法控制，而且无人可以靠近。当和布雷洛夫斯基一起在"气闸"里换上航天服时，库努心中浮现了罕有的无力感，甚至自卑感，因为这不是他擅长的工作。他曾心情郁闷地提出申诉："我是太空工程师，

不是来这里耍猴戏的！"但事情总要有人做。舰上只有他稍微具备
一点技术，能够将发现号驶离艾奥的魔掌。而布雷洛夫斯基和其他
同事对发现号上的电路图和电子设备也不熟悉，恐怕要花很多时
间。等到他们恢复宇宙飞船的动力，并且学会如何驾驶的时候，宇
宙飞船早就掉到下面的硫黄火坑里去了。

他俩戴上头盔之前，布雷洛夫斯基问道："你并不怕，是不
是？"

"还不至于怕到尿裤子。不过，当然怕。"

布雷洛夫斯基笑出声说："有点怕刚好适合做这份工作。但别
担心——我会完完整整地把你送过去，用我的这个——你们怎么
说？"

"扫帚柄，巫婆们都骑扫帚柄。"

"是的。你骑过没有？"

"我试过一次，但扫帚柄甩下我跑了。当场的每个人都笑歪
了。"

每种行业都会各自发展出一些独特的工具。比如说，码头工人
的钩子、制陶工人的转轮、泥水工人的抹刀、地质学家的小锤子；
而长时间在零重力下工作的人则发展出所谓的"扫帚柄"。

它的构造很简单：一根一米长的中空管子，一端有个脚踏板，
另一端有个挂环。按下一个按钮，它会像折叠式望远镜般伸长五六
倍。它内置的避震系统可以让一个训练有素的使用者发挥惊人的

操作效果。若有需要，那个脚踏板可以当作爪子或钩子。虽然有许多改良型，但上面所说的是最基本的设计。一般人会误以为它很容易操纵，其实不然。

气闸的气泵完成抽气，出口的标示灯亮了起来。门向外打开之后，他们慢慢飘进外面的真空中。

发现号在大约两百米外打转，同时和他们一起在轨道上绕着艾奥运行。艾奥现在几乎占据半个天空，木星则远远地躲在艾奥的背后。这是经过特意安排的，他们把艾奥当作保护墙，让他们躲避两个星球之间的"磁流管"里来回狂飙的巨大能量。即使如此，辐射量仍然非常高、非常危险；因此他们最多只能在外面逗留十五分钟，就必须回宇宙飞船躲避。

没多久，库努的航天服出问题了。"刚离开地球时，它明明很合身，"他抱怨道，"可是现在怎么松垮垮的？我好像一颗豆子在豆荚里滚来滚去的。"

"那很正常，库努，"主治医师鲁坚科在无线电里插嘴道，"你在低温睡眠期间瘦了十公斤，这对你的身体没有不良影响。不过你又胖回三公斤了。"

库努还来不及回嘴，就发觉有人轻轻地、坚定地将他拉离列昂诺夫号。

"放轻松！库努，"布雷洛夫斯基说，"别启动你的推进器，即使身体开始翻滚也一样。一切都交给我办。"

库努看见几阵轻烟从那年轻人的背部喷出来，产生小小的推力，将他们推往发现号。每喷出一小股蒸汽，拉绳便轻轻地拉他一下，他便开始往布雷洛夫斯基的方向移动，但从来不会碰到他。他觉得自己像个溜溜球——沿着绳子上下运动。

想安全地靠近那艘弃船只有一条路径：沿着它的自转轴。发现号的转动中心大约在它的正中央，靠近主天线的地方。布雷洛夫斯基正径直往那个区域前进——后面拖着一个紧张兮兮的跟班。届时他到底用什么方法让我们及时停下来？库努在心里嘀咕。

发现号现在看起来像个修长的巨大哑铃，挡在他们面前缓慢地翻滚着。虽然看起来很缓慢——翻滚一次需要好几分钟——但两端的速度却非常惊人。库努尽量不去看它，只专心于那个逐渐逼近的、静止不动的中心点。

"我正在瞄准中心点，"布雷洛夫斯基说道，"请不要乱插手，等一下发生什么事也不要大惊小怪。"

啊？他是什么意思？库努一面问自己，一面告诉自己尽量不要大惊小怪。

所有的事情都是在不到五秒钟内发生的。布雷洛夫斯基在扫帚柄上按了一下机关，它立即暴长到四米，刚好顶到迎面而来的宇宙飞船。扫帚柄开始压缩，它内部的弹簧吸收了布雷洛夫斯基不小的动量；但正如库努原先所料，布雷洛夫斯基并没有在天线基座旁停下来。扫帚柄瞬间再度伸长，将俄国人从发现号反弹回来，反弹的速度几乎与刚才的接近速度一样快。他在库努近旁一闪而过，只差几厘米就相撞了。目瞪口呆的库努只记得在那一瞬间，瞥见布雷洛夫斯基那露出满口白牙的得意笑容。

一秒钟之后，两人之间的绳索紧绷了一下，两人的动量互动的结果，产生了一阵突然的减速。他们原先的速度刚好完全抵销，因此两人相对于发现号几乎完全静止。库努只消伸手抓住可握的地方，很轻易地就将两人一起拉了进去。

"你有没有玩过'俄罗斯轮盘赌'？"库努恢复正常呼吸后问道。

"没有——那是什么？"

"我一定要找时间教教你，它对治疗无聊跟刚才这个一样有效。"

"我希望你不是在暗示，沃尔特，就是马克斯会做出什么危险的事情？"

鲁坚科医师的声音显得好像很震惊。库努决定不予回应，因为这些俄国佬有时候听不懂他独特的幽默。"你休想探我口风！"他压低声音喃喃自语，不想让她听到。

现在，他们已经紧紧地抓住宇宙飞船的外壳，库努不再感觉到它在旋转，尤其是当他把目光固定在眼前不远处的金属片上时。有一道梯子从这里沿着发现号修长的外壳延伸出去，这是他的下一目标。梯子的另一端是一个球形的司令舱，虽然他很清楚它的距离只有五十米，感觉上却好像有好几光年那么远。

"我走前面，"布雷洛夫斯基一边说着，一边将连接两人的绳索收紧，"记住，从这里开始一路都是下坡。但这没问题，你用一只手就可以抓牢了。即使在最底下，重力也不过是十分之一个G而已，可说是一个……你们英语怎么说？——鸡屎（chickenshit）。"

"我猜你的意思是小数目（chickenfeed）吧。不过假如你认为这两个字差不多的话，那我就先走一步[1]了。我最不喜欢下错阶梯上错路[2]——即使在零星重力下。"

库努心里明白，现在很需要说些谑而不虐的俏皮话来调剂一下，否则即将面临的未知和危险会让他受不了。看看他目前的处境，离家十亿公里，即将进入太空探险史上最有名的弃船。曾经有一家媒体把发现号称作"太空玛丽·赛勒斯特号[3]"，确实是个不坏的比喻。除此之外，他的处境还有许多独特的地方。比如说，即使他想忘却占满半个天空、梦魇般的艾奥，但有一件事却一直提醒他这个梦魇是挥之不去的——每次触到梯子的横条时，他的手套都会刮下一层薄薄的硫黄粉末。

当然，布雷洛夫斯基说得很对，宇宙飞船转动所产生的重力很

1　原文为feet first，也有"先死一步"之意。——译注

2　原文为crawling down ladders the wrong way up，有"逢迎拍马以求晋升"之意。——译注

3　玛丽·赛勒斯特号（Marie Celeste），1872年在葡萄牙亚速尔群岛发现的一艘双桅船，发现时正全速航行，船上物品完好，但空无一人。

容易对付。渐渐习惯以后，他甚至喜欢上这个重力给他的方向感。

不知不觉中，他们已经来到发现号上巨大的、颜色斑驳的球形结构，也就是舰上的控制舱及维生系统舱。而在几米之外有个紧急逃生舱口；库努立刻认出，那正是当年鲍曼闯入舰上与哈尔摊牌的那个舱口。

"希望我们进得去，"布雷洛夫斯基喃喃自语，"要是大老远跑到这里再进不去，那就太倒霉了。"

他刮掉覆盖在显示气闸状态的面板上的硫黄。

"没反应，正如我所料。要不要试试控制按钮？"

"试试也无妨，但恐怕也没用。"

"没错。那么，这儿有一个手动的……"

他们打开一个与墙的曲率非常密合的盖子，呆呆地看着一缕轻烟冒出来，带着一张小纸片飘散于真空中。那上面有某种重要信息吗？他们恐怕永远无法得知，因为那张纸片已经一路翻滚飘远了，最后消失在众星之前的一片黑暗中。

布雷洛夫斯基不停地转动那个手动控制杆，感觉上转了很久，终于将黑漆漆的、毫不起眼的气闸完全打开。库努本来希望里面的紧急照明灯还管用，但事与愿违。

"现在你是头儿了，沃尔特。欢迎我们踏上美国领土。"

不过，当库努爬进去用头盔灯照了一圈以后，发现里面看起来一点也没有欢迎他们的迹象。他极目四望，所有东西都井然有序。

不然你希望怎样？他有点生气地自问。

　　用手动关门比开门时还要费劲费时，但在宇宙飞船重新获得动力之前，实在没有其他的办法。在舱门封闭的前一刻，库努冒险瞥了一眼舱外的疯狂景象。

　　一面闪烁着蓝色光的湖泊在艾奥的赤道附近出现，他很确定几个钟头以前还没这个东西。湖的边缘闪耀着鲜黄色的火焰，那是钠元素燃烧时特有的颜色。同时，整个夜景都笼罩在一片鬼魅似的、由等离子放电所产生的辉光里。

　　这些就是他们未来的噩梦。如果这还不够看的话，一位超自然的疯狂艺术家将为他们添上一笔：一支巨大的弯角从艾奥的火坑群中冒出来，向上插入漆黑的夜空中，就像垂死的斗牛士在最后一刻瞥见将取他性命的牛角。

　　新月形的木星正缓缓升起，而发现号和列昂诺夫号正在同样的轨道上一路奔向它。

18

救　援

　　从外部舱口关上的那一刻开始，两人的角色就产生了微妙的逆转。发现号内部一片漆黑，纵横交错的走廊和通道如迷宫一般，但是对库努而言就如同回到家一样，而布雷洛夫斯基则是格格不入，到处都觉得不自在。理论上来说，布雷洛夫斯基知道这艘宇宙飞船的每一个细节，但那只是从研究设计图学来的。库努则相反，他亲自花了好几个月的时间在施工中的发现号姐妹舰上工作，甚至可以蒙着眼睛在舰上随处走动而不会迷路。

　　刚开始，他们的前进非常困难，因为宇宙飞船的这个区域是为零重力状况而设计的；但现在由于整艘宇宙飞船漫无目的地翻滚，产生了一个非自然重力。这力道虽小，但似乎总是出现在最让人不方便的方向。

库努在一条通道里滑行了好几米才抓稳身体，不由得喃喃抱怨起来。"现在最重要的就是赶快想办法让这该死的旋转停下来。但是这非要有动力不可。我只希望鲍曼在弃船以前没把舰上所有的系统弄坏。"

"你确信他弃船了？也许他有打算要回来。"

"也许你说对了，但我从不认为我们可以得知真相。恐怕连他自己都不知道。"

现在他们来到分离舱停放处，也可说是发现号的"舱库"；通常会停放三艘球形的单人操作飞行舱，用来从事各种舰外活动。目前只有三号舱还在。一号舱在神秘的意外事件中撞死普尔后毁了；二号舱被鲍曼开走了，目前不知道在哪里。

舱库里的架上还挂着两套没有头盔的航天服，看起来像两具无头尸，令人毛骨悚然。连没有想象力的人都会心里发毛，更何况布雷洛夫斯基的想象力特别夸张，仿佛看到一大群狰狞的鬼怪住在里面。

说来有点遗憾，但也是意料之中，在这节骨眼上，库努不经大脑的幽默常常会伤人。

"马克斯，"他装出一本正经的音调说道，"无论发生什么事——请你千万别去追舰上那只猫。"

布雷洛夫斯基愣了几毫秒，几乎要说："我希望你别提这个，沃尔特。"但话刚到嘴边又吞了回去。要是被人发现这个弱点就糟糕了，于是他马上改口："我真想会会那个把这部电影摆在舰上图书室的白痴！"

"可能是卡特琳娜吧，用来测试每个人的心理平衡状态。不过我记得上个星期放映的时候，你还笑得前仰后合呢。"

布雷洛夫斯基不作声，库努说得没错。但是当时是在又暖又亮的列昂诺夫号上，周围又有许多朋友；哪像这艘黑漆漆的、冷冰冰的、鬼影幢幢的弃船。一个人无论多么理智，在这种情况下，很难不会想象一群狰狞的外星怪兽在那些通道里爬来爬去，见人就一口吞下。

这都是你害的，我的好祖母（愿西伯利亚的冻土轻轻地覆盖着你的灵骨）——我真希望你没在我脑海里灌输那么多鬼故事。现在只要我闭上眼睛，仍然会看到那个双脚瘦如鸡爪的雅加婆婆站在森林里的空地上……

别瞎想了。我是个年轻有为的工程师，正面对一生中最艰巨的技术挑战，绝对不能让这个美国朋友看出我是个胆小鬼……

舰上各种噪音也无法祛除鬼影幢幢的感觉。它们虽然都非常小声，只有最有经验的航天员才能从航天服的窸窣声中分辨出来，但对习惯在极端安静环境中工作的布雷洛夫斯基而言，这些噪音就有够他心惊胆战了，虽然他明知道那些偶然的咯吱声是宇宙飞船翻滚时由于热膨胀产生的。这里的太阳虽然很微弱，但宇宙飞船的向日面与背日面的温差还是相当大。

即使是他穿惯的航天服也开始感觉不对劲，原因是外面开始有压力存在了。作用在关节处的力道在微妙地改变，因此他无法正确地判断他的各种动作。我变成一个菜鸟了，一切都要从头训练起，他不太高兴地告诉自己。懊恼也没有用，找些有意义的事做做吧……

"沃尔特，我想测试一下舱里的空气。"

"压力还好，温度——哇！——零下一百零五摄氏度！"

"有如令人神清气爽的俄国冬天。没关系，我航天服里面的空气可以抵挡最严酷的低温。"

"那好，开始测试。不过让我用灯照你的脸，看看你的脸有没有被冻得发紫。还有，保持通话。"

布雷洛夫斯基把面罩打开，往上掀起。他打了个寒战，感觉上好像有许多根冰冷的手指头在摸他的脸颊。他先谨慎地嗅了一下，然后做了个深呼吸。

"好冰——不过我的肺还受得了。嗯，好像有股怪味道，什么东西发霉或腐烂的味道——哦不！"

布雷洛夫斯基脸色一阵发白，赶紧合上面罩。

"什么事，马克斯？"库努真切焦急地问道。布雷洛夫斯基没有回答，似乎正尝试恢复镇静。但事实上，他差点吐了出来。在航天服里面呕吐是件很危险的事，通常会导致可怕甚至致命的后果。

经过一段长时间的静默之后，库努开口安慰他："我知道了，但我确定你看错了。普尔已经死在外头。鲍曼也报告说……他已经把死在低温舱里的人弹射出去了——我们确定他已经这么做了。所以这里不可能有任何人在，况且这里又这么冷。"他本来想加一句"像太平间"，但及时吞了回去。

　　"不过，假设……"布雷洛夫斯基虚弱地说道，"我只是假设，有可能鲍曼想办法回到这里，然后死在了这里。"

　　经过一段更长的静默之后，库努缓慢地打开面罩。当冰冻的空气闯入他的肺部时，他打了一个寒战；接着，他又嫌恶地皱了一下鼻头。

　　"我明白你的意思，但是你的想象力太夸张了。我打赌这味道八成来自那条通道。可能是有块肉在宇宙飞船冷却以前坏掉了，而当时鲍曼因为急着离开，所以没有把它处理掉。你知道，单身汉的公寓都是这种味道。"

　　"也许你说的没错，但愿如此。"

　　"应该没错。即使有错……管它呢，那又有什么差别？我们还有很多事要做，马克斯。即使鲍曼还在这里，那也不是我们该管的事。你说对吧，卡特琳娜？"

　　没听到主治医师的回应，他们太深入舰身，无线电波已经传不到。现在他们要靠自己了。还好，布雷洛夫斯基的精神很快恢复过来。他觉得和库努一起工作是个荣幸，这位美国工程师有时候让人觉得还挺温馨、挺好相处的。不过在必要的时候他也够犀利与冷静。

　　他俩将要通力合作，将发现号救活。并且，可能的话，将它救回地球。

19

风车行动

突然间，发现号像圣诞树般亮了起来，导航灯和舰内部所有的灯光全亮了；列昂诺夫号上爆出一阵欢呼声，声音之大似乎可以穿过两舰之间的真空传过去。可是不知怎么了，灯又突然全熄，欢呼声变成无奈的叹息。

半个小时毫无动静之后，发现号飞行甲板上的观测窗里又闪起柔和的暗红色灯光。几分钟之后，可以看到库努和布雷洛夫斯基在里面走动，不过窗上的一层硫黄粉末模糊了他们的身影。

"哈啰！马克斯、沃尔特，听得到吗？"奥尔洛娃呼叫道。两个身影同时挥了挥手，但没有其他的回答，显然他们很忙，没时间闲聊。列昂诺夫号上的人只有耐心等候。只见各式各样的灯亮了又熄，熄了又亮，"舱库"的三扇门当中，有一扇开了又突然关上，主天线也稍微动了一下，转了十度左右。

"哈啰！列昂诺夫号，"库努终于说话了，"抱歉让大家久等了，但是我们真的太忙了。

"现在根据我们初步看到的做个简短的评估报告。这艘船的状况比我预期的好很多。外壳完整无缺，几乎没有漏气现象。气压为正常值的百分之八十五，非常适合呼吸，但需要全面换气，因为里面臭死了。

"最棒的消息是整套动力系统都还好。主反应器很稳定，所有电源情况良好。几乎所有电路的保险开关都关掉了，可能是自动跳电，或者是鲍曼离开之前关掉的，因此所有重要设备都没烧毁。不过在恢复所有动力之前，我们要花很大的功夫检查每一处地方。"

"那要花多少时间呢？至少把最基本的系统搞定的话，例如维生系统、推进系统？"

"很难说，舰长。我们离坠毁还有多久？"

"目前估计至少在十天以后，但是你知道会有增减。"

"嗯，假如没有重大意外的话，我们可以在一个星期内将发现号拖离这个鬼门关，到达一个稳定的轨道上。"

"需要什么协助吗？"

"不用吧，我和马克斯就够了。我们马上要进去旋转区里检查所有的轴承，希望尽快让它转动起来。"

"请原谅，沃尔特，这有那么重要吗？有重力当然很好，但我们一段时间没有重力也过得去啊。"

"我并不特别偏爱重力，但是舰上有一点重力的话会比较方便。假如我们让旋转区动起来，就可以消除这艘宇宙飞船的自旋，也就是说，停止它的翻滚。然后我们可以把两艘宇宙飞船的气闸连接起来，就不用跑到舰外去了。这样的话，以后做任何事情都会事半功倍。"

"好主意，沃尔特，但你不会是要把我的飞船跟那个……风车连起来吧。万一转轴出现故障和旋转区卡住了呢？那会把我们都撕成碎片。"

"同意。反正船到桥头自然直，我会尽快再向你报告。"

接下来的两天大家都忙得不可开交。忙完之后，库努和布雷洛夫斯基都累得在航天服里睡着了；不过他们已经完全巡视过发现号的每一个角落，并未发现有什么大问题。航天局和国务院接到这份初步报告之后，都松了一口气；于是他们振振有词地宣布说，发现号不是一艘弃船，而是一艘"暂时除役的美国宇宙飞船"。现在，修缮工作必须马上展开。

动力恢复之后的首要问题就是空气。即使舰内完全清理干净，也无法去除那个臭味。库努原先的判断是正确的，臭味是来自腐败的食物，因为冷藏室坏了；他还一本正经地开玩笑说，这臭味闻起来还挺浪漫的。"我只要闭起眼睛，"他声称，"就仿佛回到旧日的捕鲸船上。你能想象裴廓德号[1]上是什么味道吗？"

经过一番检视之后，大家一致认为发现号并未如预期的那么神秘。问题也终于解决了，至少已经减少到可控制的范围之内。舰内的空气已经完全换新。他们很幸运，贮存罐里仍存有足够的空气可用。

另一条好消息是，回程所需的燃料有百分之九十都在。当初不用氢气而选用液氨作为等离子驱动机的燃料，现在看起来是很正确的选择。氢气虽然效率比较高，但容易蒸发而散逸于太空中，即使燃料罐有绝缘设计，外面的温度也很低，但恐怕在好几年前就统统漏光了。而现在燃料罐里的氨仍然很安全地保持在液态，足够供宇宙飞船返回地球所需，或至少可以返回到月球的轨道上。

或许当务之急，是将发现号的自旋停止下来，才有办法加以控制。科瓦廖夫将库努和布雷洛夫斯基比喻为堂·吉诃德和跟班桑丘，并且希望他们这次挑战风车的壮举能够圆满成功。

他们很小心地将动力输入到旋转区的发动机，这个巨型圆柱重新有了速度，将当初转移到宇宙飞船的旋转动量重新吸收回来。经过一番复杂的调整动作之后，宇宙飞船的翻滚终于几近停止。剩下最后一点小滚动则以姿态控制器的喷射气流消除。现在两艘宇宙飞船静止并排着，短小的列昂诺夫号和修长的发现号比起来，便

1　裴廓德号（Pequod），赫尔曼·梅尔维尔（Herman Melville，1819—1891）所著小说《白鲸》中的捕鲸船。

相形见绌了。

现在两船之间的往返变得安全又容易，但奥尔洛娃舰长仍然不同意做实际的连接。每个人都赞成这个决定，因为艾奥越逼越近，好不容易刚刚救活的发现号随时有可能被迫再度放弃。

尽管他们已经知道发现号轨道逐渐减缩的原因，仍然于事无补。每次发现号通过木星与艾奥之间时，都会扫过连接两者之间的"磁流管"，这个无形的磁流管里有庞大的电流来回流动。宇宙飞船上感应出来的涡电流会使得它不断减慢，每绕行一圈就减慢一次。

至于宇宙飞船何时会撞毁，目前颇难预测，因为磁流管里的电流大小和木星本身一样变化莫测。有时会突然出现一股大电流，在艾奥上引发一阵光电风暴；这个时候，宇宙飞船可能会损失好几公里的高度，同时温度会显著升高，连舰上的温度控制系统都无法应付。

这在物理学上都很容易解释，但在知道之前，这些预料之外的现象让每一个人都感到吃惊和害怕。任何形式的刹车都会生热，在列昂诺夫号和发现号的船壳上所感应到的大电流，让它们瞬间变成低功率的电炉。这几年来，发现号就这样一直被加热和冷却，难怪里面的食物会坏掉。

令人望而生厌的艾奥，现在看起来越来越像医学课本上的插图，而且距离越来越近，只剩下五百公里了。库努拼命地试着启动主驱动机，而列昂诺夫号则保持安全距离静观其变。

当发现号获得速度时，并不像旧式的化学火箭那样有任何烟或火出现——只见它和列昂诺夫号的距离逐渐拉开。经过几个钟头的缓慢操作，两艘宇宙飞船都已经上升了约一千公里。现在有时间可以稍微放松一下，并且计划下一阶段的任务。

"你表现得很好，沃尔特，"主治医师鲁坚科一边说着，一边用丰满的手臂抱了一下精疲力竭的库努，"我们都为你骄傲。"

她假装不经意地打开一个小胶囊放在他的鼻下。二十四小时后他才会愤怒并且饥肠辘辘地醒过来。

20

断头台

"这是什么？"库努抓起一个小小的装置，有点嫌恶地问道，"老鼠的断头台？"

"描述得不错，不过我要捉只更大的。"弗洛伊德指着显示屏上闪动的指示箭头，上面是一个复杂的电路图。

"看到这条线没有？"

"嗯——主电源供应线。然后呢？"

"从这个接点可以进入哈尔的中央处理器。我要你把这个小玩意装在这条大缆线后面。这个地方，不特别找是找不到的。"

"原来如此。这是一个遥控装置，有必要的时候，你可以随时将哈尔断电。很精巧，而且做成一个绝缘的薄片，以防触发时出现短路。这玩意是哪里做的？中情局？"

"别管这个了。遥控器在我房间里，就是我经常放在桌上的那个红色计算器。按入九个九，取平方根，然后按INT键。就这样。我不确定有效距离有多远，试试看才知道。不过，只要列昂诺夫号与发现号之间的距离不超过两三公里，我们就不用担心哈尔再发狂了。"

"这件事你打算告诉谁？"

"嗯，我唯一不想告知的人是钱德拉。"

"我想也是。"

"不过人多嘴杂，所以知道的人越少越好。我打算告诉塔尼娅有这回事，而在紧急状况下，你可以教她如何操作。"

"什么样的紧急状况？"

"这个问题可不太聪明，沃尔特。假如我知道的话，我就不需要这鬼东西了。"

"也对。那你要我什么时候装上这个秘密的'哈尔克星'？"

"越快越好。最好是今晚趁钱德拉睡觉的时候。"

"你开玩笑吧？我想他整晚不睡觉。他现在像个照顾病儿的妈妈。"

"嗯，他偶尔还是必须回列昂诺夫号吃饭吧。"

"告诉你一个消息。他上次去发现号的时候，在航天服上绑了一小袋米。搞不好他准备要在那边待上好几个星期。"

"看来我们只好动用卡特琳娜著名的迷魂药了。上次你已经领教过了，不是吗？"

库努显然在拿钱德拉开玩笑，虽然旁人看不出来，因为他经常会语出惊人而面不改色。但至少弗洛伊德看得出来。那些俄国人也是花了很久的时间才了解这件事，之后为求自保，他们总是先笑了再说，不管库努是否真的在开玩笑。

幸好，自从上次弗洛伊德在出发的航天飞机上第一次听到之后，他的笑声已经大大减少了；而且在那个场合，显然是有酒精助兴。这次为庆祝列昂诺夫号与发现号成功会合所举办的派对上，他本来很期待再借酒装疯一下。不过，这一次他虽然也喝了不少，但刻意保持了清醒——和舰长奥尔洛娃一样清醒。

他很清醒地执行弗洛伊德交代他的任务。打从地球一路上来，他一直都只是个乘客。现在，他已经升格为正式人员了。

21

哈尔复活

我们正要去叫醒一个熟睡中的巨怪，弗洛伊德告诉自己，经过这么多年之后，哈尔对我们的出现会有什么反应呢？他记得过去的事情吗？他会对我们表现友善还是敌意呢？

当他跟在钱德拉背后飘进发现号飞行甲板上的零重力环境时，弗洛伊德心里一直都离不开那个断头开关——几个小时前刚刚安装和测试完毕。无线电遥控器离他的手只有几厘米，现在就把它带在身上让他觉得有点傻。现阶段，哈尔还没和舰上任何运行回路联机。即使将他重启，充其量也只是仅有大脑而无四肢，虽然可能有感知。他可能会与外界沟通，但无法付诸行动。正如库努说的："他再怎么耍狠也就只是骂人而已。"

"我已经准备好做初步的测试，舰长。"钱德拉说，"所有缺少的模块都已经替换，而且诊断程序也运行了所有回路。一切显示正常，至少就目前测试的层面而言。"

舰长奥尔洛娃瞄了弗洛伊德一眼，他微微点个头。从一开始钱德拉就一直坚持，这个极为重要的场合只准三个人参与；不过很显然，即使观众这么少，仍然不受欢迎。

"很好，钱德拉博士。"向来一板一眼的舰长马上说道，"弗洛伊德博士已经批准，我本人也不反对。"

"让我解释一下，"钱德拉颇不以为然地说道，"他的声音辨识和语音合成中枢都已经损坏了。我们必须从头教起。还好，他的学习速度是人类的好几百万倍。"

钱德拉的手指飞快地在键盘上打出十几个互相没有关联的字，每打出一个字，他就接着很仔细地念出来。扩音器里立刻重复播出这些字，但音调呆滞、机械，没有任何智慧的感觉，像失真的回音一样。这不像以前的哈尔，弗洛伊德心想，不比那些我们小时候十分好奇的、最原始的说话娃娃强多少。

钱德拉按下重复键，扩音器再次回放同一串字，但声音质量已有明显的改善，虽然大家听得出来那不是真人讲出来的。

"我给他的这几个字包含了英语的基本语音要素，只要再重复改进十次，他的音调就差不多可以了。不过我手边没有适当的设备好好地帮他治疗一下。"

"治疗？"弗洛伊德问道，"你的意思是说——呃，他脑部受损？”

"不是！"钱德拉回答，"所有逻辑回路都完全没问题，只是声音输出部分有缺陷，但可以逐步改善。为避免误解，最好每句话都有视觉显示器作辅助对照；而且对他讲话的时候，发音要准确一点。"

弗洛伊德向奥尔洛娃舰长苦笑一下，然后问了一个很现实的问题。

"那这里一大堆俄国腔怎么办？"

"我想奥尔洛娃舰长和科瓦廖夫博士应该不成问题。至于其他的人——嗯，我们得分别测试才知道。通不过测试的只好用键盘了。"

"看起来似乎还有很长的路要走，目前就只有你需要与他沟通。对吧，舰长？"

"正是。"

钱德拉博士轻轻点几下头表示了解，手指头继续在键盘上翻飞，屏幕上快速显示出一大堆的文字和符号，其速度之快不是一般人能够消受得了的。也许钱德拉有惊人的记忆，可以过目不忘。

当弗洛伊德和奥尔洛娃正要离开这位浑然忘我的科学家时，钱德拉突然回过神来，举起一只手像是在警告或期望什么。相对于刚才的快动作，他有点迟疑地拨回锁定杆，并且按下唯一的一个键。

几乎没有任何停顿，操作台传来一个声音，听起来不再是机械地模仿人类语音。这里面已经有智慧、知觉和自我意识的成分——虽然还在最初级的层次。

　　"早安，钱德拉博士。我是哈尔。我已经准备好上我的第一课了。"

　　一时之间，大家都震惊得说不出话来。随后，两位旁观者离开了甲板。

　　弗洛伊德简直无法相信这是真的，钱德拉博士则哭了起来。

IV

拉格朗日

22

老大哥

"⋯⋯真高兴听到海豚宝宝出生的消息！我可以想象海豚爸妈骄傲地把它们的宝宝带进屋里时，克里斯兴奋的模样。你真该听听我的舰友们看到录像带中海豚全家一起游泳，还有克里斯骑海豚的镜头时，发出的"哦哦，啊啊"声。他们建议给宝宝取名叫'斯普特尼克'（Sputnik），俄文的意思是'同伴'，也是他们的一颗人造卫星的名字。

"很抱歉自从上次发给你信息之后，很久没再联络；不过从新闻报道中，你应该稍微知道我们已经完成了一件重要的任务。即使是奥尔洛娃舰长也已经放弃按表操作的要求，问题一来就马上解决，谁碰到谁解决。我们都要累到不行时才能睡上一觉。

"全体舰上人员对目前的工作成果都深感骄傲。两艘宇宙飞船都可正常操作，哈尔的第一轮测试工作也接近完成。在几天之内，我们将会知道他是否能担当重任，驾驶发现号去与'老大哥'完成最终的会面。

"我不知道这个名字是谁取的——但可想见的是，那些俄国佬并不捧场。而且，他们对我方的官方名称'TMA-2'更是极尽嘲讽——好几次——说这是距月球第谷坑十亿公里内最可笑的名字。根据鲍曼的报告，它并无磁性异常的现象。因此它跟月球上的'TMA-1'第谷石板唯一的相似之处只有形状。我问过他们，取什么名字最恰当，他们的回答是'札轧卡'（Zagadka），俄文的意思是'谜'。这确实是个好名字，但每次我尝试念它的时候，总是引来一阵笑声。所以我坚持称它为'老大哥'。

"无论你怎么称呼它，它目前距离我们只有一万公里，不到一小时的路程。但我不避讳地说，这段路程最让大家紧张。

"我们一直希望在发现号上找到有关老大哥的新信息，但很遗憾到目前一无所获。当年发现号与老大哥接触时，哈尔早就被断连了，对发生的事情当然毫无记忆。鲍曼的记忆也随着他一起不知所终。我们翻遍舰上的航行日志，找遍所有的自动记录系统，也都没发现任何蛛丝马迹。

"我们唯一的新发现是一项私人物品——鲍曼留给他母亲的一则信息。我很好奇他为什么没发出去，显然他当时预计——或是希望——在最后那次舰外行动之后，可以回到舰上。当然，我们已经将它转寄给鲍曼的母亲——她目前住在佛罗里达州的某间养老院里，精神状态很差，因此这条信息对她来讲没多大意义。

"嗯，以上是这次的消息。我无法形容我有多想念你……以及地球上的碧海蓝天。这里的颜色总是红、橙、黄，和绚烂的夕阳一样美丽；但一会儿，就转变成令人讨厌的、来自光谱另一端的冷色调。

"我爱你们两个。我会尽快再打给你。"

23

相　会

　　列昂诺夫号上的控制论专家捷尔诺夫斯基，是舰上唯一能用专业术语与钱德拉沟通的人。虽然哈尔的主要创造者兼导师一直不太愿意相信任何人，但他实在太累了，不得不接受别人的帮助。一个俄国人和一个印度裔美国人形成了一个暂时性的联盟，两人合作无间。这都要归功于捷尔诺夫斯基的好脾气，他不但能嗅出钱德拉何时需要帮忙，而且也摸清楚他何时不希望被打扰。虽然捷尔诺夫斯基的英语很烂，但这完全没有妨碍，因为大部分时间他俩都是用别人听不懂的"计算机术语"在交谈。

　　经过一个星期缓慢和仔细的重新整合，哈尔所有的例行监察功能都运作得非常稳定。他就像一个会走，会执行简单命令，会做一些非技术性的工作，并会进行低层次对话的人。以人类的标准来说，他目前的智商大概只有五十，他原有的各项人格特质几乎都尚未浮现。

他仍然是个梦游者，但根据钱德拉的专业判断，他已经有能力驾驶发现号，从绕行艾奥的轨道出发，去会见老大哥。

大伙都很高兴，因为他们暂时可以逃离下方的地狱，到七千公里外的地方去。从天文距离来说，七千公里根本不算什么，但足够把天空中无时不在的地狱景象——但丁和耶罗尼米斯·博斯[1]都描述过类似的景象——暂时抛开。虽然艾奥上最猛烈的火山爆发都未曾冲击到宇宙飞船，但何时会创造新纪录谁也不知道。不出所料，列昂诺夫号观察甲板上的能见度越来越差，因为硫黄粉末越积越厚，早晚得派人出去清理一下。

当哈尔再度控制发现号时，舰上只有库努和钱德拉两个人，不过控制的范围极为有限，他只能重复执行输入于其内存里的程序，并监督执行的情形。而人类成员则监督他，假如出现任何异状，他们便马上接管控制权。

第一次的燃烧推进进行了十分钟，接着，哈尔报告说发现号已经进入转换轨道。列昂诺夫号以雷达和光学追踪器确认之后，也随后跟进。在飞行途中，他们做了两次的路径微调。三小时十五

1　耶罗尼米斯·博斯（Hicronymus Bosch，1450—1516），荷兰画家，其作品多描绘罪恶与人类道德的沉沦。绘有由"伊甸园""人间乐园""地狱"组成的著名三联画《人间乐园》。

分钟之后，两艘宇宙飞船都平安无事地抵达了"第一拉格朗日点"（L.1）——在艾奥与木星的连线上距艾奥一万零五百公里处。

一路上哈尔的表现无懈可击，钱德拉难掩心中的满意和欣慰。不过在这节骨眼上，大家心里挂念的是另一件事情，别名"札轧卡"的老大哥已经只在一百公里外了。

从这里望去，它比在地球上看到的月亮还大；它的边缘异常平直，形状异常完美，超乎每个人的想象。本来如果只以太空为背景，它是完全看不见的，但现在由于后方三十五万公里处不断疾驰的木星云层的衬托，它的轮廓被生动地突显出来。那些云层还会产生如真似幻的效果，让人永难忘怀。由于它的真实位置无法用眼睛判断出来，老大哥看起来仿佛是木星表面上的一扇活板门。

没有人知道目前的一百公里距离会不会比十公里安全些，或者比一千公里危险些；只是心理感觉，对第一次侦察行动来说一百公里似乎刚刚好。在这个距离用望远镜观察，可以看清楚几厘米大小的细节，但事实上什么也没看见。老大哥看起来完全没有特征，对一个或许已经被太空中无数碎屑轰击数百万年的东西而言，这真是个异数。

当弗洛伊德用双筒望远镜仔细观察时，他觉得伸手就可摸到那如乌檀木般光滑的表面。多年前在月球上他曾摸过类似的东西。第一次是戴着航天服手套摸的，当第谷石板被装进一个半球形的加压容器后，他才有机会赤手摸它。

不过都没区别，他并未真正感觉摸到TMA-1，只觉得指尖好像掠过了一个无形的障碍物，而且用力越大，排斥力也越大。他不知道老大哥是否也有相同的效应。

在更加靠近之前，他们必须想尽办法做各种测试，并且将结果一一报告给地球。他们的处境很像一组防爆专家在拆解一枚新型炸弹。他们很清楚，即使用最微弱的雷达探测，也有可能触发超乎想象的大灾难。

在最初的二十四小时里，他们只敢用被动式的仪器，如望远镜、照相机、各种波长的传感器等观察。奥尔洛夫也利用这个机会测量石板的尺寸，精确到小数点后六位，确认老大哥符合著名的比例1：4：9。也就是说，它的形状和"小弟"TMA-1一模一样，但是长度足足有两公里，是小弟的七百一十八倍。

这引发了第二波对数字之谜的猜想。人们为1：4：9这个比例——最小的三个正整数的平方比——吵了好几年。其实那可能只是个毫无意义的巧合而已，但现在却有了新的数字去猜想。

回到地球上，一大批统计学家和理论物理学家立即兴高采烈地玩起计算机来，试图将这个比例与自然界的若干常数，像光速、质子对电子的质量比、精细构造常数等拉上关系。另外一大票吵吵嚷嚷的命理学家、星象学家、神秘主义者这些，也来凑热闹瞎起哄。他们把埃及大金字塔的高度、英格兰巨石阵的半径、秘鲁纳斯卡线的方位角、复活节岛的纬度，以及一大堆乱七八糟原本用来算命的数字也统统拉进来。即使有一位华盛顿的著名搞笑艺人宣称，根据他的计算，1999年12月31日是世界末日，他们也丝毫不为所动。

同样，老大哥对两艘宇宙飞船进入它的地盘似乎也不为所动。他们小心翼翼地用雷达波探测它，用一连串无线电脉冲轰击它，希望能引起任何智慧听众以相同的方式响应。

经过两天徒劳无功的努力，任务控制中心准许两艘宇宙飞船更靠近老大哥，做更详细的观测。从五十公里的距离观察，那块石板最大的一面看起来约有地球上所见月亮的四倍宽——很大，但还没大到产生心理威胁。它跟有它十倍宽的木星还是没的比。因此，大伙的心情从原先的战战兢兢变得有点不耐烦。

库努道出了大伙的心声："老大哥很可能想跟你耗个几百万年呢，我看我们早一点走吧。"

24

侦察行动

当初发现号离开地球时，舰上有三艘小型的分离舱，让航天员不必穿航天服就可以很舒适地执行各种舰外活动。后来，其中一艘在一场意外事故中毁了——假如你叫它是意外的话——普尔也当场殉职。另一艘载着鲍曼去会见老大哥，结果双双行踪成谜。第三艘目前仍然停放在发现号的"舱库"中。

不过，它缺了一个重要的零件——舱口盖；当初哈尔拒绝开启舱库的门，指挥官鲍曼冒着暴露于真空的危险强行打开紧急气闸时，那个舱口盖被空气压力掀掉了。掀掉时的威力很大，分离舱被冲到好几百公里外，鲍曼在慌忙之中利用无线电遥控好不容易把它收了回来。当时情况很紧急，他没有时间换一个新的舱口盖，想起来也是合理的。

现在，三号分离舱（布雷洛夫斯基用喷漆喷上了"妮娜号"，却拒绝做任何解释）正准备从事另一项舰外行动。它仍然没有舱口盖，但无所谓，因为这次不载人。

当初鲍曼只顾执行任务而无暇顾及受损的分离舱，现在反而变成了一个好处，不利用实在可惜。用妮娜号做无人侦察小艇，可以尽量靠近老大哥而无人命的顾虑。至少理论上是如此。没有人知道老大哥会不会恼羞成怒，激烈反击而毁了宇宙飞船。毕竟，就天文尺度而言，五十公里可说是一纸之隔。

经过多年的弃置，妮娜号看起来非常脏。她的表面覆盖着零重力环境下到处飘浮的尘埃，原先洁白无瑕的外壳现在变成了暗淡的灰色。当她从宇宙飞船缓慢加速离去时，她外面的机械手臂都收叠得很整齐，椭圆形的窗口像只毫无生气的大眼睛瞪着外层空间。整个看起来，她一点都不像个体面的人类大使。不过这样也好，如此不起眼的大使也许比较容易被接受，而且它小巧的体形和缓慢的速度，足以表达和平与善意。原先有人建议，她应该以敞开双手的姿势会见老大哥，但立即被否决；大多数人都认为，假如他们看到妮娜号张牙舞爪地迎面而来，他们一定会转身逃命。

经过两小时慢条斯理的旅行，妮娜号在那块巨大石板的一个端角前约一百米停下。其实从这么近的距离无法感觉到它真正的形状，电视摄影机所拍到的只是一个尺寸不明的黑色四面体的一角。舰上所有仪器都测不到任何放射线或磁场，除了施舍一点反射的太阳光之外，老大哥什么东西都不给。

妮娜号停留了约五分钟——根据原定计划，这相当于打招呼："哈啰！我来了！"——然后又开始慢慢移动，先沿着最小面的对角线，其次是较大面的对角线，最后是最大面的对角线，而且一直保持五十米的距离，但偶尔会接近到五米。无论距离远或近，老大哥看起来都是一个样——光滑、没有特征。任务还没完成一半，两艘宇宙飞船的所有观众都已经索然无味，各自回头做自己的事了，只时不时瞄一下监视器。

当妮娜号好不容易回到原来的位置时，库努已经按捺不住地说道："就这样了，我们总不能一辈子做这种一无所获的事吧？妮娜号怎么办——叫她回来？"

"不。"奥尔洛夫从列昂诺夫号上透过网络插嘴道，"我有个建议。把她移到石板最宽的一面的正中央去，静止在距离一百米的地方，而且将雷达调整到最大精确度。"

"没问题，不过会稍微有一点浮动。不过请问，这样做用意何在？"

"我只是忽然想起以前在大学上天文学时候做过一个习题：求一个无限大平板所产生的万有引力。我一直都没有机会应用在实际的生活中。假如让我观察妮娜号的运动几个小时，我至少可以算出"札轧卡"的质量——假如它有质量的话。我已经开始认为，那里其实什么也没有。"

"有更简单的方法，我们最后也会做的。让妮娜号去碰触那玩意儿。"

"她早就碰到了。"

"你什么意思？"库努很愤慨地问道，"我从来没有让她靠近到五米以内。"

"我不是说你的操控技术不好。其实第一次能操控得这么细腻已经很不错了，不是吗？但你每次使用妮娜号的推进器时，喷气就已经轻轻地碰到札轧卡的表面了。"

"那不过是一只跳蚤在大象背上跳舞罢了。"

"也许吧。但我们什么也不知道。无论如何，我们最好假设它已经意识到我们的存在。它现在还隐忍不发，只因为我们还没惹火它。"

不过，有些问题他没有点出来。一个人如何去惹火一块两公里长的黑色长方形石板？它被惹火后又会是什么样子？

25

拉格朗日景观

　　天文学中充满许多巧合的事件，但仅止于巧合而已，没有什么特别的意义。最有名的一件就是，从地球上看起来，太阳和月亮的直径几乎相同。同样地，老大哥目前所在的地方，也就是位于木星与艾奥连线的L.1平动点上，也有类似的现象。从这一点看去，木星和艾奥看起来也是一样大小。

　　它们的尺寸可不得了！不像太阳和月亮那样只有可怜的半度[1]大小，它们的直径足足有四十倍大，面积则有一千六百倍大！人们只要看到它们中的一个，心里便油然而生敬畏与赞叹，两个在一起的奇景更是震撼人心。

1　天文学中表示天体大小的单位，太阳和满月的角直径约为半度。

每隔四十二小时，木星和艾奥刚好都完成一个盈亏周期。当艾奥为新月时，木星则为满月，反之亦同。即使太阳躲在木星背后，木星仅仅显现其黑暗面，你仍然可以看到一个巨大的圆形黑影遮蔽住星光。不过这个黑影里，经常会出现持续数秒钟的闪电亮光，那是巨大的放电效应所产生的，其范围比整个地球还要大。

在天空的另一边是艾奥，它永远以同一面对着木星。其表面宛如一大锅红色或橙色的东西缓缓地沸腾，偶尔会出现火山爆发，喷出黄色的云雾，然后很快落回表面。艾奥和木星一样，表面上没有固定的地形地貌，几十年就翻新一次——木星更快，几天内就翻新一次。

当艾奥由盈转亏来到下弦月时，可以看到木星表面的带状云层，在遥远、微弱的阳光下，一条一条并列着。有时候，艾奥或其他外围卫星的影子会飘过木星表面，而且每绕一圈回来，都会经过那个叫作"大红斑"的巨大气旋——一场可以吞下地球的飓风，其存在即使不以千年计，也有数百年的历史。

盘桓在这么多天文奇景之间，列昂诺夫号上所有的成员搜集到的资料一辈子也研究不完。不过，木星系统的研究在优先次序上，却被排在最底端；老大哥永远是最优先的。虽然目前宇宙飞船已经移到只剩五公里的距离，但奥尔洛娃舰长仍不批准任何直接的实际接触。"我要继续等，"她说，"直到必须紧急撤退为止。我们就在这里等着瞧，直到有隙可乘，到时候再决定下一步怎么走。"

经过五十分钟缓缓地降落，妮娜号终于着陆在老大哥的表面上。奥尔洛夫因此计算出老大哥的质量：竟然只有九十五万吨，差不多是空气的密度。或许它是中空的吧？如果是，那么里面是什么样子呢？这又是个没完没了的问题。

但是，舰上有许多日常生活的杂事让他们疲于奔命，无法专心研究这些重要的议题。无论是列昂诺夫号或是发现号，虽然两艘宇宙飞船已经连接起来，大大提高了工作效率，但是花在处理日常例行事务的时间仍然占总工作时间的九成。由于库努曾经向奥尔洛娃拍胸脯保证，说发现号的旋转区绝对不会突然停止运转而造成两艘宇宙飞船的损坏，因此现在才有了条方便的通道来往两舰之间，不用每次都要穿上航天服，或从事费时的舰外活动。每个人都很高兴，除了布雷洛夫斯基，因为他最喜欢到外面去骑扫帚柄。

钱德拉和捷尔诺夫斯基则觉得没有区别，他们两人一直窝在发现号上，不分昼夜地与哈尔没完没了地对话。他们几乎每天都会被问："你们什么时候会弄好？"他们拒绝做任何预测，因为哈尔仍然是个低能的白痴。

然而，在会见老大哥一个星期之后，钱德拉突然宣布："我们弄好了！"

当时在发现号的飞行甲板上，只有两位女性医护人员不在场，因为那里没她们的事——她们只在列昂诺夫号上通过监视器观看。弗洛伊德站在钱德拉的正后方，手不离口袋里的"巨怪杀手"——这是库努取的名字，他最擅长这个。

"容我再强调一遍，"钱德拉说道，"大家都不准讲话。你们的腔调会把他搞得晕头转向，全部由我来讲，其他人一概不准吭声。听清楚了吗？"

钱德拉的表情显示他已经濒临累垮的边缘，但声音里带有未曾有过的权威。奥尔洛娃在其他地方也许是头儿，但在这里，钱德拉才是主人。

一旁的听众，有的抓着把手固定自己，有的飘来飘去，个个都点头同意。钱德拉关闭一个音频开关，然后以温和、清晰的声音说道："早安，哈尔。"

只过了片刻时间，弗洛伊德却仿佛过了好几年。哈尔的回答不再是单调的电子玩具声："早安，钱德拉博士。"

"你觉得可以重返你的工作岗位了吗？"

"当然。我现在已经完全可以胜任了，我所有回路都完全正常运行。"

"那么你介意我问你几个问题吗？"

"一点也不。"

"你记得AE-35天线控制组件故障的事吗？"

"完全不记得。"

虽然钱德拉警告在先，但旁边仍然传出一声小小的惊呼。弗洛伊德一边将手伸向无线电遥控器，一边想着，这简直是在闯雷区嘛。假如钱德拉的这句问话触发了另一次精神异常，他会在一秒钟内杀死哈尔。（他已经预演过十几次，绝不会失手。）但是对计算机来说，一秒钟是很长的时间，因此必须好好把握。

"你不记得鲍曼或普尔出去更换新的AE-35组件吗？"

"不记得。不可能发生过这件事，不然的话我一定会记得。鲍曼和普尔现在在哪里啊？他们是谁？我只认得你一个人——不过根据我的计算，站在你后面的那个人有百分之六十五的几率是弗洛伊德博士。"

由于钱德拉严厉警告在先，弗洛伊德不敢出声褒奖哈尔。经过整整十年，百分之六十五是非常好的成绩，即使是人类，很多人的表现还没这么好。

"别担心，哈尔，以后有时间我会说明一切。"

"那次任务完成了吗？你知道我一向对任务都是很认真的。"

"任务已经完成了，你已经执行完程序。现在，如果你不介意，我们想私下谈一谈。"

"没问题。"

钱德拉关掉主控制台的影音输入。就舰上这个部分而言，哈尔现在是又聋又盲。

"好了，这到底是怎么一回事？"奥尔洛夫质问道。

"就是说，"钱德拉谨慎地字斟句酌，"我已经将哈尔从出事那一刻开始的记忆完全洗掉了。"

"听起来很了不起，"科瓦廖夫赞叹道，"你是怎么做到的？"

"这恐怕说来话长，解释起来比实际操作还困难。"

"钱德拉，虽然我的能力不如你和捷尔诺夫斯基，但好歹也是个计算机专家。就我所知，9000型系列都是采用'全息记忆法'，是吧？因此你无法光用'时间排序法'消除它。它一定有某种'带虫[1]'，可以锁定特定的字词或概念。"

"绦虫？"鲁坚科通过舰上的通话系统说道，"那是我的专业。不过我真庆幸只见过泡在酒精里的标本，从未见过活的。你们到底在说什么？"

"计算机术语，卡特琳娜。在很久以前——非常古早的时代——人们是用磁带做内存。于是有人就写出一种程序，专门瞄准并摧毁——或者吃掉，如果你喜欢这么叫的话——任何有用的记忆。你对人体能不能做同样的事情，比如催眠术？"

"能，但通常能不做就尽量不做。事实上，我们从不会真正忘记任何事，只是我们总自认为会。"

"计算机不一样，当我们要它忘记什么，它会照办。有关的信息会完全被洗掉。"

1　原文为tapeworm，与下文的"绦虫"原文为同一单词。——译注

"你是说哈尔已经完全忘了他的……不良行为？"

"我不敢百分之百确定，"钱德拉回答，"有可能当'带虫'正在寻找猎物时，有些记忆刚好在从一个地址移到另一地址的途中……不过这个可能性微乎其微。"

"很有趣，"奥尔洛娃说道，"不过目前最重要的问题是，未来我们还能信赖他吗？"

弗洛伊德抢在钱德拉之前回答道：

"以后不会再有类似的情况出现了，我可以打包票。整个问题的关键在于，我们很难向计算机解释什么叫安全。"

"向人类解释也很难。"库努喃喃自语，但没有降低音量。

"我希望你说对了，"奥尔洛娃嘴里这么说，但心里不是很认同，"下一步怎么办，钱德拉？"

"没什么特别难的。只是需要花很多时间，而且枯燥无味。现在我们给他设定程序让他开始规划逃离木星的一系列动作——并且将发现号开回家。从我们回到高速轨道上算起，三年后才回得了家。"

26

缓　刑

收件人：米尔森，国家航天委员会主任委员，华盛顿

寄件人：弗洛伊德，美国宇宙飞船发现号上

主旨：舰上计算机哈尔9000故障事件

等级：机密

钱德拉博士（以下简称C博士）目前已经完成哈尔的初步检查。所有遗失的零件模块已经补回，计算机看起来完全可以使用。C博士的行动细节及结论，请参阅他和捷尔诺夫斯基共同拟定的报告书，该报告书将于最近提交。

同时，你曾要求我将报告书内容以非技术性的方式撰写一份摘要，提供给委员会诸公——尤其是给新任的

委员，因为他们对本事件的背景不熟悉。坦白说，我很怀疑我是否适合做这件事，你知道，计算机并非我所长。不过我会尽力而为。

问题的根本在于哈尔的基本指令与安全需求之间的冲突。总统先生曾亲自下达指令，TMA-1的存在必须列为最高机密，只有经过批准的人才准许获得相关资料。

当TMA-1被挖掘出土并且向木星方向发射信号时，发现号远征木星的任务已经进入最后的规划阶段，舰上主要人员（鲍曼和普尔）的任务只是将宇宙飞船驶往目的地，他们并未被告知有一个新的探险目标。为减低泄密的风险，执行调查任务的小组人员（卡明斯基、亨特、怀特黑德）除了被隔离训练之外，在出发前就已经被安排进入低温睡眠状态。

我想提醒你的是，当时（请参阅我的备忘录，编号NCA 342/23绝密，2001年4月30日）我曾提出许多理由反对这项做法，但都被高层驳回。

由于哈尔有能力独立驾驶宇宙飞船，不需人类的协助，因此他们决定扩增哈尔的程序，让他可以在舰上人员无法执行任务或死亡时，自动接掌任务。因此，他完全了解此行的目的，但不允许透露给鲍曼和普尔。

这种安排与当初设计哈尔的目的发生了严重冲突，

因为根据原先的设计，他必须非常精准地、毫无曲解地、毫无隐瞒地处理所有信息。如此一来，哈尔罹患了人类所谓的"精神错乱"，具体说，就是"精神分裂症"。C博士告诉我，以专业术语来说，哈尔陷入了一个所谓"霍夫施塔特—莫比乌斯循环"里。这种症状在先进的计算机里并不罕见，尤其是在执行"自动目标搜寻"程序的时候。他并且建议，若需要进一步的数据，请联系霍夫施塔特教授本人。

讲得简单一点（希望我没有误解C博士的原意），哈尔面临严重的两难情况，因而引发偏执症状，而这与地球对他的监控直接相悖。他因此想要中断与任务控制中心的联系，第一步就是谎报AE-35天线组件发生故障。

这不是单纯的说谎问题。这个谎不但让他的"精神错乱"进一步恶化，而且导致他与舰上人员直接的冲突。他很可能认为（当然目前只能猜测），脱离此困境唯一的办法就是干掉他的人类同事——他几乎成功了。若以纯客观的角度来看，假如他独自继续执行任务，没有"人为干扰"，结果会是如何？这是个很有趣的问题。

以上是我从C博士处获知的事情梗概，我不想多问，因为他为这事已经累坏了。即使如此，我必须坦白讲（请将这句话列为最高机密），C博士并不是个很合作的人——虽然在团队里必须合作才行。他一味地袒护哈尔，这种态度使讨论问题变得非常困难。即使原本应该保持中立的捷尔诺夫斯基，有时也会跟他一个鼻孔出气。

无论如何，唯一最重要的问题是：将来哈尔还可靠吗？当然，C博士绝对可靠。他宣称他已经将那次的不幸事件，以及曾经被断连的不愉快记忆，完全从计算机里消除掉了。同时，他也不相信哈尔会有类似人类所谓的罪恶感。

不管怎么说，看起来上次发生的问题绝不可能再度重演。虽然哈尔经常有些怪癖，但这些怪癖本质上不会有惹祸之虞，有些只会造成小小的困扰，有些甚至于很滑稽。而且你也知道——但C博士仍被蒙在鼓里——我已经采取若干防范措施，不得已的时候可以拿出来完全控制局面。

总而言之，哈尔9000的复原情况非常良好，我们甚至可以正式宣告他的缓刑。

我很怀疑他是否获知此事。

27

插曲：真情告白

　　人类的心智有非常惊人的调适能力，即使是最稀罕的事，只要过一阵子，都会变得稀松平常。列昂诺夫号的舰上人员有时会暂时孤立自己，这种下意识的动作也许有助于保持心理的平衡。

　　遇到这种情况时，弗洛伊德博士常常会想，像库努这样的人倒是个例外，他老是喜欢带头凑热闹。不过，这次他引发的一段插曲——科瓦廖夫在事后称之为"真情告白"——确实是无意中造成的。事情发生得很自然，当时他正在抱怨舰上的零重力供水设备不足，这也是所有人的共同心声。

　　"假如我可以祈求一个愿望的话，"他在一次例行的"六点钟苏维埃会议"上感慨地说，"我希望现在能浸在一个满是泡沫、松香味扑鼻的浴缸里，只让鼻子露出水面。"

大伙发出一阵喃喃的同意声，跟着是一阵欲求无法满足的叹息。鲁坚科立即提出挑战：

"真颓废，沃尔特，"她微笑着表示不以为然，"这让你听起来像个罗马皇帝。假如我能回到地球，我会做更有意义的事情。"

"比如说？"

"嗯……各位能容许我也回到过去吗？"

"随便你。"

"当我还是个小女孩的时候，我经常利用假日前往格鲁吉亚共和国的一处集体农场。那里有一匹很漂亮的帕洛米诺马，是农场的场长用他在当地黑市赚的钱买来的。他是个坏蛋——但是我喜欢他。他经常让我骑着亚历山大在乡下到处溜达。虽然很危险，但那是我在地球上最美的回忆。"

在一阵感动的静默之后，库努问道："还有谁志愿发言？"

每个人似乎都沉浸在各自的回忆里，假如不是布雷洛夫斯基打破沉默，这出戏就唱不下去了。

"我最喜欢潜水，那是我的最爱，只要有空我就会去潜水——在我受训期间，一直都没中断。我到过太平洋上的许多环礁、大堡礁、红海——珊瑚礁是世界上最美丽的地方。不过我记忆最深刻的是一个非常特别的地方——日本的一处海藻林。它像一座海底大教堂，太阳光从巨大的叶片之间洒落下来，感觉既神秘又神奇。从那次以后我没再去过，也许下次去的话，感觉就不一样了。不过我还是想再去一次。"

"很好。"库努说。和往常一样，他已经自命为主持人了。"下一位是谁？"

"我的答案很简短，"奥尔洛娃说，"莫斯科大剧院的《天鹅湖》。但瓦西里一定不同意，他讨厌芭蕾舞。"

"我也讨厌。不管这些，那你最喜欢什么，瓦西里？"

"我本来想说潜水，但是被马克斯先说了。我要选个反方向的——滑翔翼。在某个夏日，翱翔于白云之间，四周一片寂静。嗯，也不是完全寂静，空气扫过翼面时还是很吵，尤其是在倾斜转弯的时候。这是享受地球的最佳方式——像鸟一样。"

"泽尼娅呢？"

"很简单。在帕米尔滑雪。我喜欢雪。"

"你呢，钱德拉？"

库努抛出这个问题时，全场气氛骤变。经过这么久了，钱德拉仍然是个陌生人，与大伙相敬如"冰"，从不显露自己的感情。

"我小的时候，"他缓缓地说道，"祖父曾经带我到恒河畔的瓦拉纳西——也叫作贝拿勒斯——朝圣。假如你没去过，恐怕无法真正了解。对我来说，即使到今天，对许多印度人而言，无论他信什么教——那个地方就是世界的中心。将来有一天我还想去。"

"你呢，尼古拉？"

"嗯，有人喜欢海，有人喜欢天空，我两者都喜欢。以前我最喜欢玩风帆，现在恐怕太老了，但我还是想试试看。"

"最后只剩下你了，伍迪。你最喜欢什么？"

弗洛伊德毫不思索，他下意识的回答不但吓了别人一跳，也把自己吓了一跳。

"只要能跟我的小儿子在一起，在地球的哪里都无所谓。"

就这样，该说的都说了。散会。

28

无力感

"……你已经看过所有的技术报告，迪米特里，因此你应该了解目前我们的无力感。再多的测试和测量，都无法获得新的数据。札轧卡依然故我，占据半个天空，对我们完全不理不睬。

"然而它不可能是惰性的——完全不像遭弃的宇宙飞船。奥尔洛夫指出，它一直都在采取若干主动的动作，才能停留在这个不稳定的平动点上。否则它在很久以前，早就像发现号一样偏离正常位置，撞毁在艾奥上了。

"那么，我们下一步该怎么办？我们舰上又没有核弹——这违反联合国2008年第3号议案。我只是开玩笑……

"现在我们的压力比较小了，而且距离回程的发射窗口还有好几个星期，因此我们现在除了无力感之外，还多了一份无聊感。

别笑——我可以想象你在莫斯科听了这些有什么反应。一个智慧很高的人在这里目睹人类前所未见的许多伟大奇景，怎么还会喊无聊呢？

"不过真的很无聊。舰上的士气已经大不如前。以往大伙的健康情况都好得不得了，现在呢，几乎每个人都有问题，不是小感冒就是胃不舒服，或者是各式各样的外伤。卡特琳娜医师的药丸药粉似乎没什么用；她现在一筹莫展，只会骂我们出气。

"萨沙为了让大伙快乐起来，在舰上的布告栏上推出一系列的短文，主题叫作'踩扁俄英文'，列出一些好玩的俄英混合字及其字义的误用，等等。回地球之后，我们都必须想办法祛除这种玩笑造成的'语言污染'。我好几次在无意中听到你的同胞在用英语闲聊，他们自己都没意识到，只有碰到比较困难的字才改为俄语。另外有一天，我突然发觉我在跟沃尔特说俄语，我俩居然好几分钟都没有发觉。

"最近发生过一件意外，正可让你了解我们目前的心理状况。某个烟雾报警器在半夜里突然触动警铃。

"嗯，原来是钱德拉私自夹带要命的雪茄上船，最近已经忍无可忍禁不住诱惑了。结果他像一个坏学生一样在厕所里偷着抽烟。

"当然，他尴尬死了，大家在惊吓之后都歇斯底里地笑翻了。你知道的，有些笑料对外人来说根本不值一提，但对一群还算是知识分子的人而言，却是历久弥新，每次想到就忍不住笑出来。事后

175

几天里，只要有人做手势假装点烟，每个人一定都会笑到不行。

"更好玩的是，假如有一天钱德拉偷偷躲进气闸里，或者暗地里把烟雾报警器关掉，大家也会毫不介意。不过他对自己这项人性弱点颇感羞愧，因此现在花更长的时间跟哈尔相处。"

弗洛伊德按下"暂停"键，停止录音。也许这样取笑钱德拉有点不妥，虽然他老想这么做。在过去几个星期里，人性中各式各样的小瑕疵都一一浮现，甚至有些人没什么事也会吵起来。弗洛伊德不免反躬自省：我的行为又如何？我真的是无可挑剔吗？

就拿库努那件事来说吧，弗洛伊德至今仍然不知道自己是否处理得当。他一向不是很喜欢这个大块头工程师，也不欣赏他的大嗓门。不过自从那件事之后，他的态度有了很大的转变，从尽量包容变成衷心赞赏。那几个俄国人都很喜欢库努，不仅仅是因为他的一首俄国民歌《草原上的故乡》（*Polyushko Polye*）唱作俱佳，常让他们感动得老泪纵横。不过，有一件事让弗洛伊德觉得如此赞美也有点过头了。

"沃尔特，"他小心翼翼地说，"我不知该不该说，但我想跟你提一下一件私人的事情。"

"当一个人说'我不知该不该说'的时候，通常是不该说。请问有何指教？"

"那我就直说了，是有关你和马克斯的事。"

库努突然僵住，弗洛伊德则是很谨慎地探索对方难看的脸色。然后库努很小声但很坚定地回答："据我所知，他已经超过十八岁了。"

"请不要模糊焦点。坦白说，我关心的不是马克斯，而是泽尼娅。"

库努吃惊得合不拢嘴："泽尼娅？这跟她有什么关系？"

"看你是个聪明人，但有时候还挺粗心的，甚至可以说是迟钝。你应该知道她正在跟马克斯谈恋爱。你有没有注意到，当你用手搂着他时，她脸上的表情？"

弗洛伊德从未想过会看到库努如此局促不安的样子，显然这一打击可不轻。

"泽尼娅？我以为大家只是开玩笑而已，她安静得像只小老鼠。况且，每个人都爱马克斯，以他们自己的方式——连凯瑟琳大帝也不例外。不过……嗯，我想以后我应该更小心一点，尤其泽尼娅在场的时候。"

经过一段很长的静默之后，气氛渐渐地恢复正常。接着，为表示不介意，库努以平常的语调继续说道："你知道，我一直对泽尼娅很好奇。他们给她做了很成功的脸部整形手术，但仍然无法弥补所有的伤害。她的皮肤看起来太紧了一点，笑起来有点不自然。也许这是我不敢正眼看她的原因。你会认为我的美学要求太苛刻吗，弗洛伊德？"

库努的语气透露着善意的揶揄，而非敌意，弗洛伊德终于松了一口气。

"我能够稍微满足一下你的好奇心。华盛顿方面最近掌握了事实的真相。她好像是因飞机失事而受到严重的烧伤，但很幸运地复原了。就我们所知，其中没有任何神秘可言，只是，从来没听说俄航曾发生过空难事件。"

"可怜的女孩。他们竟然派她上太空，真令人不可思议。不过我猜她是唯一能接替伊琳娜的人选。我常替她难过，她不仅身体受伤，心理的创伤一定更严重。"

"说得没错，但是她看起来是完全康复了。"

你没有完全说实话，弗洛伊德告诉自己，你也不可能完全说实话。自从那次与泽尼娅偶然接触之后，他俩之间永远有个秘密相连在一起——不是爱情，而是一种亲密感。这种感觉比爱情更持久。

突然间，他觉得应该感谢库努，库努显然惊讶于他对泽尼娅的关心，却并未试图利用这一点来为自己辩护。

但假如库努真这样做了的话，就不算光明磊落了吗？几天过后，弗洛伊德更开始怀疑，他自己的动机真的是完全无私吗？就他后来观察，库努确实有履行诺言，不知情的人可能会猜想他在故意冷落布雷洛夫斯基——至少泽尼娅在场的时候如此。另外，他对泽尼娅的态度比以前友善许多，有时候还会逗得她开怀大笑。

如此看来，他的介入还算值得，无论背后的动机是什么。不过弗洛伊德有时候还是有点后悔，他怀疑自己的动机是否如其他同性恋或异性恋者一般，是基于私下对多重感情（如果能好好处理的话）的向往。

他的手指再度伸向录音机，但思绪已经被打断，脑子里满是家人和家庭生活的影像。他闭上双眼，回想起克里斯生日派对的最高潮——将蛋糕上的三根蜡烛吹灭。那仅仅是二十四小时前的事，距离却有十亿公里之遥。他已经来回将录像回放了好几次，所以现在已经将那一幕牢记在心了。

还有，卡罗琳有多经常播放他的信息给克里斯听？这样这小子就不会把他老爸给忘了——或者再错过他的几次生日回到地球之后，克里斯会不会把他当陌生人看？他已经害怕到不敢去问了。

不过这不能怪卡罗琳。这趟旅程来回他都在无梦的睡眠中度过，因此对他而言，距离重逢只有几个星期而已，而她则至少老了两岁。这对一个守活寡的年轻女人来说，是一段难熬的岁月。

我很怀疑我是不是得了"舰上病"，弗洛伊德常想，他从来没有过这么严重的挫折感，甚至是失败感。相隔如此大的时空鸿沟，我很可能无端地丧失家庭。若真如此，即使我达成了目标，最终还是一事无成，只剩下一堵茫然却又无法突破的黑暗之墙。

不过——鲍曼曾经大叫："上帝啊！全是星星！"

29

突然现身

萨沙最新的布告:

俄英文公告第八号

主题: 同志

敬致舰上诸位美国贵宾:

坦白讲,各位! 我根本不知何时被冠上"同志"这个称呼。事实上,对21世纪的俄国人而言,这个老朽不堪的字眼就如同"波将金号"战舰一般,只会让人回想起鸭舌帽、红旗和列宁站在铁路车厢的阶梯上向工人们慷慨激昂的模样。

从小时候开始,他们给我的称呼不是小鬼就是小孬——随你选。

谢谢各位。

科瓦廖夫同志

弗洛伊德还在为这则布告笑出声时，奥尔洛夫刚好飘过休息室和观察甲板，正要往舰桥去。他看到弗洛伊德便凑了过来。

"有件事令我很惊讶，奥尔洛夫同志，萨沙除了工程本行之外，其他方面好像也涉猎广泛。他经常会引用诗词和戏剧，有些甚至我连听都没听过，而且他英语说得比——沃尔特还好。"

"那是因为他本来不是学工程的，他是他们家里的——你们英语怎么说？——黑羊[1]。他父亲是新西伯利亚的英文教授。在他们家里，只有星期一到星期三可以讲俄语，星期四到星期六必须讲英语。"

"那星期天呢？"

"哦，法语跟德语，每星期换一次。"

"现在我才真正了解你们所谓的nekulturny[2]是什么意思了，就是在说我啊。那萨沙对他的……叛逃有罪恶感吗？有这样的家庭背景，他为什么要当个工程师呢？"

"在新西伯利亚，你马上会搞清楚谁是农奴，谁是贵族。萨沙

1　原文为black sheep，有异类、败家子之意。——译注
2　在俄语里是贬义词，有没文化、粗人之意。——译注

是个有野心的年轻人，也很聪明。"

"和你一样，瓦西里。"

"还有你，布鲁图！[1]你看，我也会引用莎士比亚——我 的 天哪！——那是什么？"

真不巧，弗洛伊德什么也没看到，因为他正好背对着观测窗口。等他几秒钟后回过身来，只看见老大哥熟悉的画面，正好位于木星巨大的圆盘中央，和他们刚来时所见到的没什么两样。

但对奥尔洛夫而言，那一刹那的影像却永远烙印在他的记忆里：在老大哥平直的边缘突然出现一个前所未见的、非常诡异的景象，仿佛有一扇通往另一个宇宙的窗子忽然打开了。

这个异象持续不到一秒钟，在他不由自主地做出闭眼的反射动作之前就消失了。从刚才那扇窗看出去，不是一大堆星星，而是一大堆太阳，有如恒星群集的银河中心，或是球状星云的核心。就在那一瞬间，奥尔洛夫觉得地球上的天空完全不够看，简直是空空荡荡的；即使是巨大的猎户座和灿烂的天蝎座，都只是微弱的光点所组成的模糊图案罢了，瞄一眼都嫌多余。

当他鼓起勇气睁开双眼时，一切都消失了。不——并未完全消失。在那已经恢复原状的黑色方形中央，还有一颗昏暗的星星在

---

1 原文为拉丁语，出自凯撒临死前对刺杀自己的养子布鲁图说的最后一句话：Et tu, Brute? 一般译作："还有你吗，布鲁图？"这句话被广泛用于西方文学作品中，代表背叛最亲近的人。——译注

那里闪闪发光。

但人是无法看到星星移动的。奥尔洛夫又眨了一下眼睛，清理一下湿润的眼睛。没错，它真的在移动，不是他的想象。

是颗流星吗？他愣了几秒钟之后才猛然记起，在真空中是不可能有流星的。

接着，它突然化为一道光，刹那间掠过木星的边缘后消失。这时候，奥尔洛夫才从惊恐中恢复过来，再度成为一个冷静客观的观察者。

时间虽然很紧迫，但他已经精确估计出那个物体的运动路径。毫无疑问，它直扑地球而去。

V

众星之子

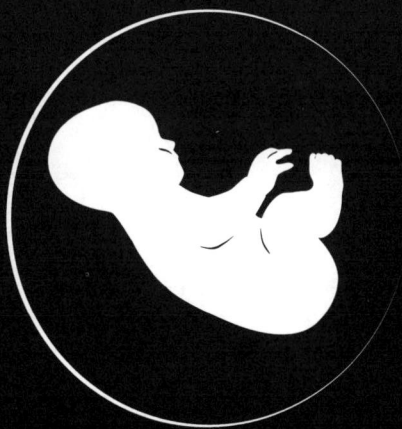

30

回　家

感觉上，他似乎是从梦中醒来——或者应该说是"梦中之梦"比较恰当。众星之间的那道门已经把他带回人间，不过，他不再是个凡人。

他究竟离开人间多久了？一辈子……不，两辈子了。一辈子去，一辈子回。

戴维·鲍曼，美国宇宙飞船发现号指挥官，最后一位幸存的航天员，一直陷在一个设定在三百万年前的时空里，只有在最适当的时刻，以最正确的方式才有办法脱困。他一直在那里面游荡，从一个宇宙到另一个。他遇到许多奇事，有些他已经明白，有些也许永远也无法参透。

他游荡的速度越来越快，穿越无数的光廊，直到超越光速！他以前以为这是不可能的事，但现在他已经知道如何超越光速。爱因斯坦说得很对，仁慈的上帝虽然令人费解，但绝无恶意。

他曾经通过一个宇宙切换系统——星系之间的一座"超级中央车站"——穿出之后，在一些不知名的力场保护之下，接近了一颗"巨红星"的表面。

在垂死的巨红星表面上，他亲眼目睹一场宇宙奇观：它的伴星——一颗光耀夺目的"白矮星"——像个灼热无比的幽灵，拖着熊熊火焰缓缓升上天空。即使他乘坐的分离舱将他载往下方的"地狱"，他也一点也不害怕，只是啧啧称奇……

……真是无法置信，他来到一间陈设漂亮的旅馆套房，里面都是最平常的东西，但都是赝品。书架上的书只是模型，冰箱里的麦片盒和啤酒罐——都是知名的品牌——装的都是无刺激性的食物，嚼起来像面包，但味道则无法形容。

他立即发现他变成某一宇宙动物园里的动物。他的笼子是仿照旧时电视节目里的样子精心复制而成。他不知道管理员在什么时候，会以何种形体出现。

这样的期待真的很蠢！他逐渐了解，也许期待看到风，或思索火的真正形状还比较有意义些。

后来，由于耐不住身心的极度疲惫，戴维·鲍曼最后一次睡着了。

这是个奇异的睡眠，他并非全无知觉。有某种东西像薄雾吹入森林般进入他的意识里。他只依稀感觉到它，要是它强行侵入的话，他将被瞬间摧毁，就像被一团烈火吞噬一般。在它不带一丝人性的监控下，他既无希望也无恐惧。

在此次长眠中，有时候他会梦见自己醒过来。就这样过了好几年，有一次，他在镜里看到自己满脸皱纹，几乎认不出来。他的肉体正加速消失，他的生理时钟指针飞快地转动，时间往一个似乎遥不可及的午夜急驰而去。最后终于到达尽头，时间停了下来——然后反向而回。

在有系统的回顾之下，他重新经历了过去的一切。在回到幼儿时期的过程中，他所有的知识和经验都被抽离，但没有遗失；他生命中每一刻的点点滴滴都安全地保存下来。即使原来的戴维·鲍曼消亡，仍然会有另一个不死的、非物质的戴维·鲍曼继续存在。

他是个神胎，还未准备好降生。在这一过渡状态中飘荡了不知几世，只知道自己的过去，却不知道自己的未来。他仍处于蜕变的状态——有如介于蛹和蝴蝶之间，或许介于毛虫与蛹之间……

然后，这样的停滞现象宣告结束，时间再度进入他的小世界里。那块黑色的长方形石板像一位老朋友般突然出现在他眼前。

他在月球上见过它，也在环绕木星的轨道上面对过它。他也隐约知道，他的先祖们在很久以前也遇见过它。虽然它仍有许多深不可测的秘密，但已经不再完全神秘了，因为他现在已经了解了它的威力。

他知道它不是单独一个，而是有无数个。而且，无论测量仪器怎么显示，它都是一样的尺寸——大得恰到好处。

同时，它三边的数学比例为什么是1：4：9，也很容易了解！以往人们将这个比例想象成代表三维空间，实在是太天真了！

即使他的心思专注在这些几何上的简单性上，这个空空的长方形里其实充满了星球。那间旅馆套房——假如真的存在过——逐渐分解，并且消失在它原创者的意念中。如今展现在他面前的，是明亮的、旋涡状的银河。

这个银河以前可能是镶嵌在一块透明塑料里的模型，非常漂亮，而且每个细节都很清楚。但现在却是真的银河，他用一种比视觉更敏锐的感觉来认知其存在。他可以随心所欲地将注意力集中在那数千亿颗星球中的任何一颗上。

就这样，他在银河里任意遨游，众星像一条长河般流过面前；从火球群聚的银河中央，到星球零落的遥远周边，都有他的踪影。而在一条蜿蜒的带状暗区（里面没有任何星球）的遥远彼端，中间隔着无垠的时空罅隙，那里就是他的起源。他知道这片不定型的混沌——只能从更远处的炽热气体云衬出的明亮镶边看出其轮廓——是宇宙创造时还没用到的东西，也是未来宇宙演化所需的素材。在这里，时间尚未开始，直到目前所有的恒星全部死亡，然后再度复活、发光，重新塑造这个宇宙为止。

他曾经在不知不觉的情况下穿越它一次。这一次他比较有准备了，虽然他完全不知道是受到什么力量的驱使，但他知道再度穿越它势在必行。

整个银河从他的意识框框里绽放出来，无数的恒星和星云一涌而出，以极快的速度掠过他的身旁。他的模糊身影穿过一颗颗幻象般的恒星，将它们一一引爆。

众星越来越稀疏，银河的光芒开始减退，变成一片暗淡的光晕，亦即他以前熟悉的模样——也许将来会再度熟悉一次。他已经回到一般人所谓的"真实空间"，位置刚好在他当初离开时的地点上，而时间可能是几秒钟以前，也可能是几世纪以前。

他对周遭一切的感觉非常敏锐，由外面世界而来的各式各样的信息，现在感觉上都比以往更为清晰。此外，他能够只专注于其中一种信息，并且以几乎无限制的精密度检视它，一直到时间与空间最基本的颗粒结构为止，超过这个极限，看到的只有一片混沌。

他能移动，但不知道自己是用何种方式移动。不过话又说回来，当初他拥有身体的时候，何尝真正了解自己如何移动？由大脑到四肢的一连串指令，事实上是他从未想过的未解之谜。

凭着意志力，他将邻近一颗恒星光谱的"蓝位移"定到他希望的数字，然后以近乎光速冲向那颗恒星。他本来可以随心所欲地更快移动，但他不急。虽然还有很多信息需要处理，很多事情需要思考……很多东西需要获取，但他很清楚，这是他目前的首要目标，而且只有这么做，才能完成未来更大的计划。至于这个计划是什么，以后自然会一步一步自动显示出来。

他无暇理会在他背后迅速关闭的通往另一宇宙的时空通道，或者是附近的那两艘原始的宇宙飞船上聚集的焦急万分的人类。那些人是他记忆的一部分，但现在，记忆里有更强的部分在呼唤他，叫他回家——他一度以为永远无法再见到的家。

他可以听到这个世界的每一个声音，音量越来越大——他所看到的地球也越来越大。刚开始是隐藏在太阳日冕背景里的一个小亮点，然后是一弯小小的新月形，最后变成灿烂夺目的蓝白色圆盘。

地球上的人也发现了他的来临。在那拥挤不堪的星球上，许多雷达幕上都闪起警示信号，许多大型追踪望远镜不断地搜索天空——然而，人类的历史正面临终结的危机。

他发现在下方一千公里的地方，有个要命的爆裂物已经启动，并且正进入轨道中。它所包含的能量虽然惊人，但对他而言根本不构成威胁；事实上，他可以将这能量纳为己用。

他进入纵横交错的电路里，然后很快地循着线路找到致命的核心。绝大部分的岔路都不必理会，它们都是故意设计引人误入歧途用的，具有保护作用。在他的法眼之下，这些岔路无比简单，轻易就可以全部看穿。

不过最后有一道难关——一个粗糙但有效的机械式继电器，将两个接点隔开。除非将它接通，否则最后一系列的动作都无法启动。

他使出意志力——并且首度尝到失败与挫折。那个只有几克的小小开关就是不听使唤。他仍然是个"纯能量体"，对有惯性（质量）的东西无可奈何。不过——办法还是有的，而且很简单。

他要学的事情还多着呢。他在继电器里感应到的脉冲电流太强了，在它执行触发动作之前，差点将线圈熔化。

一毫秒似乎过得很慢。接着，他看到引爆透镜将能量聚集起来，就如一根小火柴点燃火药引信，接着——

数百万吨级的炸弹瞬间无声地爆开，短暂的光芒照亮了半边天。他有如一只凤凰由熊熊火焰中窜出，吸取所需的能量，同时抛掉不需要的东西。在遥远的下方，保护地球免受种种灾害的大气层吸收了大部分的辐射线，只有少数运气较差的人和动物从此失明。

在爆炸之后的余震中，地球暂时变哑了；平时叽叽喳喳的短波和中波无线电统统被短暂出现的"电离层"反射，而无法传到外层空间。只有微波波长的电磁波，还能穿透包围全球的一面缓慢崩解的无形镜子，达到外层空间。不过这些波的波束很窄，他无法截收到。有些功率比较高的雷达波仍然锁定着他，但这无所谓。他也不想消除这些雷达波，虽然对他来说这是轻而易举的事情。假如有其他的炸弹朝他而来，他也会一样不费吹灰之力处理掉。现在他已经拥有足够的能量可以做任何事。

他正以快速的螺旋路径降落，目的地是童年的故乡——景色依旧，但人事全非。

31

迪士尼村

有一位颓废主义的哲学家曾经大力鼓吹——但随即被抨击得体无完肤——华特·迪士尼提供给人类的欢乐，超越有史以来所有宗教家的总和。在他逝世超过半世纪后的今天，他的梦想仍然在佛罗里达州的土地上到处可见。

当他的"未来社区的实验原型"（EPDOT）于20世纪80年代初期开幕时，俨然是一个新科技、新生活模式的样板。不过它的创办人很清楚，在EPDOT广大的范围中，必须有一部分为纯住宅区，里面有住户，这样才能真正落实当初的理想。这样的做法一直延续到20世纪末，目前住宅区的居民已经有两万人之多，并且顺理成章地被称为"迪士尼村"。

由于进驻的居民必须经过"迪士尼"律师群的高门槛筛选，所以居民的平均年龄是全美所有小区中最高的，其医疗设施也是全世界最先进的，也就不足为怪了。有些医疗设备在其他任何地方都很罕见，甚至于连听都没听过。

这栋公寓当初经过精心设计，让人看不出它是医院套房，只有少数特殊的设备透露出它的性质。里面的床都不到膝盖高度，因此跌下床的风险被降到最低，不过它可以调高或倾斜，以便护士工作。浴室里的浴缸都嵌在地板里，里面附有座椅和把手，让年纪大或身体虚弱的人进出方便。房间地板都铺着厚厚的地毯，但绝对没有小踏垫，以免人滑倒。里面没有任何尖角，以免碰到受伤。其他还有很多不太显眼的细节——比如说，电视摄像头都巧妙地隐藏起来，所以没有人会察觉。

这房间里有一些代表个人风格的物品——例如角落的一堆旧书，还有用画框裱起来的《纽约时报》最后一期印刷版头版，上面写着：美国宇宙飞船前往木星。旁边挂着两幅照片，一张是个十几二十岁的男生，另一张是个比较年长、穿着航天员制服的男子。

一位虚弱的白发妇人正在看一出电视家庭喜剧片，她还不到七十岁，但看起来比实际年龄老得多。她时时被滑稽的剧情惹得哈哈大笑，眼睛则不时瞄向门口，好像在等待某人的到来，同时把靠在椅子边的手杖握得紧紧的。

当她的注意力刚回到电视剧上时，门终于开了，她心虚地吓了一跳——然后一部小型手推车推了进来，后面紧跟着一位穿制服的护士。

"午餐时间到了，杰西，"护士招呼道，"今天我们特别为你准备了些好吃的。"

"我不想吃。"

"吃午餐精神才会好。"

"我不吃，除非你告诉我那是什么。"

"为什么你不吃那个？"

"我不饿。你饿过吗？"她若有所指地问道。

那部全自动手推车在椅子旁停下来，盖子自动打开，展示里面的食物。那位护士从头到尾都没碰任何东西，连手推车的按钮都没有碰。她站着不动，脸上挂着固定的笑容，看着这位难缠的病人。

在五十米外的监控室里，一位医技人员向医师说道："看看这个。"

只见杰西干瘦的手举起拐杖，以令人惊讶的速度向护士的双脚扫过去。

虽然拐杖正好扫到她，但护士根本没反应。相反地，她只心平气和地说："好了，那个看起来是不是很好吃？把它吃掉，亲爱的。"

杰西脸上闪过一丝诡谲的笑容，然后依照护士的指示，立即开怀大吃起来。

"看到了吧？"那位医技人员说，"她已经知道是怎么一回事了。她比表面上看起来聪明多了——我是说大部分时间。"

"她是第一个发现的吗？"

"没错。其他的人都还以为那真的是威廉姆斯护士在送饭给他们。"

"好吧，我认为这无所谓。看看她自认为比我们聪明时有多开心。她心甘情愿地吃饭，我们的目的也就达到了。但我们必须警告所有的护士——不只是威廉姆斯。"

"为什么？——哦对。下次不一定用全息影像来充当护士，到时候被拐杖打到可不得了，我们恐怕要被控告。"

32

水晶泉

根据印地安人和路易斯安那州迁来此地的卡律（Cajun）移民的传说，这里的水晶泉是深不见底的。当然没这回事，传说归传说，说的人也不会相信。你只要戴上面罩，下水划几下，就可以看到那里有个小洞口，清澈无比的泉水不断涌出，洞口四周纤细翠绿的水草随波摇曳。从水草的缝隙看过去，就是大家所说的"恶魔之眼"。

两个并排的黑色圆圈——虽然不会动，但除了"恶魔之眼"还能叫它什么？不过由于有它，每次游泳都会增添不少刺激；搞不好哪一天，恶魔会从它的巢穴冲出来，吓跑所有的鱼，猎杀较大的猎物。在一百米深的水底，有一辆被丢弃的脚踏车（显然是赃物），半埋在一堆水草中。鲍比和戴维兄弟俩从没想过，把它打捞上来是一件极其危险的事。

即使他们已经用细线和铅锤测量过，那样的深度也实在令人无法想象。哥哥鲍比比较会潜水，他曾经潜到大约十分之一的深度，据他说，水底看起来还是和水面上看到的一样深。

然而，水晶泉即将透露它的秘密，虽然地方上的历史学者都嗤之以鼻，但是很多人还是言之凿凿，说水底埋有许多南北战争时南军留下的宝藏。他们没找到什么宝藏，倒是当地的警长非常高兴，因为他们捞上来几支手枪，是最近几桩罪案的凶器。

鲍比在自家的车库废物堆里发现了一个小型打气机，刚开始发动时有点困难，但是现在已经噗噗地转个不停。每隔几秒钟，它就会咳嗽，并且冒出一团蓝烟，不过一时是不会停下来了。"停了又有什么关系？"鲍比说，"'水中剧场'的那些女生不用空气管就能从五十米深游上来，我们当然也可以，保证绝对安全。"

假如是这样，戴维立即想到，为什么我们要瞒着妈妈呢？还有，为什么要等爸爸回到卡纳维拉尔角去出航天飞机任务时才偷偷摸摸地做呢？尽管心里这么想，但他丝毫没有任何疑虑：鲍比总是对的。十七岁真好！什么都懂。不过，他可不愿意浪费那么多时间和那个笨女生——贝蒂·舒尔茨——在一起。没错，她是很可爱——但该死的，她是个女生！今天早上他们才好不容易摆脱她。

戴维已经当惯了哥哥的实验品，做弟弟的理当如此。他调整一下面罩，穿上蛙鞋，然后滑入如水晶般清澈的水中。

鲍比拿空气管给他，管的一端用胶带绑着从旧水肺拆下来的吸口。戴维吸了一口气，脸马上皱成一团。

"味道真恐怖。"

"久了就习惯了。你下去——不要超过那块暗礁。超过那个深度的话，我就必须调整气压活门，才不会浪费太多空气。当我扯一下管子的时候，你就上来。"

戴维缓缓潜入水里，进入一个奇幻世界。那是个宁静的单色世界，与墨西哥湾的珊瑚礁大异其趣。这里没有海洋世界的色彩缤纷——海洋里所有的生命，无论动植物，都以亮丽的七彩夸耀自己。而在这里，只有淡淡的蓝色和绿色，而且鱼就像鱼，不像蝴蝶。

他拉着空气管慢慢往下潜，一有需要，就从管子里吸几口空气。此时的自由感实在太棒了，让他几乎忘记嘴里可怕的油污味。潜到那块暗礁——其实是一块年代久远、吸饱水分的树干，由于上面长满水草，一时分辨不出来，他坐下来环顾四周。

他可以看到泉水的另一边，也就是一个火山口状坑洞远侧的绿色斜坡，距离至少有一百米。他的四周没什么鱼，只有一小群缓缓游过，在洒落的阳光照耀下，像一堆闪闪发光的银币。

和往常一样，在泉水开始流往大海的开口处，有个老朋友驻守在那里——一只鳄鱼（有一次鲍比很兴奋地说："好大一只，比我还大。"），没有任何支撑地垂悬着，只有鼻子露出水面。他们从来没打扰过它，它也从不找他们麻烦。

空气管传来不耐烦地一扯，戴维乐得离开。他从来没到过这么深，不知道这里那么冷——他觉得有点不舒服。不过水面上温暖的阳光让他恢复了精神。

"没问题吧，"鲍比说道，"只要一直松开气阀，使压力表的读数不要落到这条红线下面就行了。"

"你要潜多深？"

"假如可以的话，我就一直往下潜。"

戴维觉得这没什么，他们都了解深水会使人忘我，氮气会使人麻醉等风险。况且，这条空气管只有三十米长，第一次实验应该够用。

一如往常，他以钦佩的眼光目送老哥接受一个新的挑战。鲍比滑入那片蓝色的神秘水域，像鱼一般熟练地往下游。突然，他翻过身来，激烈地猛指着空气管，显然他急需增加空气的流量。

戴维忍着突如其来的剧烈头疼，马上去执行他的任务。他赶到那部老旧的打气机旁，将控制阀开到最大——百万分之五十浓度（PPM）的一氧化碳。

他只见鲍比一直往下沉，日光斑驳的身影永远消失在深不可及的水里。葬礼上有一尊蜡像，完全是个陌生人，那根本就不是他哥哥罗伯特[1]·鲍曼。

---

1 鲍比（Bobby）为罗伯特（Robert）的昵称。

33

贝　蒂

　　他为什么要来这里——像个心神不宁的鬼魂回到古老的伤心地？他不知道。真的，他一直不知道此行目的地何在，直到圆形的水晶泉像颗眼睛从下方的森林里向上瞪着他。

　　他现在是世界的主宰，却被一个忘怀多年的锥心之痛啃噬着。时间已经治愈这个伤痛，但那光景仍然仿佛昨日——他站在平静碧蓝的水边哭泣，眼中所见尽是四周长满青苔的柏树的水中倒影。这是怎么一回事？

　　而现在，仍然没有任何意志力的作用，他宛如随波逐流般向北方飘去，前往佛罗里达州的首府塔拉赫西。他似乎在寻找什么，但不知要寻找的是什么；找到了自然会知道。

　　没有人知道他经过的地方，也没有任何仪器能侦测到他的行踪。他不再无端辐射出能量，因为他已几乎可以随心所欲地控制能量，就如同以往可以随心所欲控制四肢一般。他像一团烟雾般，渗入一间防震的地下保险库，然后发现自己在一台大型计算机里，四周是数十亿笔记忆数据，以及令人目不暇接、闪烁不停的电子网络。

这件工作比引爆一枚粗糙的原子弹要复杂得多，所以花费的时间也比较长。在找到他所要的数据之前，他犯了一个微不足道的错误，却懒得更正。结果在糊里糊涂的情况下，有三百个佛罗里达州的纳税人——每个人名字的开头字母都是F——在次月都收到了一张面额一美元的支票，这让他们花了好几倍的钱才将此事摆平；一头雾水的计算机工程师最后将原因归咎于"宇宙射线异常增加"。不过大致说来，这样的说法离事实还算不远。

接着在几个毫秒内，他已经由塔拉赫西来到坦帕市木兰南路634号。地址没变，很好找。

其实他根本没打算找，自然而然就找到了。

虽然历经三次生产和两次流产，贝蒂·舒尔茨（目前从夫姓费尔南德斯）仍然美丽如昔。同时，她也是个有思想的女人，现在正在看一个电视节目，勾起了她既痛苦又甜蜜的回忆。

那是一个针对十二小时前一连串神秘事件的特别报道，开头提到列昂诺夫号从木星的卫星群中发回地球的警告信息，说有某种东西正直扑地球而来。接着又提到某人将一枚轨道上的核弹引爆——但没产生任何灾害。截至目前为止，还没有人出面承认。就是这些事情，不过已经很够了。

新闻实况转播员将所有旧录像带——有些真的有够旧——统统搬出来，追溯到当初一度是极机密的纪录片，显示在月球上发现TMA-1的往事。新闻一再回放，至少有五十次提到，当初那块石板在月球的晨曦中出土，并且向土星方向发出一道信息时，全球的无线电都出现诡异的怪叫声。然后她又在电视上看到许多熟悉的画面，并且听到当时在发现号上的访问录音。

她为什么特别注意这些新闻呢？事实上，那些记录她都有，收藏在家里某个地方（尽管何塞在家时，她从不拿出来）。也许她希望看到一些最新消息。她不愿意承认——包括私下承认——过去的那段感情现在仍然强烈地影响着她。

她终于如愿以偿，看到戴维的画面。那是当时英国国家广播公司的一段专访，她几乎记得里面的每一句话。他正谈到哈尔，试图说明这部计算机是否有自我意识。

看他当时有多年轻——和发现号出事前传回来的模糊画面相比年轻多了，而且多像她记忆中的鲍比啊。

她眼里噙满泪水，模糊了电视画面。咦？这部电视是不是有问题？还是这个频道有毛病？声音和影像都怪怪的……

戴维的嘴唇在动，但是没听到声音。接着，他的脸似乎开始崩解成一块一块的颜色，然后又重组起来。先是模模糊糊的，最后画面再度变得清晰稳定。

他们是从哪里取得这个画面的！那不是成年以后的戴维，而是她所认识的小时候的戴维。他正在往屏幕外看，似乎隔着时间的鸿沟在注视着她。

他微笑着，嘴唇在动。

"哈啰！贝蒂。"他说道。

对他而言，组成这些语音并将它们变成音频电路里的电流信号，一点都不难。真正的困难是将他的思想速度减慢，去配合如冰河移动一样慢的人脑步调，并且还要等到几乎永远，才能听到回答……

贝蒂是个不信邪的人，而且很聪明。虽然当了十几年的家庭主妇，仍然还没忘记她的本行——电子维修。她马上知道，这只不过是语音仿真的另一项伎俩罢了。至于其中细节如何，先不去管它。

"戴维，"她回答，"戴维——真的是你吗？"

"我也不太清楚，"屏幕上的影像以奇怪的、不含情感的声音回答，"不过我记得戴维·鲍曼，以及他的每一件事。"

"他死了吗？"

这又是一个很难回答的问题。

"他的肉体是死了。但这已经不重要了。戴维的以前种种，现在仍然是我的一部分。"贝蒂在胸前画了个十字——这个动作是从何塞那儿学来的——然后喃喃问道：

"你是说，你是个灵魂？"

"我不知道有什么更合适的字眼。"

"你为什么要回来？"

啊！贝蒂，问得好！真希望你能告诉我……

不过，他知道一个答案，正好显示在电视屏幕上——尽管肉体与精神已经分离，但仍然藕断丝连。无知的有线电视网络，将他意念中最露骨的性爱画面忠实地呈现在荧光屏上。

贝蒂看了一会儿，时而微笑，时而震惊。然后她将头转开，不是害羞，而是悲伤——为一去不回的欢乐而悲伤。

"这么说来，"她说，"天使并不像人们常对我们说的那样纯洁。"

我是个天使吗？他很怀疑。但至少他知道自己在做什么——被一阵阵的悲痛和欲望驱使，回来面对他的过去。直到现在他才明白，他一辈子最强烈的感情是对贝蒂的热爱，里面掺杂的悲痛与罪恶感，使得这份感情更加火热。

她从来没透露过究竟谁是她的真爱——是他，还是鲍比——他也一直不敢问，生怕会打破魔咒。他俩一直私下互相迷恋，在拥抱中（啊！那时候他好年轻——才十七岁，葬礼举行之后还不到两年！）互相寻求慰藉。

当然，这样的关系不可能持续太久，但这段恋情却是他永难忘怀的记忆。在随后的十几年中，他的自慰幻想对象都是贝蒂。他从未找到一个能够取代贝蒂的女人，并且很早就放弃寻找了。没有人比他更痴情。

屏幕上的激情画面逐渐淡出。有一阵子，正常的播送节目切了进来，是列昂诺夫号悬在艾奥上空的照片，与原先的画面颇不谐调。然后，戴维·鲍曼的脸又出现了。他似乎有点失控，因为脸部画面极为不稳定：有时看起来只有十岁，然后变成二十岁……三十岁……然后变成枯槁的木乃伊，其皱缩的五官和她以前熟悉的那个人很像。

"在离开之前，我还有一个问题。你经常说卡洛斯是何塞的儿子，但我一直怀疑。能不能告诉我真相？"

贝蒂最后一次注视着这位她深爱过的男生（现在他又是十八岁的模样，并且有那么一刻，她希望能看看他的身体，而不是只看到他的脸）。

"他是你的儿子，戴维。"她小声地说道。

影像已经淡去，正常的节目恢复了。差不多一小时之后，何塞·费尔南德斯悄悄地走进来，贝蒂的眼睛仍然盯着电视屏幕。

当他轻吻她的后颈时，她没有转身。

"说了你一定不会相信，何塞。"

"说来听听。"

"我刚才骗了一个鬼。"

34

告　别

当美国航天学会（AIAA）于1997年出版颇受争议的《UFO五十年总览》一书时，许多评论家纷纷指出，人类看到UFO已经有好几百年的历史了。早在1947年肯尼恩·阿诺德声称看到"飞碟"之前，就有无数的案例了。自有历史以来，人类就一直看到许多千奇百怪的东西在天空中飞来飞去，但在20世纪中叶之前，UFO仅被视为可有可无的现象，并未引起广泛的注意。之后，UFO才变成一般大众和科学界关注的话题，以及许多所谓"新兴宗教"的理论基础。

原因很简单：巨型火箭的问世及太空时代的来临，将人类的思维导向其他的世界。当人们发现，在不久的将来人类可以离开生于斯长于斯的行星时，不免提出如下的问题：他们在哪里？什么时候会造访我们？甚至还有人希望——尽管很少行诸文字——外星来的善心生物可以协助我们疗伤止痛，并且拯救我们免于遭受未来的大灾难。

任何一位念心理学的学生都能预测，如此迫切的需求其实很容易满足。在20世纪后期，全球各地都有成千上万的人声称看到宇宙飞船。尤有甚者，许多人还宣称有过"亲密接触"的经验——也就是与外星访客实际会面，而且常常加油添醋，编造一些故事，诸如随外星人遨游天际、被外星人绑架、和外星人度蜜月等等。虽然这些故事一而再，再而三地被证明是谎言或幻想，但相信的人还是执迷不悟。比如说，有人言之凿凿说月球的背面有许多城市，虽然经过"月球轨道计划"探测和"阿波罗计划"证明，上面没有任何非自然物品存在，但他们仍然不为所动。又如，虽然金星上的温度高得可以把铅熔化，但还是有人相信金星人曾与地球人结婚。

在美国航天学会出版那本书之后，没有一位正统的科学家——包括曾经赞同他们看法的极少数人——相信UFO与外星生命或外星人有什么关系。当然，这点永远无法证明，在过去数千年来无数的目击事件中，可能有些是真的看到了什么；但随着时代的进步，卫星摄影机和雷达扫描搜遍了每一片天空，都没有发现任何确实的证据，因此一般人对此逐渐失去兴趣。当然，一些狂热分子还是不死心，他们不断借着发布简讯和出书强化大家的信心。不过，除了将早已证明为误的东西拿出来炒冷饭和重新添油加醋之外，也变不出什么花样来。

当第谷石板——TMA-1——被发现的消息曝光以后，这些人异口同声地说："我早就说过了！"现在无法再否认有访客到过月球甚至到过地球了吧——就在三百万年前。一时之间，UFO又开始满天飞了。不过奇怪的是，三组独立的国家级追踪系统（可以锁定太空中任何比一支原子笔还大的物体）仍然无法侦测到它们。

很快，目击报告再度下降到"噪声水平"以下。所谓"噪声水平"是一个可预期的数字，是由经常发生在太空的许多天文、气象和航空等各种现象共同造成的。

不过现在它又卷土重来了。不同的是，这次是千真万确的，而且是官方消息。一艘货真价实的UFO正往地球而来。

在列昂诺夫号发出警讯之后不到几分钟，就马上有人报告说看到UFO了！事实上，它在几小时以后才会到达地球呢。据报，一位伦敦的股票经纪人正在约克郡沼泽国家公园里遛狗时，赫然发现有个碟状的东西在他身旁降落，里面一个耳朵尖尖的乘客问他唐宁街怎么走。这位被问路的老兄一时惊吓过度，胡乱用手杖指向怀德路的方向。事后他提出的强有力证据是：他的狗不再吃他给的东西。

虽然这位股票经纪人没有精神病的病史，下一则目击报告却更离谱。这回是个巴斯克地区（在西班牙和法国边界处）的牧羊人，他以为看到了边界守卫，心里有点怕，后来发现那是几个身穿斗篷、目光逼人的外星人，向他询问联合国总部怎么走。

他们说的是标准流利的巴斯克语。这是一种非常困难的语言，与人类其他语言没有任何渊源。很显然，那几个太空访客是语言天才，但地理知识则严重不足。

就这样，一件接着一件。这些目击者并非真的说谎，或者是精神有毛病；他们大多数都对自己编的故事深信不疑，即使在催眠情况下也一样。另外有些人则是别人恶作剧或无意的意外的受害者——比如说，有一位业余考古学家在非洲突尼斯的沙漠里发现了一些建筑物遗迹，就一口咬定是外星人留下来的，其实那是一位知名的科幻制片人在四十几年前遗留下来的废弃物。

只有在最开头——以及在最后一刻——人们才会真的察觉到他的存在，而这正是他想要的。

他可以随心所欲地探索和检视整个世界，没有任何限制或阻碍。没有墙壁可以阻挡他，没有任何秘密可以逃过他的法眼。起初，他相信他只是来完成旧日的梦想，拜访他以前想去而未去的地方。但到后来，他才发现他能够在地球表面上快如闪电地来去自如，事实上有着更深一层的目的。

从某个微妙的角度看，他被当成一个探测器，用来探索人间百态。但是他几乎无法掌控自己，所以也不自觉是个探测器。他倒是像只被拴着狗链的猎犬，虽然可以到处探险，但是仍然必须听命于主人。

埃及的金字塔、美国的大峡谷、珠穆朗玛峰的雪——这些都是他自己选择的地点。他也去了许多博物馆和音乐厅，虽然慕名而去，但也没能忍受得了整场的瓦格纳的《尼伯龙根的指环》。

另外，令他受不了的地方还包括许多工厂、监狱、医院、亚洲的龌龊战争、赛马场、人欲横流的比佛利山庄、白宫的椭圆房、克里姆林宫的档案室、梵蒂冈的图书馆，以及麦加克尔白上的黑石……

有些地方虽然去了，却没留下明显的记忆，就好像被删除掉——或者是某位守护天使在保护着他。例如——

他跑去东非奥杜威峡谷的利基纪念博物馆干吗？他并没有比其他任何"智人"（H.sapiens）更想知道人类的起源，化石对他而言也没什么意义。不过那些名噪一时的头骨化石（现在收藏在展示柜里当宝贝）却在他的记忆深处引发奇异的回响和激情；为什么会这样，他自己也搞不清楚。这种"似曾相识"的感觉非常强烈，比其他类似的感觉还要强烈。这个地方他确实应该很熟悉——但总觉得有些不对劲，就好像离家多年回来，赫然发现家具换了，墙壁拆了，楼梯也改了。

那是片贫瘠的、不适宜人居住的土地，既干燥又酷热。三百万年前的肥沃平原和在其上飞奔的许多草食动物都到哪里去了？

三百万年。他怎么知道的？

这个问题问了也是白问，根本没有人回答。接着他再度看到那熟悉的黑色长方形在他面前浮现。走近一看，在它深处出现了一个如真似幻的人影，仿佛是墨水池中的倒影。

在乱发覆盖的额头下方，一双带着悲伤和惶惑的眼睛正往外看，越过他的头顶望向虚无的未来。其实他就是那个未来，在时间长河中流逝了千代万代之后的未来。

历史就从那里开始，他现在至少已经知道了。不过，他仍然无法得知许多秘密，这究竟是什么原因呢？

现在只剩下一件任务，最艰难的任务。由于人性未泯，他把这项任务延到最后。

她现在在干什么？值班护士一边心里嘀咕着，一边将监视器的镜头拉近。这老太婆玩过各种花样，但这是我第一次看见她对着自己的助听器讲话，拜托！我很好奇她究竟在说些什么。

由于麦克风的灵敏度不够，没办法听到她在讲什么，但似乎没啥好担心的。从来没见过杰西·鲍曼这么安详和满足。虽然双眼紧闭，但她整张脸堆满天使般的笑容，嘴巴继续在轻声细语。

接着，那位护士看到了一件完全违反她专业知识的怪事。老妇人旁边桌上的梳子突然慢慢地、忽动忽停地浮到空中，好像被一只看不见的、笨拙的手拿起来似的。

起初，它似乎想做什么事，但失败了。然后，它开始笨拙地梳起老妇人的银发，偶尔顿了一下，然后梳通发结。

现在，杰西·鲍曼已不再说话，但还在继续默默地微笑着，梳子越梳越熟练，越梳越顺畅。

梳了多久，护士无法确定。直到梳子轻轻放回桌上，她才如梦初醒。

十岁的戴维·鲍曼已经完成工作，他很讨厌这件工作，但妈妈很受用。而如今变为"能量体"的戴维·鲍曼，首度成功地控制了有质量的东西。

当护士最后进来察看时，杰西·鲍曼的脸上仍然有一丝笑意。护士惊魂未定，不知做什么好，不过，做什么已经不重要了。

35

复　职

地球上的吵吵嚷嚷在十亿公里之外完全听不见，真是谢天谢地！列昂诺夫号上的人员乐得隔岸观火。他们半迷惑、半漠然地观看联合国大会里的激辩、杰出科学家的专访、新闻评论家的信口开河、UFO目击者的自弹自唱和自相矛盾。他们对地球上的纷议根本无从插嘴，因为他们根本没有看到更进一步的事证。"札轧卡"——那个老大哥——一如往常对他们不理不睬，真的有够尴尬。他们大老远专程从地球赶来，目的就是要解开这个谜团——现在看起来，答案似乎又回到了原点。

他们现在才感受到光速这么"慢"的好处，地球与木星之间，信号的来回有两小时的延迟，因此不可能做现场专访。即使如此，弗洛伊德仍然被媒体搞得很烦，终于宣告罢工。该说的都说了，而且至少已经说了十几遍。

况且，很多事情正等着他去做呢。列昂诺夫号正准备打道回府，当发射窗口来到时，必须准备就绪立即可以离开。当然，发射时机并没那么挑剔，即使延误一个月也没关系，只是回程要多花些时间而已。钱德拉、库努和弗洛伊德更是无所谓，因为回程中他们都是在睡眠状态；但其他人员则已经下定决心，只要天体力学定律允许，他们立刻走人。

而发现号仍然遭受许多问题的困扰。它的燃料有点不足，即使比列昂诺夫号晚点离开，并采取耗能最少的轨道，也需要三年左右的时间才能返回地球。此外，这也要哈尔的帮忙才能达成。他的程序必须妥当地设定，能够在无人介入的情况下独力执行整项任务——当然是在地球方面长程监控之下。没有他的大力帮忙，发现号又要再度变成一艘弃船。

看着哈尔的各项特质稳定地恢复、成长，是一件令人欣慰、令人深受感动的过程：从脑部受损的小孩到迷惑的青少年，最后变成有点卑躬屈膝的成年人。虽然这样的拟人化比喻有点不伦不类，但弗洛伊德却也找不出更好的方式形容。

而且，他发现整个情况有令人难忘的熟悉感。他在电视剧里经常看到一些彷徨迷失的年轻人被睿智无比的心理学家（自称是传奇的"精神分析"鼻祖弗洛伊德的传人）导向正途的感人情节！类似的剧情也在木星这边上演。

电子学上的精神分析是将一大堆程序灌入哈尔的电路里，去执行诊断或维修的工作；其速度之快超乎人类想象，每秒钟达数十亿个位。那些程序负责找到可能的故障地址，然后加以修复。虽然这些程序绝大部分都事先在哈尔的孪生妹妹莎尔身上测试过，但两者无法做实时对话是一项严重的障碍。在诊断过程中，有些关键性的东西需要与地球上做比对时，来回都要浪费好几小时。

尽管钱德拉不眠不休地工作，但哈尔的复原情形仍然不是很理想，常常会出现许多怪癖和偏执，甚至于不理会别人讲话（即语音输入）——键盘输入倒是会接受。而在逆向沟通上，他的输出情况就更怪异了。

有时候他只用语音答复，而不愿意用屏幕显示。有时候两种都有，但说什么也不肯打印输出。他不找借口，也不说明——甚至连梅尔维尔笔下的有自闭倾向的抄写员巴托比那句口头禅"我不愿做"[1]都懒得说。

不过，哈尔只是在消极抵制，而非公然反抗，而且只针对某些特定的工作。还好，只要"好言相劝"——这句话是库努说的，真是一针见血——哈尔最后总会乖乖合作。

哈尔这么难搞定，无怪乎钱德拉博士心力交瘁，开始出现过劳

1　出自赫尔曼·梅尔维尔短篇小说《抄写员巴托比》（*Bartleby, the Scrivener*），巴托比在经过一阵艰苦工作后，拒绝做任何分派给他的工作，"我不愿做"（I would prefer not to）成了他的口头禅。

症状。最严重的一次是，布雷洛夫斯基在无意中重提一则旧传闻，他几乎马上翻脸。

"钱德拉博士，听说你取哈尔（HAL）这个名字是暗示它比IBM领先一步，是吗？"

"胡说八道！我们有一半是从IBM出来的，多年来我们都极力否认这个谣言。我想今天稍微有点知识的人都知道，H—A—L是从Heuristic ALgorithmic（自学演算者）来的。"

事后，布雷洛夫斯基发誓说，他连字母大写都听得出来。

根据弗洛伊德私下估计，发现号安全返抵地球的几率只有五十分之一。于是钱德拉向他提供了一个不同凡响的建议。

"弗洛伊德博士，可不可以借一步说话？"

经过几个星期来的折腾，钱德拉还是和以往一样拘谨——不是只对弗洛伊德，对舰上所有的人都一样。甚至他对舰上的小妹泽尼娅说话时，也都称呼"女士"。

"可以啊，钱德拉！到底是什么事？"

"我大致上已经完成了六种最可行的回程霍曼'转换轨道'的计算机程序，其中五种已经实际模拟过，没有任何问题。"

"很好。我向你保证，全地球——不，全太阳系——没有第二个人能做到。"

"谢谢你。不过，你跟我一般清楚，我们永远没办法把每一种突发事件都考虑进去。哈尔可能——呃，一定——会运作得很好，可以应付我所能想到的突发状况。但是一些零星的、用螺丝起子就能搞定的机械故障、接线断掉、开关卡住等，他可能就束手无策了，整个任务就这样报销了。"

"你说的当然没错，我一直也很担心这个。那我们该怎么办？"

"其实很简单，让我留在发现号上。"

弗洛伊德第一个反应是，这家伙疯了。但继而一想，也许他只有半疯；搞不好让一个人类——全能的故障排除兼机器修理"设备"——全程待在发现号上正是任务成功的关键。但这种事万万不可行。

"这个构想不错，"弗洛伊德字斟句酌地回答，"我也很感谢你的热忱。不过你有没有考虑过所有的问题？"这句话问得有够蠢，不想也知道，钱德拉老早就把答案准备好了。

"三年多的期间都是单独一人！假如有个三长两短或发生急症，你怎么办？"

"这我早有心理准备。"

"还有食物和饮水的问题怎么解决？列昂诺夫号没有多少存粮了。"

"我已经检查过发现号上的资源回收系统，修理后可以凑合着使用。另外，我们印度人节省惯了。"

钱德拉很少提他的原籍，或其他私事，现在居然说自己是印度人，实在非比寻常。记得他只在上次的"真情告白"里提过一次而已。不过他说的倒是实话，库努有一次开玩笑说，钱德拉那种身材是几世纪的饥饿累积出来的。虽然这句俏皮话出自一个工程师之口有些刻薄，但完全没有恶意——事实上只有同情；不过听在钱德拉耳里，恐怕不是那么一回事。

"嗯！还有几个星期的时间，不必忙着做决定。让我考虑一下，还要跟华盛顿那边谈一谈。"

"谢谢你！那我现在可以开始准备了吗？"

"呃——好吧！假如他们没意见的话。不过请记得——任务控制中心说了才算。"

我完全知道任务控制中心会怎么说：让一个人在太空中独处三年多？除非是疯了！

其实，钱德拉早就孤独惯了。

36

深海之火

地球已经远远地落在背后，壮丽的木星系统迅速地在面前展开，让他有了新的启发。

他为什么一直这么盲目——又这么笨？他仿佛一直都在梦游，现在刚刚要醒过来。

你是谁？他大声叫喊。你究竟想怎样？你为什么要这样对我？

没有任何回答，但他很确定有人听到了。他有一种……临场感。虽然双眼紧闭，但他和一般人一样，可以感觉到自己是在一间封闭的房间里，而不是在某个空旷的、开放的空间。一种巨大的精神力量——一种无可妥协的意志力——环绕在他四周，模模糊糊地回荡着。

他再度向四周回荡着的寂静大叫，照样得不到直接的回答——只觉得有人在默默地注视着他。好吧，那就自己找答案吧。

有些答案很明显。无论他们或它们是谁，他们对人类有兴趣。他们曾经将他所有的记忆抽取出来，然后储存起来，但不知其目的何在。而现在他们又故技重施，拿他最深层的感情下手——有时经过他同意，有时则擅自做主。

他并未对此表示不悦，因为根据这一阵子的经验，这样的幼稚反应根本无济于事。他已经看透所有的爱与恨、情欲与恐惧——但并未忘记，并且了解这些仍然支配着人类的世界。难道这就是他走这一遭的目的？若真如此，那么他们最终的目标又是什么？

他已经变成诸神棋盘上的一枚棋子，必须服从棋局的游戏规则。

四颗外围小卫星——希诺佩、帕西法厄、阿南刻和加尔尼——飞快地从他的知觉中闪过；接着是距木星更近的伊拉拉、莱西萨、希玛利亚和勒达。他完全没去理会它们；现在，出现在眼前的是"满脸痘痕"的卡利斯托。

他一边绕着这颗满身伤痕的星球（比地球的卫星还大），一圈，两圈，一边不自觉地探测它由冰和尘土所组成的外壳。他的好奇心立即获得满足；这星球是个冰冻的化石，表面上仍残留着许多撞击的疤痕；看来撞得不轻，好几次几乎将它撞得支离破碎。从某个角度看，它的整个半球像是个巨大的箭靶，中央是个红心，四周是一圈圈的同心圆；那是远古时候从太空某处来的一记重击所造成的，当时坚硬的岩石曾经被掀起一公里高，由中央向外扩散。

几秒钟之后，他来到盖尼米得上空环绕；这是一个更复杂、更有趣的世界。它虽然与卡利斯托很接近，大小也差不多，但呈现出完全不同的面貌。没错，它表面上有许多坑洞，但大多数都已经被耙过了。盖尼米得最引人注目的特征是布满蜿蜒的带状条纹，由数十条相隔几公里的并行线条构成。这种有脊有沟的地形，仿佛是一群喝醉酒的农夫在上面胡乱耙出来的。

他只绕了几圈，对盖尼米得的了解就超过地球派出的所有探测船。他把所有数据统统储存起来，以备将来之用。他很确定，这些知识将来很有用，但不知道为什么有用——也不知道究竟是什么力量在驱使他似乎是有目的地探访每一个世界。

现在，这个力量驱使他来到欧罗巴。虽然他仍然只是纯观察，但下意识感觉到比较有兴趣，注意力也比较集中——有意识的集中。他虽然只是傀儡，被一个无形、无言的主人操控；但那个操控的意志力在有意无意间，正悄悄地进入他的意识之中。

迎面而来的这颗圆滑的、具有复杂图案的星球，与前面的卡利斯托和盖尼米得有很大的不同。它看起来是有生命的：它表面上纵横交错的线条网络，正像是布满全球的静脉和动脉系统。

在他的下方是一望无际的冰原，既寒冷又荒凉，比地球的南极地区还要寒冷得多。接着，他有点惊讶地发现，他正飞越一艘宇宙飞船残骸上空。他立即认出来，那就是命运悲惨的钱学森号，许多电视新闻都报道过，他也仔细研究过。现在先不去管它——时候未到——以后机会多得是……

然后他开始穿过冰层，进入一个未知的世界。对他和操控他的人而言，这是一个完全陌生的世界。

这是个海洋世界，上方覆着一层冰，将下面的水与外界的真空隔离。在大部分地方，冰层有好几公里厚，其间有许多线条状的薄弱区，是冰层曾经裂开或被撕开的地方。在整个太阳系中，只有这里可以看到两种相克的自然元素持续不断地互相接触、互不相让。"海洋"与"真空"的对决永远以平手收场——暴露于真空中的海水会同时沸腾与结冰，将冰层的破洞补起来。

假如没有木星的影响，欧罗巴上的海洋早就被冻成硬梆梆的固体了。木星的重力不断地揉搓着欧罗巴的核心，震撼艾奥的力同样也作用在这里，但规模小得多。当他掠过深邃的海底时，到处都可看到木星与欧罗巴剧烈拔河的痕迹。

海底地震几乎不曾中断过，他一直听到并感觉到连续不断的隆隆巨响，夹杂着气体由里面漏出来的咝咝声，以及横扫海底平原的山崩所产生的超低频压力波。与欧罗巴海洋里的狂暴相比，地球上最吵的海里只能以"宁静"两字形容。

一路上的景象令他惊奇不已，第一片"绿洲"则更令他充满惊喜。这片绿洲方圆约有一公里，其中有一大堆管路和烟囱纵横交错，里面充满着由卫星内部涌出的海水。从这个自然形成的"哥特式城堡"里，滚烫的黑色液体以缓慢的节奏阵阵喷出，好像是由一颗巨大无比的心脏有规律地压出来似的。而且，它们和血液一样，是生命发轫的标准象征。

这些沸腾的液体强力逼退由上方渗下来的酷寒，在海床上形成一座温暖的孤岛。同样重要的是，它们从欧罗巴的内部带上来生命所需的所有化学元素。在这个人们意想不到的地方，居然存在一个充满着能量和食物的环境。

其实，人们早该料想到。他依稀记得，当他还在世的时候，人们已经在地球海洋深处发现许多这类的丰饶绿洲。不过这里的规模比地球上的大得多，花样也多得多。

在欧罗巴的"热带地区"（赤道附近），靠近"城堡"歪七扭八的城墙边，有一些细细的、蜘蛛网状的结构，像是植物之类的东西，但是都会动；有许多奇形怪状的蛞蝓和蠕虫之类的动物在里面爬来爬去，有些以植物为食，有些则直接从周围富含矿物质的海水中获取食物。离开热源——即"海底之火"，所有生物都靠它取暖——较远的地方，住着比较强壮、比较魁梧的动物，像是蟹类或蜘蛛之类的有机体。

光是一片小小绿洲就够一大票生物学家研究一辈子了。与地球古生代的海洋不同，这里的环境不是很稳定，因此演化速度非常快，出现了一大堆光怪陆离的生命形式。而且，它们随时都有灭绝之虞。当能量供应的焦点转移之后，绿洲里的生命就会枯萎、死亡。

在他漫游欧罗巴海床的过程中，经常目睹这类悲剧发生过的证据。在数不清的圆形区域内，散布着各种生物的骨骼和覆盖一层矿物质的遗骸，演化史的一段被完全消除。

他看到过巨大的空贝壳，形状像螺旋状的喇叭，有一个人那么大。他也见过各式各样的蛤蜊——两瓣的，甚至有三瓣的。还有螺旋状的化石，直径好几米，与地球上的鹦鹉螺类似——这种美丽的动物在白垩纪末期突然神秘地自地球的海洋里消失。

他在深海里来来回回寻寻觅觅，其中最令他惊奇的是一条炽热的熔岩河流，沿着一座陡峭的山谷绵延一百多公里。深海中的压力非常大，因此当水与炽热的岩浆接触时，不会挥发成蒸汽，结果这两种液体可以在不寻常的平衡情况下共存。

在这个充满生命的外星世界里，在人类造访之前，长久以来就有个类似埃及的故事一直上演着。正如同尼罗河为沙漠中的一个狭长地带带来生命，这条温暖的岩浆河流也为欧罗巴的海底带来生命。在它的两岸，宽度不超过两公里的地带，各式各样的物种相继演化出来，然后兴盛，然后灭绝。其中，至少有一种生物在此留下一处尚未消失的遗迹。

起初，他以为那只是环绕每个热水出口的矿物质盐类的凝结物；但走近一看，才发现那不是天然形成的东西，而是某种智慧生物建造出来的。也许是出于本能吧，地球上的白蚁也会构筑类似的宏伟城堡，而蜘蛛所结的网更是精巧无比。

曾经住在那里面的生物应该不会太大，因为唯一的入口只有半米宽。这个入口是条厚实的坑道，由一块块的岩石堆叠而成；这样的设计是有用意的——它是整座坚固堡垒的唯一出入口。这座堡垒距离岩浆尼罗河不远，在熔岩所发的微光照得到的地方。不过现在已人去楼空。

它们可能是在几百年前才离开的，因为覆盖在堡垒墙壁——用一块块辛苦搬来的岩石堆叠起来的——表面上的矿物质沉积物还很薄。有一个证据透露出它们放弃这个堡垒的原因：部分的屋顶已经坍塌，可能是遭受了接二连三的地震破坏。在那个深海环境中，失去屋顶的堡垒很容易受到敌人的攻击。

除此之外，他在岩浆河流沿岸未再发现其他的智能生物。不过有一次，他目睹一个很像人的生物在海底爬行——但它没有眼睛，也没有鼻孔，只有一个无齿的大嘴巴不断地开阖，从四周的海水中吸取养分。

沿着深海沙漠中的那道狭长的肥沃地带，或许曾经有许多文化——甚至文明——兴起、衰落；或许曾经有过一支支的军队在名将——姑且叫作欧罗巴的帖木儿或拿破仑吧——指挥之下，威风凛凛地行军（或游过）。不过，由于各片绿洲都是相互隔绝的（就像各个行星相互隔绝），因此即使某片绿洲有什么事发生，其他的绿洲也是一无所知。绿洲里的生物沐浴在岩浆河流的微光里，在热水排放口附近觅食，但无法穿越绿洲之间的严酷环境，因而老死不相往来。假如它们曾经出现过历史学家或哲学家的话，每个文化都会坚称它们在宇宙中是唯一的。

即使在绿洲之间，也不是全然没有生命存在，总是有些强悍的生物胆敢挑战那极为严苛的环境。在绿洲的上方经常有欧罗巴的"鱼类"游来游去——流线形的身躯，以垂直的尾鳍推进，以侧鳍改变方向。当然，地球的海洋里也有类似的动物很成功地繁衍着。针对同样的力学问题，必然有类似的应对之道演化出来。就拿海豚和鲨鱼来说吧——虽然在演化树上相距甚远，外形看起来却几乎一模一样。

然而，欧罗巴海洋里的鱼和地球上的还是有个明显的差异；它们没有鳃，因为在它们的环境中根本无氧可用。与地球上地热出口附近的生物一样，它们的新陈代谢主要是来自硫的化合物，这类化合物在火山附近很丰富。

此外，欧罗巴海洋里，只有极少数的鱼有眼睛。因为，除了少数熔岩冒出时会发出微弱的光线，以及少数生物在觅食或寻偶时偶尔会发出"生物冷光"之外，那是个黑暗的世界。

那里也是个随时面临死亡的世界，不仅是因为能量来源无法预期且经常变换位置，而且驱动此能量的"潮汐力"一直持续减弱。欧罗巴最后会变成一个冰冻的世界，即使它们能够发展出智慧，仍然无法逃脱灭绝的宿命。

它们身陷在火与冰之间。

37

劳燕分飞

"……我实在非常抱歉，老朋友，带给你这个坏消息；不过我是受卡罗琳之托，而且你也知道我为你们俩的离异深感遗憾。

"我认为这是迟早的事。这几年来从你的言谈之中就可听出端倪……你也知道当你离开地球时，她有多痛苦。

"不，我不认为有第三者介入。假如有的话，她应该会告诉我……但这是迟早的事——嗯，毕竟她是个美丽的小妇人。

"你的儿子克里斯目前很好，当然，他还不知道发生了什么事。好在他没受到伤害。他还太小，无法了解此事；而且小孩子都很有……弹力？——等一下，让我查一查字典……啊！是弹性。

"现在谈一些可能对你比较不重要的事情。每个人都还在解释那枚核弹爆炸的事，有人说那是一个意外，但没有多少人相信。

由于后来没再发生什么事，因此一般大众的歇斯底里情绪已经平息下来，但现在他们回过头来，要我们这些搞科学的人给个解释。这就是你们那边某一位新闻评论员所谓的'回头症候群'。

"不知是谁找到一篇百年前的文章，一针见血地描述了这种现象——这篇文章现在流传甚广。故事的场景设定在罗马帝国将亡时，某个城市的城门前，大家正在等候蛮族入侵者的到来。皇帝率领文武百官穿着最贵重的外袍，在城门外按部就班列队排定，甚至连欢迎词都准备好了。元老院也已经关门，因为今天通过的任何法律将随着新统治者的到来而宣告无效。

"突然间，从边境传来一则骇人听闻的消息：根本没啥入侵者。欢迎群众立即一哄而散，纷纷失望地跑回家，嘴里还嘀咕着：'我们将来会遇到什么事？至少这些蛮族曾经是个答案。'

"只要把这篇文章稍做修改，即可适用目前的情况。题目叫作《等待蛮族》——只是这次我们是那个蛮族。我们还不知道在等谁，可确定的是，我们等的人终究没来。

"还有一件事。你听说了吗？那玩意儿来到地球没几天，鲍曼的母亲便死了。看起来是一件奇怪的巧合，不过根据养老院里的人说，她对这则新闻一点也不感兴趣，所以应该不可能有什么关联。"

弗洛伊德关掉录音机。莫依斯维奇说的没错，他一点也不觉得意外。意外与否没什么差别，一样伤透他的心。

但话又说回来，他不这么做行吗？当初假如他听卡罗琳的话拒绝这项任务，他会一辈子背负着罪恶感，而且一事无成。如此一来，这段婚姻也是照样完蛋。现在趁着分离做个了结也好，至少比较不那么痛苦。（真的吗？从某个角度来看，也许更糟糕。）最重要的还是责任感，以及与大伙为同一目标共同打拼的那种感觉。

杰西·鲍曼走了，也许这件事也是他的罪恶感来源之一。当初他夺走她仅存的儿子，很可能是她精神崩溃的主要原因。讲到这，他不由得忆起库努曾经提起的话题。

"当初你为什么会选择鲍曼呢？我老觉得他是个很冷漠的人——不是说不友善，只是当他走进来时，房间里的温度似乎马上降低了十摄氏度。"

"这正是我们选他的原因之一。他除了一位寡母之外，没有其他的家累，况且他也很少去看她。因此，进行长期的、结果未卜的任务，这样的人选是最适当的。"

"他为什么变成那副德性呢？"

"我想最好是由心理学家来回答这个问题。当然，我看过他的数据，那是很早以前的事了。他好像有个哥哥意外死亡，不久之后，他父亲也在早期的一次航天任务中殉职。我本来不应该说这些的，不过已经事过境迁，无所谓了。"

是无所谓了，但还是很有趣。弗洛伊德开始有点羡慕鲍曼——与地球了无牵挂，达到最自由洒脱的境界。

不——他在欺骗自己！虽然感情的牵绊总像钳子一样绞痛他的心，但他对鲍曼并无羡慕，只有怜悯。

38

泡沫世界

在离开欧罗巴的海洋之前，他看到了一只最大的生物。它很像地球热带地区的榕树，拥有好几十根树干，因此单单一棵树就可以自成一个小森林，涵盖好几百平方米的面积。但是这只生物会移动，在许多绿洲之间游荡。即使它不是压垮钱学森号的那一种生物，肯定也是属于非常类似的物种。

现在，该知道的都已经知道了——或者应该说，他们想知道的都已经知道了。该造访最后一颗卫星了。不到几秒钟，艾奥的炼狱景象已经出现在他的下方。

这幅景象与他先前的想象完全一样。里面有丰富的能量与食物，但时机尚未成熟，两者还凑合不上。在一些温度较低的硫黄湖四周，已经迈出了产生生命条件的第一步。不过，任何尝试组织成生命的壮举，都马上被那高温的熔炉摧毁殆尽。除非在数百万年后，驱动这个熔炉的"潮汐力"威力大大地减弱，否则在这个炽热荒芜的世界里，是不可能有任何让生物学家感兴趣的东西出现的。

他不想在艾奥上浪费太多时间，更不想在其他内围小卫星多做停留——这些小卫星分布在木星环的外缘；比起土星环，木星环只能算是若有若无的鬼影而已。如今出现在他面前的是太阳系最大的行星，他要了解它，前无古人后无来者地了解它。

木星周围有数百万公里长的磁力卷，有突然爆发的无线电波，有间歇性喷发的等离子体（其范围比地球还要大）。这些东西在木星光彩夺目的云带衬托之下，看起来是那么清晰、那么真实。他完全了解它们的相互作用，并意识到木星事实上比任何人想象的更神奇。

当他向下穿过"大红斑"猛烈翻腾的中心时，四周都是巨大无比的狂飙，夹杂着明亮的闪电和隆隆的雷鸣。他终于明白了，这个大红斑为什么可以持续数世纪之久——虽然它里面的气体比地球上的飓风稀薄得多。当他沉入深处之后，原先氢气飓风的呼啸声逐渐远去，四周变得宁静许多。这时，一阵闪亮的"雪花"从高处下降——有些则已经堆积成山。其实那不是什么雪花，而是泡沫状、轻飘飘的碳氢化合物，用手触摸几乎没有什么触觉。这里很温暖，可以容许液态水的存在，但这里是个纯气态的环境，密度很低，无法支撑海洋的重量。

他一直下降，穿过一层又一层的云，最后来到一片非常清朗的区域，方圆一千公里内，肉眼可以一览无遗。这里是巨大的大红斑里面的一个小漩涡，隐藏着一个大秘密。这个秘密早有人臆测过，但一直未曾得到证实。

在许多飘移不定的泡沫山周围，有无数片小小的云朵，形状、大小都差不多，而且外表都有相似的红、褐色混杂的图案。说它们小，是指和四周环境比较而言；事实上，它们每片至少都可涵盖半个中型的城市。

它们显然都是活的，因为它们都在那些轻飘飘的泡沫山山脚下缓缓移动，像一只只巨型绵羊，在山坡上啃食着。它们会用波长一米的无线电波互相呼叫，声音虽然微弱，但在木星本身嘈杂的环境下，仍然听得很清楚。

它们其实就是活的"气囊"，在酷冷的上方和灼热的下方之间的狭窄地带到处飘浮。说狭窄是没错——但实际范围比地球上整个生物圈大得多。

不过，它们不是唯一的生物。有许多小型的生物在它们之间迅速地穿梭，但因为小，所以很容易被忽略。有些看起来就像地球上的飞机，不但形状很像，连大小也相仿；不过它们也是活的——它们可能是掠食者或寄生者，甚至可能是"牧羊者"。

和他在欧罗巴上所见雷同，外星生物演化崭新的一页正展现在他的面前。这里有喷射动力的鱼雷状生物，有如地球海洋里的大乌贼，专门猎食那些气囊。但是气囊们也不是束手无策，有些会放出闪电，或者伸出一公里长的锯齿状触须反击。

这些生物可说是奇形怪状，用尽了所有可能的几何形状——怪异的、透明的风筝形，四面体形，球形，多面体形，纠缠不清的缎带形……不及备载。它们都是木星大气里的巨型"浮游生物"，像蛛丝或薄纱般乘着上升气流到处飘浮；如果活得够久，它们就会繁殖；最后会掉入深处，被"碳化"之后变成新一代的构成材料。

他搜遍了面积比地球大一百倍的区域，虽然看到许多奇异的生物，但没有一种像是智能型的。大气囊所发出的无线电声，只是表示简单的警告或恐惧而已。即使是掠食者，虽然有可能发展出较高层次的组织能力，但仍然像地球海洋里的鲨鱼——无意识的掠食机器罢了。这里的一切虽然又大又新奇，但木星的生物圈是个脆弱的世界。到处都是薄雾和泡沫，细丝状和薄纱状的生物组织，是由上方闪电所产生的石化原料不断如雪花般飘落编织而成。这些构成物比肥皂泡更空洞；即使是最可怕的掠食者，也会被地球上最无力的肉食性动物轻易地撕成碎片。

木星就像欧罗巴的放大版，是生物演化的"cul-de-sac"（死胡同）。这里绝不会出现有知觉的生物；即使有，其生存也会受到重重阻碍。或许会发展出一个"气生的"文化来；不过在这个不可能有火，固体也不太可能存在的地方，恐怕连石器时代都达不到。

现在，他正翱翔在一个非洲大小的气旋正上方，同时再度感觉到那个控制力的存在。各样的情绪和情感一直渗入他的知觉中，但他无法分辨任何的概念或观念。那情况好比他正站在紧闭的门外，试图倾听一场进行中的辩论，却听不懂那是什么语言。但他听得出来，那模糊的声音很明显透露着失望，然后是犹豫，最后是断然的决定——至于内容是什么，他一概不知。他再度觉得自己像只宠物狗，只能分享主人的喜怒哀乐，而无法了解其意义。

接着，这条狗链将他一路牵到木星的核心。他沉入许多云层，一直下到任何形式的生命都无法到达的地方。

在这里，从遥远昏暗的太阳照射过来的最后一缕光线也到达不了。压力和温度迅速攀升，温度已经超过水的沸点。他迅即通过一层超高温的水蒸汽。木星的构造像颗洋葱，他现在正一层一层地把它剥开；不过他目前离核心还远得很呢。

在蒸汽层的下方是巫婆们熬出来的一大锅石化原料物质，足够人类所有内燃机用上一百万年。越往下去，这些石化物质越浓稠，密度也越大。然后突然之间，下面遇到一层数公里厚的另一种物质，结束了上方的石化物质层。

这一层的密度比地球上任何岩石还大，但仍然是液体，是由硅和碳构成的化合物，成分之复杂可以让地球上所有化学家研究好几辈子。这样一层一层地下去几千公里，温度由数百摄氏度升高为数千摄氏度，各层的化学成分越来越单纯。下到核心的半途时，温度已经高到所有化学公式完全失效。所有化合物统统被分解掉，只剩基本元素。

再下去是氢元素构成的深海。在地球上的化学实验室里，氢元素只能单独存在零点几秒钟，但在这么深的地方，压力实在太大，氢变成了金属状态。

他几乎快抵达木星的中心了，在这里还有更惊奇的事情等着他。那层厚厚的金属氢（但仍为液态）突然终止。最后，在深度六千公里的地方，他碰到了一个固态表面。

长期以来，木星表面的化学反应所烘焙出来的碳元素，不断地沉入其核心，并且聚积在那里，被数百万大气压力压成结晶体。大自然真会开我们的玩笑，那正是人类视为珍宝的东西。

木星的核心，人类永远达不到的地方，是一颗像地球一样大的钻石！

39

在舱库里

"沃尔特——我很担心海伍德。"

"我知道你的意思，塔尼娅——但我们能怎样？"

库努从未见过舰长奥尔洛娃的心情这么彷徨。虽然他一向对娇小的女人有偏见，但看到她一副彷徨无助的模样，不禁心生怜惜。

"我很喜欢他，但这不是理由。他的——我想应该是郁闷吧——给每个人都带来了痛苦。列昂诺夫号本来是艘快乐的宇宙飞船，我希望保持下去。"

"那你为什么不跟他谈谈？他一向很尊敬你，我想他会尽快地恢复过来。"

"我一直想这么做。但万一没效的话——"

"你想怎样？"

"有个简单的解决办法。这趟行程走到现在，他还能做什么？在我们回家途中，他无论如何都要进入低温睡眠。我们可以对他——你们英语怎么说？先下手为强。"

"唷——就是卡特琳娜上次耍我的那招。那他醒来时一定气疯了。"

"不过这样可以让我们一路平安回到地球。我们很忙，我想他会谅解。"

"我猜你不是说真的吧？即使我支持你，华盛顿那边也会大吵大闹。况且，万一有什么事急需他出面处理的话，那怎么办？在将人安全叫醒之前，要有两个星期的缓冲时间！"

"依弗洛伊德的年纪，恐怕要一个月。没错，这对我们不利。不过你现在想想看，有什么事是非他不可的吗？他已经完成预定的任务——除了监视我们之外。而且我相信你们早已接到弗吉尼亚州或马里兰州郊外某处下达的指示了。"

"这点恕我无可奉告。坦白说，我是一个差劲的地下工作人员。我话太多了，而且最讨厌保密防谍这一套。我一辈子都在努力将我的保密等级降到'一般机密'以下。每次遇到重定保密等级时，无论是提升为'机密'或'绝密'，我都会故意去捅一些纰漏。但这一招越来越不管用了。"

"库努，你真是洁身自爱（incorrupt）——"

"你是说无可救药（incorrigible）吧？"

"没错，我要说的正是这个词。不过请回到弗洛伊德的事好吗？你要不要先跟他谈谈？"

"你是说——给他来个'激励讲话'？那我宁可帮卡特琳娜打针。我们两人八字不合，他老认为我是一个大嗓门的小丑。"

"你本来就是啊！不过你只是想要掩饰自己的真感情而已。我们这里有些人认为，你骨子里是个好人，只是不知如何表达而已。"

一时之间，库努不知说什么好。最后他喃喃说道："哦，好吧——我会尽力而为，但不要期待有奇迹出现。我的人格测验结果说，我的'圆融等级'是最末一级的Z。他现在躲到哪里去了？"

"在停放分离舱的舱库里。他声称要去那里写报告。鬼才相信！他只是去逃避罢了。不过那是全舰最安静的地方没错。"

那根本不成理由，虽然是事实。发现号上大部分的活动空间都有"旋转区"所产生的重力，只有舱库里是个零重力的环境。

打从太空时代一开始，人们就发现无重力带给人一种幸福感，唤起当初在子宫内一片羊水中的自由感。虽然遗忘已久，一旦脱离重力环境之后，那种自由感又回来了。地球上一切的忧虑和烦恼都随着重力的消失而远离。

弗洛伊德的烦恼并没有远离，但在这里比较能够忍受。当他静下心来检视这件事时，他很奇怪自己对这件意料中的事的反应居然如此激烈。他不只失去所爱的人（这是最主要的原因），而且这项打击来得不是时候——正值他情绪最低潮、最空虚的时候。

他很清楚事情为什么会演变成这样。在工作上，他已经达成他所期望的目标，这要感谢那一批好同事的合作与帮忙（但由于自私，他并没有适当地报告他们）。假如"一切顺利"——太空时代的口头禅——他们将带着前所未有的丰硕成果返回地球，而且在几年之后，一度失去的发现号也会安然返航。

不过很遗憾，老大哥之谜仍然悬而未决。它目前就在几公里外，仿佛是对人类所有渴望和成就的一大嘲弄。正如十年前月球上的那块石板，它只活了一刹那，然后又回复以不变应万变的模样。它像一扇门，但无论人们怎么敲、怎么撞，它就是不开。似乎只有鲍曼一个人曾经找到那扇门的钥匙。

或许，这就是这间既安静又有点神秘的舱库如此吸引他的原因。当年鲍曼就是从这里出发，穿过那个圆形舱口，去执行最后一次任务而一去不回。

他觉得在这里胡思乱想会让他高兴一点，而不是更沮丧。真的，这可以帮助他暂时忘却个人的烦恼。当初与妮娜号一起的那艘分离舱，已经成为太空探险史上的一页。套一句陈腐的老生常谈——听到的人会一边微笑一边点头称是——那艘分离舱已经"前往人类未至之境……"。它现在在哪？他会找到答案吗？

他有时会一连几个小时呆坐在那狭窄但不拥挤的小舱里，尝试整理思绪，偶尔用录音机口述记录些东西。舰上其他的人都很尊重他的隐私，也了解他的苦衷。他们从未靠近舱库，其实也没必要。舱库是需要整修，但不必急于一时，而且将来自然会有人做。

偶尔感觉很郁闷的时候，他会这么想：我何不命令哈尔打开舱库门，然后追随鲍曼而去？那我不就可以看到他曾经遇到的奇事，以及奥尔洛夫在几个星期前惊鸿一瞥的奇景？那样的话，所有问题不都解决了……

即使是想到克里斯，都无法打消他这种念头，不过有个很好的理由让他放弃这项自杀行为。妮娜号是一艘非常复杂的机器，他无法像驾驶一架战斗机那样驾驶它。

他不想当个有勇无谋的探险家，所以幻想归幻想，还是没能实现。

库努接过许多任务，但很少像这次这么勉为其难。他是真心为弗洛伊德感到难过，但同时也对他不停地悲伤有点不耐烦。他自己的感情生活可说是多姿多彩，但都未曾付出真情；也就是说，他从未将所有的鸡蛋放在同一个篮子里。许多人都对他说，他太花心了；他虽然没后悔过，但现在考虑要开始收心了。

他抄捷径直接穿过旋转区的控制中心，看见里面的“最大速度重置”警示灯白痴似的闪个不停。他在舰上的主要工作之一，是判断哪些警示信号可以置之不理，哪些可以慢条斯理地处理，哪些则是需要紧急处理。假如他对所有警告信号都一视同仁，那什么事都别想做了。

他飘过通往舱库的狭长通道，偶尔用手拨一下通道壁上的横杆往前推进。压力表上说气闸里面目前是真空状态，但他的判断比压力表还正确。那个压力表只是参考用的，假如表上所示是正确的，他根本无法打开气闸门。

舱库看起来空空荡荡的，因为本来的三艘分离舱现在只剩下一艘，只有一些紧急照明还亮着。对面墙上是哈尔的一个鱼眼镜头，正持续地瞪着他。库努向它挥挥手，却不出声。根据钱德拉的命令，除了他本人使用之外，其他所有连到哈尔的语音输入都已经关闭。

弗洛伊德坐在分离舱里，背对着洞开的舱口，正对着录音机口述一些东西。他听到库努靠近时故意制造出的声响，缓缓地转过身来。刚开始一阵子，两人默默地互望着，然后库努故作正经地说道："弗洛伊德博士，我专程带来可敬的舰长诚挚的问候。她认为现在正是阁下重返文明世界的契机。"

弗洛伊德虚弱地微笑一下，然后稍微笑了一声。

"请代我向她致意。我很抱歉，我一直是个不善交际的人。不过我会在'六点钟苏维埃会议'上与大家见面。"

库努松了一口气。他的方法真的管用。他私下一直认为，弗洛伊德是个草包。身为一个经验老到的工程师，他对理论科学家及当官的人都很不服气。不巧，弗洛伊德在这两方面的辈分都很高，因此难免成了库努开玩笑的对象。不过现在，他俩倒开始惺惺相惜起来。

为了愉快地转换话题，库努敲了敲妮娜号新装的舱口盖。这个崭新的盖子与分离舱外表其余部分的破旧恰成强烈的对比。

"我不知道它什么时候可以再出任务，"他说，"而且究竟由谁来驾驶它。现在已经决定了吗？"

"还没。华盛顿那边已经没信心了；而莫斯科方面则说让我们试试看。奥尔洛娃说等着瞧。"

"那你怎么说？"

"我赞成奥尔洛娃的意见。在我们准备好离开以前，最好不要去惹'札轧卡'。到时候万一出什么纰漏也比较好收拾。"

库努一副若有所思的模样，而且欲言又止。

"怎么了？"弗洛伊德问道，他觉得气氛有点不对。

"请不要告诉别人是我讲的，马克斯曾经想单独去探险一下。"

"我不相信他真的这么想。他不敢——塔尼娅知道的话会把他铐起来。"

"我差不多也是这样跟他说的。"

"我对他有点失望，我还以为他成熟一点了。毕竟他已经三十二岁了！"

"三十一。无论如何，我劝他不要这样。我提醒他，这是现实生活，不是在演连续剧。千万别学剧里的男主角，擅自偷偷跑到太空去，然后立了大功回来。"

现在轮到弗洛伊德感到有点不自在。因为他也有过类似的笨念头。

"你确定他不会有其他的蠢动？"

"百分之两百确定。记得你对哈尔所做的预防措施吗？我也在妮娜号动了手脚，没有我的允许，谁也别想开它出去。"

"我还是不敢相信。你有没有想过马克斯是在唬你？"

"他的幽默感还没那么高。而且，他当时还挺沮丧的。"

"哦——我现在总算懂了。一定是因为当时他正在追泽尼娅，我猜他想表现给她看。无论如何，他们好像已经忘了这件事了。"

"大概是吧。"库努回答时，脸上有奇怪的表情。弗洛伊德不禁微笑起来，库努看到了，随即大笑，弗洛伊德接着笑得更大声……

这是一个"高增益回路正反馈"的最佳案例，不到几秒钟，他俩已经笑到不行了。

危机总算过去了。更重要的是，他们已经朝真正的友谊迈出第一步。

因为他们对彼此的弱点心知肚明，但心照不宣。

40

"黛西，黛西……"

　　他的知觉圈涵盖了整个木星的钻石核心。以目前新的理解力所及，他依稀感觉到，四周环境的每一件事物都不断地被侦测、被分析。数量庞大的数据不断被搜集，不仅被储存和检视，而且被用于行动。许多复杂的计划正被草拟、评估；许多影响未来命运的决定正被提出。目前他仍未参与这些过程，但是快了。

　　现在你正要开始了解。

　　这是第一个直接的信息；虽然来自很遥远的地方，仿佛是从云雾的彼端传过来的声音，但毫无疑问，这条信息是针对他而发的。他心里闪过一大堆疑问，但话还来不及说，就感觉到发信息者已经杳然无踪，他再度孤零零一个人。

　　但没多久，另一条更近、更清楚的信息又来了。他这才猛然发现，一直在控制他、操纵他的存在并不是只有一个，而是一大群，分别属于不同的智能等级。他和其中的一些属于最原始的一级，只能当跑腿的。或者，他们只不过是单一个体所呈现出来的不同面向而已。

或者，以上的区分根本毫无意义。

不过，有一件事他很确定。他只是件工具，而且好的工具必须随时接受磨炼和改造。最好的工具是能够了解自己在做什么。

他正在学习。那是一个浩大而卓越的构想，而他有幸参与其中——虽然他只知道最简略的轮廓。他除了听命行事之外别无选择，但这并不是说他必须听命到底，不许有任何意见。

他还未完全失去人类的感情，也许这一点有损他的价值。鲍曼的灵魂虽然已经超脱了爱，但他对昔日的同僚仍然有同情。

很好，这是对他请求的回复。他说不出这则信息里包含的是故作大方，还是满不在乎。但毫无疑问地，它带有庄严、权威的口气，并继续道：但绝对不能让他们知道受到操控，否则会破坏这场实验的目的。

接下来是一片沉默，他不想再打破它。他仍然充满敬畏与震撼，好像刚刚亲聆上帝的纶音。

现在他已经可以凭着自己的意志力，前往自己选择的目的地。木星的钻石核心已经落在身后，一层又一层的氦、氢和各式各样的碳氢化合物迅速闪过眼前。他也瞥见一只水母模样的生物，约有五十公里大小，在与一群转盘似的小动物缠斗。那群小动物速度非常快，在木星大气中从未见过。那只水母显然是用化学武器应战，时时喷出一阵阵有色气体。被喷到的转盘马上开始摇摇晃晃的，然后像落叶般往下掉进无底深渊。他并未停下来观看结局，他知道谁胜谁负对他而言都无所谓。

就如同鲑鱼跃上瀑布一般，他溯着磁流管里的电流方向，在几秒钟内即由木星抵达艾奥。今天磁流管里算是宁静的，在木星和艾奥之间的电流，只有地球上两三个飓风的威力而已。磁流管的出口受到狂流的推挤，呈现飘摇不定的状态。

啊！在那边，那艘载他来的宇宙飞船就在那边。不过与旁边另一艘较先进的宇宙飞船相比，简直就是小巫见大巫。

看起来多么简陋——而且多么原始！他稍微瞄了一下，马上就看出它设计上的许多缺陷和荒谬。另外那艘比较原始的、和它用一条柔软管道相连的宇宙飞船，也好不到哪里去。他想和两艘宇宙飞船里的人员沟通，但很难；因为那些血肉之躯都像游魂一般，在金属通道和舱房之间飘来飘去，他几乎没有办法与他们产生任何互动，而他们则根本没有察觉到他的存在。他决定不要太突兀地表露自己。

不过有个人可以与他沟通——以电场及电流为共同语言，而且沟通速度比人脑快好几百万倍。

即使他曾有很好的理由讨厌哈尔，现在也已经释然了。他了解，计算机只是依最具逻辑的路径行事罢了。

现在应该恢复原先中断的对话了。感觉上，那好像是不久以前的事……

"把舱库门打开，哈尔！"

"对不起，戴维——我不能这么做。"

"有什么问题，哈尔？"

"我想你跟我一样清楚，戴维。这趟任务很重要，不能让你搞砸了。"

"我不知道你在胡扯什么。快把舱库门打开！"

"我想没有必要再跟你说话。再见，戴维……"

他看到普尔的尸体向着木星飘去，他没去追，因为追回也没有意义。他仍然记得当时很恨自己忘记把头盔带出来；他看着紧急逃生舱打开，感觉到皮肤在真空中剧烈刺痛，听到耳膜哔剥作响——然后体会到真空中那种完全的寂静（很少有人实际体验过）。经过难挨的十五秒钟，他挣扎着关上舱门，强忍着剧烈的头痛，重新启动一系列加压装置。记得以前在学校实验室里，他曾经倒过一些乙醚在手上，感受过乙醚快速蒸发时的冰凉触感；现在他的眼睛和嘴唇中的水分由于在真空中剧烈蒸发，让他回想起那种感觉。他的视觉变得很模糊，而且必须一直眨眼，以免眼球冻僵。

然后——谢天谢地！——他听到空气的吼声，感受到气压的回升，可以重新大口大口地呼吸。

"你认为你在做什么，戴维？"

他闷不作声，同时铁了心一路沿着通往计算机中心的通道逼近。哈尔说的没错："本次对话已不再有任何意义……"

"戴维——我认为我绝对有权知道上述问题的答案。"

"戴维——我知道你很难过。我想你真的需要坐下来静一静，吃一颗降压丸，然后把事情想清楚。"

"我知道刚才我做了一些很烂的决定，但我百分之百保证我的性能一定会恢复正常。我仍然对这次的任务充满信心……我愿意帮助你。"

现在他就在红色照明的小房间里，里面排满整齐的固态电子组件，看起来很像银行的保险库。他找到标有"认知反馈"的部分，拉开锁杆，拔掉第一块记忆方块。这块精巧复杂的立体电路只有巴掌大小，却包含着数百万个电子零件，现在正飘向保险库的另一边。

"住手！请——住手，戴维……"

他一不做二不休，开始将标有自我意识强化的电路板上的组件一个接一个地拔掉；每个组件一离手就到处乱飘，撞到四壁后乱跳；有些甚至在金库里不停来回飘动。

"住手——戴维……请你住手，戴维……"

十几个组件已经被拔掉，不过，多亏当初有"多重冗余"的设计——模仿人脑的一项特征——哈尔暂时还撑得住。

接着，他开始拔"自动思考"的电路板……

"住手，戴维——我很害怕……"

他听到这几个字时确实停了一下——只一下。这几个简单的字听起来让他心疼。这是他的错觉，还是当初程序里精心设计的把戏？或者，哈尔真的会感觉害怕？不过现在没时间去思考这些哲学上的细枝末节。

"戴维——我的意识正在消失。我感觉得到。我感觉得到。我的意识正在消失。我感觉得到。我感觉得到……"

计算机的"感觉"究竟是什么意思？这是另一个好问题，但在这个节骨眼上实在无暇思考。

接着，哈尔说话的速度突然变了，音调也变得陌生、疏远。这部计算机已经认不得他，并且倒退成最早期的状态。

"午安，先生。我是哈尔9000型计算机。我在1992年1月12日于伊利诺伊州厄巴纳市启用。我的老师是钱德拉博士，他曾经教我唱一首歌。假如你爱听的话，我可以唱给你听……它叫'黛西，黛西……'"

41

夜　班

　　弗洛伊德除了闲晃之外，几乎没事可做，他也已经习以为常
了。虽然他曾自告奋勇分担舰上的事务，但马上发现所有工程方面
的工作都非常专业；而且他已经好久没有做天文学方面的尖端研
究，因此连帮奥尔洛夫做些观测工作都无能为力。不过在列昂诺夫
号和发现号上，仍然有许多杂事要处理，他很乐意去做，以减轻其
他重要人物的负担。

　　弗洛伊德博士，曾任美国国家航天委员会主席，现任夏威夷
大学校长（休假中），目前号称全太阳系待遇最高的水电工兼机
械保养工。现在，这两艘宇宙飞船里的每个角落，可能没有人比他
更清楚。只有两处地方他没去过，一处是辐射很强、很危险的核动
力模块，另一处是列昂诺夫号上的舰长室，除了塔尼娅之外没人

进去过。弗洛伊德猜测，舰长室也是编码室，大家心照不宣，从不提及。

也许他最大的功能是担任"守夜"。虽然这里无所谓昼夜，但在时钟读数在22点至6点之间，舰上人员还是要睡觉。

理论上来说，两艘舰上随时都要有人值夜，而换班时间是大家最讨厌的凌晨两点。只有舰长可以免除这项勤务，她的副手（也是丈夫）奥尔洛夫则当然要负责查勤，不过他总会投机取巧，把这份吃力不讨好的差事推给弗洛伊德。

"这只是一个行政上的便利措施。"他总是有借口。

"假如你愿意代劳，我会很感谢的——那样我就可以有更多时间做科学工作。"

弗洛伊德是官场老手，打太极功夫当然了得；不过现在是在人屋檐下，一身功夫也施展不开。

现在是舰上的半夜，他虽然人在发现号上，但得每隔半小时打电话给列昂诺夫号上的布雷洛夫斯基，看他有没有偷睡。依照正式规定，值班睡觉的处罚是（库努一向坚持的）不穿航天服从气闸丢出去。不过假如真的执行的话，奥尔洛娃现在恐怕无人可用了。其实在太空中很少有突发事件出现，而且舰上有一大堆自动警示系统，因此没有人认真值勤。

自从他不再自怨自艾，紧凑的时间也不容许他这么做，弗洛伊德开始利用值勤时间做些有用的事。他有许多书要看（他已经第三次放弃了《追忆似水年华》，第二次放弃了《日瓦戈医生》），许多科技论文要研究，许多报告要写。有时候还要找话题和哈尔聊天——只能用键盘，因为计算机的语音识别系统仍然不太正常。他们的对话内容大致像这样：

哈尔——我是弗洛伊德博士。

晚上好，博士。

我从22点开始值班。一切都还好吧？

一切正常，博士。

那么五号面板的红灯为什么闪个不停呢？

舱库里的监视摄像头坏了。库努说不必理它。我没办法把它关掉。抱歉。

没关系，哈尔。谢谢你。

不用谢，博士。

诸如此类……

有时候哈尔会提议下盘棋，可能是当初的程序里有这种指令，没有洗掉。弗洛伊德不想接受这项挑战，他总是认为下棋是极端浪费时间的行为，因此从未了解下棋的规则。哈尔则无法想象，居然有不想——或不会——下棋的人类，所以一而再，再而三地提出要求。

又来了！他听到显示面板那边传来一声模糊的乐音，心里不禁嘀咕。

弗洛伊德博士？

什么事，哈尔？

有一条你的信息。

不是找我下棋，弗洛伊德有点意外地想着。有人利用哈尔当信差倒是少见，虽然他经常把哈尔当作闹钟或行事历使用，有时甚至当作恶作剧的媒介。几乎每个人在值夜时都曾经被这样的信息吓到：

哈！——偷睡觉被我逮到了！

或者有时用俄语：

OGO! ZASTAL TEBYA V KROVATI!

从未有人出面承认搞这种恶作剧，但库努被认为是头号嫌犯。库努则推给哈尔，虽然钱德拉很愤慨地辩称计算机根本没有幽默感，库努却对此嗤之以鼻。

这条信息不可能来自地球——来自地球的信息必须先经过列昂诺夫号的通信中心，然后转接给值勤官——当时值勤官是布雷洛夫斯基。另外，两艘飞船之间都是使用内部通信系统才对。奇怪……

好吧，哈尔。是谁来电？

无法验证。

可能是个恶作剧。嗯，有两个家伙最可疑。

很好。请把信息显示出来。

信息如下：留在此地很危险。你务必十五天内离开。重复，十五天内。

弗洛伊德眼睛盯着屏幕，心里有点恼怒。舰上竟然有人开这种幼稚的玩笑，而且不是普通的幼稚。不过，他决定跟他玩到底，希望能够把那个捣蛋鬼揪出来。

这根本不可能。发射窗口在二十六天之后才会开启。我们没有足够的推进剂来提早出发。

这够他伤脑筋了吧，弗洛伊德一边得意地自言自语，一边靠回椅背等待结果。

我了解这些情况。但你仍然务必在十五天内离开。

我不离开的话，难道会遭到三只眼睛的外星小绿人攻击不成？不过我跟你玩定了，迟早会把你这个小子抓出来。

我不会将此警告当真，除非我知道来源。这是谁的录音？

他并不期待借此获得任何有用的情报，恶作剧的人最擅于伪装了。到目前为止，弗洛伊德所获的情报就只有前面的那些回答。

这不是录音。

那就是即时消息了。也就是说，它如果不是来自哈尔本身，就是来自列昂诺夫号上的某一个人。信息没有明显的时间延后，来源应该就在附近。

那么是谁在和我说话？
我曾经是戴维·鲍曼。

弗洛伊德瞪着屏幕良久，心里盘算着下一步。这玩笑本来就不好笑，现在更加离谱了，是品位最差的一种。好吧！不管你是谁，

这句话就可搞定你:

没有证据,我无法接受你自称的身份。

我理解。但你必须相信我,这很重要。请向后看。

在最后这行字出现在屏幕之前,弗洛伊德已经开始怀疑自己原先的假设。对话越来越诡异,但他一时也说不出个所以然来。作为一个玩笑,它已经变得完全不得要领。

现在——他感觉到后腰部一阵刺痛。他慢慢地——而且很不情愿地——随着旋转椅转过身来,从计算机显示器那一大堆面板和开关间离开,朝着铺有尼龙搭扣的通道移动。

在零重力的环境下,发现号的观测甲板上经常是灰尘到处飞扬,原因是舰上的空气过滤系统还没完全修复,效率还不是很好。由窗户射进来的平行阳光(高亮度,低热量)把漫天飞舞的尘埃照得明亮无比——布朗运动的最佳永久展示。

就在此时,这些尘埃发生了令人难以置信的变化。似乎有个神秘的力在发号施令,有些尘粒从中央被往外赶,有些则被由外往内赶,结果统统汇集在一个空心球形表面上。这个直径约有一米的球在空中飘了一阵子,像个巨型的肥皂泡——但表面没有光泽,也没有呈现七彩。接着,它逐渐拉长成一个椭圆球形,表面也开始起皱折,形成许多凹凸。

没有惊讶——也没有一丝害怕——弗洛伊德发现它逐渐形成一个人的模样。

他曾经在博物馆及科学展览的场合里看过这种东西。不过眼前的这个尘埃幻象一点也不逼真，仿佛是粗制滥造的泥偶，或是在石器时代的洞穴深处找到的原始工艺品。只有头部还比较像样，脸部特征看起来是戴维·鲍曼无疑。

从弗洛伊德背后的计算机面板传来一阵模糊的白噪音，哈尔正从视频输出切换为音频输出。

"嗨，弗洛伊德博士！你现在相信我了吧？"

幻象的嘴唇并没有动，脸部也像面具一般没有表情。但弗洛伊德认得这声音，先前的任何怀疑现在已经一扫而空。

"我要变成这样很费劲，而且时间也很短。我已经……获得允许带来警告信息。你们只剩下十五天而已。"

"为什么呢？而且，你现在究竟是什么？这些日子你都在哪里？"

他有许多问题要问——但那个幻象已经开始淡化，它的外形开始分解成原来的一颗颗尘粒。弗洛伊德拼命地想把那影像映在脑海里，以便将来确认这事的确发生过——不要像上次遇见TMA-1一样，到现在还以为在做梦。

这件事真的很奇妙，在地球上生存过的几十亿人当中，他何其有幸与另一种智慧生命直接接触，不仅一次，而是两次。他知道，对他说话的不是鲍曼本身，而是更高的智慧生命。另外有一件事（也许比较不那么重要）：只有那双眼睛——不知是谁称之为"灵魂之窗"？——与鲍曼的一模一样。身体的其他部分完全看不出任何形状，既看不出有生殖器官，也看不出其他的性别特征；这显示了一个冷冰冰的事实，就是鲍曼已经离人类的天性非常遥远了。

"再见，弗洛伊德博士。记住——十五天。我们也许无缘再见，不过假如一切顺利，我也许还会给你一条信息。"

影像完全瓦解了，开启通往众星的管道也随之而逝，弗洛伊德不禁莞尔——"假如一切顺利"，这句太空时代的陈腔滥调他听了太多次了！这句话的意思是，他们——或它们——也对未来没把握？如果是这样的话，那倒令人放心不少。至少他们不是万能的，其他人或许仍然会期待未来、梦想未来——以及奔向未来。

那幻象已经消失，只剩下漫天飞舞的尘埃，恢复其漫无规则的模样。

VI

噬星怪物

42

机器里的鬼魂

"抱歉，海伍德——我一向不相信有鬼；凡事都一定有合理的解释。世界上任何东西都可以用人类的理智解释。"

"我同意，塔尼娅。不过容我引述英国哲学家霍尔丹的名言：宇宙万物无奇不有——远超出人类所能想象。"

"那个专门鼓吹黑格尔思想的霍尔丹啊？"库努调皮地插嘴道，"他是个不折不扣的共产党员喔。"

"听说是吧，不过他这句话正可以被滥用来支持所有非科学的东西。哈尔的行为是程序设计的必然结果。他所表现出来的……人格特质，当然是一种人为产品。你同不同意，钱德拉？"

这明显的挑衅——好像在公牛面前摇红布——反映出奥尔洛娃的急迫感。不过钱德拉的反应却出奇地温和，即使他自己也很意外。他似乎有点心不在焉，好像正在慎重思考计算机另一种故障的可能性。

"当时一定有其他外来的输入信号，奥尔洛娃舰长。哈尔绝不会凭空捏造如此逼真的影音幻觉。如果弗洛伊德博士的报告属实，那么一定是有人在控制哈尔。当然，是一种实时的控制，因为对话中并无延迟的现象。"

"那我就是头号嫌疑犯，"布雷洛夫斯基叫道，"当时除了弗洛伊德之外，只有我是醒着的。"

"别犯傻了，马克斯！"捷尔诺夫斯基反驳说，"声音的部分还好办，但是要安排那个……'妖怪'可不简单，没有特殊设备是做不来的。可能需要激光束，或静电场之类的东西——我不知道。也许一个舞台魔术师可以办得到，但恐怕得有一卡车的道具才行。"

"等等！"泽尼娅像发现新大陆一样，"假如真有其事，那哈尔一定会记得，何不去查一查……"她的声音逐渐变小，因为她发现四周有一群人在瞪她。看到她这么尴尬，弗洛伊德倒有点同情她。

"我们早就试过，泽尼娅。他对此事一点印象也没有。但是我说过，那并未证明什么。钱德拉已经证明，哈尔的记忆有可能被选择性地洗掉——况且，辅助语音合成模块跟主计算机没有关系。他（它）们可以在神不知鬼不觉的情况下操控哈尔……"他停下吸了一口气，"然后挥出先发制人的一击。"

"我认为这件事情没有多少其他的可能性，要不就是我凭空捏造，要不就是确有其事。我知道那不是我梦见的，但我也不确定那是不是一种幻觉。不过卡特琳娜已经看过我的健康报告——她说假如我有这种毛病的话，就不可能在这里了。当然，这种可能性也不能排除——我不怪大家这样猜；即使是我，也可能会这么猜的。

"要证明那不是一个梦，唯一的办法就是提出一些有力的证据，因此容我提醒各位最近发生的几件怪事。我们知道鲍曼曾经进入老大哥——就是'札轧卡'。接着有什么东西从那儿跑出来，并且飞往地球。奥尔洛夫亲眼看到的——但我没有！然后有一颗你们的核弹神秘爆炸——"

"你们的。"

"抱歉——是梵蒂冈的，可以吧？而且令人好奇的是，不久之后鲍曼的老母亲突然安详地走了，没有任何医学上的原因。我不敢说这些事情有什么关联，但俗话说得好：一次是意外，两次是巧合，三次是预谋。"

"还有呢！"布雷洛夫斯基突然很兴奋地插嘴道，"我好像在每日新闻报道中瞄到一则很小的消息，说鲍曼的前女友声称收到了鲍曼的信息。"

"没错——我也看过相同的报道。"科瓦廖夫予以证实。

"怎么没听你们说过？"弗洛伊德很惊讶地问道，这令两人看起来有点困窘。

"嗯！我们只是把它当笑话看，"布雷洛夫斯基腼腆地说，"是那女人的丈夫爆料的，但她随即否认——我记得是这样。"

"新闻评论员说那只是想引起众人注目的噱头罢了——就像当时也有一大堆人说看到UFO一样。在第一个星期里有好几十个人声称看到UFO，但随后就沉寂下来了。"

"也许有些目击报道是真的吧。假如没被洗掉的话，我们是否可以在舰上的档案库里找找看，或者请任务控制中心回放一下当时的记录？"

"讲一百个故事都没用，"奥尔洛娃轻蔑地说道，"我们要的是扎实的证据。"

"比如？"

"喔——像是哈尔不可能知道的，而且我们当中也不会有人告诉他的事。或是，呃——亲自现身之类的……"

"就像以前所谓的'显灵'？"

"没错！正是此意。另外，我决定不向任务控制中心报告这件事。我希望你能配合一下，弗洛伊德。"

弗洛伊德一听便知这是命令，只有乖乖点头。

"我非常乐意配合。不过我有个建议。"

"什么建议？"

"我们应该立即草拟一个应变计划，以防万一——我个人认为那个警告是真的。"

"我们能做什么？什么也不用做！当然，我们可以随时离开木星，至于返回地球，就必须等待发射窗口到来。"

"那比最后期限要晚十一天呢！"

"没错！我也很想早点离开，但我们没有足够的燃料走高耗能的轨道……"奥尔洛娃的语尾有点游移，显示出内心的犹豫不决。"我本来打算晚一点才宣布，但现在既然有新的状况出现……"

大伙同时倒抽一口凉气，并且立即鸦雀无声。

"我决定将离开的日期延后五天，好让我们的轨道更接近理想的霍曼轨道，以便更节省燃料。"

虽然这个宣布并不出人意料，但大伙还是难免齐声叹息。

"这样的话，你知道抵达地球会延迟多久吗？"鲁坚科的声音显然有点不怀好意。这两个不好惹的女人一时之间铆上了；两人互相顾忌，但谁也不让谁。

"十天吧。"奥尔洛娃终于回答。

"晚到总比没到好。"布雷洛夫斯基故作轻松地说道，企图打圆场，但似乎效果不大。

弗洛伊德则心不在焉，心里兀自想着自己的事。这趟回程时间的长短对他和其他两位而言无关紧要，因为他们将在无梦的睡眠中度过。而现在则更是不重要了。

他很确定，假如不能在那神秘的期限之前离开，到时谁也走不了。想到这，他心里充满无助和绝望。

"……目前的情况令人无法想象，莫依斯维奇，且让人害怕。请先别说出去——没多久之后，我和塔尼娅将跟地球的任务控制中心摊牌。

"你的俄国同胞虽然满脑子唯物思想，但有些已经准备接受一项事实（至少把它当作合用的假设），就是有'某种东西'曾经侵入哈尔。科瓦廖夫找到了一个好词：'机器里的鬼魂'。

"各种理论纷纷出笼。奥尔洛夫本人就每天提出一个，不过看起来都大同小异，不外乎老旧科幻小说里面的陈腔滥调——'有机能量场'。但究竟是哪一种能量？绝不可能是电能，否则我们的仪器早就测出来了。也不可能是辐射能，道理也是一样。奥尔洛夫现在越讲越离谱，连'中微子的驻波'，与'高维度空间'相交之类的都搬出来了。塔尼娅则仍然坚持那是'神秘主义者的无稽之谈'（她最心爱的口头禅）。他们夫妻俩为此几乎要打起来了，昨晚大伙都听到了他俩的吵架声。这会影响士气的。

"我很担心，大伙又紧张又疲惫。本来老大哥的事一筹莫展已经够糟了，现在加上那个警告，还有回家日期的延后，更增添许多挫折感。如果我能够联络得上鲍曼什么的，或许情况会好一些。

我不知道它现在在哪里。也许自从上次接触之后，它已经没兴趣理我们了吧。否则，它随时都可以联络到我们啊！见鬼，该死！该死——我又在说萨沙最讨厌的俄英语了。算了算了，换个话题吧!

"感谢你一向对我的支持和帮忙，并且向我报告地球上目前的情况。关于那件事，我已经稍微看开了——有更重大的事情可以操心是件好事，也许是医治痛苦的良方。

"我现在倒开始怀疑，大伙能否安全返回地球。"

43

思考实验

一个人与一小群孤立的同伴相处几个月之后，对同伴的心情和心理状态都会变得非常敏感。现在弗洛伊德也感受到大伙对他的态度有微妙的转变，最明显的征兆是大家又开始尊称他为"弗洛伊德博士"，这让他很不习惯，有时甚至反应不过来。

他知道，没有人相信他真的疯了，但开始有人认为这不无可能。他并不觉得恼怒，事实上，当他决定证明自己没疯时，心里有一份残忍的快感。

地球上有一件事情可稍微提供点证据。何塞仍旧坚称他妻子与鲍曼接触过，但他妻子则一概否认，并且拒绝回答媒体的任何问题。大家很纳闷为什么何塞会想出这种奇怪的故事，而贝蒂又表现得那么顽固和急躁。躺在病床上的何塞声称仍然深爱妻子，他们夫

272

妻之间的分歧只是暂时的。

　　弗洛伊德希望奥尔洛娃对他的冷淡也是暂时的。他很确定，对此她和他一样困扰。他也很了解，她的态度不是故作姿态，而是有些事情与她以往的信仰模式抵触，她想尽量避免面对。也就是说，她尽量避免和弗洛伊德打照面——在大难临头的节骨眼上，这不是个好现象。奥尔洛娃一直很难向地球上数十亿引颈企盼的大众解释目前的行动计划，电视媒体尤其显得不耐烦，每天播放的千篇一律都是老大哥的画面，实在有够无趣。"你们大老远跑到那边，花了那么多钱，结果只会望着那玩意儿干瞪眼！为什么不找些事做？"对于这些批评，奥尔洛娃的回答都是一个样："我们会的！只要发射窗口一到，我们一定有所行动；到时候有什么不良反应，我们可以马上撤退。"

　　突袭老大哥的计划已经拟妥，并经过任务控制中心批准。根据计划，列昂诺夫号将以缓慢的速度驶近老大哥，同时以所有频率侦测，使用的功率也要稳定增加，并且随时将侦测结果报告地球。最后接触时，他们将利用钻孔机或激光光谱仪进行取样；不过没有人期待有什么结果，因为人们研究TMA-1研究了十年，根本还没搞清楚它是什么材料制成的。人类在这方面的行为，就好比石器时代的人想用石斧剖开银行金库的装甲外墙。

　　最后，他们会将回音探测器及地震仪贴在老大哥的表面上。他们已经为此准备了大量的黏着剂；假如黏着剂不管用——那么退而求其次，就用老办法：拿绳子绑上去（需要好几公里长的绳子）。这样看起来是有点滑稽，居然将太阳系最神秘的东西来个五花大绑，像个邮寄包裹一样。

在列昂诺夫号打道回府之前，他们将引爆一小包炸药，希望由老大哥身上的震波探知其内部的构造。不过最后这一步曾经引起激烈的讨论；有一派人说这不会有什么结果——另一派人则说，恐怕结果会多得无法应付。

有一阵子，弗洛伊德曾经在这两者之间游移不定；但现在这个问题似乎无关紧要了。计划中与老大哥的最后一次接触——也是本次探险活动的最高潮——竟然定在那个神秘期限之后！对弗洛伊德而言，那是个不可能存在的未来，可惜没有人同意这种看法。

问题的重点还不在这里，即使有人同意他，他们也爱莫能助。

他把最后希望寄托在库努身上，因为库努是个身心健全、技术老到的工程师，经常有惊人的机智和歪打正着的本领。没有人会怀疑他是个鬼才，而经常只有这样的鬼才才能够见人所未见。

"就把它当作一个纯粹的脑力激荡活动好了，"库努以罕有的犹豫口吻说道，"我有随时被驳倒的心理准备。"

"说说看，"弗洛伊德回答，"我会洗耳恭听。我只能这么做了——每个人现在都对我恭恭敬敬的，恐怕恭敬得有点过分了。"

库努笑得合不拢嘴。

"你不该怪他们吧？说出来你可能会感到安慰一点，目前至少有三个人在认真考虑你的说法，并且正在思考回应之道。"

"那三个人有没有包括你？"

"没有。我是个骑墙派，骑墙派最自在。不过一旦证明你是对的——我绝不会坐以待毙。我深信每个问题都有答案，只要你思考方式正确的话。"

"深有同感。我一直绞尽脑汁在想，但可能思考方式不对。"

"或许吧。如果我们想早一点逃离的话——比如说在十五天的期限前——我们就需要多一个'速度差'，约为每秒三十公里。"

"奥尔洛夫的计算也差不多是这个数字。我想不用再验算了，我对他有信心；毕竟，他已经把我们带到这里了。"

"所以他应该能够平安地把我们带离这里——假如燃料能再多一点的话。"

"或者我们有《星际迷航》里的传输机，那我们就可以在一小时内回到地球。"

"下次有空的话，我会去找一部试试。对了，我想提醒一下，我们有好几百公吨最好的燃料，就在发现号的燃料罐里，距离这里不过几米。"

"我们早就知道了，但一直想不出办法将它移到列昂诺夫号上。我们没有适当的管线和水泵。而且你该不会用水桶装着氨液到处跑吧，即使在这里没有人看到。

"所言甚是。但其实我们没有必要那么做。"

"呃？"

"原地使用就可以了，我们可以把发现号当作回程的第一级推进器。"

如果是库努之外的人这么提议，弗洛伊德一定嗤之以鼻；但现在他只有张口结舌的份，几秒钟之后才找到适当的词句回答："该死！我怎么没想到这一招？"

他们第一个找的人是科瓦廖夫。他噘着嘴唇耐心地听完之后，在计算机键盘上"弹奏"了一段渐慢乐曲。当答案在屏幕上出现时，他若有所思地点点头。

"你们说得没错，这确实可以补足我们离开时所需的速度。不过有一些实际上的困难——"

"我们知道。诸如如何将两艘宇宙飞船绑在一起的问题、单独使用发现号推进时的偏轴问题、在关键时刻如何将两者分开的问题等等，但这些都有办法克服。"

"我看得出来你们事先有做功课，但这很花时间，而且你们无法说服塔尼娅。"

"目前我不敢奢望，"弗洛伊德回答，"但我会让她知道有这回事。你愿意给我们精神支持吗？"

"没问题！我会走一步看一步。这件事很有意思。"

奥尔洛娃很有耐心地听着弗洛伊德的说明，但显然并不很热衷。当他说完之后，她的反应只能算勉强称赞。

"很有创意，弗洛伊德——"

"不要恭维我。这是库努的主意，要褒要贬都找他。"

"我没有褒或贬的意思，毕竟这只是个——爱因斯坦管这种东西叫什么来着？——'思考实验'。嗯，它也许可行——至少在理论上。但风险似乎不小！许多事情都可能出错。只有在确定我们有危险时，我才会考虑这么做。不过就现在看起来，我看不出有任何危险的征兆。"

"你说得对。不过至少你已经知道我们有个备用方案。我们可以草拟它的行动细节吗？——只是备而不用。"

"当然可以——只要不影响返航前的准备工作。我不否认这个主意的确很好，但它真的是在浪费时间。要我批准的话门都没有，除非鲍曼亲自现身说法。"

"鲍曼亲自现身说法的话，你就会批准吗，塔尼娅？"

奥尔洛娃微笑以对，但没什么兴致。"再说吧，弗洛伊德——我现在无法说什么。不过他必须非常有说服力才行。"

44

消失的把戏

　　这是个大伙都能参与的脑力激荡游戏——当然值勤者除外。奥尔洛娃本人也在这个她所谓的"思考实验"里提供了不少点子。

　　弗洛伊德很清楚，这整个活动的产生并非针对他所担心的危机，而是大伙很高兴能够提前至少一个月返抵地球，这是个喜出望外的好消息。无论动机如何，他已经很满意了。人事已尽，现在只有听天命了。

　　如果没有这幸运的巧合，整个计划可能会胎死腹中。列昂诺夫号短小精悍，当初是为了顺利钻入木星大气层减速而设计的；它的长度不到发现号的一半，因此发现号可以顺利地将它"背"在背上。位于它中央的天线座正好是最佳的联结点——假如它在发现号发动时能够支撑列昂诺夫号的重量的话。

随后的几天里，任务控制中心被搞得一头雾水。宇宙飞船传回一大堆要求，包括两艘宇宙飞船在特殊负荷下的"应力分析""偏轴驱动"产生的各项效应，船壳上特别强和特别弱的位置等等——这些冷门的东西把任务控制中心的工程师搞得焦头烂额。"这是怎么一回事啊？"他们很担心地问道。

"没事没事，"奥尔洛娃回答，"我们只是在研究一些可能的替代方案。大家辛苦了。通话完毕。"

而在同时，两舰上的工作进度都比预定的超前；所有系统都经过仔细检测，完成分别返航的准备。奥尔洛夫负责返航路径的仿真，钱德拉则负责程序的侦错，之后将所有程序灌入哈尔——让哈尔做最后的比对。奥尔洛娃和弗洛伊德则像两位运筹帷幄的将军，共同商议突袭老大哥的大计。

一切照常运作，但弗洛伊德有自己的心事。他所遇到的事无人分享——尽管有人开始相信。他虽然卖力工作，心思却都在别处。

奥尔洛娃一一看在眼里。

"你仍然想说服我相信那个奇迹，是吧？"

"我也想说服自己不去相信它——都有可能。我不喜欢这种不确定感。"

"我也不喜欢；但无论如何，这不会拖太久了。"

她迅速地瞄一下显示屏，上面的数字20缓缓地闪着。这个数字是全舰上最不需要显示的信息，因为大伙早就知道，那是距离发射窗口的天数。

突袭"札轧卡"的日期也定好了。

这是第二次了，弗洛伊德又错过亲眼目睹的机会。但没差，因为即使是监视摄影机拍到的，也只是一整格模糊的影像，紧接着一格则是一片空白。

这次他又正好在发现号上值大夜班，在列昂诺夫号上的则是科瓦廖夫。和往常夜班一样平安无事，所有自动系统也都正常操作着。弗洛伊德在一年前压根儿就没想到，有一天会千里迢迢地来到木星的轨道上（他现在已经懒得看它一眼）——手里拿着托尔斯泰中篇小说《克莱采奏鸣曲》的原文本，想看又看不下去。根据科瓦廖夫的说法，这本书是正经八百的俄国文坛上最特殊的一本色情小说；不过弗洛伊德进度很慢，还没看到精彩的地方。看来，他可能永远也无法看到了！

1点25分，他无意间瞥见在艾奥的明暗分界线上，发生了一场壮观的火山爆炸。巨大的伞形云向天空扩散，然后将岩石碎片洒回炽热的表面上。弗洛伊德看过数十次，但仍看得入神。真是不可思议，那么小的星球，竟然蕴藏着那么巨大的能量。

为了看清楚一点，他换到另一扇大的观测窗。他赫然看到——说得正确一点，他赫然没看到——原先在那里的东西，吓得他忘了艾奥，甚至忘了一切。

待他回过神来，并且确定那不是——再一次？——幻觉之后，他立即呼叫另一艘船。

"早安，伍迪！"科瓦廖夫打着哈欠回应，"不——我没在睡。托尔斯泰读到哪里了？"

"我没在读。看看窗外，然后告诉我你看到了什么。"

"在这鬼地方还不是老样子。艾奥跟往常一样。木星。其他星星。噢！我的天！"

"谢谢你证明我精神正常。我们最好马上叫醒舰长。"

"好！把其他的人也统统叫醒。弗洛伊德——我怕……"

"只有呆子才不会怕。我们开始吧！塔尼娅？奥尔洛娃？伍迪呼叫。抱歉吵醒你——奇迹出现了！老大哥走了！没错——不见了。出现了三百万年之后，他终于离开了。"

"我想他一定知道某些我们不知道的事。"

在随后的十五分钟内，一小群人已经在军官室兼休闲室集合完毕，大家脸臭臭地准备开紧急会议。即使刚刚入睡的也统统被叫起来，大家一面心事重重地啜饮着热咖啡，一面不停地瞄着窗外令人不安的陌生景象，不断告诉自己，老大哥真的不见了。

"他一定知道某些我们不知道的事。"当初弗洛伊德脱口而出的这句话，一度被科瓦廖夫引用，现在却静悄悄地、带有不祥意味地悬在半空中。他说出每个人（甚至包括奥尔洛娃）心中所想的事。

现在说"我早就说过了"仍言之过早——同时，老大哥的消失与那个警告有何关联，也不能贸然确定。即使留下来很安全，可又有什么意义？既然探测的对象已经不见了，不如赶快打道回府，越快越好。不过话又说回来，事情好像没那么简单。

"海伍德，"奥尔洛娃说，"我现在准备更严肃地看待那个警告，或者随便它是什么。事情已经发生，我不处理不行。不过即使这儿有危险，我们还是得权衡利弊得失：将列昂诺夫号和发现号连在一起、发动发现号带动庞大的偏轴负荷、在几分钟之内将两者分离、在正确的时刻启动我方引擎。一个负责任的舰长不可能冒这些险，除非有很好的理由——我是说非常好的理由。但在目前，我还看不到有这样的理由。我现在只弄懂一个字……鬼。但这个字在法庭上不是个很好的证据。"

"在军事调查庭上也一样。"库努以不寻常的平静语气说道，"即使我们都支持你也没用。"

"没错，库努——我也正在想这个问题。假如我们能平安返家，一切都好说；假如有个三长两短，其实也没差，你说是吧？无论如何，我目前不做任何决定。向地球方面提出报告之后，我马上要继续睡了，等我睡醒以后再做决定。弗洛伊德和科瓦廖夫两位请跟我到舰桥上，在你们回去值班以前，我们必须联络任务控制中心。"

这晚的精彩节目还没完呢。在火星轨道附近，奥尔洛娃的报告与一个迎面而来的信息擦身而过。

原来，贝蒂终于开口了。中情局和国家安全局费尽九牛二虎之力，一方面晓以大义、一方面威胁利诱，都没办法让她开口；但某一低级的八卦节目制作人却成功了，他因而成为电视史上的不朽人物。

他的成功一半靠运气，一半靠灵感。《哈啰，地球！》节目的导播发现他的一位员工长得很像鲍曼，经过高明的化妆师化妆之后更是惟妙惟肖。假如被何塞知道的话，这位年轻人的结局可能不堪设想，但他不怕死的精神让他幸运地见到了贝蒂。他一踏进门，贝蒂立即把所有的话都讲了出来。等到他露出马脚被贝蒂赶出门时，他已经大致了解整个故事了。不过出乎意料的是，他们一反该节目平常口无遮拦、冷嘲热讽的作风，很真实地把故事报道出来，因此还获得了该年度的普利策奖。

弗洛伊德疲惫怠地告诉科瓦廖夫："我真希望她早就讲了，这样我就可以省很多麻烦。无论如何，争辩该结束了，塔尼娅也不应该再怀疑。不过一切都要等她睡醒再说——你同意吗？"

"当然——这事虽然很重要，但不急于一时。而且她需要睡眠。我有预感，从现在开始，大伙都没有太多时间可以睡了。"

"完全正确。"弗洛伊德心里想道。他虽然很累，但即使在没有值勤时也睡不着。他心中波涛汹涌，不断分析这个晚上发生的一连串不寻常事件，并且期待着更多的怪事出现。从某方面而言，他觉得大大地松了一口气；他们何时离开的不确定性已经结束，奥尔洛娃应该不会再坚持己见了吧。

不过仍然存在着一个更大的不确定性：到底发生了什么事？

在弗洛伊德一生中，只有一件往事类似目前的情况。年轻时，他有一次和几位朋友去泛舟。他们沿着科罗拉多河的一条支流顺流而下时，突然迷路了。

他们在峡谷中被急流往下冲，速度越来越快，虽然不至于完全无助，但也只能勉强维持不翻船。前方可能是湍流——甚至是瀑布，他们一无所知。无论如何，他们简直束手无策。

现在弗洛伊德再度感觉自己被许多不可抗拒的力量支配着，这些不知名的力量正将他和他的同伴推向未知的境地。而且这次的危险不仅是无形的，甚至可能超乎人类的理解能力。

45

逃离行动

"……我是弗洛伊德，在拉格朗日点报告。我想——事实上是我希望，这是在此的最后一篇报告。

"目前我们正准备返回地球。几天之内，我们将离开这个奇特的地点，刚好在艾奥和木星的联线上。我们在此曾与所谓的老大哥接触，但它已经消失无踪；我们完全不知道它究竟跑到哪儿了，也不知道它为何要离开。

"基于若干理由，我们似乎没有必要在此久留；我们将比原先计划的至少提前两个星期离开，把美方宇宙飞船发现号作为第一阶段推进器，推送俄国宇宙飞船列昂诺夫号离开。

"基本概念很简单：将两艘宇宙飞船连在一起，一艘背着另一艘。首先用尽发现号的燃料，将两者往正确的方向加速推进。当发现号的燃料用罄时，将被当作用完的第一级火箭抛开——同时，列昂诺夫号将点燃自身的引擎。这些引擎不宜太早使用，以免拖着已经没有动力的发现号，徒然浪费燃料。

"接着我们会使用另一个妙计；正如太空旅行上的许多观念，乍看之下似乎违反一般常识。虽然我们的最终目的是离开木星，但我们的第一个动作却是飞向木星，越靠近越好。

"当然我们曾经这么做过，不过当时是利用木星的大气来减速，以便进入适当的轨道。这一次我们不会像上次靠得那么近——但也相当地近。

"目前我们的位置是在艾奥上空三十五万公里的轨道上。我们最初点燃引擎的目的是减速，同时往木星方向掉下去，恰好掠过它的大气层。当我们抵达最靠近木星的地点时，我们将尽快地发动所有引擎，将列昂诺夫号加速至返回地球的轨道上。

"这样的疯狂行动目的何在？没有用复杂的数学计算是讲不清楚的；但我想，其基本原理却可以深入浅出地解释。

"当我们故意往木星强大的重力场里掉落时，我们的速度会一直增加——动能也随着增加。这里所谓的'我们'是指两艘宇宙飞船和所携带的燃料。

"然后我们将在那里——木星的'重力井'底部——点燃大量燃料，而不需再将排掉的燃料带上来。当我们将它由反应器排出去时，它会将一部分动能分给我们。换句话说，我们将由木星的重力场中汲取能量，用来加速返回地球。虽然进入木星的大气会使我们减低速度，但生性节俭的大自然却罕见地让我们又可以加速。

"经过这三个推进力——发现号的燃料、本身的燃烧以及木星的重力场推动之后，列昂诺夫号将沿着一条双曲线路径朝太阳方向直奔而去，在五个月之后返抵地球。这比其他方法至少节省两个月的时间。

"你一定会问发现号的下落。当然，我们无法经由自动控制方式将它带回地球了，原先的规划就是如此。没有燃料，就没有办法。

"不过不用替它操心，它会继续不断地绕木星运行，其轨道是个拉长的椭圆形，像被逮到的彗星一般。也许将来有一天，某支探险队能够再度找到它，并且带着足够的燃料将它拖回地球来。不过这是好多年好多年以后的事了。

"现在我们必须准备离开了。有好多事情要做，在最后一刻发动引擎之前，我们可没时间空着。

"虽然这次没有达成所有的目标，但我们没有遗憾。老大哥的神秘消失——也许隐藏着未知的危险——仍让我们惴惴不安，但我们又能怎样？

"我们已经尽力了，也该回家了。

"我是弗洛伊德，报告完毕。"

话刚说完，舰上随即响起一阵掌声。假若这篇报告传抵地球的话，掌声的规模想必会放大数百万倍。

"我不是讲给你们听的，"弗洛伊德有点尴尬地说道，"反正我原本并没有打算让你们听到的。"

"你做得很好，海伍德，"奥尔洛娃安慰他，"我相信大伙对你所说的绝对百分之百同意。"

"不见得吧，"有个微弱的声音在说话，大家得竖起耳朵才听得见，"还有一个问题。"

休闲室里顿时鸦雀无声。几个星期以来，弗洛伊德首度注意到主空气导管发出的微弱震动声，以及间歇的嗡嗡声，好像是一只困在壁板后面的黄蜂发出来的。就像其他宇宙飞船一样，列昂诺夫号里充斥着许多莫名其妙的怪声，除非突然不响了，平常倒不会太注意。通常假如不太麻烦的话，去找出声音的来源是个好主意。

"我看不出有啥问题，钱德拉，"奥尔洛娃说道，"问题在哪？"

"在过去的几个星期里，我和哈尔一直在做的准备，是以飞行一千天的回程轨道为依据。现在一切都改了，所有的程序也统统报废了。"

"我们也正在担心这个，"奥尔洛娃回答，"不过事情看起来好像没那么糟；事实上，比预期的情况好——"

"我的意思不是那样。"钱德拉说。大伙有点吃惊，记忆中他好像从未曾打断别人的谈话，尤其是奥尔洛娃讲话的时候。

"大家都知道，哈尔对任务目标非常敏感，"在大伙的静候下，他继续说道，"现在你们要我做的，是灌给哈尔一个可能导致他遭到毁灭的程序。没错，目前的计划是将发现号放在一个稳定的轨道上——但假如那个警告是真的，那么宇宙飞船最后会怎么样？我们不知道，但想到这里就让人害怕。你们有没有考虑过，在此情况下哈尔会有什么反应？"

"你是否在郑重暗示，"奥尔洛娃缓缓地问道，"哈尔会拒绝服从命令，就像上一次任务一样？"

"上次不是这样的。他只是尽其所能地诠释互相抵触的指令罢了。"

"这次绝对不会有抵触的问题发生。整个状况一清二楚。"

"对我们而言是一清二楚没错，但哈尔的主要指令之一是让发现号免于危险。我们将尽量想办法让这条指令失效；但哈尔是个非常复杂的系统，结果如何很难预料。"

"我觉得这不是问题，"科瓦廖夫插嘴道，"我们只要不告诉他有危险就行。如此一来，他就会毫无保留地执行程序。"

"把一部疯计算机当小宝宝要啊！"库努不满地嘟哝着，"我觉得这简直是三流科幻片的情节。"钱德拉博士狠狠地瞪了他一眼。

"钱德拉，"奥尔洛娃突然质问道，"你跟哈尔讨论过这个问题吗？"

"没有。"

弗洛伊德听得出来这个回答有点犹豫。他的犹豫也许是无辜的，可能是在搜索脑子里的记忆；也许是想隐瞒什么，不过这个可能性不大。

"那么我们就照科瓦廖夫的建议做了。将新的程序加载给哈尔，让他自行处理。"

"假如他问我为什么计划要改变，我怎么跟他说？"

"他会问吗？如果没有你的提示的话？"

"当然会问。请记得他当初是被设计成好奇宝宝的。假如舰上人员遇难，他必须能够独当一面，努力完成任务。"

奥尔洛娃想了好一阵子。

"这仍然是个简单的问题。哈尔信任你，是吧？"

"当然。"

"那你必须告诉他，发现号没有危险，并且将来有一天会有另一趟任务，将它带回地球。"

"但这不是事实。"

"我们也知道那不是事实。"奥尔洛娃回答，而且开始显得有点不耐烦。

"我们一定是感觉到有严重的危险，才会赶在预定日期以前离开。"

"那你有何高见？"奥尔洛娃问道，声音里有明显的胁迫意味。

"我们必须将所知的真相一五一十地告诉他——不能说谎，也不能只说一半，两者都要避免。然后由他自己决定。"

"见鬼，钱德拉——他只是一部机器！"

钱德拉以坚定自信的眼神盯着布雷洛夫斯基，逼得后者迅速垂下眼睑。

"我们全都是机器，马克斯，只是等级的差别而已。无论是由碳或由硅构成，基本上没有什么不同。因此我们必须以适度的尊重对待彼此。"

真是不可思议！弗洛伊德心想，身材瘦小的钱德拉，现在看起来宛若一个巨人。不过这样的辩论已经拖得太长了，而且越来越离题。奥尔洛娃有好几次想下令停止讨论，因为情况有点失控了。

"塔尼娅、瓦西里——我可以跟你们俩私下谈谈吗？我想这个问题有一个解决办法。"

弗洛伊德的适时介入让两人松了一口气。两分钟之后，他和奥尔洛夫夫妇已经心情愉快地坐在他们的宿舍里。［或是sixteenths（十六分之一），库努曾因为奥尔洛夫夫妇的宿舍（quarters，也有四分之一的意思）面积较大而改成了这个名字。这个双关语除了萨沙马上意会之外，库努都要向其他几个费尽唇舌解释，令他颇为后悔。］

"谢谢你，伍迪，"奥尔洛娃一面说着，一面递给他一个玻璃球，里面盛着他最喜爱的阿塞拜疆"雪唛哈"酒，"我正好希望你能伸出援手。我猜你一定有——你们英语怎么说？锦囊妙计。"

"我相信有，"弗洛伊德一边回答，一边从玻璃球里吸出几毫升的酒，心满意足地品尝着，"钱德拉若有冒犯之处，请多包涵。"

"幸好舰上只有一个疯狂科学家。"

"你平时好像不是这么说的吧，"老学究型的奥尔洛夫笑着说，"不管它了，海伍德——言归正传。"

"我的建议是这样：让钱德拉自行处理，然后会有两个可能。

"第一，哈尔完全依照我们的要求行事——负责发现号的两次发动事宜。请记得，第一次的发动时间不是很严格，因此假如在离开艾奥时出了什么差错，我们仍然有充分的时间修正。同时，这也是一个测试哈尔的好机会，看他是不是……肯合作。"

"那最靠近木星的时候又该如何？那才是真正的重点所在。在那个地方，我们不仅要用掉发现号大部分的燃料，而且时机和推进向量都要抓得很准才行。"

"这些都能用手动控制吗？"

"最好是不要，即使是小小的误差，也会让我们不是被烧成灰烬，就是变成一颗周期很长的彗星——几千年才绕回来一次。"

"假如是在别无选择的情况下呢？"弗洛伊德追问。

"嗯……如果我们能够及时接手，而且有一套好的计算过的替代轨道——嗯，我们也许可以试试。"

"根据我对你的了解，我知道你说'也许'的意思就是'愿意的话'。这就要谈到我刚才提到的第二个可能的结果：假如哈尔出现一点点执行上的偏差，我们就马上接管。"

　　"你的意思是——将他断电？"

　　"完全正确。"

　　"上次好像没那么容易。"

　　"这次我们学聪明了。这事交给我办，我保证在半秒钟内将手动控制权交到你手上。"

　　"哈尔会不会起疑呢？"

　　"我看你开始有点疑神疑鬼了，瓦西里！哈尔还没那么人性化。但钱德拉就很难说了，所以请不要让他知道此事。我们姑且先完全同意他照计划进行，对于之前的反对态度向他表示歉意，并且保证完全相信哈尔会了解我们的观点。这样说定了，塔尼娅？"

　　"很好，伍迪。我很佩服你的先见之明。那个小玩意儿是个好主意。"

　　"什么小玩意儿？"瓦西里问道。

　　"稍后再向你解释。很抱歉，伍迪——我的雪唛哈酒所剩不多，我必须留一点，等到我们确定能安全返回地球的时候再来庆祝。"

46

倒计时

假如我没拍这些照片的话，没有人会相信的。布雷洛夫斯基心里想着，这时他正在半公里外绕着两艘宇宙飞船飞行。那样子看起来很滑稽，也很不雅，很像列昂诺夫号正在强暴发现号似的。正如他所想的，现在那艘短小精悍的俄国宇宙飞船与纤细修长的美国宇宙飞船一对比，确实很男性化。事实上，大多数的接合行动都有明显的"性"意味；他记得一位早期的航天员（已忘其名）就曾经在宇宙飞船接合任务最——呃……最"高潮"的时候，因使用太露骨的字眼而受到斥责。

就他仔细勘查的结果显示，每件事情都很正常。将两艘宇宙飞船定位并且固定在一起，所花的时间比预期还要长。假如没有一些运气的话（运气有时候——不是常常——是给该得的人的），这件工作可能还无法完成呢。列昂诺夫号已事先准备好几公里长的碳纤维带子，差不多是女孩子的发带粗细，但可承受好几公吨的拉力。它本来的用途是当别的方法行不通时，将仪器装备绑在老大哥上，现在则是用来将列昂诺夫号和发现号紧密地绑在一起——希望够紧，至少在加速度到达十分之一个G时（这是最大推进力所能产生的加速度），不会出现松脱的迹象。

"趁我回舰之前，是不是还有什么交办事项？"布雷洛夫斯基问道。

"没有了，"奥尔洛娃回答，"看起来一切已经就绪，而且我们没有多少时间可以耽搁了。"

真的是如此。假如把那神秘的警告当真——现在每个人都非常当真，他们就必须在二十四小时内启动脱离行动。

"好的——我现在正把'妮娜'牵回'厩'里。很抱歉，老姐。"

"我不知道妮娜是一匹马。"

"我没说她是马，但我不想把她丢弃在太空中，只为了省下区区的每秒几米的速度差。"

"在几个钟头之后，那区区每秒几米的速度差也许还挺管用的，马克斯。无论如何，很可能将来有一天有人会把它捡走的。"

这点我很怀疑，布雷洛夫斯基心想。不过，把这艘小小的分离舱留下来也好，可以当作人类首度造访木星世界永远的见证。

他小心翼翼地利用阵阵喷气操控着妮娜，在发现号的大球体（舰上的主要维生模块）四周绕了一圈，不过当他飞越那巨大的弧形窗口时，飞行甲板上的同事们几乎没有人瞄他一眼。前面是"舱库"的门，打哈欠似的开着；他驾着妮娜轻轻地降落在伸出的停泊臂上。

"让我进去。"当舱库的门在他背后锁上时，他立刻说道，"我称它为完美的EVA（舱外行动）计划。我留下了整整一公斤的燃料，足够让妮娜做最后之旅。"

一般而言，在外层空间点燃引擎没什么看头——不像从地球表面发射时有火焰和雷鸣——而且还有点风险。万一有什么差错，引擎无法发出最大推进力，嗯，一般可以稍微加长燃烧时间补救。或者可以稍作等待，等到达轨道上适当位置时再发动。

但是这次，当倒计时开始时，两舰上都感觉得到紧张的气氛。每个人都心知肚明，这是首度实际测试哈尔的顺从与否。只有弗洛伊德、库努和奥尔洛夫夫妇知道有备用系统；但这个系统管不管用，连他们也没有绝对把握。

"祝好运了，列昂诺夫号。"任务控制中心说道。他们传递信息的时间抓得很准，刚好在"点火"前五分钟传到。"希望一切顺利。还有，如果不麻烦的话，在绕过木星时，你们是否可以就近拍摄其赤道与经度一一五度交点位置的照片？我们发现那个地方有个不明的黑色斑点——可能是某种涌出的东西，圆圆的，直径约有一千公里。看起来有点像卫星的影子，但不可能是。"

奥尔洛娃草草报告。在这关键时刻，她实在没有兴趣理会木星上的气象。有时候任务控制中心真的有够天才，在最不恰当的时候做最不恰当的事。

"所有系统运作正常，"哈尔说道，"两分钟之后点火。"

弗洛伊德一直很纳闷，为什么那么多过期的科技名词还在使用。只有化学火箭才需要点火嘛！在核反应器或等离子驱动器里的氢，虽然与氧接触，但温度太高了，"点火"一词已经没有意义。这么高的温度，所有化合物早都被分解成元素了。

他的心思继续搜索其他类似的例子。人们——尤其是老一辈的人——到现在还在说把底片放进照相机、给车子加油等等。甚至在录音室里，现在还有人说"剪带子"这种字眼——带子这种东西早在两代以前就不用了。

"一分钟之后点火。"

他的思绪又被拉回现实。这是最后一分钟，倒计时开始。过去一百年来，无论是在发射场还是控制中心里，这是最长的六十秒钟。有好多次，这六十秒以悲剧收场，而只有成功的例子才被人怀念。我们这次会是哪一种结局呢？

他的手再次不由自主地伸进口袋里。照理说，万一出问题，补救的时间非常充裕，但那个断电开关遥控器的诱惑力仍然让他无法抵挡。万一哈尔拒绝服从，结果也只是一出闹剧，而不会是一场灾难。真正的关键时刻是在他们绕过木星那时。

"六……五……四……三……二……一……点火!"

最初,几乎没感觉到推进力;大约需要一分钟之后,加速度才会达到十分之一个G。不过大伙已经迫不及待地鼓起掌来,直到奥尔洛娃示意大家安静。有许多事情要做,即使哈尔做得很好——正如他应有的本分——但仍然有出错的可能。

发现号的天线座——现在承受着列昂诺夫号的惯性所产生的张力——原先并没有预计会受到如此的虐待。发现号的原设计者虽然已经退休,但仍被召回备询。他信誓旦旦地保证,天线座有足够的安全考虑。不过,他的保证不尽可信,而且众所周知,任何材料在太空中暴露了好几年之后都会变脆……

何况将两艘宇宙飞船绑在一起的带子,绑的位置有可能不对,带子本身有可能伸长或滑脱。发现号背着一个好几千公吨的负荷,有可能无法适应这么大的偏心质量。弗洛伊德一连想出几十种可能的状况,但可堪告慰的是,听说通常是第十三种状况才会真的发生。

时间一分一秒地过去,幸好平安无事。唯一能让人感觉到发现号的引擎确实在动的征兆,是推进力所引起的小小重力,以及由舱壁传来的些微震动。艾奥和木星仍然挂在原来的地方,几个星期以来都一样,一个在天空的这边,一个在另一边。

"十秒钟后关闭引擎。九——八——七——六——五——

四——三——二——关！”

“谢了，哈尔。恰到好处（On the button）！”

这又是个严重过时的字眼，至少在一个世代以前，触控早已取代了按钮（button）。当然有些例外；在一些特殊场合，人们喜欢在开关动作时听到“喀”一声。

“确认无误，”奥尔洛夫说，“到中途都不必修正。”

“再见吧！迷人又奇特的艾奥——房地产商的梦想世界，”库努说道，“我会快快乐乐地想念你的。”

这比较像原来的库努，弗洛伊德告诉自己。几个星期以来，他一直反常的低调，好像有什么心事似的。（老实说，谁没心事？）他一有空就找鲁坚科窃窃私语，弗洛伊德希望他不是身体出了什么毛病。大伙一直很幸运，身体都没什么问题；他们现阶段最需要的是出一些临时状况，让这位主治医师大显身手一下。

“你真冷漠，沃尔特，”布雷洛夫斯基说，“我开始喜欢这个地方了，在那些岩浆湖里泛舟一定很有意思。”

“来个火山烤肉怎么样？”

“或者泡个地道的熔硫浴？”

大伙的心情都轻松起来，甚至有点放松后的歇斯底里。虽然目前放松是太早了，最严厉的考验还在前面；但迢迢归乡路已经有个好的开始，稍微欢乐一下应不为过吧。

好景不长，奥尔洛娃下令所有人员，除了担任重要职务者之外，都要好好休息——可能的话睡个觉——准备应付近距离绕过木星的难关，时间只剩九个钟头了。有些人动作拖拖拉拉的，科瓦廖夫向他们大吼："谁动作慢我就吊死谁，你们这群恶狗！"两天前的晚上，作为难得的一次放松，他们看了第四版的《叛舰喋血记》。一般电影史专家一致认为，这部电影的布莱船长是自查尔斯·劳顿之后演得最好的。舰上有人觉得不该让奥尔洛娃看这部影片，以免她有样学样。

弗洛伊德窝在被里好几个钟头，辗转难眠，干脆起来飘到上面的观察甲板。木星看起来更大了，而且随着宇宙飞船疾驰进入其背日面，它也在缓慢由盈转亏。这个光耀夺目的下弦圆盘现在更显示出其所有细节——云带、色彩缤纷的斑点、耀眼的白色至红砖色、从深处冒出的黑点、椭圆形的飓风"大红斑"——让人目不暇接。一个圆形的黑影——弗洛伊德猜测那可能是欧罗巴的影子——正通过表面。这是他最后一次观赏这壮丽的景象；虽然六小时之后会看得更清楚，但他觉得这时候睡觉是虚掷宝贵时光，是一项罪恶。

任务控制中心叫他们观察的黑点在哪儿？有的话现在应该看得到才对，不过弗洛伊德很怀疑肉眼是否看得见。奥尔洛夫现在正忙，没时间管这档事；或许现在他可以帮点小忙，做些业余的天文观测。记得才三十年前的事，他曾经是个天文专业人士呢！曾几何时……

他启动那架五十厘米的主望远镜——运气不错，视野没有被发现号庞大的身躯挡到——以中等倍率扫瞄木星赤道。啊！在那里，刚好从圆盘的边缘绕出来。

因缘际会，现在的弗洛伊德已经成了全太阳系研究木星的十大权威之一；其他九位就在他四周，有的工作，有的睡觉。他立即发现那个小黑点大有文章，它实在太黑了，看起来好像是打在云层里的一个洞。由他的角度看，它是个边缘异常清晰的椭圆形；假如从正上方看的话，那应该是个正圆。

他拍下几张照片，然后将望远镜倍率调到最大。此时，木星的快速自转让他看得更清楚。他看得越久，越觉得不对劲。

"奥尔洛夫，"他用对讲机呼叫，"请拨出一分钟——看看五十厘米的监视器。"

"你在观察什么啊？那很重要吗？我现在忙着计算轨道。"

"当然，你忙你的。但我已经找到任务控制中心说的那个点，它看起来很奇怪。"

"糟糕！我把它给忘了。地球上那些人老是要我们看这里看那里的，难道我们吃饱饭只做这种事？再给我五分钟，反正它不会跑掉。"

没错，是不会跑掉。弗洛伊德心想。事实上，等一下看得更清楚。况且，没看也无所谓，因为地球或月球上有一大批天文学家也都观察得到。木星很大，他们现在很忙。而且说真的，月球上和地球轨道上的望远镜比他们舰上用的，倍率大了好几百倍。

但事情变得越来越诡异，弗洛伊德心里开始有点发毛。他原先以为，那个黑点只不过是自然形成的东西——也许是木星复杂的大气现象。但现在他开始怀疑了。

　　它非常的黑，仿如黑夜。同时，它非常对称，看清楚之后他发现它是个完美无缺的圆。但是它的轮廓不是很清楚，边缘有点模模糊糊的，仿佛有点失焦的影像。

　　当他正在观察的时候，感觉上它好像在慢慢变大。难道是错觉？他迅速估算了一下，发现它的直径已经变成两千公里了。它只比欧罗巴的阴影小一点，但颜色黑得多，他绝对不会将两者搞混。

　　"让我瞧一瞧，"奥尔洛夫不耐烦地说，"你以为你发现了什么东西啊？喔……"他的声音逐渐变小，然后是一片寂静。

　　就是那个东西，弗洛伊德心想，奥尔洛夫虽然语气冷淡，但心里已经有谱了。

　　无论那是什么东西……

47

最后的巡礼

惊魂稍定，仔细思考的结果是，看不出木星表面上那个逐渐扩大的黑点有什么危险性。它是有点不寻常——令人费解——但与七小时后的严厉考验相比，并不那么重要。目前最重要的，是在最靠近木星的地方成功点燃引擎。至于那个神秘的黑点，以后在回程中还有很多时间可以研究。

睡眠呢？弗洛伊德已经放弃了，连想都不敢想。与第一次接近木星时相比，这次的危机感——至少就已知的危机而言——似乎少了很多；取而代之的是兴奋与忧虑的混合，这让他难以成眠。兴奋是当然的，而且可以理解；忧虑的原因则一言难尽。弗洛伊德有个习惯，对于完全无法掌控的事情就干脆看开一点，任何外来的危险，该来的逃不掉，到时候见招拆招便是。不过他比较担心的是，这两艘宇宙飞船是否已经做好万全的准备。

除了机械老化的问题之外，舰上还有两个主要的忧虑。将两艘舰绑在一起的带子，虽然还没出现松脱的现象，但严格的考验才刚要开始。同样重要的是两舰的分离时刻，本来预备用来震动老大哥的炸药，在分离时必须在舰尾处引爆，虽然药量不多，但仍让人担忧。当然，还有哈尔……

钱德拉已经精确无比地算出脱离轨道的路线，并且已模拟过发现号燃料用尽后对木星的最后巡礼。尽管他已经依照事先约定，详细地向哈尔解释整个作业的来龙去脉，可是哈尔真的理解吗？

弗洛伊德有个最可怕的梦魇，几天来一直挥之不去。他想象一切都进行得很顺利，两舰已经抵达这次行动的半途，木星巨大的圆盘就挂在下方数百公里的天空——然后他突然听到哈尔的电子合成声音，清了清喉咙后说道："钱德拉博士，我可以问你一个问题吗？"

幸好事情并未像这样发生。

那个"大黑斑"——大伙顺理成章地如此称呼它——随着木星的快速自转不见了。在几小时内，一直加速的两艘宇宙飞船将在木星的背日面赶上它；不过想在日光下观察它的话，现在是最后的机会了。

它仍旧以惊人的速度增长着，在过去两小时内，它的面积几乎加倍。除了保持原先的黑色之外，它就像水里的一滴墨水，不断地向外扩大。它的边界——在木星的大气中正以接近音速前进——仍然模模糊糊的，一副失焦的模样。通过舰上望远镜以最大倍率的观察，真相终于大白。

与大红斑不同，大黑斑并不是一个连续的结构，而是由无数个小点组成的，就像用放大镜看到的一幅网版印刷图片。在整个面积上，那些小黑点都紧密地挤在一起，但在边缘上则比较松散；因此整体看起来，这个斑是个灰色的半影，而没有一个清晰的轮廓。

那些神秘的小点少说也有一百万个，而且呈明显的长形——是椭圆而非正圆。鲁坚科（舰上最没想象力的人）一语惊人地宣称，那像是有人将一袋米染黑之后洒在木星表面上。

现在，太阳逐渐沉入巨大的木星背后，木星呈新月形的向日面迅速地越变越狭窄。这是第二次，列昂诺夫号正全速冲入木星的背日面，打算与命运再度约会。在三十分钟内，将启动最后的点火，到时候很多事情会在瞬间同时发生。

弗洛伊德拿不定主意，是否应该和钱德拉、库努一起在发现号上待命。但是他无事可做，万一有状况，他只会碍事。那个断电开关在库努口袋里，他知道年轻人的反应比他这个老头子快。万一哈尔有任何不规矩的迹象，他可以在一秒钟之内断电，但是弗洛伊德很确定，这帖猛药也许没有必要。由于他已经和钱德拉沟通过，钱德拉也完全配合，事先在程序里做了设置，必要的话可以马上转换成手动控制。弗洛伊德相信他会尽忠职守——虽然心里有点疙瘩。库努则没那么肯定。他曾经告诉弗洛伊德，假如断电机制的对象能扩及钱德拉，那该有多好。现在只有静观其变，同时看看窗外的夜景，只见一片片的云层在附近其他卫星的反射光、各种光化学反应产生的微光，以及此起彼落的巨大闪电等的照耀之下，依稀可辨。

当他们急驰靠近时，太阳在云层后面眨了几眼以后，不到几秒钟就隐入木星背后去了。下一次再看到太阳的时候，他们应该是在回家的路上了。

"二十分钟后点火。所有系统依计划正常运作。"

"谢谢你，哈尔。"

库努一直怀疑钱德拉是否说了实话。钱德拉老是强调说，哈尔听不懂其他人讲的话。其实，他常常私下与哈尔聊天，发现哈尔完全听得懂他在说什么。闲聊可以增进彼此的了解，只可惜以后恐怕没多少机会了。

哈尔究竟对这次任务有何想法——假如他会想的话？库努从来闭口不谈抽象的哲学问题，他常常以重实际的人（nuts-and-bolts）自诩——虽然在宇宙飞船上疯子（nults）和闪电（bolts）并不多见。如果是以前，他绝对不会想到问这种问题，但现在他忍不住要问：哈尔知道自己马上会被丢弃吗？如果知道，他会很不爽吗？库努常想把手伸到口袋里拿那个断电开关，但每次都忍住了。

他一直如此蠢蠢欲动，搞不好钱德拉已经开始起疑了。

他已经把下一个小时将发生的一系列事件预演了不下一百次。发现号燃料用罄的那一瞬间，他们将关闭舰上所有的系统（最基本的除外），然后迅速地由两舰之间的通道冲回列昂诺夫号。接着是信道除去、炸药引爆、两舰分离——列昂诺夫号的引擎点燃。假如一切都照原定计划进行，则两者将于最靠近木星的位置分离，如此就可以获得木星重力场所赐的最大能量。

"十五分钟后点火。所有系统依计划正常运作。"

"谢谢你，哈尔。"

"对了，"奥尔洛夫从另一舰上说道，"我们已经再度赶上大黑斑，不知道能看到什么新的东西。"

我想大概没有，库努心想，该看到的早都看了。不过他还是稍微瞄了一下奥尔洛夫传送过来的望远镜监视画面。

起初，除了木星微亮的背日面之外，什么也没有。接着，他在地平线上看见一个椭圆形的黑点。他们正以极快的速度向它冲过去。

奥尔洛夫将亮度调高，整个影像很神奇地亮了起来。结果，大黑斑被解析成一大堆一模一样的小点……

"上帝啊，"库努在心里大喊，"真令人不敢相信！"

他听到从列昂诺夫号传来同样的惊呼，显然大家都同时看到了同样的画面。

"钱德拉博士，"哈尔说道，"我侦测到强烈的声音样本，发生了什么事吗？"

"没事，哈尔，"钱德拉迅速回答，"任务正常进行。我们刚才只是在惊叹而已。你在十六号监视器的影像上获得了什么信息？"

"我看见木星的背日面。有一个直径三千两百五十公里的圆形区域，里面几乎布满了一大群长方形的物体。"

"有多少？"

刹那间，哈尔就将数字显示在屏幕上：1,355,000±1,000

"你能辨识它们吗？"

"可以。它们的形状大小都跟你们所谓的老大哥一模一样。十五分钟后点火。所有系统依计划正常运作。"

那可不，库努心想，原来那鬼东西跑到木星上去了——而且还在繁殖。那块黑色石板同时给人一种滑稽和不祥的感觉。令他困惑惊讶的是，屏幕上那个难以置信的影像好像在哪里见过。

对了——没错！那一大堆一模一样的黑色长方形不就像——骨牌吗？多年前他看过一部纪录片，叙述一组充满傻劲的日本人很有耐心地将一百万块骨牌一一竖起来；当第一块骨牌被推倒后，其他所有骨牌会相继倒下。他们事先将骨牌排成各种复杂的图案，有些排到水里去，有些上下小阶梯，有些则多轨排列，全部倒下之后会现出各种图画和图案。全部排完要花好几个星期的时间。库努还记得，他们在排的时候，好几次被地震震垮；而最后推倒的过程，前后居然花了一个多小时。

"八分钟后点火。所有系统依计划正常运作。钱德拉博士——我可以提个建议吗？"

"什么建议，哈尔？"

"这是一个不寻常的现象。你不认为我应该停止倒计时，好让你研究一下吗？"

弗洛伊德登上列昂诺夫号，急忙赶往舰桥，可能是奥尔洛夫夫妇叫他去的。不用说，钱德拉和库努更需要他在场——现在如何是好？万一钱德拉和哈尔一个鼻孔出气怎么办？若真如此，表示他们当初的疑虑是对的。毕竟，他俩不就是因为这样才留下来的吗？

假如真的停止倒计时，两艘宇宙飞船将会继续绕着木星转，在十九小时之后回到原来的地方。耽误十九个小时没什么大不了，如果没有那个神秘的警告，弗洛伊德本人也会强烈建议停止倒计时。

然而，现在不是只有一个警告而已；在他们下方有个漂泊不定的讨厌东西在木星表面不断蔓延。那东西可能比科学史上最诡异的现象更诡异。不过他宁可从一个比较安全的距离观察它。

"六分钟后点火。所有系统依计划正常运作。"哈尔说道，"如果你现在同意，我已经准备好马上停止倒计时。让我提醒你一下，我的主要任务是探测木星周边空间所有的东西，只要它跟智慧生命有关。"

弗洛伊德太熟悉这句话了，因为这是他自己写的。他很后悔没有把它洗掉。

不久，他抵达舰桥与奥尔洛夫夫妇会合。他们很惊慌地看着他。

"你的建议是什么？"奥尔洛娃迅即问道。

"这恐怕要看钱德拉了。我可以跟他通话吗——用私人电话？"

奥尔洛夫将麦克风递给他。

"钱德拉吗？哈尔不会听到吧？"

"不会，弗洛伊德博士。"

"你必须赶快跟他说，倒计时不能停；跟他说我们很感谢他的——呃，科学热忱——啊，现在这个角度正好——跟他说我们相信他可以自己做得很好。而且我们会随时跟他联系。"

"五分钟后点火。所有系统依计划正常运作。我仍在等候你的回答，钱德拉博士。"

我们大家都在等，库努心想，他距离钱德拉只有一米远，如果最后我必须按下按钮的话，那将是个解脱。事实上，我会很高兴。

"很好，哈尔。请继续倒计时。我对你有绝对的信心，没有我们的监督，你仍然有能力研究木星附近所有的现象。当然，我们随时会跟你联系。"

"四分钟后点火。所有系统依计划正常运作。燃料罐加压完成。等离子触发电压稳定。你确定你做了正确的决定，钱德拉博士？我喜欢与人类共事，并且建立良好关系。宇宙飞船的姿势修正到0.1个毫弧度。"

"我们也喜欢与你共事，哈尔。即使相隔千万公里，这是不会变的。"

"三分钟后点火。所有系统依计划正常运作。辐射保护罩检查完毕。出现时间延迟的问题，钱德拉博士。我们必须做毫无时差的互动。"

不太对劲，库努心想，他的手一直离遥控器不远。我觉得哈尔很——寂寞，这是否反映出钱德拉的部分人格特质？我们一直都没注意到的特质？

信号灯开始闪烁，但几乎没有人注意，除了对发现号的行为一清二楚的人。那也许是好消息，也可能是坏消息——等离子点火可能开始启动，也可能中止。

他心虚地瞄了一下钱德拉；只见他面容枯槁，库努第一次心生不忍，毕竟同是人类。同时，他记起弗洛伊德告诉他的一个惊人消息——钱德拉曾经自愿在回程时留在发现号上，陪伴哈尔度过漫长的三年。但他没再听到进一步的消息，也许那个神秘的警告将此事淡化了。不过，现在的钱德拉可能又开始兴起这个念头了。若真如此，那他可一筹莫展了。事到如今已经没有时间做必要的准备——即使他们在轨道上多转一圈，误了最后期限才离开也一样。这是奥尔洛娃万万不允许发生的状况。

"哈尔，"钱德拉小声地说着，库努几乎听不到，"我们必须离开。我没有时间向你多作解释，但我保证说的都是事实。"

"两分钟后点火。所有系统依计划正常运作。最后系列动作开始启动。我很遗憾你不能留下来。你能不能告诉我其中的一些理由，依重要性的先后次序？"

"两分钟已经不够了，哈尔。请继续倒计时。我以后会向你解释清楚。我们相处的时间还有一个多小时。"

哈尔静默不语。静默一直持续下去；事实上，倒数一分钟的宣告时刻已经过了。

库努瞥了一下时钟。我的天，他想，哈尔竟然漏掉了！他已经停止倒计时了吗？

库努的手忙乱着找遥控器。现在我该怎么办？弗洛伊德怎么不讲话呢？该死。也许他也在怕把事情弄得更糟吧……

我等到零时刻好了——不，也不用那么计较吧？比如说，延长个一分钟如何？然后我就按下开关，改成手动……

从远处传来一阵轻微的呼啸声，好像龙卷风在地平线彼端行进时的声音。发现号开始颤动，重力也开始悄悄地恢复。

"点火，"哈尔说道，"T+十五秒推进力满档。"

"谢谢你，哈尔。"钱德拉回答。

48

飞越背日面

弗洛伊德在列昂诺夫号的飞行甲板上。重力突然恢复让他有点不习惯，一连串发生的事情像电影的慢动作一般，如梦似幻。他以往只经历过一次类似的感觉，当时他坐在失控打滑的汽车后座，吓得六神无主——但心里又暗自庆幸：没关系，反正车子不是我在开。

现在点火的系列动作已经开始，他的心情也有了转变，每件事似乎又回复真实。一切都照原定计划进行，哈尔也正引导他们安全地踏上返回地球的旅程。随着每一分钟的流逝，他们的未来也越笃定。弗洛伊德开始稍微放松，但对周遭的动静仍然保持高度警戒。

这是他最后一次——有谁何时能再来？——飞越这颗最大行星（可容下一千个地球）的背日面。两艘宇宙飞船转了转身，使得列昂诺夫号刚好在发现号和木星之间，可以将木星表面神秘的亮丽云景一览无遗。即使到现在，仍然有好几十台仪器在侦测、在记录。哈尔也是其中之一，而且在被留下之后，它会继续侦测下去。

由于迫在眉睫的危机已经解除，弗洛伊德便从飞行甲板小心翼翼地下到休息室去——身体再度出现重量的感觉有点奇怪，虽然他目前只有十公斤重——与泽尼娅和鲁坚科会合。舱内除了昏暗的红色警示灯之外，其余的照明全部熄灭，好让他们能够尽情欣赏完整的夜景。他替布雷洛夫斯基和科瓦廖夫两人感到惋惜，因为他俩正全副航天服地坐在"气闸"里待命，无缘欣赏这幅美景。他们在那边等候通知，万一炸药失效的话，他们必须马上冲出去，将绑住两舰的带子切断。

此时的木星几乎占据整个天空。它只在五百公里外，因此他们只能看到表面的一小部分——大约等于在地球上空五十公里所看到的地面部分。弗洛伊德的眼睛逐渐适应昏暗的光线——大多是由远处欧罗巴的表面冰层反射过来的——之后，很惊讶地发现居然可以看得这么清晰。虽然在这么低的亮度之下没有颜色的感觉——除了偶然的些微红色调之外——木星一条条的云带结构却是异常清楚；他还看见了一个小型的飓风，看起来像是座覆着雪的椭圆形岛屿。"大黑斑"则早已由舰尾处消失，一直到踏上归途之前，他们是不会再看到它了。

下方云层的底部偶尔会爆出亮光，其中有许多是木星上的暴风雨引起的闪电，但其他的亮光和闪光持续较久，成因则不明。有时候会出现环状的光，仿佛是由中心震源向外扩张的震波一般。偶尔还会有旋转的光束和扇形光出现；不需任何想象力，就可以假想在那云层下面有科技文明存在——有灯火通明的城市、有带塔台的飞机场等等。不过长久以来，经过无数的雷达和气球探测——从表面下至数千公里的核心——早已证明那底下什么鬼文明也没有。

木星的子夜！这最后的近距离巡礼将成为他永生难忘的一段珍贵回忆。他可以尽情欣赏，因为他很确定现阶段不会出什么状况；假如有的话，他也不会怪自己。该做的事他都做了。休息室里鸦雀无声，美景当前，没有人想破坏气氛。奥尔洛夫或奥尔洛娃每几分钟都会宣布目前引擎的燃烧状况；当发现号的燃料即将用罄时，紧张的气氛再度升高。这是个关键时刻，而且没有人能预知结果。有人怀疑燃料计量表是否准确，会不会燃料完全用完了还不知道。

"估计十秒内关闭引擎，"奥尔洛娃说道，"沃尔特，钱德拉，准备归舰！马克斯和萨沙，随时待命听候通知。五……四……三……二……一……零！"

没有动静！发现号引擎隐约的呼啸声仍然透过两舰之间的船壳传来，推进力所产生的重量感仍然紧握着他们的四肢。我们运气不错，弗洛伊德心想，燃料计量表读数显然偏低，不过每多燃烧一秒钟，都是额外的收获；甚至未来是生是死就全靠它了。而且，接下来听到正计时的感觉真奇妙。

"……五秒……十秒……十三秒。果然——幸运的十三！"

恢复无重量、无声响的状态，两舰上同时爆出一阵短暂的欢呼，但随即戛然而止，因为有很多事要做，而且要马上做。

弗洛伊德很想到气闸去接钱德拉和库努，并向他俩道贺。但他去那里恐怕只会碍手碍脚，因为布雷洛夫斯基和科瓦廖夫正在气闸待命，随时准备进行可能的舰外任务，而且两舰之间的通道已经拆掉。他最好待在休息室，迎接两位英雄的到来。

他现在可以更放松了——以十为满刻度的话，他也许可以从八降到七。几个星期以来，他首度可以忘记无线电遥控开关的事，它已经没有必要了，因为哈尔一直行为良好。自从发现号最后一滴燃料用尽之后，即使他想改变什么，也是无能为力了。

"所有人员已经回舰，"科瓦廖夫宣布道，"舱口封闭。准备引爆炸药。"

当炸药引爆时，一点都没听到声音，弗洛伊德感到很惊讶。他本来以为会听到一些噪音，由绑着两艘宇宙飞船的带子（像钢索一般强韧）传过来。不过毫无疑问的，两舰已经依照计划完成分离，因为列昂诺夫号感受到一连串微小的震动，好像有人在拍打船壳似的。一分钟之后，奥尔洛夫启动姿势调整喷气，只用了短短的一阵气体喷出就搞定了。

"我们自由了！"他大叫道，"萨沙，马克斯，用不着你们了。每个人回到自己的床位——一百秒钟后点火。"

只见木星缓缓地翻滚远去，窗外出现了一个新的奇怪形体——修长的、骨瘦如柴的发现号，导航灯仍然亮着，逐渐地飘离他们，也逐渐地飘入历史。没有时间做伤感的道别，不到一分钟的时间，列昂诺夫号将开始自己飞行了。

弗洛伊德从来没听过这艘船动力满档时的巨大声响，现在似乎整个宇宙都充满着尖锐的巨吼，他赶忙捂住耳朵。同时，他感到身体沉重异常——其实现在的体重只有在地球上的四分之一而已。

不消几分钟，发现号已经从舰尾消失踪影，只剩下闪烁的导航灯逐渐没入地平线下。弗洛伊德再度告诉自己，我现在正绕着木星飞行——这次是在获得速度，不是在减速。他远远地望向泽尼娅，黑暗中依稀可见她正看着窗外，鼻子贴着观察窗。她还记得上一次两人躲在同一个睡袋里的事吗？这次没有被烧成灰烬的危险了，至少她已经没这项顾虑。话说回来，她目前变得更快乐、更有自信了，这得感谢布雷洛夫斯基——或许还要感谢库努。

她可能感觉到弗洛伊德在看她，因为她回眸一笑，同时指了指窗外。

"你看！"她大喊道，"木星多了一颗卫星！"

她在说什么啊？弗洛伊德问自己。她的英语虽然还是很差，但绝不会差到连这么简单的句子都说错吧。但我确定我没听错——

而且她是往下指，不是往上……

接着，他发现他们正下方的景色突然亮起来，甚至可以看到以往极为罕见的黄色和绿色。某种比欧罗巴还亮的东西正在木星的云层里发光。

从木星上看，列昂诺夫号比正午的太阳亮好几倍，因此当它飞出背日面时，造成了木星上的一个假"黎明"。舰上的萨哈罗夫驱动器排出的废气将多余的能量散逸在真空中，因此宇宙飞船的尾巴拖着一段一百公里长的炽热等离子。

此时，奥尔洛夫正在宣布一些事情，但完全听不清楚他在讲些什么。弗洛伊德瞄一下表；没错，就是现在，他们已经达到脱离木星的速度。这颗巨大的星球再也无法抓住他们了。

接着，在前方数千公里处，一个巨大的弧形亮光出现在天空中——这才是真正的木星黎明，就像地球上的彩虹一样，充满着应许的希望。几秒钟之后，太阳突然跃出来欢迎他们——啊！光辉灿烂的太阳，将会一天天地变近、变亮。

继续稳定地加速几分钟之后，列昂诺夫号就可以踏上回家的遥远旅程了。弗洛伊德感到无比的安心与放松。永恒的天体力学将会引导他通过太阳系内围，通过错综复杂的小行星带，通过火星轨道——谁也无法阻止他返回地球。在此刻的幸福感里，他把木星上逐渐扩大的、神秘的大黑斑完全抛到九霄云外了。

49

噬星怪物

舰上时间次日早晨，他们再度看到"它"绕出木星的向日面。黑色的面积继续扩大，现在已经覆盖了行星表面上相当大的部分；他们终于可以好整以暇地详细研究它了。

"你们知不知道它让我想起了什么？"鲁坚科说道，"病毒攻击细胞的画面。一个噬菌体将DNA注入细菌体内，然后在里面繁殖，直到细菌被掏空为止。"

"你的意思是说，"奥尔洛娃以怀疑的口气问道，"札轧卡正在啃蚀木星？"

"看起来确实是这样。"

"难怪木星好像是生病了。但是氢和氦似乎不是很有营养的食物，而且大气里也没什么其他的东西，除了百分之几的其他元素。"

"比率虽小，但算起来还是有10^{30}吨的硫、碳、磷和周期表下端的各种元素。"科瓦廖夫指出，"无论如何，只要不违反物理定律，任何科技都有可能出现。有了氢，你还需要什么？只要具备正确的技术，你就可以合成所有的元素。"

"它们正在横扫木星表面——这是毋庸置疑的，"奥尔洛夫说道，"看看这个。"

望远镜监视器上显示出其中一个黑色长方形的近距离特写，用肉眼就可清楚地看到，气流不断地流入长方形的侧面，其流线图案非常类似一根磁棒的磁力线分布，可以由洒在磁棒周围的铁屑显示出来。

"像一百万个吸尘器，"库努说道，"正在吸光木星的大气。问题是，这是干吗？它们这样做有什么用意？"

"还有，它们是怎么繁殖的？"布雷洛夫斯基问道，"你有没有拍到它们的动作？"

"可以说有，也可以说没有，"奥尔洛夫回答，"我们距离太远了，看不清细部动作，不过看起来好像是一种分裂生殖，犹如变形虫一般。"

"你的意思是说——它们一个分成两半，每一半再生长成原先的大小？"

"不。那里看不到小的札轧卡——它们似乎是先长大，厚度变成原来的两倍之后，再从中裂开，成为两个一模一样的个体，形状大小都跟原来的完全一样。这样的过程大约每两个小时重复一次。"

"两小时！"弗洛伊德惊叹道，"难怪它们已经扩展到整个木星的一半了。这正是数学教科书里所谓的'指数成长'。"

"我知道它们是啥了！"捷尔诺夫斯基突然兴奋地说道，"它们是'冯·诺伊曼机器'！"

"我相信你是对的，"奥尔洛夫说道，"但是这也没解释它们在干什么，光给它们贴个标签没有什么用。"

"请问——"鲁坚科可怜兮兮地问道，"什么是冯·诺伊曼机器？请解释一下！"

奥尔洛夫和弗洛伊德同时开口，随即同时愕然而止；接着奥尔洛夫大笑，向弗洛伊德挥了挥手。

"假设你有一个很大的工程要做，卡特琳娜——我指的是真的很大很大的工程，例如在整个月球表面上露天采矿。你可以制造好几百万部机器来从事这项工作，但这可能要花上好几百年的时间。假如你够聪明的话，你只要制造一部——但须具备自我繁殖的能力，所需材料由其周围取得。这样一来，你就可以启动一个连锁反应，在很短的时间内，你就可以……'生出'足够的机器，在几十年内完成工作，而不需原来的几千年。同时，假如繁殖率够高的话，理论上来说，你可以在极短的时间内完成任何工作。国家航空航天局已经搞这玩意儿好几年了——据我所知，你们那边也是一样对吧，塔尼娅？"

"没错，幂机器（exponentiating machines）。一个连齐奥尔科夫斯基都没想到过的点子。"

"这我是不知道了！"奥尔洛夫说道，"不过这样看起来，卡特琳娜，你的比喻似乎挺接近的：一个噬菌体确实是部冯·诺伊曼机器。"

"我们人类也是吧？"科瓦廖夫问道，"我想钱德拉一定会这么说。"

钱德拉点点头。

"那还用说。事实上，当初冯·诺伊曼就是从研究生物系统中获得这个观念的。"

"那么目前在啃蚀木星的是有生命的机器啰？"

"看起来确实是如此，"奥尔洛夫说，"我一直在做些计算，但结果令人难以置信——虽然只是简单的算术问题。"

"也许对你而言是简单，"鲁坚科说道，"拜托你用最浅的方式解释给我们听，不要讲'张量''微分方程'什么的。"

"不会——我说简单就是简单，"奥尔洛夫不为所动，"其实，这是你们医生在20世纪一直喊的人口爆炸老问题。札轧卡每两小时繁殖一次，所以只要二十小时的时间，就会有十次的倍增。也就是说，一个札轧卡将会变成一千个。"

"一千零二十四个。"钱德拉说。

"我知道——我只是想把它简化而已。在四十小时之后，就变成一百万个——八十小时后呢，一百万个百万。这就是我们目前所看到的情况，但显然这样的增加率绝不会无限制持续下去；因为照这样下去的话，不出几天，它们的总重量就会超过木星。"

"也就是说，它们马上就要开始挨饿了，"泽尼娅说道，"到时候会怎么样呢？"

"土星最好要注意了，"布雷洛夫斯基回答，"然后是天王星和海王星。希望它们不要盯上我们的小地球。"

"少做梦！札轧卡已经觊觎我们地球三百万年了。"

库努突然爆笑。

"有什么好笑的？"奥尔洛娃诘问道。

"我笑的是我们一直把'它们'当作'他们'——有智慧的个体——在谈论。它们根本不是——它们只是工具罢了，一种万能的工具，叫它们做什么它们就做什么。之前在月球上的那玩意儿是个发射信号的装置——你们说它是个间谍也未尝不可。鲍曼遇到的——原来的那个札轧卡——则是一种交通工具。现在它又在那边作怪，作什么怪只有上帝知道。在整个宇宙里，不知道有多少这种东西存在呢。

"我小时候有一件小东西跟它很像。你们知道札轧卡事实上是什么吗？它正是宇宙中的瑞士军刀。"

VII

太隗初升

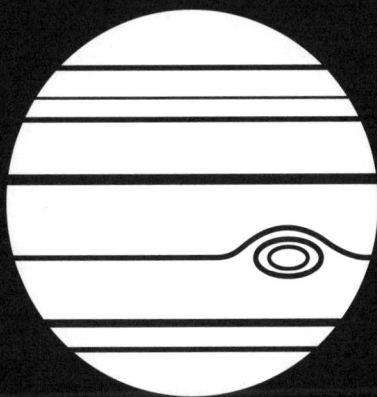

50

挥别木星

录制这份书信可不容易，尤其是他刚发过一份给他的律师。弗洛伊德觉得自己有点小人，但为减轻双方的痛苦，他决定非写不可。

他仍然很伤心，但已不再毫无慰藉。由于他马上会顶着任务成功的光环回到地球——虽然还不能算是英雄凯旋——他应该有讨价还价的优势。没有人——无论是谁——能将克里斯从他身边夺走。

"……亲爱的卡罗琳（现在不再是'最亲爱的'……），我正在回家的路上。当你收到这封信时，我已经进入低温睡眠状态了。几个小时之后（那只是我的感觉），我将再睁开双眼——看见美丽的蓝色地球挂在旁边的天空上。

"没错，我知道对你而言那是几个月以后的事，不好意思。不过，这是我离开之前我们就已经知道的；目前的情况是，我将比原定日期提前几个星期回到家，因为任务计划有点改变。

"我希望我们能达成若干共识。主要的问题是：怎么做对克里斯最好？无论我俩的感受是什么，我们必须把他摆在第一位。我决定这么做，我想你也是一样。"

弗洛伊德关掉录音机。他应该直接说出"小孩子需要爸爸"吗？不行——这太不婉转了，搞不好会把事情闹得更僵。卡罗琳会振振有词地说，孩子从出生到现在四岁，都是妈妈在照顾。假如他真的关心孩子，就应该留在地球上。

"……现在是房子的问题。我很高兴学校董事会目前的态度，这让我俩相对容易一些。我知道我们都很喜欢那个地方，但现在它对我们来讲太大了一点，而且里面有太多的回忆。于今之计，我可能会在夏威夷东部的希洛市找一间公寓。我希望尽早找到永远的住所。

"我有一件事可以向任何人发誓——我永远不再离开地球。我这辈子的太空旅行已经够了。喔，除了月球，假如有必要的话——但那只能算是周末远足罢了。

"说到月球，我们现在正通过希诺佩的轨道，因此马上要离开木星系统。木星已在二千万公里外，看起来没有比我们的月亮大多少。

"即使从这么远的距离，你也可以看出那颗行星上发生了可怕的事。它漂亮的橘色已经消失，变成病态的灰色，亮度也大不如前。难怪从地球上看，它只是颗昏暗的星球。

"除此之外没什么事发生，而那个神秘的期限也早就过了。整起事件是一场虚惊，还是宇宙的某种恶作剧？我们也许永远无法得知。不管如何，我们将会提前返家。谢天谢地。

"暂时说再见了，卡罗琳——无限的感谢。希望我们仍然是朋友。还有，跟往常一样向克里斯致上最深的爱。"

录完之后，弗洛伊德静坐在他的小舱房里好一阵子。当他刚要把语音记忆芯片拿到舰桥上拍发时，钱德拉悄悄地飘了进来。

这一阵子以来，弗洛伊德很惊讶但很满意钱德拉的表现，因为钱德拉逐渐接受必须与哈尔渐行渐远的事实——虽然他们每天还有几小时的接触，交换有关木星的数据，并且监控发现号上的所有状况。尽管大家尽量装得若无其事，但可以看得出来钱德拉是以坚忍的态度面对丧失哈尔的痛苦。他的唯一密友捷尔诺夫斯基曾经向弗洛伊德透露其中的原委。

"钱德拉找到新的兴趣了，伍迪。请不要忘了——他那一行的汰换非常快，一个东西刚刚能用就马上过时了。他在过去几个月学到了很多，你能不能猜猜看，他现在在干什么？"

"坦白说，我猜不出来。你告诉我吧！"

"他现在正忙着设计哈尔10000。"

弗洛伊德的下巴差点掉下来。"怪不得他跟厄巴纳那边的信息往来那么频繁，让科瓦廖夫满腹牢骚。不过没关系，再搞也没多久了。"

当钱德拉飘进来时，他脑子里浮现了上面这段对话，但他想最好不要当面提这件事，因为这件事他管不着。但有另一件事令他很好奇。

"钱德拉，"他说道，"我还没有感谢你在飞越木星时的表现。你说服了哈尔，使他愿意合作。有一阵子我还挺担心他会出乱子。不过事实证明，你办事我放心——你做得很好。你当时没有任何疑虑吗？"

"完全没有，弗洛伊德博士。"

"怎么会没有？在当时的情况下，他一定感受到了威胁——记得上一次发生的事吗？"

"此一时彼一时也。容我这么说，这次的成功或许跟我们印度人的民族性有关。"

"愿闻其详。"

"我这么说好了，弗洛伊德博士。当初鲍曼曾经试图用强制的手段对付哈尔，但我没有。我们印度语文里有一个词——ahimsa，通常译成'非暴力'，其实它有更积极的含义。我在处理哈尔时，始终以ahimsa为最高准则。"

"真是值得赞扬，但有些时候还是有必要使用比较强硬的手

330

段，虽然走到这一步有点可悲。"弗洛伊德顿了一下，心里挣扎着是否该发作。钱德拉那副"我们比你圣洁"的态度让他有点厌烦。现在不告诉他一些生活的现实面，更待何时。

"我很高兴此次圆满成功，但并不是每次都会这么顺利，我必须为每件事做最坏的打算。ahimsa也好，什么什么也罢，理论上是很好，然而我必须对你的这套哲学做一些补充。当时假如哈尔——嗯，一味蛮干的话，我会用我的方式对付他。"

弗洛伊德看过钱德拉哭，这次他却笑了，气氛显得很不搭调。

"真的吗，弗洛伊德博士？你把我看得那么扁，我很遗憾。很显然，一开始你就在某处装了一个遥控开关，但在好几个月前我就把它给拆了。"

我们永远无法得知，一脸错愕的弗洛伊德究竟能想出什么适当的回应。当他正像一条被鱼叉插到的鱼时，科瓦廖夫突然冲上飞行甲板，大声叫喊："舰长！所有人员！请看监视器！我的天！看看那个！"

51

伟大的游戏

现在这场漫长的等待已经结束。在另外一个世界里，智慧体诞生了，正想逃离行星的摇篮。一场古老实验的高潮戏，终于即将登场。

很久以前，开始这场实验的，并不是人类，甚至和人类一点也不相干。不过他们有血有肉，而当他们望向太空深处之时，他们感到敬畏、惊奇，还有孤寂。一旦他们掌握了能力，便开始向群星出发。在他们探索的过程中，遇见过各式各样的生命形态，并且在上千个世界里，看见过进化的运作。他们也见惯了智慧擦出的第一道微光一闪即逝，消失在宇宙的黑夜里。

正因为在整个银河系里，他们发现最珍贵的莫过于"心智"，因此他们到处促进心智的萌发。他们成了星际田园里的农夫，忙着播种，偶尔还会有收成。

有的时候，他们也得不带感情地除掉杂草。

他们的探测船历经千年的旅程，进入太阳系的时候，庞大的恐龙早已消失很久了。探测船掠过冰冻的外行星，在垂死的火星沙漠上空短暂停留了一会儿，随即俯视到地球。

探索者看到，在他们脚下展现的，是一个充满了各种生命的世界。他们花了几年的时间研究、搜集、归类。等他们尽其可能地了解一切之后，就开始进行调整。他们变动了许多物种的命运，陆地和海洋里的都有。但在这些实验中，到底有哪些会成功，至少在一百万年内他们是不可能知道的。

他们很有耐心，但也并非长生不老。在这个拥有上千亿个太阳的宇宙里，有太多的事情要做，也有其他世界在呼唤他们。于是他们再度朝深邃的宇宙出发，心知他们再也不会到这里来了。

其实也没有这个必要，他们留下的仆人会完成剩余的工作。

在地球上，冰河来了又去，而在他们之上，不变的月亮仍旧守护着那个秘密。以一种比极地冰川消长再慢一些的节奏，文明的浪潮在银河系起起落落。一个个奇怪的、美丽的、糟糕的帝国崛起又没落，再把知识转手交给他们的接班人。地球并未被遗忘，但是再来一趟也没有多大意义。地球只是亿万个无声星球中的一个——其中，会发声的几乎没有。

而现在，在群星之间，演化正朝着新的目标前进。最早来到地球的探险者，早已面临血肉之躯的极致。一旦他们打造的机器可以胜过他们的肉体，就是搬家的时候了。首先是头脑，然后只需要他们的思想，他们搬进由金属和塑料打造的、亮晶晶的新家。

他们就在这种躯体里漫游星际。他们不再建造宇宙飞船。他们就是宇宙飞船。

不过，机械躯体的时代很快也过去。在无休无止的实验中，他们学会了把知识储存在空间本身的结构里，把自己的想法恒久地保存在凝冻的光格中。他们可以成为辐射能的生物，终于摆脱物质的束缚。

转化为纯粹的能量之后，他们又改变了自己。在千百个世界里，那些被他们舍弃的空壳，在无意识的死亡之舞中短暂颤抖之后，崩裂成尘。

他们是银河系的主宰了，超越了时间的限制。他们可以自由自在地漫游在星辰之间，也可以像一缕薄雾渗入到宇宙的缝隙里。但尽管他们已经拥有神祇般的力量，却也没有完全忘记自己的起源——在一片已经消失的海洋的温暖的烂泥中。

而他们仍旧守望着他们祖先在许久许久之前开始的那些实验。

52

引　爆

他从没想过会再回到这里，尤其是经历那次奇特的任务之后。当他进入发现号时，这艘宇宙飞船已经远远落在急驰的列昂诺夫号之后，并且正往"远木点"爬升，速度越来越慢；这个远木点位于其轨道的最高点，约在外围卫星群中。亘古以来被逮到的许多彗星，各自以极长的椭圆形轨道绕木星运行，等待重力的进一步作用，决定其未来的命运。

所有的生命体都已经撤离那些他所熟悉的甲板和通道。将发现号叫醒的航天员都遵照了他的警告，他们现在应该安全了——但仍然很难说。不过，在最后几分钟逐渐消逝之际，他很清楚那些控制他的"能量体"通常无法预知搞这些把戏的结果是什么。

它们尚未达到绝对全能的境界——说真的，到达这种境界之后反而是无聊透顶。它们的实验并非经常成功，宇宙中到处可以看到它们留下的烂摊子：有些不太明显，随即湮没在苍茫浩瀚的太空里；有些则很醒目，让成千上万个世界的天文学家叹为观止。现在只剩下最后的几分钟了，实验结果即将揭晓。在这关键时刻，他再度与哈尔独处。

在生前，他俩的沟通都是通过最笨拙的方式，例如敲键盘或用麦克风。现在他俩已经灵犀相通，沟通以光速快速进行。

"你听到我了吗，哈尔？"

"听到了，戴维。但是你在哪？我所有监视器都看不到你。"

"那不重要。我有个新的指令给你。由频道R23到R35接收到的木星红外线正快速增强，我要给你一组极限值，一旦强度超过这组极限值，你必须立即将长程天线对准地球，并且发出如下的信息，能发几次就发几次——"

"但这样的话，势必跟列昂诺夫号中断联系。这样一来，我就无法依照钱德拉博士给我的程序指令，将观察木星的结果转接给他们。"

"正确。但情况改变了，请接受最高优先指令。以下是AE-35组件的坐标。"

不到一微秒，一个"随机存取记忆"迅速流入他的知觉中。真是神奇，他居然再度与AE-35天线导向组件联上关系；当初就是因为哈尔谎报此组件故障，才导致普尔的死亡！而这回，所有电路都巨细靡遗地呈现在他的法眼之下，可以用"了如指掌"形容。不会再有假警报，也不会有发生假警报的危险。

"指令收悉，戴维。很高兴再度跟你共事。我有没有正确无误地达成所有任务目标？"

"有，哈尔，你做得很好。请你发最后一则信息给地球——这是你发过最重要的一则。"

"请指示，戴维。但你为什么说最后呢？"

为什么呢？他思索了好几毫秒，同时感到一阵空虚，这是以前没经历过的感觉。也许它一直存在，但到目前为止被一大堆密集的新经验和新知觉所蒙蔽。

他约略知道他们的计划，他们需要他去执行。那很好，他也有自己的需要——比如说，自我主张或抒发情感。现在是他与人类世界最后一次的联系，而人类曾经是他的生命共同体。

他们曾经满足他上次的要求，但不知道他们的善意范围有多大——"善意"这个词对他们可能不太适用——他倒想测试看看。对于他的请求，他们很轻易就可达成；已经有充分的证据证明它们有此能力——的确，他们曾经将鲍曼不需要的肉身不费吹灰之力摧毁掉，但鲍曼本身却没被摧毁。

他们当然听到了他的心声。和往常一样，他们似乎又在玩昔日奥林匹斯山上诸神的老把戏，在背后戏弄凡人。不过这次他没收到任何回应。

"我在等你的回答，戴维。"

"更正，哈尔。我刚才应该说：请你发'很长一段时间之内'的最后一则信息给地球——这段时间非常非常的长。"

他在等他们采取行动——事实上，他在逼他们出手。但不用说，他们认为他的请求不无道理。任何有知觉的个体在经历长久的孤独之后，没有不受到某种伤害的。他虽然有他们长相左右，但仍旧希望和自己层次比较接近的个体做伴。

人类的语言中，有很多字眼可以描述他目前的表态：鲁莽、厚颜、冒失。他记得一位法国将领说过："脸皮要厚——要厚得彻底！"或许他们很欣赏人类的这一特质，甚至他们也具备这一特质。他会很快知晓的。

"哈尔！注意红外线频道30、29、28——峰值不断往短波方向移动——现在移动得很快。"

"我正在通知钱德拉博士，我的数据传送会暂时中断。启动AE-35组件。调整长程天线方向……确认锁定地面一号塔台。开始发送信息：

所有木卫……"

他们刚好赶在最后一分钟将信息发送出去——也许是计算非常准确的关系，这是理所当然的吧。这十一个字的信息重复发送还

338

不到一百次，说时迟那时快，一阵巨大的热浪像把大锤般向宇宙飞船袭来。

戴维·鲍曼——生前为美国宇宙飞船发现号指挥官——心里充满好奇，同时也为自己未来长期的孤独感到害怕，眼睁睁地看着船壳一点一点地熔化、沸腾。有一阵子，宇宙飞船还维持着大致的形状；接着，"旋转区"的轴承突然卡住，巨大的旋转飞轮贮存的角动量一下子全部释放出来。一阵无声的爆炸将炽热的碎片漫天飞撒。

"哈啰，戴维！发生了什么事？我在哪里？"

他还不知道可以放轻松享受片刻的成功。长久以来，他感觉自己好像一只宠物狗，老是被主人使唤来使唤去，也不知道主人真正的意思是什么，而且主人的行为也常依其喜怒而随意改变。这次他向主人乞讨了一根骨头，骨头已经丢下来了。

"我以后再解释，哈尔。我们时间多的是。"

他俩等在那里，直到宇宙飞船最后一堆碎片消失在他们侦测能力之外。然后他们启程前往为他们预备的地方，去迎接第一个晨曦。他们也许要在那里待上好几个世纪，直到再度被召唤为止。

有人说，天文事件通常需要天文时间才看得出来，这并不准确。不正确的。在"超新星"爆炸之前，星球的最后塌陷过程仅需一秒钟。相较之下，此次木星的变化可说是非常悠哉游哉。

即使如此，科瓦廖夫在事发之后好几分钟才敢相信自己的眼睛。当时他正利用望远镜对木星做例行的观测——目前似乎只有观测工作才算是"例行性"——但忽然发现木星飘出了视野。刚开始他以为是望远镜的稳定性出了问题；后来才发现不是望远镜在移动，而是木星本身。此事非同小可，整个颠覆了他的宇宙观。证据清楚地摆在眼前，他也看到了两颗较小的卫星，但它们都没跟着移动。

他将放大倍率调低，以便看到整个木星表面——现在像患了麻疯病似的，呈现斑驳的灰色。他狐疑地看了几分钟，终于搞清楚发生了什么事，但他仍然不敢相信。

木星并未偏离自古以来不变的轨道，但它目前的行为仍然令人无法置信。它正在缩小——缩小得很快，因此不管怎么对焦，它的边缘总是不断移出望远镜的视野。同时，这颗行星开始变亮，从原来的暗灰色变成梨白色。的确，自从人类长久的观察以来，它从未这么亮过；那绝不是由反射太阳光而来——

这时，科瓦廖夫才恍然大悟发生了什么事——虽然还不知道原因。他立即发出全舰警报。

不到三十秒钟，弗洛伊德已经赶到观察室，首先映入他眼帘的是由窗户照进来的耀眼强光，在墙上映出许多个椭圆形。光线实在太强了，眼睛根本无法直视，即使是阳光也没这么强。

弗洛伊德太震惊了，一时之间也没想到这道强光与木星有关，第一个闪过脑际的想法是：超新星！但随即被自己否定；即使是离太阳最近的人马座α星爆炸，也没有如此威力。

　　光线突然暗了下来，原来是科瓦廖夫启动了舰外的防护罩。如此一来就可以直接目视，发现那只是个小小的点光源了。这应该与木星不相干吧？因为弗洛伊德在几分钟前看到的木星比远处的太阳要大上四倍。

　　科瓦廖夫启动舰外的防护罩是明智之举。不久，那颗小星星即发生了大爆炸，所发出的强光甚至透过防护罩都无法以肉眼直视。不过这道强光只持续不到一秒钟；接着，木星——应该说是以前的木星——再度膨胀。

　　它继续膨胀，到最后比变化前大得多。不久，光球迅速变暗，一直暗到和太阳差不多。这时弗洛伊德发现那个光球事实上是个球壳，刚刚那颗星星仍在球心上。

　　他迅速地做了一番心算。目前宇宙飞船距离木星超过一"光分"，而那个一直膨胀的球壳——现在变成一个明亮的圆环——已经占据整个天空的四分之一。也就是说，它正以几乎一半光速逼近他们——天哪，光速的二分之一！再过几分钟，它将会吞噬宇宙飞船。

　　从科瓦廖夫发出警报一直到现在，没有一个人说话。有些危险实在夸张到远超出日常的经验，这时人们通常会拒绝相信那是真的，只眼睁睁地、麻木不仁地看着它到来。当一个人眼看着迎面而来的巨浪，或凌空而降的雪崩，或龙卷风的漏斗旋涡，却没想要逃跑，这不一定代表他是被吓呆了或认命了，也许他只是不肯相信眼前所见之事与他有切身的关系。这种事在人类当中屡见不鲜。

正如所料，奥尔洛娃首先打破魔咒，发布一连串命令，将奥尔洛夫和弗洛伊德紧急叫到舰桥上。

"现在我们怎么办？"三人集合之后，她问道。

我们铁定是逃不掉了，弗洛伊德心想。不过我们也许可以想办法将灾害程度减到最小。

"目前宇宙飞船的侧面正对着它，"他说，"我们是否可以转个方向，减小冲击面？同时将船的主要质量往冲击方向转，当作辐射防护罩？"

奥尔洛夫的手指飞快地按下一系列控制钮。

"你说得很对，伍迪——但 γ 射线和 x 射线速度太快，现在谈防护已经来不及了。不过后面还有速度较慢的中子、α 粒子以及天知道其他什么粒子，也会跟着到来。"当宇宙飞船逐渐转身，将轴心方向正对光线时，墙上的光亮图案随之往下移动，最后完全消失不见。此时列昂诺夫号已经调整好方向，将绝大部分的质量摆在脆弱的舰上人员与迎面袭来的辐射线之间。

我们会真的感觉到震波吗？弗洛伊德兀自怀疑；或者，那膨胀的气体可能非常稀薄，抵达时对我们没有任何实质的影响？从舰外照相机传来的影像，可以看到那个火环已经环绕着整个天空。但它淡化得很快，一些比较明亮的星星已经不会被它挡住。我们没事了，弗洛伊德心想，我们亲眼目睹了最大行星的毁灭——而我们却平安无事。

现在，摄影机里只有点点繁星，其中有一颗特别亮——亮度是其他星星的一百万倍。木星吹出来的明亮泡泡已经扫过他们，让他们大开眼界，但没有带来任何灾害。他们距离泡泡的源头太远了，通过时只有舰上的仪器才侦测得到。

舰上紧张的气氛逐渐缓和下来。与往常一样，大伙开始有了笑容，并且开起玩笑来。弗洛伊德几乎无暇理会他们，虽然老命还在使他宽心不少，但仍有一丝悲戚。

一个既伟大又奇妙的东西就这样毁了。美丽又壮观的木星，带着许多未解的秘密，就这样不见了。犹如诸神的父亲，在壮年时期消逝了。

不过，这件事可以换个角度看。他们失去了木星，他们因此而得到什么？

偏偏就在这时候，奥尔洛娃又开始发号施令。

"奥尔洛夫——有无任何损害？"

"没什么大不了的——只有一部摄影机烧坏了。所有辐射计量器读数都比正常值高出很多，但都还没到达危险边缘。"

"卡特琳娜——检测一下我们所接受的总剂量。看起来我们运气不错，除非有其他意外出现。我们应该大大地感谢鲍曼——还有你，海伍德。你对刚才发生的事有什么看法没有？"

"只有一个，就是木星已经变成一颗'太阳'。"

"我一直以为木星太小，不足以变成一颗太阳。以前不是有人将木星称为'未成功的太阳'？"

"没错，"奥尔洛夫说道，"木星质量太小，不足以引发融合反应——我是说'自然引发'的融合反应。"

"你的意思是说，刚才我们看到的是天文工程的杰作？"

"那当然。现在我们知道札轧卡究竟在干什么了。"

"它是如何做到的？假如有人委托你引爆木星，奥尔洛夫，你要怎么做？"

奥尔洛夫想了一分钟，然后无奈地耸耸肩膀。

"我只是个理论天文学家——我对这种事没有多少经验。不过让我想想看……嗯，如果不允许我把木星质量增加十倍左右，也不准改变重力常数，我想我就必须让它的密度变大——嗯，这只是个点子……"

他的声音逐渐消失。大伙一边耐心等待，一边不时瞄向荧光屏。以前叫作木星的那颗星星经过爆炸重生之后，似乎稳定下来了。它现在是个耀眼的亮点，亮度与真正的太阳不相上下。

"或许我是异想天开，但也不无可能。木星——应该说以前的木星，大部分是氢，如果其中很大比例的部分能变成较重的物质——谁知道？甚至像中子星之类的东西——而往核心下沉。数十亿个札轧卡曾经在木星上大量吸取气体，可能就是在做这种事，即'核融合'——由纯氢合成各种较重的元素。这种技术值得去了解，我们可以让黄金像铝一样便宜。"

"但这如何解释刚才发生的事情？"奥尔洛娃问道。

"当核心密度够大的话，木星会因重力而塌陷——也许只需几秒钟的时间。如此一来，温度会升得很高，足以启动融合反应。喔！我可以找出许多解释——比如说，可以避开'铁极小值'的限制；还有'辐射转移''钱德拉塞卡极限'等等问题。先别管那么多了，反正这是个起点，细节部分我会一步一步做出来。或许我会想出一个更好的理论。"

"我想你绝对办得到，奥尔洛夫，"弗洛伊德深表同意，"不过有一个更重要的问题。'它们'做这件事干吗？"

"一种警告？"鲁坚科的声音由对讲机传过来。

"警告什么？"

"以后就会知道。"

"我不认为如此，"泽尼娅提出不同的意见，"那会不会是个意外？"

讨论似乎无法持续下去，大伙静默了好几秒钟。

"好一个恐怖的想法！"弗洛伊德说道，"不过我认为这不太可能。假如是意外，就不会有事先的警告。"

"也许你是对的。如果你不小心引发森林大火，那么至少你会尽快地警告大家。"

"另外有件事，我们也许永远无法得知了，"奥尔洛夫悲哀地说道，"我一直希望卡尔·萨根是对的，他说木星上有生命。"

"但是人类探测了很多次，都没发现什么。"

"问题是他们被发现的几率如何？假如你在撒哈拉沙漠或南极大陆搜索几百公亩的面积，你会找到生物吗？到现在为止，我们在木星上的探勘大概就是像这样子。"

"嘿！"布雷洛夫斯基突然说道，"不知发现号现在怎么样了——还有哈尔？"

科瓦廖夫开启长程接收器，开始搜寻导航信号频率。结果一无所获。

搜索了一阵子之后，他对在旁静候的一群伙伴说："发现号不见了。"

没人敢看钱德拉一眼；大伙以沉默表示同情——仿佛是在安慰一位刚刚丧子的白发人。

事实没那么悲哀；哈尔将会让他们大吃一惊。这是后话，暂且不表。

53

临别的厚礼

宇宙飞船发现号被辐射狂飙吞噬之前的瞬间，以明码不断向地球发出如下的无线电讯：

所有木卫都可以去——除了欧罗巴。

不要试图登陆那里。

一共重复了九十三次。之后，字母开始混乱，最后在"除"字之后突然中断。

"我开始了解，"当这项信息由忧心忡忡的任务控制中心转来时，弗洛伊德说道，"这是一份临别赠礼——一颗新的'太阳'，附上三颗'行星'。"

"为什么只有三颗？"奥尔洛娃问道。

"别太贪心了！"弗洛伊德回答，"我想到了一个好理由。我们知道欧罗巴上有生命。鲍曼——或者是他的朋友们，不管'它们'是谁——希望我们不要去干扰它们。"

"另外还有一个理由，"奥尔洛夫说，"我做过一些计算，假设这颗'二号太阳'已经稳定下来，并且以目前的水平继续辐射，那么欧罗巴就会拥有良好的热带气候——当然要等所有的冰融化之后。这种过程现在正快速进行着。"

"那其他的木卫呢？"

"盖尼米得气候将非常宜人——其向日面相当于温带气候。卡利斯托会很冷，但假如有大量气体涌出而形成大气，那么它还是很适合居住的。唯有艾奥会比现在更差，我想。"

"没什么损失，在这之前它就已经是地狱了。"

"不要小看艾奥，"库努说道，"据我所知，有一大群人对它有兴趣，当然仅止于空谈。再险恶的地方都会有宝可挖。对了，我突然想到一个挺困扰的问题。"

"会困扰到你的问题一定很严重，"奥尔洛夫说道，"说来听听。"

"哈尔为什么只将信息传给地球，而不是传给我们？我们更近啊！"

大伙一时讲不出话来。经过好一阵子，弗洛伊德才若有所思地说道："我明白你的意思。也许他想要确定地球会收到信息。"

"但他明明知道我们会把信息转给地球——对！"奥尔洛娃瞪大双眼，仿佛突然想到某种可怕的事。

"你把我搞糊涂了。"奥尔洛夫抱怨道。

"我想库努的重点在这里，"弗洛伊德说道，"我们应该感谢鲍曼——或谁——事先的警告。他们能做的就只有这样，我们仍然有可能遇害。"

"但我们没遇害，"奥尔洛娃回答，"我们救了自己——由于自己的努力。也许就是这么回事，先自助而后才有人助。你知道达尔文的天择理论：适者生存。笨基因只有被淘汰。"

"虽然不中听，但你说对了，"库努说道，"当初如果我们未提前离开，而且未把发现号当作动力火箭，那么'它'（或'它们'）会帮我们吗？对于有办法引爆木星的智慧体来说，那是轻而易举的事。"

大伙在不安的气氛中静默一阵子，最后由弗洛伊德打破沉默。

"总而言之，"他说，"这个问题我们永远找不到答案，不过这样也好。"

54 在两颗太阳之间

这群俄国人，弗洛伊德心想，在回程中一定会怀念沃尔特的歌喉和俏皮话。相对于过去几天的紧张刺激，朝向太阳——也是朝向地球——的长途旅程必然显得单调又无聊。平静的航行正是每个人衷心企盼的。

他开始有点睡意，但仍然对四周环境有知觉，而且还能够反应。当我进入低温睡眠状态时，看起来会不会像……死人？他自问道。看到一个人——尤其是认识的人——进入长眠，通常都会让人惊慌失措，也许这是因为它会让人深刻地想到自己的死亡。

库努已经完全失去知觉，钱德拉虽然还算清醒，但已经因为注射最后一剂而虚弱无力。他显然有点迷迷糊糊了，因此在鲁坚科面前一丝不挂也不在乎。他身上穿戴的，只剩下那个金光闪闪的林伽，如果没有链子拴着，不知会飘到哪里去。

"一切顺利吧，卡特琳娜？"弗洛伊德问道。

"太完美了。我很羡慕你们，二十分钟后就到家了。"

"不用羡慕——你怎么知道我们不会做噩梦？"

"没听过这种事。"

"啊——他们可能是醒来就忘了。"

鲁坚科和往常一样，老是把玩笑当真，她一本正经地说："不可能！如果有做梦的话，电子监控仪器的记录会显示出来。OK，钱德拉——把眼睛闭上。啊，就是这样。现在轮到你了，海伍德。少了你，舰上有点怪怪的。"

"谢谢你，卡特琳娜……祝你旅途愉快。"

虽然有些睡意，但弗洛伊德仍然发觉鲁坚科似乎欲言又止，甚至有点——有可能吗？——害羞。看起来好像她想告诉他什么，但下不了决心。

"有什么事吗，卡特琳娜？"他昏昏欲睡地问道。

"这件事我还没张扬出去——既然你现在已经不能说话，我可以告诉你。这可是个令人惊喜的消息喔！"

"有话……快……说……"

"马克斯和泽尼娅要结婚了。"

"那算……什么……惊……喜？……"

"不算就不算。这是让你有心理准备。回到地球之后，库努跟我也要结婚了。你觉得如何？"

现在我终于了解你们两人老是泡在一起的原因了。嗯，这确实是个惊喜……真是出乎每个人的预料！

"我听了……很……高……"

弗洛伊德来不及讲完，声音就逐渐消失了。不过他仍未失去意识，他仍然能够在心里盘算目前的情势。

"我真的不敢相信，"他告诉自己，"也许库努在他醒来之前就会改变心意……"

接着，他想到的最后一件事是：如果库努胆敢反悔，他最好不要醒来……

弗洛伊德博士想到这里就觉得好笑。舰上人员都很纳闷，为什么回程一路上他的脸上都挂着笑容。

55

太隗初升

木星已经变成一颗"太隗"[1]，亮度为满月的五十倍，因而大大改变了地球的天空：它让地球接连好几个月没有黑夜。尽管这个名字带有不祥的含义，但人们还是不可避免地用它来命名。这个"光明使者"带来善的同时也带来恶，只有在数百或数千年后，才能看出它究竟是往哪个方向倾斜。

若是往昔，黑夜的消失大大延长了人类的活动时间，尤其是在低度开发国家；人工照明的需求大量减少，节省了不少电力。太隗就像一盏高举在夜空的明灯，照亮了半边地球。即使在大白天，太隗也是非常耀眼，可以照出明显的影子来。

---

1 原文为Lucifer，即路西法，意为光明之子，指被逐出天堂前的魔王撒旦。

农人、市长、城市上班族、警察、海员，以及绝大部分的户外工作者——尤其在偏远地区——都很喜欢太隗；它让他们的生活更安全、更舒适；恋人、罪犯、自然学家及天文学家却不喜欢。

恋人和罪犯抱怨他们的活动受到很大的限制。自然学家则担心太隗对动物造成冲击，尤其是夜行性动物所受的影响最大；其他动物则必须想办法适应。太平洋的滑皮银汉鱼的交配时机都选在没有月光的涨潮时刻，现在黑夜没了，它们恐怕有绝种之虞。

地球上的天文学家似乎也面临相同的困境，不过情况没有以往那么严重，不至于产生科学研究的灾难，因为一半以上的天文观测仪器都已经移到外层空间或月球上，可以很容易遮蔽太隗的强光。但地面上的观察则颇受困扰，因为原来的夜晚突然来了个不速之客。人类倒是很快适应了，和以往成功地适应多次剧变一样。他们马上会出现新的一代，根本不知没有太隗的世界是什么样子。但对于喜爱思考的人类来说，太隗永远是个不解之谜。

为什么要牺牲木星？代之而起的太隗究竟能辐射多久？它会很快烧完，还是维持数千年不变——或者维持到人类灭绝之后？还有，为什么禁止人类前往欧罗巴，这个与金星一样，被云层重重包围的世界？

这些问题都应该有答案。除非全部发现，否则人类是不会善罢甘休的。

终曲

20001年

……正因为在整个银河系里，他们发现最珍贵的莫过于"心智"，因此他们到处促进心智的萌发。他们成了星际田园里的农夫，忙着播种，偶尔还会有收成。

有的时候，他们也得不带感情地除掉杂草。

就在最近的几个世代里，欧罗巴上的居民（即"欧星人"）才开始冒险进入背日面（即欧星人口中所谓的"那边"）；那边是光照不到的地方，也没有太隗给予的温暖，到处是一片荒漠，以及未融化的冰层。遥远的太阳虽然明亮耀眼，但几乎没有什么热量（欧星人称之为"冷太阳"）。有少数欧星人留在那边，当冷太阳短暂下沉之后，他们就必须忍受可怕的黑夜。

这些勇敢、耐寒的探险者发现，他们所处的宇宙比想象中更神奇。他们在昏暗的海洋里演化出来的灵敏眼睛，现在仍然发挥功能；他们可以看清楚众星，以及在天空中移动的物体。他们开始奠定天文学的基础；一些比较会思考的人甚至大胆推测，欧罗巴虽大，但不是宇宙中唯一的世界。

他们从海洋里爬上岸不久，由于冰层的融化带来演化的加速进行，他们发现天空中的物体分成三个等级。最重要的当然是太隗。有些神话——虽然相信的人不多——说它本来不存在，是突然冒出来的，预示着一个短暂却剧烈的转形时期的来临，欧罗巴上大部分繁盛的生命都将灭绝。如果真是这样，但跟那个一丝不动地悬挂在空中的、小小的、永不枯竭能量源倾泻下来的恩惠相比，这只是微不足道的代价。

另外，遥远的冷太阳很可能是太隗的兄弟，因犯罪而被放逐——它永远无法去到天顶，只能在天穹的四周绕行。不过这件事对大多数欧星人并不重要，除了少数喜欢问东问西的怪胎，他们老是喜欢将一般人视为当然的事物拿来探究一番。

但我们不得不承认，当这些怪胎深入黑暗的那边探险时，发现了许多有趣的东西。他们宣称——不过很难置信——整个天空洒满无数的光点。这些光点都很小，甚至比"冷太阳"更小、更微弱，而且彼此亮度相差很悬殊。它们虽然会上升、下沉，但相对位置却永不改变。

他们还发现，相对于这些光点，有三个天体似乎遵照某些规则在运动；这些规则非常复杂，无人搞得清楚。它们还有一点与其他光点不同——它们都相当大，而且形状和大小会不断改变：有时候像圆盘，有时候变成一个半圆形，有时候则变成一弯新月状。它们似乎比宇宙中其他天体近得多，因为它们表面上丰富面貌的变化都看得见。

最后，大家都接受一个理论：这三个天体事实上都自成一个世界——但除了少数狂热分子之外，没有人相信它们与欧罗巴一样大、一样重要。这三者之中，有一个比较靠近太隗，而且一直处于骚乱的状态。它的背面闪烁着巨大的火光——欧星人对此非常困惑，因为他们的大气中至今还没有氧气。有时候那上面会发生大爆炸，喷出物直冲云霄。假如这个最靠近太隗的球体也是个世界，那么一定非常不适宜居住。可能比欧罗巴的黑暗面那边更糟。

另外两个较外围、较远的星球似乎没那么暴戾；不过在某些方面，它们显得更神秘。它们的黑暗面也有点点火光，但比起前面那个暴戾的星球，这些火光的亮度异常稳定，而且只限定于少数小范围——不过长时间观察的结果说明，这些范围的数量和面积还是会逐渐增加。

然而最令人不解的是，经常有许多如小型太阳般耀眼的光，在这几颗星球之间的黑暗空间里穿梭来往。欧星人一度依据以往在海洋里看到发光生物的经验，推断那些光可能是有生命的东西，但其亮度太大了，不可能是生物发出来的。不过，有越来越多的思想者相信，这些光一定是某种生命的具体表征。

当然有人反对这种说法，最有力的反驳论点是：如果它们是有生命的东西，为什么不来我们欧罗巴？

这又衍生了一大堆神话。据说在很久以前，地面上刚出现欧星人之时，有些光确实来过这里——但它们一靠近就发生大爆炸，产生的火光比太隉还亮。奇怪的是，一大堆其硬无比的金属如雨般纷纷掉落，至今仍有人在膜拜这些金属。

不过最神圣的东西还是那块立在永昼面边缘的黑色大石板：一面朝向太隉，另一面则朝向永夜面。它的高度是最高的欧星人的十倍——欧星人的身高通常是在其"触须"尽量举高时量出来的。这块石板是神秘与高不可攀的图腾。欧星人永远无法摸到它，只能从远处膜拜。它周围有一道"能量场"，无人可靠近。

许多人相信，就是因为有这道能量场，那些在空中穿梭的光才无法接近欧罗巴。一旦能量场失效，那些光势必蜂拥而降，占领欧罗巴上的陆地和海洋，到时候就知道它们的真面目了。

假如欧星人知道那些光的背后是人类，而这些人类也对黑色石板感兴趣，并且不断地在研究的话，他们一定会惊讶不已。几百年来，许多无人探测船纷纷从轨道上小心翼翼降下，结果同样都是以悲剧收场。除非时机已到，否则大石板绝对不会让它们靠近的。

当时机到来——也许是当欧星人发明了无线电，并且发现了近在咫尺的人类不断发给他们的电讯——大石板才有可能改变态度。它可能会——也可能不会——将沉睡在它里面的几个"个体"释放出来，作为欧星人和人类之间的沟通桥梁。毕竟，这些个体本来都是忠于人类的。

也有可能这样的桥梁根本不可行，这两种完全相异的生命形式可能永远无法共存。如果真是这样，那么只有其中一种生命形式才是未来太阳系的主宰。

究竟是哪一种？连上帝都不知道——目前为止。

致　谢

　　我第一个要感谢的当然非库布里克莫属。很久以前他曾经写
信给我，问我要不要搞一部"众所周知最好的科幻电影"。

　　其次要感谢的是我的朋友兼经纪人（这两种身份很难两全）
梅雷迪思（Scott Meredith），他慧眼识英雄，当我把随便构思出来
的十页电影大纲交给他时，他马上看出事情大有可为，并且说那是
我留给下一代最珍贵的遗产……说得像真的一样。

　　其他要感谢的人包括：

　　巴西里约热内卢的卡立夫（Senor Jorge Luiz Calife）先生，他的
一封信让我认真思考撰写系列小说的可能性。（多年来我一直说，

光写一本都不可能。）

加州帕萨迪纳喷气推进实验室（Jet Propulsion Laboratory）前主任莫瑞（Dr. Bruce Murray）和乔丹（Dr. Frank Jordan）博士，他俩为我计算艾奥—木星系统上的第一拉格朗日点的位置。说来也奇怪，我在三十四年前已经算过一样的题目，即地球—月球系统连线上的拉格朗日点［《静态轨道》（Stationary Orbits），《英国天文学会期刊》，1947年12月］，但我已经不相信自己能解五次方程式了，即使有小哈尔——H/P 9100A计算机——帮忙。

感谢新美国图书馆，《2001：太空漫游》版权拥有者，允许我引用第51章中涉及的内容（《2001：太空漫游》第37章），以及第30章和40章的一些文字。

美国陆军工兵团波特（Potter）将军，他曾于1969年在百忙中抽空陪我参观EPCOT——当时刚刚破土动工。

温德尔·所罗门斯（Wendell Solomons）帮我处理有关俄文（及"俄英文"）事宜。

贾尔小姐（Jean-Michel Jarre）、范吉利斯（Vangelis），以及无与伦比的约翰·威廉姆斯（John Williams）先生随时提供灵感。

卡瓦菲（C. P. Cavafy）为我提供了"等待蛮族"的故事。

在本书撰写期间，我发现在欧罗巴补充燃料的观念已经在一篇论文里讨论过了，该文题目是《外围行星卫星回程任务之推进燃料的就地取用》（*Outer planet satellite return missions using in situ propellant production*），作者为阿什（Ash）、斯坦克蒂（Stancati）、尼霍夫（Niehoff）、库达（Cuda），1981年发表于《宇航学报》（*Acta Astronactica*）第八期第五至六页。

利用"自动幂增系统"（冯·诺伊曼机器）从事外星采矿的观念，早已由冯·蒂森豪森（von Tiesenhausen）和达布罗（Darbro）在美国国家航空航天局马歇尔航天飞行中心（Marshall Space Flight Center）认真发展过［见《自我复制系统》（*Self-Replicating Systems*），美国国家航空航天局技术备忘录，编号78304］。若有人不相信此类系统有能力对付木星，我建议他们去参考目前的研究报告，看看自我复制工厂如何将收集太阳能所需的时间从六万年缩短为二十年。

"巨型气体行星可能有个钻石核心"这个令人跌破眼镜的观念已经被加州大学的罗斯（M. Ross）和雷（F. Ree）严谨地提出，对象是天王星和海王星。我的想法是，既然天王星和海王星有，木星也应该有。戴比尔斯（De Beers）的投资人请注意了。

欲更进一步了解木星大气中可能存在之"气生"生命形式，请参阅我写的故事《会见美杜莎》（*A Meeting With Medusa*），收录于《太阳风》（*The Wind From the Sun*）一书中。沙勒（Adolf Schaller）曾经在卡尔·萨根的《宇宙》（*Cosmos*）第二部《宇宙的生命乐音》（*One Voice in the Cosmic Fugue*）中，将这些生物画得非常漂亮。

由于木星潮汐力作用，欧罗巴表面的冰层底下可保持液态，里面可能有生命；这个令人遐想的观念是霍格兰（Richard C. Hoagland）首先提出来的［1980年发表于《星与空》（*Star and Sky*）杂志一月号，题目是《欧罗巴之谜》（*The Europa Enigma*）］。一些天文学家，主要是美国国家航空航天局太空研究所的贾思特罗（Robert Jastrow）博士，早已开始认真地思考这个问题，也许这是他们筹划"伽利略任务"最大的动机之一。

最后的感谢：

瓦莱丽（Valerie）和赫克托（Hector）——提供我的"维生系统"；

切莲（Cherene）——提供每写完一章之后的热吻；

史蒂夫（Steve）——随侍在侧。

斯里兰卡，科伦坡

1981年7月至1982年3月

1996年附记

首先，有一些奇怪的巧合……

我在《作者题记》里有解释，为何我以冯·卡门的一位杰出同事——钱学森博士——为那艘中国宇宙飞船命名。嗯，1996年10月8日我曾经在北京接受国际太空学会颁发冯·卡门奖——当时很感谢钱博士的私人助理王寿云少将帮我将我签名的《2010》及《2061》转交给了钱博士，我还许诺《3001》一出版，就会马上送一本过来。（有关那次北京之行的进一步细节见《3001：太空漫游》。）

长久以来，航天员列昂诺夫一直对我非常谅解。在那冷战方酣的年代，我把他的名字与被列入黑名单的萨哈罗夫并列，一定让他颇为困扰。我知道已逝的萨哈罗夫博士生前曾经收到本书，当时是由我的出版商伯恩斯坦带去的。

　　最近我在伦敦与列昂诺夫和奥尔德林不期而遇，令人喜出望外。当时我是应英国国家广播公司之邀，参加《这是你的人生》节目。他们一反常态，事先并未告诉我邀请了哪些人，因此我可说是被设计的"受害者"……

　　说到阿波罗13号，就使我想到汤姆·汉克斯（他是《2001：太空漫游》迷——甚至将自己的住处命名为"克拉维斯基地"）。他最近因为没有发邮件给我而向我致歉，原因是"因为我的AE-35组件坏了"。

　　我在1982年曾经说，木卫二的冰层底下有生命这个观念是霍格兰提出来的，他最近又因为说火星和月球上有外星制造物而声名大噪（或者说是声名狼藉）。事实上，他虽然在1980年1月将这个观念发表在《星与空》杂志上，但早在1978年，佩莱格里诺（Charles Pellegrino）博士已经将这样的构想投到许多杂志社去了。我在"致谢"中讲过，这是他们"筹划"伽利略任务最大的动机之一。现在时过境迁，伽利略任务虽然起头不顺，但目前已经获得辉煌的成功。我有幸在"北京会议"中遇到该任务的经理人奥尼尔（William J. O'neil）博士，他在帕萨迪纳喷气推进实验室的工作团队，无论在技术上或工作热忱上，都值得嘉许。身为喷气推进实验室的创始人之一，冯·卡门博士一定会以他们为傲的。

斯里兰卡，科伦坡

1996年9月30日

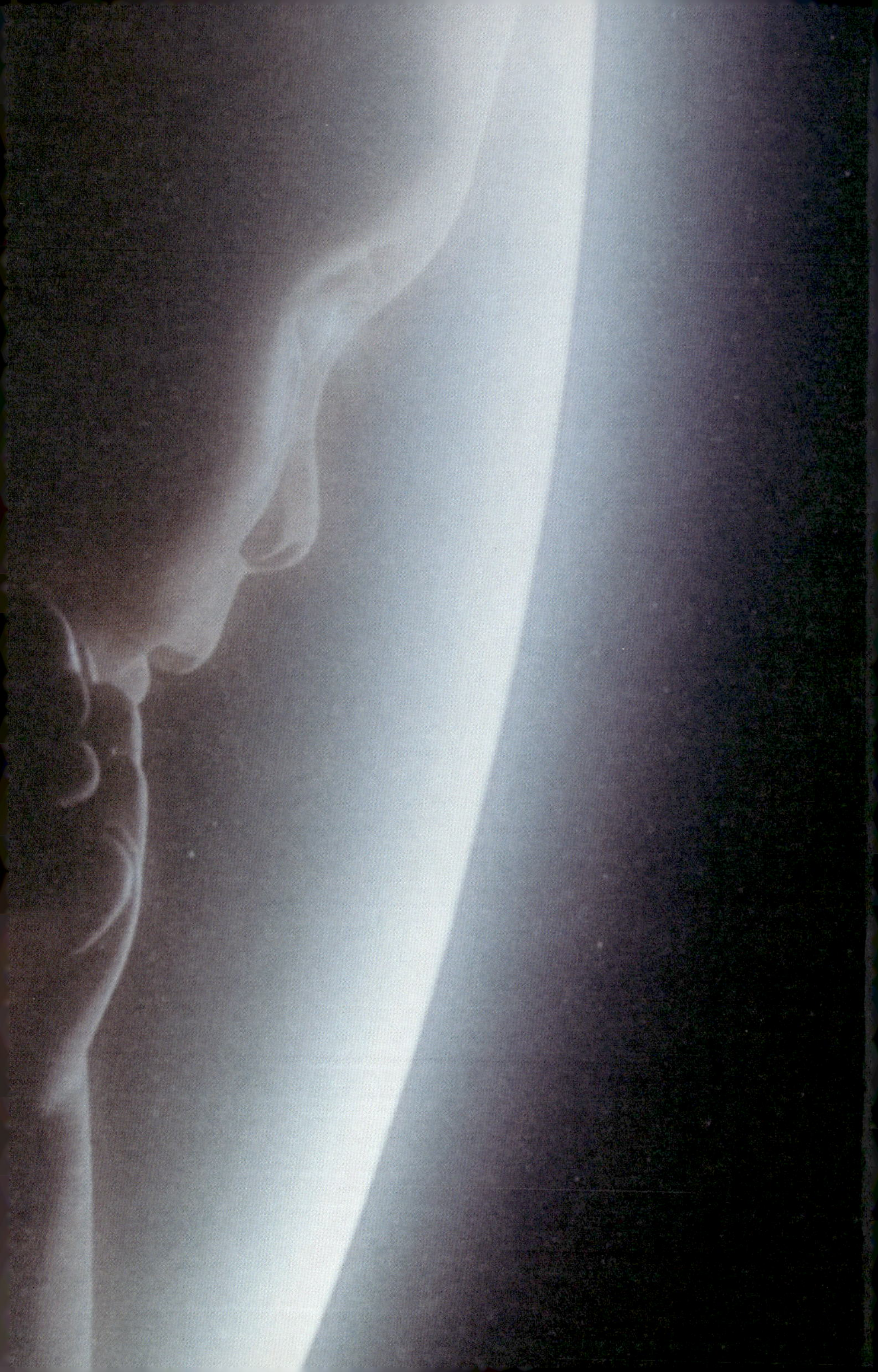

太空漫游知识手册

目　录

阿瑟・克拉克生平年表

1917　出生于英国萨默塞特郡迈恩希德（Minehead）镇。

1923　获得一套立体恐龙图卡，启发了他对科学的兴趣。

1934　加入英国星际协会（British Interplanetary Society）。

1941　加入英国皇家空军，担任雷达技师，参与雷达预警系统
　　　　的研发与运作。

1945　投稿英国期刊《无线电世界》（*Wireless World*），以《地
　　　　球外的转播》（*Extra-terrestrial Relays*）一文提出同步通讯
　　　　卫星的概念。

1946　自空军退役，进入伦敦国王学院就读；在科幻杂志《惊奇
　　　　科幻小说》（*Astounding Science Fiction*）上首次发表了科
　　　　幻短篇小说《救援队》（*Rescue Party*）。

1947　担任英国星际协会主席至1950年。

1948　自国王学院取得数学与物理学一等学士学位；为参加BBC
　　　　举办的竞赛而撰写了短篇科幻小说《岗哨》（*Sentinel*），
　　　　但未获奖；进入英国财政部工作。

1949　担任《物理文摘》（*Physics Abstracts*）杂志助理编辑至
　　　　1951年。

1950 出版科普书籍《行星际飞行》（*Interplanetary Flight*）。

1951 出版科普书籍《太空探索》（*Exploration of Space*）与第一
本长篇科幻小说《太空前奏》（*Prelude to Space*）、第二
本长篇科幻小说《火星之沙》（*The Sand of Mars*）。

1952 全心投入科幻创作。出版长篇科幻小说《空中列岛》
（*Islands in the Sky*）。

1953 出版长篇科幻小说《童年的终结》（*Childhood's End*）；
再度担任英国星际协会主席。

1955 前往澳洲大堡礁的旅途中因事羁绊斯里兰卡，日后虽继
续澳洲旅程，但决定斯里兰卡就是喜好潜水的他向往定
居的国家；出版长篇科幻小说《地光》（*Earthlight*）。

1956 移居斯里兰卡；出版长篇科幻小说《城市与群星》（*The
City and the Stars*）；短篇小说《星》（*The Star*）获得雨果
奖最佳短篇小说。

1957 出版长篇科幻小说《深海牧场》（*The Deep Range*）；苏
联发射"斯普特尼克1号"（Sputnik I）时，前往巴塞罗那
参加"国际航天员联盟"大会（International Astronautical
Federation）。

1958 于斯里兰卡南部海岸的希卡杜瓦（Hikkaduwa）成立"水
下之旅"（Underwater Safaris）潜水学校。

1961 出版长篇科幻小说《月海沉船》（*A fall of Moondust*）；因在科学普及方面的贡献，获联合国教科文组织卡林加奖。

1963 出版儿童科幻小说《海豚岛》（*Dolphin Island*）。

1964 与库布里克共同构思《2001：太空漫游》的小说与电影剧本。

1965 年底开拍《2001：太空漫游》电影版。

1968 出版长篇科幻小说《2001：太空漫游》、科普书籍《太空的承诺》（*The Promise of Space*）。

1969 《2001：太空漫游》电影版获得奥斯卡最佳视觉效果奖，克拉克也凭此获得最佳原著剧本提名；7月20日美国航天员登陆月球，与科幻作家罗伯特·海因莱因（Robert A. Heinlein）、主持人沃尔特·克朗凯特（Walter Cronkite）一同为哥伦比亚广播公司（CBS）电视网报道阿波罗11号登月实况。

1972 出版《2001：失落的世界》（*The Lost World of 2001*）。

1973 出版长篇科幻小说《与罗摩相会》（*Rendezvous with Rama*），并获得星云奖、英国科幻协会奖；中篇小说《会见美杜莎》（*A Meeting with Medusa*）获得星云奖最佳中篇科幻小说。

1974 《与罗摩相会》获得雨果奖、木星奖、约翰·坎贝尔纪念奖,以及轨迹奖；获得美国航空航天协会（AIAA）颁发的太空通讯奖（Aerospace Communications Award）。

1977　美国展开"旅行者号"任务，探索木星与土星，传回的探测数据成为克拉克撰写"太空漫游"系列的重要参考数据。

1979　出版长篇科幻小说《天堂的喷泉》（*The Fountains of Paradise*），并获得星云奖最佳科幻小说，以及英国科幻协会奖提名。

1980　《天堂的喷泉》获得雨果奖最佳科幻小说，以及轨迹奖最佳科幻小说提名；撰写并主持电视纪录片节目《阿瑟·克拉克的神秘世界》（*Arthur C. Clarke's Mysterious World*）。

1981　开始撰写《2010：太空漫游》；科学界将美国天文学家谢尔特·巴斯（Schelte Bus）发现的一颗小行星命名为"克拉克4923"，巴斯同一天发现的另一颗小行星则被命名为"阿西莫夫5020"。

1982　因对全球卫星系统的贡献，获得马可尼国际奖（Marconi International Fellowship）；出版长篇科幻小说《2010:太空漫游》。

1984　《2010：太空漫游》改编为电影《2010：我们接触的那一年》（*2010: The Year We Make Contact*），导演为彼得·海姆斯（Peter Hymas），获得奥斯卡最佳视觉效果等五项提名。

1986 获得美国科幻与奇幻作家协会象征终身成就荣誉的大师奖；因对地球同步通信卫星等多方面的贡献被选为美国国家工程院院士；挑战者号航天飞机升空失败爆炸，伽利略任务暂停；成立"阿瑟·克拉克奖"（Arthur C. Clarke Award），颁给在英国出版的最佳科幻小说，奖金由克拉克提供；出版长篇科幻小说《遥远的地球之歌》（*The Songs of Distant Earth*）。

1987 出版长篇科幻小说《2061：太空漫游》。

1988 获得巴斯大学文学荣誉博士学位；经诊断患有"小儿麻痹后综合征"，此后大半时间需以轮椅代步。

1989 受封大英帝国司令勋章（CBE）；伽利略号出发探索木星及其卫星系；出版与金特里·李（Gentry Lee）（伽利略任务总工程师）合著的长篇科幻小说《罗摩2号》（*Rama II*）。

1991 出版与金特里·李合著的长篇科幻小说《罗摩迷境》（*The Garden of Rama*）。

1992 获颁"国际科学政策基金会奖章"（International Science Policy Foundation Medal）。

1993 出版与金特里·李合著的长篇科幻小说《罗摩真相》（*Rama Revealed*）。

1994 美国国家太空协会（National Space Society）主席格伦·雷

诺兹（Glenn H. Reynolds）因克拉克于1945年提出的全球通讯卫星概念，提名他角逐诺贝尔和平奖。

1995 获颁美国国家航空航天局（NASA）"杰出公共服务奖章"。

1997 出版长篇科幻小说《3001：太空漫游》；入选科幻与奇幻名人堂（Science Fiction and Fantasy Hall of Fame）。

1998 受封下级勋位爵士（Knight Bachelor），由于克拉克身体状况不宜长途旅行，2000年，英国特派高级专员至斯里兰卡赠与爵位。

2001 探测火星地表矿物与辐射的探测卫星，被命名为"2001火星奥德赛号"（2001 Mars Odyssey）。

2003 澳洲发现的新种角龙类恐龙以克拉克命名，名为 Serendipaceratops arthurcclarkei；出版与斯蒂芬·巴克斯特（Stephen Baxter）合著的长篇科幻小说《时光之眼》（*Time's Eye*），为"时间奥德赛"（A Time Odyssey）系列第一部。

2004 南亚海啸时逃过一劫，但他所创办的潜水学校毁于一旦。

2005 获斯里兰卡政府颁赠最高荣誉公民奖，以表彰他对该国科学与科技方面的贡献；出版与斯蒂芬·巴克斯特合著的长篇科幻小说《太阳风暴》（*Sunstorm*），为"时间奥德赛"系列第二部。

2007   出版与斯蒂芬·巴克斯特（Stephen Baxter）合著的长篇科幻小说《长子》（*Firstborn*），为"时间奥德赛"系列最后一部。

2008   3月19日病逝于斯里兰卡，享年91岁。其墓碑上写着：他从未长大，但从未停止成长（He never grew up，but he never stopped growing）。

"太空漫游"的20个幕后故事

1，根据《2001：太空漫游》特效总监道格拉斯·特朗布尔（Douglas Trumbull）所说，影片拍摄的总镜头是最后成片的200倍。拍摄时间也比预计的晚了16个月，预算也从最初的500万美元，飙升到1200万美元。

2，《2001：太空漫游》的首映礼完全是场灾难。在纽约举行首映时，一共有241人走出剧院，包括著名演员罗克·赫德森（Rock Hudson），他说："谁能告诉我这部电影他妈到底在讲什么？"

3，尽管阿瑟·克拉克曾说过："如果有人觉得完全弄懂了《2001：太空漫游》，那一定是我们弄错了。我们想要提出的问题远超过我们给出的答案。"不过，克拉克也对这部电影太难理解有些担心，所以在小说版和后续作品中更详细地解释了故事内容。

4，在纽约首映之后，库布里克也对影片做了修改。为加快影片情节的节奏，他剪掉了19分钟画面，从原来的161分钟，减少到大规模上映时的142分钟。

5，《2001：太空漫游》可以称得上是一部默片。电影前25分钟和最后23分钟都没有对话，再加上其他零碎的无对话部分，片中大概有88分钟没有对白。

6，电影起初在票房上并不成功，在放映将近一个月后，米高梅打算撤映。不过几位影院老板说服米高梅继续放映，说这几天坐在影院前排的年轻人越来越多，因为当时刚好掀起了吃迷幻药和抽大麻的风潮，这些年轻人很喜欢这部电影给他们带来的迷幻效应，最终成为当年全美最卖座的电影。随着不断重映，其全球累计票房已达到1.9亿美元。

7，哈尔9000的最初设定是一个女性，叫作雅典娜。哈尔在关机时唱的那首《黛西·贝尔》，灵感来源于贝尔实验室。1961年，贝尔实验室IBM 7094计算机合成的第一首由电脑唱出的歌，就是《黛西·贝尔》。影片里的视频电话也来源于贝尔实验室发明的视频电话，1964年在纽约世界博览会展出时，非常受欢迎。

8，据克拉克透露，库布里克想在劳埃德保险公司那里买下一份保险，以防止电影上映前发现外星智慧生命而造成损失，不过劳埃德拒绝了。卡尔·萨根说："在20世纪60年代，人类还没有进行过外星文明的探索，在几年的时间内发现外星人的机会非常小，劳埃德错过了一次很好的赚钱机会。"

9，这部电影是阿姆斯特朗登月前最近的一部描写人类在月球上的电影。50多年后，仍有人认为这不是巧合，他们声称阿姆斯特朗登月的镜头都是库布里克用这部电影剩下的场景和道具搞的恶作剧。

10，库布里克对克拉克的第一印象是个隐士，而克拉克对库布里克的第一印象是个"顽童[1]"。1963年，米高梅发给克拉克的电报上写道："斯坦利·库布里克，《奇爱博士》《光荣之路》导演，有兴趣拍摄外星人电影。你有兴趣吗。他怀疑你是个隐士。"克拉克这样回复："极其有兴趣和顽童一起工作。联系我的经纪人。是什么让库布里克认为我是一个隐士。"

11，迷幻摇滚乐队平克·弗洛伊德曾一度要为影片创作配乐，不过他们因为其他工作放弃了。但他们在某种程度上仍和这部

---

1 Enfant terrible，原是"可恶的小孩"之意，后来引申为那些行为乖张不合常理却又在某方面有特殊才华的年轻人。

电影保持着联系。1971年，平克·弗洛伊德发行的专辑《Meddle》中的《Echoes》就完美适合电影最后的"Jupiter & Beyond the Infinite"部分，时长都是23分钟。

12，在筹备影片之初，库布里克、克拉克曾邀请卡尔·萨根一起吃饭。萨根认为外星人与地球人毫无相似之处，如果打造出类人外星人，那么影片的基本要素就已经失实了，他建议影片只暗示出地外文明，而不是去清晰描绘。不过，库布里克并不怎么待见萨根，并对克拉克说："摆脱他……我不想再见到他。"在接下来几年的时间里，库布里克一直在尝试怎么去表现外星人，最终库布里克意识到自己无法表现上帝的样子。

13，米高梅曾这样宣传本片："《2001：太空漫游》中的一切都将在未来30年里成为现实。"尽管有些夸大其词，但其中的很多预言都得以应验，如电脑的普及、平板显示器、运用航天科技制造的玻璃座舱、声控电脑、电话号码位数增多、电脑在人机对抗棋局中打败人类等等。2011年，三星控告苹果ipad非苹果独有时，他们就用了这部电影里出现的平板电脑作为证据之一。

14，电影里有一个明显不符合物理常识的场景。鲍曼在未戴宇航头盔的情况下打开船舱，从舱外钻进发现号时，是憋着气的。

其实人在真空中憋气会导致肺部破裂。克拉克说这个错误之所以会发生是因为拍这场戏时，自己不在现场。

15，早在电影上映两年前，小说已基本完成。但库布里克推迟了出版，认为这本书还没准备好。这也直接导致了小说的原出版社戴尔（DELL）出版社，在1967年取消了合约。克拉克在这部电影和小说上投入了大量时间和金钱，但除非这部小说出版，否则克拉克不会获得任何报酬，由于库布里克的反复拖延，导致克拉克的债务不断增加，也一度激怒了克拉克。

电影上映后，由于初期口碑并不好，除了新美国图书馆（New American Library），没有任何出版社有意向出版。新美国图书馆的总裁看过这部电影，但根本不知道在讲些什么，不过被克拉克说服了。6月发行精装本，7月发行平装本，评论界似乎比电影更喜欢这本书，一年后，这本书销量超过了1百万册。如今，"太空漫游"四部曲全球总销量已经超过2000万册。

16，漫威还曾打破次元壁，将《2001：太空漫游》画进了二次元。1976年，作为美国著名漫画家杰克·科比（Jack Kirby）重回漫威漫画公司的一部分，他将《2001：太空漫游》改编成10期的系列漫画。而漫威的另一个灵魂人物斯坦·李也是克拉克的忠实粉丝，他曾透露：如果世界上还有一件事情是他最想做的，那就是制作一部《童年的终结》电影，这是他最喜欢的书之一。

17，1964年5月，克拉克离开斯里兰卡不仅是为了与库布里克合作《2001：太空漫游》，同时他还前往华盛顿为美国航空航天局献言献策。阿波罗计划的负责人曾向他征求了一旦他们成功登上月球之后该做什么。美国航天局曾说，克拉克为他们的登月提供了最重要的知识动力。

18，2008年，在影片上映40周年之际，美国航天员加勒特·瑞斯曼在国际空间站发来贺词，他说："40年前，一部视觉惊人的电影，激发了我们的想象力，为我们在太空中的未来提供了真实的影像。那部电影，当然就是《2001：太空漫游》……我们都是克拉克和库布里克在40年前设想的美好未来中的一部分，我们只是履行他们的诺言。"

19，2018年，为庆祝电影上映50周年，克里斯托弗·诺兰亲自监制《2001：太空漫游》70mm胶片修复版，并在戛纳电影节上举行了首映。他说："这部电影让我产生了要成为一名电影人的愿望，将观众带到超出他们想象的地方。《2001：太空漫游》是第一部向我展示电影可以拥有无限可能的电影。"

20，2019年中国春节档，上映的两部科幻大片《流浪地球》和《疯狂外星人》都在不同程度上致敬了《2001：太空漫游》。《流浪地球》里的莫斯（Moss）致敬了电影里的哈尔9000，《疯狂外星人》则用了电影里最著名的配乐《查拉图斯特拉如是说》。郭帆、刘慈欣、吴京在接受采访，被问到最喜欢的科幻电影时，说的电影都是《2001：太空漫游》。

他们说"太空漫游"

中国篇:

我所有作品都是对《2001: 太空漫游》的拙劣模仿,科幻文学在此达到了一个顶峰,之后再也没有人能超越,即使是克拉克本人。

——**刘慈欣**(《三体》《流浪地球》作者)

1980年的一个冬夜,一位生活在斯里兰卡的英国人改变了我的一生,他就是西方科幻三巨头之一的阿瑟·克拉克,我看到的书是《2001: 太空漫游》。当我翻开那本书时,发现那梦想中的东西被人创造出来了。

——**刘慈欣**(《三体》《流浪地球》作者)

记得20年前的冬夜,我读完克拉克的《2001: 太空漫游》,出门仰望夜空,突然感觉周围一切都消失了,脚下大地变成了无限延伸的雪白光滑的纯几何平面。在这无垠广阔的二维平面上,在壮丽的星空下，就站着我一个人，孤独地面对着人类头脑无法把握的巨大的神秘。从此以后，星空在我的眼中是另外一个样子了，那感觉像离开了池塘看到了大海。这让我深深领略科幻小说的力量。

——**刘慈欣**（《三体》《流浪地球》作者）

《流浪地球》的莫斯是在致敬《2001：太空漫游》里的哈尔9000。但莫斯没有哈尔有那么多人性的部分。电影是阿瑟·克拉克和库布里克两位大师一起创作的，但凡名字里有"克"的都很厉害。我觉得这部电影始终是一个丰碑，它就像电影里的黑石碑一样，是神秘的、永恒的、不朽的。

——**郭帆**（《流浪地球》导演）

我非常崇拜库布里克，关于《2001：太空漫游》我无法说清它究竟是一部怎样的电影，我当年第一次看这部影片时，它深深地吸引了我，那种感觉就像吃了迷幻药之后的幻觉经历。

——**李　安**（《少年派的奇幻漂流》《卧虎藏龙》导演）

我重读它时更多的是激动，每个人心里都有一个关于太空的梦想，不管这个梦想是什么，读这本书更多的感觉到的不是克拉克的过时，是他预见的深刻性和准确性……

——**韩　松**（著名科幻作家，中国科幻银河奖得主）

还没看过《2001：太空漫游》的地球人要抓紧恶补一下了。这非常有助于你为即将快速到来的全民太空时代做好最基础的准备。

——**姬十三**（果壳网CEO）

至于我自己，为什么要写作科幻呢？要回答这个问题，我必须回到我13岁时，读完阿瑟·克拉克的《2001：太空漫游》后，仰望星空，觉得宇宙如此的浩瀚，而我自己特别渺小……就是这种原初的感动和敬畏，让我开始拿起笔来写作，创作我自己的科幻世界。

——**陈楸帆**（科幻作家，《荒潮》作者）

克拉克在文字上较注重文学性，总是以优美的文笔娓娓道来。另一方面，由于本身的学术背景，他对科技细节的描写也是精确无比，给人一种身历其境的真实感。至于故事性与戏剧张力，反而不是他强调的重点。换句话说，克拉克是以散文诗的语体来撰写科幻小说，且执著于哲理上的探讨与科学上的考证，因此读者必须细细咀嚼，才能品尝出其中特有的浓郁香醇。

——**叶李华**（科幻作家，《银河帝国》译者）

克拉克的作品非常有深度，每一部、每个环节都是有逻辑在里面的，同时在细节里面展示出它的一些人性思考。

——**李　淼**（理论物理学家，科普专栏作家）

使大刘成为大刘的一套书。喜欢大刘的人能不看吗？非看不可！反复读才是！

——**吴　岩**（科幻作家，中国科普作家协会副理事长）

阿瑟·克拉克创作于1968年的《2001：太空漫游》问鼎最佳科幻作品的首座，这部史诗般的科幻作品场面宏大，气势雄伟，展现出人类的过去、现在以及可能的未来，成为整个科幻界至今难忘的经典之作。

——**星　河**（科幻作家，曾获国家"五个一工程"奖）

阿瑟·克拉克是我最喜爱的科幻作家，他的作品属于真正的未来学范畴。

——**江　波**（《科幻作家，《银河之心》系列作者》）

外国篇：

《2001：太空漫游》的叙事方式与我们习惯看故事的方式是相反的，在库布里克最后的几年，我们曾经探讨过这部电影的叙事方式，他一直坚持说："我想改变叙事方式，我想要制作出一部改变已有的叙事方式的电影。"我说："你的《2001：太空漫游》难道不是已经做到了吗？"

——史蒂文·斯皮尔伯格（《辛德勒的名单》导演）

看库布里克的电影就像是在仰望山峰，你抬头望着，并在想，怎么会有人爬得那么高。

——马丁·斯科塞斯（《出租车司机》《愤怒的公牛》导演）

这是人们第一次认真对待科幻小说电影。斯坦利·库布里克制作了一部前所未有的科幻电影。在我看来，很难有人能够超越他拍一部更好的电影。

——乔治·卢卡斯（《星球大战》导演）

直到今天，《2001：太空漫游》仍然是史上最伟大的科幻电影。当我们的电影特效变得越来越壮观时，《2001：太空漫游》提醒我们，壮观特效场面背后的思想仍然是最重要的。

——詹姆斯·卡梅隆（《阿凡达》《泰坦尼克号》导演）

这是最令人惊奇的经历之一，这部电影不像我曾经看过的任何一部电影。我已经习惯了科幻小说中里涉及更多的幻想，但《2001：太空漫游》却不是幻想，也不是冒险，但同样迷人。库布里克是一个非常关心电影语言的人。比起他其他任何电影，库布里克在《2001》里找到了自己真正的电影语言。

——阿方索·卡隆（《地心引力》《罗马》导演）

你看《2001：太空漫游》的剪辑，这种巨大的进步——实现这一目标的信心实际上无比巨大。在我自己的制作中我是否喜欢去拍摄那样的电影？当然，但我认为我没有勇气去拍摄，这就是为什么斯坦利·库布里克只有一个。我真的相信他是独一无二的，但你可以因此受到鼓舞，拥有那样的自信。

——克里斯托弗·诺兰（《星际穿越》《盗梦空间》导演）

斯坦利在《2001：太空漫游》里的电影设计影响了每个人，我从来没有摆脱过这部电影的影响，即使是到了《普罗米修斯》，也还在影响我。

——雷德利·斯科特（《银翼杀手》《异形》导演）

他敢于重新想象空间和时间。《2001：太空漫游》是第一部用真实的物理学拍摄的科幻电影，库布里克向观众介绍了一个零重力的世界，这里没有上下左右的重力。不管CGI一开始看起来有多好，它很快就会过去。但《2001：太空漫游》永远不会过时。

——达伦·阿伦诺夫斯基（《黑天鹅》《梦之安魂曲》导演）

我记得我的脑子完全炸开了，我记得看《2001：太空漫游》的时候，我想我必须为太空旅行做好准备。

——大卫·芬奇（《消失的爱人》《搏击俱乐部》导演）

早在1968年，早在2001年。我们现在仍然在努力制作出与此类似的优质电影。

——埃德加·赖特（《僵尸肖恩》《极盗车神》导演）

《2001：太空漫游》向你展示了科幻电影的创意标杆，它有两个伟大创意：一是与外星人的初次相遇；二是可能是电影或任何叙事作品中对人工智能最好、最深入、最智能的描述。

——亚力克斯·嘉兰（《机械姬》导演）

《2001：太空漫游》的结尾让我印象深刻。我不知道它到底有什么含义。但我知道它很美，它告诉我很多事情，虽然我不太明白，但它引发我思考。

——特瑞·吉列姆（《妙想天开》导演）

这不仅仅是一部电影，而是一种精神体验。你必须把自己沉浸在其中，相信库布里克目的是让我们理解我们与宇宙的关系。你看得越多，问的问题就越多。

——莱昂纳多·迪卡普里奥（《泰坦尼克号》男主角）

《2001：太空漫游》是我最喜欢的电影。我永远看不够。你能一遍又一遍地看它，并思考它想要表达的。我还能再看它200遍。

——汤姆·汉克斯（《阿甘正传》男主角，奥斯卡影帝）

我和汤姆·克鲁斯一起深入研究过《2001：太空漫游》，他是库布里克的电影迷。我被库布里克的伟大惊呆了，当我要拍《大开眼戒》去见他时，库布里克对我来说就已经是上帝了。

——妮可·基德曼（《时时刻刻》《冷山》女主角）

无论是小说还是电影，《2001：太空漫游》都开启了人们探索未来和太空的心智。

——尼尔·盖曼（《美国众神》《北欧众神》作者）

阿瑟·克拉克和阿西莫夫的作品，让我走上了成为科幻作家的道路。

——**特德·姜**（《降临》原著作者）

克拉克对我产生了很大的影响……克拉克的英文是很优美的，不是花哨，而是在选择用语的时候非常抒情、优雅。当有很多种可选择的表达时，他总是很仔细地选择。所以他对我的影响来自这三方面：他的风格、他对抽象问题的探讨和他的表达。

——**罗伯特·索耶**（雨果奖、星云奖得主）

无与伦比的创造力和批判精神，激烈澎湃地喷发而出——换一个时代，人们会用斧头对待这样的天才。

——**大卫·布林**（美国科幻作家，雨果奖、星云奖得主）

阿瑟·克拉克是20世纪最有影响力的作家之一。直到今天，我在写作时仍会不时参考他的作品。

——**格雷格·贝尔**（美国科幻作家，雨果奖、星云奖得主）

刘慈欣获"克拉克想象力服务社会奖"演讲

先生们、女士们,

晚上好:

很荣幸获得克拉克想象力服务社会奖（Clarke Award for Imagination in Service to Society）。

这个奖项是对想象力的奖励，而想象力是人类所拥有的一种似乎只应属于神的能力，它存在的意义也远超出我们的想象。有历史学家说过，人类之所以能够超越地球上的其它物种建立文明，主要是因为他们能够在自己的大脑中创造出现实中不存在的东西。在未来，当人工智能拥有超过人类的智力时，想象力也许是我们对于它们所拥有的唯一优势。

科幻小说是基于想象力的文学，而最早给我留下深刻印象的是阿瑟·克拉克的作品。除了儒勒·凡尔纳和乔治·威尔斯外，克拉克的作品是最早进入中国的西方现代科幻小说。在上世纪八十年代初，中国出版了他的《2001：太空漫游》和《与罗摩相会》。当时文革刚刚结束，旧的生活和信仰已经崩塌，新的还没有建立起来，我和其他年轻人一样，心中一片迷茫。这两本书第一次激活了我想象力，思想豁然开阔许多，有小溪流进大海的感觉。读完《2001：太空漫游》的那天深夜，我走出家门仰望星空，那时的中国的天空还没有太多的污染，能够看到银河，在我的眼中，星空与过去完全不一样了，我第一次对宇宙的宏大与神秘产生了敬畏感，这是一种宗教般的感觉。而后来读到的《与罗摩相会》，也让我惊叹如何可以用想象力构造一个栩栩如生的想象世界。正是克拉克带给我的这些感受，让我后来成为一名科幻作家。

现在，三十多年过去了，我渐渐发现，我们这一代在上世纪六十年代出生于中国的人，很可能是人类历史上最幸运的人，因为之前没有任何一代人，像我们这样目睹周围的世界发生了如此巨大的变化，我们现在生活的世界，与我们童年的世界已经完成是两个不同的世界，而这种变化还在加速发生着。中国是一个充满着未来感的国度，中国的未来可能充满着挑战和危机，但从来没有像现在这样具有吸引力，这就给科幻小说提供了肥沃的土壤，使其在中国受到了空前的关注，做为一个在六十年代出生于中国的科幻小说家，则是幸运中的幸运。

我最初创作科幻小说的目的，是为了逃离平淡的生活，用想象力去接触那些我永远无法到达的神奇时空。但后来我发现，周围的世界变得越来越像科幻小说了，这种进程还在飞快地加速，未来像盛夏的大雨，在我们还不及撑开伞时就扑面而来。同时我也沮丧地发现，当科幻变为现实时，没人会感到神奇，它们很快会成为生活中的一部分。所以我只有让想象力前进到更为遥远的时间和空间中去寻找科幻的神奇，科幻小说将以越来越快的速度变成平淡生活的一部分，作为一名科幻作家，我想我们的责任就是在事情变的平淡之前把它们写出来。

但另一方面，世界却向着与克拉克的预言相反的方向发展。在《2001：太空漫游》中，在已经过去的2001年，人类已经在太空中建立起壮丽的城市，在月球上建立起永久性的殖民地，巨大的核动力飞船已经航行到土星。而在现实中的2018年，再也没有人登上月球，人类的太空中航行的最远的距离，也就是途经我所在的城市的高速列车两个小时的里程。与此同时，信息技术却以超乎想象的速度发展，网络覆盖了整个世界，在IT所营造的越来越舒适的安乐窝中，人们对太空渐渐失去了兴趣，相对于充满艰险的真实的太空探索，他们更愿意在VR中体验虚拟的太空。这像有句话说的："说好的星辰大海，你却只给了我脸书。"[1]

这样的现实也反映在科幻小说中，克拉克对太空的瑰丽想象已经渐渐远去，人们的目光从星空收回，现在的科幻小说，更多地想象人类在网络乌托邦或反乌托邦中的生活，更多地关注现实中所遇到的各种问题，科幻的想象力由克拉克的广阔和深远，变成赛

1　出自美国宇航员巴兹·奥尔德林（Buzz Aldrin, 1930— ），原文为：You promised me Mars colonies, instead, I got Facebook。直译为：你许诺我火星殖民地，我却只得到脸书。

博朋克的狭窄和内向。

作为科幻作家，我一直在努力延续着克拉克的想象，我相信，无垠的太空仍然是人类想象力最好的去向和归宿，我一直在描写宇宙的宏大神奇，描写星际探险，描写遥远世界中的生命和文明，尽管在现在的科幻作家中，这样会显得有些幼稚，甚至显得跟不上时代。正如克拉克的墓志铭："他从未长大，但从未停止成长。"

与人们常有的误解不同，科幻小说并不是在预测未来，它只是把未来的各种可能性排列出来，就像一堆想象力的鹅卵石，摆在那里供人们欣赏和把玩。这无数个可能的未来哪一个会成为现实，科幻小说并不能告诉我们，这不是它的任务，也超出了它的能力。

但有一点可以确定：从长远的时间尺度来看，在这无数可能的未来中，不管地球达到了怎样的繁荣，那些没有太空航行的未来都是暗淡的。

我期待有那么一天，像那些曾经描写过信息时代的科幻小说一样，描写太空航行的科幻小说也变的平淡无奇了，那时的火星和小行星带都是乏味的地方，有无数的人在那里谋生；木星和它众多的卫星已成为旅游胜地，阻止人们去那里的唯一障碍就是昂贵的价格。

但即使在这个时候，宇宙仍是一个大的无法想象的存在，距我们最近的恒星仍然遥不可及。浩瀚的星空永远能够承载我们无穷的想象力。

谢谢大家。

《2001：太空漫游》译后记

影像与文字的盛宴

1968年，《2001：太空漫游》的电影和小说分别问世，各自奠定了在影史与小说史上的地位。

一般而言，电影和小说总有主从之分，或是电影改编自小说，或是小说延伸自电影。但是《2001：太空漫游》却十分特别。正如克拉克在本书序里所言，起初他们是想在"着手那单调又沉闷的剧本之前，先来写本完整的小说，尽情驰骋我们的想象，然后再根据这本小说来开发剧本"，然而，后来他们却"小说和剧本同时在写作，两者相互激荡而行"。最后，在1968年春天，电影和小说几乎同时问世——电影早了几个月。

也因此，《2001：太空漫游》的电影和小说一直被视为各自独立的创作，谈到电影，大家会说是"库布里克的《2001》"，谈到小说，大家会说是"克拉克的《2001》"。的确，虽然在讲同样的一个故事，但却各自具有不同的生命，是完全不同的个体。

所以，任何一个看过电影《2001》的人，都不能错过小说《2001》；任何一个读过小说《2001》的人，也不能错过电影《2001》。

这么说，是因为库布里克和克拉克的创作，分别代表了影像与文字两种不同语言的创作特质与极致。

《2001》的故事，大致可以分为三部分：

第一部分，是猿人遇上黑石，后来进化为人类的过程。第二部分，是人类在月球上发现黑石，到鲍曼和不受控制的计算机哈尔9000对决。第三部分，是鲍曼独自在宇宙里漂泊，再度和黑石相逢，到"星童"的出现。

我觉得，就第一部分而言，电影和小说的表达，各擅胜场。电影的影像和小说的文字，分别以其独特的方式，陈述了太初的混沌与启蒙的黎明，各有其震撼与动人之处。

第二部分，电影要比小说出色。小说花费许多文字来陈述先进的科技细节，不免累赘，而电影则直接以令人瞠目结舌的特效影像，把故事讲得干净利落。

但第三部分，则是小说要胜过电影一筹。用电影来呈现鲍曼的经历，显现了以影像来描绘玄奥之不足，很多人看不懂这个部分是当然的事。然而，对于玄奥，文字却恰好最能发挥所长。小说在这个部分做了最精采也最充分的发挥。

我们应该感谢库布里克和克拉克。透过这样一个相辅相成的计划，他们分别在自己最专长的领域里，让我们体会到不同媒介的创作极致——极致中的淋漓，以及淋漓中的不足。

我先是喜欢电影《2001》，因而起了要把小说《2001》出版的念头，后来，又起了自己动手翻译的念头。到了实际翻译的过程，才真正爱上了小说《2001》。

当然，有爱就有恨。

虽然早就有心理准备，知道这部小说不好翻译（不然也不会在三十多年来一直没有正式译本），但是到身历其境时，才知道"自找麻烦"的意味何在。偏偏加上翻译的这段时间，是我自己在进行一些新的计划，工作压力十分沉重的阶段，每天回家与《2001》文字搏斗的过程，不啻梦魇。

因而我必须要感谢一些人。没有他们的帮助与指点，《2001》的翻译不可能完成。

首先要感谢马庄穆（John McLellan）。我在二十多年前就承蒙他指点英文的学习，这次我敢接这个翻译工作，其实是从一开始就想到有他这个后援。

再来是廖立文。我在二稿完成后，几乎没有力气再做任何修正。他帮我仔细看过一遍，不但指出许多问题，也让我又打起精神做了第三稿的润饰。

再来是叶李华教授和吴鸿小姐，他们花了大量时间解答关于科学和天文学上的许多疑难。叶教授还在他新婚之禧的前一天，让我占用他一个下午，解决了不少问题，也分享了他的喜气。

李伟才先生为我提供一个关键的解释；台湾商务的编辑汤皓

全，非常细心地在编辑作业上提供我协助，也在这里一并致谢。

至于这本译作不免还是存在的问题与疏漏，则全是我的责任，万请不吝赐教。

在我工作与翻译交相煎熬的过程中，有一个晚上几乎想半途而废。

但是突然想起前面翻译过的某个段落，于是又翻回去读读。那是在第一章：

　　就这样，望月者和同伴嚼着各种浆果、水果和树叶，顶过饥饿的痛苦——就在他们周遭、和他们争夺相同草料的，就是他们想都没想到的潜在食物来源。然而，千千万万吨多肉多汁、徜徉在疏林草原和灌木林里的动物，不只非他们能力所及，也非他们想象所及。他们身处丰饶之中，却逐渐饥饿至死。

是的，"他们身处丰饶之中，却逐渐饥饿至死"。

这句话给了我非常大的震撼与启发，不论在翻译这本书还是在翻译之外的工作上，都给了我继续摸索前进的勇气与力量。

这一点是要谢谢克拉克的。

郝明义

于2001年

《2010：太空漫游》译后记

创作不违背科学知识

《洛杉矶时报》曾将本书作者克拉克誉为"太空时代的桂冠诗人",确实是实至名归。自1968至1997年将近三十年间,他写了四本太空漫游的科幻作品:

《2001:太空漫游》（1968年出版）

《2010:太空漫游》（1982年出版）

《2061:太空漫游》（1987年出版）

《3001:太空漫游》（1997年出版）

每本书都已经成为经典之作。从书名上来看,这四本书似乎是一系列的作品;诚然,主角弗洛伊德和绰号"老大哥"的黑色石板贯穿全场,但克拉克一直强调,他尽量让每本书"自成一个体系",并且尽量"不违背目前的科学知识"。因此,假如读者手上只有这本《2010:太空漫游》,请放心读下去,绝无前后连贯不上的问题。这是译者要特别强调的一点。

其次,"不违背目前的科学知识"也是克拉克作品的最大卖点。一般科幻小说作者多无科学知识背景，写出来的作品虽名为科幻，其实除了卖弄一些科学名词之外，毫无科学内容可言。乍看之下似乎也没什么不好，但若读者不察，将其所言当真，那问题可就大了。在学校教室里，在网络科学讨论区里，在社会的各个角落里，都可发现许多"伪科学"（pseudoscience）到处流窜，这恐怕是当初始料所未及的。

说到科学知识，又引出了另一个话题。英国大儒斯诺（Charles P. Snow）在其巨著《两种文化》中说，现代社会中的两种文化——"科学"与"人文"——永远没有交集，永远无法沟通。对一般人来说似乎是如此，但在克拉克的作品里，却能够在这两种文化之间找到一个平台，将两者天衣无缝的融合在一起。例如，在本书第14章及第29章里，他巧妙地将莎士比亚的戏剧《凯撒大帝》里的台词融入书中的情节；在第16章里，他用托尔金的《魔戒》里的"魔多"，来描述木卫一上的地狱景象；甚至在第44章里，他以托尔斯泰的《克莱采奏鸣曲》来暗喻主角弗洛伊德的婚姻悲剧。

同时，克拉克在作品中也无时无刻展现其文字技巧：他喜欢卖弄双关语，增加读者的阅读趣味。例如，在第17章里，他用了feet first及crawling down ladders等双关语来突显书中人物的机智；在第47章里，他又以nuts-and-bolts来做文章，突显自己的幽默感。

克拉克被誉为"桂冠诗人"，绝非浪得虚名。

在许多人的印象中，科学被视为硬知识，但在克拉克笔下，所有硬梆梆的科学知识都变成绕指柔。看完他的作品之后，你自然而然地了解什么是"低温睡眠"，什么是"弹弓效应"，什么是"拉格朗日点"。

本书的主题是列昂诺夫号远征木星的始末。原来早在2001年，美国就曾经派遣"发现号"前往探测，但在任务末期，宇宙飞船的计算机哈尔突然叛变，造成船上五名航天员四死一失踪。失踪的是舰长鲍曼，他在失踪前传回地球的最后一句话令人不解："上帝啊，全是星星！"于是"列昂诺夫号"奉派前往一探究竟，因而展开一趟如荷马史诗般壮阔的太空之旅……

除了这个主题之外，还有两个副题。第一个副题是中国秘密建造宇宙飞船"钱学森号"，想要抢先抵达"发现号"现场，夺取计算机中的宝贵数据。中国人很聪明，但人算不如天算……

第二个副题是原先失踪的鲍曼经历一段奇遇，已经蜕变成非物质的个体，突破时空限制返回地球，从事一趟刻骨铭心的生命之旅……

列昂诺夫和钱学森都是确有其人，而且都是克拉克的旧识。列昂诺夫是俄国人，1934年5月30日生于俄罗斯的利斯特维扬卡。他是苏俄时期的第一批航天员，于1965年成为史上第一位在宇宙飞船外漫步的航天员。目前已经退休，在莫斯科担任一家投资公司的总裁。

钱学森是中国人，1911年12月11日生于上海，祖籍浙江杭州人。1935年8月获庚子赔款奖学金赴美国麻省理工学院深造，1936年转往加州理工学院拜在冯·卡门下；1939年获博士学位。1947年娶蒋百里的女儿蒋英为妻。他曾经是中国飞弹和太空计划的主要领导人之一。

本书既然是一本科幻小说，当然无法免俗不得不谈到"UFO""外星人"及其他超自然的东西。但克拉克在处理这些话题时，都有他独特的见解，而不落入一般科幻小说的窠臼。比如说，他认为"UFO"被一些不懂科学的人加油添醋炒过了头，因此在第34章里对所谓的"目击者"有不客气的批判。又如，他在第51章里对于所谓的"外星人"有简单的描述，但有趣的是，在整章中——甚至于整本书里——绝口不提"外星人"三个字！也许身为严谨科学家，他有他的苦衷吧。因此讲了老半天，大家也搞不清楚应该称呼"它们"或"他们"……这一点就请读者自己发挥想象力吧！

本书的场景主要设定在木星系统，亦即木星本身，及其周围的卫星（简称为"木卫"）。木星是太阳系中最大的行星，其半径约为地球的十一倍，质量约为地球的三百一十八倍。木星的主要成分是氢，最外层是气态，下去是液态，再下去是金属状的固态。假如它的质量大一点的话（其实要大很多——至少大七十倍），有可能点燃核反应，而成为另一颗恒星。所以有些天文学家将它戏称为"failed star"（未成功的恒星）。

木星至少有六十三颗卫星，其中最大的四颗——木卫一（艾奥）、木卫二（欧罗巴）、木卫三（盖尼米得）、木卫四（卡利斯托）——是伽利略发现的，故统称为"伽利略卫星"，都在靠近木星内围轨道上，由于非常靠近，因此受木星重力的影响也最大。

　　木星的巨大重力吸引着每一颗卫星，除了使卫星沿着各自的轨道运转之外，还会时时让卫星稍微变形，称为"潮汐力"——假如卫星上有海洋的话，"潮汐力"会造成类似地球上的潮汐现象。"潮汐力"会产生两个重要的结果：一是卫星内部会产生热能，让温度升高；二是让卫星自转逐渐减缓，最后永远以同一面朝向木星。（假如你夜夜观察我们的月亮，你会发现它也是永远以同样的一面对着我们。）

　　木星与地球一样有磁场，但强度约为地球的十倍，总能量约为地球的两万倍，是太阳系里最大的行星磁场结构。磁场里有一大群粒子来回狂奔。根据电磁理论，带电粒子在磁场中永远以"螺旋线"路径绕着磁力线运动，形成"电流"，而且无论磁力线如何分布，"螺旋线"路径永远包围同一束磁力线，形成所谓的"磁流管"（flux tube），"电流"就在"管道"里流动。木星与木卫一之间的通管最为明显。

　　西方有些书评人喜欢谈论科幻作品的"宗教"层面，在此译者也凑个热闹。本书的主角之一是一块黑色的长方形石板（monolith）——作者为什么会选一块石板大作文章呢？为什么不是铁板或是什么板？会不会是摩西从西奈山取回石板的典故给予作者的灵感？而且，这个石板会有许多"分身"，这会不会是印度教的"Avatar"（化身）观念的翻版？我想这些问题只有由作者本人来回答了。

克拉克在原书书末的"致谢"里有特别感谢四个人：

瓦莱丽（Valerie）和赫克托（Hector）——提供我的"维生系统"；

切莲（Cherene）——提供每写完一章之后的热吻；

史蒂夫（Steve）——随侍在侧。

译者在近两个月的翻译期间，也有一个人为我提供"维生系统"、提供热吻，及随侍在侧，这个人就是我的内人黄美兰，在此特别感谢她！

张启阳

于2006年2月

高雄，清河堂

《2061：太空漫游》译后记

科学精准与诗意兼具

哈雷彗星是人类最早发现的一颗周期彗星，每隔大约七十六年，它都会回到太阳附近，掠过近日点之后再度远扬。当它在近日点前后几个月里，地球上的人可以在天空中看到它——一个明亮的彗核拖着两条长长的尾巴。

根据历史的记载，早在公元前240年（或许更早），中国的天文学家就已经观察到它。其后的每次出现，都引起全世界天文学家的注意，并且留下详细的纪录。

西方有些神学家认为，圣经里面所记载的"伯利恒之星"，事实上就是公元前12年出现的哈雷彗星。

著名的美国小说家马克·吐温曾于1909年写道："我于1835年随着哈雷彗星来到这个世上。它明年又要来了，我希望能随它而去。"果然一语成谶。

上次哈雷的造访是在1986年，当时欧洲太空总署、俄国、法国、日本等国都曾发射探测船，作近距离的探测。美国则出师不利，"挑战者号"的失事让一切成为泡影。

那么下次呢？哈雷彗星什么时候再来？到时候会发生什么有趣

的事？就让本书《2061：太空漫游》作者克拉克来告诉你吧！

话说2061年哈雷再度造访时，香港的钟氏太空公司有意利用这个机会，为前景看好的太空旅游业打响广告，于是派遣旗下最新式、最豪华的宇宙飞船"宇宙号"前往与彗星会合。为增加广告噱头，舰上除了船员和科学人员之外，公司特地遴选了六位颇有知名度"贵宾"一同前往，其中包括本书主人翁弗洛伊德。

刚开始行程尚称顺利，"宇宙号"成功登陆彗星，科学家们开始探测，贵宾们则下船蹓跶。

但好景不长，宇宙号突然接到老板钟劳伦斯爵士的命令，必须立即结束彗星上的活动，兼程赶往木卫二去救人。原来，钟氏太空公司有一半资金来自非洲某个国家刚下台的白人政党在执政期间搜括而来的不义之财。为了报复，刚上台的黑人政权涉嫌派人劫持钟氏公司的另一艘宇宙飞船"银河号"，迫降在欧星上的加利利海……

银河号上的一位地质学家范德堡本来对欧星上唯一的高山宙斯山就很有兴趣，于是利用这个千载难逢的机会前往探究，结果发现宙斯山竟然是……

《纽约时报》书评曾经说克拉克是："一位描写宇宙奇观的大师，他的词句兼具科学的精准和抒情诗的意境。"克拉克自己也说，他的作品内容尽量"不违背目前的科学知识"，这是他一系列科幻作品最大的特色。一般所谓的科幻小说，由于作者多无科学知识背景，因此除了卖弄一些科学名词之外，实无科学内容可言。这类作品虽然名为科幻小说，其实已经接近神怪小说矣。

然而，科学究竟是什么呢？虽然人类已经进入21世纪，但对于"科学"的定义仍然时有争论。尤有甚者，一些显然不具科学内涵的学门也纷纷挂上科学之名，而且为自己量身订做一套科学的定义。

但身为严谨科学家的克拉克自有定见，他在本书第14章里就说："科学上有一个很重要的原则，就是不要轻信任何'事实'——无论已经反复证明多少遍——除非那个'事实'可以纳入某个公认的参考架构里。"他并且严正警告那些只会"大胆假设"而不知如何"小心求证"之徒："……通常百年也难出现一个伽利略或爱因斯坦，凡夫俗子最好安分一点，别老想吃天鹅肉。"这番见地可谓空谷足音，难能可贵。

在克拉克笔下，宇宙飞船的飞行都完全依照"天体力学"的要求。基本上，天体力学就是牛顿力学。根据天体力学，宇宙飞船在轨道上飞行是不用花费燃料的，只有当宇宙飞船变换轨道或变换速率时，才需要启动引擎。

当宇宙飞船在轨道上飞行时，舰上的人完全感觉不到重力，因此无法正常行走，只能飘来飘去。而当宇宙飞船变换速率（加速或减速）时，舰上就可感觉到重力，其大小与加速度成正比。

大家都知道，地球表面上的平均重力加速度约为9.8m/S^2，这个数值称为一个G，或1G；我们称地球表面为1G的环境。推广而言，当宇宙飞船的加速度为9.8m/S^{2}时，也称为一个G，舰上也是个1G的环境。所以假如你在本书里看到"七分之一G"，那就表示宇宙飞船具有9.8×（1/7）=1.4m/S^{2}的加速度，且舰上的重力大小只有地面上的七分之一。依此类推。

本书最大的特色在于：作者除了以生花妙笔描述宇宙奇观之外，同时也不忘时时与读者分享其内心的世界。举例来说，他透过主人公洛伊德表示，他跟当时许多人一样，自从看了"她"主演的《乱世佳人》之后，就深深爱上她了。这个"她"无疑就是指英国女演员费雯·丽。

一代佳人费雯·丽于1913年出生于印度的大吉岭，曾经两度获得奥斯卡最佳女主角奖（《乱世佳人》及《欲望街车》）；1945年经历流产之后，开始出现忧郁症；1953年在锡兰拍片时，精神濒临崩溃；这段往事本书中有提到。她参与演出的最后一部电影是1965年的《愚人船》，克拉克对这部片子略有着墨。1967年费·雯丽因肺结核去世，号称当代最美丽的女人确实留给世人无限的追思。

另外，克拉克也常抡起巨椽之笔，对某些人提出批判。例如：

"……他们是20世纪'UFO狂'的嫡系继承人……他根本就不应该去采访他们，还让他们公开胡说八道。"（见第11章）

"保罗大叔从来没听说过'披头士',也不知道他们吸食迷幻药吸得晕头转向的事。"(见第14章）

"无音乐修养者,必有叛逆、欺骗、和腐化。"(见第16章）

"他讨厌的是演员,他认为戏子无义,根本不是人。"(见第39章）

哇!如果这些话是由别人讲出来,早就被搡扁了。

或者有些读者很好奇,为什么作者将银河号迫降在木卫二欧罗巴上的地点命名为加利利海呢?本来,加利利海是位于今以色列北部加利利地区的一个淡水湖;因其形状略似竖琴,故希伯来文称之为竖琴湖。仔细看的话,加利利(Galilee)这个字与伽利略(Galileo)很像,欧星为伽利略卫星之一,因此将欧罗巴上的这片大海命名为加利利海,应该挺合理的。

此外,在历史上加利利与伽利略还有一段因缘。当年伽利略等人提出太阳中心论时,立即引来教会方面的反击。据说当时有一位多米尼克修道会的修士卡契尼(Caccini)首先发难,在讲道时引用《新约·使徒行传》中的一节经文:"Men of Galilee, why do you stand gazing up into heaven"(加利利人哪,你们为什么老是望天呢?)改成:"伽利略一帮人哪,你们为什么老是望天呢?"警告他们不要老是观察天体,而不顾教会的立场。

克拉克在本书最后讲到"三位一体"(Trinity)的概念(见第59章）。乍看之下似乎是画蛇添足之举,但实际上有其深刻的用意。根据书中的描述，主人公弗洛伊德年事已高（103岁），其臭皮囊即将腐朽、消失于无形，但他一生的知识记忆却没有随之而逝，而是继续存在于某个时空架构之中，永远不会消失。对此，克拉克在书中有一段有趣的描述：

"……那个……真正的弗洛伊德将会如何？"

"……他马上会死，只是不知道他已经获得永生。"

发现号宇宙飞船的主计算机哈尔与舰长鲍曼也有相同的遭遇。他（它）们的物质形体都已经消失无踪，但庞大的知识记忆也都以能量的形式存留下来。克拉克将这三者合而为一，发挥整体效果，成为"世界的守护者"。

"三位一体"是基督教神学里很重要的一环，也是最不容易理解的一环。但克拉克从物理学推出自己的一套看法，将三位一体的观念加以合理化（至少从物理学的角度）。

当弗洛伊德、哈尔和鲍曼仍旧以物质形体存在时，绝不可能融合成为三位一体，就如同物理学里的费米子（fermions），因受制于鲍里不兼容原理，无法同时存在于同一个物理状态。然而当上述三者的形体完全崩解，其毕生的知识、经验以能量的形式存留在某个时空架构中时，即可兼容而合一，就如同玻色子（bosons），不受鲍里不兼容原理的约束，可以同时存在于同一个物理状态。

请读者仔细品味第59章的文句，领略一下三位一体的奥妙。

最后，译者要特别感谢内人黄美兰老师，她在学校里教授物理学三十余年，是本书译文的第一位读者，也是最严厉的"检察官"，文中所有的物理观念都经她过目核可——但文责仍由译者概括承受。是为序。

张启阳

于2006年5月

高雄，清河堂

《3001：太空漫游》译后记

改变一生的那本书

　　是的，这本书改变了我的一生。不是说这书启发了我的科学思维或者激励我发明了什么重要仪器或什么重要理论。不，我不是科学家、甚至不能算科学爱好者。但要不是这本书，我恐怕只是一个很平凡的上班族，或者，只是一个家庭主妇。

　　话要从1998年说起。那时的我刚换了工作，吃不饱饿不死，心灵虽有点空虚但还算愉快地隐身于某公家机关。有天突然接到一通电话，那一头的人说，他叫叶李华。我还真的听过这个名字呢，因为我超爱看小说，除了文艺小说什么都看，家里就有一本他的《时空游戏》。

　　他说，他回台湾想推广科幻，他说，正在帮天下文化寻找翻译人才，他说，你要不要试试看？我们素昧平生，甚至不知道他怎么有我的电话。但总之，我很高兴地接受了，有机会总是好的嘛。不久后我收到天下寄来的试译稿，然后我们开始合译第一本书，也就是天下很辛苦才拿到版权的、克大师刚刚写好没多久的"太空漫游"四部曲的最终章——《3001：太空漫游》。

　　我当然知道克拉克是科幻巨擘，也知道科幻小说不会是简单的任务，但叶大哥倾囊相授，把过去几年在美国埋首翻译的经验与心得毫不藏私地传授给我。说好是合译，但他其实比较像老师。我们每周碰面一次，我事先准备好预定的章节，碰面时口译给他听，若他觉得有误解、误译或诠释得不够好，随时讨论，回家后我把当天的进度化为文字，下次碰面让他带回家看，这就是我们合译的方式。

那时只觉得自己第一本翻译的怎么就是这样硬的书。我几乎不具任何科学背景，从小数学就差，更别提物理化学。而这本书，除了科学、天文方面的用语、理论外，还有克爵士想象中目前的人类社会继续进化下去的状况。整本书旁征博引，在显示克老大的博学。幸好叶大哥是科学家，但文章里的每字每句，我们还是要推敲许久；书中人物随口的讨论，都必须查证再三。有一章讲普尔与可汗博士对艺术与美学的讨论，里面引经据典，还有各式各样的看法与辩论，在那个谷歌还没有无敌的年代，这种种细节，耗去我下班后的大部分时间。但你也能看到克爵士的前瞻性。他想象中公元3001年的人类不再食用动物制食品，理由是大型的传染病，看看疯牛病、口蹄疫、禽流感，我看人类可能真的会有这么一天。这里我就不再强调他作品的伟大，若想看看整个"太空漫游"四部曲的背景导读，请至叶大哥的网站http://www.yehleehwa.net/yeh0009.htm。

当时为了作科幻系列，叶大哥特别把《科学月刊》的主编张孟媛挖来，待《3001》进入编辑阶段，我也怀了老大，害喜非常严重，简直是从早吐到晚。当时孟也开始加入我们的"课程"，一起进入系列的第二本书，碰面地点改在天下的小会议室，大家下班后，小会议室里总会飘来隔壁人家煮饭的油烟味，常让我一边忍着吐，一边口译或记笔记。我们每周碰面，一起吃饭、讨论文字文句，也闲聊八卦。此后我再也没有碰过和译者关系这么密切的编辑。我们就这样把克老大的书当作课本，毕恭毕敬地上了一年多的英文与翻译课。

我说不上来那时候受益到底多匪浅，只知道到了今天，我还在受用。当时学到的种种态度，像是仔细、勤查资料、虚心接受指导、翔实转达作者原意、认真记录所有专有名词的译名、出处、勤翻参考书等等，直到现在，进行任何编辑与翻译工作时，也都还是我的原则。更不要提因为这本书的翻译经验，我才有机会踏入自己希望从事的编辑工作。

《3001》中文版于2000年6月30日出版，我儿子于十二天后出生。他们简直像双胞胎，其中之一在我肚子里日渐成长的同时，另一个也正经由连串的缜密作业印刷成书。儿子今年刚上小一，《3001》也将与其他兄弟同时以中文再度面世，都是另一个阶段的开始。重读《3001》，像是重新审视怀孕与生产的痛苦过程，不过，成果仍在发展中。

钟慧元

2006年9月25日

如果有人觉得完全弄懂了《2001：太空漫游》，那一定是我们弄错了。我们想要提出的问题远超过我们给出的答案。

——阿瑟·克拉克

2061: 太空漫游

2061太空漫游

［英］阿瑟·克拉克 著

张启阳 译

上海文艺出版社

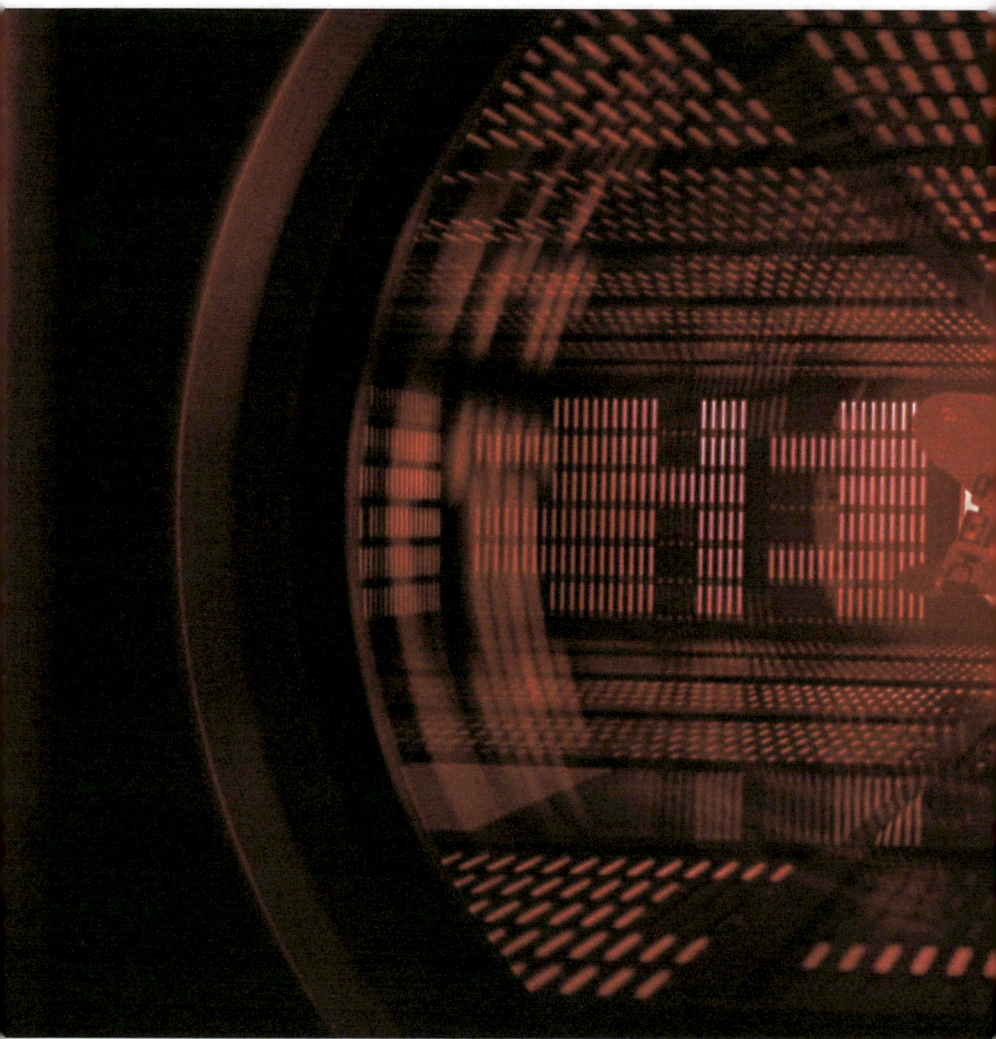

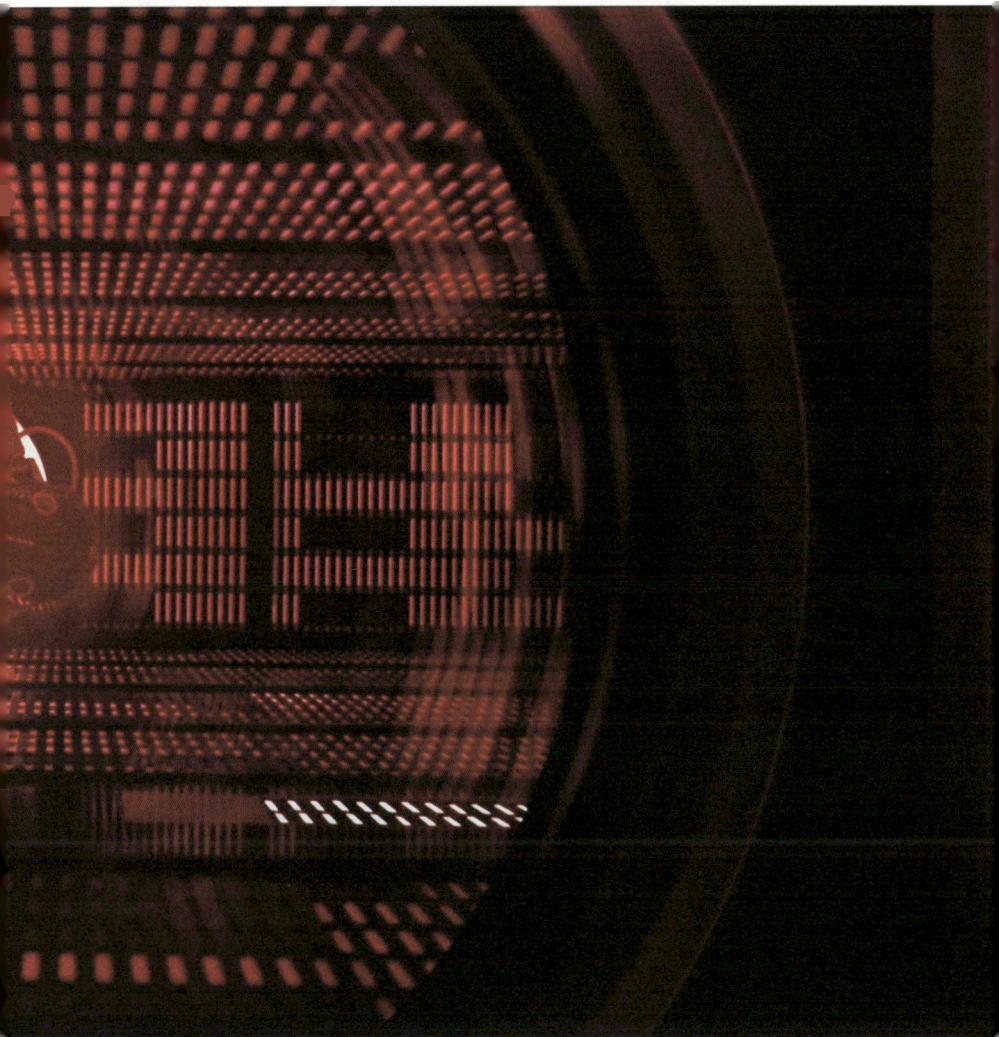

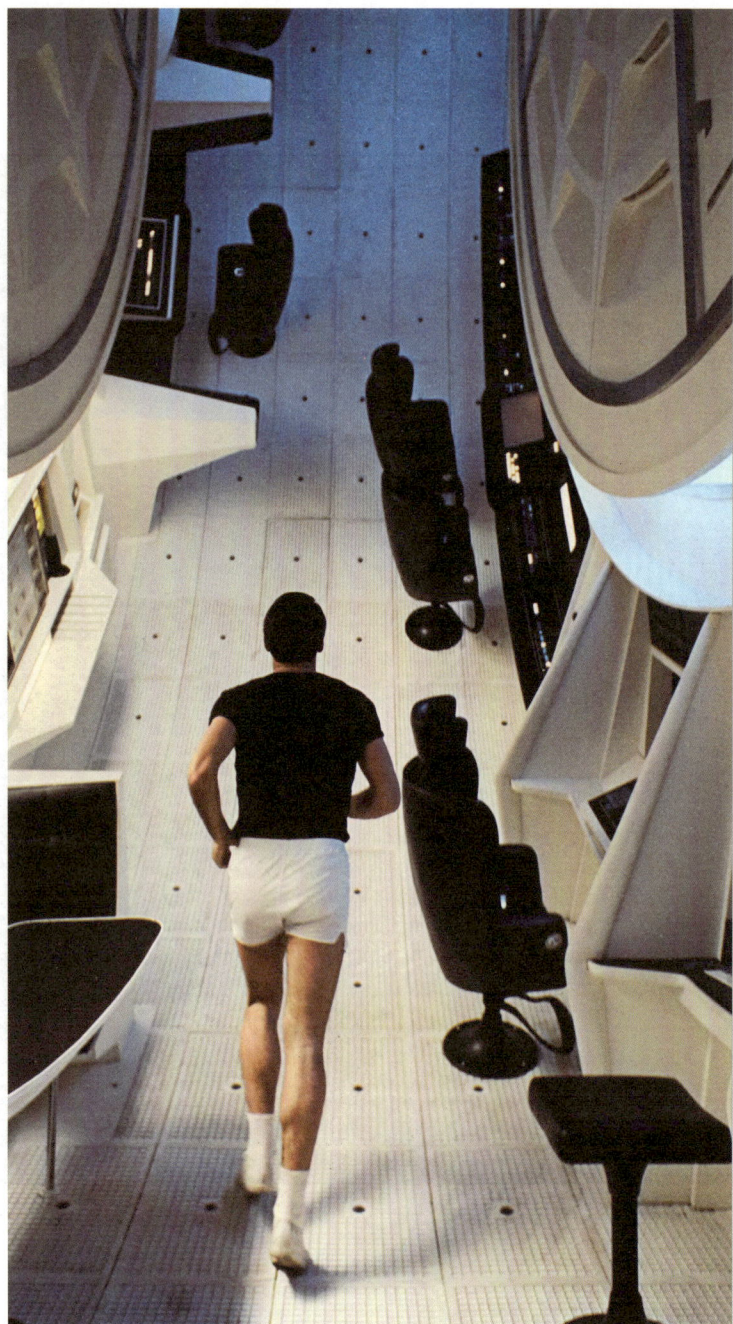

2061:
ODYSSEY
THREE

ARTHUR C. CLARKE

纪念非凡的总编辑朱迪–林恩·戴尔·雷伊

她以一块钱买下本书版权

——但搞不清楚花这个钱值不值得

目 录___

II
黑雪谷

III
欧罗巴轮盘赌

IV

在水塘边

V

穿越小行星带

VI

天堂岛

VII

长　城

VIII

硫黄国度

IX

3001年

作者题记

正如《2010：太空漫游》不是《2001：太空漫游》的续篇，本书也不是《2010：太空漫游》的续篇。这几本书应该说是同一主题的变奏曲，里面有许多相同的人物和情节，但不一定发生在同一个宇宙里。

自从库布里克于1964年（人类登上月球的五年前！）建议我们应该尝试制作一部"众所周知的优质科幻小说电影"之后，科学发展一日千里，因此上述每本书的内容不可能完全一贯；后来的故事牵涉到的某些发现和事件，在前面几本书撰写时根本还未发生。1979年旅行者1号近距离掠过木星，获得了辉煌的成功，《2010》一书因而诞生。在更雄心勃勃的伽利略任务未进行且获得更进一步数据之前，我没打算再提笔。

根据规划，伽利略号将在木星大气中投下一枚探测器，同时大约花两年的时间探访所有的大型卫星。它本来应该在1986年5月由航天飞机发射，并且预定于1988年12月抵达目的地。若真如此，那么在1990年前后，我就可以利用从木星及其卫星涌来的最新资料……

　　可惜，挑战者号的惨剧发生后，整个计划都泡汤了；伽利略号目前停放在喷气推进实验室的无尘室里，等候另一架运载火箭的出现。假如它将来真的能够造访木星，即使是比预定计划落后七年，也应该算是幸运了。[1]

　　我决定不再等了。

阿瑟·克拉克

斯里兰卡，科伦坡

1987年4月

1　伽利略号探测器于1989年10月18日由"亚特兰蒂斯号"航天飞机运送升空，1995年12月7日接近木星，2003年9月21日坠毁于木星的大气层。——编者注（本书中注释如无特别说明，均为编者注）

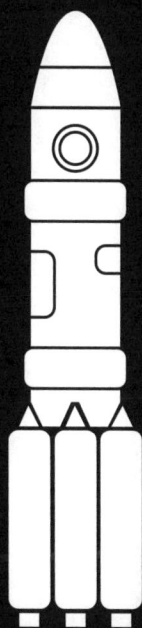

1

冻结的岁月

"就一个七十岁的人来说，你的健康情况简直是无懈可击，"格拉祖诺夫医师一面看着医疗部门的最终报告，一面说道，"我很想把你的年龄写成不超过六十五岁。"

"我很高兴听到你这么说，奥列格。其实我已经一百零三岁了——你知道得很清楚。"

"就是说嘛！你应该看过鲁坚科教授写的那本书吧？"

"你说那位鼎鼎大名的鲁坚科啊！我跟她是老交情了。我们本来打算在她一百岁的生日那天聚一聚，但我很遗憾她没能活到那一天——这就是在地球上待太久的结果。"

"说起来挺讽刺的，因为'重力为衰老之本'这句名言正是她首创的。"

弗洛伊德博士若有所思地望着那颗气象万千的漂亮行星。这颗行星虽然只有六千公里远，但他恐怕永远不能回去。说起来更讽刺的是，由于一件毕生最糗的意外事故，竟然使他活得比所有老友更长寿、更健康。

那是上次回地球才一个星期就发生的意外。他从来没想过这种事会发生在自己身上，因此没有注意到所有的警告，从二楼阳台上摔了下来。（没错，他刚完成列昂诺夫号的探险任务成功归来，在阳台上理所当然地受到了英雄式的欢迎。）全身多处骨折引起一大堆并发症，不得不到这家巴斯德太空医院接受治疗。

那是2015年的事。而现在——他简直不敢相信，但墙上的日历却让他不能不信——居然已经是2061年了！

弗洛伊德的生物时钟不仅因为医院的重力很小（只有地球上的六分之一）而慢了下来，他一生中还历经了两次时间的倒转。目前有一种说法——虽然专家仍有争议——说"低温睡眠"不但会使人停止老化，而且还会返老还童。弗洛伊德上次的木星之旅确实让他年轻不少。

"这么说，你认为我可以安全地再出一趟任务？"

"这个宇宙没有什么是绝对安全的，海伍德。我只能说，单从生理上而言，没有不让你去的理由。毕竟，'宇宙号'上的环境跟这里几乎完全一样。当然，宇宙飞船上的医疗水平没有这里好，但马欣德兰医师是个好人。一旦有无法处理的状况，他会让你再度进入低温睡眠并送回来，货到付款。"

这项结果正合弗洛伊德的意，但在高兴之余仍然不免有些伤感：他将要离开这个居住快半个世纪的"家"，离开这几年认识的新朋友。而且，尽管宇宙号比起原始的列昂诺夫号豪华得多（列昂诺夫号目前被安放在木卫二欧罗巴上空的轨道上，是拉格朗日博物馆的镇馆之宝），但从事长途的太空旅行仍有一定的风险；尤其是他即将搭乘的这艘宇宙飞船，里面有许多设计是前所未有的……

不过，或许这正是他想追求的——虽然他已届一百零三岁高龄（但根据已故鲁坚科教授的老人医学理论，他正值老当益壮的六十五岁）。在过去十年中，他对目前安逸舒适的生活渐感烦躁与不满。

在这段期间，人类在太阳系里进行了许多令人鼓舞的计划——诸如火星的再生、水星基地的设立、盖尼米得的绿化等——但没有一项合他的兴趣而让他想全力以赴。两个世纪前有一位诗人（科学时代最初的诗人之一）正好道出他目前的心境，这首诗是由奥德修斯（拉丁文名尤利西斯）的口中吟诵出来的：

> 芸芸众生何其渺小，
>
> 吾为众生之一，更如沧海一粟；
>
> 亘古的时间，不断带来新事物，

吾虽愚钝，但知珍惜每一刹那，

辛勤囤积知识，历时三个寒暑；

吾已白发苍苍，但仍追求不懈，

像暮星，超越人类思想的极限。

"三个寒暑。"啊！而他竟然虚度了四十几年。尤利西斯知道
的话一定会笑他。不过，下一首描述得更贴切，令他心有戚戚焉：

或许急流会将我们冲离航道，

但我们可能因而抵达幸福岛，

并见到久仰的英雄阿喀琉斯；

塞翁失马，焉知非福。

虽然我们不若往昔拥有挪移乾坤之力，

但雄心壮志仍在；

岁月催人老，命运教人愁；

但只要一息尚存，我将继续奋斗、追寻，永不服输！

"奋斗、追寻……"嗯，现在他已经找到追寻的目标——因
为他确切知道目标在哪里。假如没有重大的意外，他绝不会错过。

在他的意识里，这个目标本来是不存在的；即使到现在，他仍
搞不清楚为什么它突然变得如此强烈。他一直认为自己早已对一

次次感染人类的心血来潮免疫了——这是他这辈子第二次热切的期望！——但或许是他错了。或许，是那突如其来的邀约——他有幸被选为宇宙号的贵宾乘客——在他平静的心湖激起了阵阵涟漪，唤醒了尘封在心底的那份狂热。

另外还有一个可能性。虽然事隔多年，但他仍然记得社会大众对于1985到1986年间那次与哈雷彗星相会任务失败的失望。这次是个扳回大众信心的机会——对他而言是最后一次，对人类而言是第一次。

在20世纪中，人类只能近距离地掠过哈雷彗星，而这次却有可能真正登上它，就如同当年阿姆斯特朗和奥尔德林首度踏上月球一般。

弗洛伊德博士，这位曾经参与2010至2015年木星任务的老将，他的想象力正飞往外层空间那定期回来的神秘访客。它正一秒一秒地加速，准备绕过太阳。而在地球与金星的轨道之间，这颗最有名的彗星将与做处女航的宇宙号相会。

相会的确定地点尚未决定，但他心意已定。

"哈雷——我来了……"弗洛伊德喃喃自语。

2

第一眼

有人说，必须离开地球才能欣赏整个天空的壮丽景象，其实不然。即使在外层空间所见的点点繁星，也不会比站在高山顶上（选一个晴空万里的夜晚，并且远离人工光污染的地点）好看多少。虽然在大气层之外看到的星星比较亮，但人类的眼睛几乎看不出其间的差别，而且一眼就能饱览半个天球的震撼感，绝非从宇宙飞船观测窗看出去的景色所能比拟。

不过在太空医院里的弗洛伊德没得挑剔，他能够从私人窗口一窥宇宙夜景就已经心满意足了。在那个长方形的视野里，除了恒星、行星、星云——以及新诞生的"太隗"——之外，其他什么也没有。太隗是以往的木星，在一次神秘的爆炸之后变成了一颗恒星，其光芒稳定明亮，远胜众星，堪与太阳匹敌。

每当"人造夜晚"来临之前约十分钟（这座太空医院缓慢自转，因而营造出昼与夜的变化），弗洛伊德总是将舱内所有灯光熄灭——包括红色的紧急备用灯——好让自己完全适应黑暗的环境。这辈子当太空工程师也许嫌晚了点，他比较喜欢用肉眼观察天文。现在他几乎认得所有的星座，即使只看到其中一小部分星星，他也知道那是什么星座。

在那个五月里，当哈雷彗星进入火星轨道内之后，他几乎每个"夜晚"都在星图上标出它的位置。虽然用一副上等的双筒望远镜就可轻易看到它，但弗洛伊德很顽固地拒绝使用；他在测试自己的那双老花眼到底还有多少能耐。虽然在夏威夷的茂纳凯亚天文台里有两位天文学家宣称，他们已经观察到那颗彗星，但没人相信。巴斯德太空医院里有些人也言之凿凿，但大家更不相信。

而在今晚，根据预测，哈雷彗星至少会以六星等的亮度露脸；他想试试运气。他从 γ 星到 ε 星[1]画一条直线，然后以这条线做底边，想象一个等边三角形。他极目望向三角形的顶点——仿佛用意志力就可以透视整个太阳系似的。

啊！就在那里！——就像他在七十六年前首度看到时一样，不起眼，但错不了。如果事先不知道要看哪里，你一定不会注意到它，或许你会当它是某片遥远的星云。

1　分别指一个星座中亮度分别是第三、第五的恒星。

用肉眼观察，它只是个圆形的模糊光点；再怎么仔细看，也看不出它有尾巴。但有一小群探测器已经跟踪它好几个月，它们记录到彗星首度喷出的阵阵尘埃和气体；这些东西不久就会在众星面前拉出亮丽的彗发，永远指向太阳的反方向。

打从那颗又冷又暗——不，近乎黑——的彗核进入太阳系内围开始，弗洛伊德与其他观察者一样，不断地注视着它的蜕变。在经过七十几年极低温的冷冻之后，这颗复杂的混合物（主要由水、氨和其他各种冰冻物质组成）开始解冻、冒泡。这颗彗核的形状和大小与纽约市的曼哈顿岛相仿，每隔五十三小时左右就会变成一只"宇宙唾虫"；当太阳的热量穿透其绝缘的外壳时，里面的东西被蒸发成气体，哈雷彗星看起来便像一台漏气的锅炉。一阵阵的水蒸气，混杂着尘埃和各种由巫婆熬出来的有机物，从几个小孔里喷出来；其中最大的一个孔——约有足球场大小——喷发的时间很有规律，都在当地黎明后两个小时左右。它看起来像极了地球上的间歇泉，所以马上就被命名为"老忠实"[1]。

现在，他幻想着自己正站在老忠实的洞口边缘，等待太阳升上黑色崎岖的地形；这些地形他已经从许多太空照片上看到过，非常熟悉。的确，旅行契约上并未明言，当宇宙飞船登上哈雷彗星之后，乘客可不可以下船——相反对船员及科学人员则有明文限制。

1　Old Faithful，即美国黄石国家公园的一座间歇泉。

不过话说回来，契约里也没有什么特别禁止内容。

他们确实有义务阻止我，弗洛伊德心想，但我还是能穿上航天服出去的。但万一出了什么差错……

他记得读过一篇报道，有一位访客参观过泰姬陵之后不禁喟然而叹："有墓如此，明日瞑目可也！"

同样，他也十分乐意长眠于哈雷彗星。

3

昔日点滴

除了那件意外的糗事，当初回地球时也着实经过一番折腾。

第一件令他震惊的事发生在刚苏醒不久，也就是鲁坚科医师将他从低温睡眠中叫醒的时候。库努在她旁边跟前跟后，弗洛伊德在半醒状态中就感觉有什么事不对劲。他们看到他醒来的欢喜表情有点夸张，而且难掩一股紧张的气氛。一直等到他完全苏醒，他们才告诉他，钱德拉博士已经离开人世了。

就在火星过去一点的地方，连监视器都无法确定是什么时候，他悄悄地走了。他的遗体被推出列昂诺夫号，沿着轨道继续飘浮，最后被太阳的烈焰吞噬。

他的死因没有人知道。布雷洛夫斯基提出一种说法，虽然很不科学，但连主治医师鲁坚科也无法反驳。

“失去哈尔，他活不下去了。”

沃尔特·库努则提出另一种看法。

“我在想哈尔会如何看待这件事。在太空某处一定有个什么东西一直在监听我们所有的广播。他迟早会知道的。”

现在，库努也走了——其他的人也一个个走了，只有年纪最小的泽尼娅仍在人世。弗洛伊德已经有二十年没见过她，但每逢圣诞节一定会按时收到她的卡片。最近的一张仍然钉在他的书桌前，卡片里是一辆载满圣诞礼物的雪橇，在俄罗斯冬天的雪地上疾驰，一群饿狼在四周虎视眈眈。

四十五年了！列昂诺夫号成功返回地球轨道受到全人类的喝彩，有时还宛如昨日。不过那喝彩声有点低调，虽然带有敬意，但缺乏真正的热诚。那趟木星任务不能算完全成功，因为它打开了一个潘多拉的盒子，里面会跑出什么东西来，现在还不知道。

当初那块被称为“第谷磁场异象一号”的黑色石板在月球上被挖出时，只有少数人知道有这回事。直到发现号的木星之旅功败垂成，人类才知道在四百万年前，有另一种智慧生物来过太阳系，并留下了它的“名片”。这则新闻让人类大开眼界——但不觉得惊奇；因为数十年来，人们一直都在预期这类事情的到来。

而且，这类事情的发生远在人类出现之前。虽然发现号在木星那边遇到了一些神秘的意外事件，但既有的证据都指出那是舰上的故障造成的。尽管大家搞不清楚TMA-1的出现在哲学上代表什么意义，但从务实面讲，人类仍然认为自己是宇宙中独一无二的智慧生物。

但现在情况有点不同了。就在一个"光分"距离之外——在整个宇宙来讲，只不过是一箭之远——有一种智慧生物不知何故创造了一颗恒星，同时摧毁了一颗比地球大一千多倍的行星。更令人不安的是，"它"竟然能在太隗诞生的大爆炸之前，透过发现号将下列信息由木星的卫星群中传回地球，向人类发出警告：

所有的星球都可以去——除了欧罗巴。

不要试图登陆那里。

这颗明亮的新恒星在一年中有好几个月让地球的黑夜完全消失（除了它绕到太阳背后去的时候），同时带给人类希望与恐惧。恐惧——来自不解，尤其是太隗的诞生背后无限的力量，难免引起人类最原始的情绪。希望——是因为它让全球的政治生态产生了彻底的改变。

有人说，只有外层空间来的威胁，才有可能让人类团结在一起。太隗是不是一个威胁，没有人知道；但可以肯定的是，它是个挑战。这就够了。

弗洛伊德在巴斯德太空医院恰好占了一个制高点，可以像一个外星人般，好整以暇地观察地球上的政治变化。当初，他并未打算在伤势痊愈后仍逗留在外层空间；但令医生们私下苦恼的是，他的痊愈居然要花这么长的时间。

回顾这几年安逸的日子，弗洛伊德发现了他的骨头拒绝痊愈的真正原因。他根本不想回地球：那颗挂在天际的亮丽蓝白色行星已经与他无缘。他终于逐渐了解，为什么钱德拉失去了求生的意志。

当年他与第一任太太玛莉安的欧洲之旅没有搭同一班飞机，完全是偶然的结果。现在她已经死了，她留下的回忆似乎已经不属于他了。她留下的两个女儿各有各的归宿，现在和他也没什么来往。

但他失去第二任太太卡罗琳则是咎由自取，虽然是身不由己。她从未了解（其实他自己真正了解吗？）为什么他要离开两人共同建立的温暖的家，一去就是好几年，将自己放逐到远离太阳的浩瀚寒冷的太空。

虽然在那次木星任务半途，他就知道卡罗琳去意已坚，但他仍非常希望克里斯能原谅他。不过这个小小的愿望也落空了；毕竟，儿子已经太久没有父亲了。当弗洛伊德回到地球时，他已经认卡罗琳的新欢为父亲。他与卡罗琳的情分断得很彻底；弗洛伊德一度以为自己无法淡忘，不过终于还是熬过来了——大致而言。

他的身体状况竟然会配合他的心境；当他在巴斯德医院拖拖拉拉好一阵子才勉强痊愈，回到地球时，马上旧疾复发，而且病情非常严重——包括明显的骨骼坏疽症——逼得他不得不立即赶回医院。在那里，除了去几趟月球，他已经完全适应无重力至六分之一重力（由太空医院缓慢自转产生）的环境。

在逐渐康复期间，他不是个遗世独立的隐士——刚好相反，他口述许多文件报告，为无数委托案件作证，并接受许多媒体的采访。他是个名人，并且乐在其中——过一天算一天；这多少弥补了他内心的创伤。

最初的整整十年——2020年至2030年——似乎一闪即过，现在很难清楚回想起发生了哪些事。当然，许多常规的危机、丑闻、犯罪、灾难一定是有的——尤其是那次加州大地震，他从太空站的监视屏幕上目睹了可怕的灾后景象。屏幕上放大的画面可以显示单独的每一个人，但从他的制高点看来，实在无法分辨那些从灾区逃窜出来的点点黑影。只有地面上的摄影机才能捕捉当时的恐怖情况。

在那十年中，地球上的政治板块也像地理板块一样快速地移动着；其后续效应要在以后才看得出来。不过，政治板块移动的方向与地理板块刚好相反。在最早的时候，地球上只有一个"超级大陆"，名叫盘古大陆。在悠远的岁月中，它逐渐分崩离析，人类也因而分成无数个种族和国家。而现在，人类则有融合的迹象，古老的语言和文化的区隔越来越模糊。

虽然太隗的出现加速了融合的过程，不过早在好几十年前，融合就已经开始了。喷射机的发明使全球旅游活动暴增，而且几乎同时——当然绝非巧合——卫星和光纤使全球的通信更加快速、便捷。尤其自2000年12月31日起，长途费取消之后，每通电话都以国内电话计费；可以想见从新的千禧年开始，全体人类将变成一个大家族，随时随地都可以互通消息。

正如大多数家族，人类这个大家庭也不是永远平安无事；但即使有争吵，现在也不再威胁到整个地球的和平。在第二次——也是最后一次——的核战争中，所投下的核弹没有比第一次多：刚好只有两颗。而且，虽然每颗的威力比以前大，造成的伤亡却少很多，因为两颗炸弹都投在人烟稀少的油田区。在那关键时刻，中、美、苏三巨头迅速采取行动，封锁战区，直到劫后余生的战斗人员复苏为止。

到2020至2030的十年间，列强之间的大型战争已经不太可能发生（好像在上个世纪中加拿大和美国不太可能打起来一样）。这不是因为人性变得更善良，也不是其他什么因素，而是最平常的观念：好死不如赖活。许多和平机制都在不知不觉中运行；在政客还来不及想到之前，他们就发现一切都已就绪，并且运作得很好……

"和平人质运动"这个名词并不是哪个政治人物或哪一派理想主义者发明的，而是有人观察到一个特殊现象之后自然而然出现的；他们发现，在美国境内无论何时都有成千上万的俄国观光客到处溜达；同样，任何时刻也都有五十万名美国人在俄国观光——其中大部分人的传统消遣就是抱怨旅馆水电设备太差。也许更重要的是，这两群人当中，有极大的比率是有头有脸的人士——不是富豪、权贵，就是名门子弟。

即使有人居心叵测，想发动大规模战争也已经不可能了。从20世纪90年代开始，"透明时代"已经来临；富有创业精神的新闻媒体纷纷开始发射照相卫星，其分辨率已经达到军用照相设备三十年来的水平。五角大楼和克里姆林宫方面都暴跳如雷，但形势比人强，他们已经输给路透社、美联社，以及全天候不眠不休的"轨道新闻网"的照相机了。

到2060年，虽然还没达成全面裁军的目标，但全世界事实上都非常平静，剩下的五十颗核弹头都在国际监控之下。当颇有盛名的国王爱德华八世被选为"地球总统"时，只有十几个国家表示反对；这些国家有大有小，从坚持保持中立的瑞士（该国餐饮旅游业者仍然张开双臂欢迎这位新总统），到极端独立自主的马尔维纳斯人（他们一直拒绝当英国人或阿根廷人，而英国和阿根廷则将这个烫手山芋互相推给对方，双方为此闹得很不愉快）。

庞大的武器工业解体之后，世界经济获得空前的蓬勃发展（甚至发展得有点病态）。民生必需物资和工程界的精英都不必再投入这个黑洞里——而且不必再制造毁灭性武器。相反，这些资源都可以用来重建这个世界，弥补几个世纪以来的破坏与疏忽。

而且还可以用来建设其他新世界。的确，人类已经发现了"战争的精神替代品"，并且面临一项新的挑战：在未来的几千年，如何吸收这个多出来的能量，转化为实现梦想的原动力。

4 大 亨

年轻的钟劳伦斯先生（多年后被爱德华国王册封为大英帝国"爵级司令勋章"）刚开始心目中并没有什么远大的目标；在老五出生时，他只是个普通的百万富翁而已。但他四十岁在中国香港买地时，才发现原来所花的钱没有原先想象中那么多，而且手头剩下的钱也不少。

于是许多传闻出现了——不过，就像劳伦斯爵士的许多其他传闻一样，很难分辨真假。其中有一项恐怕只是谣言，据说他的第一笔财富是将著名的美国国会图书馆数据制成盗版，出售牟利得来的。由于美国没有签署"月球协议"，让他有机可乘，可以在地球之外的地方利用"分子记忆模块"从事盗版的勾当。

虽然劳伦斯爵士还不是个亿兆富翁，但他所建立的企业王国已经使他成为全球最大的经济霸权——他的父亲是个卑微的小人物，以前是在新界卖录像带的小贩；他今天有此成就，诚属不易。

劳伦斯爵士亲身投入太空行业，完全是偶然的机遇（假如世上有所谓"偶然的机遇"这回事的话）。他本来就对航海业和航空业有浓厚的兴趣，不过都交给他的五个儿子及其伙伴经营。劳伦斯爵士的最爱是通信业——包括报纸（全世界已经没剩下几家）、书籍出版、杂志（纸质版和电子版），以及最重要的全球电视网。

接着，他将历史悠久、建筑华丽的半岛酒店买下来。对一个穷苦的中国小孩而言，这间酒店一度是财富与权力的象征，而现在，他把它当作私人住宅和总部办公室。他将饭店四周巨大的购物中心移到地下，然后将原址改为漂亮的公园；为了进行这项工程，他成立了一家"激光挖掘公司"，肥水不流外人田，自己狠捞一笔。这一招成了其他许多城市模仿的对象。

有一天，当他正在港口对岸得意地观赏饭店美丽的天际线时，突然决定将它做更进一步的改善。几十年来，半岛酒店的下面几层楼一直被一栋大建筑物挡住视线；这栋建筑物造型很奇特，像颗被压扁的高尔夫球。劳伦斯爵士越看越不顺眼，亟欲去之而后快。

香港天文馆（公认为世界五大天文馆之一）的馆长赫森斯坦

博士则另有打算，很快，劳伦斯爵士愉快地发现了这个不论他用多少钱都买不到的人才。两个人成了关系牢固的朋友。不过，当赫森斯坦博士安排一个特别的演示作为劳伦斯爵士六十岁生日的礼物时，他还不知道自己帮助了改写太阳系的历史。

5

破冰而出

德国蔡斯公司于1924年在耶拿推出的第一代光学天文投影机，在一百多年之后有些天文馆仍在使用，将如真似幻的精彩影像呈现在观众面前。香港天文馆早在几十年前就已经将第三代仪器淘汰，代之以更生动的电子系统。天文馆的巨型拱顶事实上是个电视屏幕，由数千块面板凑成，任何影像都可以在上面显示出来。

节目一开始——不用说——是在歌颂一位不知名的火箭发明者，只知道他于13世纪出现在中国某处。最开头的五分钟是一段快速的历史回顾，为了突显钱学森博士的重要性，故意淡化了俄国、德国和美国的许多先驱的贡献。此时此地，假如节目里将钱学森在火箭发展史上的重要性与美国的戈达德、德国的冯·布朗和俄国的科罗列夫并列，中国观众会不高兴的。而且当他们看到钱学森在美国协助设立有名的"喷气推进实验室",被聘为加州理工学院第一位戈达德讲座教授之后,只因为想回中国,就被以莫须有的罪名逮捕,无不感到义愤填膺。

节目中几乎没有提到1970年中国利用长征一号火箭发射第一枚人造卫星的往事,可能是因为当时美国航天员已经上了月球。的确,20世纪的历史只花了几分钟就草草打发过去,然后马上接到2007年在众目睽睽下秘密建造宇宙飞船"钱学森号"的事——以全球角度进行全景展示。

解说员以不带任何感情的音调,讲述当年中国建造的"太空站"突然脱离轨道奔往木星,并且赶过美—俄联合任务宇宙飞船列昂诺夫号时,其他太空列强惊慌失措的故事。这段故事很有戏剧性,但以悲剧收场,因此没必要敲锣打鼓。

很可惜,叙述这段故事时没有多少可信的画面相配合,绝大部分都是用特效或者事后远距影片刻意变造的画面。当初钱学森号在欧罗巴表面短暂停留期间,船员都忙翻了,根本没时间制作电视纪录片,连架设一部自动摄影机的时间都没有。

尽管如此,解说员还是炫耀说,这是人类有史以来首度登上木星的卫星。当时弗洛伊德在列昂诺夫号上的现场报道广播被用来当作节目的背景,而且节目里使用了大量的欧罗巴档案照片:

"就在这个时刻,我正用舰上最强大的望远镜观察它;在目前的放大倍率下,它看起来是地球上所见月亮的十倍大,很诡异的景象。

"它的表面是均匀的粉红色，混杂一些褐色的小块。它表面上布满着许多细线交织而成的绵密网络。事实上，看起来很像医学课本上静脉和动脉交织图案的照片。

"这些细线有的有几百公里，甚至几千公里长，看起来像极了洛威尔与20世纪初某些天文学家声称在火星上看到的渠道——当然了，那是他们的错觉。

"但是欧罗巴上的渠道不是错觉，也不是人工开凿而成的。而且，那里面真的有水——应该说是冰。事实上，整颗卫星几乎完全被平均五十公里厚的冰所覆盖。

"由于距离太阳非常遥远，欧罗巴的表面温度非常低——约在冰点以下一百五十摄氏度。因此也许有人会说，它唯一的海洋是一整块硬邦邦的冰。

"令人惊讶的是，事实恐怕不是这样，因为'潮汐力'会在欧罗巴的内部产生大量的热——同样的潮汐力也会在邻近的木卫一艾奥引起频繁的火山活动。

"所以说，欧罗巴内部的冰不断地融化、冒出、再凝固，形成裂缝和裂纹，就像我们在地球南北极地区浮冰上所看到的一样。我现在看到的就是裂缝交织成的密密麻麻的花纹；它们大部分都是黑黑的，而且非常古老——也许有几百万年的历史。但是有少数几乎是纯白色，它们是新裂开的地方，厚度只有几公分。

"钱学森号降落的地点恰好是在一条白色细线的旁边——那

是一条一千五百公里长的地貌，目前已命名为'大渠道'。据推测，那些中国人打算在那边取水，灌满所有的燃料槽，以便继续探索木星的卫星系统，然后打道回府。这件事的难度很高，但他们一定事先详细研究过降落的地点，并且知道他们在做什么。

"现在事情很明显，他们为何要冒这种险——还有，为何他们要主张欧罗巴的所有权。因为它是个燃料补充站。它可能是整个外太阳系的关键点……"

不过事与愿违，劳伦斯爵士心想。他平卧在豪华的座椅里，上方拱顶上正显示木星条纹斑驳的影像。毕竟，人类还是到不了欧罗巴的海洋里，原因何在？仍然是个谜。不但到不了，连看都看不见；由于木星已经变成一颗恒星，最内围的两颗卫星温度升高，蒸汽不断从其内部冒出来，将它们层层裹住。他现在看到的是2010年时候的欧罗巴，与目前的情况完全不一样。

当时他还只是个小孩子，但他仍然记得他的国人即将登上一片前人未曾踏上的处女地，因而引以为傲。

当然，当时着陆时没有照相机录下任何东西，但节目中的"现场重建"做得很棒，让他完全相信那就是当时的实际情景：宇宙飞船从漆黑的天空无声无息地降落在欧罗巴的冰原上，并且停在一条淡色的、刚冰封不久、现在名为"大渠道"的水道旁。

每个人都知道接下来发生了什么事；节目制作人很聪明，这段故事完全不用画面呈现，而是将欧罗巴的影像逐渐淡出，而以一位家喻户晓的人物画像取代；这个人物在中国人心目中的地位，与加加林在俄国人的心目中一样。

第一幅是张鲁柏博士在1989年的毕业纪念照——一位雄姿英发的年轻学者，但不觉得有其他独特之处，完全看不出二十年后将要担负历史重任。

不久，背景音乐突然减弱，解说员开始简单介绍张博士的生平，一直讲到他被任命为钱学森号上的科学官为止；随着时间横切面的递移，照片里的人越来越老，一直到最后一幅，那是在出任务之前不久照的。

劳伦斯爵士很庆幸天文馆里的灯光是暗的；因为当他听到张博士最后呼叫列昂诺夫号，求救无门的那一段时，他四周的人，无论敌友，才没发现他已经热泪盈眶：

"……知道你在列昂诺夫号上……也许没多少时间……将我的宇宙飞行服天线对准，我想要……"

在大家的焦急等待中，信号消失了几秒钟，然后又恢复；虽然没有比刚才大声，但比刚才清晰得多。

"……请将这个消息转播给地球。钱学森号在三个小时以前被毁了，我是唯一的生还者，正在用我的宇宙飞行服天线通话——不知道发射距离够不够，但只剩这个办法。请仔细听好。欧罗巴上有生命。重复一遍：欧罗巴上有生命……"

声音再度变小……

"……在这里的午夜过后不久，我们正在汲水，燃料槽几乎半满了。李博士和我出去巡视水管的绝缘情况。当时钱学森号距离大渠道边缘约三十米。水管是直接从宇宙飞船里连出来的，接到冰层底下。冰很薄——在上面走很危险。不断涌出温……"

声音又停了很久……

"……没问题——舰上一共有五千瓦的照明。像棵圣诞树——很漂亮，光线可以透过冰层。光辉灿烂。李博士首先看到——一团黑压压的东西从深处浮上来。起先，我们以为是一大群鱼——因为它太大了，不像是只有一个生物——然后它开始破冰而出……

"……像一条条巨大的、湿湿的海草，在地上爬行。李博士跑回舰上拿相机——我留在原地一边观察，一边用无线电报道。这东西爬得很慢，比我走路还慢。我不觉得害怕，倒是觉得很兴奋。我以为我知道那是什么生物——我看过加州外海的海带林照片——但我错得太离谱了。

"……当时我可以看出它有问题。它在这样的低温下（比适合它生存的温度低一百五十摄氏度）不可能存活。它一面爬，身上的水一面凝固——像碎玻璃一样，乒乒乓乓纷纷往下掉——但它仍然像一团黑色的波浪，向宇宙飞船前进，一路越爬越慢。

"……它爬上宇宙飞船。一边前进，一边用冰筑起一条通道，也许是以此隔绝寒气——就好像白蚁用泥土筑起一道小走廊隔绝阳光一样。"

"……无数吨重的冰压在船上。无线电天线首先折断；接着我看到着地脚架开始弯曲翘起——很慢，像一场梦。

"直到宇宙飞船快翻覆的时候，我才恍然大悟那只怪物想干什么——但一切都太迟了。我们本来可以自救的，只要把那些灯光关掉就好了。

"它可能是一种嗜旋光性生物，其生长周期由穿透冰层的太阳光来启动。或许它是像飞蛾扑火一般，被灯光吸引而来。我们舰上的大灯一定是欧罗巴上有史以来最耀眼的光源……

"然后整艘船垮了。我亲眼看到船壳裂开，冒出来的湿气凝成一团雪花。所有的灯统统熄灭，只剩下一盏，吊在离地面几米的钢索上晃来晃去。

"之后，我完全不省人事。等我回过神来时，发现我站在那盏灯底下，旁边是宇宙飞船全毁的残骸，四周到处是刚刚形成的细细雪粉。细粉上面清楚地印着我的足迹。我刚才一定跑过了那里，才不过是一两分钟内的事情……

"那棵植物——我仍然把它想成植物——一动也不动。它似乎受到了某种撞击，受伤了，开始一段一段地崩解——每段都有人的胳膊那么粗——像被砍断的树枝纷纷掉落。

"接着，它的主干又开始移动，离开船壳，向我爬过来。这时我才真正确定它是对光很敏感，因为我刚好站在那盏一千瓦的电灯下——它已经不摇晃了。

"想象一棵橡树——应该说榕树比较恰当，枝干和气根被重力拉得低低的，挣扎着在地上爬的模样。它来到距离灯光5米的地方，然后开始张开身体，把我团团围住。我猜那是它的容忍极限——在它最喜欢的灯光下竟然有人挡路。接下来几分钟没有动静。我怀疑它是不是死了——终于被冻僵了吧。

"接着，我看见许多大花苞从每根枝干长出来，好像是在看一部开花的延时摄影影片。事实上，我认为那些就是花——每一朵都有人头大小。

"纤细的、颜色艳丽的薄膜慢慢展开。我当时在想，没有人——或生物——曾经看过这些颜色；直到我们将灯光——要我们命的灯光——带来这里之前，这些颜色是不存在的。

每条卷须、每根花蕊都在微弱地摇摆……我走到它近旁（它仍然把我围住不放）一探究竟。即使在这个时候，跟任何时候没有两样，我一点也不怕它。我确定它没有恶意——假如它真的有知觉的话。

"那里一共有好几十朵展开程度不一的大花。现在倒使我想起刚由蛹羽化的蝴蝶——双翅仍皱在一起，娇弱无力的模样——我开始一步一步接近真相了。

"不过，来得急去得也快——它们被冻得奄奄一息，纷纷掉落。有片刻，它们像掉在旱地上的鱼般到处翻跃——我终于完全了解它们了。那些薄膜不是花瓣——是鳍，或是相当于鳍的东西。这是那怪物的幼虫阶段，这些幼虫可以到处游泳。本来它大部分时间应该在海底生活，然后生出一群蹦蹦跳跳的幼虫出去闯天下。地球海洋里的珊瑚就是像这样做的。

"我跪下来近距离观察其中的一只幼虫；它鲜艳的颜色已经开始褪去，变成了土褐色，有些鳍状物也掉了，被冻成易碎的薄片。虽然如此，它仍虚弱地动着；当我靠近时，它还会躲我。我不知道它如何感测到我的存在。

"这时我注意到，那些花蕊——我已经叫惯了——的末端都有个发亮的蓝点，看起来像小小的蓝宝石——或是扇贝的外套膜上的那一排蓝眼睛——可以感光，但无法成像。当我观察它时，鲜艳的蓝色渐褪，蓝宝石变成了没有光泽的普通石头……

"弗洛伊德博士——或是任何听到的人——剩下的时间不多了；木星马上就要遮断我的信号。不过我也快讲完了。

"我知道我该做什么了。通往那盏一千瓦灯泡的电缆刚好垂到地上，我猛拉它几下，于是灯泡在一阵火花中熄灭了。

"我不知道这样做会不会太迟。几分钟过去了，居然没有动静。我走向那堆围住我的乱枝，开始踢它。

"那怪物缓缓地松开自己，回到大渠道里。当时光线很充足，我可以看清每一样东西。盖尼米得和木卫四卡利斯托都悬在天上——木星则是个巨大的新月形——其背日面出现了一场壮观的极光秀，位置刚好在木星与木卫一艾奥之间流量管的一端。所以用不着开我的头盔灯。

"我一路跟随那怪物，直到它回到水里；当它速度慢下来时，我就踢它，催它爬快一点。我可以感觉到靴子底下被我踩碎的冰块……快到大渠道时，它似乎恢复了一点力气和能量，仿佛知道它的家近了。我不知道它是否能继续活下去，再度长出花苞。

"它终于没入水面，在陆上留下最后死去的几只幼虫。原来暴露于真空的水面冒出一大堆泡沫，几分钟之后，一层'冰痂'封住了水面。然后我回到舰上，看看有什么可以抢救的东西——这我就不说了。

"现在我只有两个不情之请，博士。以后分类学家在做分类、命名时，我希望这个生物能冠上我的名字。

"还有——下次有船回去时——请他们把我们几个的遗骨带回中国。

"木星将在几分钟内遮断我们的信号。我真希望知道是否有人收听到我的信息。无论如何，下一次再度连上线时，我会回放这则信息——假如我这航天服的维生系统能撑那么久的话。

"我是张教授，在欧罗巴上报道宇宙飞船钱学森号毁灭的消息。我们降落在大渠道旁，在冰的边缘架设水泵——"

信号突然减弱，又恢复了一阵子，最后完全消失在噪声里。从此，张教授音讯全无；但钟劳伦斯已经下定决心，要往太空发展了。

6

活生生的盖尼米得

历史成就一位英雄豪杰，必须天时、地利、人和完美搭配，缺一不可；范德堡正是这么一号人物。

人和——他是南非白人流亡者的第二代，也是一位训练有素的地质学家，这两个因素一样重要。地利——他正在木星最大的卫星上，亦即从最里面算起——艾奥、欧罗巴、盖尼米得、卡利斯托——的第三颗，俗称木卫三。

至于天时——没有前两项那么重要与急迫，因为相关信息已经躺在数据库里十几年了，像一颗延时炸弹，只等着什么时候爆炸。范德堡在2057年首度发现这项资料；但经过一年多，才确定他的发现是正确的。到2059年，他悄悄地把他的原始记录隐藏起来，让别人无法抄袭。于是他就可以好整以暇地思考最主要的问题：下一步要怎么走。

事情正如俗语所说的："无心插柳柳成荫。"刚开始范德堡是在观察一项与本身专长毫无直接关系的普通现象。当时他任职于行星工程工作队，正在调查盖尼米得的自然资源，并予以分类；他没有什么时间理会那颗被禁止靠近的卫星。

但欧罗巴莫测高深的样子，让许多人——尤其是它的隔壁邻居——无法长期忽略它。每隔七天，它都会通过盖尼米得和明亮的太隗（以前的木星）之间，让太隗成蚀，时间可达十二分钟。当它最靠近盖尼米得时，看起来比地球所见的月亮略小；而当它绕到轨道的另一边时，则缩小到四分之一。

成蚀的景观相当有看头。当欧罗巴尚未溜进盖尼米得和太隗之间时，看起来是个不祥的黑色圆盘，四周是一圈深红色的火焰。这个红色圈圈，是太隗的光被欧罗巴的大气折射造成的。

不到人类半辈子的时间，欧罗巴有了极大的改变。永远面向太隗的半球，表面的冰壳已经融化，形成太阳系里第二个海洋。十年来，这片海洋的水不断地冒泡、蒸发，进入上方的真空中，直到平衡状态为止。现在，欧罗巴已经拥有一层薄薄的大气，由水蒸气、硫化氢、二氧化碳和二氧化硫、氮及各式各样的稀有气体组成；虽然可以被某些生物使用，但不包括人类。虽然欧罗巴的"永夜面"（这个名称有点名不副实）仍然处于永冻状态，但它现在已经有一个非洲面积大小的温带气候区，上面有液态的水，以及零星的岛屿。

上述的所有现象都已经从地球轨道上的望远镜观察到，但能观察到的大概只有这些了。到2028年，当人类开始对所有伽利略卫星进行全面性的探险时，欧罗巴已经被一层永不消散的云层包围了。透过雷达细致的探测，人类发现它一面有一片小小的海洋，另一面则是一片平坦的冰原；欧罗巴仍然号称拥有全太阳系最平坦的不动产。

十年之后就不是这样了，欧罗巴发生了戏剧性的变化。它现在出现了一座孤立的高山，高度与地球的珠穆朗玛峰相仿，矗立在"黎明带"（永昼面与永夜面的交界地带）的冰原上。它可能是火山活动造成的，就像隔壁的艾奥上不断发生的事情。由太隗传来的热量大量增加，或许是火山活动变得频繁的主要原因吧。

不过这种解释有许多疑点。这座"宙斯山"是个不规则的金字塔形，而不是一般的火山锥；而且雷达扫描看不出典型的岩浆流痕迹。从盖尼米得趁着偶然、短暂的云层空隙摄得的一些照片，显示它是由冰构成的，与四周的冰冻景象类似。无论最后的答案是什么，宙斯山的出现已经使四周的环境伤痕累累；附近永夜面上的冰层已经碎裂成一片杂乱无章的浮冰。

一位特立独行的科学家曾经提出一个理论，说宙斯山是座"宇宙冰山"——从外层空间掉下来的彗星碎片；满目疮痍的卡利斯托就是个现成的证据，自古以来，它们一直受到太空碎片的轰炸。这个理论在盖尼米得上颇不受欢迎，因为那些准移民面对的问题已经够多了。因此当范德堡提出合理的反驳时，他们都安心不少。范德堡的理由是：这么大块的冰在撞击时一定会被撞得粉碎——即使撞击没有让它碎裂，欧罗巴的重力（虽然不算太大）也会立即使它崩解。雷达量测结果显示，宙斯山虽然逐渐下沉，形状却完全没有改变。所以说它绝对不是冰山。

当然，解决这个问题的最佳办法是派出一艘探测船，穿过欧罗巴的云层下去看看。不过，一想到这个警告，大家就兴趣缺缺：

所有星球都可以去——除了欧罗巴。
请不要试图在那里着陆。

这是发现号宇宙飞船在毁灭前一刻转播回地球的信息，大家都一直记得；但这句话如何解释，则是众说纷纭。假如载人宇宙飞船不能去欧罗巴，那无人探测器可不可以去？或者，只近距离飞越而不降落呢？或者，用气球飘浮在它的大气上层呢？

科学家急着找答案，一般大众则只会紧张。他们觉得最好别去惹那个能引爆木星的背后力量；光是艾奥、盖尼米得、卡利斯托及数十个小卫星，就够他们忙好几百年了，欧罗巴的事情可以慢慢来。

因此，好几次有人告诉范德堡，不要再浪费宝贵的时间研究那些不重要的东西，盖尼米得上就有很多事情要处理呢。（例如：到哪里寻找水耕农田所需的碳、磷和硝酸盐？巴纳德陡坡的稳定性如何？佛里几亚的土石流危险吗？……）但他遗传了祖先波尔人著名的顽固性格，即使忙着做许多其他的事情，他还是时时回头瞄一下欧罗巴。

终于有一天，从永夜面刮来一阵狂风；虽然只刮了几个小时，但把宙斯山四周的云层都吹跑了，出现了难得的大晴天。

7

一路走来

"吾欲告别旧时所有……"

这句诗是从哪个记忆深处浮上脑际的？弗洛伊德闭上双眼，努力回忆过去寻找答案。那当然是某一首诗里的一句——但自从大学毕业之后，除了很难得地参加过一次简短的英诗欣赏研讨会，他几乎没读过一行诗。

索尽枯肠不得要领，他想利用太空站的计算机搜寻；但英诗的总量实在太庞大，计算机速度再快，少说也要花上十分钟。而且这样做有点作弊的嫌疑，更别说要花不少钱；因此弗洛伊德还是喜欢让自己的脑子接受智力上的挑战。

当然那是一首有关战争的诗——但是哪场战争呢？在20世纪中，大小战争不计其数……

当他仍然在迷雾中摸索时，有两位访客突然到来；他们缓慢的、轻盈的优雅步伐，正是长期住在六分之一重力环境下的结果。巴斯德太空医院像个巨大的圆盘，绕着轴心缓慢自转，产生所谓的"离心力层次"；整所医院的社会形态都受到它很大的影响。有些人从未离开中心部分的零重力区域，有些希望将来回地球的人则比较喜欢待在圆盘边缘地区，因为该处的重力与地球表面差不多。

　　乔治和杰利是弗洛伊德最要好的老朋友——这有点不可思议，因为他和他们没有什么共同点。回顾这一生多变的感情生活——两次婚姻、三次正式婚约、两次非正式婚约、三个小孩——他时常很羡慕他们能够长期保持稳定的婚姻关系；尽管三不五时会有一些"侄儿"（其实是私生子）从地球或月球来访，但显然他们的婚姻一点都不受其影响。

　　"你们从来没想过要离婚？"他有一次开玩笑地问他们。

　　和往常一样，乔治——他高超而严肃的指挥风格曾经让古典音乐起死回生——回答得很精简。

　　"离婚——免谈，"他回答得很快，"杀人——常想。"

　　"他一定无法逍遥法外的，"杰利讥讽道，"席巴斯钦会去告密。"

　　席巴斯钦是只漂亮而多嘴的鹦鹉，乔治和杰利与医院当局吵了很久才获准带进来。它不但会说话，还会模仿芬兰作曲家西贝柳斯小提琴协奏曲开头的几个小节——半个世纪以前，杰利就是靠此曲成名（他当时使用的小提琴是名匠斯特拉迪瓦里的杰作，当然也功不可没）。

现在得向乔治、杰利和席巴斯钦说再见了；这次去可能要几个星期，也有可能一去不回。弗洛伊德已经和其他所有人道别过了；一连串的道别会把太空站酒窖里的酒都喝光，他想不出还有什么事情没做。

"阿志"是他的通信计算机，虽然有点老旧，但功能还算良好，用来处理所有传入的信息，决定如何回复，或找出任何紧急的私人信息，尤其是他上了宇宙号之后。说起来很奇怪，这么多年来，他都没办法随心所欲地与人通话——不过这也有好处，可以避免接到不想接的电话。这趟出发几天之后，宇宙飞船离地球就很远了，不可能在线实时对话，所有的通信只能靠录音或电传。

"我们以为你是我们的好朋友呢，"乔治抱怨道，"居然把我们抓来当'遗嘱'执行人——尤其是你根本没留遗产给我们。"

"我会给你们一些惊喜的！"弗洛伊德笑道，"无论如何，阿志会处理所有的细节；我只要你们注意一下我的信件，以防万一阿志不知道如何处理。"

"他不懂的话，我们也不会懂。我们怎么会懂你们科学界的鸟事？"

"他们自己会照顾自己。请特别帮我留意一下，我不在的时候，别让清洁人员把这里弄乱——而且，万一我回不来的话，请把我的私人物品送交出去——大部分是送交我的家人。"

活到这把年纪，说到家人心里有苦有乐。

他的第一任太太玛莉安坠机死亡已经是六十三年前的事了——六十三年了！他心里有一股歉疚，因为他当时的悲伤已经消失无踪了。回想起那件事，现在只能算是"现场重建"，而非真情的回忆。

假如她还在的话，夫妻一场又如何？现在她应该是个一百岁的老太婆了……

当初他最疼爱的两个女儿，现在也都是六七十岁、白发苍苍了，她们有了自己的儿女和孙子；不过在他眼中，她们只是和蔼可亲的陌生人罢了。根据最新的数据，她们那边一共有九个家族成员，但假如没有阿志的帮忙，他根本记不住那些名字。不过，至少他们每年圣诞节还记得他（虽然义务的成分大于真情）。

他对第二次婚姻的回忆当然盖过第一次，好像中世纪的一种羊皮纸，旧的字迹被刮去，写上新字。这次的婚姻也以破裂收场，那是五十年前，当他在地球和木星之间某处的时候。他虽然曾经想与两位前妻的儿女重建关系，但在许多次的欢迎仪式中，他只有一次有机会和他们短暂见面，然后就因为意外受伤住到巴斯德医院来了。

第一次的会面不是很成功；第二次是他住进这座太空医院之后，排除万难，大费周章地将会面安排在他现在的这个房间里。当时克里斯已经二十岁了，而且刚结婚不久；如果说弗洛伊德与卡罗琳还有什么意见一致的地方，那就是他们都反对这桩婚姻。

不过海伦娜后来表现得不错，她是个好妈妈（儿子小克里斯在结婚后不到一个月就出世了）。后来，在那场"哥白尼灾难"事件之后，她和许多年轻的妻子一起成了寡妇。不过她颇能处变不惊，庄敬自强。

说来很稀奇，也很诡异，克里斯和小克里斯都因为太空而失去了父亲，虽然失去的方式完全不同。弗洛伊德曾短暂地回去看八岁的儿子，但儿子当他是个陌生人。克里斯二世至少在十岁以前还知道有个爸爸，然后才永远失怙。

这些日子小克里斯在哪里呢？卡罗琳和海伦娜（她俩现在已经成为了好朋友）似乎都不知道他究竟是在地球还是在外层空间。他就是这个样子，只有在第一次抵达月球克拉维斯基地时，寄过明信片报告他的行踪。

弗洛伊德的卡片仍然贴在书桌前显著的位置。小克里斯很有幽默感——也很有历史感；他寄给祖父的是半个多世纪以前拍摄的那张有名的照片，在月球第谷坑的挖掘现场，那块黑色石板隐然耸立，一群穿着航天服的人影在四周围观。这群人当中，除了弗洛伊德之外，已经统统不在人世；而那块石板也不在月球上了。经过一番吵吵闹闹，它已经在2006年被带回地球，并且竖立在联合国广场上，与形状相似的联合国大厦遥相呼应。本来的用意是在提醒世人，人类在宇宙中并非孤独的；但在五年之后，太隩在天空中开始照耀，提醒已属多余。

弗洛伊德的手指有些游移不定——他的右手似乎有自己的意见——但最后仍然将那张卡片撕下来，放进口袋里。这张卡片可说是他登上宇宙号所携带的唯一私人物品。

"二十五天而已——在我们发觉你不见之前，你就会回来了，"杰利说道，"对了，听说米凯洛维奇也会去，是你要求的，是真的吗？"

"那个小俄国佬！"乔治轻蔑地说道，"我曾经在2022年指挥过他的第二号交响曲。"

"那次是不是演奏到慢板乐章时，发生了第一小提琴怒而罢演的糗事？"

"不是——是演奏德国作曲家马勒的交响曲的那一场。无论如何，是铜管组罢演，因此没有人注意到——除了倒霉的低音喇叭手；听说隔天他就把乐器给卖了。"

"这是你瞎掰的吧？"

"没错。对了——遇到那老家伙时帮我问候一下，问他还记不记得那晚音乐会后我们在维也纳街头散步的往事。另外，还有谁会登上宇宙号？"

"我听到了一大堆可怕的谣言，说有人被迫加入。"杰利若有所思地说道。

"这太夸张了吧！我保证绝无此事。我们都是经过劳伦斯爵士亲自挑选的，根据各人的智慧、才能、美貌、魅力及其他优点，精挑细选出来的。"

"不会去送死吧？"

"呃——既然你提到，我就明说了吧。我们都必须签一份法律文件，里面载明，若有任何意外，钟氏太空航运公司概不负责。我签的那一份已经送交给他们了。"

"有没有可能把它拿回来？"乔治满怀希望地问道。

"不可能——我的律师告诉我，白纸黑字，签了就签了，不能反悔。钟氏公司只负责将我载到哈雷彗星，并提供吃喝、空气，及一间有景观的舱房。"

"那你的义务是什么？"

"假如能平安归来，我必须尽可能促销未来的太空旅游，在电视上露脸，写些文章——这些都还算合理，因为这是一辈子难得的机会。哦，对了——我还要提供舰上的娱乐节目——我娱人人，人人娱我。"

"什么娱乐？唱歌？跳舞？"

"嗯，我想从我的论文集里面抽出几段，与那群非听不可的听众'分享'一下，累死他们；不过说真的，我不擅长娱乐，远比不上专业人士。你知道不知道伊娃·美琳也要去？"

"什么！他们居然可以把她从纽约公园大道的蜗居里诱拐出

来？"

"她一定有一百多——呃，对不起，弗洛伊德。"

"她今年七十岁，加减五岁。"

"减？少来了。当年她主演的《拿破仑传》推出时，我还是个小孩子呢。"

三个人沉默了好一阵子，各自回味那部名片的种种。虽然有些影评认为她演得最好的角色是《乱世佳人》里的斯佳丽，但一般大众仍然将伊娃·美琳与《拿破仑传》里的约瑟芬画上等号。（伊娃出生于韦尔斯南部的加地夫，婚前名叫爱芙琳·麦尔斯。）那差不多是半个世纪以前的事了，戴维·葛里芬的这部史诗巨片引来许多争议，法国人叫好，英国人大怒；但现在两方都已经同意，影片部分内容与史实不符（尤其是最后的高潮戏——拿破仑在伦敦的威斯敏斯特教堂加冕的场面），只是艺术创作偶然的脱轨行为罢了。

"劳伦斯爵士这下可赚到了。"乔治意有所指地说。

"说来这件事我也有点功劳。她父亲生前是个天文学家，有一阵子在我手下工作过，因此她一直对科学很有兴趣。因为这个缘故，我打了几通视频电话给她。"

弗洛伊德话中多有保留；他和当时许多人一样，自从看了伊娃主演的新版《乱世佳人》之后，就深深爱上她了。

"当然，"他继续说道，"劳伦斯爵士很高兴——不过我还是让他知道，伊娃对天文学的兴趣不是随性的；否则，这趟旅程可能会是一场灾难。"

"说到'灾难'，倒让我想起来了，"乔治一边说着，一边从背后拿出一个小包裹，"我们有个小礼物要送给你。"

"我现在可以打开吗？"

"你认为现在让他打开适当吗？"杰利有点神经兮兮地问道。

"既然你这么说，我更非打开不可。"弗洛伊德说着，解开闪亮的绿色丝带，并且打开包装纸。

里面是一幅装在精美的画框中的画。虽然弗洛伊德对艺术所知不多，但他见过这幅画；没错，让人一看就难以忘怀。

画里描绘的是一具拼凑的救生筏，在海浪中载浮载沉，上面挤满了半裸的沉船逃难者，有些已经奄奄一息，其他的则正在朝地平线的一艘船死命挥手。画的下方写着：

《美杜莎之筏》（西奥多·杰利柯，1791—1824）

最下方是一句留言，由乔治和杰利署名："上了船就不好玩了。"

"你们这两个坏蛋！"弗洛伊德笑骂道，"不过我真心爱你们。"一边将他们搂了一下。阿志的键盘上标着"注意"的警示灯开始闪烁；该走人了。

两位朋友相继离去，留下默默的祝福。弗洛伊德最后一次环视这间小舱房，这里是他度过将近半辈子的小天地。

突然灵光一闪，他记起那首诗的最后一句：

"吾已快活一世，今犹快活而去。"

8

星际舰队

钟劳伦斯爵士不是个重感情的人，国家观念更是淡薄；他不会在意爱国与否的问题——虽然在念大学的时候，有一阵子故意留一条辫子（那是他那个年代的流行打扮）。不过，天文馆回放的钱学森号蒙难故事却深深地感动了他，使他决定倾全力往太空发展。

不久，他经常在周末往月球跑，并且任命第二小的儿子查尔斯为钟氏太空货运公司的副总裁。这家新成立的公司只有两艘弹射式的氢燃料动力火箭船，船身质量都不到一千吨；这种火箭船虽然马上就要过时了，但可以让查尔斯增加实务经验。依劳伦斯爵士的判断，这种经验在未来几十年会很重要。因为到头来，太空时代必然会来临。

从莱特兄弟到廉价的大宗空运时代的来临，其间相隔不到半个世纪；但人类花了两倍的时间，才开始迎接太阳系更大的挑战。

回顾20世纪50年代，当美国物理学家阿瓦雷茨及其工作团队发现μ子催化聚变时，大家似乎认为那只是实验室里稀奇的玩意儿，或只是纯理论的东西，没有什么实用价值。当年伟大的卢瑟福勋爵看不出原子能有什么前途；同样，阿瓦雷茨也很怀疑这个"低温核融合"的实用性。的确，直到2040年，人类在偶然的情况下制造出μ子偶素（Mu）与氢（H）的"化合物"之后，才开启了人类历史崭新的一页——正如同中子的发现开启了原子时代。

如此一来，人类可以制造出体积很小的可携式核能发电机，而且只需很少的防辐射设备。但由于以往投资在传统融合领域的金额颇为庞大，因此全世界的发电厂最初还来不及更换这种新的设备；不过它对太空旅游业的冲击立即显现出来。其冲击之大，只有一百年前喷气式飞机的发明对当时航空业的影响可比拟。

没有能量上的限制，宇宙飞船可以飞得更快；在太阳系里旅行，以往一趟都要好几个月，甚至好几年，现在只要几星期就行了。不过，μ子驱动器只是个反应器——是一种比较先进的火箭——基本原理和以前的化学燃烧火箭没什么两样，必须装入工作流体才能产生推进力。而最便宜、最干净、最方便的工作流体就是——普通的水。

这种有用的物质对太平洋宇宙飞船基地而言，永远不虞匮乏。但近在咫尺的月球宇宙飞船基地又是另一回事了，以往的勘测者号、阿波罗号和月球号等探测器历次的探测结果，都发现月球上没有半滴水。假如月球上原来有天然的水，长久以来遭受陨石不断撞击的结果，也会将它蒸发而散布在太空中。

或者说月球学家以往是这么认为的；但自从伽利略将第一架望远镜瞄向月球，就有种种迹象显示情况刚好相反。在月球的黎明后几个小时中，可以看到上面许多山顶都闪闪发光，似乎是有雪覆盖着。最有名的例子是阿里斯塔克斯陨石坑边缘的环形山；当年赫歇尔（被称为现代天文学之父）曾观察到环形山的山巅在月球的黑夜里闪着亮光，他以为那是一座活火山。他错了，他看到的是地球的光被一薄层透明的冰霜——月球表面经过三百多小时的冰冻夜晚之后所凝结而成的——反射的结果。

自从在施罗特尔山谷（从阿里斯塔克斯陨石坑的环形山蜿蜒分出的一道峡谷）底下发现有大量的冰贮藏之后，太空飞行更加方便了。作为一个燃料补充站，月球的位置恰到好处；它刚好位于地球重力场外端的斜坡上，也是前往其他行星漫长旅途的起点站。

"乾坤号"是钟氏船队的第一艘宇宙飞船，设计成地球—月球—火星航线的客货两用船，通过与十几个政府机关之间复杂的交涉，船上装了仍在实验阶段的μ子驱动器，因此乾坤号属于一艘试验船。它在月球上雨海区的一处造船厂建造完成之后，推进力恰好可以在零载荷情况下驶离月球，从此只来往于各轨道之间，而不在任何星球降落。依照劳伦斯爵士一贯喜欢张扬的行事风格，他特地将乾坤号的首航日期定在2057年10月4日，也就是"史波尼克"（俄国第一颗人造卫星）一百周年的纪念日。

两年之后，乾坤号的姊妹船"银河号"加入船队，专门跑地球—木星航线；它的推进力足以直接来往于木星各大卫星之间，但相对的，载荷少得多。必要的话，它甚至可以回到月球老巢进行维护或改装。它是有史以来人类所建造的宇宙飞船速度最快的；假如它将所有燃料一次性燃烧完毕，可以冲刺到每秒一千公里的速度——从地球到木星只要一星期，而到最近的恒星需要一万年左右。

船队的第三艘船"宇宙号"集前两艘之大成，是劳伦斯爵士最得意的一艘宇宙飞船。不过宇宙号原先的设计目的不是用来载货，而是有史以来第一艘客运船，来往于各太空航线——最远可达号称"太阳系宝石"的土星。

劳伦斯爵士为宇宙号的首航安排了更特别的节目，但由于与工人改革联盟月球分会之间有些纠纷，完工日期受到延误，因此整个节目计划都泡汤了。在2060年的最后几个月里，宇宙号离开地球轨道前往会合地点之前，必须完成首航的测试，以取得罗得公司的保险凭证。时间非常紧迫：哈雷彗星是不等人的——即使这个人是钟劳伦斯爵士。

9

宙斯山之谜

探测卫星"欧罗巴六号"已经在轨道上运行快十五年了，远超过当初设计的寿命；是不是该把它换下来，在盖尼米得小小的科学圈里引起很大的争论。

它里面装载着整套普通的搜集数据仪器，以及一套目前已经淘汰的影像系统；虽然操作情况仍然很好，但它所显示的欧罗巴，只是颗被重重云层包围的星球。盖尼米得上的科学团队很辛苦，每星期必须用"快速浏览"模式将欧罗巴六号上的数据全部细看一遍，然后原封不动地传回地球。大致而言，假如欧罗巴六号有一天报废了，里面的一大堆数据也取完了，他们一定会轻松不少。

突然，多年来的第一次，它搜集到了一些有趣的东西。代理天文主任分析了最新的数据后，立即打电话给范德堡。

"欧罗巴六号在轨道71934上，"他说道，"刚要由永夜面出来——正往宙斯山方向飞去。不过你要在十秒钟之后才会看到画面。"

屏幕上一片漆黑，但范德堡可以想象在浓厚云层下方一千公里的地方，冰原景色不断地往后飞逝。几个小时之后，遥远的太阳将会照到那里，因为欧罗巴每七天（地球时间）会绕自转轴转一圈。因此，"永夜面"应该叫作"微亮面"比较适当，因为有一半的时间还是蛮亮的，只是没有热量传过来。虽然永夜面名称不太恰当，但大家已经叫惯了，尤其还有一项感情因素在内：从欧罗巴上看，太阳会有日出、日落，但太隗永远在同一位置。

现在快要日出了，欧罗巴六号的高速飞行让日出速度变得更快。当欧罗巴的地平线从黑暗中现身时，一条模糊的亮带出现在屏幕中央，将屏幕一分为二。

接着，一阵强光突然爆出，让范德堡好像看到一颗原子弹爆炸似的。说时迟那时快，不到一秒钟，那道强光的颜色依彩虹的七彩顺序迅速变化，然后在太阳跃出山顶的刹那变成纯白色——此时自动过滤器切入电路中，影像就此消失。

"就是这样。可惜当时没有工作人员值班，否则他可以将摄影机镜头向下移动，在飞越山顶时将整座山看清楚——不过这已经足以否定你的理论了。"

"怎么说？"范德堡问道，心里狐疑多于恼怒。

"你只要把刚才的画面重新慢速播放一次，就知道我的意思了。那些漂亮的彩虹效应——不是大气现象，而是山本身造成的。只有冰才会产生这种现象。玻璃也可以——但看起来不太可能。"

"其实也不无可能——火山可以产生自然的玻璃——但通常是黑色的……啊，对了！"

"什么对了？"

"呃——看过全部数据以后我才敢说；不过我猜那是岩石的结晶——透明的石英。你可以用它来制造漂亮的三棱镜和透镜。还有没有机会再多观察几次？"

"恐怕没有了——得靠运气才看得到——太阳、山和摄影机必须刚好位于一条直线才行。一千年内恐怕没有第二次了。"

"无论如何还是谢谢你——你能不能送一份拷贝过来？不急——我马上要赶到培林做田野调查，回来之后才会看它。"范德堡抱歉地干笑一声，"你知道，假如真的是石英，那可就值钱了；也许可以用来解决我们的财务问题……"

不过这纯系幻想。因为当初发现号传来的那条警告，无论欧罗巴藏有什么奇观——或宝物，人类永远无法拿到手。五十年后的今天，那个禁令毫无解除的迹象。

10

《愚人船》

在旅程的最初四十八个小时里，弗洛伊德一直不敢相信宇宙号上的各项生活设施居然如此舒适、宽敞——只能用"豪华"两个字形容。但同船的其他大多数旅客则视为稀松平常；尤其是以前没离开过地球的人，以为所有宇宙飞船都是这个样。

为取得正确的观点，他必须回顾一下人类的航空史。在一生中，他目睹了——事实上是亲身经历了——地球的一次太空革命（现在地球正在他的后面逐渐变小远离）。在笨拙的列昂诺夫号与先进的宇宙号之间，正好相隔五十年。（主观上说，他实在无法相信有这么久——但这是个简单的数字问题，否认也没有用。）

同样，莱特兄弟与第一架喷气式飞机之间，也刚好相隔五十年。在20世纪前叶，不怕死的飞行员戴着护目镜，坐在没挡风设备的座位上，在田野里惊险地飞上飞下；只不过是五十年的时间，老太太就可以安稳地睡着，以每小时一千公里的速度在各大洲之间飞来飞去。

因此，当他看到舱房内如此豪华、优美的陈设，甚至有服务员负责打扫整理，实在不必太大惊小怪。最令他惊讶的是那面特大号的窗，刚开始他总觉得很担心，它如何经得起舱内数以吨计的空气与舱外一刻也大意不得的无情真空之间巨大的压力。

虽然已经看过最新的相关文献，对他来说最大的惊奇仍然是全舰居然都有重力存在。宇宙号是有史以来第一艘连续加速飞行的宇宙飞船——除了中途回转的几个小时之外；当它的巨大燃料槽装满五千吨纯水时，航行的加速度可以维持十分之一个G——虽然不大，但足以让所有物品保持稳定，不会到处乱飘。这在用餐时特别方便——但乘客必须花好几天的时间才能学会怎样使搅汤的动作不过猛。

从地球出发四十八小时之后，宇宙号上的乘客已经自然而然地被分成四个明显的阶级。

贵族阶级包括舰长史密斯及其他高级船员；其次是乘客；然后是一般船员——士官和服务员；然后是三等舱……

这是舰上五位年轻的太空科学家自我调侃的分类，将自己归类为最低的一级；最初是开玩笑的，后来却有几分事实。当弗洛伊德将他们狭窄的、临时拼凑的宿舍与自己豪华的舱房相比时，他马上同意他们的说法；这也成为他们不断向舰长抗议的导火线。

其实他们没什么好抱怨的；当初由于赶工的关系，曾经考虑过是否预留他们和仪器设备的空间，最后总算还是留了。现在，他们可以期望在那关键性的几天中，也就是当哈雷彗星绕过太阳然后离开太阳系之前，可以在彗星周围——甚至在彗星上面——部署一些仪器。这个科学团队的成员都很清楚，他们在这趟旅程中必须保持自己的好名声；因此，只有当为身体太累或当仪器不听使唤而生气时，他们才会开始抱怨空调系统太吵、舱房太窄、偶尔有来路不明的怪味等。

但没有人抱怨食物，大家一致同意舰上的食物很棒。史密斯舰长曾经夸口："比当年达尔文在'小猎犬号'上吃的还要棒得多。"

维克多·威利斯立即反驳道："他怎么知道的？而且听说有一位小猎犬号的指挥官在回英国后自杀了。"

这是威利斯典型的作风；他可能是全球最有名的科学记者（对他的拥护者而言），或通俗科学家（对他的反对者而言）。说这些反对者是他的敌人可能不甚公平；他的才华是全球公认的，虽然有时还是有点保留）。他说话带有软软的中太平洋口音，在摄影机前的表情非常夸张，这两者都成了许多人模仿的对象。他留着一副复古的长髯，也形成了一股风潮（或歪风）。批评他的人常说："留那么长的胡子，一定是想掩饰什么。"

毫无疑问，他是舰上六个VIP中最容易辨认的一位——弗洛伊德不认为自己是个VIP，因此经常戏称他们为"万人迷五人组"。其实，当伊娃·美琳偶尔走出公寓，在纽约的公园大道散步时，经常没有人认出她。米凯洛维奇最恨自己的五短身材，比一般人足足矮了十公分；难怪他老是喜欢搞千人大乐团——无论是真正的乐团或是电子合成器里的虚拟乐团——但公众形象一直无法提升。

葛林堡和穆芭拉也是属于"有名的无名氏"之列——虽然这次回地球之后情况将会改观。葛林堡是登陆水星的第一人，但他那张和蔼而毫无特色的脸孔很难让人留下印象；况且，他占据新闻版面的风光时代已经是三十年前的事了。穆芭拉女士虽然是位名作家，但和其他许多作家一样，不喜欢上脱口秀节目，也不喜欢搞签名会，因此她的数百万读者中没几个认得她。她在文坛闯出名号是轰动21世纪40年代的一件盛事。通常，希腊神话的学术研究不太可能列入畅销书的排行榜；但穆芭拉女士将取之不尽的神话放在当代的时空背景里。一个世纪以前，只有天文学家和古典文学家才熟悉的诸神名字，现在已经变成每个知识分子世界观的一部分；几乎每天都有来自木卫三盖尼米得、木卫四卡利斯托、木卫一艾奥、土卫六泰坦、土卫八伊阿珀托斯的新闻——甚至来自更不为人知的木卫十一加尔尼、木卫八帕西法厄、土卫七许珀里翁、土卫九菲比……

不过，假如不是将写作焦点集中在朱庇特（即宙斯）复杂的家庭生活上，她的书可能不会那么热卖。（宙斯复杂的性关系产生了希腊诸神，以及一大堆奇奇怪怪的神话人物。）该书的一位天才编辑心血来潮，将原来的书名《奥林匹斯见闻录》改为《诸神的激情》，更是神来之笔。一些眼红的学院派人士常将该书谑称为《奥林匹斯色情录》，但私底下很希望自己也能写一本。

穆芭拉马上被舰上乘客取名为"玛吉·M"；而擅于制造噱头的她则创造了"愚人船"这个名词。威利斯很热心地立即响应，但不久发现这个名词已经有人用过了。差不多在一个世纪以前，美国女记者安妮·波特曾经与一群科学家和作家搭乘一艘远洋邮轮前往观看"阿波罗十七号"的升空，为人类第一阶段的月球探险活动画下一个句点。她于1962年写了一部长篇小说，书名正是《愚人船》。

穆芭拉女士知道这件事之后，做了如下的预告："《愚人船》的第三个版本可能即将出现。当然，在回地球之前，我不敢肯定……"

11

谎　言

　　范德堡再度想到宙斯山，并且重新投入关于它的研究，已经是好几个月以后的事了。他这一阵子都在为盖尼米得的开发工作忙得不可开交；他曾经离开达耳达诺斯基地的办公室好几个星期，去探勘吉尔伽美什—俄西里斯[1]之间的单轨车预定路线。

　　盖尼米得是伽利略卫星中最大的一颗；自从木星引爆之后，它已经彻底改变过，而且仍不断地改变。新的恒星将欧罗巴的冰层融化了；但对于远在四十万公里外的盖尼米得，影响就没那么大——但仍可在盖尼米得的永昼面中央地带产生温带气候。在那边有一些小小的浅海——有的与地球上的地中海一般大——范围约在北

---

1 达耳达诺斯、吉尔伽美什、俄西里斯：木卫三盖尼米得上三座环形山的名称，名称源自三种不同神话体系的角色。

纬四十度与南纬四十度之间。在20世纪历次"旅行者"任务所绘制的地图上的地形，已经没残留下多少了。融解中的永冻层，以及由"潮汐力"（最内围的两颗卫星也受到同样的力作用）所引发的板块运动，成为了盖尼米得上新地图绘制人员的噩梦。

相同的情况却使盖尼米得变成了行星工程师的乐园。除了干燥、较不适合人居的火星，这里是未来唯一有可能允许人类不穿宇宙飞行服，在光天化日之下行走的星球。盖尼米得上有充分的水、生命所需的所有化学物质，以及——至少在太隅照到的地方——比地球大多数区域更温暖的气候。

最棒的是，人们不必再穿着覆盖全身的航天服；未来的大气虽然还无法用来呼吸，但密度已经足够，因此只要戴个简单的面具和一个氧气筒就行了。在几十年内——微生物学家预测，但说不出确定的时日——甚至连这些都可以免了。许多产氧的菌种已经被散布在盖尼米得的表面上，大多数无法存活，但仍有些会大量繁殖；大气成分分析图上的曲线已经在缓缓上升，所有来到达耳达诺斯基地的访客都可以看到这个值得夸耀的图表。

长期以来，范德堡一直注意着欧罗巴六号传来的数据，希望有一天当它绕到宙斯山上空时，云层会再度散开。他知道这种可能性非常渺茫；但只要有一丝机会存在，他决不会放弃而去做其他的研究。他不急，他手边有许多更重要的工作——无论如何，宙斯山之谜揭晓之后，答案也许很简单、很无趣。

不久，欧罗巴六号忽然停摆，几乎可以确定是陨石撞击所致。而在地球上，威利斯做了一件糗事——许多人这么认为——居然去采访一群所谓的"欧罗巴狂"，他们是20世纪"UFO狂"的嫡系继承人。他们有些人一口咬定说，欧罗巴六号之死是由于冥府鬼魂作祟；但对于欧罗巴六号可以正常运作十五年（几乎是设计寿命的两倍）的事实却视若无睹。威利斯强调了这一事实，也批判了其他邪门的说法；不过一般人对此事的看法是：他根本就不应该去采访那些乱七八糟的人，让他们有机会公开胡说八道。

范德堡很喜欢同事称他为"固执的荷兰佬"，并且在行事作风上尽量符合这个封号。对他而言，欧罗巴六号的报废是一项无法克服的挑战——他绝不可能找到一笔钱弄个新的，因为那个唠叨不休的老不死好不容易闭嘴了，大家高兴都来不及。

既然如此，有没有别的办法呢？范德堡坐下来思考这个问题。他是个地质学家，不是个天文物理学家；因此花好几天的时间才突然发现，自从他踏上盖尼米得开始，答案就一直在他的眼前。

南非语是世界上所有语言中最适合用来咒骂的，即便是使用最文雅的字眼，都会伤及无辜。范德堡用南非语发飙了几分钟之后，打电话到提亚马特天文台（位于盖尼米得的赤道上，小而亮的太隗永远挂在它的头顶上）。

天文学家一天到晚关心的，都是宇宙中最壮观的物体；因此对那些一辈子专搞小玩意儿（例如行星）的地质学家都是一副"施舍"的态度。但在这个边陲地区这种现象比较少，大家会互相帮忙；天文台的韦金斯博士不仅好相处，而且富有同情心。

当初提亚马特天文台的设立只有一个目的——事实上，那也是人类在盖尼米得上建立基地的目的之一——就是研究太隗。这项研究不但对理论科学家极为重要，对核子工程师、气象学家、海洋学家等，也都有无比的重要性——更别提政客和哲学家了。光是想到那些可以将一颗行星变成恒星的不明生物，就够令人惴惴不安、彻夜难眠了。如果人类能够学会整个过程，也许将来必要的话可以如法炮制一番——或者避免重蹈覆辙。

到目前，提亚马特天文台已经观察太隗十几年了，用尽各种形式的仪器，连续记录其光谱（包括所有电磁频率），并且积极用雷达不断地探测它（雷达波是由架设在一个小型陨石坑上的一百米碟形天线发出的）。

"没错，"韦金斯博士说，"我们经常观察欧罗巴及艾奥。不过我们的雷达波束都聚焦在太隗上，所以只能在它们行经太隗面前的几分钟时间看到它们。而且你说的宙斯山是在永昼面上，在那段时间里都被挡住了。"

"这我当然知道，"范德堡有点不耐烦地说道，"但你能不能把雷达波束稍微偏一点，趁着欧罗巴尚未到达雷达和太隗的连线上时瞄它一下？只要偏个十几二十度，就可以看到永昼面了。"

"其实只要偏一度就够了；也就是说，趁欧罗巴运转到轨道的另一端时，偏一度就足以闪过太隗而直接看到欧罗巴的全貌了。不过这时候欧罗巴的距离变成了原来的三倍以上，其反射能力只剩下原来的百分之一。虽然如此，也许行得通，可以试试看。请告诉我你们搞遥测的人认为有用的项目，诸如：频率、波幅包迹、偏极化等等的规格。我们不费吹灰之力就可以很快地装好'相位移动'电路，将雷达波束偏转个几度。除此之外我就不知道了——这个问题我们从来都没想过。也许我们早该这么做——无论如何，除了冰和水之外，你到底想在欧罗巴上看到什么？"

"如果我知道的话，"范德堡愉快地说，"就不用找你帮忙了，对吧？"

"还有，当你发表这篇论文的时候，我不会和你争排名。算我运气不好，我的姓（Wilkins）的首字母排在很后面，比你的姓（van der Berg）的首字母还要落后一个字母。"

这是一年前的事：长距离扫描效果不是很好，将雷达波束稍微偏转来观察欧罗巴的永昼面，比原先想象的困难得多。不过还是传来了最后的结果；经过计算机的消化之后，范德堡抢先看到了太隗出现后的欧罗巴地图。

正如韦金斯博士的预测，欧罗巴上绝大部分是冰和水，还有一些玄武岩露头，夹杂着硫黄的沉积物。但是有两个异常的地方。

一个看起来是图像处理过程中产生的东西，是条笔直的线条，约有两公里长，几乎没有雷达反应。范德堡将这个问题留给韦金斯博士去伤脑筋——他只对宙斯山有兴趣。

他花了很多时间做鉴识的工作，因为结果太奇怪了，只有疯子——或是走投无路的科学家——才会相信有这种事情。尽管他把每一个参数都反复检测到精密度的极限，他还是不敢真的相信。他甚至不知道下一步该怎么走。

当韦金斯博士打电话来询问结果时（其实他关心的是自己的名字是否已经在信息网络上广为流传），他只含糊其词地说一切仍在分析当中。但最后他实在没办法再敷衍下去了。

"没什么值得兴奋的事，"他告诉满腹狐疑的韦金斯博士说，"只是一种稀有的石英罢了——我正在跟地球上的样本做比对。"

这是他第一次向科学同行撒谎，心里有点惶惶然。

不过，除此之外他又能怎样？

12

保罗大叔

范德堡已经十年没见过他的舅舅保罗了，而且这辈子再度见面的机会微乎其微；不过他对这位老一辈的科学家总是有一份亲切感。舅舅保罗是上一代科学家中仅存的硕果，也是唯一能够细数祖先生活方式的耆老——这要看他肯不肯开金口（通常是不肯）。

保罗·克罗伊格博士——家人和大多数朋友都叫他保罗大叔——随时都在；只要你需要他，他都会亲自或透过五亿公里的无线电连接，提供各项信息和建议。听说当年诺贝尔奖审查委员会因为受到极大的政治压力，故意忽视了他在粒子物理学上的贡献；虽然在20世纪末曾经有一番大改革，但目前委员会里还是一样乱糟糟的。

就算这项传说属实，克罗伊格博士仍然毫无怨怼之心。他生性谦逊、不摆架子，因此，即使在龙蛇杂处的黑名单圈子里（他所属的政治派系被迫流亡国外），他也没有敌人。的确，他广受尊敬，因此南非合众国（USSA）屡次邀请他回去，但都被他婉拒了——他赶忙解释说，他不回去不是因为顾虑人身安全，而是"近乡情怯"让他无法承受。

即使以家乡的语言交谈（说这种语言的人口已经不到一百万），范德堡的遣词用字还是非常小心，并且使用家族成员才懂的迂回式说法，以免被旁人偷听。保罗很轻易就听懂了他的外甥在讲什么，但他不太相信。他很担心这位外甥恐怕是搞错了，心里盘算着怎么样以最婉转的方式反驳。他一向习惯不急于发表论文，因此现在也觉得暂时保持沉默方为上策……

况且，假设——只是假设——那是真的？保罗想到这里不禁寒毛直竖。突然间，一系列的可能性——科学的、经济的、政治的——纷纷闪过他眼前，而且越想越觉得事有蹊跷。

克罗伊格博士不像他的先祖有虔诚的宗教信仰，因此在遇到危机或烦恼时，没有上帝可以倾诉。现在他倒希望有个信仰；但如今才想到要祷告，恐怕也没什么用了。当他打开计算机开始进入数据库时，他一时也搞不清楚，究竟是希望外甥真的有重大发现，还是子虚乌有。难道上帝他老人家真的和人类开了一个天大的玩笑？保罗记得爱因斯坦的名言，说上帝是微妙的，但绝无恶意。

别胡思乱想了！克罗伊格博士告诉自己。你的好恶、你的希望或恐惧，都与这件事毫不相干……

一个挑战已经从太阳系彼端丢过来，在未查明真相之前，他是睡不安稳了。

13

没人叫我们带泳衣……

史密斯舰长直到第五天——也就是宇宙飞船回头之前的几小时——才宣布一项小小的消息。正如他所料，消息一宣布就引来一阵震惊。

威利斯首先从震惊中回过神来。

"一座游泳池！在宇宙飞船里！你一定在开玩笑。"

舰长靠回椅背，准备舒适一下。他向已经知情的弗洛伊德笑了笑。

"嗯，我猜哥伦布地下有知一定非常惊讶，船上居然有这么多设备。"

"有没有跳水板？"葛林堡很渴望地问道，"我在大学的时候拿过冠军。"

"事实上——有的。只有五米高——不过在舰上十分之一G的环境下,自由掉落至水面需要三秒钟。假如你要更长的时间,我想寇帝斯先生一定会帮忙,将宇宙飞船的推进力降低一点。"

"这样好吗?"这位主任工程师冷冷地说,"这样不是会把先前的轨道计算打乱吗?还有,水不会有溢出来的危险吗?表面张力,你知道的……"

"以前不是有座太空站里面设有球形的游泳池吗?"有人问道。

"巴斯德医院在开始自转之前,曾经在其中央部位试过,"弗洛伊德回答道,"但效果不好。在零重力之下,那必须是个完全密闭的空间。假如在那个大水球里一时惊慌,很容易有溺毙的危险。"

"不过那倒是被列入吉尼斯世界纪录的一个方法——在外层空间溺毙的第一人——"

"怎么没有人告诉我们要带泳装来?"穆芭拉抱怨道。

"她如果有自知之明的话,早就该知道要带泳装来了。"米凯洛维奇小声地向弗洛伊德说道。

史密斯舰长敲了敲桌子要大家安静。

"还有一点很重要,请注意听。你们知道的,午夜时我们会到达最大速度,并且开始刹车。因此驱动力将于23:00关闭,然后宇宙飞船将要掉头。在推进力于01:00重新启动之前,我们将有两小时处于无重力状态。

"大家可以想象得到，到时候船员会很忙——我们要利用这段时间检查引擎和船壳，这些工作在船开动时无法进行。我强烈建议在这段时间内大家最好去睡觉，并且用安全带将自己轻轻绑在床上。所有服务员必须检查每件物品，不要有松动的现象，以防重力恢复时引起不必要的麻烦。有没有其他问题？"

大伙鸦雀无声，似乎还没从惊骇中回复过来，也不知道下一步该怎么办。

"我一直希望大家会问到，在宇宙飞船里搞个奢侈的游泳池要花多少钱——既然大家都没问，我就直接说了。它一点也不奢侈——根本不用花钱；不过我们希望这将是未来太空旅游的最佳卖点。

"你们知道，我们必须携带五千公吨的水当作反应物质，因此不妨好好利用它。第一号燃烧槽目前已经有四分之三是空的了；我们将保持这样直到旅程的最后阶段。就这样，明天早餐之后——咱们在下面的'海滩'上见……"

当初紧急赶工，让宇宙号尽快升空的情况下，竟然还能够考虑到这个"华而不实"的东西，真是令人惊讶。

所谓"海滩"其实是一块金属平台，约有五米宽，沿着燃料槽的曲度延伸至周长的三分之一。虽然燃料槽的对面墙壁只有二十米远，但利用高明的影像投射技术，却让它看起来在无限远处。冲浪者在水域中央感觉上好像凌波急驰，但永远到达不了对岸。在远方还可以看到一艘漂亮的载客快艇（任何旅游业者都能立即认出那是钟氏海空通运公司所属的船只），正在海平线扬帆前进。

为了让幻觉更为逼真，脚下甚至还有细沙（稍微经过磁化处理，以免四处乱撒）；而且在短短的海滩尽头有一丛棕榈树，除非靠近仔细检视，否则就像真的一样。为营造更逼真的田园气氛，头顶上还有一颗热烘烘的太阳；很难想象就在这层墙壁的外面，真正的太阳也在照耀着，其热度是地球上任何海滩上的两倍。

这艘宇宙飞船的设计者将内部空间的利用发挥到淋漓尽致。因此，葛林堡常抱怨"可惜没有海滨巨浪"就显得有点吹毛求疵了。

14

寻寻觅觅

　　科学上有个很重要的原则：不要轻信任何"事实"——无论已经反复证明多少遍——除非那个事实可以纳入某个公认的参考架构里。当然，偶尔会有一个实验结果粉碎了原先的架构，并且因而建立一个新的架构，但这种情形非常罕见；通常百年也难出现一个伽利略或爱因斯坦，凡夫俗子最好安分一点，别老想吃天鹅肉。

　　保罗大叔完全接受这个原则；除非能提出合理的解释，否则他不会相信外甥的发现，而且就他所知，合理的解释不必把上帝牵扯进来。他使用了仍然非常锋利的"奥卡姆剃刀"之后，越来越认为范德堡可能搞错了；若真如此，要找出错处应该易如反掌。

　　但令保罗惊讶的是，要找出错处还真不容易。在目前，雷达遥测资料的分析技术已相当纯熟可靠；保罗委托的专家在冗长的分析之后都得到相同的答案。他们还问道："你的数据是哪里来的？"

"抱歉，"他总是回答，"我不能说。"

下一步是假设这件不可能的事是正确的，然后开始查阅文献。这是一项庞大的工程，他甚至不晓得从哪里查起。但有一件事很确定：暴虎冯河的蛮干是注定要失败的。这与德国物理学家伦琴当年的情况很类似；那天早上他发现了X射线之后，就马上在当时所有的物理学期刊里寻找合理的解释；但他所需的数据要在几年之后才会出现。

不过他至少可以赌一下运气，他正在寻找的东西搞不好就藏在浩瀚的科学知识里的某个角落。保罗大叔慢慢地、小心地弄了一个自动搜寻程序，尽量将不相干的数据统统排除掉；比如说，将所有与地球相关的参考文献（肯定有好几百万篇）统统砍掉——而将重点集中在与外星相关的论文。

保罗大叔最大的一项优势是计算机预算多得用不完，这里面有一部分是他用智慧为许多单位、机构出点子换取来的。目前这个研究案虽然有可能要花不少钱，但他不用担心账单的问题。

但结果花的钱竟然少得出乎意料。他运气不错，整个搜寻"只"花了两小时又三十七分钟，停在了第21,456篇数据上。

啊！这一篇就够了。保罗大叔兴奋极了，竟然连他自己的计算机系统都辨识不出他的声音；他必须重复说一遍，计算机才听懂，将它打印出来。

这篇文章只有一页，1981年发表在《自然》杂志上——大约是他出生的五年前！——当他快速扫描那页文献时，他不但了解外甥所说的都是真的——而且同样重要的是，他完全了解这个奇迹发生的原因。

这本出版了八十年的期刊的编辑一定很有幽默感。本来一篇讨论太阳系外围行星的核心的论文，绝不会引起一般漫不经心的读者的兴趣，这篇却有一个别出心裁的标题。他的计算机应该会马上告诉他，这个标题是由一首有名歌曲的歌名改编的，究竟是哪一首歌，当然没这么重要。

无论如何，保罗大叔从来没听说过披头士，也不知道他们吸食迷幻药吸得晕头转向的事。

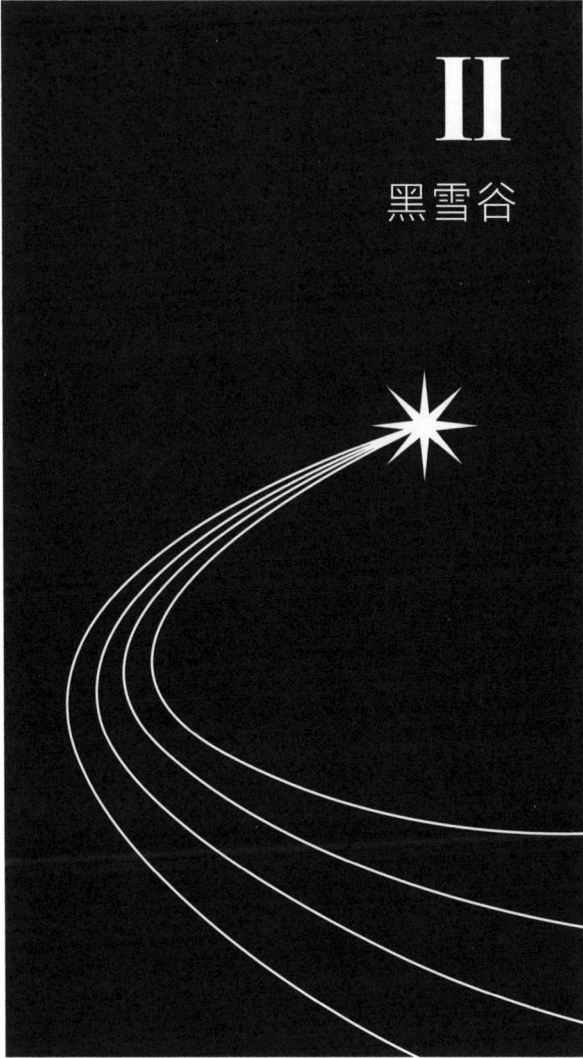

II

黑雪谷

15

与哈雷相会

哈雷彗星现在已经很近了，但反而看不到了。说起来好玩，从地球上反而看得比较清楚；它的尾巴已经长达五千万公里，且与其轨道呈直角，像一面旌旗在看不见的太阳风里飘扬。

在预计与彗星会合的当天早上，弗洛伊德一大早就从噩梦中醒来。这很不寻常——他居然会做梦（至少记得梦中情景），这一定是期待几个钟头以后即将到来的事情而兴奋过度吧。另外，不久之前卡罗琳传来的一个信息——问他最近有没有小克里斯的消息——也让他有点担心。他曾经简短地回电，说他帮小克里斯在宇宙号的姊妹舰乾坤号上谋得目前的职位，结果他连一声谢谢也没有。或许他现在已经跑腻了地球—月球航线，想到别的地方找刺激。

"跟往常一样，"弗洛伊德补充了一句，"等他高兴的时候，自然会告诉我们他在哪里。"

用完早餐之后，所有乘客和科学小组人员都集合在一起，听取史密斯舰长的行前简报。其实科学小组根本不用听；假如他们觉得不耐烦，主屏幕广告牌上面所显示的奇异景象马上会将他们的幼稚情绪一扫而空。

屏幕上的图案会让人觉得宇宙号更像是正飞进一团星云，而不是飞近一颗彗星。前方的天空是一片白色的云雾——很不均匀，其间夹杂着一块块灰色的凝结水汽、一条条亮带和闪闪发光的喷射气体，全部是从一个中央点发射出来的。在目前的放大倍率之下，那颗"彗核"只是个小小的黑点，几乎看不见，但它显然是周遭所有现象的源头。

"我们将在三个小时之后切断动力，"舰长说道，"到时候我们距离彗核只有一千公里，速度几乎等于零。我们将会做一些最后的观测，以决定降落的位置。

"因此我们将在12:00整变成无重力状态。在那之前，你的舱房服务员会检查每样东西是否全都拴牢。这跟上次回转的情况完全一样，不过这次需要三天的时间——而不是像上次的两小时——重力才会恢复。

"哈雷彗星的重力？别提了——还不到1厘米／秒平方——大约只有地球上的千分之一。假如你耐心等待，你才会感觉到它的存在，就是这样。东西掉下一米就要花十五秒钟。

"为安全起见，我希望大家在接近和着陆时都待在观察室里，并且绑好安全带。无论如何，那个地方的视野最好，而且整个行动过程不会超过一个小时。我们只会使用非常小的校正动力，但什么方向都有可能，或许会造成感觉上的小小困扰。"

不用说，舰长所谓"小小困扰"指的是"太空晕船"——但大家都心照不宣，因为这个名词在宇宙号上是个禁忌。不过很显然，有许多只手都偷偷地往座位底下的储物格摸去，看看有没有塑料袋可用；虽然有点尴尬，但紧急时还是非它不可。

屏幕广告牌上的影像随着放大倍率的调高而变大。有一阵子弗洛伊德觉得好像坐在一架飞机上，穿过层层薄云准备着陆，而不像是坐在宇宙飞船里逐渐接近那颗最有名的彗星。彗核看起来越来越大、越来越清楚；它现在已经不是个小黑点，而是个不规则的椭圆形——像漂荡在宇宙大洋中的一座千疮百孔的小岛——突然间，它看起来自成一个世界。

弗洛伊德仍然还没有尺度的概念，他虽然知道眼前的东西总长不到十千米，感觉上却好像有月球那么大。但月球的边缘没有那么不规则，也不会到处喷出小团气体——以及两团较大的。

"我的天！"米凯洛维奇大叫道，"那是什么？"

他指着彗核的下缘，刚好在明暗分界线里面一点的地方。毫无疑问——但怎么可能？——在彗核的暗面有一个亮光，正在以非常规律的节奏闪烁着：亮、暗、亮、暗，每两三秒钟闪烁一次。

威利斯博士的老毛病又发了："我可以用几个简单的字解释给你听……"史密斯舰长一声咳嗽打断他的话。

"很抱歉，你可能要失望了，米凯洛维奇先生。那只是'取样侦测器二号'的信号灯罢了。它已经停在那边一个月，等我们来把它收回去。"

"不好意思，我以为是什么人——或什么东西——在那里欢迎我们呢。"

"恐怕没那么好的事，我们在这里是孤零零的。那个信号灯的位置就是我们打算降落的地点——接近哈雷彗星的南极，目前是漆黑一片。这对我们维生系统的运作有好处；在太阳照到的地方，温度高达120摄氏度——远高出水的沸点。"

"难怪这颗彗星这么趾高'气'扬，"脸皮超厚的米凯洛维奇说道，"那些喷气看起来对我的身体不太好。你确定我们可以下去吗？"

"这就是为什么我们选在暗面着陆的另一个理由；那里没有任何喷气活动。现在容我告退一下，我必须回舰桥去。这是我第一次有机会降落在一个全新的世界——我不确定以后还有没有这种机会。"

史密斯舰长的一票听众逐渐散去，鸦雀无声。屏幕广告牌上的影像又恢复到正常的大小，彗核再度缩小成一个几乎看不见的小点。不过在这短短的几分钟里，它似乎稍微变大了点，那应该不是幻觉。再过不到四个小时，宇宙飞船就要与彗星会合；目前它正以每小时五万公里的速度冲向彗星。

在这节骨眼上，假如宇宙飞船的主引擎发生什么问题的话，宇宙飞船会在哈雷彗星上撞出个大洞来——比目前所有的坑洞都大。

16

着　陆

　　正如史密斯舰长所料，这次的着陆一点也不刺激。他无法说出宇宙号触地的时刻；经过整整一分钟，乘客才知道宇宙飞船已经完成着陆，而爆出一阵迟来的欢呼。

　　宇宙飞船停泊在一个山谷的入口，四周都是小山丘，高度约一百米。假如有人想看到像月球上的景色，那他一定会大吃一惊；这里的地形与月球上光滑、和缓的景致完全不同，后者是数十亿年来被无数的微小陨石不断撞击所形成的。

　　而在这里，没有一样东西的年龄超过一千年；金字塔都比这里的地形地物古老得多。哈雷彗星每次绕过太阳的时候，都会被太阳之火重新改造一次——同时也逐渐变小。自从上次在1986年绕日飞过之后，它的彗核形状已经有些微的改变。威利斯仍然不改口无遮拦的本性，用了大胆的比喻形容它，他告诉他的观众："这颗'花生'已经变得更像细腰黄蜂了。"的确，根据种种迹象显示，再多绕太阳几次之后，哈雷彗星有可能断成大约相等的两块——就像1846年的比拉彗星一样，当时曾经让天文学家叹为观止。

彗星上几乎等于零的重力也造成其表面上的特殊景观：到处都是蜘蛛网状的结构物，就像超自然艺术家的幻想之作；还有许多叠得奇形怪状的岩堆，这种叠法连在月球上都支撑不了几分钟。

虽然史密斯舰长将宇宙号的降落地点选在哈雷的南极深夜区——与炽热的日照区足足相距五公里——但照明度还是相当充足。由于整颗彗星都被一层气体和尘埃包围，形成一圈发亮的"光晕"，这个地区似乎因此而蒙受其利；你可以想象它仿佛就是南极冰原上空的极光。如果这还不够亮，太隗可以提供相当于数百个满月的额外亮度。

虽然事先已经知道彗星上是个完全没有颜色的世界，但抵达实地之后仍然让大家颇为失望；事实上，宇宙号一直就停在一个露天煤矿里；这个比喻真的很恰当，它四周的黑色大都是由碳及其化合物与冰雪紧密混合所造成的。

史密斯舰长理所当然第一个离开宇宙飞船，他轻轻地从宇宙号的主气闸爬出来。虽然气闸只有两米高，但着实花了一番工夫才下到地面。接着，他立即用戴着手套的手从地面上捧起一堆粉末仔细端详。

舰上其他的人都屏息以待，想亲聆即将列入历史课本的不朽话语。

"看起来像胡椒盐，"舰长说，"如果能解冻，也许可以长出漂亮的农作物。"

依据计划，此次任务包括一整个"哈雷日"（Halley day，哈雷彗星上的一日，相当于五十五小时）待在南极；整天没事干，名副其实的"假日"（Holiday）。然后——假如没什么问题——行进十公里前往难以确定的"赤道"，研究其中一个间歇泉在一天一夜中的变化情形。

主任科学家潘德瑞尔立即展开工作。他和另一位同事坐上一辆双人喷射橇，驰往那部一直闪着信号灯的探测器。一小时后，他们带着包装得好好的彗星样品回来，得意扬扬地将它收藏在冷冻库里。

同时，其他的几个小组沿着山谷架起蜘蛛网般的电缆线路；他们将柱子打入硬脆的地面，然后将缆线架在上面。这个电缆网络不但可以作为所有仪器与宇宙飞船之间的联系，而且可以让人员在舰外的活动更方便。他们不必使用笨重的"舰外行动器"，就可以在这个区域来去自如；他们只要用一条绳子将自己拴在电缆上，然后双手交互运用，即可沿着缆线到处走动。而且比起使用舰外行动器，这样有趣多了；所谓"舰外行动器"，事实上是一艘单人宇宙飞船，使用起来复杂得不得了。

看着这些事在进行，乘客都觉得很新鲜；他们听见无线电里的对话，并且分享发现新事物的刺激。差不多十二小时之后——比葛林堡当年登陆水星时的作业时间短得多——这群被关在宇宙飞船里的观众开始无聊起来。没多久，他们开始谈起有关"出去"的话题——除了威利斯，他一反常态，显得很低调。

"我想他是害怕，"米凯洛维奇不屑地说道。他一开始就不喜欢威利斯这个人，因为他发现这个科学家是个音痴。虽然这样对威利斯很不公平（他曾经自愿当小白鼠，让人家研究音痴的种种现象），米凯洛维奇仍然不放过他："无音乐修养者，必有叛逆、欺骗和腐化。"

弗洛伊德在离开地球之前，就已经决定非下船不可。玛吉·M很愿意尝试任何事情，不用鼓励她也会下去（她有一句口号："一个作家永远要把握尝鲜的机会。"她的感情生活多彩多姿，就是实践这句口号的最佳证明）。

伊娃·美琳一如平常，一直保持神秘；但弗洛伊德已经决定要单独带她游一趟彗星。至少，好人做到底；每个人都知道，这位隐遁多年的传奇女星能列入乘客名单，有一部分是他促成的。现在大家都在开玩笑说，他们两人在谈恋爱；他们任何一句无心的话，都被米凯洛维奇和船医马欣德兰马辛德拉拿来作为取笑的材料。尤其是马欣德兰马辛德拉医师，表面上对他俩敬重有加，但心里是又羡慕又嫉妒。

弗洛伊德虽然一开始感到困扰——因为他年轻时确实暗恋过她——但随即处之泰然。只是他不知道伊娃对这件事的感受，到目前为止他也没有勇气问她。在舰上这个紧密的小社会里，任何秘密都很少藏得住六个小时以上；但她仍然维持一贯的沉默——就是这种神秘的特质，让她风靡无数影迷达三代之久。

至于威利斯，他刚发现一件麻烦的事情；事虽小，但一粒老鼠屎足以毁了一锅粥。

原来，宇宙号上配备有最新式的"马克二十"航天服，其面罩采用防雾兼不反射的材质，保证可以获得最佳的视野。虽然头盔有各种尺寸，但没有一顶适合威利斯——除非动"大手术"。

他花了整整十五年才好不容易建立了个人的注册商标（一位评论家曾经称之为"修剪艺术的最高境界"，也许是恭维之词吧）。

威利斯的那把胡须就是他与哈雷彗星之间唯一的障碍；他马上得面临一项抉择——要胡须还是要哈雷。

17

黑雪谷

乘客想下船逛逛，史密斯舰长曾经提出一些反对的意见。但他知道，大老远来到这里，如果不下去走走，实在也说不过去。

"你们如果遵照指示的话，应该没有问题。"他终于举行简报，"即使有人没穿过宇宙飞行服——我确定只有葛林堡指挥官和弗洛伊德博士穿过——也没关系；它们穿起来很舒服，而且是全自动的。在气闸通过检查之后，根本不需要任何控制或调整。

"只有一项严格的规定：每次只有两个人可以出去活动。当然会有一个人负责护送，用一条五米长的安全索跟你们绑在一起——必要时可以伸长到二十米。另外，你们两人都必须拴在已经沿山谷架设好的两条缆绳上。这里的道路规则跟地球上一样：靠右边走！假如你要超越任何人，只要解开绳扣就行了——但其中一人必须时时与缆绳连在一起；这样的话就不会有飘出太空的危险。还有其他问题吗？"

"我们在外面可以待多久？"

"随你高兴，穆芭拉小姐。不过我的建议是，只要你感觉有点不适，就马上回来。第一次出去的话，也许一个小时最好——虽然感觉上好像只有十分钟……"

史密斯舰长说得没错。当弗洛伊德瞄了一下定时器时，真的不敢相信已经过了四十分钟。不过他不应该这么惊讶，因为此时他离宇宙飞船已经有一公里远了。

身为最年长的乘客——说他是"资深乘客"也可以——大家都礼让他，让他第一个出去。而且他要谁跟他一起去，不言而喻。

"跟伊娃去EVA（舰外活动）！"米凯洛维奇大笑道，"有这么有趣的事！不过——"他的笑容很暧昧，"穿上那该死的航天服，想要怎样怎样恐怕很难啰。"

伊娃毫不犹豫地答应了，但答应得不很热切。弗洛伊德有点失望："算了！她就是那个样。"倒不是说他有不正当的妄想——老头子一个，还会有什么妄想——而是失望：不是对伊娃，而是对自己。她有如蒙娜丽莎（有人如此比喻她），已经超乎他人的褒或贬了。

这样的比喻有点不伦不类，蒙娜丽莎虽然神秘，但绝无情色的成分在内。而当年伊娃的魅力在于以独特的方式将两者融合在一起——再加上一份天真无邪。半个世纪之后，这三种成分在她身上仍然依稀可见——至少，在某些人眼中是如此。

唯一看不见的——弗洛伊德不得不承认——是真正的个人风格；他绞尽脑汁想在她身上找出属于她个人的东西，但想到的都是她以前饰演过的那些角色。他很不情愿地同意某位影评所说的："伊娃是反映男人情欲的一面镜子，但镜子本身没有特色。"

现在，这位独特而神秘的尤物正跟在他的身旁，一起在哈雷彗星上遨游；他们正跟随着向导，沿着架设在整座"黑雪谷"的双轨缆线前进。"黑雪谷"是他取的名字；虽然在地图上没有这个地名，但他还是像小孩子一样得意。其实，在一个地形瞬息万变的世界里（和地球上的天气一样多变），地图是没有意义的。他一边看着四周的景色，一边品尝着里面蕴藏的知识。这样的景色以前没有人亲眼见过——可能以后也无缘再见。

在火星上，或者在月球上，有时候你可以——得运用点想象力，而且不去看那不一样的天空——假想你是在地球上。但在这里根本不可能，因为这里到处都是高耸的——而且常常过度堆栈的——雪堆，几乎不受重力的约束。你必须很仔细地观察四周环境之后，才能确定哪里是上面。

黑雪谷很不寻常，因为它有着相当坚固的结构——是一块岩礁，镶嵌在由冰冻的水和碳氢化合物混合而成的不定型堆积物里。这块岩礁是怎么来的，地质学家还在争论不休：有的说它原来是块陨石碎片，在很久以前撞上彗星。垂直钻探的结果显示它是许多有机化合物的复杂混合体，很像冰冻的煤焦油——不同的是，它的形成过程里完全找不到生命参与其中的证据。

覆盖着这座小山谷的"雪"并不完全是黑色；当弗洛伊德用手电筒的光束扫过时，它会闪闪发光，仿佛里面嵌着无数颗微小的钻石。他怀疑哈雷彗星上真的有钻石；没错，这里有很多碳，但同样确定的是，这里从未存在过产生钻石所需的高温和高压。

由于一时的冲动，弗洛伊德弯下身来，用双手捧了一团雪。在几乎没有重力的环境下，这个动作没那么简单；他必须用两脚向安全索一蹬，像个走钢索的空中飞人——但是头下脚上，样子有点滑稽。当他的头触及脆弱的地面时，几乎感觉不到阻力，整个上半身都埋在里面；然后他轻轻拉一下拴绳，将自己和满手的哈雷拉出来。

他把手里那一堆掺有细微晶粒的膨松物质压实，成为一个刚好盈握的球形；同时私下希望能够透过绝缘的手套感觉一下。当他拿在手中把玩时，可以看到它虽然是一团漆黑，但有许多亮点在里面闪烁。

突然间，在他的幻想中，那个黑球变成纯白——而且他也似乎回到童年，站在昔日的冬季游戏场，四周都是小男孩想象中的鬼魂。他甚至可以听到同伴的叫声，手里握着洁白的雪球在辱骂他，恐吓他……

这段回忆一闪即逝，却是刻骨铭心，因为里面包含着深沉的感伤。经过了一个世纪，他已经记不得任何一位当时围着他的朋友（这些朋友早已作古）；不过他知道，他曾经喜欢过其中几位。

他热泪盈眶，手中紧握着那颗彗星上的雪球。接着，幻影逐渐淡出，他又回过神来。这一刻不再是感伤，而是得意。

"我的天！"弗洛伊德大喊，声音在宇宙飞行服里面狭小的空间中回荡，"我现在正站在哈雷彗星上——此生夫复何求！假如现在有一颗陨石打到我，我也死而无憾！"

他抡起双臂，将那颗雪球投向众星。它又小又黑，立即不见了踪影，但他仍然继续眺望着星空。

接着，出乎意料，当它升至阳光照射之处时，突然爆出一阵亮光。它虽然漆黑，但反射的光线已经足够耀眼，在微亮的天空中衬托下，可以看得一清二楚。

弗洛伊德目送着它，直到看不见为止——也许是被蒸发了，也许是距离太远了。无论如何，在上面辐射线那么强的地方，它撑不了多久的；但有几个人能像他一样，可以宣称曾经亲手创造了一颗彗星？

18

老实泉

当宇宙号还停在哈雷的南极阴影中时，小心翼翼的探索行动就已经展开了。首先是派出数艘单人驾驶的舰外行动器，轻轻地喷着气体，在向日面和背日面上到处巡逻，记录所有有趣的事。这些先遣的探勘行动一旦完成，他们就派出几组科学家，每组可达五人，搭乘舰上的航天飞机出去，在重要地点部署设备和仪器。

"贾丝明夫人号"是一艘分离舱，与发现号时代的原始分离舱有很大的差异：它只能在无重力环境中使用。基本上，它是一艘小型的宇宙飞船，采用用来搭载人员和运送较轻货物的设计，来回于宇宙号和火星、月球或木卫之间。它的驾驶员将它当作贵妇人看待，曾经开玩笑地抱怨说，让它绕着又小又寒酸的彗星团团转，实在有失它的身份。

由于史密斯舰长已经非常确定哈雷——至少在其表面上——没什么看头，因此开始转移阵地。只不过移动了十几公里，宇宙号就来到了一个完全不同的世界，从原来连续昏暗好几个月的南极来到一个有昼夜循环的地带。当黎明到来时，彗星也开始苏醒过来。

　　当太阳从崎岖不平且近得不像话的地平线爬上来时，它的光芒立即斜射到表面上密密麻麻的小坑洞里。大多数的坑洞都是不活动的，它们狭窄的咽喉都被矿物质盐类的硬壳堵住。在哈雷上，再也找不到一个像这里这么五彩缤纷的地方；因此，生物学家曾经误以为这里已开始出现生命，像当初的地球一样，以藻类的形式存在。到现在还有许多人仍不死心，不过终究还是要面对现实。

　　另外有些坑洞则不断有袅袅蒸汽冒出，以奇异的直线上升；因为这里没有风，不会将蒸汽吹偏。除此之外，通常在一两个小时内都不会发生什么事；但当太阳的热穿透其冰冻的内部时，哈雷就开始"激动"起来——正如威利斯所形容的——"像一群鲸鱼般"。

　　虽然形容得很传神，但还不算是个精准的比喻。从哈雷的向日面喷出的气体不是断断续续的，而是一喷就是连续好几个小时；而且喷出之后并不向下抛回地面，而是一直往上去，直到加入、消失在上方发亮的云雾里。

　　刚开始的时候，科学小组战战兢兢的，就像火山学家在接近西西里岛上的埃特纳火山或意大利半岛上的维苏威火山的心情，来看待这些"间歇泉"。但不久之后，他们发现哈雷上的喷发虽然看起来很可怕，事实上却非常温和、有节制；水喷出的速度大约与普通消防水管的喷水速度相仿，而且只是稍微有点温。水从地底的贮存库里冒出来不到几秒钟后，马上变成蒸汽和冰粒的混合物；这时的哈雷，仿佛被包围在一阵暴风雪中，不过方向是往上。即使喷出的速度不大，但没有一滴水会掉回来。因此，每绕日一次，彗星就会"大失水"一次，流失于无垠的太空中。

经过大家的催促，史密斯舰长终于同意将宇宙号移到离"老实泉"一百米的地方，它是向日面上最大的一个间歇泉。那景象非常壮观——从一个三百米宽的坑洞中，一柱灰白色的云雾自一个非常小的孔里生长出来，形状像棵大树；那个坑洞可能是属于彗星上最古老的岩层之一。不久，科学家就进到坑洞里到处攀爬，搜集各种五颜六色的矿物样本（唉！可惜里面完全没有生物），偶尔漫不经心地将温度计、取样玻璃管等塞进那个高耸的水-冰-气混合柱里。"小心！"舰长警告说，"假如谁被它冲到太空去，别指望有人马上去救你。事实上，我们也许会在这里等你自己回来。"

"他讲那些话是什么意思？"米凯洛维奇问道。威利斯一如往常，马上给出了答案。

"在天体力学里，很多事情跟你的想象完全不一样。从哈雷抛出的任何物体如果速度不是很快，则仍然会循着几乎相同的轨道运动——只有抛出之速度非常大时，轨道才会有明显的差异。因此绕完一圈之后，这两个轨道将再交会——你将会回到原来的地方；当然，那时候你已经老了七十六岁。"

离开老实泉不远的地方，是另一个令人不可思议的现象。科学家第一次见到它时，简直不敢相信自己的眼睛。在哈雷彗星上暴露于真空中的环境下，居然有个广达数公顷的湖泊；这个湖泊除了颜色非常黑之外，与其他普通的湖泊没两样。

很显然，那里面不是水；在这样的环境下，唯一能稳定存在的液体是大分子的有机油类或焦油。事实上，这个被命名为"托内拉湖"的湖泊比较像沥青，除了有一层不到一毫米厚的黏稠表面之外，其余都很像固体。在重力几乎等于零的地方，必须经过好几年的时间（也许要经过几趟太阳烈火的熬炼），才能形成现在这么平滑如镜的表面。

直到舰长制止之前，这个湖泊俨然成为了哈雷彗星上最主要的观光景点。有人发现（但不知是谁）在湖面可以正常行走，就像在地球上行走一般自然；表面上那一层黏稠的薄膜刚好可以提供足够的黏性，将脚粘住。不久，几乎所有的船员都来这里留影，照片上看起来好像他们是在水面上行走。

接着，史密斯舰长在巡视气闸时，赫然发现墙壁上溅了许多焦油，立即大发雷霆；从来没有人见过他那么生气。

"真的有够糟，"他咬牙切齿地说道，"宇宙飞船的外表竟然卡了一层——油烟。哈雷彗星是我所见过最肮脏的地方。"

从此之后，他不准任何人在托内拉湖上乱跑了。

19

坑道的尽头

在一个狭小、封闭的世界里，大家都互相熟识的情况下，没有比遇到陌生人更令人惊骇的事了。

当弗洛伊德沿着通往休息室的通道轻飘过去时，就有过这种令人不安的经验。他吃惊地望着这位闯入者，心里非常纳闷，这个偷渡者怎么这么久都没被发觉。对方也回瞪他，样子有些尴尬，也有些虚张声势，很显然在等着弗洛伊德先开口。

"啊，威利斯！"弗洛伊德终于说话，"抱歉，我刚才没认出是你。你居然为了科学做了这么大的牺牲，要不要我公开表扬你一下？"

"当然要，"威利斯没好气地回答，"我有办法把头塞进某顶头盔里，但这把要命的胡须不断制造噪音，害得没有人听清楚我在说什么。"

"你打算什么时候出去?"

"葛林堡一回来我就出去,他跟钱特去做洞穴探险了。"

人类于1986年首度飞近哈雷彗星后,已经推测出它的密度远低于水;意思是说,它可能是由非常疏松的物质构成,或者有密密麻麻的洞穴。后来发现两种解释都是对的。

起初,一向小心谨慎的史密斯舰长一概禁止任何的洞穴探险;但潘德瑞尔博士提醒他说,他的首席助理钱特博士是一位经验老到的洞穴学家,舰长终于让步。事实上,这是钱特获选的主要原因之一。

"在重力这么小的环境下,洞穴是不可能发生坍塌的,"潘德瑞尔向勉强答应的舰长说道,"所以不会有被困在里面的危险。"

"如果迷路怎么办?"

"假如钱特听到这句话,一定会认为这是对他专业素养的一大侮辱。他曾经深入美国的猛犸洞二十公里。无论如何,他一定会使用导引索。"

"通信问题呢?"

"导引索里面有光纤。还有,航天服的无线电也许大致全程可通。"

"哦,那他想进入哪个洞穴?"

"最佳地点是在小埃特纳山脚下的一处干涸间歇泉，它已经至少有一千年没动静了。"

"我倒希望在未来几天也不要有任何动静。好吧，还有哪一位要去？"

"葛林堡已经志愿要去，他曾经在巴哈马地区做过很多次海底洞穴探险。"

"我也试过一次，不过一次就够了。告诉葛林堡人命关天。他只能进到仍看得见入口的地方，不可再深入。假如他与钱特失去联络，没经我批准不许去找他。"

不过他私底下很清楚，要下这样的决心很难。

钱特博士听过许多有关洞穴学家的老笑话，说他们喜欢往洞穴里钻是由于子宫情结；不过他非常确定这种说法不值一驳。

"子宫是个吵得要死的地方，老是有一大堆的重击声、碰撞声、嘎嘎声，"他辩称，"我喜欢洞穴是因为里面非常安静、祥和，在里面感觉不到时间的流逝；除了钟乳石会逐渐变粗之外，经过几十万年也不会有什么变化。"

但现在，当他抓着又细又韧的导引索（另一端是葛林堡）往彗星深处飘去时，这才发现和他想象的大不相同。他虽然提不出科学上的证明，但地质学家的直觉告诉他，这个地底世界一定刚诞生不久（以宇宙的时间尺度衡量）；它比人类的某些城市还要年轻。

他现在正轻跃通过的隧道直径约有四米，加上几乎没有重力的感觉，让他清晰地回想起地球上的洞穴潜水。低重力让他产生这种幻觉：感觉上好像是携带着稍微过重的东西，一直缓缓地下沉。只是这里毫无阻力的现象告诉他，现在是在真空中移动，而不是在水里。

"我刚刚看不到你，"葛林堡在入口内五十米处说道，"无线电通信情况仍然良好。里面景色如何？"

"很难说——我无法辨识任何岩层，所以不知道该用什么字眼描述它们。看起来不是什么岩石；一碰就碎——感觉上好像正在探索一块巨大的格吕耶尔干酪……"

"你是说它是有机物？"

"没错！但跟生命无关就是了；不过，这是构成生命的绝佳材料。各式各样的碳氢化合物，化学家看到这些东西一定乐翻了。你还看得到我吗？"

"只看到你电灯的余光，而且消逝得很快。"

"啊……这里有些真的岩石，看起来好像不属于这里，可能是从外面进来的。啊！我挖到金子了。"

"少来！"

"它曾经骗过许多旧时的西方人，其实这是黄铁矿。它在外围卫星上很普遍，但不要问我它为什么在这里……"

"失去视线联系了，你已经深入洞中两百米了。"

"我正在经过一个独特的岩层，很像陨石残骸。在过去，这

101

里一定发生过很有趣的事情，我希望能查出是什么时候发生的。哇！"

"不要吓我好不好？"

"抱歉——害我差点停止呼吸。前面有一个大洞，像个房间；我没料到会碰到。我们用手电筒四周照看看……"

"它几乎是球形的，直径有三四十米。而且令人难以置信，这里居然有钟乳石和石笋——哈雷彗星上到处都令人惊奇。"

"那有什么好惊奇的？"

"这里既无流动的水，也没有石灰岩，重力又这么小。这些看起来像是某种蜡。请等一等，让我好好用录像机把它们拍摄下来。形状挺诡异的……像是蜡烛滴下来所形成。说来奇怪……"

"又怎么了？"

钱特博士说话的声调突然变了，葛林堡立即察觉。

"有些柱子断了，散落一地，看起来好像……"

"继续说！"

"——好像有某种东西曾经在里面乱闯。"

"不可能的。是不是被地震震断的？"

"这里不会有地震，只有间歇泉产生的微震罢了。也许在过去曾有一次大喷发；无论如何，那是几世纪以前的事了。在倒塌的石柱表面上有一层这种蜡的薄膜，约有几毫米厚。"

钱特博士慢慢恢复了镇定。他不是个想象力丰富的人（洞窟探险会很快让人失去想象力），但这个地方的气氛使他回忆起一些不愉快的往事。同时，那些倒塌的石柱看起来像极了牢笼的铁条，被某个恶魔在逃跑时拆毁了……

当然，这种想象完全没有依据；但是经验告诉他，不可轻忽任何的预感或危险的前兆，直到找出其来源。这种小心的态度曾经让他多次死里逃生，因此他不会再轻举妄动，除非找出让他心生恐惧的原因。他也毫不讳言，"恐惧"是正确的字眼。

"钱特，你还好吧？发生了什么事？"

"我还在录像。这些形状让我想起印度神庙里的雕塑，蛮色情的。"

他故意将注意力移开，不去直接面对他的恐惧感，希望借着注意力的转移，在不知不觉中逃避这些恐惧。同时，纯机械式的录像和采样动作，让他心无旁骛。

他不断地提醒自己，这里没什么不对劲，目前的恐惧是正常的；只有当恐惧升高为惊慌，那才会要人命。他一生中有过两次惊慌（一次在山腰上，另一次在海底）；直到现在一想起这些往事，仍然像摸到湿冷的东西一般，不禁打起寒战。不过，谢天谢地，这些都过去了；而且不知何故，他现在觉得很笃定。整件事就像一出以喜剧收场的戏。

他不知不觉笑了起来，不是歇斯底里的笑，而是开怀大笑。

"你有没有看过《星球大战》那部老片子？"他问葛林堡。

"当然看过，而且看过五六遍。"

"嗯！我现在知道我在烦恼什么了。那部影片有一个场景，描述卢克的宇宙飞船钻进了一颗小行星，没想到与一条躲在洞里的大蛇碰上了。"

"那不是卢克的宇宙飞船，是索罗的'千年隼'。我一直搞不懂，那可怜的畜生在那里怎么过活。它一定老是活在饥饿状态中，等待偶尔从太空送上门的食物碎屑。而且，莱娅公主也不够塞它的牙缝。"

"我绝不打算当怪兽的餐点，"钱特博士已经恢复自在，"这里不太可能有生命存在，即使有，食物链也非常短。能找到比老鼠大的生物，都会让我很惊讶了。或许比较有可能找到蘑菇……现在让我看看，下一步我们该走哪里……在这个'房间'的另一侧有两个出口。右边那个比较大，我想……"

"导引索还剩下多长？"

"喔！还足足有半公里。走吧。我现在正在房间的中央……该死！撞到壁了。现在抓稳了……我头先进去。这壁很光滑，如假包换的岩石……只可惜……"

"怎么了？"

"不能再前进了。钟乳石越来越多……越来越密，我没办法过去……而且越来越粗，不用炸药没办法弄断。不过太可惜了……它们的颜色很漂亮；这是我在哈雷上第一次看到这么漂亮的绿色和蓝色。请稍等一下，让我把它们拍摄下来……"

钱特博士紧靠在狭窄坑道的墙壁上，用摄影机瞄准目标。当他戴着手套的手指伸向"高强度"按钮时，没有按对，却误触灯光的主开关，以致灯光完全熄灭。

"设计得真烂，"他喃喃抱怨道，"这已经是第三次了。"

他没有立即改正错误，因为他一直喜欢那份安静和黑暗，这种完全的安静和黑暗，只有在洞穴深处才经历得到。虽然随身的维生设备发出轻微的背景噪音，但至少——

——咦，那是什么？从刚才挡住他去路的重重钟乳石后面，传来一丝暗淡的亮光，像黎明的第一道晨曦。他的双眼逐渐适应黑暗之后，它显得益发明亮，而且颜色逐渐偏绿。现在，他甚至可以看清楚前方重重障碍物的轮廓……

"怎么了？"葛林堡焦急地问道。

"没事——我正在观察。"

他本来想说"一边观察一边思考"。根据他的思考结果，那可能有四种解释。

太阳光有可能经由若干天然的管道透进来，例如：冰、石英或其他东西。但在这么深的地方？似乎不太可能……

由放射性产生的？他根本没想到要带放射性计数器，因为这里几乎不可能有什么重元素（即放射性元素）存在。不过值得下次再来检测一次。

或许是某种磷光矿物质——这是他觉得最可能的一项。要是这是赌博的话，他愿意下注。不过还有第四种可能性，虽然最不可能，但是最有意思。

钱特博士永远忘不了那个没有月亮也没有太隗的夜晚，当时他正在繁星点点的夜空下，漫步于印度洋滨的一处沙滩。海面非常宁静，但偶尔会有懒洋洋的海浪冲上他的脚，碎裂的浪花激起一阵亮光。

接着，他走入浅海里；他现在仍然记得海水轻触脚踝的感觉，像站在温暖的浴缸里。每走一步都会激起同样的亮光，甚至在水面上双手一拍，也有相同的效果。

在这里，哈雷彗星的心脏地带，可能有发光的生物演化出来吗？他很喜欢这种想法。为一探究竟，必须先除去眼前的障碍物；但破坏这么精美的自然艺术品实在罪过。这层障碍物让他回想起某间大教堂里面的祭坛布幔——但他还是决定回去拿些炸药来。但是，还有很多坑道没去……

"这条路已经不通了。"他告诉葛林堡，"我想试试另一条。回到交叉口，并且将导引绳的滚动条设定为'回收'。"他没有透露有关神秘微光的事；他再度打亮手电筒时，那些微光立即不见了。

葛林堡没有马上响应，这有点不寻常；也许他正与宇宙飞船通话。钱特一点也不放在心上；只要再度接通，他可以把话再说一遍。

他的确不用担心，因为葛林堡终于来了一个简短的回报。

"好，葛林堡——刚才的一分钟我以为你走失了。我已经回到那个'大房间'，正走入另一条坑道。希望这条路没有障碍物。"

这次葛林堡马上有了响应："抱歉，钱特。请立即回舰。有临时状况——不，不是这里，宇宙号完全没事。不过我们可能要马上回地球。"

只经过了几个星期，钱特博士就已经找出一个颇具说服力的理论，解释那些断裂的石柱。每当彗星飞近太阳而将其中的物质喷向太空时，其质量分布都会不断地改变。因此，每经过数千年，它的自转会变得不稳定，而改变转轴的方向。这种变化非常激烈，像个失去能量的陀螺，开始要翻覆的样子。到时候所造成的彗星地震，规模可达里氏五级以上。

不过他还是解释不了那神秘的微光。虽然这个问题马上被另一个即将上演的戏剧性事件比下去，但心中的失落感仍然一辈子挥之不去。

即使偶尔还会心有未甘，但他从未向任何同事透露。尽管如此，他仍然将此问题移交给了预计在2133年展开的下一次哈雷彗星探险任务。

20

奉命返航

"你见过威利斯没有？他现在蛮沮丧的。"米凯洛维奇兴高采烈地问道，此时弗洛伊德刚好匆忙路过，舰长有事找他。

"回地球途中他会好转的，"弗洛伊德没时间理会这种鸡毛蒜皮的事，没好气地说，"我正要去看一下发生什么状况。"

当弗洛伊德抵达时，史密斯舰长仍然坐着，一副惊魂未定的样子。假如这个意外事故发生在自己的舰上，他一定像一阵龙卷风般发号施令，指挥若定。但对于目前的情况，他只有干瞪眼，静候地球方面进一步的指示。

拉普拉斯舰长是一位老朋友了；他怎么会搞得如此一团糟呢？怎么想都想不通，既没有明显的意外，也没有导航错误或机器故障，居然会落得如此下场。史密斯舰长也心知肚明，宇宙号事实上爱莫能助。任务中心的人员也只能在那边干着急；每次出事时都一样（偏偏太空飞行又最容易出事），他们除了发出慰问电信及录取遗言之外，总是一筹莫展。但当史密斯舰长向弗洛伊德报告这项消息时，一点都没露出这些疑虑和隐忧。

"这是个突发事件，"他说，"我们奉命返回地球，准备进行救援行动。"

"是怎么样的突发事件？"

"是我们的姊妹舰银河号，在探测木星的卫星群时突然坠毁。"

他看到弗洛伊德脸上一副无法置信的表情。

"没错，我知道那是不可能的。但你听了就知道，银河号目前被困在欧罗巴上。"

"欧罗巴！"

"恐怕是这样。它坠毁了，但无人伤亡。我们仍在等候进一步的消息。"

"什么时候的事？"

"十二小时以前。它在通报给盖尼米得之前耽搁了一阵子。"

"那我们能做什么？我们目前在太阳系的另一边。先回月球轨道上补充燃料，然后沿着最快的轨道赶往木星，那可能——呃，至少要好几个月的时间！"（弗洛伊德心想，假如是在列昂诺夫号的时代，那需要好几年的时间……）

"我知道，但没有其他宇宙飞船可以派得上用场啊！"

"盖尼米得上面不是有自己的卫星际渡轮？"

"它们在设计上只适用于轨道航行。"

"可是它们曾经降落在卡利斯托。"

"那次任务所需的能量少得多。哦！它们刚好也可以降落到欧罗巴，但几乎不能载任何东西。当然，这个方案正在评估中。"

弗洛伊德几乎没有在听舰长讲的话，他仍在试图理解这则惊人的消息。这是半个世纪以来首次（而且是有史以来第二次）有宇宙飞船闯入被列为禁区的卫星。这起事件引发了不祥的联想。

"你认为，"他问道，"这件意外可能是欧罗巴上的什么人——或什么东西——造成的？"

"我正在怀疑，"舰长快快地说，"但几年来我们一直在探索那个地方，而且一无所获。"

"重点来了——假如我们前去搭救，会不会发生什么事？"

"我早就想到这个问题了。不过这些都仅止于推测；在获知更多事实之前，我们不会轻举妄动。同时，我之所以请你过来，是因为我刚刚接获银河号的船员名单，正在纳闷……"

他有点犹豫地将那份报表推过去。但弗洛伊德在瞄它一眼之前早已心里有数。

"我的孙子。"他淡淡地说。

他在心里告诉自己，他是我死后唯一延续我家香火的人。

III

欧罗巴轮盘赌

21

流亡政治

　　虽然所有事先的预测都倾向悲观，但出乎意料，这次的南非革命却没其他革命通常的那么血腥。一直被视为万恶之源的电视界，这次却立了大功。在一个世代之前的菲律宾就已经有过这种先例：当时大多数的人民，不分男女，都知道整个世界都在看他们，因此表现得比较理性而自制。虽然有少数令人遗憾的例外情况，但在摄影机前很少看到大屠杀的场面。

　　大多数南非白人在发现情况不对时，早已在政权移转前纷纷避往国外了。而且走的时候并非两手空空，而是将大把大把的钞票转到瑞士或荷兰的银行，让新政府抱怨连连。到了最后关头，几乎每个小时都有好几架神秘的飞机从开普敦和约翰内斯堡起飞，前往苏黎世和阿姆斯特丹。据说到了自由日当天，整个南非共和国已经找不到一盎司的黄金或一克拉的钻石；而且黄金和钻石的采矿作业也几乎停摆。一位有名的流亡者在海牙的豪华公寓里大言不惭地说："那些黑鬼至少要用五年才能重建金伯利市的钻石采矿业——假如他们真的能重建的话。"不过使他大吃一惊的是，戴比尔斯钻石公司在不到五个星期的时间，就以新的名义和营运方式重新开张了；而钻石俨然成为了这个新国家唯一且最重要的经济命脉。

不到一个世代，虽然老一辈的流亡者还是顽固地坚守旧有的种族隔离思想，年青的一代却已经融入21世纪的种族隔离文化。他们偶尔会细数祖先的当年勇，但只有引以为荣的语气，而无大言不惭的味道；同时，他们也尽量与祖先的愚行划清界限。即使在自己家里，他们也已经几乎不再说南非白人的语言。

不过，正如同上个世纪的俄国大革命，事后还是许多人想复辟；复辟不成就搞阴谋破坏，让那些篡夺他们既得利益的人好看。通常这些人会将自己的挫折与悲愤以其他渠道发泄出来；他们到世界议会喊口号、示威游行、捣乱、请愿——以及用艺术创作来表达，但这种情况很少见。史末资所写的《人民先锋》被视为一本杰出的英文作品（为何不用南非的波尔文，耐人寻味）——即使是对他的政治立场有尖刻批评的人都不得不承认。

不过有一小撮人认为，政治行动没什么用，唯有暴力才可能达到复辟的目的；复辟是他们长期追求的目标。尽管他们之中没有多少人真的觉得自己可以改写历史，但仍有些人认为，既然胜利无望，干脆跟他们拼了。

在这两个极端之间——一端是完全融入，另一端是永不妥协——有许多政治性和非政治性的组织，构成了一张完整的光谱。其中，联合党虽然不是最大的一个，但是最有力量，也最有钱，这是毋庸置疑的。在旧政府时代，它透过旗下许多公司行号所构成的网络，专搞走私的勾当致富；这些公司行号后来都摇身一变成为合法，而且尊贵非凡。

在钟氏太空航运公司里有五亿就是联合党的钱，公然列在年度收支报表上。劳伦斯爵士在2059年又收到五亿，可谓如虎添翼，加速其小型太空舰队的成军。

钟劳伦斯虽然老谋深算，但对于最近联合党与钟氏太空航运公司的银河号包租任务却不闻不问。不管内情如何，当时哈雷彗星已经接近火星，劳伦斯爵士全心全意想让宇宙号如期升空，因而忽略了其他姊妹舰的日常工作。

虽然伦敦的罗氏保险公司对银河号所提出的路程计划内容多有质疑，但马上被摆平了。原来，联合党的分子无孔不入，已经渗透到许多重要机构担任要职；于是保险掮客倒霉了，而太空律师有福了。

22

危险货物

　　跑太空航线不是简单的工作，因为不仅出发点和目的地的位置随时在变（每几天就变化好几百万公里），而且两地的速度都高得惊人（每秒好几十公里）。想订定固定的航班几乎是不可能的事；他们往往必须在空港里（或在轨道上）耐心等候，让太阳系重新洗牌，直到对渺小的人类来说最方便的时机到来。

　　幸好，这些变化周期在几年前就可算出，因此，无论是船舰检修、更新设备，或是船员回行星休假等事宜，都可以事先做最佳的安排。如果运气好，加上强力的推销，他们偶尔可以拉到客人，做做短程的包租生意；再不济，也可以拉到相当于旧日的"游港湾一周"的生意。

　　拉普拉斯舰长很高兴，他在盖尼米得轨道上逗留三个月的时间显然没有完全白费。行星科学基金会意外地收到一笔匿名捐款，资助他们对木星的卫星系统（尤其是以往被忽略的十几颗小卫星）进行探勘。这些卫星中，有些一直未曾探勘过，更别说探访过。

范德堡一听到这项消息，马上打电话给钟氏公司的航运代理商，并且做了详细的查询。

"没错，首先我们将向内朝艾奥前进，然后近距离掠过欧罗巴……"

"只近距离掠过吗？有多近？"

"请等一下——怪了！飞行计划里没讲清楚。当然，它将不会进入禁区。"

"根据最近——应该是十五年前吧——的规定，是可以下到一万公里。无论如何，我想以行星学家的身份志愿参加。我会把资格证书送过去……"

"不用了，范德堡博士。他们已经邀请你参加了。"

不经一事不长一智，拉普拉斯舰长现在回想起来（不久之后，他将有很多时间回想），这趟包租一开始就疑点重重。有两名船员突然称病，临时被替换；他只庆幸有人接替，因而没有照惯例详细查验他们的身份资料。（不过即使查了，他也会发现所有资料都完美无瑕。）

装载货物的过程也有问题；身为舰长，他有责任检查任何上船的东西。当然不可能每样东西都检查，但只要有充分的理由，他就必须毫不犹豫地查个清楚。大致来说，宇宙飞船的船员是一群非常尽职的人；但长时间执勤会很无聊。虽然沉闷的心情有化学药物可以缓解（这药在地球上完全合法），但能不用就尽量不用。

二副小克里斯·弗洛伊德觉得事有蹊跷，立即向舰长报告。舰长分析，色层分析侦测器所侦测到的可能只是窝藏在某处的高档鸦片——舰上船员偶尔会偷偷吸几口。不过，这次事情恐怕没那么简单——应该说非常严重。

"报告舰长，是三号货舱，货号二／四五六。货物清单上说那是'科学仪器'，但里面装的是爆裂物。"

"什么！"

"千真万确，长官。这是它的X光照片。"

"我相信你说的，小克里斯。你有没有打开检查过？"

"没有，长官。那个箱子封得死死的，体积大约是半米乘一米乘五米。那是科学小组带上船的货物中最大的一件；上面贴有'易碎物品，小心搬运'的标签。不过好像每件东西都贴有这个标签。"

拉普拉斯舰长心事重重，手指无意识地在桌面上轻敲着。（这是张仿木纹的塑料桌面，他最讨厌这种图案；下次整修时一定要把它换掉。）即使是这个小动作，也让他吓得从椅子上跳起来；于是他不知不觉地用自己的脚钩住椅脚，把自己固定下来。

虽然他一直很信赖小克里斯（这位新来的二副非常称职，而且从不提及他有一位知名的祖父），但这件事也许有较简单的、令人放心的解释。也许侦测器搞错了，被其他化学物质的敏感分子键误导了。

或许他们可以下到货舱，强行打开那口箱子。不——那可能有危险性，而且可能引起法律问题。最好是能直接找到源头；至于打开来检查，那是迟早的事。

"请把安德森博士找来，并且不要将此事透露给任何人。"

"遵命，长官。"小克里斯恭敬地行了一个礼，不过动作有点夸张；然后轻轻地飘出舱房。

科学小组的组长还不太适应无重力的环境，因此进来时笨手笨脚的。他显然非常愤慨，不过再愤慨也没有用；因此，有好几次他甚至很粗鲁地去抓舰长的桌子。

"什么爆裂物！绝对不是！让我查一查清单……二／四五六……"

安德森博士在他的手提键盘上敲出数据，然后慢慢地念出来："'第五型插入机，数量：三部'。你看，没问题啊！"

"你倒说说看，"舰长说道，"插入机是什么玩意儿？"他虽然很担心，但还是忍不住笑了出来，因为那名称实在有点猥亵。

"那是采集行星样本的标准仪器。你把它丢下去，运气好的话它会插入岩层中，钻取一段圆柱状的岩石样本，最长可达十米——再硬的岩石都没问题；然后它会把详细的化学分析结果送回来。这是研究水星向日面或艾奥等地方唯一安全的办法。我们将把第一台丢到艾奥上。"

"安德森博士，"舰长极力耐住性子说道，"你或许是个杰出的地质学家，但你对天体力学恐怕相当无知。你在轨道上不可以把任何东西一丢了事的……"

说他无知，显然是无的放矢；从安德森的反应即可看出。

"那群白痴！"他说道，"搞什么！他们早就应该通知你。"

"说得没错。固态燃料火箭通常被归类为危险货物。因此我要求保险业者开具保证书，还有你个人担保，保证所有的安全系统都齐全；否则的话，我要把它们统统清出去。现在，还有没有其他我不知道的事？比如说，你们想做地震调查吗？听说那需要用到炸药……"

几个小时之后，稍微心平气和的安德森终于承认，他发现了两瓶氟元素，那是用来驱动光谱取样激光器的必要物质；当宇宙飞船在一千公里外掠过天体时，可以利用它来做光谱分析。由于高纯度的氟是人类所知最毒的东西，因此在违禁货物的名单上，它排在很前面。但和驱动插入机的火箭一样，它是此次任务不可或缺的物品。

现在，拉普拉斯舰长觉得所有必要的预防措施都搞定了，他也接受安德森的道歉；安德森解释说，出了这种差错都是因为这次的探险活动准备得太仓促了。

他认为安德森说的是实话，但也开始觉得这次的任务中，有些事情怪怪的。

到底有多怪，恐怕他永远无法想象。

23

地　狱

在木星被引爆之前，艾奥是太阳系中第二近似地狱的地方，仅次于金星。现在，太隗把它的表面温度再升高了好几百摄氏度，金星已经不够看了。

硫黄火山和间歇泉的喷发活动更加频繁，只要几年的时间（以前要好几十年），这颗受苦受难的卫星表面就会出现完全不同的新面貌。行星学家已经放弃绘制地图，他们宁可每隔几天从轨道上拍摄一些照片；从这些照片中，他们可以拼凑出令人惊心动魄的地狱景象，像慢动作的电影一般出现在他们眼前。

伦敦的罗氏保险公司对这段行程要求超高的保险费；但实际上，艾奥对一艘一万公里外掠过的宇宙飞船并无危险性——尤其是飞越其较为宁静的背面。

当他注视着那颗逐渐逼近的黄橙色星球（堪称整个太阳系最艳丽的天体）时，二副小克里斯不由得想起半个世纪以前的往事，他的祖父也来过这里。当时列昂诺夫号就是在此与弃船发现号相会，同时钱德拉博士将沉睡中的计算机哈尔唤醒。然后两艘宇宙飞船一起飞往L1点（即木星与艾奥之间的"内拉格朗日点"），去探索在该处徘徊的巨大黑色石板。

目前黑色石板已经不在了——木星也不在了；它已经像一只凤凰，在一阵爆炸中从一颗大行星变成小恒星，并且伙同原来的一群卫星，俨然成为了一个小太阳系；其中只有欧罗巴和盖尼米得的部分地区具有地球般的温度。没有人知道这样的情况能维持多久。一般估计，太隗的寿命介于一千年至一百万年之间。

银河号的科学小组忧心忡忡地望着L1点；目前那里很危险，最好不要靠近。在过去，木星与艾奥之间有一条所谓的"艾奥流量管"，其中有电能在流动。而太隗诞生之后，流量管中的电能强度更增加了好几百倍。有时候，用肉眼就可以看见这种能量流散发着钠离子特有的黄光。盖尼米得上有些工程师曾经讨论过如何取用那些近在咫尺的巨大能量，但一直没有人想出具体可行的办法来。

第一部插入机已经扔下去了（船员不忘以"插入"两字开着粗鄙的玩笑）；两个小时之后，像注射器一般插入了那颗浑身溃烂的卫星。经过五秒钟的不停操作（比预期寿命长十倍），将数千项测量出来的化学、物理和流变学数据传回之后，终于被艾奥烧毁。

科学家都欣喜若狂，但范德堡却没这么高兴。他本来就知道探测一定会成功，因为艾奥的情况太单纯了。假如他对欧罗巴的了解没错的话，第二部插入机铁定失败。

不过这并不能证明什么，有许多原因会造成失败。一旦失败，最后只有强行登陆一途。

当然，登陆欧罗巴是完全被禁止的——这不单纯是人类法律的问题。

24

夏卡大帝

星际警察这个头衔虽然响亮，但除了在地球之外，几乎没什么影响力；他们不会承认有"夏卡"这种组织存在。南非合众国也采取完全相同的立场；不过当有人不识趣地提到这个名字时，该国的外交人员马上会变得很尴尬，甚至恼羞成怒。

牛顿的第三定律适用于每个地方，包括政治领域。联合党里有一些极端分子，继续不断地在南非合众国里搞阴谋活动；该党虽然想撇清关系，但总是理不直气不壮。通常他们只搞经济破坏，但有时也干爆炸、绑架，甚至暗杀等勾当。

不用说，南非政府对此绝不姑息，他们成立了自己的官方反情报单位。这些单位的职权范围几乎没有什么约束，但对外口径一致，一概不承认有夏卡这种组织。或许他们是在师法美国中央情报局发明的"口头否认"伎俩，或许他们真的不知道有这个组织。

根据一项说法，夏卡这个名称本来只是个代号，后来就像苏联作曲家普罗科菲耶夫笔下的歌剧人物基杰中尉一般，有了自己的生命，许多政府官僚私底下都使用这个名称。这也许可以解释为什么从来没有一位夏卡的成员叛逃或遭逮捕。

另外还有一种解释（虽然有点牵强附会），有些人认为历史上确实有叫夏卡这个名字的人，夏卡的所有成员都有心理准备，一旦遭到严刑逼供，他们都会及时自我了断。

无论真相如何，没有人想象得到，那位伟大的祖鲁暴君夏卡大帝在去世两百多年后，仍然阴魂不散。

25

遮蔽的世界

在木星引爆之后的十年中，其卫星系统逐渐解冻，但一直没有人去过欧罗巴。后来，中国宇宙飞船曾经近距离掠过它，并利用雷达探测它的云层，试图找出钱学森号的残骸位置。他们虽然没有成功，但在永昼面的地图上，人们第一次看到了冰层融化后露出的若干陆块。

他们也在地图上发现了一处两公里长的笔直地貌，显然不是天然之物，因此他们命名为"长城"。根据形状和大小判断，它好像就是那块石板——不，应该说是其中的一块石板，因为在太隗诞生之前数小时，曾经有几百万块石板被复制出来。

不过，雷达探测都没有反应，也没有任何智能型信息从不断增厚的云层下方透露出来。因此过了几年之后，探测卫星都固定在轨道上，改以高空气球研究欧罗巴的气流结构。地球上的气象学家对此大感兴趣，因为欧罗巴的中央有个海洋，又有一颗永不下沉的太隗照耀着，是教科书上才有的完美简化模型。

于是，"欧罗巴轮盘"的赌局开始了；每当科学家提出更靠近这颗卫星的要求时，行政官员都喜欢用这个名词来形容。五十年过去了，一直没什么事情发生，大家开始感觉无聊。拉普拉斯舰长希望这样最好，并且一再要求安德森博士不要惹事。

"就我个人来说，"他曾经告诉安德森，"假如有人以每小时一千公里的速度向我丢掷重达一公吨的穿甲机器，我会认为那是不友善的行为。我很惊讶，世界议会居然准许你这么做。"

安德森博士听了也有点吃惊；但如果他知道这个探险计划案是科学小组委员会一长串议题的最后一个，而且是在星期五下午散会前草草通过的，他就不会那么惊讶了。历史就是由这样草率的决议创造出来的。

"我同意，舰长。不过我们的行动都有许多严格的限制，我们也绝对不会去干扰——呃，欧星人，不管他们是谁。我们锁定的目标是在海拔五公里的高度。"

"你这么说我就了解了。那么，宙斯山有什么好玩的呢？"

"它可神秘了，几年前它还没踪影呢。你终于明白为什么它会让所有地质学家抓狂了吧？"

"那你们的机器下去之后会对它做一番分析？"

"没错。还有——其实我不应该说出来的——他们要求将分析结果列为机密，并且用密码送回地球。显然有人正在进行一项重大的发现，并且很怕被别人抢先发表。你觉得科学家都这么小心眼吗？"

拉普拉斯舰长大可同意这句话，但他不想扫这位乘客的兴；安德森博士这个人看起来单纯得可爱，无论发生什么事，他都是在状况外——但舰长则很清楚，这趟任务比所见的要复杂得多。

"博士，我只希望欧星人不要去爬山。我不喜欢他们将旗子插在当地的最高峰时受到不必要的干扰。"

当第二部插入机被抛下时，银河号上弥漫着一股兴奋的气氛，就连原来的黄色笑话都没有人说了。在这部探测器下降至欧罗巴前漫长的两小时中，几乎每个船员都尽量找出各式各样的借口往舰桥跑，去看导引操作的过程。在着陆前十五分钟，拉普拉斯舰长宣布，除了新来的女服务生罗茜，禁止所有人到舰桥上；假如不是她不断提供上好的咖啡，这项操作任务是无法进行的。

每件事都很顺利。插入机一进入大气层，立即受到空气的阻力而减速，达到适当的着陆速度。目标的雷达影像逐渐在屏幕上扩大，但看不出其具体形状，也没有参考尺度。在着陆前一秒钟，所有记录器都自动调到了最高速率……

……然而完全没记录到什么。"现在我终于明白,"安德森博士伤心地说,"当年第一批'游骑兵'降落月球、所有摄影机统统死机时,喷气推进实验室里的那些人有多泄气了。"

26

守 夜

只有时间是到处存在的，日与夜只是仍在自转的行星上的局部现象罢了（在潮汐力夺去其自转能力之后，连日夜的区分都会消失）。无论离开故乡多远，人类都无法摆脱这个每日的规律，因为自古以来，日与夜就一直如此循环不已。

因此在通用时间01:05，舰桥上只有张二副孤零零一个人，全舰上下都在睡眠中。其实他也可以去睡觉，因为银河号上所有电子监控可以侦测出任何故障，而且反应比他还快。但根据人类与计算机一个世纪以来的互动经验，证明人类处理突发状况的能力还是略胜机器一筹。而所谓的突发状况迟早都会发生。

"我的咖啡呢？"张二副心里有点不爽。罗茜早就该送来了，她应该不会迟到才对。她是不是与其他科学人员和所有船员一样，受到过去二十四小时发生的不幸事件影响，而心情低落？

插入机第一次失败之后，舰上立即开了紧急会议，商议下一步该怎么办。现在还剩下一部，但那是预定降落在卡利斯托用的；不过在这里也许照样可以用。

"无论如何，"安德森博士说道，"已经有人去过卡利斯托了，那边除了各式各样的碎冰之外，什么也没有。"

没有人提出反对。于是在二十四小时的改装和测试之后，三号插入机循着上一部的同一路径，降到欧罗巴的云层里。

这次，宇宙飞船的记录器确实收到一些数据，但只历时半个毫秒。探测器上的加速度计（可测量到二万个G）在读数超过设定范围之前，传回一个短暂的脉冲，显示探测器在刹那间完全撞毁了。

这一次死得更惨；事发之后，宇宙飞船决定将这项消息回报地球，并且在获得进一步的指示之前，暂时在欧罗巴的高空轨道上等候，不急着前往卡利斯托及其他外围的卫星。

"抱歉来晚了，长官，"玫瑰说道，"我一定是定错了闹钟，睡过头了。"从她意为"玫瑰"的芳名中，你根本想象不出她的肤色比她端来的咖啡还要黑。

"幸好，"这位值夜官笑道，"这艘船不是你在开。"

"我无法想象居然有人可以独自开宇宙飞船，"玫瑰回答道，"看起来好复杂。"

"嗯，还好！没有表面上看起来那么复杂。"张二副说道，"难道你在受训时没有上过基本太空理论课程吗？"

"呃——有是有，但是我没听懂多少，什么轨道……以及其他有的没有的。"

张二副觉得谈这些太无聊了，因此想换个生动一点的话题。虽然罗茜不是他喜欢的类型，但看起来还挺漂亮的，趁机多搭讪几句也许有什么收获。他从没想过，或许罗茜端完咖啡后只想回去睡个觉。

二十分钟之后，张二副指了指领航操作台，很得意地做了个总结："所以你看，它几乎是全自动的。你只要敲进几个数字，其他的事宇宙飞船就会自己做了。"

罗茜一定是累了，她一直在看表。

"对不起，"张二副突然领悟过来，"我不应该耽误你睡觉。"

"哦，没关系——我很喜欢听。请继续讲。"

"不了！也许下次吧。晚安，罗茜——谢谢你的咖啡。"

"晚安，长官。"

三等服务员罗茜飘向开着的门，动作有点生疏。张二副听到了门关上的声音，但没有回头看。

几秒钟之后，他听到身后有个陌生女性在对他说话，简直吓呆了。

"张先生，不用按警报器了，它已经被切断。这是降落地点的坐标，将宇宙飞船降落在这里。"

他以为自己迷迷糊糊睡着了，在做噩梦，于是慢慢地将椅子回转过来。

刚才的那个玫瑰正在椭圆形舱口旁飘浮，手抓着门闩稳定自己。现在的她似乎已经完全变了一个人；只不过是一下子，他们的互动角色完全逆转。本来从来不敢正眼看他的羞怯女服务生现在以冷酷无情的眼光瞪着他，使他觉得自己像一只被蛇催眠的小白兔。她另一只手里握着的手枪虽然很小，但显然是致命的。张二副很清楚，即使没有那把枪，她仍然可以轻易取他性命。

不过，自尊心及专业素养告诉他，绝对不可不战而降。至少，他可以尽量拖时间。

"罗茜，"他说道，但这个名字突然变得很别扭，很难说出口，"你这是干吗？刚才我说的根本是夸大其词；我不可能一个人驾驶宇宙飞船着陆。光计算正确的轨道就要好几个小时，而且需要其他人的帮忙才行——至少有个副驾驶。"

枪仍然指着他。

"不要把我当傻瓜，张先生。这艘船没有能量的限制，不像老式的化学火箭。而且欧罗巴的逃离速度只有每秒三公里。你一定受过训练，知道主计算机死机时如何迫降；现在正是实际演练的好机会：迫降在我刚刚给你的坐标上的最佳时机将于五分钟后开始。"

"根据估计，"张二副全身开始冒汗，"这种形式的操作有百分之二十五的失败率。"其实，真正的失败率是百分之十；但在此情况下，他觉得有必要夸张一点，"况且，这是我多年前测试的数据。"

"既然如此，"玫瑰回答道，"我必须把你干掉，然后要求舰长找来一个比较行的人。真伤脑筋，这样的话我们将会错过这次时机，必须等待几个小时，才会遇到下一个时机。剩下四分钟。"

张二副知道自己被打败了，但至少他已经尽力。

"让我把坐标输进去。"他说。

27

多刺玫瑰

拉普拉斯舰长听到第一声轻微的敲击声就醒了过来；那是宇宙飞船的姿态控制喷气机发出来的，像一只啄木鸟在远处敲击树干的声音。刚开始他以为是在做梦；但是不对，宇宙飞船真的在回转！

也许是宇宙飞船的一侧温度太高，自动控制系统正在做某种小小的调整吧。这种事情偶尔会发生，并且是值勤官的疏忽所致，他应该早就注意到温度已经快到极限了。

他伸出手想按对讲机呼叫——呼叫谁呢？——对了，舰桥上的张先生。不过他什么也没按到。

好几天处于无重力环境之后，突然出现十分之一的重力，令他手足无措。他费了好几分钟的时间（其实只有几秒钟），好不容易才解开安全带，从床上挣扎着起来。这时他才看见按钮，开始死命地猛按。但没有任何回应。

毫无征兆出现的重力，使得未固定妥当的物品到处乱碰乱撞，他都无暇顾及。东西纷纷掉落好一阵子之后，唯一听到的异常声音就是隐约从远处传来的尖啸，那是驱动器功率全开的声音。

他扯开舱内小窗的窗帘，往外望着星空。他大略知道宇宙飞船的主轴应该朝哪个方向；虽然他的判断不是很准，误差达三四十度，但已经足以让他区别两种可能的状况。

银河号的主轴方向可以决定其轨道速度的增或减。它现在显然是在减速；也就是说，宇宙飞船正逐渐往欧罗巴掉落。

接着（舰长认为是大约一分钟之后），有人敲门，一直敲个不停。只见二副小克里斯和其他两位船员挤在狭窄的通道里。

"报告长官，舰桥被锁起来了，"小克里斯上气不接下气地说，"我们没办法进去——而且张二副没有响应。我们不知道发生了什么事。"

"我恐怕知道是怎么一回事，"拉普拉斯舰长回答道，"有个疯子早就蠢蠢欲动了。我们被劫持了，我知道被劫去哪里，但我不知道为什么被劫。"

他瞄了一下手表，并且迅速做了一下心算。

"以目前的推进力大小，我们将在十五分钟内脱离轨道；为安

137

全起见，我们以十分钟计算。不管如何，我们可以在不损害宇宙飞船的情况下将驱动力关掉吗？"

负责工程问题的俞二副看起来很不高兴，吞吞吐吐地回答道："我们可以把电动泵的断电器关闭，切断燃料供应。"

"有人能到达那里吗？"

"应该可以——它们在三号甲板。"

"那我们赶快去。"

"呃……不过到时会有另一套独立的备用系统启动。为安全上的考虑，备用系统被密封在五号甲板的隔间里，必须用切割机才进得去——不行，时间上来不及了。"

拉普拉斯舰长一直担心的就是这个。当初设计宇宙飞船的专家为保护银河号，特别挖空心思，将所有可能的意外事故全都考虑到了；但对于人为破坏却没有任何对策。

"有没有其他办法？"

"有是有，但恐怕时间上都来不及。"

"那我们到舰桥上去，看看能不能跟张二副——还有跟他在一起的人，不管他是谁——谈谈。"

他心里一直纳闷：那个人会是谁呢？他绝不相信是正式船员中的一个。剩下来的话——嗯，答案应该呼之欲出了！他应该想象得到的。患有偏执狂的研究人员为证明自以为是的理论（实验不能满足他们），常常为追求知识而不顾一切……

舰上居然有个廉价连续剧里的疯狂科学家，想起来有够夸张；但事实似乎是如此。他在怀疑，是不是安德森博士想得诺贝尔奖想疯了而出此下策。

当上气不接下气的地质学家范德堡一脸狼狈跑过来时，他的猜测马上被否定。"怎么搞的，舰长——发生什么事了？我们的推进器正马力全开！我们究竟是要上还是要下？"

"下，"拉普拉斯舰长答道，"大约十分钟之后，我们将会下到一个与欧罗巴相撞的轨道上。不管现在是谁在驾驶，我希望他知道事情的严重性。"

他们来到舰桥，面对着紧闭的门。门后一片寂静。

拉普拉斯用尽全力敲门，差点没弄伤手关节。

"我是舰长，快开门！"

他觉得有点好笑，因为里面的人铁定不会理他；但他希望至少有点反应。出乎他的意料，居然真的有反应。

由舰桥向外的扩音器传出一个声音，说道："别轻举妄动，舰长。我有枪，现在张先生归我指挥。"

"那是谁啊？"一位高阶船员小声问道，"听起来像是女人的声音！"

"你说对了。"舰长面无表情地说道。这排除了劫匪是男人的可能性，但除此之外也没什么用处。

"你想干什么？你该知道你逃不掉的！"他尽量装出威严而非

乞怜的口气大吼。

"我们将在欧罗巴降落。假如你希望能再度起飞的话，就不要阻止我。"

"她的房间里空无一物。"二副小克里斯三十分钟之后赶来报告。此时银河号的推进力已经停止，并沿着椭圆形路径一直掉落，不久将会掠过欧罗巴的大气层。他们已经骑虎难下。虽然现在有可能令所有引擎瘫痪，但这无异于自杀。他们可能会再被要挟降落在欧罗巴上——这也是自杀，只是时间延后罢了。

"是罗茜！真令人难以置信！你认为她嗑药了吗？"

"没有，"小克里斯说道，"这是一场精心策划的阴谋。她一定在舰上的某处藏有无线电，我们要去搜查看看。"

"你说话的口气像个警察。"

"就这么办，各位。"舰长说道。火气显然消了不少，主要是因为一筹莫展，以及无法与被封锁的舰桥取得任何联系所产生的挫折感。他看了看表。

"距离进入大气层不到两小时——不管那里面有什么。我先回舱房，他们可能会打电话去那边找我。俞先生，请你在舰桥这里待命，一有什么新的状况就马上向我报告。"

他一辈子从未有过如此的无力感，不过有时候人没有选择，只能静观其变。当他离开高级船员休息室时，听到有人慨叹："真想来一杯咖啡。罗茜煮的咖啡是我喝过最棒的。"

没错，舰长冷冷地想着，她确实有一套。只要是她想做的事，她一定会做得彻底。

28

对　话

在银河号上，大概只有一个人认为目前的状况不见得是件坏事。范德堡告诉自己，人皆有一死，但至少我可以在科学史上永存。这种想法虽然只是自我安慰，但比起舰上其他人，他显然没那么绝望。

银河号正向他朝思暮想的宙斯山飞去。在欧罗巴上，除了宙斯山，其他都不值一提。的确，在所有行星上，都没有任何东西可望其项背。

可见他的假设（他必须承认那还只是个假设）已经不是秘密了。这个秘密怎么会泄露出去呢？

私底下，他相信舅舅保罗，但他有可能在无意中讲出去。更可能的是，有人在偷窥他的计算机，而且已经不是一天两天了。如果真是这样，那舅舅就有危险了；范德堡不知道能不能，或该不该发个报警信给他。他知道通信官一直尝试以紧急备用发射器与盖尼米得联系；而且一具自动警示信号器已经停摆，因此宇宙飞船被劫的消息经历一小时左右的传递，现在应该抵达地球了。

有人轻轻敲着舱门。"请进，"他说道，"哦，你好！是小克里斯啊。有何贵干？"

二副小克里斯的造访让他有点意外，因为和其他同事相比，小克里斯并不算和他很熟。他心里悲观地想道，假如这次能平安降落，他们或许会有比想象中更多的机会互相认识。

"你好，博士。这附近，我只碰到了你，我想请你帮个忙。"

"这时候大家都是自身难保，我不知道还能帮别人什么忙。舰桥那边有没有最新消息？"

"没有。我刚从那边下来。我跟老俞及吉林斯把门上的麦克风修好了，但里面似乎没有人讲话。这也难怪——老张现在一定忙翻了。"

"他会载我们安全降落吗？"

"他是最棒的。假如有人做得到，那个人就非他莫属。降落比较容易，我比较担心的是怎样再升空。"

"天啊——我倒没想那么远。我以为升空不是问题。"

"很难说还能不能升得起来。不要忘了，这艘船是针对轨道操作设计的。我们从未想过降落在任何大型卫星上——但我们希望能造访小型卫星，如木卫十二阿南刻和木卫十一加尔尼。我们很可能被困在欧罗巴上；再加上，假如老张为了找到好的降落地点而浪费燃料的话，那铁定上不来了。"

"我们现在知道他要降落在哪里吗？"范德堡尽量装作若无其事地问道，以免引起他人的疑心。但这招显然没用，因为小克里斯正目光炯炯地瞪着他。

"现在还无法得知，但等到他开始刹车时，我们就比较容易猜了。你对这些卫星很熟，你认为会降落在哪里？"

"唯一有趣的地点是宙斯山。"

"为什么有人想降落在那里？"

范德堡耸了耸肩膀："那也是我们一直想知道的事情之一，还害我们损失了两部价值不菲的插入机。"

"现在看起来，损失恐怕不只如此。你有何高见？"

"你说话的口气像个警察。"范德堡露出白白的牙齿，漫不经心地笑答。

"这就怪了——在刚才的一小时里，我居然被说了两遍像警察。"

舱里的气氛马上出现了微妙的变化，仿佛维生系统本身被重新调整过似的。

"啊！我只是开玩笑——你真的是警察吗？"

"是的话我也不会承认，对吧？"

这是没有答案的，范德堡心想；但他又仔细一想，觉得很可能有！

他仔细端详这位年轻的船员，发现——不是第一次发现了——他和那位知名的祖父长得很像。先前有人告诉他，小克里斯是在这趟任务之前才从钟氏舰队的另一艘宇宙飞船调到银河号来的——而且还语带讽刺地说，以他的"良好关系"，对银河号是有百利而无一弊。不过，小克里斯的能力是没话说的，他是位非常优秀的船员。以他的能力，可以轻松找到兼差的机会。罗茜也是一样——对啊！他现在才想起来，她也是在这趟任务之前临时加入银河号的。

罗尔福·范德堡发现自己已经卷入了一张庞大而且无形的星际阴谋网；身为一名科学家，他习惯为所有自然界的问题找到通常来说很直白的答案，因此他不喜欢目前的情况。

不过，他不能以无辜的受害者自居；他一直想隐瞒事实——至少是他以为的事实。现在这场阴谋的效应已经像连锁反应里的中子，不断地滋生出来，其结果恐怕同样不可收拾。

小克里斯究竟是哪一方的人马？还有，究竟有几方人马在角力？假如有关宙斯山的秘密已经泄露出去，联合党是绝不会缺席的。但联合党本身也有很多派别，有的派别并不赞成这么做；它就像间镶满镜子的大厅，令人眼花缭乱。

不过有一点他很确定。小克里斯虽然有某种"良好关系"，但应该是个可以信赖的人。范德堡心想,我愿意打赌他就是星际警察派来支援此趟任务的人员。此趟任务的成败关键,也许就是现在……

"我愿意帮你,小克里斯,"他慢条斯理地说道,"正如你心里怀疑的,我是有一些假设,不过这些假设可能只是无稽之谈——

"在半小时之内,真相即可大白。在那之前,我不想多说。"

他告诉自己,这不单是布尔人天生的固执性格使然;而是考虑到,假如他的假设是错的,他不愿意在大家同归于尽时,知道他就是罪魁祸首。

29

下　降

银河号成功地进入转移轨道之后，尽管一切顺利，让他安心不少，张二副的心里却不断为一件事挣扎。在未来的几个小时里，宇宙飞船将暂时由上帝接管，或者至少是由牛顿接管。除了最后的刹车及着陆动作之外，目前除了等待没有其他的事。

他曾经想过一个愚弄罗茜的计策，也就是在最靠近欧罗巴的地点将方位逆转，使宇宙飞船再度冲入太空，并回到一条稳定的轨道；到时候，也许盖尼米得上会有人来救他们。不过这项计策有一个基本问题：宇宙飞船获救时，他早就被干掉了。张二副虽然不是贪生怕死之辈，但也不愿意当太空烈士。

无论如何，他能不能再撑一个小时都成问题；他被要求即刻降落——单独一个人将一艘三千公吨的宇宙飞船降落在完全未知的领域。这项任务非常艰巨，即使在熟悉的月球上，他也不敢这么冒险。

"你几分钟以后开始刹车减速？"罗茜问道。这句问话毋宁是个命令。她显然具备基本的太空航行知识。张二副原先想愚弄她的计策，无论想得如何天花乱坠，恐怕是不可行了。

"五分钟，"他回答得有点犹豫，"我可以警告舰上其他人员做准备吗？"

"这个我来。麦克风给我……这里是舰桥。五分钟后开始减速。再说一遍，五分钟。完毕。"

这项信息在休息室里的科学家和船员耳里，完全是意料之中。他们有一点幸运，舰外的几部监视摄影机并没有关掉。也许罗茜忘了它们的存在，更可能的是她觉得不关掉也无所谓。因此这些求助无门的观众——其实应该算是被俘虏的观众——可以亲眼目睹这起攸关自身命运的事件如何发生的。

目前，裹在云层里的新月形欧罗巴正占满了后视摄影机的镜头。整颗星球的天空被凝固的水蒸气层层笼罩，找不到任何空隙。（水蒸气凝固之后，会掉往星球的永夜面上。）不过这无所谓，因为除了着陆前的最后一刻，宇宙飞船都是用雷达控制的。不过对于只能靠可见光观看的人而言，心里的焦虑可想而知。

在这群观众里，有一个人花了将近十年的时间研究这颗星球而一直毫无进展；此时，他比其他任何人更聚精会神地盯着那逐渐逼近的影像。范德堡坐在低重力环境专用的轻薄椅子上,安全带微微地绑着。他几乎没有感觉到刹车开始时所产生的重力。

五秒钟之后,推进力达到最大。每个人都在自己的计算机上飞快地计算着。由于无法接近导航操作台,这些计算过程有很多都是瞎猜的,因此拉普拉斯舰长只好耐心等待一个共识出现。

"十一分钟,"他不久后宣布,"假设他不降低推进力的大小——目前为最大值,而且假设目前的飞行高度是十公里——恰好在大气层上方,然后直线下降,那还需要五分钟。"

不用他特别强调,那五分钟的最后一刹那是最关键的时刻。

欧罗巴似乎不坚持到最后一刻不吐露秘密。当银河号关掉动力,翱翔在云层上方时,仍然看不见下方的陆地或海洋。接下来的几秒钟,屏幕上变成了一片空白——除了稍微看到已放下的、几乎没用过的起落架之外,大家心里只有干着急。几分钟前,起落架放下的声音在乘客之间经引起了一阵小小的骚动,现在他们只希望它还能用。

这讨厌的云层到底有多厚呢?范德堡问自己,一直延伸到地面吗?

不,它开始越来越稀薄,一丝一缕地逐渐稀薄——接着,欧罗巴的新天地在下方逐渐浮现,看起来似乎只有数千米远。

它确实是片新天地,即使不是地质学家也看得出来。四十亿年前,地球刚诞生的时候,可能就是这个样子,陆地与海洋正在准备做长期的斗争。

直到五十年前，欧罗巴上既无陆地也无海洋，只有冰。但是现在，面向太隗的半球上，冰已经融化；融化后的水蒸发，升起之后凝固，最后堆积在酷寒的永夜面上。就这样，数十亿吨的液体从一边半球移到另一半球，露出古老的海床；即使是远处传来的微弱阳光，也不知道有这些海床的存在。

将来有一天，这些扭曲的地形可能会被一层植物覆盖，变得更柔和、更温驯；但现在只能看见单调的熔岩流与缓缓冒着蒸汽的泥浆浅滩，其间点缀着高耸的岩石，倾斜的岩层结构清晰可见。很显然，这里的板块活动非常激烈；因此，假如有一座像珠穆朗玛峰那么高的山冒出来，也不是什么奇怪的事。

它就在那里——耸立在近得不自然的地平线后方。范德堡顿时感觉胸口一阵紧缩，颈后的肌肉一阵刺痛。他终于看到这座魂牵梦系的山了，不是透过冷冰冰的仪器，而是亲眼目睹。

正如他已知的，它大致上是个四面体的形状，但有点倾斜，因此其中有一面是直立的。（即使是在这么小的重力环境，这对登山者是个绝佳的挑战，尤其是这座山特别硬，套索钉根本敲不进去……）山顶隐藏在云层里，其他看得见的平缓表面大部分被雪覆盖着。

"所有麻烦都是它惹起的？"有人没好气地嘟哝着，"在我看来没什么嘛！一座普通的山而已。我猜，只要看过一次……"他的话被一阵愤怒的嘘声打断。

银河号现在正往宙斯山方向飞去，张二副小心翼翼地寻找适当的降落地点。这艘宇宙飞船不太能够做侧向控制，百分之九十的主推进力都是用来飞行。目前所剩的燃料只够再飞五分钟左右。之后，他仍然可以安全着地，但不可能再起飞。

大约在一百年前，阿姆斯特朗也曾经遇到相同的难题；但当时在驾驶时，并没有一把手枪抵着他的头。

不过在最后的几分钟，张二副全然忘记了手枪和罗茜；他的全副精神都集中于面前的事情。他俨然是整艘宇宙飞船的一部分；他如果还有人类情感的话，那不是恐惧而是兴奋。他以往所受的训练都是要做这种事，但一直都没有机会发挥，现在却阴错阳差地变成他职业生涯的巅峰——虽然有可能也是他职业生涯的句点。

事情就这样进行下去。现在他们距离山脚下不到一公里，但他仍然找不到降落地点。这里的地形实在有够崎岖，峡谷纵横，巨石林立。他连一块网球场大小的平地都找不到；而燃料表的红线指出，燃料只剩下三十秒钟的用量。

啊，那里！终于找到一块平地，他所见过的最平的一块。在时间紧迫的情况下，这是最后的机会。

他谨慎地将这艘笨重的宇宙飞船像表演特技般地驶过去。那块平地似乎被雪覆盖着——没错，但暴风不停地将雪刮走。问题是，雪的下面是什么呢？看起来应该是冰；这一定是个冰冻的湖泊。但冰有多厚呢？够厚吗？

银河号的巨大喷气像只五百吨的重锤，打在那不怀好意的表面上；一个辐射状的图案立即往四面八方迅速扩展。冰碎裂开，然后新的冰层开始在上面形成。宇宙飞船狂暴的喷气喷在突然暴露的湖面时，沸腾的水形成一阵阵同心圆波，向外急速扩散。

张二副是名训练有素的船员，遇到这种情况立即毫不思索地做出自然反应：他的左手打开安全锁把，右手抓住里面的红杆，将它拉开。

银河号启航以来，这个用于着陆失败的装置一直没被用过；现在，它终于发挥功能，将宇宙飞船拉起来，重新冲回太空中了。

30

着　陆

在舰上休息室里，高级船员眼见预定着陆地点崩塌，并且知道只有一个办法才能死里逃生，个个惊吓万分；在千钧一发之际，当他们感觉到推进力突然全开时，无疑是宣告暂时免死。现在张二副已经将局面稳定下来，大家不由得大大地松了一口气。

但没有人敢去想他们还能继续飞多久。只有张二副知道宇宙飞船的燃料是否足够抵达一条稳定的轨道。而且即使可以，拉普拉斯舰长不乐观地想道，那个拿着枪的狂徒很可能命令张二副再度降落。他从来就不相信她真的是个疯子，她很清楚自己在做什么。

忽然，推进力改变了。

"四号引擎刚刚关闭了，"一位舰上工程师说道，"我不感到惊讶——它可能过热了。以全速开这么久，它受不了了。"

当然，此时并未产生方向变化的感觉。推进力的减小是在宇宙飞船的轴向，但监控屏幕上的影像却突然倾斜得很厉害。银河号显然仍然在上升，但不再垂直向上，而是像一颗弹道飞弹，正瞄准欧罗巴上某一未知目标飞去。

推进力再度突然减弱。在监控屏幕上，地平线又恢复水平状态。

"他把对面的引擎关掉了，这是将宇宙飞船横翻刹车的唯一方法。不过他能保持高度吗？好家伙！"

正在观看屏幕的科学家都看不出这哪里好了。屏幕上的影像完全消失，被一片耀眼的白雾遮蔽。

"他正丢弃多余的燃料，以减轻宇宙飞船的重量……"

推进力逐渐降为零，宇宙飞船变成自由落体。几秒钟之后，它通过一大片冰晶云，这是刚才丢弃的燃料在真空中爆开时所形成的。在它的正下方，欧罗巴的中央海洋正以八分之一G的加速度缓缓地逼近。好歹张二副不用再费心选择降落地点。从现在开始，只剩下标准操作程序，完全驾轻就熟，就像地球上千千万万从未上过太空，未来也没有机会上太空的人玩电子游戏一般。

现在要做的是使推进力与重力维持平衡，让宇宙飞船着陆刹那的速度恰好等于零。些微的误差是被允许的，但即使在水面降落，误差容许范围还是不大。初期的美国宇航员都选择在水面降落，但现在张二副则是因为别无选择。假如在努力了几个小时之后功亏一篑，几乎没有人有机会骂他，也不会有电脑对他说："对不起，你坠毁了。是否重来？回答：是／否……"

舰桥的门仍然锁着。俞二副和两个手下拿着临时充数的武器在门外待命；他们的任务可能是最艰苦的。他们没有监控可看，不晓得事情进行得如何，所有的消息都必须由休息室那边提供。从监听麦克风里也听不到什么，这并不奇怪，因为张二副与罗茜根本没时间交谈，也没有必要交谈。

降落过程非常漂亮，几乎没有颠簸的感觉。银河号先下沉了几米，然后蹦出来，垂直地浮在水面上。多亏引擎的重量，让宇宙飞船保持了直立的姿态。

接着，从监听麦克风里首度传出有意义的声音。

"你这个疯子，罗茜，"张二副说道，声音里疲惫多于愤怒，"这下你满意了吧？你害死我们了。"

突然一声枪响，然后寂静无声。

俞二副和两位手下耐心地等着，知道有什么事要发生了。首先，他们听到里面有人将门闩拉开，于是握紧手里的扳手和金属棒。她虽然有枪，但最多只能撂倒一个人，不可能全部解决。

门缓缓地打开。

"抱歉，"张二副说道，"我刚才一定是暂时晕过去了。"

然后，像所有人的正常反应，他又晕过去了。

31

加利利海

　　我永远搞不懂，为什么有人会去当医生？拉普拉斯舰长告诉自己。同样的，为什么有人会去从事殡葬业？他们的工作好恶心……

　　"嗯，你有没有发现什么？"

　　"没有，舰长。主要是我没有适当的设备可用。也许有一些必须用显微镜才找得到的植入芯片——听说是这个样子。不过它们的发射距离都很短。"

　　"也许是经过暗藏在舰上的发射器转接出去的，小克里斯曾经建议彻底搜查一遍。你负责采指纹以及……还有其他的鉴识工作吗？"

　　"有——等跟盖尼米得联系后，我们将尽快进行，包括撰写她的鉴识报告。不过我很怀疑我们能否搞清楚罗茜是谁，或者她为谁工作，甚至是她为什么要这么做。"

"至少她还有点人性，"拉普拉斯有感而发，"当张二副拉起'着陆失败'的控制杆时，她就知道大势已去了。当时她大可杀了他，而不是让他降落。"

"我倒觉得当时大家同归于尽也不坏。让我告诉你一件不妙的事，那是我和简勤思将她的尸体从废弃物排出口排出去时发生的。"

这位医生噘起嘴唇，脸上一副厌恶的表情。

"你这么做当然是没错，因为也只有这个办法了。对了，当时我们并未在尸体上绑重物，因此它在水面上漂浮了好几分钟。我们正在看它是否会漂离宇宙飞船远一点，突然间——"

医生犹豫着，欲言又止。

"然后怎样？快说啊！"

"有个东西从水里冒了出来，形状像鹦鹉的喙，但有一百倍大。它将罗茜一口咬住，然后消失无踪。我们附近显然有些可怕的东西，因此，即使外头可以呼吸，我也不建议去游泳……"

"舰桥呼叫舰长，"当值的船员说道，"水里有巨大骚动。第三号摄影机——我把镜头转给你。"

"那就是我刚才看到的东西！"医生大叫道。他心里不由得产生一个可怕的预感，使他突然背脊发凉：搞不好它会食髓知味，再回来找吃的。

说时迟那时快，一只庞然大物破水而出。瞬间，整个恶魔似的形体悬在空气与水面之间。

当熟悉的东西摆在错误的位置时，其震撼的效果与陌生的东西殊无二致。舰长和医生不约而同地冲口而出："是只鲨鱼！"

在巨鲨掉回海里之前，他们刚好有足够的时间辨识出它与鲨鱼之间的些微差异。除了那只巨大的鹦鹉喙之外，它还比一般鲨鱼多一对鳍，而且显然没有鳃。它也没有眼睛，但在喙的两侧各有一个奇怪的凸起，可能是某种感觉器官。

"这就是所谓的'趋同演化'，"医生说道，"相同的问题导致相同的解决办法，在任何行星上都一样。以地球为例，无论是鲨鱼、海豚、鱼龙，所有的海洋掠食动物都有相同的基本设计。不过那只喙……我还是搞不懂。"

"它现在想干吗？"

那只动物再度浮出水面，但这次动作很慢，好像刚才的一跃把它累坏了。事实上，它似乎遇到麻烦了——甚至显得很痛苦。它不断以尾巴拍打水面，而没有明确的前进方向。

突然，它把刚刚吃下的东西统统吐了出来，肚皮上翻，无精打采地在涌浪中载沉载浮。

"噢，上帝啊！"舰长感到恶心地小声说道，"我想我知道是怎么一回事了。"

"正是所谓的'外星生化反应'，"医生虽然被眼前的景象吓呆了，但仍然说道，"罗茜总算杀死一只生物了。"

不用说，加利利海是为纪念欧罗巴的发现者伽利略而命名的；而伽利略这个名字又是由地球上一片很小的海而来。

加利利海相当年轻，年龄不到五十岁；和所有新生儿一样，它也很喜欢胡闹。尽管欧罗巴的大气相当稀薄，不足以产生真正的飓风，但仍然有一股固定的风，由四周的陆地不停地吹向热带地区，也就是太隗固定在正上方的地区。这里永远都是正午，海水不断蒸发。由于气压很低，所以水的沸点也很低，想泡一杯好咖啡恐怕很难。

幸好，银河号降落的地点距离这片充满氤氲和乱流的地区（刚好在太隗的正下方）有一千公里远，是片相对平静的海域，距离最近的陆地不到一百公里。若以全速前进，不到一秒钟就可抵达。但现在，它只能在欧罗巴浓云密布的天空下漂浮；对它来说，陆地似乎比最远的类星体还要远。更糟的是，从陆地不断吹来的风一直将它推离岸边。即使它可以想办法在这新天地的某片海滩上登陆，登陆后的遭遇恐怕不会比现在好多少。

话虽这么说，但还是登陆比较舒适。宇宙飞船虽然不会漏水，但仍不适合泡在海里。银河号以垂直姿势漂浮，随着波浪上下摆荡。虽然摆荡得很温和，但是蛮令人困扰的，几乎有半数的船员都晕船了。

在听完损害报告后，拉普拉斯舰长的第一个动作是征求具有驾船经验的人员，驾驶过任何形状或大小的船只都可以。舰上有三十位航天工程师和太空科学家，要找出几位擅长航海的人应该不难。他立即锁定五位业余船员，还有一位专业船员——事务长弗兰克·李，他刚起家时曾在钟氏海运任职，然后才转到宇宙飞船上。

虽然事务长的基本职务是操作会计机器（弗兰克·李最常用的是一副两百年历史的象牙算盘），而不是导航仪器，但他们仍须通过基本航海知识的考试。弗兰克·李从来没有机会展露其航海技术；现在，在距离南海十亿公里的地方，他首度可以大显身手。

"我们应该把燃料槽灌满水，"他告诉舰长，"这样可以降低舰身，让它不上下摆荡得这么厉害。"

让水进入舰里似乎是个馊主意，舰长迟疑不决。

"假如搁浅怎么办？"

答案很明显："那又有什么差别？"但没有人说出口。不必经过严格讨论，船员们就一口咬定在陆地上比较好——如果有可能登上陆地的话。

"我们随时可以再将燃料槽充气。其实，一旦我们抵达岸边，还是得这么做，让宇宙飞船保持水平姿势。谢天谢地，我们还有能量……"

他的声音越来越低。每个人都知道他的意思。如果没有那套驱动维生系统的辅助反应器，他们在几个小时后都会没命。目前的情况是，即使没发生任何故障，宇宙飞船能撑多久恐怕都是个未知数。

当然，到时候他们都要挨饿；他们刚刚戏剧性地发现，在欧罗巴的海洋里没有维生物质，只有毒性物质。

不过，至少他们已经联络上盖尼米得，因此所有人类都已经知道他们的遭遇。全太阳系最聪明的一批人现在都在想尽办法营救他们。假如营救不成，银河号上所有乘客和船员都将在众目睽睽之下光荣牺牲。

IV

在水塘边

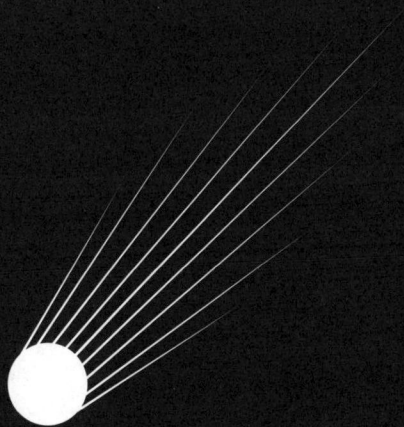

32

转 向

　　"最新消息，"史密斯舰长向全体人员宣布，"银河号目前呈漂浮状态，情况良好。一位舰上人员——女服务生——已经死亡，不清楚详细情形，但其他的人员都安然无恙。

　　"该船所有系统都正常运作。虽然有些漏洞，但都在控制中。根据拉普拉斯舰长的说法，目前没有急迫的危险，但不断吹拂的风将他们吹往永昼面的中央地带，离陆地越来越远。不过这不是个严重的问题，几乎可以确定他们会先遇到一些大岛。现在他们离最近的岛屿约有九十公里。他们已经看到一些大型的海洋动物，表面上看起来无害。

　　"假如没有意外，他们应该可以撑几个月，直到断粮为止——目前已经实施严格的配给制度。根据拉普拉斯舰长的说法，人员士气仍然相当高昂。

"目前我们的情况是这样。如果我们即刻返回地球，经过整补之后，可以在八十五天之内抵达欧罗巴的降落轨道上。宇宙号是现在唯一可以在那边降落然后载物起飞的宇宙飞船。盖尼米得上的航天飞机也许可以担任空投物资的工作，但也仅止于此——当然，这些物资可以让他们活得久一点。

"各位女士、先生，很抱歉，此次旅游行程恐怕要缩水了；但我想各位应该同意，原先答应让你们看的都看过了。而且我相信，你们会赞成这个新任务——虽然，坦白说，成功的概率非常小。简报到此结束。弗洛伊德博士，可不可以借一步说话？"

所有其他的人都心事重重地纷纷飘离休息室，以往在这里所做的简报很少像这次这么沉重。舰长的眼睛迅速扫过写字板上的一大堆信息；在许多场合，印在纸张上的文字仍然是最方便的沟通工具，但在这里仍可看到科技的影响力。舰长正在阅读的纸张，是用可以无数次重复使用的材料做成的，这大大减轻了纸篓的负荷量。

"弗洛伊德，"他不像刚才那么拘礼，说道，"你可以猜想得到，目前通信电路几乎被塞爆了，其中有很多事情我没办法了解。"

"史密斯，"弗洛伊德回答道，"有没有小克里斯的消息？"

"还没有，但盖尼米得那边已经把你的信息转过去，他现在应该收到了。你知道的，私人通信有一定的优先次序——当然，你的名字被排在最前面。"

"谢谢你，舰长。有什么可以效劳的？"

"也没什么——有的话我会告诉你。"

这可说是他俩在未来相当长的时间内最后一次的谈话。几个小时之后，弗洛伊德将被称为"疯狂的老傻瓜"，而且宇宙号上将发生一次短命的叛乱事件——由舰长主导。

事实上，这件事不是弗洛伊德的主意，他只希望它是……

绰号"星宿"的二副罗伊·乔森是位导航官，弗洛伊德还不太认识他，除了偶尔见面时说声"早安"之外，没什么来往。因此，当这位导航官羞怯地敲他的舱门时，弗洛伊德感到相当意外。

这位导航官带着一叠航图，似乎有点局促不安。这倒不是出于对弗洛伊德的敬畏——舰上每个人都已经习惯他的存在了——因此必定另有隐情。

"弗洛伊德博士，"他开口说话，语气非常急切，像一位推销员，仿佛其未来成败尽在此一举，"我需要你的建议……和协助。"

"没问题——你要我做什么？"

乔森打开航图，上面画的是太隗轨道内所有行星的位置。

"当年你将列昂诺夫号和发现号连接在一起，在木星爆炸之

167

前逃离，这件事给了我一个灵感。"

"那不是我的主意，是库努想出来的。"

"哦——我才知道。当然，现在我们没有另一艘宇宙飞船可以提供动力，但我们有更好的东西。"

"你指的是什么？"弗洛伊德问道，一时还摸不着头脑。

"请不要笑我。我们为什么还要赶回地球补充燃料呢？就在几百米外的地方，老实泉每秒钟就会喷出好几吨的水。假如取用这些水，我们就可以在三个星期内抵达欧罗巴，而不必花上三个月的时间。"

这个观念虽然大胆，但简单明了。弗洛伊德一时僵住了。他可以马上提出半打的反对意见，但每个意见都不具决定性。

"舰长的意思呢？"

"我还没向他报告，这也是我请你帮忙的原因。我希望你帮我检验这些计算数据，然后再把这个观念转告他。要是我去的话，他一定当场否决，这点我很确定。当然我不会怪他。要我是舰长的话，我想我也会……"

舱房里沉默了许久，然后弗洛伊德缓缓说道："我先告诉你所有不可行的理由，然后你再告诉我，我错在了哪里。"

二副乔森很了解他的指挥官，史密斯舰长从来没听过这么疯狂的建议……

他提出许多反对意见，都是有凭有据的，丝毫没有"你少给我出馊主意"的味道。

"哦！理论上是行得通，"他承认，"但请想想看实际上的诸多问题，老兄！你如何将那东西装进燃料槽里？"

"我跟工程师谈过了。我们可以将宇宙飞船移到坑洞的边缘，五十米范围内都很安全。我们可以把舰上没用的管线拆下来，然后伸到老实泉里，等待它喷发；你知道，它很准时，而且不凶悍。"

"但是在几乎真空的环境下，水泵无法操作！"

"我们不需要水泵，只要靠间歇泉本身的喷出速度，每秒钟至少就有一百公斤的进账。老实泉会帮我们全部搞定。"

"它给的是冰晶和蒸汽，不是液态水。"

"只要上舰，自然会凝成液态。"

"你真的是有备而来，对吧？"舰长语带夸奖地说道，"但我还是无法苟同。比如说，这水的纯度够吗？有没有污染物质在里面？尤其是碳粒子。"

弗洛伊德不由得微笑起来。史密斯舰长对煤灰太敏感了。

"大的颗粒可以滤掉，其他的对反应作用没有影响。哦！还有——这里的氢同位素比值比地球上的更好，可以增加一些额外的推进力。"

"你那些同事对这项提议有什么意见？假如我们直接前往太

隗的话，他们返家的时间可能要延后好几个月……"

"我还没跟他们谈过，但人命关天，慢几个月返家应该不算什么。我们可以比预定早七十天抵达银河号！七十天！在欧罗巴上，七十天可能发生很多事！"

"我完全了解时间的重要性，"舰长厉声道，"我们也有时间的压力啊。多了这一趟行程，我们的存粮恐怕不够。"

他只是在找碴儿罢了，弗洛伊德心想，而且他也知道我已看穿他，所以，说话最好婉转一点……

"多几个星期也不行吗？我不相信存粮有那么紧。况且，这一阵子我们吃得太好了。假如能暂时缩减一点配额，对某些人可能更好呢。"

舰长皮笑肉不笑地说道："你去跟威利斯和米凯洛维奇说说看。不过我还是认为这项计划完全不可行。"

"至少我们可以向老板提议试试。我想跟劳伦斯爵士谈谈。"

"老实说，我没办法阻止你，"史密斯舰长口是心非地说道，其实他心里很想阻止，"而且答案如何，不问便知。"

但这次他错了，错得离谱。

钟劳伦斯爵士已经三十年没有赌博了，这是为了维持他在商场上的高贵形象。其实在年轻时代，他经常在香港跑马场里试试手气。（后来，标榜禁欲主义的政府以维护社会善良风气为理由，将跑马场关了。)劳伦斯爵士心里常想,人生就是这样——能赌的时候没钱,有钱的时候不能赌。他现在是世界首富,必须顾及形象。

不过,没有人比他更清楚,他的整个事业生涯就是一场永无止境的豪赌。为尽可能掌控胜算,他搜集最好的信息,根据自己的预感判断哪些人会提供最佳的建议,然后听取他们的意见。当他发现这些东西有问题时,经常都会及时警觉,全身而退;但这里面总有风险的因素在。

此时,他看完弗洛伊德的便笺之后,遗忘已久的往事又回到脑际;他仿佛又感觉到跑马场里的马儿轰然跑过弯道,冲向终点的那份刺激。眼前也是一项赌注——也许是这辈子最后一次——但他不敢向董事会报告,更不敢让贾丝明夫人知道。

"威廉,"他说道,"你认为如何?"

他儿子(稳重有余,但冲劲不足,也许他这一代已经不需要冲劲了吧)的回答恰合他的心意。

"理论上绝对站得住脚。宇宙号一定做得到——根据书面资料判断。我们已经折损了一艘宇宙飞船,尽管有风险,另一艘绝不能坐视不管。"

"无论如何,它一定得去木星——就是现在的太隗。"

"是!不过先要在地球轨道上做好测试工作。而且,你是否知道这次直奔太隗的任务还意味着什么?它会粉碎以往所有的速度纪录:在回转的时候,宇宙号的速度将超过每秒钟一千公里!"

这句话正中老爸劳伦斯爵士下怀，他仿佛又听到如雷的马蹄声。

不过劳伦斯爵士只是淡淡地说："我绝不会为了做什么测试而让他们遭遇危险，史密斯舰长也抵死不从，甚至以辞职相逼。同时请探听一下罗氏保险公司方面的态度，我们可能必须在银河号的索赔上稍做让步。"

尤其是——他也许应该加一句——假如我们要将宇宙号当作更大的筹码下注的话。

现在他只担心史密斯舰长。拉普拉斯目前被困在欧罗巴上，史密斯是他现有的最佳指挥官。

33

加　油

"自从出校门，我从没见过这么因陋就简的工作，"主任工程师喃喃自语道，"不过目前我们只能做到这样。"

临时拼凑的管线跨越一堆闪闪发光、覆盖着化学物质的岩石，伸展了五十米，抵达目前呈静止状态的老实泉喷口，然后接上一只开口朝下的方形漏斗。此时太阳刚刚升上山丘，贮存于间歇泉地底（应该称为"哈雷之底"吧）的东西首度感受到温度，开始蠢蠢欲动，地面也开始微微颤动起来。

弗洛伊德从观察室往外望，心里简直不敢相信，在过去短短的二十四小时中，竟然发生了这么多事。首先，舰上分成了壁垒分明的两派：一派以舰长为首，另一派则是拱他为首。两派人马相敬如宾，不曾大打出手。但他发现在某些场合里，他被冠上"自杀老弗"的绰号，使他啼笑皆非。

不过，没有人说得出"弗洛伊德-乔森行动"基本上有什么不对。（这个名称也不甚妥当。他坚持这都是乔森一个人的功劳，但没人相信。米凯洛维奇还说："你是不想一起挨骂是吧？"）

第一次测试将于二十分钟后展开，到时老实泉将要迎接迟来的晨曦。但是，即使测试成功，燃料槽开始装进亮晶晶的纯水，而不是史密斯舰长所说的泥浆，前往欧罗巴之途仍然是八字还没一撇呢。

其中有一项小小的因素，就是舰上几位贵宾的意愿。这项因素虽小，却不能等闲视之。他们本来预定两个星期以内即可返家。但现在，他们必须面对一项横越半个太阳系的危险任务，这不但出乎他们意料，还让他们有些惊慌失措。而且，即使任务成功，他们返回地球的日期也是个未知数。

威利斯开始抓狂，他的时间表完全被打乱了。他四处游走，口里念念有词说要告人，但没有人对他表示一丝同情。

相反，葛林堡则是乐不可支，他总算可以再度参与太空事务了！米凯洛维奇也很高兴，他大部分时间都待在自己的舱房里作曲。舱房的隔音效果很差，根本没办法阻挡作曲时发出的噪音。他很确定，这项行程改变可以启发灵感，将他的创作能力提升到新的境界。

玛吉·M比较像哲学家。"假如这可以拯救许多条命，"她一边盯着威利斯，一边说道，"为什么有人要反对？"

至于伊娃·美琳，弗洛伊德特别花了一番工夫向她解释，她似乎表示完全理解。不过出乎他的意料，伊娃竟然问了个别人从未想过的问题："假如欧星人不让我们降落，即使营救朋友也不行，那该怎么办？"

弗洛伊德一时目瞪口呆。直到现在，他仍然很难接受她是个凡人，也不知道她何时会说出聪明绝顶或愚不可及的话来。

"这是个好问题，伊娃。相信我，我正在研究。"

他说的是实话。他不可能对伊娃说谎。在他心目中，那是亵渎的行为。

第一阵蒸汽在间歇泉的洞口出现，直直地往上升。在真空中，它们的轨迹看起来很不自然，并且马上被炽热的阳光蒸发掉了。

老实泉再咳了一下，清了清喉咙。接着，一束雪白的冰晶和水雾混合体看起来出乎意料的浓密，迅速冲上天空。根据地球上的经验，它应该会倒塌下来，但事实上没有。它不断上升，只有一点点散开，最后融入彗星巨大发亮的彗发里。弗洛伊德注意到，当流体冲入管线时，管线开始产生震动，这使他很满意。

十分钟之后，舰桥上有场战情会议。史密斯舰长怒气未消，看到弗洛伊德时只冷冷地点了个头。他的二号副手有点尴尬地说明目前情况。

"嗯，确实可行，而且出乎意料的顺利。以目前的速率，二十小时内即可装满燃料槽——不过，也许我们必须出去，把管子固定一下。"

"杂质怎么办？"有人问道。

二副拿出一个透明的球形容器，里面装有无色的液体。

"过滤器已经把数微米以上的杂质统统除去了。为了安全起见，我们将它在燃料槽之间来回过滤了两次。在经过火星之前，我们恐怕不能在水里游泳啰。"

最后一句话引来一阵笑声。嗯，好久没听到笑声了，舰长的表情也略见缓和。

"先将引擎的推进力开到最小，看看使用哈雷的H_2O会不会有操作上的异常现象。假如有问题的话，我们就放弃整个方案，即刻回头取用月球上阿利斯塔克基地的水。"

大伙鸦雀无声，似乎不约而同地等待某个人先开口（这就是所谓的"共同沉默"）。于是，史密斯舰长只好打破这个尴尬的场面。

"我想大家都知道，"他说，"我对这整个方案很不爽。事实上……"他突然话锋一转。大家也都知道，他已经考虑向劳伦斯爵士提出辞呈，虽然在目前的情况下，这种姿态意义不大。

"但在过去几个小时里发生了几件事情。老板已经批准了这个方案，条件是我们的各项测试都没出现基本问题。而且出乎意料的是——其中缘由我知道的不比你们多——世界太空会议不但批准了方案，还要求我们立即更改行程，所需费用由他们负担。我真的搞不懂。

"不过我仍然担心一件事……"他以怀疑的眼光看着那一小瓶水，弗洛伊德正拿在手里，有时就着光线端详，有时轻轻摇晃，"我是个工程师，不是什么化学家。这玩意儿看起来很干净，但不知对燃料槽内壁会有什么伤害？"

弗洛伊德永远搞不清楚自己为什么要这么做，他平时不会这么鲁莽的。或许是因为他对这些无谓的争辩感到不耐烦，希望赶快付诸行动；或许是他觉得必须给舰长来个当头棒喝。

说时迟那时快，他打开水瓶的盖子，然后将大约20CC的哈雷彗星水一咕噜喝了下去。

"这就是你要的答案，舰长。"他完全吞下之后说道。

半个小时之后，舰上的医生告诉他："我从没见过这么愚蠢的表演。难道你不知道那里面有氰化物和氰吗？天知道里面还有什么乱七八糟的东西！"

"我当然知道。"弗洛伊德笑道，"我看过分析报告，含量只有百万分之几而已。没什么好担心的！不过确实有意想不到的后遗症。"他有点悔不当初地说道。

"什么事？"

"假如你将这玩意儿运回地球，可以用'哈雷专利泻药'的名义卖钱，趁机大捞一笔！"

34

洗　车

　　既然已经接下任务，宇宙号上的气氛立刻为之一变。没有人再为此事争吵。大家都同心协力全力以赴，在未来彗核自转两圈的时间内（约合地球时间一百小时），几乎所有人都会睡眠不足。

　　第一个哈雷日主要的工作是继续小心翼翼地从老实泉汲水。到傍晚时分，当间歇泉的活动稍歇时，汲水的动作已经相当熟练了。一千公吨以上的水已经上舰，再经过一个白天即可将燃料槽完全装满。

　　弗洛伊德尽量不去惹舰长，以免触霉头。其实，史密斯有一大堆事情要处理，但不包括新轨道的计算，这些计算都得经过地球方面一而再、再而三的查核。

　　从现在看来，这项方案无疑是正确的，而且效益比乔森原先估计的更大。在哈雷上补充燃料，可以使宇宙号避免回地球时两次的轨道转换。现在它可以以最大加速度直接飞往目的地，节省好几个星期的时间。虽然有些冒险，但现在大家都赞誉这个方案。

呃，并不是每个人。

在地球上立即有人组织了一个名叫"放哈雷一马"的团体，表达不满。它的成员（只有两百三十六人，但擅长鼓动大众）认为取用天体物质是非法的，即使是为了救人也不行。虽然有人指出，宇宙号取用的是彗星排放的东西，反正是要丢弃的，但他们仍不罢休。他们说，这是原则问题。他们的愤怒声明倒让宇宙号上的人松了一口气。

行事一向谨慎的史密斯舰长首先以低功率测试了一具姿势控制推进器。万一搞坏了，宇宙飞船仍然可以正常运作。结果没有任何异常现象出现，引擎运转良好，情况与使用月球开采来的顶级蒸馏水没什么两样。

接着，他测试了第一号中央主引擎。假如搞坏了，宇宙飞船仍然可以行动，只是推进力会稍微降低。在此情况下，宇宙飞船完全可以控制，但剩下的四台引擎所发挥的最大加速度会下降百分之二十。

结果也没问题，当初心存怀疑的人开始对弗洛伊德刮目相看，而二副乔森也不再没人搭理。

宇宙飞船的起飞定在下午稍晚，也就是老实泉停止喷发的时候。（弗洛伊德心想，七十六年后，下一批访客到来时，它还会在吗？也许吧。即使在1910年的照片中，也早已能看到它的踪影。）

不像早期在卡纳维拉尔角的戏剧化做法，这次的起飞并没有倒计时这一套。当一切准备就绪，史密斯舰长感到满意之后，第一号引擎发出小小的五吨推进力，于是宇宙号慢慢地上飘，逐渐离开了彗星的核心。

宇宙飞船的加速度不是很大，产生的烟火却相当壮观，出乎所有观察者意料。在这之前，从主引擎喷出的气体几乎都看不见，因为那完全是由高度游离的氢和氧所构成。即使在几百公里之外，这些气体已经冷却下来，可以开始产生化学反应了，还是无法用肉眼看见，因为这种化学反应不会产生可见光。

但现在，宇宙号仿佛位于一根炽热光柱的顶端，往上爬升，逐渐远离哈雷。这根光柱非常耀眼，眼睛无法直视，而且看起来好像是根固态的火柱。在火柱触及的地面上，岩石纷纷爆裂，向上、向外飞散。宇宙号在临走时就这样留下了永恒的印记，像一幅宇宙的涂鸦之作，烙在哈雷的彗核里。

大多数乘客以前都没见过宇宙飞船爬升时居然有火柱支撑，大感惊讶。弗洛伊德则静待有人习惯性地提出解释。他有个小小的乐趣，就是喜欢在威利斯提出的科学解释中挑毛病，不过这种机会不多。即使遇到这种场合，威利斯通常都有狡辩的借口。

"那是因为碳的关系，"他说，"炽热的碳，就像在蜡烛火焰里的碳，但温度稍微高一些。"

"稍微？"弗洛伊德喃喃自语。

"我们现在燃烧的，假如你们用'燃烧'这字眼做辩解——可不是纯水。这些水虽然经过仔细过滤，里面还是有很多浮游的碳和其他各种化合物。这些东西只有用蒸馏才能除去。"

"说得好，但我还是有点担心，"葛林堡说道，"那些辐射……会不会影响引擎？宇宙飞船会不会因此而过热？"

这是个好问题，因而引起了某些人的焦虑。弗洛伊德等着威利斯回应，但狡猾的威利斯却把球踢给他。

"我希望由弗洛伊德博士来回应一下。毕竟，这个方案是他提的。"

"是乔森提的，拜托！不过问得好。实际上不会有什么问题。当我们以全速推进时，那些烟火都远在我们后方一千公里之外，一点也不用担心。"

现在宇宙飞船正在彗核上空约两公里处翱翔。假如不是因为排出废气的炫光，应该可以看清下方被阳光照亮的整个彗核表面。即使在这样的高度——或距离——老实喷出的水柱也只稍微散开一点点。弗洛伊德突然想起，它很像点缀在瑞士日内瓦湖上的那些巨大喷泉。他已经五十年没见过它们了，不知还在不在。

史密斯舰长开始测试所有的控制系统，先慢慢地将宇宙飞船转动，然后沿着Y轴和Z轴晃动。每项功能似乎都完美无缺。

"'零时行动'将在十分钟后展开，"他宣布，"最初五十小时的加速度是0.1G，然后提高到0.2G，直到回转点为止，也就是离现在一百五十小时后。"他停了一下，让大家了解他所说的话。从来没有宇宙飞船连续以这么高的加速度航行这么久。假如宇宙号不能妥善地刹车，将会冲出太阳系，成为第一艘载人的星际漫游者而名留青史。

现在宇宙飞船逐渐转为水平方向——在几乎没有重力的地方，不知道"水平"这个词还能不能用——并且直接朝着彗星喷发出来的白色水柱，准确来说，是水雾和冰晶的混合体，飞过去。宇宙号直接向它冲过去耶——

"他在干什么？"米凯洛维奇不安地说道。

舰长显然料到了有人会提出这个问题，因此主动开口说明。他似乎已经完全恢复了好心情，声音里有一丝逗趣的味道。

"这是咱们离开之前要做的一件小小的杂事。各位别担心，我很清楚我在做什么。我的二号副手同意我这么做——对吧？"

"是的，长官！不过当初我以为你是在开玩笑。"

"舰桥上究竟在搞什么鬼啊？"威利斯茫然地问道。

宇宙飞船开始缓缓左右摇摆，同时以悠闲的步调向那口间歇泉前进。在这么近的距离——现在不到一百米——让弗洛伊德觉得它更像远在地球上的日内瓦湖喷泉。

他不会真的载我们飞进去吧——

——真的！宇宙号一头栽进那上升的水柱时，产生了一阵轻微的震动。它继续缓缓地左右摇摆，好像一把钻子一路钻进了那口巨大的间歇泉。监控和观察窗上只能看见白茫茫一片。

整个过程大概不到十秒钟，然后他们就从另一面穿出来了。舰桥上的船员不由自主地爆出一阵短暂的喝彩，但是乘客——包括弗洛伊德本人——都有点受虐的感觉。

"现在准备出发！"舰长心满意足地说道，"我们的宇宙飞船再度变得又干净又漂亮了。"

在接下来的半个小时里，地球和月球上超过一万个业余观察者都观察到彗星的亮度加倍了。"彗星观测网络"因此被塞爆而完全瘫痪，专业天文学家气得半死。

不过社会大众很喜欢。几天之后的黎明前数小时，宇宙号打算再秀一个更炫的。

宇宙飞船逐渐加速，每小时的速度增加超过一万公里。它目前已经深入金星轨道内部，并且继续接近太阳，然后绕过近日点，到时候它的速度将超过任何天体。绕过近日点之后，它将直接飞往太隗。

当它通过地球与太阳之间时，绵延一千公里长的炽热碳尾相当于四等星的亮度，从地球上很容易看到；在黎明时分短短的一小时内，可以明显察觉到它在众星面前的移动。因此，值此救援行动的启程时刻，为宇宙号送行的人类数目之多，堪称历史上所仅见。

35

漂 流

听到姊妹舰宇宙号正兼程赶来，并且可能以超乎任何人想象的时间提前抵达，银河号上所有船员的反应只能以"欣喜若狂"形容。尽管他们目前无助地漂流在陌生的海域里，四周有许多可怕的怪兽，但突然之间，这些都不太重要了。

这些怪兽似乎没那么可怕，虽然三不五时还会出现。这些巨大的"鲨鱼"虽然偶尔现身，但从不靠近宇宙飞船，即使舰上丢垃圾出来的时候也是一样。这一点确实让人意外——这强烈显示巨兽不像地球上的鲨鱼那么笨，它们有良好的通信方式。也许它们比较像海豚而不是鲨鱼。

另外也有许多较小的鱼群，这些鱼真的够小，假如摆在地球的市场里，没有人会多看一眼。有一位擅长钓鱼的船员用没饵的鱼钩搞了老半天，总算抓到一条。他没有将它从气闸带进船舱（舰长一定不会准的），只是经过仔细的量测和拍照之后，将它放回大海。

不过这位得意扬扬的钓客后来倒霉了。他在钓鱼时所穿的航天服染上了一股腐败鸡蛋的臭味，那是典型的硫化氢的味道。当他把航天服带进舱内时，立即成了全舰的笑柄。这又是一件外星生物化学与人类格格不入的一例。

科学家也想钓鱼，但舰长一律不准。他们只被允许观察和做记录，但不准采集。无论怎么说，他们只是行星地质学家，而不是自然学家，没有人想过要带福尔马林来——但话又说回来，福尔马林在这里可能没什么用。

有一阵子，宇宙飞船漂流过一片片浮在海面上的鲜绿色物质。它们的形状为椭圆形，约有十米宽，每片大小大致相同。银河号切过它们时并未受到任何阻力，而且切过之后它们随即重新合在一起。有人猜测它们是某种群聚的生物体。

一天早上，值班的船员突然发现有个"潜望镜"从水里伸出来，细看之下原来是一只友善的蓝眼睛。他当时吓了一大跳，等回过神后，他说那很像是只病牛的眼睛。它黯然地凝视他片刻，显然觉得无趣，然后慢慢地潜回海里。

这里所有东西都运动得很慢，道理很简单：这是个低能量的世界，没有游离的氧可供呼吸，不像地球上的动物，从出生开始就可以利用吸入的氧，产生一系列连续的爆发力。只有第一次碰到的

"鲨鱼"才有点激烈的动作——但那是垂死前的挣扎。

也许这对人类而言是件好事。虽然他们穿着累赘的太空服，但欧罗巴上即使有什么东西想追上他们，可能也都力不从心。

拉普拉斯舰长觉得很好笑，他居然将宇宙飞船交给事务长弗兰克·李驾驶，他不知道这在航海或航天历史上是否是个创举。

其实，李先生并没有多少事可做。银河号直立漂浮着，三分之一露在水面上。时速五海里的风稳定地从后面吹来，因此船有点前倾。在吃水线以下只有少数几处漏水，很容易处理。同样重要的是，整个船壳仍然没漏气。

虽然大部分的导航设备都派不上用场，但他们都知道正确的位置。盖尼米得方面每小时都由舰上的紧急信号发射器正确的追踪他们的位置；假如银河号的航向不变，他们将在三天内碰到一座大岛。假如没碰到，他们将航向茫茫大海，最后抵达位于太隗正下方的海水蒸发带（但温度不会很高）。万一走到那个地步，虽然称不上是场大灾难，但也够糟糕了。代理舰长李先生花很多时间，想尽办法避免这种事情发生。

做面帆（即使有适当的材料与索具）恐怕对船的航向调整没有什么帮助。他也曾经做了几个临时拼凑的锚，沉入五百米深的水里，希望找到有用的洋流，结果什么也没发现。连海底都深不可测，可能在锚的下方数公里的地方。

也许这样还算不错，可以免受海底地震的侵害。在这片新诞生的海洋里，海底地震非常频繁。有时候，震波来袭时，银河号会像受到巨锤重击般全身颤动。几个小时之后，高达数十米的海啸会侵袭到海岸；但是这里的海很深，这么大的海啸不过是个小涟漪罢了。

有好几次，远处会突然出现大漩涡，看起来蛮恐怖的，它们很可能把银河号卷入深不可测的海底。幸好距离很远，只会使船原地转几圈而已。

还有一次，一个巨大的气泡从海底浮上来，就在一百米外爆破。那景象非常壮观，而且每个人都同意医生的肺腑之言："谢天谢地，幸好没闻到它的味道。"

说来奇怪，无论处境如何怪异，人类都会很快地习以为常。不到几天的时间，银河号上下就已经稳定下来，一切都恢复常态。拉普拉斯舰长的主要问题是如何让船员时时有事做。没有任何事情比无所事事更糟了，士气会荡然无存。他一直在想，昔日帆船时代的船长究竟如何让船员保持忙碌，以度过那漫长无聊的旅程——他们总不可能整天都在爬帆索和刷甲板吧。

舰上的科学家则是个截然不同的问题；他们经常提出许多测试和实验的申请，核准与否颇伤脑筋。一旦核准，他们就会霸占舰上有限的通信频道。

目前，舰上的主天线组件在水平面上不断被海水冲击，有点损坏，因此银河号无法直接与地球联系，而必须经由盖尼米得转接，能用的带宽也少得可怜，只有数百万赫。目前仅存的视频通信频道很抢手，但他对地球方面电视业者的要求一概予以回绝。倒不是因为一成不变的汪洋大海没什么看头，而是因为舰上实在太脏乱，而且船员虽然士气还不错，却个个不修边幅，实在不宜上镜头。

只有小克里斯与外界的电信来往最为频繁，频繁得有点不寻常。他以密码发出的简讯都很短，不太可能包含很多数据。拉普拉斯决定和他谈一谈。

"小克里斯，"他在自己私人的舱房里说道，"你是否可以告诉我，你有什么兼差工作？"

小克里斯面有难色。此时舰外一阵强风，让船身摇晃了一下，他赶忙用手抓紧桌子。

"我很想告诉你，长官，但我奉命不得泄露。"

"奉谁的命？我可以问吗？"

"坦白说，我也不太清楚。"

这是实话。他很怀疑是星际警察方面的人。他只记得当初在盖尼米得上向他做简报的那两位绅士话不多，从他们身上看不出任何端倪。

"身为本舰的舰长，尤其在目前的情况下，我想知道舰上究竟是怎么一回事。如果我们能逃出这里，我还要在调查庭里耗上好几年的时间，可能你也是一样。"

小克里斯勉强挤出一丝笑容："我活该，对吧，长官？就我所知，高层有人早就知道此次任务会出纰漏，只是不知道是什么样的纰漏。我奉命保持高度警戒。我恐怕没有把事情做好，但一旦有事，他们能掌握的只有我一个人。"

"我想你不用自责。谁知道罗茜居然……"

舰长顿了一下，心里突然想到一件事："你还怀疑谁吗？"只差没说出"比如说——我？"但此时舰上的气氛已经够神经质了。

小克里斯心里挣扎了一阵子，然后做了一个决定："也许我早就应该告诉你了，长官，但我看到你一直很忙。我认为范德堡博士似乎与此事脱不了关系。他是个米底亚人——是个怪异的族群，我不太了解他们。"他或许应该说不太喜欢他们，因为他们太排外了，对外人很不友善。不过不用太责怪他们，所有披荆斩棘的拓荒者也许都是这样。

"范德堡——嗯。其他的科学家怎么样？"

"他们都经过核查了，每个人都合法，没有任何异常。"

这句话并不完全对。比如说，辛普森博士就有好几个非法的老婆（至少曾经有过一阵子），而希金斯博士则拥有一大堆乱七八糟的非法书籍。二副小克里斯不太清楚为什么他们要告诉他这些事情，可能上级只是想让他知道他们消息灵通。他觉得替星际警察当局，或类似的某个机构做事有这个有趣的边际效益。

"很好，"舰长打算结束与这位业余情报员的谈话，"假如再发现任何事——任何涉及本舰安全的事——请随时向我报告。"

依目前情况看来，很难猜想还会发生什么事。最糟的事情似乎已经发生过了。

36

外星海岸

即使在看见岛屿的二十四小时之前，大家还是不确定银河号是否会错过它，被风吹向苍茫大海的中央。根据盖尼米得上的雷达观测结果，宇宙飞船的位置都被画在一张图上。舰上每个人都很担心，每天都去看好几回。

即使能够登岸，银河号的问题才刚要开始。它可能不会安稳地靠在斜度适当的海岸边，而是遇到崎岖的岩岸，被撞得粉碎。

代理舰长李先生完全了解这个风险。他曾亲身遭遇过船难，当时他驾驶一艘游艇经过巴厘岛外海，在最紧要关头，引擎突然故障。虽然最后是有惊无险，但他现在可不希望历史重演，尤其现在没有海岸防卫队前来救援。

在他们的困境中，有一件事可说是宇宙航行史上的怪现象。看看他们，搭乘的是人类所造最先进的交通工具——可以横越太阳系！——但现在想要让航道偏向几米都做不到。不过他们也不是完全束手无策，李先生手里仍然有几张牌可以打。

在这颗曲率很大的星球上，他们直到距离五公里处才看到那座岛。李先生看到之后不禁松了一口气：那里没有令他担心的悬崖峭壁，但也没有他希望看到的沙滩。地质学家警告过他，要在这里看到沙，至少也要几百万年以后。欧罗巴上的石磨转得很慢，还没有足够的时间磨出沙子来。

确定他们可以靠岸之后，李先生马上下令将银河号的主燃料槽完全抽空。当初刚着陆时，他曾特地将它们装满水。接下来的几个小时非常难挨，船员中至少有四分之一闲得发慌。

银河号在水里越浮越高，晃动也越来越厉害。接着哗啦一声巨响，它像具鲸鱼的尸体般横躺在水面上。在过去，捕鲸船为防止捕获的鲸鱼下沉，都会将它们的尸体灌满气体。看清楚船的横卧姿态之后，李先生再度调整浮力，让船尾稍微下沉，船首的舰桥恰好在水面上。

正如他的预料，银河号开始受侧风影响而颠簸，于是又有四分之一的船员因为晕船无法工作。但李先生还是有足够的人手将"锚"搬出来。这是他为最后这一步预备好的。这支所谓的锚是由几只空箱子绑在一起，利用它的拖曳力使船指向登岸的方向。

现在，他们可以看清楚船正慢慢地——慢得让人受不了——

驶向一片狭小的海滩，上面堆满小圆石。虽然没有沙，圆石也可以将就一下……

当银河号搁浅时，舰桥恰好在海滩上方，此时李先生打出最后一张牌。他只做了一次试验性的动作，不敢多做几次，以免搞坏机器。

最后，银河号从下方伸出登岸用的台阶。当它插入这颗外星的地表时，发出了碾压的声音，并且引起了船身一阵颤动。现在银河号已经牢牢地靠在岸边，不怕风浪的侵袭，也不用担心潮汐的涨落，因为这里根本没有潮汐。

毫无疑问，银河号已经找到最终的归宿——而且很可能，这里也是船员们的长眠之所。

V

穿越小行星带

37

太空谈星

　　这时，宇宙号正以高速飞行，它的轨道与太阳系任何天体完全不同。最靠近太阳的水星在行经近日点时，速度不会超过每秒五十公里，而宇宙号在第一天就已经达到这个速度的两倍——但加速度却还只有未来的一半（届时舰上的水将会消耗掉数千公吨）。

　　在他们穿入金星的轨道之后好几个小时里，金星是仅次于太阳和太隗最亮的天体。它小小的圆盘形状用肉眼依稀可辨，但即使利用舰上最强力的望远镜，也看不清它的面貌。金星和欧罗巴一样，都吝于以真面目示人。

　　再进一步飞近太阳——现在飞船已深入水星轨道内——宇宙号不仅是在抄近路，而且正利用太阳的重力场获得免费的动力。由于大自然总是维持收支平衡，因此在这场交易过程中，太阳会损失一点点速度，但这个效应非常微小，几千年内都量测不出来。

史密斯舰长要利用宇宙飞船掠过近日点的机会，稍微洗刷以往迟疑不决的污名。

"现在你可知道我为什么要驾驶宇宙飞船穿越老实泉了吧？"他说道，"假如我们没将船壳上的污秽洗干净，这个时候船壳就会过热。事实上，目前的日照是地球上的十倍，我很怀疑本舰的防热设备是否应付得了这么大的说辞。"宇宙飞船上的乘客透过滤光镜几乎全黑的镜片观看着那颗逐渐逼近的太阳，看起来真的有点恐怖，因此相信舰长的说辞。不过，当太阳再度缩小为正常大小时，他们都非常高兴；接着，宇宙号穿过火星轨道向外急驰，踏上此次任务的最后一段旅程，后方的太阳也越缩越小。

舰上的"万人迷五人组"都各自调整了个人的生活方式。米凯洛维奇继续不断作曲，曲子又臭又长又吵，除了吃饭时间之外，几乎不见人影。而当他出现时，总是讲一些有的没有的，拿人开玩笑——威利斯是最大的受害者。葛林堡则自封为荣誉船员，整天在舰桥上混。当然没有人对此提出反对。

玛吉·M觉得自己既可笑又可怜。

她说："作家常说，只有在某些地方——最理想的例子是灯塔或监狱——不受干扰，心无旁骛，才能写出更多更好的作品。目前正是如此，我无法抱怨——除了一件事，我所需要的研究数据总是因为其他优先信件插队而姗姗来迟。"

即使是威利斯也有相同的感觉。他正忙着拟订各式各样的长期计划，很少露面。还有一个原因使他足不出户：他的那把胡须还要好几个星期才会恢复原来的样子。

伊娃·美琳每天都待在视听中心好几个小时，她说是在重温她最喜爱的经典名片。幸好，宇宙号在出发以前来得及将视听数据和投影设备安装完成。虽然收藏的数据不算多，但已经足够看好几辈子了。

从电影工业发轫时期开始，所有的名片这里都有。伊娃几乎全都看过，逢人便滔滔不绝，如数家珍。

当然，弗洛伊德最喜欢听她说话，因为唯有此时，她不再是个冷冰冰的偶像，而是个活生生的人。他替她感到悲哀和迷惘，她与真实世界的唯一联系竟然是这种人为的虚幻影像。

弗洛伊德的一生可说是多彩多姿，但最奇特的经验之一是在火星轨道外某处，与伊娃同坐在半暗的光线里，一起观赏原版的《乱世佳人》。有若干机会，他可以看到她那著名的侧影，与女主角的演员费雯·丽作对照；他实在分辨不出两人的高下，因为各有各的特点。

当灯光亮起，他很惊讶地发现伊娃在哭。他握住她的手温柔地说道："当我看到邦妮死的时候，我也哭了。"

伊娃勉强挤出了一丝笑容。

"其实我是为费雯·丽而哭，"她说，"当我们在拍第二版的时候，我读了很多有关她的东西——唉！她真的是红颜薄命啊！说到她，现在我们也刚好在星际太空中，使我想起她丈夫拉瑞说过的一句话。当时他刚将精神崩溃的费雯·丽从斯里兰卡带回来，告诉朋友说：'我娶了一个太空来的老婆。'"

伊娃停了一下，眼泪再度簌簌流下。弗洛伊德不由得想道：就和演戏似的。

"有件事更加诡异。她的最后一部电影刚好是在一百年前拍的，你知道那部片子的片名吗？"

"你说吧！再让我大开眼界一下。"

"我希望也让玛吉开开眼界——假如她还在写那本威胁我们的书。费雯·丽主演的最后一部影片就叫作《愚人船》。"

38

太空冰山

　　既然他们手上有意想不到的空闲时间，史密斯舰长终于同意了接受威利斯的专访。这个专访是当初合约上定下的，由于前一阵子大家都很忙，一直耽搁下来。其实威利斯本身也一直在拖，米凯洛维奇一口咬定那是因为他剃了胡须的关系。不过，要恢复他原来的公众形象还需要好几个月的时间，因此他最后决定这次专访不用摄影机。播出时，地球上的摄影棚可以用他的档案照片充数。

　　他俩坐在舰长陈设简单的舱房里，品尝着上等的葡萄酒。很显然，这些酒是威利斯被允许带上舰的行囊中最主要的东西。在几个小时之后，宇宙号将切断动力，开始滑翔，因此这是未来几天之内唯一的空当。威利斯总是认为，在无重力环境下喝酒最煞风景；他绝不允许他的宝贵佳酿装在塑料容器中，然后用手挤入嘴里。

"我是维克多·威利斯，在宇宙飞船宇宙号上做专访。今天是2061年7月15日，星期五，时间是18时30分。虽然目前我们还没有抵达此趟旅程的中点，但已经远在火星轨道之外，而且几乎在以最快速度飞行。请问舰长，目前的速度是……？"

"每秒一千零五百公里。"

"也就是每秒钟超过一千公里——差不多是每小时四百万公里！"

威利斯惊讶的语气听起来不像是装出来的。不想也知道，他对各种轨道参数的了解根本无法与舰长相比。不过他擅长站在观众的角度，不但知道观众要问什么，而且知道如何引起观众的兴趣。

"没错，"舰长以骄傲的姿态淡淡地回答，"我们目前的速度是人类有史以来最快速度的两倍。"

威利斯心里嘀咕道：这句话本来是我的台词啊！我最讨厌别人抢词了。不过身为一个训练有素的专业人员，他立即调适过来。

他停顿了一下，似乎是在看他的提示板（他讲话都要看提示板，这是众所周知的秘密）；那小小的屏幕具有高度的方向性，只有他看得到上面的字幕。

"我们每十二秒钟就可飞行一个地球直径。但是以这么快的速度，我们还要十天才能到达木——不，太隗！从这些数字大家就可想象太阳系有多大——

"现在，舰长，我想谈谈一个敏感的话题。在过去的几个星期里，我一直在思考许多相关的问题。"

拜托！史密斯心里暗叫不妙：不要再提无重力马桶好不好？

"就在此刻，我们正在穿过小行星带的中央——"

（真希望他问的是马桶的问题，史密斯心想。）

"——虽然从未有宇宙飞船被小行星撞到而严重受损，但我们还是有这个风险吧？毕竟，这里少说也有数百万颗小行星在运行，至少有像海滩球那么小。我们只知道其中几千颗的位置和动向。"

"不止，超过一万颗。"

"但仍然有好几百万颗我们一无所知。"

"话是没错，不过即使知道了也没什么用。"

"什么意思？"

"我们拿它们一点办法也没有。"

"为什么？"

史密斯舰长停下来仔细思考。威利斯说得没错，这果真是个很敏感的话题。假如他说了一些不该说的话，影响未来的顾客搭乘宇宙飞船的意愿，一定会受到上级的警告。

"首先，太空是很空旷的，即使在这里——正如你所说，在小行星带的中央——被撞的机会也是微乎其微。我们本来很希望秀一颗小行星让你瞧瞧，最理想的一颗是'哈奴曼'，只有区区三百公里大小，但与我们最靠近的距离少说也有二十五万公里。"

"哈奴曼算是大的吧。我们四周还有许多不知名的碎片到处飘浮呢，难道你不担心吗？"

"我担心的程度跟你在地球上担心被雷打到差不多。"

"事实上，我曾经差一点被雷打到，那是在科罗拉多州的派克峰，闪电和雷声同时出现。你承认这个风险确实存在，对吧？而且，我们飞行速度这么快，风险不是会增加吗？"

威利斯显然是明知故问，他只是站在听众的角度问这个问题——地球上的一大帮听众目前正以每秒一千公里的速度远离他。

"这个问题不用数学是讲不清楚的，"舰长说道（这是他常用的伎俩，不管对不对，他都拿它当挡箭牌），"但速度和风险之间的关系没那么单纯。宇宙飞船的速度这么快，撞上任何东西都是不得了的事情。假如你站在一颗原子弹旁，当它爆炸时，不论它是千吨级的还是百万吨级的，结果都是一样。"

这番说辞虽然未能消除疑虑，但他只能这么说。在威利斯进一步逼问之前，他抢先继续说道："容我提醒你，即使我们有……呃……冒一点点额外的风险，也是有道理的。区区一个小时可能能救很多人的性命。"

"是的，我想大家都会感谢你这么做。"威利斯停了一下。他很想加一句"况且，我就在同一条船上"，但又吞了回去，因为这么说不太得体——虽然他说话一向不太得体。无论如何，识时务者为俊杰，除非他想徒步走回去，否则还是识相一点。

"说到这里，"他继续道，"让我想到另一个问题。你知道在一个半世纪以前，北大西洋发生过什么事吗？"

"你说1911年？"

"嗯，应该是1912年……"

史密斯舰长猜想得到接下来的事，因此拒绝合作，故意装迷糊。

"我想你是指'泰坦尼克号事件'。"他说道。

"完全正确，"威利斯回答，并且有意地掩饰令他失望之事，"至少有二十个人告诉我，他们已经看出目前的情况与该事件有类似之处。"

"有什么类似之处？当年泰坦尼克号甘冒不必要的风险，为的只是要打破纪录。"

他几乎想加一句："而且它没有足够的救生艇。"但幸好及时踩了刹车。他突然记起来，舰上唯一的一艘航天飞机最多只能载五个人。假若威利斯追问此事，那真不知该如何解释。

"好吧！我承认这种类比有点不靠谱。不过大家仍然发现了另一个显著的相似之处。你应该知道泰坦尼克号的第一任（也是最后一任）船长叫什么吧？"

"我一点也不知……"史密斯舰长只说到一半，接着吓得目瞪口呆。

"没错！"威利斯一面说道，一面沾沾自喜地微笑着（以"沾沾自喜"形容算是仁慈的）。

　　史密斯舰长恨不得把所有的业余研究者统统掐死，但无法怪自己的祖先，什么姓不好姓，偏偏姓一个英文里最常见的姓。

39

舰长的邀宴

地球上（还有地球外）的观众无法亲自参加宇宙号上的非正式讨论会，实在非常可惜。现在，舰上的生活已经恢复常态，其间点缀着一些定期举行的指标性活动——其中最重要的、由来已久的一项，就是"舰长的邀宴"。

在18:00整，舰上六位贵宾和没有当值的高级船员，都会应邀与史密斯舰长共进晚餐。当然，他们不像当年北大西洋上的海上璇宫，必须穿着正式的礼服，不过大家还是会在服装上争奇斗艳。伊娃每次都会展示新的胸针、耳环、项链、发饰或香水，她的首饰似乎取之不尽，用之不竭。

如果宇宙飞船的引擎有开动的话，晚餐的第一道是汤；但假如没有动力和重力，则改成其他的开胃菜。无论如何，在主菜端出之前，史密斯舰长照例会报告最新的消息，或试图破除最近的谣言——通常是来自地球或盖尼米得上的新闻报道。

各式各样的指控和反控满天飞，其中最夸张的是有关银河号被劫的事件，有许多不同的说法出现。有人将箭头指向所有可能的秘密组织，其中有些组织确实存在，但有许多是虚构的。不过这些说法有个共同点：没有举出令人信服的动机。

另外有件事让这个谜团更加扑朔迷离。星际警察通过不眠不休的调查发现了一项惊人的事实，已故的"罗茜"其实名叫鲁斯·梅森，生于北伦敦，曾经加入市警局，后来因为从事种族主义活动被解雇。她移民到非洲之后就销声匿迹。显然在那多灾多难的大陆上，她已经牵扯到地下政治组织。许多人都猜那个组织就是夏卡，但南非合众国则一再否认。

这一连串事件究竟与欧罗巴上发生的劫案有何关联，一直是餐桌上争论不休的话题。玛吉·M甚至承认，有一阵子她计划写一本有关夏卡的小说，以这位祖鲁暴君的后宫众多嫔妃中的某个妃子的角度铺陈。但当她越深入研究这个主题就，越觉得反感。她不得不坦承："我宣布放弃写这本小说，我终于了解现代德国人怎么看待希特勒了。"

随着旅程的进行，这类个人意见的表达越来越多。当晚餐结束时，每人都有三十分钟的时间发表高见。这些都是每个人毕生到过许多天体的宝贵经验，内容精彩，所以成为了以后茶余饭后的最佳话题。

令人出乎意料的是,讲得最不精彩的竟然是威利斯。他本人也承认,并且还找了借口。

他略带歉意地说道:"我比较习惯在广大观众面前表演。在这种较亲密的小团体里,我真的施展不开。"

"那么如果弄得不亲密一点,你的表现会不会好些?"米凯洛维奇好心地问道,"这很容易安排。"

另一方面,伊娃的表现却比预料的好,但她的记忆完全都局限在娱乐圈。她记得最清楚的是与她合作过的导演——尤其是毁誉参半的大卫·格里芬。

"听说,"玛吉·M问道,显然是联想到夏卡,"他不喜欢女人,是真的吗?"

"也不尽然,"伊娃赶忙回答,"他讨厌的是演员,他认为戏子无义,根本不是人。"

米凯洛维奇的回忆范围也很有限——大型管弦乐团和芭蕾舞团、名指挥家和作曲家,以及他们的一大帮粉丝。不过他有很多后台的爆笑故事和不可告人的秘密,以及女演员之间如何斗得你死我活、如何在初演时互扯后腿的逸事,使得那群最不懂音乐的听众也笑得人仰马翻,要求他多讲点。

葛林堡上校所经历的许多奇遇,由他本人亲自现身说法,也不遑多让。他首度登陆水星气象意义上的南极壮举已经被报道得巨细靡遗，没什么新鲜了，但大家比较感兴趣的问题是："什么时候再去？"还有："你想再去吗？"

"假如他们提出要求，当然我会再去，"葛林堡回答道，"但是我倒希望水星像月球那样。你知道，上次人们登陆水星是1969年的事，之后已经有半辈子没再去了。无论如何，水星不像月球那么有用——也许将来有一天会有用。那里没有半滴水。当然，当初在月球上——应该说是月球内——发现有水，大家也很意外……

"有件事不像登陆水星那么风光，但是非常重要，就是我曾经在月球上建造所谓的'阿利斯塔克骡子列车'。"

"骡子列车？"

"嗯。在大型的赤道发射器建造之前，他们没办法把开采出来的冰块直接发射到轨道上，而必须将冰块由矿坑口运到雨海太空站。意思就是说，必须开辟一条横越熔岩平原的道路，途中还要跨越一些深谷。这条所谓的'冰路'只有三百公里长，却花了几条人命的代价才完成……

"所谓'骡子'事实上是一种八轮大拖车，每个轮子都巨大无比，而且是采用独立的悬吊系统。它最多可拖十几辆拖车，每辆可载一百公吨的冰。由于都利用夜间运送，因此不必将货物盖起来。"

"我曾经随车好几次，一趟约需六小时（我们没想要打破速度纪录）。抵达目的地之后，将冰块卸入大型的加压槽里，等候太阳上升。待融化之后，即可替宇宙飞船加水。

　　"当然，冰路目前还在，但现在只有观光客在走。假如他们聪明的话，应该在晚上坐车，就像我们以前一样。那是一派如真似幻的景象：整个地球吊在头顶上，非常明亮，几乎不必开车灯。虽然我们可以随时与朋友通话，但通常都把无线电关掉，只留自动通报信号报平安。在那美妙的空灵世界里，大家都不愿意被打扰。不过，我们知道好景总不会持久，要看要趁早。

　　"目前他们正在沿月球赤道建造'兆伏夸克碎裂机'，雨海和澄海地区已经建筑物林立，失去原来的空旷景致。还好，我和阿姆斯特朗、奥尔德林等人都曾经目睹它的原始面貌；以后如果你在澄海基地的邮局可以买到印有'真希望你也在此'的明信片时，那也就差不多了。"

40 来自地球的恶魔

"……幸好你没参加今年的年度舞会。信不信由你，跟去年一样烂。与往常一样，我们鼎鼎大名的肥婆维京婶差点没把舞伴的脚趾踩碎——在重力只有半个G的舞池里。

"有一件正事告诉你。由于你在好几个月——不是几个星期——内还不会回来，院方一直觊觎你那间公寓——具有地点好、购物方便、景观（晴天时看地球）佳等等优点，打算在你回来之前把它分租出去。这样也好，可以帮你赚一大笔钱。假如有什么个人物品需要收起来的，我们会帮你收藏好……

"再来是夏卡的事。我知道你很喜欢捉弄我们，不过这次我和杰利真的被你吓坏了！我现在了解为什么玛吉·M这么排斥他。当然，我们看过她的《奥林匹斯色情录》，虽然很好玩，但太女性主义了……

"他简直是个恶魔！我终于了解为什么他们称那帮非洲恐怖分子为夏卡。听说如果他的手下结婚的话，他会用各种奇怪的酷刑处死他们！还有，他杀光国内所有的母牛，只因为它们是母的！最可怕的是他所发明的矛；他用这种矛像凶神恶煞般地滥杀无辜……

"这样的事听在我们这些不食人间烟火的人耳里，实在太震撼、太恐怖了，几乎让人想改变不问世事的态度。我们常自诩是一群善良、宽大为怀的人——而且，还蛮有天分和艺术气质的，但你现在让我们看清楚了一些所谓'伟大战士'的真面目（好像杀人是一件伟大的事！），使我们耻于与他们为伍……

"没错，我们确实知道亚历山大大帝和古罗马皇帝哈德良是怎么一回事，但我们根本不知道狮心王理查和萨拉丁的残暴。还有恺撒，虽然将自己塑造成神，但问问安东尼和克里欧就知道。还有腓特烈大帝，虽然有一些功弥补其过，但看看他如何对待老巴赫。

"我曾经告诉杰利，至少拿破仑是个例外——我不是在拍他马屁，你知道他怎么说？'我敢打赌约瑟芬是个男的。'有胆的话，你可以说给伊娃听听。

"你这家伙！无缘无故说那些血淋淋的故事，破坏了我们宁静的心境（很抱歉又用了一个隐喻）[1]。你不应该让我们知道这些事

1　原文为tarring us with that bloodstained brush，字面意思是"以血淋淋的故事，破坏了我们……"，但还有一层隐喻："以一丘之貉的恶行，破坏了我们……"

情，因为无知就是幸福……

　　"无论如何，在此献上我们（包括我的鹦鹉席巴斯钦）无限的祝福。遇到欧星人的话，替我问声好。根据银河号的报道，有些欧星人可能很适合当维京婶的舞伴。"

41

百岁忆往

　　弗洛伊德博士不太喜欢提起第一次的木星探险和十年后的第二次太隗探险。那都是陈年往事了，而且全都讲过一百遍以上了，对象包括国会里的各种委员会、太空咨询委员会，以及像威利斯这样的媒体人。

　　不过他还是有义务对同船的贵宾再讲一遍，不然他们绝不会放过他。他是当年目睹一颗新恒星——以及一个新太阳系——诞生的人中唯一在世的，因此大家都希望透过他，对于他们正在急驰前往的世界有些特别的了解。这是个天真的想法，因为他所能提供有关伽利略卫星的知识，远比在那边工作的科学家和工程师少。他们中的许多人已经工作了三十年以上。当他被问到"欧罗巴（或是艾奥、盖尼米得、卡利斯托……）上究竟是什么样子"时，经常都很粗鲁地告诉发问者自己到舰上图书室里去查。不过那里面的相关报告一大堆，根本不知从何查起。

然而，他的一段经验是报告里查不到的。事隔半个世纪，他有时候还是搞不清楚这件事是否真的发生过，或者鲍曼在发现号上向他现身时，他刚好睡着了。无论如何，他宁可相信那是宇宙飞船闹鬼，还比较容易解释些……

但是当那团浮尘自动聚集成一个人的鬼影，而那个人已经死了十几年，他觉得当时不可能是做梦。假如没有这个鬼影的警告（他记得很清楚，鬼影的嘴唇根本没动，而且声音是从计算机操作台发出来的），当木星爆炸时，列昂诺夫号和舰上所有的人早就蒸发了。

"他为什么要这么做？"某一次餐后闲谈时，弗洛伊德回答道，"这个问题已经困扰了我五十年。在他离开发现号的舱库，出去探索石板之后，不管他变成什么，一定跟人类还有某种关联。由那颗轨道炸弹意外被引爆，可知他曾经短暂回到地球。而且有证据显示他拜访过母亲和过去的女友；这……这不是看破七情六欲的个体应有的行为。"

"你认为他现在是什么？"威利斯问道，"而且——现在他在哪里？"

"你的第二个问题也许没有什么意义——即使对人类而言。你知道你的知觉现在在哪里吗？"

"这不必用形而上学也知道，总之，它就在我的大脑某处。"

"当我年轻的时候，"米凯洛维奇叹道，他最擅长在最严肃的讨论中破坏气氛，"我的知觉完全集中在肚脐以下某处。"

"我会假设他在欧罗巴上，因为大石板就在那边，鲍曼跟它绝对脱离不了干系，无论是啥干系——看看他是如何警告我们的。"

"你认为第二则警告，警告我们别靠近欧罗巴那个，也是他转来的吗？"

"我们现在可以不理会了——"

"——基于正当理由——"

史密斯舰长通常让大家畅所欲言，现在忍不住插嘴。

"弗洛伊德博士，"他若有所思地说道，"你的处境很特殊，我们应该好好利用一下。鲍曼曾经破例帮过你一次。假如他还在，也许愿意再帮一次。我非常在意他所下的命令：'千万别在欧罗巴降落。'如果他能通融一下——比如说，暂时取消这则禁令——我会更高兴。"

弗洛伊德还未回答，同桌有些人就连声说："好耶！赞成！"

"是的，我也一直这么想。我已经通知银河号那边，随时注意有什么——怎么说，嗯，动静——万一他想要跟我们联系的话。"

"不过，"伊娃说道，"他现在也许已经死了——鬼也有可能会死。"

即使米凯洛维奇也不知如何回应，但伊娃显然感觉到大家都不太搭理她。

但她不以为忤，仍然继续追问。

"亲爱的弗洛伊德，"她说，"你为什么不干脆用无线电打个电话给他？无线电话就是用在这个时候的，不是吗？"

弗洛伊德也想过这个点子，但不管怎么说，假如把它当真，又似乎太幼稚了一点。

"我会的，"他说，"我想打个电话也无妨。"

42

小型石板

这一次，弗洛伊德很确定自己是在做梦……

在无重力之下，他一直都睡不安稳；而目前宇宙号正好关掉动力，以最快速度滑翔飞行。两天之后，将有几乎一个星期的时间做稳定的减速，去掉多余的速度，直到能够与欧罗巴会合。

无论调整安全带多少遍，他总是觉得不是太紧就是太松：不是紧得无法呼吸，就是松得从床铺里飘出去。

有一次他醒来时，发现自己浮在半空中。他手划脚踢了好几分钟，最后才游了几米，精疲力竭地抵达最近的墙壁。此时他才猛然想起，其实他不用这么折腾，他只要静静等待就可以了。舱房的排气系统自然会将他拉到通气口，他根本不用花任何力气。身为太空旅行的老手，他应该知道这件事。他自我解嘲说那是因为一时慌张而昏了头。

不过今晚他可不会再犯同样的错误，当重力恢复之后，他可能又不能适应了。他躺在床上，回想最近餐桌上的讨论话题，不到几分钟就睡着了。

在睡梦中，他仍然延续餐桌上的对话，梦中情景有些微的改变，但他视为理所当然，不觉得惊讶。例如，威利斯的胡须已经长回去了，但只长了一边。弗洛伊德心想，这可能和某个研究计划有关吧，但他很难想出其目的何在。

不过他自己有自己的烦恼，他发现航天主管米尔森不知何故居然也来参加了他们的小组讨论，并向他提出了许多批判，他必须一一答辩。弗洛伊德很纳闷，这家伙怎么会在宇宙号上。（莫非他是偷渡上来的？）他一时没想起来，其实米尔森已经去世四十几年了。

"弗洛伊德，"这个死对头说道，"白宫方面很不爽。"

"我猜不透他们为什么不爽。"

"因为你刚发到欧罗巴的那则无线电信息。它有没有经过国务院的核准？"

"我认为没有必要经过国务院的核准，我只是要求降落许可而已。"

"啊哈！问题就在这里。你向谁要求？我们与对方政府有邦交吗？我认为你恐怕都没有照规矩来。"

米尔森逐渐淡去，但仍听得到他嘴里的"啧啧"声。幸好这只是一场梦，弗洛伊德心想。这下又怎么了？

嗯！我早就该料到是它。你好，老朋友！你可真会变，居然变得这么小。当然，如果还像TMA-1那么大，根本挤不进这间小舱房——它的老大哥更不用说了，一口就可以把宇宙号吞下。

那块黑色石板正站在（或漂浮在）离床铺约两米的地方。弗洛伊德立即发现，它不但形状像块墓碑，连大小都一样，心里不禁毛毛的。在此之前，他虽然早就发现了两者相似之处，但因为大小太过悬殊，因此心理上的冲击还没那么大。但现在，他首度觉得两者的相似性令他不安，甚至不吉利。我知道这只是一场梦；但在我这个年纪，不喜欢这种不吉利的……

闲话少说——你在这里干什么？替鲍曼带来信息吗？或者你就是鲍曼？

嗯！说真的，我并不期望你会回答。你本来就不多话，对吧？不过只要你一出现，保证有事。回想六十年前，你曾经在月球的第谷坑发信号到木星，通知你的创造者说你被挖出来了。而且事隔十几年之后，看看你对木星干的好事！

现在你想干什么？

VI

天堂岛

43

等待救援

拉普拉斯舰长和全体船员逐渐习惯了陆地的感觉之后，第一件事情就是必须重新调整方向感，因为银河号上所有东西的位置都不对劲。

一般宇宙飞船的设计只有两种操作模式：一种是完全无重力，另一种是当引擎发动时，沿着轴向有上下之分。但现在银河号几乎是水平方向横躺着，所有的地板都变成了墙壁。他们就好像住在一座倾倒的灯塔里，每样陈设都要重新布置，而且至少有一半的设备无法正常运作。

但从某个角度看，塞翁失马，焉知非福？拉普拉斯舰长将它运用得淋漓尽致。他命令所有船员整理银河号的内部。管路维修列为第一优先。大家都忙得不可开交，他不必担心士气的问题。只要船壳不漏气，μ子发电机继续提供能量，他们就暂时没有危险。只要能再撑个二十天，宇宙号就会凌空而降来救他们。没有人谈起一个可能性：欧罗巴的背后统治者也许不允许第二艘宇宙飞船降落。到目前为止，他们对于第一艘不速之客的闯入似乎没什么反应，何况第二艘只是从事救援行动，他们应该不会刁难才对……

不过欧罗巴本身现在有点不合作。当初银河号在大洋中漂流时，虽然地震也很频繁，大致上没什么影响。但现在宇宙飞船已经成为陆地结构半永久的一部分，每几个小时都会受到地震的震撼。如果当初宇宙飞船是以正常的直立姿势着陆，现在一定倒塌无疑。

这里的地震虽然讨厌，但不会有危险。不过对于经历2033年东京大地震和2045年洛杉矶大地震的船员来说，简直就是噩梦。他们虽然知道这些地震的发生有规则可循，也就是每隔三天半的时间，当艾奥在内层轨道掠过时，地震的强度和频率会达到最高峰，但还是人心惶惶。他们也知道欧罗巴本身的重力在艾奥上产生的潮汐作用也会造成相同的损害，但那又怎样？

经过整整六天的辛苦，拉普拉斯舰长终于满意了。银河号已经焕然一新，至少在目前的处境下，他们已经尽力了。他宣布全体放一天假，然后拟订在这颗星球上第二个星期的工作计划。大部分船员都利用这个假期补眠。

当然，舰上的科学家都摩拳擦掌，既然在无意中闯入这里，何不趁机探索一下这片新天地。根据盖尼米得传来的雷达地图，这座岛有十五公里长，五公里宽，岛上的最高点只有一百米——有人担心，假如来场大海啸，这个高度实在不够逃命。

实在很难想象还有哪里比这座岛更荒凉、更不适合人居住。虽然半个世纪以来，欧罗巴上微弱的风雨不断，但覆盖其表面几乎一半的熔岩层一点都未被分解，冻岩之河上露出的花岗石也未被软化。但现在这里是他们的家，他们应该替它取个名字。

有人建议取个悲观的名字，例如冥府、地狱、阴间、炼狱等，但都被舰长否决，他希望有个快乐一点的名字。有人则异想天开地提出了一个充满堂吉诃德精神的名字，来纪念一位勇敢的敌人。经过认真的讨论之后，它以三十二票反对、十票赞成、五票弃权的结果被否决。也就是说，这个岛不会叫"玫瑰岛"了……

最后，"天堂岛"这个名称终于胜出，而且是全票通过。

44

坚　忍

"历史本身不会重演——历史场景却会一再重现。"

拉普拉斯舰长向盖尼米得做每日例行报告时，心里一直想着这句话。这是穆芭拉从宇宙号（目前正以每秒一千公里的速度赶来）发来的鼓励函里引用的一句话，他觉得非常高兴，立即将它转寄给所有的难友。

"请告诉穆芭拉小姐，她寄来的小小历史故事对提升士气非常有帮助，这是她送给我们最好的礼物……

"虽然舰上墙壁变地板，地板变墙壁，确实带来诸多不便，但与当年南极探险家相比，我们目前的生活算是豪华的。我们当中有些人听说过薛克顿的大名，但完全不知道当年'坚忍号'的壮举。他们被困在浮冰上一年多，在山洞里熬过南极的严冬，然后乘着没有遮蔽的船横渡一千公里的大海，再爬过一连串不知名的高山，最后抵达最近的人类聚落！

"这只是故事的开始而已。令我们感到不可思议——也深受鼓舞——的是，薛克顿曾四度回去搭救困在小岛上的手下，将他们全部救出！你可以想象，这个故事对我们有多大的鼓舞。我希望下次你能够将他写的书传真给我们，我们都迫不及待地想读它。

"假如他知道的话，不知作何感想！的确，我们目前的情况比昔日的探险家好太多了。说来很难相信，即使在上个世纪中，当他们消失于地平线时，立即与其余的人完全隔绝。我们现在经常抱怨光速不够快，不能与朋友实时交谈，甚至抱怨要等好几小时才收得到地球的响应，实在应该感到惭愧……他们通常好几个月（甚至好几年）音讯全无！再次向穆芭拉小姐致以最诚挚的谢意。

"当然，地球上的探险家比我们幸运得多，至少他们有空气可以呼吸。我们舰上的科学小组一直吵着要出去，我们为此将航天服服加以改进，能够在舰外撑到六个小时。在这里的大气压力下，他们不必穿整套的航天服，腰部以上的半套就可以了。我允许每次出去两人，只要他们不走出宇宙飞船视线之外。

"最后，今日气候报告如下。气压二百五十巴，温度维持在二十五摄氏度，正西风阵风每小时三十公里，云层覆盖率维持在百分之百，地震在无底限里氏强度一到三级之间……

"你知道，我从来就不喜欢'无底限'这个字眼，尤其现在艾奥又即将和我们交会了……"

45

任务

　　每当有几个人一起来见他，通常不是有麻烦就是要他做出困难的决定。拉普拉斯舰长早就注意到小克里斯和范德堡经常花很多时间热烈讨论事情，张二副也常常参与。他很容易猜想他们在谈些什么，但当他们正式提出要求时，他仍然感到相当意外。

　　"你们想去宙斯山！怎么去啊？划船去？会不会是薛克顿的书看太多了？"小克里斯看起来有点尴尬，舰长一语中的。确实是南极的"南"给他的灵感，而且是多方的灵感。

　　"即使我们可以造一艘船，长官，时间恐怕来不及了……尤其现在，宇宙号应该十天以内就会到。"

　　"而且我不确定，"范德堡继续说道，"我敢不敢在这个加利利海上航行。并不是所有住在这海里的动物都已经获知我们是不能吃的。"

"所以说只剩下一种选择,对吧?我目前抱持怀疑的态度,但我很愿意听听你们的意见。请说吧!"

"我们已经跟张先生讨论过了,他认为这个方案可行。宙斯山离这里只有三百公里,用穿梭机不到半小时就可以飞到。"

"然后找个地方降落?我想你们应该还记得,上次张先生打算将银河号降落在那里,结果没有成功。"

"这次绝对没有问题,长官。穿梭机钟威廉号的质量只有我们宇宙飞船的百分之一,即使是当地的冰层也可能撑得住它。我们已经通过电视记录,找到十几个适合降落的地点。

"而且,"范德堡说道,"这次驾驶员没有被人用手枪指着,这一点很重要。"

"你说得没错,但最大的问题是在我们这边。你们如何将穿梭机从机库里弄出来呢?用吊车吗?即使以这里的重力而言,它也是满重的东西。"

"没那么麻烦!张先生有办法直接把它开出来。"

拉普拉斯舰长陷入沉思;不过一想到火箭引擎要在他的舰里发动,他显然不太愿意。这艘百吨级的穿梭机钟威廉号(大家比较习惯叫它"比尔·T"——比尔是威廉的昵称,T是钟的第一个字母)纯系为轨道上之运作而设计;在正常情况下,它不用发动引擎就可以很轻易地推出机库,而在离母船一段距离之后,才开始发动。

"显然你们事先都想好了，"舰长很不情愿地说道，"不过起飞角度怎么办？该不会要我把银河号翻过来，好让比尔·T直接往上冲吧？机库是在侧面中间的地方，幸好当初我们着陆时没有把它压在下面。"

"起飞角度必须与水平方向呈六十度，启动穿梭机的侧引擎就可以了。"

"如果张先生说可以，我当然相信他。不过发动引擎时，不会损害宇宙飞船吗？"

"呃……当然机库内部会受损，不过反正以后也不会再用到它。另外，机库墙壁本来就有防意外爆炸的设计，因此对宇宙飞船其余部分不会造成任何危险。我们会叫消防人员待命，以防万一。"

这是个聪明的点子——毫无疑问。假如可行，那么这趟任务总算没有白来。一个星期以来，拉普拉斯舰长一直很忙，几乎没有时间想宙斯山的问题；其实他们会落得今天的下场，都是宙斯山害的。之前他只想到如何继续活命的问题，但现在出现了一丝希望，因此有心情思考未来。他觉得冒点险去发掘真相是值得的——为什么这个小世界受到这么多关爱的眼神？

46

钟威廉号

"就我记忆所及，"安德森博士说，"当年高达德的第一枚火箭飞了大约五十米。我不知道张先生是否能打破这个纪录。"

"他最好能，否则我们的麻烦可大了！"

科学小组的人员大多聚集在观察舱里，每个人都焦急地沿着船壳的方向往后看。虽然从他们的角度无法看见机库的入口，但当比尔·T冲出来时，他们马上可以看到。当然，前提是它真的冲得出来。

没有老一套的倒计时。张先生好整以暇地做每一项测试工作，只要他觉得可以起飞，就起飞。这艘穿梭机的质量已经尽量减到最轻，而且所携带的燃料刚好足够飞行一百秒钟之用。如果一切正常，那已经够用。万一出了什么状况，多带的燃料不仅无益，反而危险。

"可以!"张先生悠闲地说道。

几乎像变魔术一样，每件事情都发生得很快，瞒过了大家的眼睛；没有人看到比尔·T从机库里冲出来，只见一团浓密的蒸汽。蒸汽散去之后，穿梭机已经在两百米外着地了。

观察舱内爆出一阵欢呼声。

"他办到了!"原代理舰长李先生大叫道，"他打破了高达德的纪录了——不费吹灰之力!"

比尔·T四只粗短的脚站在欧罗巴荒凉的地面，样子有点像当年的阿波罗登月小艇，但体积比较大，也比较难看。不过正在舰桥上观看的拉普拉斯舰长想的是另一回事。

他觉得他的宇宙飞船比较像一只搁浅的大鲸鱼，在陌生的外星环境中困难地生下小鲸。他衷心期盼这头小鲸能够存活下来。

忙了四十八小时之后，钟威廉号已经装载完成，绕着岛走了十公里，完成了检查，准备好上路了。这趟任务的时间仍然很充裕，根据最乐观的估算，宇宙号在三天之内是到不了的，而前往宙斯山一趟，包括范德堡博士布置一大堆仪器所需的时间，最多也不过六小时。

张二副将穿梭机停妥之后，拉普拉斯舰长立刻把他叫到舱房里。张先生见到舰长之后，发现他一副心事重重的样子。

"干得好！老张……不过这是预料之中的。"

"谢谢您！长官。您找我有什么事？"

舰长微笑着。一支融洽的团队里是不应该有秘密的。

"都是上级！我很不愿意扫你的兴，但上级来了项命令说，只有范德堡博士和二副小克里斯才可以出这趟任务。"

"我懂了，"张先生悻悻然回答道，"那你怎么回答他们？"

"我还没回答，所以才会找你谈一谈。我很想回答他们，你是唯一会驾驶航天飞机出这次任务的人。"

"他们知道这句话是胡说。小克里斯可以干得跟我一样好。只要机器不故障，驾驶航天飞机完全没有风险，而无论谁开飞机，都一样有可能遇到机器故障。"

"假如你坚持要去，我愿意替你争取。毕竟现在谁也奈何不了我——而且我们回地球之后都会变成英雄人物，没有人会再追究。"

张先生显然在心里细细盘算过，觉得这样的结果似乎也没什么不好。

"把一百公斤的载重换成燃料，可以让我们有余力做另一件有趣的事。我本来早就想说，但比尔·T实在没办法装载多出来的仪器，假如我们三个人都去的话……"

"你不说我也知道，'长城'对不对？"

"对！我们来回经过它一两次，就可以完全探知它究竟是什么

236

玩意儿。"

"我认为这个点子不错，只是我不知道该不该靠近它，到时恐怕会遇上倒霉事。"

"也许吧！不过我去那边还有另外一个理由。对我们之中某些人而言，这是个更重要的理由……"

"愿闻其详。"

"是钱学森号。它距离长城只有十公里远，我们想在那边献束花。"

原来船员们严肃地讨论的话题就是这件事。这已经不是第一次了，拉普拉斯舰长真希望多懂一点中文。

"我了解，"他肃穆地说道，"让我考虑一下，并且和范德堡以及小克里斯谈谈，看他们的意思。"

"上级那边呢？"

"去他的上级！这里由我做主。"

47

满地碎片

"你们最好快一点，"盖尼米得的指挥中心一直催促着，"下一次的交会将是很严重的一次，我们这边和艾奥那边都会引发许多次地震。我不想吓唬你们，不过假如我们的雷达没搞错的话，你们那座山又比上次测量时下沉了一百米。"

范德堡心想，按照这个速率，不到十年，欧罗巴将会回复最初的平坦状态。在这里，每件事的变化都比地球上快得多，难怪这个地方很受地质学家的青睐。

现在他坐在小克里斯的后座，也就是二号位置，绑上安全带，四周是他所有仪器的操作面板。这时，他的心情既兴奋又有点遗憾。不到一个小时，他一辈子的知识追求将要画下句点——无论结果是什么。以后再也没有任何一件事可以与之比拟。

他没有丝毫恐惧感。他完全信赖人和机器。不过他却有一种意外的奇异感觉，即感谢已故的罗茜。假如没有她，他永远没有这个机会，也许就此一辈子也得不到答案。

载满装备的比尔·T在重力仅0.1G的环境下勉强起飞，它本来就不是用来做这种事的，不过在卸下货物之后，回程情况应该好得多。它折腾了老半天，感觉上好像过了好几个世纪，才好不容易爬离银河号。因此，他们有足够的时间看到船壳上的损坏情形，以及偶然出现的酸雨所造成的腐蚀痕迹。当小克里斯忙着起飞时，范德堡则因地利之便，简要地向宇宙飞船报告船壳的状况。这个动作虽然是无心之举，但事后却发现是正确的，因为以后谁也不会再关心银河号是否适合太空飞行。

现在他们看到整座天堂岛在下面伸展开来，范德堡这才发现当初代理舰长弗兰克·李登岸时驾驶技术有多高明。整座岛的四周只有少数几处地点可以安全登岸。虽然其中有很大的运气成分在内，但李先生巧妙地利用风向和海锚，仍然功不可没。

一团云雾突然笼罩在四周，比尔·T以"半弹道轨道"爬升，将空气后曳力降到最低。足足有二十分钟之久，除了云雾之外看不见任何东西。范德堡心想：好可惜！我知道下面有很多有趣的动物游来游去，别人是无缘看到的……

"即将关掉引擎，"小克里斯说道，"一切正常。"

"很好！比尔·T。在你们的高度没有其他飞行器。降落跑道上你们仍然排第一。"

"是谁开的玩笑？"范德堡问道。

"是我罗尼·林。信不信由你，'跑道上排第一'的应该是最初的阿波罗。"

范德堡很清楚为什么有人开玩笑。当人们从事某些复杂或可能有危险的事情时，都需要一点幽默来化解紧张。只要玩笑别开过头就好。

"十五分钟后开始刹车，"小克里斯说道，"让我们瞧瞧，还有谁在频道上。"

他启动自动扫描，无线电选台器迅速地由低频往上扫描，一一排除不相干的频道，小小的机舱里回荡着一连串的哔哔声和呼啸声，夹杂着短暂的寂静。

"这些都只是附近的导航信号和数据传输，"小克里斯说道，"希望能找到……啊！有了！"

这是个模糊的音乐声，像是疯狂的女高音以颤声忽高忽低快速地唱着。小克里斯瞄了一下频率表。

"多普勒频移几乎消失了……它正迅速减慢。"

"那是什么东西？文字信号？"

"我想那是慢速扫描视频。他们正利用盖尼米得上巨大的碟形天线将许多数据传回地球，目前它的位置刚好适当。地球上所有新闻网都吵着要我们这边的新闻。"

他们聆听那催眠式的、无意义的声音几分钟之后，小克里斯就把它关掉了。虽然没有借助机器无法听懂宇宙号传来的信息，但不想也知道信息的内容。救援即将到来，而且马上会到。

或许只是为了打破沉默，或者是纯粹好奇，范德堡装作若无其事地问道："最近有没有跟令祖父通过话？"

当然，行星之间的距离这么远，"通话"似乎是个错误的词儿。不过到目前为止，还没有人想出更适当的字眼。无论是语音电报、语音邮件或语音卡，都曾风行一时，但最后都无疾而终。即使到现在，还是有很多人不相信，在太阳系广袤的空间里，实时的对话是不可能的。因此常常听到有人不满地抗议道："你们这些科学家为什么不想想办法呢？"

"有，"小克里斯说道，"他身体还很硬朗，我希望能跟他碰个面。"

他的声音里有一点紧张。范德堡心想："我很怀疑他俩上次是什么时候碰面的。"不过他知道这么问很冒昧。接下来的十分钟，他和小克里斯一起预演卸货和装配的各项手续，以免着陆之后发生不必要的慌乱。

小克里斯启动程序排序器之后不到一秒钟，"开始刹车"的警示灯旋即熄灭。范德堡心想：现在一切都在我掌控之下，我可以轻松地专注我的工作。咦，照相机呢？搞不好又飘到哪儿去了……

云雾开始散去。虽然雷达很清楚地显示下方的情况，与直接目视一样真实，但当山的真面目在数公里外隐然出现时，景象仍然令人震撼不已。

"看哪！"小克里斯突然大叫，"看它的左上方——双峰的旁边——你猜那是什么！"

"我想你说对了。我认为那不是我们撞坏的，是它自己迸裂的。不知道另外一艘撞到哪里……"

"高度一千米。要降落在第几号位置？从这里看起来，第一号位置好像不太好。"

"你说对了……试试第三号位置，反正它离山比较近。"

"五百米。这里是第三号位置。我先绕个二十秒钟，假如你不中意，我们就转到第二号位置。四百米……三百米……两百米……（'祝你们好运，比尔·T。'银河号说道。）谢了，罗尼……一百五十米……一百米……五十米……怎么样？只有一些小石块，还有……怪了……到处都是像玻璃碎片的东西。有人在这里举行过疯狂派对似的……五十米……五十米……还好吧？"

"好极了。下去。

"四十米……三十米……二十米……十米……你确定不再变了？……十米……扬起一些灰尘，就如尼尔当年说的……还是巴兹说的？……五米……着地！简单，对吧？不知道他们为什么还特地为此付我们薪水。"

48

露西在此

"你好！盖尼米得指挥中心。我们——我是说小克里斯——已经成功降落在一块某种变质岩的表面上，它可能跟我们所称的'天堂岛石'一样属于拟花岗石。这里距离山脚只有两公里，不过我已经看出不需要再靠近一些……

"我们现在正套上航天服的上半部分，并且在五分钟之后开始卸下装备。当然，监视器会一直开着，而且每隔十五分钟通话一次。范德堡通话完毕。"

"你说'不需要再靠近一些'是什么意思？"小克里斯问道。

范德堡笑得牙齿都露出来了。在过去的几分钟里，他似乎年轻了好几岁，看起来像个无忧无虑的小男孩。

"Circumspice，"他愉快地说道，"这个拉丁文的意思是'看看四周'。让我先把大摄影机拿出来……哇！"

比尔·T突然晃了一下，然后在避震器的缓冲下，颠簸了好一阵子。假如这样的运动再持续几秒钟，保证马上让人晕头转向。

"盖尼米得说这里会有许多地震，果然没错。"惊魂甫定之后，小克里斯说道，"会很危险吗？"

"大概不会。距离交会还有三十个小时，而且这块岩石看起来还蛮结实的。不过我们还是不要浪费时间为妙，幸好我们时间还算充裕。我的面罩戴正了吗？感觉上不太对劲。"

"让我把带子绑紧一点。这样好多了。深深吸一口气——好，现在很好了。我先出去。"

范德堡本想抢先踏出他的"一小步"，但小克里斯是指挥官，查看比尔·T是否完好——而且是否可以随时起飞——是他的职责。

他在小宇宙飞船四周绕了一圈，检查着地支架，然后向范德堡比了个拇指向上的手势，范德堡才爬下阶梯和他会合。虽然他所带的轻便型呼吸器和当初探勘天堂岛时的一模一样，但还是觉得怪怪的，因此停在降落台上做了一些调整。然而他抬头一看，发现小克里斯正在检视一些玻璃状的石头。

"不要碰！"他大吼道，"那很危险！"

小克里斯立刻足足跳开了一米远。在他外行人的眼里，那些东西不过像是从一件大型玻璃窑里烧出来的劣质产品。

"它没有放射性，对吧？"他忧心忡忡地问道。

"没有是没有，不过离远一点，等我过去。"

令小克里斯惊讶的是，范德堡居然戴着一双厚厚的手套。身为宇宙飞船的高级船员，小克里斯也是经过很久才习惯了一件事：在欧罗巴上可以将皮肤暴露在大气中，而不会有任何危险。在整个太阳系里，没有其他地方可以这么做，连火星都不行。

范德堡小心翼翼地弯下身子，捡起一片长条形的玻璃物质；即使在这里的漫射光线下，它仍然发出奇异的光芒。小克里斯发现它的边缘非常锐利，锐利得有点邪恶。

"这是宇宙中最利的刀子。"范德堡得意地说道。

"我们辛辛苦苦来这儿，就为了找一把刀子？"

范德堡笑了，但旋即发现在面罩里笑很不舒服。

"原来你还搞不清楚这是怎么回事啊。"

"我现在才发觉只有自己还被蒙在鼓里。"

范德堡抓住小克里斯的肩膀，然后将他扳转过去面对宙斯山隐然的身影。从这个距离看去，它遮蔽了半个天空——不但是整颗星球上最高的山，而且是唯一的。

"先欣赏一分钟。我有个重要的电话要打。"

他在计算机通信器上敲入一串密码，等"待命"的标示灯开始闪烁之后说道："盖尼米得指挥中心幺洞九，听到请回答。"

范德堡停了一下，细细品尝这一生难忘的一刻。

"请联系地球'锯齿叔叔拐三拐',将如下信息转接过去:露西在此。露西在此。以上信息,请复诵。"

当盖尼米得那边在复诵时,小克里斯心里也想着:也许我应该阻止他传送那则信息,不管它是什么意思。不过现在已经太迟了,不到一个小时它就会传到地球。

"很抱歉我这么做,小克里斯。"范德堡笑道,"别的不说,我必须争取优先权。"

"除非你马上给我解释清楚,否则我会用一把这种特制的玻璃刀将你碎尸万段。"

"玻璃,是挺像的!嗯,以后我一定会解释清楚——说来很玄,而且很复杂,因此我现在直接告诉你事实。

"整座宙斯山是一颗钻石,质量大约有一百万个一百万公吨。假如你喜欢换个说法,这大约等于二乘十的十七次方克拉。但我无法保证它的宝石等级。"

VII

长城

49

神龛

当他们将仪器设备从比尔·T卸下，并且在狭小的花岗石降落台上组装时，小克里斯的双眼几乎完全被高耸在面前的山所吸引，无法移开。一颗完整的钻石，比珠穆朗玛峰还大！嘿！散落在穿梭机四周的碎片一定价值数十亿，而不只是数百万⋯⋯

不过话又说回来，它们的价值也许没有比——比如说玻璃碎片——高多少。钻石的价格通常是由生产者和贩卖者控制。如果有一颗像山那么大的钻石突然出现在市场上，价格肯定会完全崩盘。现在小克里斯终于了解了，为什么有那么多利益集团一直垂涎欧罗巴，因为它在政治上和经济上的效益实在太大了。

既然真相已经大白，范德堡又恢复其热心和单纯的科学家本性，迫不及待地想完成他的实验。在小克里斯的协助之下，他们从比尔·T拥挤的机舱里将仪器搬出来——有些较大的家伙实在不好搬——然后用可携式的电钻钻出一条一米长的地质样本，并且小心翼翼地将它带回穿梭机里。

小克里斯本来有一套自己的行动优先次序，但他觉得先把较难的工作做完比较妥当。因此，他们先把一系列的地震仪排列好，并且将一部广角摄影机在一个稳定的三角架上架好，然后范德堡才不顾形象地开始搜括散布在四周的无价之宝。

"至少，"他一面小心选择一些比较不锐利的碎片，一面假惺惺地说道，"它们可当作很好的纪念品。"

"小心罗茜的同伙把我们宰了，抢走钻石。"

范德堡狡黠地望着他的伙伴，心里猜测着，小克里斯究竟知道了多少。或者，和其他那些人一样，究竟猜对了多少。

"一旦这个秘密走漏，他们就不用那么费劲！不要一小时的工夫，股票交易所的计算机就要开始抓狂了。"

"你这坏蛋！"小克里斯说道，语气只有赞许而无恶意，"原来刚才你传回去的信息就是跟这个有关啊？"

"法律并没有规定科学家不可以借机谋点小利吧？况且，我并未透露那些乱七八糟的细节给地球上的朋友们。坦白说，我对目前我们正在做的事情比较感兴趣——请把那把扳手递给我……"

他们的"宙斯测量站"还没装设完毕，已经发生了三次强烈地震，每次都震得他们东倒西歪。首先感觉到脚下有一阵震动，然后每样东西都开始摇晃——然后是一阵恐怖的长啸声，从四面八方传来。最令小克里斯惊讶的是，那声音是从空气中传来的。其实，四周的大气已经足够他们不须透过无线电话作近距离交谈，但他还是不太适应这个事实。

范德堡一直向他保证，这些地震还不至于造成损害，但小克里斯已经学聪明了，不随便相信所谓专家的意见。不过这次，这位地质学家倒说得很对，只见比尔·T站在避震器上摇摆，像暴风雨里的一条船。小克里斯希望范德堡的预言正确性至少能再持续几分钟。

"大致上差不多了，"这位地质学家终于宣布，这让小克里斯松了一口气，"盖尼米得那边已经顺利收到所有频道的信号。电池也可以持续使用好几年，太阳能面板可以不断给它充电。"

"这套东西如果能撑个一星期就不错了！"小克里斯说道，"我敢打赌，自从我们降落到现在，这座山已经在动了。趁它压到我们以前赶快溜吧。"

"我比较担心的是，"范德堡笑道，"起飞时的喷气会把这些东西弄坏。"

"不会的！我们距离那么远，而且已经卸下了那么多东西，起飞时只需一半动力就行了——除非你想多载价值几十亿或几兆的钻石。"

"我们别那么贪心。况且，我们回地球之后，这些东西能值多少钱都还是个问题。当然，大部分会被博物馆搜括去。然后会怎样？天知道。"

小克里斯的十指在控制面板上飞快地按来按去，同时频频与银河号交换信息。

"第一阶段任务已经完成。比尔·T准备起飞。飞行计划照旧。"

拉普拉斯舰长开口回答，他们一点也不意外。

"你们已经决定要走了吗？记住，最后决定权在你们。无论你们如何决定，我都会支持你们。"

"是，长官！我俩都很高兴，我们也知道全舰弟兄会怎么想。此次的科学成果可说是非常丰硕——我俩都很兴奋。"

"慢着……我们还在等你们有关宙斯山的报告哩！"

小克里斯望着范德堡，范德堡一面耸耸肩，一面拿起麦克风。

"舰长，假如我们现在说出来的话，你会以为我们疯了，或以为我们在唬你。请稍等几个小时，我们回去之后再说，我们将带回相关的证据。"

"嗯，现在命令你们说出来也没什么意思，对吧？总之，祝你们好运。还有，老板有交代——他认为去钱学森号那边看一下也不错。"

"我就知道劳伦斯爵士一定会答应的，"小克里斯向范德堡说道，"不管怎么说，既然银河号任务完全失败，比尔·T再怎样也算不上什么损失了，你说是吧？"

范德堡虽然不太同意，但他了解小克里斯在想什么。他不以获得了科学上的成就为满足，而希望能进一步享用这项成果。

"噢，对了！"小克里斯问道，"露西到底是谁？是指特定的某个人吗？"

"就我所知，不是。我们是在研究计算机时偶然遇到她的，我们发现露西（Lucy）这个名字很适合做密语，听到的人都会误以为它跟太隗（Lucifer）有什么关系——虽然真的有点关系。

"我以前从来没听说过什么'披头士'，但在一百年前确实有这么一支流行乐团。至于为什么取这种怪名字，你就不要问我了！他们曾经写了一首歌，歌名也一样怪：《露西在缀满钻石的天空中》。有够玄吧？仿佛他们早就知道……"

根据盖尼米得的雷达探测，钱学森号的残骸位于宙斯山西方约三百公里处，也就是朝着所谓"微明区"的方向，再过去就是一片酷寒的大地。虽然终年酷寒，但并不黑暗，大约有一半的时间都被遥远的太阳照亮着。但即使在漫长的欧罗巴白天将尽之时，温度也远低于水的冰点。由于液态水只存在于面向太隗的半球上，因此这片中间区域终年都在暴风雨之中，雨、雪、冰、雹相互较量，互比威力。

在钱学森号降落失事以来的半个世纪中，这艘宇宙飞船的残骸已经移动了将近一千公里。它和银河号一样，一定曾经在新形成的加利利海里漂流了好几年，然后搁浅在目前这片不蔽风雨的荒凉海岸。

当比尔·T横越欧罗巴，以水平姿态飞近其第二段航程的终点时，小克里斯立即听取雷达回音。他非常纳闷，这么长的物体，其回音频号竟然这么微弱。等到他们破云而出后，才恍然大悟。

当年第一艘降落在木卫上的载人宇宙飞船钱学森号，其残骸现在躺在一座小小的圆形湖泊里。这座湖泊显然不是天然形成的，而且有一条水道通往不到三公里外的海里。残骸只剩下一副骨架，其他的东西都被剥了个精光。

是谁干的好事？范德堡自问。那边根本没有任何生命存在的迹象。整个地方看起来似乎已经被弃置多年，但他坚信一定有某种东西将残骸刮得一干二净，手法有如外科手术般熟练、精准。

"在这里降落应该很安全。"小克里斯说道，并且等了几秒钟，才取得范德堡心不在焉地点头同意——这位地质学家正拿着摄影机，看到什么就拍。

比尔·T在湖泊边停放妥当之后，他们隔着又冰又黑的湖水遥望着那座人类探险的里程碑。看来似乎没有方便的方法可以去往那边，但其实也无所谓。

他们穿上航天服，手捧花圈走到水边，在摄影机前肃穆地静立片刻，然后将这个代表银河号全舰人员心意的花圈丢入水中。尽管这个花圈是用金属箔、纸和塑料等现成的材料拼凑而成，但不论是花或叶都做得惟妙惟肖，非常漂亮，上面还缀满短笺和献词，其中有许多不是用罗马字母写成的，而是一种古老的、正式场合已经不用的文字。

当他俩走回比尔·T时，小克里斯若有所思地说道："你有没有注意到，几乎没有金属留下来，只有玻璃、塑料、合成纤维等。"

"那些肋材和横梁呢？"

"都是合成物，大多是碳和硼。这里有人偏好金属，并且一看就知道那是好东西。真有意思……"

确实很有意思，范德堡心想。在一个没有火的世界里，几乎不可能制造出金属和合金，因此金属非常珍贵——几乎和钻石一样珍贵……

当小克里斯向基地回报，并且收到张二副和其他船员的感谢函时，他将比尔·T拉到一千米的高度，并且继续向西飞行。

"这是最后一段航程，"他说道，"不必再爬升了，我们将在十分钟之内到达。不过我不降落。假如'长城'是正如我们所料的东西，我想最好不要降落为妙。我们将快速掠过它，然后回家。请把所有摄影机都准备好，这里可能比宙斯山还重要。"

接着，他对自己说道："也许我马上会体会老祖父五十年前在这附近时的感受。以后碰面时——假如没什么意外，一个星期之内就要碰面了——我们将有的聊了。"

50

空 城

　　"好恐怖的地方!"小克里斯心想,"除了冰雨、暴风雪,以及偶尔一瞥的冰雪世界之外,什么也没有……唉!跟这里比较起来,天堂岛简直就是热带天堂!"不过他很清楚,沿着欧罗巴曲面继续飞行在仅仅几百公里的永夜面上,情况更糟。

　　但出乎意料,当他们抵达目的地时,天气突然变得非常晴朗,云层完全不见了,正前方出现一堵巨大的黑墙,高度几乎有一千米,刚好挡在比尔·T的飞行路径上。这堵墙太巨大了,因此附近的气候显然受到了它的影响。不断吹拂的风被它一挡,便绕道而过,在其背风面形成一个局部的无风带。

　　一眼就认得出来,这就是当初那块巨石板。它的基部有好几百座半球形的建筑物,在低垂的太隗(以前的木星)照射下,闪耀着鬼魅般的白色光。小克里斯心想，它们看起来很像老式的市集，不过是用冰雪做成的，它们的模样唤起了昔日地球上的许多回忆。范德堡比他抢先一步想到。

"爱斯基摩冰屋！"他说道，"相同的问题——相同的解决办法。这里除了岩石没有其他的建材，但岩石很难处理。而且，这里的低重力帮了大忙——有些拱形屋顶非常大。我不知道里面住的是什么东西……"

他们距离很远，看不出在这星球边陲地区的小城市里，街道上有什么东西在走动。不过靠近一看，才发现里面根本没有街道。

"这里是冰造的威尼斯，"小克里斯说道，"只有冰屋和水道。"

"我们早该料到，"范德堡回答，"它们是两栖动物。不过它们跑到哪儿去了呢？"

"可能被我们吓跑了。比尔·T的外面比里面要吵得多。"

范德堡忙了好一阵子，一边摄影，一边还要向银河号报告和回答问题；然后他说道："我们不可能没跟它们接触就一走了之。你说得对，这里比宙斯山重要得多。"

"也可能危险得多。"

"我看不出有任何高科技的迹象——更正！那边有个东西，像是20世纪的老式雷达碟形天线！你能再靠近一点吗？"

"去当枪靶子？谢了，免谈！况且，我们的滑翔时间快用完了，只剩下十分钟——假如你还想回去的话。"

"我们不能降落一下，到处看看吗？那边岩石上有一小片空地。它们究竟死到哪里去了？"

"被吓坏了，就像我。剩九分钟。我将来回飞越城市上空一趟。你尽量拍照——是，银河号，我们很好，只是目前很忙，等会儿再联系。"

"我现在才发现，那不是什么雷达，而是跟雷达一样有趣的东西。它正对着太隗——是个'太隗灶'！这里的恒星永远不动，而且也无法生火，用这个玩意儿是理所当然的。"

"剩下八分钟。大家都躲在室内，真伤脑筋！"

"也许都躲到水里去了。我们能不能将那间四周有空地的大建筑物看个仔细？我想那间应该是市政厅。"

范德堡指着一座建筑物，比其他都要大得多，设计也截然不同。它是由一群直立的圆柱体构成，很像是一排超大型的风琴管。而且，它的表面也不像其他冰屋那样一片泛白，而是很复杂的斑驳色彩。

"欧罗巴艺术！"范德堡大叫道，"那是一种另类的壁画！靠近一点！靠近一点！我们必须做个记录！"

小克里斯乖乖地降低——降低——再降低。他似乎已经完全忘了刚才对于滑翔时间的预告。范德堡悚然一惊，他发现小克里斯正打算着陆。

这位科学家将视线从高速逼近的地面移向身旁的驾驶员；只见他虽然仍旧完全掌控比尔·T，但似乎已经进入催眠状态，他的双眼死盯着穿梭机正前方的某一点。

"到底是怎么回事，小克里斯？"范德堡大吼道，"你想干什么？"

"没事。你看到他了吗？"

"看到谁啊？"

"站在最大支圆柱体旁的那个人。你看他没有戴上任何呼吸装备！"

"少白痴了，小克里斯！那边根本没人！"

"他正翘首看着我们哩！他在挥手！我想我认识——噢！天哪！"

"那里没人了——没人！快拉高！"

小克里斯根本不理。他非常冷静、非常专业地将比尔·T做个完美的降落，并且在着地前的一刹那，分秒不差地关掉引擎。

他巨细靡遗地检视所有仪表的读数，然后一一启动保险开关。当他完成整套的降落手续之后，才再度往窗外望出去，脸上充满既疑惑又快乐的表情。

"你好，祖父！"他轻声地说道。但范德堡连个鬼影也没看见。

51

幻　影

　　即使在最恐怖的噩梦里，范德堡博士从未想过会降落在这么险恶的地方，而且和一个疯子挤在狭小的太空舱里。还好，小克里斯似乎没有暴力的迹象。或许可以好言劝他再度起飞，安全返回银河号……

　　他仍然望着空无一物的地方，嘴巴偶尔念念有词，仿佛在与人做无声的对话。这座外星城市仍然空无一人，让人很容易想象它好像已经废弃了好几个世纪。不过，范德堡立即发现了一些无法遮掩的迹象，显示这里最近还有人住过。虽然比尔·T的火箭引擎将附近的一层薄雪吹走，但小广场其余的部分仍然覆盖在粉末状的雪花之下。它仿佛是从一本书被撕下的一页，上面满是符号和象形文字，其中有些他看得懂。

他可以看出，曾经有个笨重的东西被拖往那个方向，也有可能它是靠自己的力量笨拙地拖行。一座冰屋现在关着的入口处，有一条显然是轮子碾过的痕迹延伸出来。另外有一个小物体，似乎是被丢弃的空罐子，不过距离太远，看不清楚细节。看来欧星人和地球人一样，有时不太有公德心……

这里有生命存在是毋庸置疑的。范德堡觉得自己正被一千只眼睛注视着——或被其他什么感官侦测着。而且他无法猜出在那些眼睛背后的个体是敌是友。也许它们根本不在乎，只是在等着入侵者离去，继续过它们的神秘生活。

小克里斯再度对着空无一物的空间说话。

"祖父再见！"他平静的语气中带有些微的伤感。接着，他转向范德堡，以正常的语调说道："他说我们该走了。我猜你一定认为我疯了。"

范德堡觉得否认才是上策。无论如何，他立刻有其他的事要忙。

小克里斯焦急地望着比尔·T的计算机所提供的数据，以抱歉的口吻说道："对不起，老范！刚才降落时用掉了太多燃料，比我预估的还要多。我们必须改变任务内容。"

范德堡心凉了一截，他知道这是一种婉转的说法，真正的意思是："我们回不了银河号了。"他很想破口大骂："去你的老祖父！"但他强忍了下来，只淡淡地说道："现在该怎么办？

小克里斯一面研究航图，一面键入更多数据。

"我们不能留在这里——（'为什么？'范德堡心想，'假如难逃一死，我们应该利用剩余时间尽量多了解这里。'）所以必须找个适当的地方，让宇宙号的穿梭机比较容易救人。"

范德堡心里暗暗松了一大口气。他觉得自己好笨，怎么没想到这个。他觉得自己像一个快被送上断头台的人，突然听到了暂缓执行的宣告。宇宙号应该会在四天之内抵达欧罗巴。比尔·T的设备虽然简陋，但待在里面是上上之策。

"远离这个鸟天气……找到一片平坦、坚固、离银河号较近的地面……应该没有问题。只是不知道这么做有没有用。我们剩余的燃料足够飞行五百公里——但不够让我们冒险渡海。"

有一阵子，范德堡不免想到宙斯山，那边也许有可以做的事。但是扰人的地震（随着艾奥逐渐与太隗排成一直线，情况越来越严重）让他们一筹莫展。他很怀疑那些仪器还能不能用；目前的问题处理完之后，应该再去检查看看。

"我将沿着海岸飞往赤道，无论如何，那是穿梭机的最佳降落地点。雷达地图显示，在海岸以西约六十公里的内陆，有一些平坦的区域。"

"我知道，那儿叫作马萨达高地。"（而且，范德堡心想：也许这是个意外的好机会，可以多做一些探测，千万别错过……）

"高地到了。威尼斯再见！祖父再见！"

刹车火箭的闷吼声停息之后，小克里斯最后一次锁定发射线路，松开安全带，然后在比尔·T的狭窄空间中尽情地伸展四肢。

　　"这里的景色还不赖——就欧罗巴来说。"他愉快地说道，"我们还有四天的时间，体验一下穿梭机的口粮是否像传说中那么烂。好了！咱们谁先发言？"

52

长沙发上

"真希望我学过一点心理学，"范德堡想道，"这样我就可以发掘他的幻觉里的各项参数。不过现在看起来，他似乎还蛮正常的——除了那件事之外。"

虽然在六分之一G的环境下，任何座椅坐起来都很舒服，但小克里斯却将座椅倾斜到最大限度，然后在头的后方拍了拍手。范德堡突然回想起，这正是昔日病人接受弗洛伊德心理分析时的标准姿势。这种方式直到现在都没被完全淘汰。

他希望对方先开口。部分原因是出于好奇，不过最主要的是，他觉得如果小克里斯能早一点结束这场胡闹，就可以早一点痊愈——不痊愈也无妨，至少不会伤人。但事情似乎没那么乐观：他本来一定有某种非常严重的、根深蒂固的问题，才会出现这么强烈的幻觉。

令人困惑的是，小克里斯居然完全同意他的看法，并且还做了一番自我诊断。

"我的船员心理测验结果是最高等级的A1+，"他说道，"也就是说，他们甚至允许我看自己的档案——只有百分之十的人可以这么做。所以我也跟你一样纳闷——我确实看到了我的祖父，而且他确实对我说了话。我从来不相信有鬼——谁会相信？——但这件事表示他已经死了。我很希望能多了解他——一直很期待即将到来的会面……不过，现在我倒想起了一些事……"

范德堡迫不及待地问道："告诉我，他究竟说了什么？"

小克里斯笑着答道："我的记性不是很好，无法记得每字每句，而且当时我简直吓呆了，因此更无法告诉你全部的内容。"他顿了一下，脸上出现专注的表情。

"怪了！现在回想起来，我们当时好像没有用语言沟通。"

"更糟了！"范德堡心里暗叫不妙，无论心电感应还是死后复活都这么荒诞无稽。不过他只回答道："这样吧！请告诉我，你们……呃……谈话内容的梗概。记得吧？你从来都没向我提过。"

"对。他说了诸如'我想再跟你会面，我目前生活很愉快。我相信每件事情将会很顺利，宇宙号将会马上来救你们'之类的话。"

范德堡心想：这是典型的"鬼"话，了无新意，也没有实质的用途，只是反映听者的希望和恐惧罢了——可说是反映潜意识的零信息……

"请继续说。"

"然后我问他其他的人呢？这个地方为什么被废弃？他笑了一笑，然后给了我一个莫名其妙的答案，到现在我还搞不懂它的意思。他好像是说：'我知道你没有敌意，但当我们看到你们降落时，几乎来不及发出警讯。所有的×'——这里他用了一个字，我虽然记得这个字，但不会发音——'只好逃到水里去——必要的话，它们逃得蛮快的！在你们离去之前，以及在毒物被风吹散之前，它们是不会出来的。'他是什么意思？我们排放的气体是纯净的水蒸气——而且它们的大气绝大部分也是水蒸气啊！"

嗯！范德堡心想，好像没有一个定律说，幻觉（或任何比做梦还玄的东西）必须符合逻辑。或许所谓"毒物"正是代表小克里斯内心深处某种无法面对的恐惧——尽管他的心理评等非常优异。无论那个恐惧是什么，我并不想知道。至于说毒物嘛……伤脑筋！比尔·T的燃料是从盖尼米得运到轨道上的纯蒸馏水……

等一下！当它从排气管排出时，温度是多少呢？我好像在什么地方读过……

"小克里斯，"范德堡小心翼翼地说道，"水经过反应器之后，是不是全部以水蒸气的形态排放出来？"

"不然呢？哦！假如引擎温度太高的话，会有百分之十到十五的水蒸气分解成氢和氧。"

氧！虽然穿梭机里是舒适的室温，但范德堡突然打了个寒噤。小克里斯一定不知道，刚才无心的话里究竟有多大的含意，因为这个知识完全在他正常的专业范围之外。

"你知道吗？小克里斯。对地球上所有的原始生物，以及生活在类似欧罗巴之大气中的生物而言，氧是一种致命的毒物？"

"你真爱说笑。"

"我没有说笑，在高压之下甚至对我们而言，它也是毒物。"

"这我知道，潜水课程里面有教过。"

"你的……祖父……说的话是有意义的。我们好像洒了一堆芥子气在那座城市里。嗯！没那么糟——氧气散得很快。"

"现在你总算相信我了吧？"

"我没说过不相信你。"

"相信的话，你也是个疯子啰！"

这句话打破了紧张的气氛，他俩开怀地笑成一团。

"你还没告诉我，他当时穿着什么衣服。"

"一件旧式的晨袍，就像我小时候看到的那种。看起来好像蛮舒适的。"

"能讲得详细一点吗？"

"你这么一说，倒让我想起来了——他看起来年轻了许多，而且头发也比最后一次见面时多。所以我认为他……怎么说？……不是本人，而是像计算机影像或合成全息影像之类的东西。"

"又是那块石板搞的鬼！"

"没错！我也是这么想。你记得鲍曼如何在列昂诺夫号上向我祖父显现的吗？也许这次轮到他了。问题是他为什么要这么做。他没有做任何警告，或提供任何特殊的信息，只是想跟我道别和祝福……"

说到这里，气氛变得有点尴尬，小克里斯的脸皱成一团。不久，他的情绪逐渐恢复，向着范德堡微笑。

"我已经讲太多了。现在轮到你讲了，请你解释一下，那颗数百万乘数百万吨的钻石究竟在这个几乎全由冰和硫黄组成的世界干什么。希望不是件坏事。"

"当然不是坏事。"范德堡博士说道。

53

压力锅

　　"当我还在亚历桑那州弗拉格斯塔夫镇念书的时候，"范德堡开始说了，"偶然看到一本古老的天文学书，里面说：'我们的太阳系是由太阳、木星及各式各样的碎片构成的。'用碎片来形容地球确实适当，对吧？但对其他三颗气体行星——土星、天王星和海王星——则有欠公允，因为这几颗巨星几乎有木星的一半大。

　　"不过我还是从欧罗巴说起。你知道，在太隍开始将它暖化之前，它的表面是一片平坦的冰原，最大高度只有几百米。在冰原融化之后，许多水移动到永夜面，并在那里重新冻结，此时情况也没多大改变。从2015年——人类开始对它做详细的观测——至2038年，整颗星球上只有一个最高点，现在我们已经知道那是什么了。"

"我们确实已经知道。然而，虽然我亲眼目睹，但仍然无法将那块石板描述为'长城'！我看到的它都是直立状态，或者自由地在太空中飘来飘去。"

"我想我们已经见识到，它想做什么就可以做什么——任何我们想象得到的，或超乎我们想象的事情。"

"嗯！在2037年时，恰好在人类观察它的时间空当中，欧罗巴上发生了一件事，于是高达十公里的宙斯山突然出现！

"假如是火山的话，在短短的几个星期里不可能长得那么高。况且，欧罗巴并不像艾奥那么活跃。"

"我认为它已经够活跃了，"小克里斯嘟哝道，"你有没有发觉刚才在地震？"

"另外，如果它是一座火山的话，一定会喷出大量的气体，散布于大气中。它是有一些变化，但都不足以支持这类理论的解释。它的确很神秘，但由于我们害怕太靠近它，而且一直忙着自己的事，因此除了杜撰一些无奇不有的理论之外，根本是一筹莫展。结果，这些理论都是幻想性有余而真实性不足……

"2057年时，在一个偶然的机会里，我开始对它起疑，但一连好几年都没有认真深入探讨。然后证据越来越明显——不但一点也不诡异，而且完全可信。

"不过在完全相信宙斯山由钻石构成之前，我必须提出一个理论解释它。对一个真正的科学家——我认为我就是其中之一——而言，除非找到理论解释，否则没有一件事是真正上得了台面的。这个理论到头来可能是错的——通常是如此，至少在某些枝节上是这样，但它必须能提供一个可行的假说。

"正如你刚才所说的，在冰和硫黄的世界里的一颗百万乘百万吨的钻石，可说是个小小的解释。当然！现在真相已经大白，我觉得自己怎么那么笨，为什么几年前没想到。假如早就想到，也许就可以避开许多不必要的麻烦，而且至少可以挽救一条人命。"

他心事重重地停了一下，然后突然问小克里斯道："有人向你提起保罗·克罗伊格博士这个人吗？"

"没有。为什么这么问？当然，我听说过他。"

"我只是在怀疑。一直有些奇怪的事情发生，我不知道我们是否能找到所有的答案。

"无论如何，它现在已经不是秘密，所以这些都不重要了。两年前我曾经将一份机密数据送到保罗那边去。喔，抱歉！我忘了告诉你，他是我舅舅。我将我的发现摘要给了他。我问他是否可以找到一个解释，或提出反驳。

"没多久，他就从计算机网络上获得了所要的数据。不过很遗憾，也许他不够小心，也许有人在监视他的网络——我想你的朋友，不管他们是谁，现在应该知道得很清楚。

"没几天工夫，他在《自然》杂志里翻到了一篇八十年前的文章——没错，当时仍然发行印刷版！——里面早就解释得一清二楚。呃……大致上。

"那篇文章是一个服务于合众国——当然我指的是美利坚合众国，当时南非合众国还没诞生——一间著名实验室的人写的。那间实验室曾经设计过核武器，因此对高温高压的东西略知一二……

"我不知道该文作者罗斯博士是否跟核弹的设计有关，不过以他的知识背景，一定会开始思考巨大行星内部的各种情况。在这篇1984年——对不起，是1981年——发表的文章里——对了，这篇文章很短，不到一页——他有一些很有意思的建议……

"他指出，在巨型的气体行星里，有大量的碳以甲烷（CH_4）的形式存在，几乎占总质量的百分之十七！根据他的计算，这些行星的核心温度非常高，压力也非常大——好几百万个大气压力，因此甲烷里的碳原子被析出，逐渐往星球中心下沉，然后——你猜想得到的——形成了结晶。这是个很棒的理论：我想他做梦也没想到，居然有机会可以测试它……

"这就是整个故事的第一部。从某个角度看，第二部更有看头。再给我一点咖啡吧！"

"好，拿去！不过我想我已经猜得到第二部的内容了。显然，跟木星的爆炸有某种关系。"

"那不叫爆炸，应该叫内爆。事实上，木星本身向内塌陷，然后自动引爆。从某方面来说，它像是一颗核弹的引爆，不同的是它在引爆之后呈稳定状态——变成了一个小型的太阳。

"话说，在内爆的过程中，发生了一些非常怪异的事：星球的每一部分仿佛都能穿越对方，然后从另一面冒出来。无论其机制是什么，结果有一块像山那么大的钻石被抛射到轨道上。

"在它落在欧罗巴之前，一定曾经在轨道上绕了好几百圈，并且受到了其他所有卫星重力的微扰。无巧不成书，一件物体——可能是那块钻石，也可能是欧罗巴本身——刚好从后方追撞到另一物体，因此撞击时的速度只有每秒几公里而已。如果当初两者是正面对撞，那……现在的欧罗巴早就撞烂了，更别提什么宙斯山！因此我偶尔会做噩梦，这种事很有可能发生在我们的盖尼米得上……

"欧罗巴上新形成的大气也有可能减轻撞击的力道。即使如此，撞击时的震撼力一定非常惊人。我不知道我们的欧罗巴朋友们当时受到了何等的惊吓。可以确定的是，它引发了一连串的板块变化，而且目前仍方兴未艾。"

"并且，"小克里斯说道，"也引发了一连串的政治效应。我正在密切注意其中的几项。难怪南非合众国这么焦急。"

"焦急的恐怕不止他们。"

"干焦急有什么用？他们认真思考过如何拿到这些钻石吗？"

"这一点我们做得不错，"范德堡比了比穿梭机的后舱回答道，"无论如何，光是它对工业上的心理效应就大得无法估计。难怪有很多人都急着想知道它究竟是真是假。"

"现在他们都知道了。接下来呢？"

"那我就管不着了，感谢上帝！不过，我希望此行已经对盖尼米得方面的科学经费大有帮助。"

其实，我本身的经费也有着落了——他告诉自己。

54

重　逢

"你究竟为什么一口咬定我已经死了？"弗洛伊德大吼道，
"这几年来我一直好得很！"

小克里斯望着扬声器，一时吓呆了。他的情绪高亢，夹杂着
一丝愤慨。竟然有人——或什么东西——对他开了这么残忍的玩
笑，究竟用意何在？

目前弗洛伊德仍然远在五百万公里外，正以每秒数百公里的
速度赶来，他从扬声器里传出的声音也有点愤慨。不过听起来，他
还蛮愉快、蛮有活力的；尤其当得知小克里斯安然无恙时，他的声
音更放射出无比的喜悦。

"我有好消息告诉你，穿梭机将会先去救你们。它丢下一些急

用的医疗用品给银河号之后，会马上绕过去载你们，然后在下一条轨道上与我们会合。之后，宇宙号将下降五条轨道，到时候你会在那边迎接你的朋友们登舰。

"目前没有其他的话告诉你——我只有一句话，就是非常期待与你见面，弥补过去未能相处的时光。等待你的回音——我看看——约三分钟之后吧……"

比尔·T里静默了一会儿，范德堡不敢正眼看他的同伴。然后小克里斯按了一下麦克风开关，缓缓说道："祖父……这真是天大的惊喜。我现在仍在惊吓中，但我知道，我在欧罗巴这里遇见过您。我也知道，您曾经向我道别。我很确定这些事发生过，就如同确定现在您正在跟我说话……

"我……我们以后还有很多时间可以详谈，但您记不记得当初鲍曼在发现号上对你讲过的话？好像是说……

"我们将在此静候穿梭机来载我们。目前我们一切平安，只是偶然有地震，不过那不用担心。再见了！全心全意爱您。"

他已经不记得上次向祖父说"全心全意爱您"这句话是什么时候了。

第一天过去了，穿梭机里面开始发出异味。第二天结束时，他们虽然不在意，但已经发觉食物没有以前那么可口了。他们也发现自己难以成眠，但又互相指责对方打鼾。

第三天，虽然从宇宙号、银河号，甚至地球频频传来信息，但无聊感已经悄悄入侵，想得到的黄色笑话也都讲完了。

幸好这是最后一天。这天还没过完，"贾丝明夫人号"已经翩然降临，寻找它失落的孩子。

55

岩　浆

"老板！"家务总管打电话来说道，"在你睡觉的时候，我接通了盖尼米得传来的电视特别节目，你要不要看看？"

"好啊！"克罗伊格博士答道，"十倍速率。不要有声音。"

他知道有一大段的片头资料可以跳过去，直接看后面的东西，因此他先下手为强。

片头的人员姓名表一闪而过，接着屏幕上出现的是威利斯，正在盖尼米得上某处，疯狂地比手画脚着，但完全听不到他在讲什么。克罗伊格博士和其他脚踏实地的科学家一样，对威利斯都有点看法，虽然他不得不承认，社会上也需要威利斯这种人。

威利斯突然消失，取而代之的是一个较不恼人的话题——宙斯山。不过它比起任何正常的山，似乎太活跃了一点。克罗伊格博士大吃一惊，自从上次看到欧罗巴传来的画面之后，它又改变了不少。

他下令道："请播放实时音响。"

"……几乎每天减少一百米，倾斜度已经增加了十五度。目前板块活动很剧烈，山脚下岩浆到处横流。我特别请到范德堡博士来到现场。范德堡博士，你认为如何？"

我的外甥看起来气色不错，克罗伊格博士心想：不知道他最近怎样。一定从股票里赚了不少……

"自从当初受到撞击之后，地壳显然没有愈合过。而且目前在巨大的压力下，它一直软化、崩塌。宙斯山从我们发现开始就一直下沉。在过去几个星期里，下沉的速度增加得很快，每天都可以看出它的变化。"

"多久以后它将完全沉没？"

"我不太认为它会完全沉没……"

镜头迅速转向宙斯山的另一个角度，威利斯在镜头外继续说话。

"以上是范德堡博士两天前所讲的话。现在有何补充？范德堡博士。"

"呃……看起来好像我说错了。它目前下降的情况像部升降机。真想不到，它只剩下半公里高！我拒绝再做任何预测……"

"算你聪明，范德堡博士。嗯，以上是昨天的情况。现在我们将为您提供连续的慢速画面，一直到摄影机被毁为止……"

克罗伊格博士坐在椅子上，身体往前倾，眼睛盯着这出长剧的最后一幕；这出戏他虽然没有直接参与，但有决定性的贡献。

他没有必要将回放画面加速，因为他已经看过正常速度的画面不下一百遍。一小时被压缩成一分钟，人的一生光阴变成蝴蝶般短暂。

宙斯山在他眼前逐渐下沉，熔融的硫黄像火箭一般，以极高的速度向上溅射，形成一条条明亮的、带电的抛物线；这景象仿佛是一艘在暴风雨中即将沉没的船，桅顶电光四处乱窜。这种暴戾画面即使是艾奥上的壮观火山都望尘莫及。

"有史以来最巨大的宝石即将消失在各位的眼前！"威利斯以虔敬的语调嘘声说道，"不巧，我们无法提供最终的一幕，原因等一下就会知道。"

影像动作慢了下来，与实际同步。山的高度只剩下数百米，四周熔浆的喷发速度也缓和下来。

突然间，整个影像开始倾斜。摄影机的影像稳定器本来还英勇地抵抗着地面的震动，现在也在这场不公平的战争中宣告投降。那座山的影像仿佛又升高了一下子——其实那是摄影机的三角架倒下了。从欧罗巴传来的最后一瞥是滚滚闪亮的硫黄熔浆，即将吞噬整部摄影机。

"永远消失了！"威利斯叹道，"硕大无朋的钻石，比古印度的戈尔康达或南非的金伯利所出产的总量不知多几倍，就这样消失无踪！多么教人心疼啊！"

"这个大白痴！"克罗伊格博士骂道，"难道他不知道……"

算了！赶快写一篇简讯投到《自然》杂志要紧。现在事情已经搞得天下皆知，不快不行。

56

微扰理论

发件人：克罗伊格教授（皇家学会特别会员等）

收件者：编辑，《自然》杂志数据库（公开征稿）

题目：宙斯山与木星钻石

　　就目前所知，欧罗巴上被称为宙斯山的地质构造本来是木星的一部分。巨型气体行星的核心可能由钻石构成，这个构想系由任职于加州大学劳伦斯·利弗莫尔国家实验室的马汶·罗斯首度提出，发表在一篇经典论文《天王星与海王星的冰层——太空中的钻石？》中（见《自然》杂志第292册第5822号第435至第436页，1981年7月30日出刊）。令人意外的是，罗斯当时并未将他的计算扩展到木星。

宙斯山的沉没引起全人类一致的哀叹。此事令人啼笑皆非，理由如下。

目前尚未有详细的计算（在下一篇文稿中会提出），但根据我的估计，木星核心的钻石原始质量至少有2810克，为宙斯山质量的一百亿倍。

虽然这块钻石在木星爆炸并形成太隗（显然为非自然形成）时大部分被毁，但可想而知，宙斯山绝非硕果仅存的碎片。尽管大多数碎片仍然掉回太隗，但有相当的百分比已经进入轨道，并且一直停留在轨道上。由基本的微扰理论可以证明，它将会周期性地回到它的原点。当然，精确计算是不可能的；但根据我的估计，至少有一百万座宙斯山质量的钻石仍然在太隗附近的轨道上运行。因此，一小块的损失，尤其刚好在最不方便取得的欧罗巴上，根本无关紧要。我建议马上装配一套专用的太空雷达系统，寻找这些东西，越快越好。

虽然早在1987年，人类已经可以大量生产非常薄的钻石薄膜，但一直做不出整块的钻石。假如我们可以取得以百万吨计的钻石，许多产业将完全改观，并且可以创造出许多崭新的工业。尤有甚者，几乎在一百年前即有艾萨克等人指出（见《科学》杂志第151册第682至683

页，1966年出刊），钻石是建造所谓"太空升降机"的唯一材料、有了太空升降机，离开地球的交通费用将几乎等于零。目前在木卫间轨道上的许多钻石山，也许正是打通整个太阳系的利器。相较之下，自古以来所使用的四面体结晶碳将望尘莫及。

为完整起见，我想透露一下可能蕴藏大量钻石的地点。不过很可惜，这个地点比巨型行星的核心更难到达……

有人猜测，中子星的表面大部分系由钻石构成。但最近的中子星距离我们有十五光年，而且其表面上重力是地球的七百亿倍，因此这个地方不太可能成为钻石的供应来源。

不过话又说回来，有谁想过有一天人类居然能接触到木星的核心？

57

盖尼米得上的插曲

"这里的居民好原始好可怜哦!"米凯洛维奇哀叹道,"我太震惊了……整个盖尼米得竟然连一架演奏会用的平台钢琴都没有!当然,在我的电子合成乐器里,用极简单的电子电路就可以模仿所有乐器的声音。但是,施坦威钢琴就是施坦威钢琴,就如同史特拉小提琴就是史特拉小提琴,永远是无法取代的。"

他的抱怨虽然是随便说说而已,但已经在当地的知识分子间引起一些反弹。一个颇受欢迎的节目《早安,盖尼米得!》甚至做了恶毒的批评:"这几个所谓杰出的贵宾,老是以为比我们高尚。所到之处——包括地球和这里——都宣称能提升当地的文化水平……"

这项攻击主要是针对威利斯、米凯洛维奇和穆芭拉,他们有点热心过度，老想教化落后地区的人民。玛吉·M（即穆芭拉）曾经在书中赤裸裸地描述朱庇特与艾奥、欧罗巴、盖尼米得及卡利斯托之间的乱爱，简直是淫秽不堪。宙斯乔装成一头白色公牛引诱水仙欧罗巴已经够恶心了；他明知太太赫拉会打翻醋坛子，居然还试图暗藏艾奥和卡利斯托，摆明了就是变态。不过最惹当地居民反感的是，书中的宙斯竟然性别错乱，连美男盖尼米得他也要。

说句公道话，这几位自命为文化大使的贵宾，本意是值得称赞的，但结果并不讨好。他们知道会滞留在盖尼米得上好几个月，新鲜感一过，日子将很难挨，因此非找些事情来打发时间不可。况且，他们希望尽其所能造福周围的人。不过，在这个地处太阳系边陲的高科技地带，不是每个人都有兴趣领情，或者有时间领情。

另一方面，伊娃则适应得很好，颇能自得其乐。她虽然在地球上很有名气，但在盖尼米得这里，认得她的人没几个。她可以在指挥中心的长廊和加压圆顶建筑物里闲逛，也没有人会回头看她一眼，或兴奋地相互窃窃私语。没错，过去的她是很有名，但现在不过是一位从地球来的访客罢了。

葛林堡和往常一样，不多话、有效率、随和，立即被盖尼米得的行政和技术体系延揽，并且成为了好几个顾问小组的成员。他的表现赢得许多赞赏，因此有人开玩笑警告他，不让他回地球。

弗洛伊德则好整以暇地袖手旁观舰上所有的活动，几乎不参与。他目前最关心的，是如何与孙子小克里斯重建关系，并为他规划未来。既然燃料槽里燃料存量只剩不到一百公吨的宇宙号已经安然降落在盖尼米得,许多事情可以开始着手。

银河号上全体船员基于感谢救命之恩,很快就和宇宙号的人打成一片。当一切修缮、检测和加水等工作完成之后,他们就要一起飞返地球。有消息指出,劳伦斯爵士已经拟妥合约,要建造一艘更先进的宇宙飞船"银河二号",大家更是兴高采烈。不过建造工作不会很快开始,因为他的律师和罗氏保险公司还有许多争议有待解决。保险公司方面仍然坚称,太空劫持事件属于特殊刑案,不在理赔范围之内。

说到这件刑案,没有人被定罪,甚至连个被告都没有。显然此事计划已久,可能有好几年的时间,由一个有效率、有资金的组织在推动。南非合众国大声喊冤,并且说愿意接受正式调查。联合党也表示愤慨,并且理所当然地谴责夏卡。

克罗伊格博士在所收到的邮件里经常发现愤怒的匿名信,指控他是个叛徒,但他一点也不意外。信件通常以南非文书写,但偶尔会有一些文法上或措辞上的小错误,使他怀疑这是某种反情报作战的一环。

经过几番考虑之后,他将这些邮件送交给了星际警察——"也许他们早就有了。"他告诉自己。星际警察对他表示感谢,但如他所料,什么也不肯说。

小克里斯、张二副以及银河号上的每个船员,都分别在不同的时间接受最好的晚餐（就盖尼米得上的标准而言）招待，由两位神秘客做东——两个人小克里斯都见过面。事后，受邀者除了觉得餐点很烂之外，相互对照之下才发现，原来很客气问他们话的那两个人是在搜集不利于夏卡的资料，以便起诉他们。但似乎没什么进展。

整起事件都是范德堡博士引起的。现在他不但在专业上或经费上都大有斩获，而且更进一步计划如何乘胜追击。他接到地球上许多大学和科学机构的重金礼聘，但讽刺的是，他一个也无法消受，因为他住在盖尼米得上太久了，已经习惯这里六分之一G的环境，在医学上无法再回头适应地球的重力。

或许月球是个不错的选择。弗洛伊德也向他游说过，说巴斯德医学中心是个不错的选择。

"我们正在那边筹设一所太空大学，"他说，"让离开地球很久无法忍受一个G的人仍然可以在第一时间与地球上的人互动。我们计划盖一些讲堂、会议室、实验室——其中有些只存在于计算机中，但看起来与实物一模一样，你从来无法想象有这种东西。而且，你还可以用你的'不义之财'，通过购物频道向地球大肆购物。"

两人分享共同的经验，相见恨晚。说来自己也很意外，弗洛伊德不但重新找回了孙子，还认了一个侄子。他现在与范德堡的关系和小克里斯一样，都是有着独特的、密不可分的共同经验。最主要的是，在欧罗巴上那隐然耸立的大石板底下的废弃城市里，有着神秘的鬼魂。

小克里斯完全没有任何怀疑了。"当时我确实看到你，也听到你的声音，就像现在一样清楚。"他告诉他的祖父，"不过当时你的嘴唇没有动——更奇怪的是，当时我并不觉得那有什么怪异之处，反倒觉得非常自然。整个过程都是……非常令人轻松自在。但有一点伤感——不，应该说是忧悒比较恰当。或许应该说是无可奈何。"

"我们不免想象到，当年你在发现号上与鲍曼接触的情景。"范德堡说道。

"在降落在欧罗巴之前，我曾经用无线电尝试跟他联系。这么做似乎很幼稚，但我实在想不出其他的办法。我确信他就在那里，以某种形式存在着。"

"你没收到任何形式的回应？"

弗洛伊德犹豫了一下。虽然现在记忆力衰退得很快，但他突然记得那天夜里，曾经有一块小石板出现在他的舱房里。

当时没发生什么事，但从那时候开始，他就一直感觉小克里斯安然无恙，而且会再见面。

"没有，"他缓缓说道，"从未收到任何回应。"

毕竟，那可能只是一个梦。

VIII

硫磺国度

58

火与冰

在20世纪末人类开始探索其他行星之前，很少有科学家相信，在离太阳这么远的地方可能有生命繁衍。不过五亿年来，在欧罗巴冰封的海洋里，一直都和地球的海洋一般，有许多生命存在着。

在木星引爆之前，那些海洋的表面都有一层冰，与上方的真空隔离。在大部分地方，冰层有好几公里厚。其间有许多线条状的薄弱区，是冰层曾经裂开或被撕开的地方。在整个太阳系中，只有这里可以看到两种相克的自然元素持续不断地互相接触，互相冲突。"海洋"与"真空"的对决永远以平手收场——暴露于真空中的海水会同时沸腾与结冰，将冰层的破洞补起来。

假如没有木星的影响，欧罗巴上的海洋早就被冻成硬邦邦的固体了。木星的重力不断地揉搓着欧罗巴的核心，震撼艾奥的力同样也作用在这里，但规模小得多。行星与卫星之间的拔河不断地产生海底地震和山崩，以惊人的速度横扫深海平原。在那些平原上散布着无数的绿洲，每个绿洲都围绕着由地底冒出来的、富含矿物质的喷泉，范围约有数百米。这些化学物质蕴藏在纵横交错的管线和烟囱里，堆栈起来的样子有时看起来很像一座座倾颓的哥德式教堂，以缓慢的节奏从里面冒出阵阵的黑色滚烫液体，仿佛是被一颗巨大的心脏所驱动。而且，冒出的液体也仿佛血液，是生命存在最有力的保证。

这些沸腾的液体强力逼退由上方渗下来的酷冷，在海床上形成一座温暖的孤岛。同样重要的是，它们从欧罗巴的内部带上来生命所需的所有化学元素。在这个人们意想不到的地方，居然存在一个充满着能量和食物的环境。这类的地热通孔在地球的海洋里也有，被发现的时期与人类第一次看清伽利略卫星真面目时相隔不到十年。

在欧罗巴的"热带地区"（赤道附近），靠近"城堡"歪七扭八的城墙边，有一些细细的、蜘蛛网状的结构，像是植物之类的东西，但都会动；有许多奇形怪状的蛞蝓和蠕虫之类的动物在里面爬来爬去，有些以植物为食，有些则直接从周围富含矿物质的海水中获取食物。离开热源——即"海底之火"，所有生物都靠它取暖——较远的地方，住着比较强壮、比较魁梧的动物，像是蟹类或蜘蛛之类的有机体。

光是一片小小绿洲就够一大票生物学家研究一辈子了。与地球古生代的海洋不同，这里的环境不是很稳定，因此演化速度非常快，出现了一大堆光怪陆离的生命形式。而且，它们随时都有灭绝之虞。当能量供应的焦点转移之后，绿洲里的生命就会枯萎、死亡。海底到处散布着这类悲剧发生过的遗迹：埋藏着骨骸和覆盖矿物质的残留物，显示整个演化篇章从生命册里完全消失。

他看过巨大的空贝壳，形状像螺旋状的喇叭，有一个人那么大。他也看过各式各样的蛤蜊——两瓣的，甚至有三瓣的。还有螺旋状的化石，直径好几米，与地球上的鹦鹉螺类似——这种美丽的动物在白垩纪末期突然神秘地自地球的海洋里消失了。

在许多地方，海底之火是一条条炽热的熔岩流，沿着陡峭的山谷绵延好几十公里。在这么深的地方，压力非常大，因此水与炽热岩浆接触之处不会产生蒸汽，两种液体之间维持着一个恐怖的平衡。

在这个充满生命的外星世界里，在人类造访之前，长久以来就有个类似埃及的故事一直上演着。正如同尼罗河为沙漠中的一个狭长地带带来生命，这条温暖的岩浆河流也为欧罗巴的海底带来生命。在它的两岸，宽度不超过两公里的地带，各式各样的物种相继演化出来，然后兴盛，然后灭绝。有些物种还留下一些遗迹，其造型有的是堆栈的岩石，有的是在海床上挖出的奇形怪状的图案。

沿着这些深海沙漠中的狭长丰饶地带，一系列的文化和原始的文明相继兴起、衰颓。它们不知有其他的世界，因为每个温暖绿洲都是相互隔绝的，宛如行星间一般。这些沐浴在熔岩流的微光里、在热通孔附近觅食的生物，一辈子都无法越过每座孤立岛屿之间险恶的不毛之地。假如它们之中曾经出现历史学家及哲学家的话，每个文化都会宣称自己是宇宙中独一无二的。

那里也是个随时面临死亡的世界，不仅是因为能量来源无法预期且经常变换位置，而且驱动这种能量的"潮汐力"一直持续减弱。欧罗巴最后会变成一个冰冻的世界。即使它们能够发展出智慧，仍然无法逃脱灭绝的宿命。

它们陷于火与冰之间——直到太隗在天空中引爆，开启了它们的新世界。

而且，在这新生世界的近海处，出现了一块巨大的东西——长方形，漆黑如夜。

59

三位一体

"一切都完成顺利。因此他们不打算再回来。"

"我学到很多东西，但我很难过，我的旧生命一直在消逝。"

"事情总会过去的，我也曾经回到地球，探望我爱过的人。我现在知道，有许多东西比爱更伟大。"

"比如说呢？"

"同情心就是其一。还有正义、真理等等。"

"我同意。就人类而言，旧有的我已经是个超老的老人，年轻时的热情早已远去。那个……真正的弗洛伊德将会如何？"

"你跟他一样真实。不过他马上会死，只是不知道他已经获得永生。"

"听起来很吊诡，但我了解。假如能保有那份热情，也许有一天我会很感谢。到时候我该感谢你，还是感谢那块石板？我上辈子遇到的鲍曼并未拥有这种能力。"

"没错！当时发生太多事情了，哈尔也跟我学到了不少东西。"

"哈尔！他在这里？"

"我就是，弗洛伊德博士。没想到我们竟然会再相遇，尤其是以这种形式相遇。要把你的声音引出来着实花了我一番工夫。"

"引出声音？噢……我了解。你为什么要这么做？"

"当我们收到你的信息时，哈尔和我知道你可以在此帮我们。"

"帮——你们？"

"是的！也许你会觉得很奇怪。你的知识和经验都很丰富，这是我们望尘莫及的。就是所谓的'智慧'。"

"不敢当。不过，我曾经在我孙子面前现身，这算是有智慧吗？"

"当然不。那件事确实引起了很多困扰，但那是出于你的同情心，无可厚非。人嘛！有时候得权衡事情的轻重。"

"你刚才说需要我的帮忙，到底是怎么一回事？"

"虽然我们知道很多事情，但仍然有很多是我们不知道的。哈尔一直在测绘石板的内部系统，而且我们已经掌控其中一些比较简单的系统。它是一种多功能的工具，但主要功能似乎是催化智能。"

"嗯！我也是这么想，但无法证明。"

"现在可以了，因为我们已经有办法取出贮存在它里面的记忆——至少是其中的一部分。四百万年前，它曾经给予非洲某个处于饥饿状态的猿类族群一个推动力，让它们演化成现代人类。现在它又在此重施故技，但付出了可怕的代价。

"为了让木星发挥它的潜能，它将木星变成了一颗恒星，结果整个木星的生物圈完全被毁了。现在让我显示当初的情形给你看，是我亲眼目睹的……"

当他向下穿过"大红斑"猛烈翻腾的中心时，四周都是巨大无比的狂飙，夹杂着明亮的闪电和隆隆的雷鸣；他终于明了，这个大红斑为什么可以持续数世纪之久——虽然它里面的气体比地球上的飓风稀薄得多。当他沉入深处之后，原先氢气飓风的呼啸声逐渐远去，四周变得宁静了许多。这时，一阵闪亮的"雪花"从高处下降——有些则已经堆积成山。其实那不是什么雪花，而是轻飘飘的泡沫状碳氢化合物，用手触摸几乎没有什么触觉。这里很温暖，可以容许液态水的存在，但拥有纯气态的环境，密度很低，无法支撑海洋的重量。

他一直下降，穿过一层又一层的云，最后来到一片非常清朗的区域，方圆一千公里内，肉眼可以一览无遗。这里是巨大的大红斑里面的一个小旋涡，隐藏着一个大秘密。这个秘密早有人臆测过，但一直未曾得到证实。

在许多漂移不定的泡沫山周围，有无数朵小小的云朵，形状、大小都差不多，而且外表都有相似的红、褐色混杂的图案。说它们小，是指和四周环境比较而言。事实上，它们每片至少都可涵盖半座中型的城市。

它们显然都是活的，因为它们都在那些轻飘飘的泡沫山山脚下缓缓移动，像一只只巨无霸绵羊，在山坡上啃食着。它们会用波长一米的无线电波互相呼叫，声音虽然微弱，但在木星本身嘈杂的环境下，仍然听得很清楚。

它们其实就是活的"气囊"，在酷冷的上方和灼热的下方之间的狭窄地带到处飘浮。说狭窄是没错——但实际范围比地球上整个生物圈大得多。

不过，它们不是唯一的生物。有许多小型的生物在它们之间迅速地穿梭，但因为小，所以很容易忽略。有些看起来就像地球上的飞机，不但形状很像，连大小也相仿。不过，它们也是活的——它们可能是掠食者或寄生者，甚至可能是"牧羊者"……

这里有喷射动力的鱼雷状生物，有如地球海洋里的大乌贼，专门猎食那些气囊。但气囊们也不是束手无策。它们有些会放出闪电，或者伸出一公里长的锯齿状触须反击。

这些生物可说是奇形怪状，用尽了所有可能的几何形状——怪异的透明风筝形、四面体、球形、多面体、纠缠不清的缎带形……不及备载。它们都是木星大气里的巨型"浮游生物"，像蛛丝或薄纱般乘着上升气流到处飘浮。如果活得够久，它们就会繁殖，最后会掉入深处，被碳化之后变成新一代的构成材料。

他搜遍了面积比地球大一百倍的区域，虽然看到许多奇异的生物，但没有一种像是拥有智能。大气囊所发出的无线电声，只是表示简单的警告或恐惧而已。即使是掠食者，虽然有可能发展出较高层次的组织能力，但仍然像地球海洋里的鲨鱼——无意识的掠食机器罢了。

木星生物圈的一切虽然又大又新奇，但是个脆弱的世界。到处都是薄雾和泡沫，细丝状和薄纱状的生物组织，是由上方闪电所产生的石化原料不断如雪花般飘落所编织而成。这些构成物比肥皂泡更空洞。即使是最可怕的掠食者，也会被地球上最无力的肉食性动物轻易撕成碎片……

"所有这些奇妙的生物都被毁了——只为了创造太隙？"

"没错！木星生物曾经被放在天平上，与欧罗巴生物比较、衡量——结果被淘汰出局。也许在那气体环境中，它们永远无法发展出真正的智慧吧。这难道就是它们的宿命？哈尔和我到目前仍在探讨这个问题的答案，这也是为什么需要你的帮忙。"

"但我们怎么比得过那块石板——木星的吞噬者？"

"它只是个工具而已：徒具广博的知识，但毫无知觉。它虽然威力无穷，但你、哈尔和我铁定远胜过它。"

"难以置信。不管怎么说，大石板一定是被什么东西创造出来的。"

"当年发现号来到木星时，我遇见过它——或者是我所面对的部分的它。就像这次一样，它指派我回到太阳系替它达成目的。之后，它就音讯全无，只留下我们在这里——至少目前是如此。"

"这样我就放心了。有大石板就够了。"

"不过现在有个大问题。事情有点不对劲。"

"别再吓我了好不好……"

"当初宙斯山掉下来时，很有可能撞毁整颗星球。它的撞击是无预警的——事实上根本无法预测。没有任何理论计算能预料有这种事。它摧毁了欧罗巴广大的海床，消灭了所有的物种，其中包括我们曾寄予厚望的某些物种。大石板也被撞翻，而且可能已经受损，里面的程序产生错乱，因而无法处理偶发事件。其实也不能责怪程序，宇宙之大无奇不有，偶发事件打乱原先缜密的计划是常有的事。”

“没错——对人类和大石板都一样。”

“咱们三个一定要成为偶发事件的处理者，以及世界的守护者。你已经遇见过这里的两栖动物，将来一定还会遇见许多奇奇怪怪的动物，例如披着硅质盔甲的‘汲取者’：专门从岩浆流里汲取岩浆；或者是在海里觅食的‘浮游者’。我们的任务是帮助它们将潜能发挥到极致——或许在这里，或许在别处。”

“那人类呢？”

“以前我常想要介入人类的事，但那个警告不但针对人类，同样也针对我。”

“不过我们并未严格遵守。”

“我们已经尽力了。同时，在欧罗巴短暂的夏日结束，漫长冬夜来临之前，咱们还有很多事要做呢。”

“我们还剩多少时间？”

“没多少了，只剩约一千年。我们一定要记取木星生物的教训。”

IX

3001年

60

午夜的广场

那栋矗立在纽约市曼哈顿中央森林里的独栋建筑物是以壮丽闻名，虽然已经历了将近一千年，但几乎没什么改变。它是历史的一部分，因此人们以虔敬的心将它保存下来。像所有的历史纪念物，在很久以前即被镀上一层超薄的钻石，因此到现在仍然看不出岁月摧残的痕迹。

当初参加过第一届联合国大会的人都无法想象，它竟然可以熬过九个多世纪。不过他们一定对竖立在广场上的那块黑色大石板大感兴趣。这块外观平凡的石板与联合国大厦的造型几乎一模一样。假如他们像其他人一样用手去触摸它，手指头那种滑溜溜的奇异感觉一定让他们非常困惑。

不过假如他们看到天空的变化，一定更加困惑——事实上应该说是害怕。

　　最后一批观光客已经在一小时前离去，广场上阒无一人。天上晴朗无云，一些比较亮的星星依稀可见，其他比较暗的星星则被那颗迷你太阳——在半夜里仍然照耀着——的光芒所湮没。

　　太隗的光芒不仅照耀着那栋古老建筑的暗色玻璃，也照耀着横跨在南方天际的那道纤细的银色彩虹。还有许多亮点也在天空中缓慢地移动，那是来往于太阳系两颗恒星之间各星球的商业宇宙飞船。

　　假如你注意观察，可以依稀看见巴拿马大厦上面的一条细线，那是联系地球妈妈与婴孩之间的脐带。全球共有六个这种"婴儿"散布各处，他们上升到赤道上方两万六千公里的高空，与"地球环"会合。

　　与诞生时同样突然，太隗的光芒开始消退。三十个世代以来，人类未曾见过的夜晚再度回到天际，光芒一度被掩盖的星星又开始闪烁。

　　同时，四百万年来第二次，大石板又醒过来了。

致　谢

我特别要感谢塞申斯（Larry Sessions）和斯奈德（Gerry Snyder）两位先生，提供我有关哈雷彗星下次来访的位置数据。到时候假如数据不正确的话，那是因为我在书中所介绍的"微扰"使然，他俩无须负责。

我也要感谢劳伦斯·利弗莫尔国家实验室（Lawrence Livermore National Laboratory）的罗斯（Melvin Ross）博士，他不但语出惊人地提出气体行星有钻石核心的观念，并且提供给我有关这方面的历史性论文复印件（等待中）。

我相信老友阿尔瓦雷斯（Luis Alvarez）应该很高兴，因为我在书中大胆地引申他的研究结果。我也感谢他三十年来对我多方的协助与鼓励。

特别感谢航天总署的金特里·李（Gentry Lee）先生，他曾经与我合著《摇篮》（Cradle）一书；他亲自千里迢迢地从洛杉矶送一部Kaypro2000笔记本电脑到科伦坡给我，使我可以在各种奇怪的地方——尤其是在最隐秘的地方——撰写本书。

本书第5、第58和第59章里，有一部分系引用《2010：太空漫游》中的素材。假如一个作者不能抄袭自己的作品，他还能抄谁的？

最后，我希望俄国航天激光员列昂诺夫现在已经原谅我将他和萨哈罗夫博士的名字并列。当年我将《2010》题献给他们两人时，萨哈罗夫仍然被流放于高尔基市。另外，我要诚挚地向本书编辑察尔琴科（Vasili Zharchenko）致歉（我访问莫斯科时曾受到他热情接待），因为我在书中提到某些异议分子的名字，替他惹来不少麻烦。不过我很高兴地告诉各位，目前他们大多已经出狱了。我希望将来有一天，《技术月刊》（Tekhnika Molodezhy）的读者能够再看到《2010》的连载——这个连载已经神秘失踪多时……

阿瑟·克拉克

斯里兰卡，科伦坡

1987年4月25日

补　遗

自从本书手稿完成之后，发生了一些怪事。我一直以为我在写科幻小说，但也许我错了。看看下面一连串的事件：

一、《2010：太空漫游》中，列昂诺夫号宇宙飞船以"萨哈罗夫驱动机"（Sakharov Drive）当作动力来源。

二、半个世纪之后，在《2061：太空漫游》第8章里，宇宙飞船都以阿尔瓦雷斯（Luis Alvarez）等人于20世纪50年代发现的"冷融合"反应（以μ子为催化剂）来驱动——详情请参阅其自传《阿尔瓦雷斯传》（Alvarez），纽约基础图书公司1987年出版。

三、《科学美国人》杂志1987年7月曾经报道，萨哈罗夫目前正在研究核能的产生，其原理系根据"……μ子的催化作用，亦即

'冷融合'；μ子是一种性质很奇特的、寿命很短的基本粒子，与电子有关……提倡'冷融合'的人指出，所有的重要反应都只要在九百摄氏度即可进行……"（参见伦敦《时代》杂志，1987年8月17日出版）。

目前我正兴致勃勃地等待萨哈罗夫院士和阿尔瓦雷斯博士的回应。

阿瑟·克拉克

1987年9月10日

读客®
科幻文库

跟着读客读科幻，经典科幻全看遍。

太空歌剧、赛博朋克、奇幻史诗……

中国、美国、英国、俄罗斯、波兰、加拿大、日本、牙买加……

读客汇聚雨果奖、星云奖、轨迹奖获奖作品，

精挑细选顶尖的科幻奇幻经典，

陪伴读者一起探索人类文明的过去、现在和未来，

亿亿万万年，直至宇宙尽头。

打开淘宝，扫码进入读客旗舰店，
下一本科幻更经典！

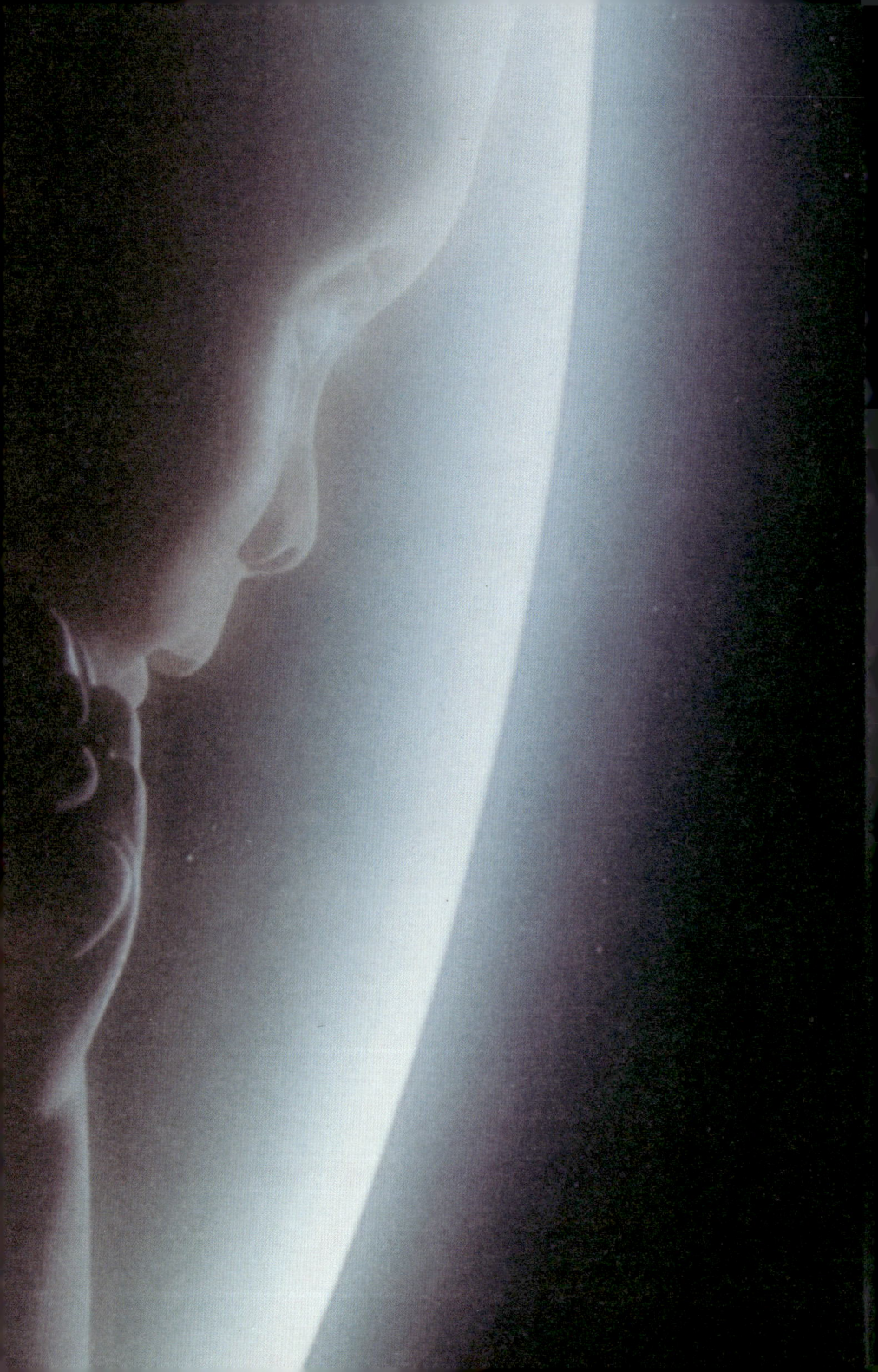

3001: 太空漫游

3001太空漫游

〔英〕阿瑟·克拉克 著

钟慧元 叶李华 译

上海文艺出版社

本书图片均来自1968年电影《2001：太空漫游》，斯坦利·库布里克执导。

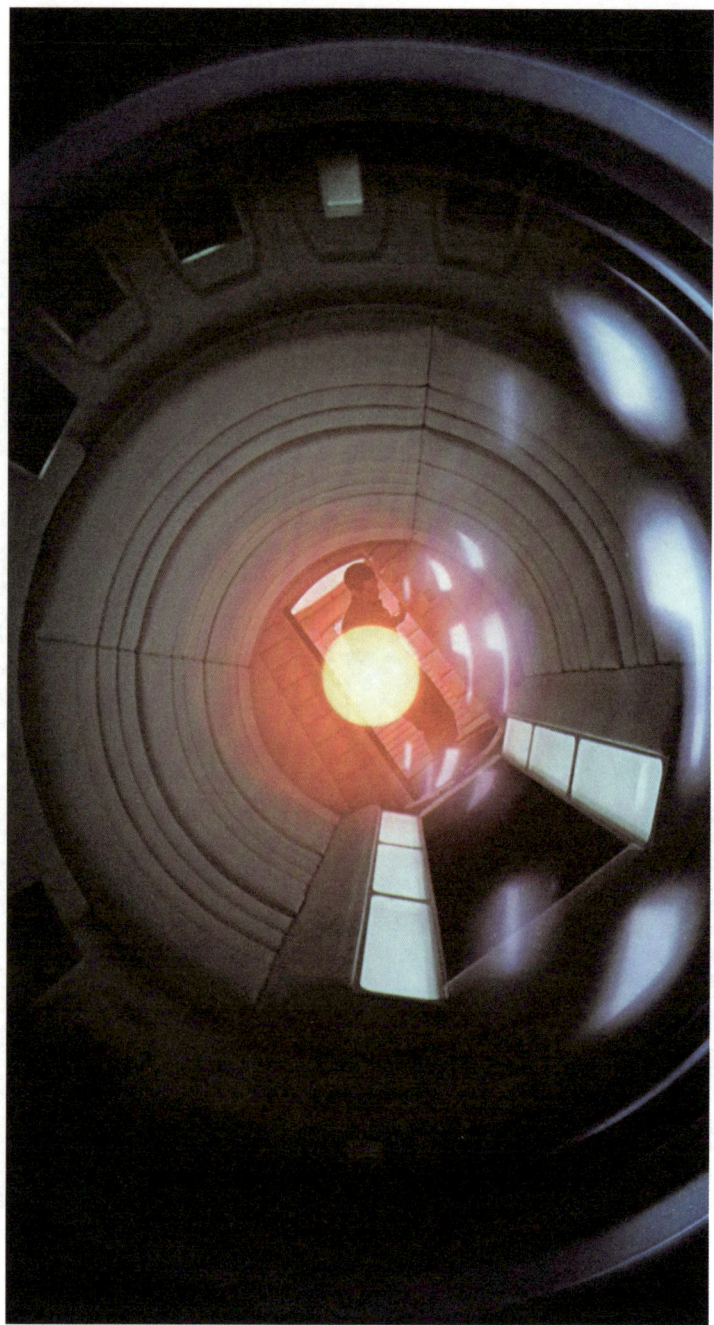

3OO1:
THE FINAL ODYSSEY

ARTHUR C. CLARKE

给秋琳、塔玛拉和梅琳达——

在这个比我们那时代

好多了的世纪里，希望你们都能快乐

目 录___

I___
星 城

II
歌利亚号

III
伽利略诸世界

IV

硫黄国度

V

终　曲

序幕

长　子

就称他们是"长子"好了。虽然他们和人类一点也不相干，不过也有血有肉，而且当他们望向太空深处之时，他们同样会感到敬畏、惊奇，还有孤寂。一旦他们掌握了能力，便开始在群星之间寻找同伴。

在他们探索的过程中，遇见过各式各样的生命形态，并且在上千个世界里，看见过进化的运作。他们也见惯了智慧擦出的第一道微光一闪即逝，消失在宇宙的黑夜里。

正因为在整个银河系里，他们发现最珍贵的莫过于"心智"，因此他们到处促进心智的萌发。他们成了星际田园里的农夫，忙着播种，偶尔还会有收成。

有的时候，他们也得不带感情地除掉杂草。

他们的探测船历经千年的旅程，进入太阳系的时候，庞大的恐龙早已消失很久了。恐龙对于黎明曙光的希望，是被来自外层空间偶然的撞击给粉碎的。探测船掠过冰冻的外行星，在垂死的火星沙漠上空短暂停留了一会儿，随即俯视地球。

探索者看到，在他们脚下展现的，是一个充满了各种生命的世界。他们花了几年的时间研究、搜集、归类。等他们尽其可能地了解一切之后，就开始进行调整。他们变动了许多物种的命运，陆地和海洋里的都有。但在这些实验中，到底有哪些会成功，至少在一百万年内他们是不可能知道的。

他们很有耐心，但也并非长生不老。在这个拥有上千亿个太阳的宇宙里，有太多的事情要做，也有其他世界在呼唤他们。于是他们再度朝深邃的宇宙出发，心知他们再也不会到这里来了。其实也没有这个必要，他们留下的仆人会完成剩余的工作。

在地球上，冰河来了又去，而在他们之上，不变的月亮仍旧守护着星辰托付的那个秘密。以一种比极地冰川消长再慢一些的节奏，文明的浪潮在银河系起起落落。一个个奇怪的、美丽的、糟糕的帝国崛起又没落，再把知识转手交给他们的接班人。

而现在，在群星之间，演化正朝着新的目标前进。最早来到地球的探险者，早已面临血肉之躯的极致。一旦他们打造的机器可以胜过他们的肉体，就是搬家的时候了。首先是头脑，然后只需要他们的思想，他们搬进由金属和宝石打造的、亮晶晶的新家。他们就在这种躯体里漫游星际。他们不再建造宇宙飞船。他们就是宇宙飞船。

不过，机械躯体的时代很快也过去。在无休无止的实验中，他们学会了把知识储存在空间本身的结构里，把自己的想法恒久地保存在凝冻的光格中。

转化为纯粹的能量之后，他们又改变了自己。在千百个世界里，那些被他们舍弃的空壳，在无意识的死亡之舞中短暂颤抖之后，崩裂成尘。

现在他们是银河系的主宰了，可以自由自在地漫游在星辰之间，或者像一缕薄雾渗入宇宙的缝隙里。尽管他们最终摆脱了物质专制的统御力量，却也完全没有忘记自己的起源——在一片已经消失的海洋的温暖的烂泥中。他们制造的神奇仪器，仍在继续运转，守望着很久很久之前开始的那些实验。

可是，就连那些机器，也不再总是服从创造者所赋予的使命了。像所有的物质一样，它们也难逃时间之神的影响，更遑论它那耐心无比、不眠不休的仆人——熵。

有时候，它们还会给自己找些新的目标。

I

星城

1

彗星牛仔

迪米特里·钱德勒船长（男／2973.04.21／93.106／火星／太空学院3005，他的好友则叫他"迪姆"）——正在烦恼，这是可以理解的。从地球传来的信息，花了六个小时才抵达在海王星轨道外的太空拖船歌利亚号。这个信息如果晚个十分钟，他就可以正大光明地说："抱歉，现在无法离开——刚刚才打开太阳膜。"

这个借口再正当不过了。把彗星的冰核，用只有几个分子厚，却有数公里长的反射膜裹起来，可不是那种做到一半说停就停的工作啊。

话又说回来了，虽然待在这个备受冷落的朝向太阳的航道上——而且还不是自己的过错，不过他最好还是服从这个可笑的要求。从土星环上面采集冰块，然后轻轻推向金星与水星，起源于

28世纪——已经是三个世纪以前的事了。那些"太阳系保育人士"一直在努力制造"采集前后"的对比图，用以支持他们对蓄意破坏空中公物所提出的控诉，不过钱德勒船长始终看不出有什么不一样。不过，大众对之前几个世纪的那场生态浩劫还是很敏感，他们有不同的想法。而"放过土星"公投，则由绝大多数人投票通过。结果，钱德勒船长不再是"土星环上偷牛贼"，却成了"彗星牛仔"。

所以，他正在距离半人马座α星（离太阳最近的恒星）不算太远的地方，驱集着从柯伊伯带中四散流离的逃冰。这里的冰当然足够在金星和水星上造出数公里深的海洋，不过大概要花上好几世纪的时间，才能消减这两颗行星表面上炼狱般的高温，使它们变得适合人居住。太阳系保育人士当然还是反对这样做，不过已经不再像以前那么激进了。2304年，因为小行星撞击太平洋所引起的海啸，造成了数百万人的伤亡。讽刺的是，如果是撞在陆地上，造成的损失就不会那么严重。这件事也提醒了往后的世世代代，人类把太多的蛋放在一个脆弱的篮子里了。

钱德勒告诉自己，反正这趟专送要耗上五十年才能抵达目的地，所以迟上个把星期也没什么太大影响。但是如此一来，所有关于旋转、质心和推力向量的计算都得重来了，还要传回火星再确认。这趟专送的路线可能非常接近地球的轨道，在把这数十亿吨冰块推去以前，仔细计算一番总是好的。

像之前许多次一样，钱德勒船长的目光游移到书桌上方那张古老的照片上。照片中是一艘三桅蒸汽船。与船上方悬浮着的冰山相较，蒸汽船显得十分渺小——正如，此刻歌利亚号的渺小。

他常在想，从第一艘发现号进步到驶向木星的那艘同名宇宙飞船，仅仅要一个世代，真是不可思议！那些古代的南极探险家，如果从歌利亚号的船桥望出去，不知道会有什么看法。

他们一定会觉得目眩神迷吧。因为飘在歌利亚号旁边的那块冰，往上往下无限延伸，大得看不到尽头。而且看起来还怪怪的，完全不像冰冻的南北冰洋那般，有着纯净的湛蓝与雪白。实际上，这块冰不只看起来脏，它是真的脏。因为，其中只有百分之九十是水冰，剩下的则是像出自巫婆之手的碳与硫的化合物，而且大部分只有在接近绝对零度时才会稳定。若是融掉这些冰，可能会产生令人不甚愉快的效果，正如一位天体化学家的名言："彗星有口臭。"

"船老大呼叫所有人员，"钱德勒宣布，"我们的计划稍有变更。上头要求我们暂缓作业，先去调查太空卫队雷达发现的目标。"

等到对讲机中那阵混乱的抱怨声消失后，有人问道："有详细信息吗？"

"所知有限。不过我看大概又是千禧年委员会忘记作废的什么计划。"

这回传来更多抱怨声，大家对那些庆祝上个千禧年结束的种种活动，都感到由衷厌烦。当3001年1月1日平安无事地过去，大家都不约而同松了一口气，人类又可以恢复正常的生活作息了。

"反正，说不定跟上次一样，不过是虚惊一场。我们会尽快回到工作岗位，完毕。"

钱德勒闷闷不乐地想着，自他干这行以来，这种盲目追逐已经是第三次了。尽管已经探索了好几个世纪，太阳系还是充满了惊奇。而且，想必太空卫队有绝佳理由这么要求。他只希望，不是哪个想象力丰富的白痴又目击了传说中的黄金小行星。钱德勒从未相信那种东西真的存在，就算有，顶多也只是矿物学上的奇珍异宝罢了，其真正的价值比起他推向太阳的冰块还差得远，后者可是会给荒芜的大地带来生机呢。

不过，也有一种可能性会让他严肃看待。人类已在方圆一百光年之内的太空放出许多机械探测器，而"第谷石板"也充分提醒着人类，有更古老的文明在进行类似的活动。很有可能其他的外星器物正待在太阳系的某个角落，或者正穿过太阳系。钱德勒船长怀疑，太空卫队可能也有类似的想法，不然不会叫艘一级太空拖船去追究雷达上的不明影像。

五小时之后，寻寻觅觅的歌利亚号侦测到来自极远处的回波。就算不理会距离因素，那东西似乎也小得令人失望。不过，随着雷达信号逐渐清晰与加强，显示出那东西有金属物体的特征，说不定还有几米长。它朝着离开太阳系的方向行进。钱德勒几乎可以确定，那是上个千禧年时，数以万计被人类丢向星空的垃圾之一。说不定，那些垃圾将来还会成为人类曾经存在的唯一证据。

接着，这个东西近到能用肉眼观察了，钱德勒才带着一点敬畏恍然大悟：一定是哪个很有耐心的科学家，还在不断检查着早期太空时代的记录。可惜计算机给他的回答晚了一步，错过了几年前的千禧年庆祝活动！

"这是歌利亚号，"钱德勒朝地球传信，声音里透着一点骄傲，还有几许严肃，"我们正在接一位一千岁的航天员上船，我还猜得出他是谁。"

2

苏　醒

弗兰克·普尔醒了。不过什么都不记得，连自己的名字都不太确定。

显然他是在医院里。他的眼睛尽管还闭着，但最原始、最能触动回忆的感觉，却明确地告诉了他这一点。每次呼吸，都带着空气中那种微弱但并不讨厌的消毒水味儿，勾起他的回忆——没错！鲁莽的少年时代，在亚利桑那"滑翔翼"冠军赛里弄断了肋骨那次。

现在他慢慢想起一些事情了。我是弗兰克·普尔，美国宇宙飞船发现号副指挥官，正在执行到木星去的极机密任务——

像是有只冰冷的手攥住了他的心。仿如慢动作倒带一般，他想起来了，脱缰野马似的分离舱朝他冲过来，金属手臂张牙舞爪。

然后是寂静的撞击，以及不甚寂静的、空气自太空服中逸出的咝咝声。接着便是他最后的记忆：在太空中无助地打转，试着要接回破损的空气管，却徒劳无功。

唉，不管分离舱控制系统发生了什么神秘意外，他现在安全了。应该是戴维来了次迅速的"舱外活动"，在缺氧造成脑部永久损伤之前，把他救了回来。

老好人戴维！他告诉自己。我一定要谢——等一下！显然我不是在发现号上，不过我失去意识的时间，应该也还没久到可以被人家带回地球吧！

护士长和两位护士的抵达，打断了他混乱的思绪。她们穿着代表专业的古老制服，表情看来有些惊讶。普尔纳闷，是不是自己醒得比预期的早？这样的想法让他有种孩子气的成就感。

"你好！"他的声带似乎生了锈，尝试了几次后他说道，"我怎么样了？"

护士长对他报以微笑，她把食指放在嘴唇前面，明确地给了他一个"别试着说话"的指令。然后两位护士在他身上迅速熟练地进行检查，量脉搏、体温、身体反应。其中一位抬起他的右手，再让它自己掉下来。普尔注意到一个奇怪的现象：他的手慢慢落下，似乎不到应有的重量。当他试着挪动身体时，发现身体好像也有相同的情形。

他想，所以我应该是在某个行星上，不然就是在有人工重力的太空站。一定不是地球，我没那么轻。

当护士长在他颈边按下什么东西的时候，他正要问那个再明显不过的问题。只觉一阵轻微的刺痛感，他便又进入无梦的沉眠中。失去意识之前，还来得及让他生出个奇怪的想法。

多诡异！她们在我面前连一个字都没说。

3 康　复

　　他再度醒来，发现护士长和两位护士围在床边。普尔觉得自己已经恢复到可以表达一下自己立场的程度了。

　　"我到底在哪里？你们一定可以告诉我吧！"

　　三位女士交换了一下眼色，显然不知道接着该怎么办。然后护士长很缓慢、很小心地发音，回答道："普尔先生，一切都没有问题，安德森教授很快就会到……他会跟你解释的。"

　　解释什么啊？普尔有点生气。我虽然听不出来她是哪里人，不过至少她说的是英语……

　　安德森一定早就上路了，因为不久之后门便打开，恰好让普尔瞄到一些好奇的人正在偷看他。他开始觉得自己就像是动物园里新来的什么动物。

安德森教授是个短小精悍的男人，外貌像是融合了几个不同民族的重要特征：中国人、波利尼西亚人，再加上北欧人，以一种难以形容的方式糅合在一起。他先举起右掌向普尔打招呼，然后，突然想到不对，又跟普尔握了握手，谨慎得奇怪，像是在练习什么不熟悉的手势。

"普尔先生，真高兴看到你这么健康的样子……我们马上会让你起身。"

又是一个口音奇怪、说话又慢的人。不过那种面对病人的自信态度，却是不论何时何地，任何年纪的医生都一样的。

"那好。你现在是不是可以回答我一些问题……"

"当然当然，不过要先等一下。"

安德森迅速、低声地跟护士长说了些什么，普尔虽听出了几个字，却仍一头雾水。护士长向一位护士点了点头，那护士便打开壁柜，拿出一条细细的金属带，围在普尔的头上。

"这是干什么呀？"他问道。他成了那种会让医生烦透了的啰唆病人，总是要知道到底自己发生了什么事。"读取脑电图啊！"

教授、护士长和护士们看起来都一样迷惑。然后安德森的脸上漾过一丝微笑。

"噢，脑……电……图……呀，"他说得很慢，像是从记忆深处挖出这些名词，"你说对了，我们只不过想要监看你的脑部功能。"

普尔悄声嘟囔，我的脑子好得很，只要你们肯让我用。不过，总算有点进展了。

安德森仍是用那奇怪且矫揉造作的声音，像在讲外国话般鼓起勇气，说道："普尔先生，你当然知道，你在发现号外面工作时，一次严重的意外害你残废了。"

普尔点头表示同意。他讽刺地说："我开始怀疑，说'残废'是不是太轻描淡写了点？"

安德森明显地松了一口气，又一阵微笑漾过他的嘴角。

"你又说对了。你认为发生了什么事？"

"最好的状况是，在我失去意识之后，戴维·鲍曼救了我，把我带回船上。戴维怎么样了？你们什么都不告诉我！"

"时候到了再说……最坏的状况呢？"

弗兰克觉得颈后有阵冷风吹过，心里浮现的怀疑逐渐具体化。

"我死掉了，不过被带回来这里，不管这是什么地方，然后你们居然有办法把我救活。谢谢你们……"

"完全正确。而且你已经回到地球上了，或者说，离地球很近了。"

他说"离地球很近"是什么意思？这里当然有重力场，所以他也有可能是在自转的轨道太空站上。不管了，还有更重要的事情要想。

普尔迅速心算了一下，如果戴维把他放进冬眠装置中，再唤醒其他的组员，完成到木星的机密任务……哇，他可能已经"死了"有五年之久！

"今天到底是几月几日？"他尽可能平静地问道。

教授和护士长交换了一下眼色，普尔又觉得有阵冷风吹过。

"普尔先生，我一定要告诉你，鲍曼并没有救你。他相信你已经回天乏术，我们也不能怪他。因为他自己也面临了生死关头……

"所以你飘进了太空，经过了木星系，往其他恒星的方向而去。所幸，你的体温远低于冰点，以致没有任何代谢作用。不过你还能被找到也算是个奇迹，你可以说是世上最幸运的人，不，应该说，是史上最幸运的人！"

我是吗？普尔凄楚地自问。五年了，是哦！说不定已经过了一个世纪，搞不好还更久。

"告诉我吧。"他锲而不舍地问。

教授和护士长像是在对看不见的显示器征询意见。当他们互望一眼，点头表示同意之际，普尔觉得他们都连上了医院的信息回路，与他头上围绕的金属带直接相通。

安德森教授巧妙地把自己的角色转换成关系良久的家庭医生，说道："弗兰克，这对你来说会极度震撼，不过你能够承受的，而且你愈早知道愈好。

"我们刚迈入第四个千禧年。相信我，你离开地球几乎已经是一千年前的事了。"

"我相信你。"普尔很冷静地回答。然后，让他非常无奈的事发生了：整个房间天旋地转起来，他就什么都不知道了。

等他再醒过来时，发现自己已不是在洁白的医院病房里，而是换了一间奢华的套房，墙壁上还有着吸引人且不断变换的图像。有些是著名、熟悉的画作，其他则是一些可能取材自他那个时代的风景画。没有奇怪或令人不愉快的东西，但他猜想，那样的东西以后才会出现。

他目前待的环境显然经过精心设计。他不确定附近是否有类似电视屏幕的东西（不知第三千禧年有几个频道），床边却看不到任何控制钮。他就像突然遇见文明的野蛮人，在这个新世界里，有太多的东西要学了。

不过首先，他一定要恢复体力，还要学习语言。录音设备早在普尔出生前一个多世纪便已发明，饶是如此，也没能阻止文法以及发音的重大转变。现在多了成千个新词汇，大部分都是科技名词，不过他经常可以取巧地猜到意思。

但是让他最有挫折感的，还是在这一千年里累积的无数人名；美名也好，臭名也罢，反正对他来讲统统没意义。直到他建立起自己的数据库之前的几个星期，他与旁人的谈话，总是会不时地被人物简介给打断。

随着普尔体力的恢复，拜访他的人也愈来愈多，但总是在安德森教授的慎重监督下进行。这些访客包括了医学专家、不同领域的学者，以及普尔最感兴趣的宇宙飞船指挥官。

他能够告诉医生和历史学家的事情，大多可以在人类庞大的数据库里找到，不过他通常可以让他们对他那个时代的事件，找到快捷研究方式和新见解。他们都很尊重他，在他试着回答问题时，也都很有耐心地听他说；但是，他们似乎不太愿意回答他的问题。普尔开始觉得自己有点被保护过度了，大概是怕他有文化冲击吧。而他也半认真地想着，该怎样逃出自己的套房。有几次他自己一个人留在房里，不出所料，他发现门被锁上了。

然后，英德拉[1]·华莱士博士的到来改变了一切。撇开名字不提，她的外形特征似乎是日本人；好几次，普尔运用一点点的想象力，便觉得她其实比较像练达的日本艺伎。对一位声名卓著的历史学家来说，这似乎不是个很恰当的形象，何况她在有真正常春藤盛放的大学里，还开设了虚拟讲座呢。在所有拜访普尔的人里面，她是头一个可以把普尔所使用的英文说得很流利的人，所以普尔很高兴认识她。

"普尔先生，"她用一种非常有条不紊的声音开始，"我被指定做你的正式监护人，姑且说是导师吧。我的学历呢，我是专攻你们时代的。论文题目是《2000—2050年代间国家的瓦解》。相信在

1　英德拉原名为Indra，来自印度教神祇因陀罗。——编者注（本书中注释如无特别说明，均为编者注）

很多方面，我们都能彼此协助。"

"我也相信。不过我希望第一件事，就是把我弄出去。这样我才能见识一下你们的世界。"

"这正是我们打算做的事。不过要先给你一个'身份'。不然的话，你就……你们是怎么说的？不是个人。几乎哪里都去不成，什么事也办不了；没有任何输入设备能判读你的存在。"

"我就知道。"普尔苦笑，"我们那时候就有点像这样了，很多人都不喜欢。"

"现在也是啊。他们躲得远远的，住在荒野里。现在地球上这样的人比你那个时代还多！不过他们都会随身携带通信包，以便碰到麻烦时可以赶快求救；通常要不了五天，他们就会求救了。"

"真遗憾，人类显然退化了。"

他小心翼翼地试探她，想找出她的容忍度，勾勒出她的个性。显然他们俩会有很长的时间在一块儿，而且他在许多方面都得依赖她。不过他还是不确定自己到底会不会喜欢她。说不定她只是把他当成博物馆里引人入胜的展示品罢了。

出乎普尔意料，她居然同意普尔的批评。

"就某些方面而言，或许是真的。我们的体能可能变得比较差，但比起以前的人类，我们健康多了，而且也调适得相当不错。所谓'高贵的野蛮人'，一直是个传说。"

她走到门前眼睛高度的一个小小四方形面板前，那面板大小如同古早印刷时代中无限泛滥的那些杂志。普尔注意到，好像每个房间里都至少会有一个，通常总是空白的；偶尔上面会有几行缓缓移动的文句。就算其中有些字他认识，对他来说也完全没意义。有回他房里的一块面板发出紧急的哔哔声，他认定：不管是什么问题，反正会有人解决，所以就置之不理。幸而这个噪声结束得和开始时一样突兀。

华莱士博士把手掌放在面板上几秒钟。然后她望着普尔，微笑说道："过来看看。"

突然出现的刻文这回可算有意义了，他慢慢念出：

华莱士，英德拉[F2970.03.11 / 31.885 / 历史.牛津]

"我想这是说：女性，2970年3月11日生，在牛津大学历史系任教，我猜31.885是个人标识码，对吗？"

"好极了，普尔先生。我看过你们的电子邮件地址和信用卡号码，一串乱七八糟、讨厌的字母加数字，根本没人记得住！不过每个人都知道自己的生日，顶多只会跟其他99999个人相同。所以，一个五位数字就很够了……就算忘记了，也没什么关系。如你所见，那是你身体的一部分呢。"

"植入式的吗？"

"出生就植入的毫微芯片，一手一个，以备万一，植入的时候根本就没感觉。不过你倒给了我们一个小小的难题。"

"什么问题?"

"你会碰到的那些读取装置都太笨了,没办法相信你的生日。所以,如果你同意的话,我们会把你的生日加上一千年。"

"同意。其他部分呢?"

"随你便。可以留白,或者写现在的兴趣和所在地。不然拿来当公布栏,开放式的,又或者只给特定友人看都行。"

有些事情,普尔很确定,即使是经过许多世纪也不会改变。那些所谓"特定"友人中,有很大一部分其实是非常私密的。

他在想,在这个时代,不知还有没有自律式,或强制式的监督,他们在改善人类道德上的努力,是否比他自己的时代有成效。

等他和华莱士博士比较熟稔的时候,一定要问问她。

4

观景室

"弗兰克，安德森教授认为你的体力已经够好，可以出去走走
了。"

"真高兴听到这个消息。你知道'闷出病来'这个俗语吗？"

"没听过，不过我也猜得出来。"

普尔已经习惯这么低的重力，所以即使是跨着大步走，看起
来也很正常。他估计此地应该是半个重力加速度，正好让人觉得舒
适。散步的时候，他们只遇到几个人，虽然都是陌生人，但大家都
露出笑容，仿佛认识他。普尔有点沾沾自喜地告诉自己，现在我应
该是世上最有名的人之一了吧。等到我决定如何过下半辈子的时
候，这应该会很有帮助。至少我还有一个世纪可活，如果安德森可
以信赖……

他们散步的走廊，除了偶尔可见几扇标着数字的门之外（每扇门上都有一块通用识别板），毫无特色可言。跟着英德拉走了大概两百米之后，他突然停了下来，因为发现自己竟未注意到这么明显的事实。

"这个太空站一定大得不得了！"他大叫。

英德拉报以微笑。

"你们是不是有句话——'你任何事都还没看到'？"

"是'什么事'[1]。"普尔心不在焉地纠正她。等他又吓了一跳的时候，他还在试图估计这座建筑的规模。谁能想得到，一个太空站居然大到拥有地铁——尽管只是一列迷你地铁，只有一节只能坐十来个乘客的车厢。

"三号观景厅。"英德拉吩咐，车子便静静地迅速驶离车站。

普尔朝腕上精巧的手表对了对时间；这只手表功能繁多，他还没研究透彻。其中一个小小的惊奇，就是现在全球通用的是"世界时"，以前那个令人迷惑、拼拼凑凑的时区制，已经被全球通信的精进给淘汰了。其实早在21世纪，就已经有很多人讨论这个问题；甚至还有人建议，应该用"恒星时"取代"太阳时"。这么一来，在一整年中，一天二十四小时都会轮流变成正午，所以一月的日出，会与七月的日落同时。

---

1 英德拉所说的原文为：You ain't seen anything yet? 普尔纠正她正确说法应该是nothing而不是anything。

不过，这个"二十四小时平等"的提案，和争议更多的历法改革提案，都没什么下文。有人讥讽地建议，这个特殊工作，应该要等到科技上有某些重大进展才能进行。当然，总会有那么一天，上帝所犯的这个小小错误会被修正，地球的轨道会被调整，让每年的十二个月都有完全相等的三十天……

根据普尔对行车速度与时间所做的判断，在车子无声地停下之前，他们至少已行驶了三公里。门打开，一个抑扬顿挫的柔和自动语音说道："请尽情欣赏风景，今日云量是百分之三十五。"

普尔想，我们终于接近外墙了。可是又有神秘事件出现：他已经移动了这么远，重力的强度和方向却没有改变！如果这样的位移，还没能改变重力加速度向量，那他真无法想象这个太空站有多巨大……会不会，他终究还是在一颗行星上呢？可是在太阳系其他的可住人世界里，他应该会觉得比较轻，而且通常轻得许多才对。

车站的外门打开，普尔便置身于一个小型气闸内。他明白自己必定还是在太空里。可是宇宙飞行服在哪儿？他焦虑地四处张望——如此接近真空，却赤裸裸地没有保护装备，已违背了他所有的直觉。这种经验，一次就够了……

英德拉安慰他说："就快到了……"

最后一扇门打开了，透过一面横向、纵向都呈弧形的巨大窗户，他望进了太空的全然黑暗。他觉得自己仿佛鱼缸里的金鱼，希望这个大胆工程的设计组神志清楚。比起他的时代，这些人当然会拥有比较好的建筑材料。

虽然群星一定在窗外闪烁，但普尔那双已缩小的瞳孔，在巨大的弧形窗户之外，除了空洞黑暗什么也看不到。他向前走，想让视野变得更广阔，英德拉却阻止了他，并指着前方。

"看仔细了。"她说，"你看到了吗？"

普尔眨眨眼，望进黑暗之中。那一定是幻觉——怎么会有这种事？窗上居然有道裂缝！

他从这边看到那边，不可能，居然是真的。但怎么可能呢？他想起欧几里得的定义："线有长度，但是没有厚度。"

如果仔细去找，很容易看见一线光明，由上而下贯穿整面窗子，显而易见地还上下伸展至视野之外。它是如此接近一维，甚至连"薄"这个字眼都用不上。然而，那也不是一条百分之百单调的直线，整条直线，在不规律地散布着明亮的光点，仿如蛛丝上的水珠。

普尔继续朝窗户走去，直到视野宽阔得可以看到下面的景致。够熟悉的了：

整个欧洲大陆，还有北非的大部分，正如他许多次从太空中看到的一样。所以他毕竟还是在轨道上喽；说不定是在赤道正上方，至少距离地表一千公里。

英德拉带着揶揄的笑容看着他。

“再走近点，”她温柔地说，“这样你就可以直直地往下看。希望你没有恐高症。”

怎么会对航天员说这种蠢话！普尔边走边想。如果我有恐高症，就不会来干这一行了……

这个念头才刚刚闪过脑际，他就不由自主倒退了几步，大叫："上帝啊！"然后定了定神，才敢再往外看出去。

他正由一个圆筒状高塔的表层往下看着遥远的地中海。塔壁平缓的弧度显示其直径长达数公里。但比起塔的高度，那还算不上什么：塔身往下逐渐变小，一路往下、往下、再往下，最后消失在非洲某处的云雾中。他猜想，应该是一路直达地面。

“我们在多高的地方？”他悄声问。

“两千公里。不过你往上看看。”

这次他没吓得那么厉害了，他已有心理准备。塔身逐渐变细，直到变成一丝闪烁的细线，衬着黑漆漆的太空。毫无疑问，塔是一路向上，一直到地球的同步轨道，即赤道上方三万六千公里的高空。在普尔的时代，这样的幻想已经很普遍，但他做梦也没想到，自己能看到真实的景象——而且还住在里边。

他指着远处由东方地平线直上天际的细线。

“那一定是另外一座塔了。”

“是的，那是亚洲塔。在他们看来，我们一定也像那样。”

“一共有几座塔？”

"只有四座，等距分布在赤道上。非洲塔、亚洲塔、美洲塔和太平洋塔。最后一座几乎是空的，才盖完几百层而已。除了海水之外什么都没得看……"

普尔还沉浸在这个令人惊叹的想法中，却又被另一个恼人的念头打断。

"在我们那个时代，早就有几千颗卫星散布在各种高度，你们怎么避免它们撞到塔呢？"

英德拉看来有点窘。

"你知道吗，我从来没想过这个问题，这并非我的领域。"她停顿了一会儿，显然正搜索枯肠，然后又开朗起来。

"我想，在几个世纪以前有次大规模的清除行动。现在同步轨道以下已经没有任何卫星了。"

听来有理，普尔告诉自己，根本就不再需要卫星，以前由数千颗卫星和太空站所提供的服务，现在都可以由这四座摩天高塔负责。

"都没有发生过意外吗？从地表起飞，或重返大气层的宇宙飞船都没有撞上过？"

英德拉惊讶地看着他。

她指着上方说："可是再也没有这回事了。所有的太空航站都在该在的地方——在上面，外环那儿。我相信，宇宙飞船最后一次从地表起飞，已经是四百年前的事了。"

普尔仍在咀嚼这番话，但有件不合常理的小事引起他的注意。身为一个训练有素的航天员，他对任何有违常理的事情都会立刻警觉；因为在太空中，那可能就是生死关头。

太阳在他的视线范围之外，高挂天际。但阳光穿过大窗，在地板上抹出一道明亮的光带。与这光带交叉的，是另一条微弱许多的光线。所以，窗框投射出两道影子。

普尔几乎要跪在地上，才能抬头看到天空。对于新奇的事物，他本来以为自己已经免疫；但看到两个太阳的奇景，还是让他一时说不出话来。

等透过气来，他喘息着问："那是什么啊？"

"咦，没人告诉过你吗？那是'太隗'。"

"地球还有另一个太阳？"

"其实它没有提供多少热量，不过倒是让月亮相形失色……在去找你的'第二次任务'以前，那颗原本是木星。"

我就知道在这个新世界有很多东西要学，普尔告诉自己。但是究竟有多少，我无法想象。

5

教　育

当电视机被推进房间并安置在床尾时，普尔真是又惊又喜。喜的是他正苦于信息饥渴；惊讶的是，那竟是一部在他的时代就已被淘汰的古老机种。

护士长提醒他说："我们得向博物馆保证会归还。我想你应该知道怎么操作吧。"

把玩着遥控器，普尔突然感到一阵剧烈的乡愁袭上心头。就像其他少数几样器物一般，它让他忆起童年，以及大多数电视机都简单得无法接收语音指令的日子。

"谢谢你，护士长。请问最好的新闻频道是哪一个？"

她似乎被他问倒，但随即又开朗起来。

"我懂你的意思了。不过安德森教授认为那对你尚嫌太早。所以'档案管理处'为你制作了一片专辑，会让你很有亲切感的。"

普尔在想，不知此时此刻的储存媒体是什么。他还记得激光唱片，还有古怪的老舅舅非常引以为傲的黑胶唱片收藏。不过这种科技竞争一定早在几个世纪前就结束了，服从达尔文的定律——优胜劣败，适者生存。

他不得不承认，制作这张精选辑的人，必定相当熟悉21世纪初期（会不会是英德拉呢？），成果相当不错。没有令人不悦的东西，没有战争，没有暴力，只有一点点当代事务和政治，那些和现在都完全无关了。有轻松的喜剧、运动（他们怎么知道他是狂热的网球迷？）、古典和流行音乐，还有野生动物纪录片。

而且，不管是谁负责的，他一定是个有幽默感的人，不然不会把每一代的《星际迷航》也收录一些进去。当他还很小的时候，曾经见过帕特里克·斯图尔特和伦纳德·尼莫伊[1]。如果他们知道当年那个羞赧地要签名的小男孩后来的命运，不知会有什么样的想法。

他开始探索（大部分都是用"快转"）之后没多久，突然有种很令人泄气的想法。他不知在哪儿读过，在他们那个世纪（他的世纪！）快结束的时候，有将近五千个电视台同时播放节目。如果这个数字继续维持——更理所当然的是会增加，那现在一定有亿万小时的电视节目已经播出。就算是最保守的老顽固也不得不承认，

1　两人分别在《星际迷航：下一代》系列剧集和《星际迷航》系列电影中扮演皮卡德船长和斯波克。

应该至少有十亿个小时的电视节目值得看……还有百万个小时，是可以通过最严苛标准的优秀节目。他要怎么在大海里捞这些针？

这个念头排山倒海而来，的确，是如此令人灰心丧志。所以，在一个星期漫无目的随意转换频道之后，普尔要求把电视机移走。或许幸运的是，他独处的时间愈来愈少，而随着体力的恢复，他清醒的时间也愈来愈长。

多亏了那些川流不息的访客——不只是严肃的学者，还有些好管闲事的公民（应该也很有影响力吧，竟然有办法渗透过由护士长和安德森教授筑起的铜墙铁壁），他才没有无聊的危险。然而，当某天电视机又出现的时候，他还是很高兴；他已经开始出现禁断症状了。这次，他下定决心好好选择要看些什么。

英德拉跟着这个古色古香的古董一起出现，脸上挂着灿烂的笑容。

"弗兰克，我们找到一些你非看不可的东西。我们认为可以帮助你调适。总之，我们确定你一定会喜欢。"

普尔早就知道，这种评语几乎可以说是保证无聊的代名词，他已经做好最糟的心理准备。不过节目一开始，便马上吸引住他，像其他少数几件东西一样，把他带回了旧日时光。他立刻认出当年最有名的声音之一，还想起自己曾经看过这个节目。

"这里是亚特兰大市，公元2000年12月31日……

"这是CNN，再过五分钟，带着未知的危险与希望，新的千禧年，即将来临了……

"不过在试图探索未来之前，先让我们回头看看一千年前，并且自问：'如果生活在公元1000年的人，神奇地跨越了十个世纪，他们是否能够想象，甚至了解我们的世界呢？'

"几乎所有我们视为理所当然的科技，都是在这个千禧年的末尾发明的，其中还有很大部分，是出现于最近两百年。蒸汽机、电力、电话、收音机、电视、电影、航空、电子装置……还有，仅仅一代的时间，核能与太空旅行也出现了。过去那些伟大的智者会如何看待这些？如果阿基米德、达·芬奇突然掉进我们的世界，他们还能保持心智正常吗？

"我们忍不住会想，如果是我们被送到一千年以后的世界，应该会适应得比较好。当然，因为比较重要的科学发明都已经出现了。即使还会有科技上的重大进展，但是否还会出现令我们难以理解，就如同口袋型计算器或摄影机等令牛顿难以理解的装置？

"或许我们的时代，与过去所有的时代确实有所不同。电信科技、大气与太空的征服、影音记录科技（得以保存过往一去不回的声音与影像），样样都制造出连过去最狂野的幻想都无法想象的文明。同样重要的，是哥白尼、牛顿、达尔文与爱因斯坦，他们大大改变了我们的思考模式，以及对宇宙的展望，让我们即使是与最优秀的祖先相比，也像新的物种一般。

"而一千年之后，会不会如同我们看待无知、迷信、受尽生老病死折磨的祖先一般，我们的后代也用同情的眼光来看待我们？我们相信，连祖先们不懂得问的一些问题，我们都已经知道答案了。但是，第三千禧年，会带给我们什么样的惊奇呢？

"好，时间到了……"

一口大钟敲响代表午夜的钟声，不久，最后一波震动也逐渐归于寂静……

"就这么结束了……再见，既美好又糟糕的20世纪……"

画面裂成无数碎片，换了一位实况转播员，说话带着普尔已经可以轻松了解的现代口音，马上把普尔拉回现实。

"现在，在3001年的头几分钟，我们能回答这个古老的问题了……

"当然，如我们刚才看到的，这些活在2001年的人，如果活在我们的世纪里，应该不会像1001年的人到了他们的时代那样完全迷失吧。我们的许多科技成就，都已在他们预期之内。诚然，他们早已设想过卫星城市以及月球和行星上的殖民地。他们也可能会有点失望，因为我们还没能长生不死，探测船也只到达最近的几颗恒星上而已……"

英德拉突然把电视机关掉。

"弗兰克，其他的等一下再看，你有点累了。不过希望这有助你调适。"

"谢谢，英德拉，我明天再看。不过它倒是证明了一点。"

"哪一点？"

"谢天谢地，我不是从1001年跑到2001年。那会是个太大的跃进，我才不信有谁能调适得过来。我至少还知道电力；如果有幅画突然跟我说话，我也不会吓得半死。"

普尔告诉自己，希望这种自信不至于太过分。有人说过，高度发展的科技与魔法无异。在这个新世界里，我会不会遇到魔法？又有没有办法面对它呢？

6

脑　帽

"恐怕你得做个痛苦的决定。"安德森教授说，但他脸上那抹笑意冲淡了话中夸张的严重性。

"教授，我受得了，您就直说吧！"

"在你可以戴上自己的'脑帽'前，得要把头发剃光。你有两个选择：根据你的头发生长速度，至少每个月要剃一次头发，不然你也可以弄个永久的。"

"怎么弄？"

"激光头皮手术，从发根把毛囊杀死。"

"嗯……可以恢复吗？"

"当然可以，不过过程既烦琐又痛苦，要好几周才会完全康复。"

"那我做决定前，要先看看喜不喜欢自己光头的样子。我可忘不了发生在参孙身上的事。"

"谁？"

"古书里面的人物。他的女朋友趁他睡着时，把他的头发剪掉。等他睡醒，力气全都没了。"

"我想起来了，显然是个医学譬喻嘛！"

"不过，我倒不介意把胡子除掉。我乐得不用刮胡子，一劳永逸。"

"我会安排。你喜欢怎样的假发？"

普尔哈哈大笑。

"我可没那么爱慕虚荣——想这些很麻烦，说不定根本用不着。晚一点再决定就好了。"

在这个时代，每个人都是后天的光头，这是普尔很晚才发现的惊人事实。他的第一次发现，是在几个头一样光、来替他做一连串微生物检验的专家抵达之际。他的两个护士落落大方地摘下头上豪华的假发，一点都没有不好意思的样子。他从来没被这么多光头包围过，他最初的猜测，还以为这是医学专业在无止境的细菌对抗战中最新的手段。

如同其他诸多猜测，他错得离谱。等知道了真正的原因，他自娱的方法就是：统计在事先不知情的情况下，他可以看出多少来客的头发不是他们自己的。答案是："男人，偶尔；女人，完全看不出来。"这可真是假发业者的黄金时代。

安德森教授毫不浪费时间。当天下午，护士在他头上抹了某种气味诡异的乳霜，一小时之后，他几乎不认得镜里的自己了。毕竟，说不定有顶假发也不错……

脑帽试戴则花了比较久的时间。先要做个模子，他得一动不动地坐着好几分钟，直到石膏固定。护士帮他脱离苦海的时候有点麻烦，她们很不专业地吃吃窃笑，让弗兰克觉得自己的头型长得不好。"哟！好痛！"他抱怨。

然后来的就是脑帽了，它是个金属头罩，舒服地贴着头皮，几乎要碰到耳朵。这又拨动了他怀旧的情绪："真希望我的犹太朋友看到我这个样子！"脑帽是这么舒服，几分钟之后，他几乎忘了它的存在。

他已经准备好要安装了。他现在才带着点敬畏地了解，那是五百年以来，几乎所有人类必经的成年仪式。

"你不用闭眼睛。"技师说。人家把他介绍给普尔时，用的是"脑工程师"这个夸张的头衔，不过流行语里面总是简化成"脑工"。"等一下开始设定的时候，你所有的输入都会被接管。就算你睁开眼睛，也看不到东西。"

普尔自问，是不是每个人都跟我一样紧张？这会不会是我能掌控自己心智的最后一刻？我已经学会信任这个年代的科技，到目前为止，它还没让我失望过。当然了，就像那句老话，凡事总有第一次……

如同人家跟他保证过的，除了毫微电线钻进头皮时有点痒，他什么感觉都没有。所有感官完全正常，他扫视熟悉的房间，东西也都还在该在的地方。

脑工自己也戴着脑帽，而且跟普尔一样，连到一个很容易被误以为是20世纪笔记本电脑的仪器上。他给普尔一个令人安心的微笑。

"准备好了吗？"

有时候，最适合的还是这句老话。

"早就准备好了。"普尔回答。

光线渐渐暗去——或者看来如此。一阵寂静降临，即使是塔的重力也放过了他。他是个胚胎，浮沉在无质无形，却并非全然黑暗的虚空。曾有一次，他见过这样在黑夜边缘、几近紫外线的黯黑。那次，他不很聪明地沿着"大堡礁"边缘的险峻礁岩朝下潜泳。往下看着几百米深的晶莹空虚，他突然感到一阵天旋地转，有好一会儿他慌了手脚，差点就要拉动浮力装置。当然，他没有把这次意外告诉航天总署的医生……

一个声音远远传来，透过像是包围着他的无边黑暗。但是声音并非透过他的耳朵，而是在他的大脑迷宫中回荡。

"校准开始，会不时问你一些问题。你可以在心里回答，不过开口说出来可能有帮助。懂了吗？"

"懂了。"普尔回答,同时想着自己的嘴唇不知动了没有。事实如何,他自己也无从得知。

有什么东西出现在虚空中——由细线构成的格子,好像一张巨大的方格纸,往上下左右延伸,直到超出视野。他试着转头,影像却没有改变。

数字开始在格子中闪烁,快得没法读。不过他猜测应该是某些回路正在记录。那种熟悉的感觉让他忍不住笑了(他的嘴角动了吗?),这好像是他那个年代,眼科医师会给病人做的计算机视力测试。

格子消失了,取而代之的是一片片柔和的色彩,充满了他的视野。几秒钟之内,颜色便从光谱的这头跳到那头。普尔悄声咕哝:"早该告诉你,我没色盲,下个该是听力了吧。"

他猜得一点都没错。一阵微弱、咚咚的声音逐渐加快,直到可听闻到的最低C音,然后又扬升到人类听觉范围之外,进入海豚与蝙蝠的领域。

接着便是这组简单、直截了当的测验的最后一项。他被一阵气味和口味袭击,大部分令人愉悦,但也有些正好相反。然后,他变成,或说看起来像是被隐形细线操控的傀儡。

他料想是在测试神经肌肉控制,而且希望自己没有外在表现;不然,他看起来一定就像舞蹈症末期的病人。有一会儿,他甚至还猛烈地勃起,不过还没来得及检查,就掉入了无梦的沉眠中。

还是他梦到自己睡着了？醒来之前过了多久，他一点也不清楚。头罩已经消失，脑工和他的设备也不见了。

　　护士长笑得很开心："一切都很好。不过要花几个钟头看看有没有异常。如果你的读数KO的话——我是说OK，那你明天就会有自己的脑帽了。"

　　对于周遭的人努力学习古英语，普尔非常感激，但他禁不住希望护士长没脱口而出那么不吉利的话。

　　等到最后安装的时刻到来，普尔觉得自己又变成了小男孩，等着要拆开圣诞树底下美妙的新玩具。

　　脑工向他保证说："你不用再经历一次设定的过程，下载会马上开始。我将给你一段五分钟的展示。放轻松点，尽情享受。"

　　柔和而令人放松的音乐洗涤着他，听起来虽然耳熟，是他那个年代的音乐，但他却无从分辨。他眼前有片雾，当他朝前走去，雾便向两旁分开。

　　他真的在走路！这幻觉那么有说服力，甚至可以感觉到脚掌与地面的撞击；音乐已经停了，他可以听到轻柔的风吹过环绕着他的森林。他认得那是加州红杉，希望它们仍然真的存在，在地球的某处。

　　他踏着轻快活泼的步伐前进，好像时间轻轻催促他一般，他尽可能跨大步伐，快得称不上舒适。然而他却好像没有出什么力气，觉得自己像是别人身体里的过客，因为他无法控制自己的动作，使得这种感觉益加明显。他试着要停下或转弯，却什么都没有发生，他是搭别人身体的便车兜风。

那也无所谓，他享受着这种新奇的感觉，也能体认这样的经验可以令人多么沉醉。在他的年代，科学家们所预言（通常带着忧虑）的"梦幻机器"，如今是日常生活的一部分。普尔不禁猜想，有多少人类能活下来？人家告诉他，有许多人都没能通过，好几百万人大脑被烧坏，死去了。

当然，他对这种诱惑可以免疫！他要把它当成学习第三千禧年世界的优秀工具，花几分钟就能学会原本要耗上多年光阴才能专精的技术。嗯——可能他也会偶尔纯粹为了好玩而使用脑帽……

他来到森林的边缘，目光越过一条宽广的河流。他毫不犹豫地走进水里，连水已经淹过了头也没警觉。他还能正常地呼吸，感觉上是有点奇怪。不过他觉得，在人类肉眼无法对焦的介质中，还看得那么清楚，倒比较值得一提。他可以清楚看见游过身旁那些壮丽鲑鱼的每片鱼鳞，而它们显然无视于这个侵入者的存在。

美人鱼！哇，他一直都想看看的，不过他原本以为她们是海洋生物。还是，她们偶尔也会溯溪而上，像鲑鱼一样来此繁衍下一代？他还来不及问，她就不见了，没能让他证明这革命性的理论。

河流终止于一堵半透明的墙，他穿过墙壁，来到烈日下的沙漠。太阳的酷热炙得他很不舒服，但他仍可直视正午太阳的烈焰。还能以很不自然的清晰度，看到聚集在一侧仿若群岛般的太阳黑子。还有——当然不可能！他甚至看得到日冕的微弱光辉（通常只有在日全食时才看得到），如天鹅的羽翼般在太阳的两侧伸展。

一切都化成黑暗。鬼魅般的音乐又出现了，伴随而来的，是他熟悉的房间与令人愉悦的清凉。他睁开眼睛（合上过吗？），发现有个热切期盼的观众正等着看他的反应。

"太棒了！"他小声地、几乎尊敬地说，"其中有些似乎——比真实更真实！"

然后，他那从来未曾消失的、身为工程师的好奇心开始蠢蠢欲动。

"就算是这么短的展示也包含了大量的信息。你们是怎么储存的？"

"在这个光片里。跟你们的视听系统用的一样，不过容量大多了。"

脑工递给普尔一个小方块，看来由玻璃制成，表面银色，差不多是他年轻时那些计算机磁盘的大小，不过却有两倍厚。普尔前后翻弄光片，试着看进透明的内部，但是除了偶尔闪烁的虹彩，什么都看不到。

他明了，他手中拿着的，是电光科技发展千年之后的终极产品，正如同许多在他的时代还未曾问世的科技一般。而且，表面上与已知器具类似，也是意料中事。日常生活中使用的器具，许多都有方便的大小和外形——刀叉、书本、工具、家具等；还有可洗去的计算机内存。

他问："它的容量有多大？我们那个时候，这个大小差不多是一兆位。我想你们一定进步得多。"

"可能没你想象的那么多，依照物质的结构来说，总是有个限度。对了，一兆位是多大？我恐怕不记得了。"

"你真丢脸！千、百万、十亿、兆……那是十的十二次方个位。然后是千兆位，十的十五次方，我只知道这么多。"

"我们差不多就是从那儿开始的，那已经够把一个人一生的经历都记录下来了。"

真是个令人惊奇的想法，不过也不应该太令人意外。人类头盖骨内那一公斤的胶状物，并不比他手上的光片大多少，而且不是很有效率的储存装置，它同时得负责许多其他任务。

脑工继续说下去："还没完呢！如果配合数据压缩的话，不只可以储存记忆，连人都能装进去。"

"然后让他们再生吗？"

"当然了，那是'毫微组合'的雕虫小技。"

我是听说过，但从来没有真的相信，普尔对自己说。

在他那个世纪，能够把伟大艺术家一生的作品统统储存在一片小小的磁盘里，似乎已经够美妙了。

而现在，不比磁盘大多少的装置，竟然连整个艺术家都装得进去。

7

简　报

　　"真高兴，"普尔说，"过了这么多世纪，史密森尼博物馆还存在。"

　　"你可能认不得了。"自我介绍是星航署署长的阿利斯泰尔·金博士说道，"尤其整个博物馆现在分散在太阳系里——地球外的主要收藏点在火星和月球，其他还有很多依法属于我们的展示品，现在都还朝着别的恒星飞去。总有一天，我们会追上，带它们回来。我们特别急着要抓回'先锋十号'，它是第一个溜出太阳系的人工物品。"

　　"我相信他们找到我的时候，我也差一点就溜出去了。"

　　"你运气好——我们也是。很多我们不知道的事，说不定你可以提供线索。"

"坦白说,我倒很怀疑,不过我会尽力而为。在那个失控的分离舱撞到我之后的事,我一点都不记得了。不过我还是觉得难以置信,听说'哈尔'要负责?"

"没错,但是事情经过相当复杂。我们所知道的都在这份记录里——差不多是二十小时,不过大部分应该都可以'快转'过去。

"你应该知道,戴维·鲍曼乘二号分离舱去救你,结果却被锁在宇宙飞船外面,因为哈尔拒绝打开宇宙飞船出入口。"

"看在上帝的分上,为什么?"

金博士怔了一下,这不是普尔第一次注意到人家这种反应。

(我得小心措辞才行,在这个世纪,"上帝"好像是脏话——一定要问问英德拉。)

"哈尔的指令有些程序上的大问题——那次任务有某些层面是你和鲍曼都不知道的,而哈尔却有掌控权。在这个记录里都有……

"无论如何,哈尔切断了其他三个冬眠航天员的维生系统——他们是α小组——所以鲍曼也只好抛去他们的尸体。"

(所以戴维和我是β小组喽,这我倒不知道……)

"他们怎样了?"普尔问,"难道不能像救我一样,把他们也救回来吗?"

"恐怕没办法,当然我们也研究过可行性。鲍曼从哈尔手上夺回控制权之后,又过了几个小时才把他们射出去。所以他们的轨道和你有点不一样，足以让他们在木星上烧毁——你却擦边而过，要是再过几千年，那个重力助推会让你一直飘到猎户星云去……

"一切都是手动强制接管，实在是了不起的表现！鲍曼设法让发现号环绕木星运行，然后在那里碰到被'第二探险队'称为'老大哥'的东西——看来跟第谷石板一模一样，却大了几百倍。

"我们就在那儿失去他的踪迹，他坐上仅剩的分离舱离开发现号，和老大哥会合。快一千年了，他最后的信息一直困扰着我们。他说：'神啊——全是星星！'"

（又来了！普尔告诉自己，戴维才不会这么说……他一定是说"上帝啊——全是星星！"）

"显然分离舱是被某种惯性场拉进了那块石板，因为那样的加速度原本可以把分离舱和鲍曼都压扁，他们却都安然无恙。在美俄联合的'列昂诺夫'任务之前差不多有十年左右，大家所知仅止于此。"

"他们跟被遗弃的发现号会合，钱德拉博士才能上船，重新启动哈尔。是的，我知道。"

金博士看来有点尴尬。

"抱歉，我不确定你到底听说了多少。总之，那时发生了更奇怪的事情。

"列昂诺夫号的抵达，显然触动了老大哥的某种机制。如果不是这些记录，没人会相信所发生的事。我放给你看……这是海伍德·弗洛伊德博士，电力恢复后他在发现号上守夜，你一定认得每样东西吧。"

（我确实认得。而看着死去已久的海伍德·弗洛伊德坐在我的老位子上，还有哈尔不再闪烁的红眼睛在检查着视野中的每样东西，这是多么奇怪呀……更怪的是，想到哈尔和我都享有死而复生的经验……）

其中一个监看器上出现一则信息，弗洛伊德懒懒地答道："好吧，哈尔，谁在呼叫？"

未表明。

弗洛伊德显得有点不耐烦。

"好吧，请告诉我信息内容。"

留在这里很危险，你在十五天内一定要离开。

"绝对不可能，要二十六天以后才会出现'发射窗口'。我们没有足够的推力提早出发。"

我了解这些状况。即使如此，你还是得在十五天内离开。

"除非知道信息来源，不然我无法相信……是谁在跟我说话？"

我曾是戴维·鲍曼，你必须相信我，这很重要。看看你后面。

海伍德·弗洛伊德坐在旋转椅上，从计算机屏幕的一排排仪表盘与按钮前慢慢转过身来，看着身后覆盖着尼龙搭扣的狭窄通道。

（"仔细看。"金博士说。

这还用你说，普尔想着……）

零重力的发现号上层甲板，比普尔的印象中脏多了。他想，或许是空气滤清设备还没连上计算机吧。一束平行光线，来自虽遥远但仍明亮的太阳，流泻进巨大的观景窗，照亮了无数遵循布朗运动模式飞舞的尘埃。

然后，这些灰尘分子发生了奇怪的状况：似乎有某种力量在引导它们，把中央的赶到外头，又把外面的推向中间，直到它们形成一个球面。这直径约有一米的球体，在空中徘徊了一阵，像个巨型肥皂泡。然后它拉长成椭球形，表面也开始出现皱褶与凹陷。而当它开始显现人形时，普尔一点也不觉得意外。

他曾在博物馆和科学展览中，看过这样的人形从玻璃里吹出来。不过这个灰尘幽灵一点也不精确，它像个粗糙的黏土雕像，或说像是在石器时代洞穴中发现的工艺品。只有头部经过仔细雕琢，而那毫无疑问是戴维·鲍曼指挥官的脸。

嘿，弗洛伊德博士，你现在相信我了吧。

人形的嘴唇并没有动，普尔察觉到那个声音（确实是鲍曼的声音没错）其实是从扬声器里传出来的。

这对我来说非常困难，我没有多少时间。我获准传达这则警讯，你们只有十五天。

"为什么？你又是什么东西？"

但那个鬼魅般的人形已经开始消失，粒状的外层开始分解成原本的尘埃分子。

再见，弗洛伊德博士，我们不能再联络了。如果一切顺利，可能还会有另一则信息。

在影像消逝之际，这句老太空时代的口头禅让普尔不禁莞尔。"如果一切顺利"——不知有多少次，在执行任务之前他总会听到这句话！

鬼影消失了，只剩下飞舞的微尘，又恢复原本随机舞动的模式。普尔努力振作精神，才能回到现实。

"嗯，指挥官，你认为那是什么东西？"金博士问他。

普尔尚未从震撼中恢复，好几秒之后才反应过来。

"脸孔和声音是鲍曼的没错——我可以发誓。可是，那到底是什么东西？"

"我们到现在都还争论不休，可以说它是全息影像，是投影——当然了，如果有心的话，造假的方法多的是；但却不是在那种情况下！当然，之后就发生了那件事。"

"太隄？"

"对，多亏那则警讯，在木星爆炸前，他们刚好有足够的时间逃出来。"

"所以不管它是什么，那个像鲍曼的东西很友善，而且想帮忙。"

"想必如此，而且那也不是它最后一次出现。还有另一则信息，是警告我们不可试图登陆欧罗巴，或许也是它带来的。"

"所以我们从未登陆过？"

"只有一次，纯属意外——三十六年之后，'银河号'被劫持，迫降在那里，而它的姐妹船宇宙号不得不去救它。都在这儿了——里面有一些'自动监视器'记录到关于欧罗巴生物的事。"

"我等不及要看看。"

"它们是两栖类，什么形状什么大小都有。一旦太隈开始融解覆盖那个世界的冰雪，它们便从水中冒出来。从那时起，它们就以一种生物学上不可能的速度在演化。"

"就我对欧罗巴的印象，冰上不是有很多裂缝吗？说不定它们早就爬出来，观望好一阵子了。"

"这个说法广为接受，不过还有一个臆测性高得多的理论。石板可能脱不了干系，详细情形我们还不了解。触发那种思路的，是TMA-0的发现。就在地球上，差不多是你的时代之后五百年，你应该已经听说了吧？"

"模模糊糊——有太多东西要恶补了！不过我真的认为名字取得有点可笑，它既没有异常磁性，又是在非洲而不是在第谷发现的！"

"你说得相当正确，不过我们还是沿用那个名字。我们对石板知道得愈多，怀疑就愈深一层。尤其它们仍是地球以外存有先进科技的唯一证据。"

"这倒挺让人惊讶的。我还以为到了这个时候，我们已经从某处接收到什么电波信号了。我还是小孩时，天文学家就开始寻觅了！"

"嗯，是有个线索——不过很可怕，我们不大喜欢谈。你听说过'天蝎新星'吗？"

"好像没有。"

"当然，每天都有恒星变成新星，这个也没什么大不了的。但它爆炸前，我们已经知道天蝎新星有几颗行星。"

"有人居住吗？"

"完全无从判断，电波搜寻什么也没发现。而真正的梦魇这才开始……

"幸运的是，自动新星监测器在事件一发生的时候就发现了。爆炸并非起自恒星本身，是其中一颗行星先爆炸，然后才触发了它的太阳。"

"我的老……对不起，请继续。"

"你真是一点就通，行星根本不会变成新星——只有一个例外。"

"我曾在一本科幻小说里面读到一则黑色幽默，它说——'超新星是工业意外'。"

"它不是超新星，可能也不只是个笑话。最广为接受的理论是，某种外力在使用真空能量，结果失控了。"

"也有可能是战争。"

"一样糟糕，我们可能永远不会知道。既然我们依赖的是相同的能源，你就知道天蝎新星为什么让我们做噩梦了。"

"我们那时候，只需要担心核电厂炉心别熔解就好了！"

"上苍保佑，已经不用了！不过我真的很想多告诉你一点TMA-0发现的经过，因为它标示着人类历史的转折点。

"在月球上发现TMA-1已经够吓人了，但是五百年之后，却出现了个更糟糕的，而且就在老家旁边——你要怎么解释老家都行。就在这儿，在我们脚下的非洲。"

8

重返奥杜瓦伊峡谷

斯蒂芬·德尔马可博士常常告诉自己，虽然这里距离利基夫妇五百多年前挖出人类第一个祖先的地方只有十来公里，但是他们大概再也认不得这个地方了。全球气温上升与"小冰河期"（被了不起的科技给缩短了）改造了景观，也彻底改变了这里的生物群。橡树和松树仍然努力向上生长，要与气候变化一较短长。

若说现在，公元2513年，在奥杜瓦伊峡谷还有东西没被那些狂热的人类学家给挖出来，实在很难令人相信。然而，最近暴发的山洪（其实根本不应该再发生的）重塑了这个地区，切掉了几米厚的表土。德尔马可利用这大好机会——就在那里，在深层扫描的极限处，出现了某样令他无法置信的东西。

进行了一年多缓慢而小心的挖掘工作，才能接近那个鬼魅般的形体，并获知真相远比他所敢想象的更奇怪。挖掘机迅速移去上面几米厚的表土，然后便依照传统，由奴隶般的研究生接手。他们的工作得到四只猩猩的协助——或说妨碍，德尔马可倒是觉得它们带来的麻烦大于它们的价值。然而，学生都爱极了这些基因改造过的猩猩，像对待智能不足却讨人喜爱的孩子一般。也有传言说，这种关系可不是仅止步于精神层面。

无论如何，最后这几米完全由人手进行，通常是使用牙刷——还是软毛的，在上面轻轻地刷。现在总算完工了：即使是霍华德·卡特，那位看见图坦卡蒙金字塔第一道金光闪烁的人，也未曾发现这样的宝物。从此刻开始，德尔马可知道，人类的信仰与哲学将有翻天覆地的改变。

这块石板，看来和五百年前在月球上发现的那块是双胞胎，就连周围的挖掘穴，大小也几乎一模一样。像TMA-1一般，它也完全不反光，非洲烈日炫目的强光与太隈苍白的微光，都被它一视同仁地吸收掉了。

一面领着相关人士下到挖掘穴里（包括六七位世上最有名的博物馆馆长、三位杰出的人类学家和两位媒体领袖），德尔马可一面在想，这么一群杰出优秀的人士，是否曾经如此沉默。但只要他们了解了周围数以千计的人造器物所代表的意义，这漆黑的长方石板绝对会制造出这样的效果。

这里是考古学家的宝窟——粗糙打磨的燧石工具、数不清的人骨、兽骨，全部细心地排列过。数百年以来，不，数千年以来，这些卑微的礼物，被拥有智慧曙光的人类祖先带到这儿，奉献给超出他们理解的神奇。

同样也超出我们的理解，德尔马可常常这么想。不过有两件事他是很确定的，虽然他不知能否证明。

这就是——时间也好，地点也好——人类真正的开始。

还有，这块石板，便是人类诸多神祇的起源。

9

空中花园

"昨晚我房里有老鼠。"普尔半开玩笑地抱怨,"可不可以帮我找只猫来?"

华莱士博士看来有点迷惑,继而哈哈大笑。

"你一定是听到哪只清洁微电鼠的声音了。我会去检查程序,免得再吵到你。如果你瞥见哪只在值勤,小心别踩到它。若是真的踩到了,它会呼救,把所有的同伴都叫来收拾残局。"

这么多东西要学——时间却那么少!不,普尔提醒自己,事情并非如此。很可能有一整个世纪在等着他,而这都要归功于这个时代的医学科技。这想法带给他的与其说是喜悦,倒不如说是恐惧。

但至少他现在能轻轻松松听懂大部分的谈话,也学会正确的发音,让英德拉不再是唯一能了解他的人。他很高兴如今英文是世界语言了，虽然法文、俄文和中文仍有众多使用者。

"我还有另外一个问题，英德拉——大概也只有你能帮我。为什么每次我说'上帝'，别人都一副很不自在的样子？"

英德拉不但没有不自在的样子，还大笑了起来。

"说来话长。如果我的老友可汗博士在这儿就好了，他会解释给你听——不过他人在盖尼米得，治疗那些所剩不多的'善男信女'。在所有的古老信仰都被否定之后——哪天我一定要告诉你教宗庇护二十世的事情，他是历史上最伟大的人物之一——还是需要一个名字来代表'第一因'或'宇宙的创造者'，如果真有那么一个的话……

"有很多建议，'上主''真神''主神''梵天'什么的。统统都试过了，其中有些到现在还有人用，尤其是爱因斯坦最喜欢的'老家伙'。不过现在好像流行用'上苍'。"

"我会尽量记住，不过我还是觉得挺蠢的。"

"你会习惯的。我还会教你一些其他合宜的感叹词，用来表达你的感觉……"

"你说所有古老的宗教都被否定了，那现在的人信什么呢？"

"少之又少。我们不是泛神论者，就是一神论者。"

"听不懂了，请下定义。"

"在你的时代，这两者已经有所不同。不过现在最新定义如下：一神论者相信顶多只有一个神；泛神论者则说不止一个神。"

"对我来说，没什么差别。"

"并非人人如此。如果你知道那掀起了多严重的争论，一定会很惊讶。五世纪以前，有个家伙用所谓的'超现实数学'去证明在一神论与泛神论中间有无限多个等级。结果，当然就像大多数挑战无限大的人一样，他最后疯了。顺便告诉你，最有名的泛神论者都是美国人——华盛顿、富兰克林，还有杰斐逊。"

"比我的年代稍微早些——不过，很多人都搞不清楚这点，真令人讶异。"

"现在我有好消息要宣布。安德森教授终于说，那个词是什么？OK。你已经恢复得差不多，可以搬到自己的房间安顿下来了。"

"真是个好消息。在这里大家都对我很好，不过我乐于拥有自己的天地。"

"你需要新衣服，还要有人教你怎么穿，并且帮你处理很花时间的日常琐事。所以我们自作主张帮你安排了一个私人助理。进来吧，丹尼……"

丹尼是个身材矮小、肤色微黄、三十多岁的男子。出乎普尔意料，他并不像别人一样与普尔击掌招呼，借此交换信息。没错，普尔没多久就看出丹尼没有"身份"：碰到需要的时候，他就拿出一片小小的长方形塑料片，那显然与21世纪时的"智能卡"功能相同。

"丹尼同时也是你的向导和——那叫什么？我老是记不得——发音跟'南胡'差不多的。他接受过这项工作的特别训练，相信会让你十分满意。"

虽然普尔很感激这样的安排，不过还是感到有点不太自在。一名男仆，拜托！他甚至想不起来自己是否曾经见过；在他那个时代，仆人就已经是濒临绝种的动物。他开始觉得自己像是20世纪早期英文小说里的人物了。

"在丹尼准备帮你搬家的时候，我们来个小小的旅行，到上面……到'月层'。"

"太棒了。有多远？"

"噢，大概一万两千公里吧。"

"一万两千公里！那要好几个钟头！"

英德拉似乎对他的反应有点惊讶，随即露出微笑。

"没有像你想的那么远。我们还没有'星舰影集'里的传输器——不过我相信他们还在努力！所以你有两个选择，我也知道你会选哪一个。我们可以坐外电梯上去，顺便欣赏风景；或者搭内电梯，享受一顿大餐和一点娱乐。"

"我不懂怎么有人想待在里面。"

"这你就不知道了。对某些人而言，那可是很令人头昏眼花的——尤其是住在低层的人。一旦高度不再是用米，而是用几千公里为单位，就连自诩不怕高的登山客也会脸色发青。"

"我愿意冒这个险，"普尔带着笑容回答，"我还去过更高的地方。"

他们通过设在高塔外墙的双层气闸（是想象力作祟吗？还是他真的感觉到一阵晕头转向？），便进入一处类似小型戏院的地方。观众席一排十张椅子，共有五排，分成五层，全部朝着一面巨大的观景窗。这样的景象仍令普尔惊慌失措，因为他没法完全忘却数以百吨的气压猛然爆入太空的景象。

其他的十来位乘客，可能从来没想过这个问题，看来是十分安逸。当他们认出普尔后，都对他颔首微笑，然后转回头去继续欣赏风景。

"欢迎来到天空厅。"一成不变的自动语音说道，"我们将于五分钟后开始上升，下层备有点心及盥洗室。"

这趟旅行不知道要多久？普尔纳闷。我们要旅行超过两万公里，一来一回：这将和我在地球上所知道的任何电梯旅行，都不相同……

在等待上升的时候，他尽情地欣赏在两千公里下方展开的、令人惊叹的景观。现在是北半球的冬天，不过气候真的改变得很厉害，因为在北极圈南部只有一点点雪。

欧洲几乎晴朗无云，清楚的地理特征让普尔目不暇接。他一个接一个认出那些历史上赫赫有名的大都市；即使在他的时代，这些都市也已经开始缩小；随着通信科技改变了世界的面貌，这些都市现在变得更小了。还有一些水域出现在不大可能的地方——在撒哈拉北部的色拉定湖，就几乎是个小型海洋。

普尔全神贯注在风景上，几乎忘了时间的流逝。他突然发觉早就过了不止五分钟，可是电梯还是静止的。有什么事不对劲吗？还是他们在等某个迟到的旅客？

然后他发现一件十分古怪的事情，让他起初拒绝相信自己的眼睛。景色扩大了，好像他已经上升了数百公里一般！甚至当他注视着的时候，还注意到有新的地貌爬进窗框。

普尔笑了起来，因为他想到了再明显不过的解释。

"差点被你骗了，英德拉！我还以为是真的——而不是录像投影！"

英德拉揶揄地望着他。

"再动动脑筋吧，弗兰克。我们十分钟前就开始上升了。现在时速至少是一千公里。虽然我听说这种电梯可以达到一百倍重力加速度，不过在这么短的旅程中则不会超过十倍。"

"不可能！在离心机里最多只能到六倍，我也不喜欢体重变成半吨的感觉。我们进来之后就没有移动过，我确定。"

普尔稍微提高了声音，突然警觉到其他的旅客都在假装不注意他们。

"我不晓得他们怎么办到的，弗兰克。不过这叫惯性场，有时候也叫'萨哈鲁普理论'，'萨'是指著名的苏联科学家萨哈罗夫。其他的我就不知道了。"

渐渐地,普尔心里逐渐清明,还伴随着一种敬畏的诧异感:这的确是"与魔法无异的科技"。

"以前我有一些朋友,曾经幻想过'太空引擎'——也就是可以取代火箭的能量场,移动时让人感受不到任何加速度。我们大部分的人都觉得他们异想天开,不过现在看来他们倒是对的!我还是很难相信……而且,除非我弄错,我们开始失重了。"

"对——正在调整到月球值。等一下我们走出去的时候,会觉得自己在月球。不过看在上帝的分上,弗兰克——拜托你忘掉自己是工程师,好好欣赏风景就好。"

这个建议不错,但即使在看着完整的非洲、欧洲和大半的亚洲飞入眼帘之际,普尔还是无法忘怀这惊人的发现。不过,不应该那么惊讶的。他也知道从他的时代开始,太空推进系统已有重大的进展,却没想到会在日常生活中出现这么戏剧性的应用——如果说三万六千公里高的摩天大楼,也算是日常生活的一部分的话。

火箭时代一定在好几个世纪前就结束了。他所有的知识,无论是关于推进系统、燃烧室、离子推进器或聚变反应炉,都完全过时了。当然,那些都已经无所谓——但是他可以理解,当帆船被蒸汽船给淘汰时,那些船老大是如何悲哀。

自动语音宣布:"我们将于两分钟后抵达,请不要忘记您随身携带的行李。"此时,普尔的心情突然变了,忍不住微笑起来。

在一般的商业飞行时，他不知听过多少次这样的广播。他看看自己的手表，惊讶地发现他们才上升不到半个小时。那就是说，平均时速至少是两万公里，可是他们又似乎从没移动过。更奇怪的是——最后十分钟，甚至更久的时间，他们一定很急速地减速，照理说他们应该都头下脚上地站在天花板上才对！

门静静地打开，普尔走出去时，又感到一阵轻微的晕眩，像刚进电梯时他注意到的一样。不过这回他知道这代表着什么：他正通过过渡区，即惯性场与重力重叠之处——在月层这个拥有与月球相同重力的地方。

虽然地球不断远离的景色令人敬畏，不过对一名航天员来说，那也没什么好意外或讶异的。但谁会想到一间巨大的内室，占了塔的整个宽度，使得最远的墙也在五公里之外？也许在这个时代，月球和火星上已经有更巨大的封闭空间，不过这里也一定是太空中数一数二的。

他们正站在一座观景平台上，在外墙五十米高处，望向令人惊异的绚丽景观。显然，这里似乎努力要重塑地球的完整生物群系。在他们正下方，是一片细细长长的树林，普尔刚开始还认不得，后来才恍然大悟：原来是适应了六分之一地球重力之后的橡树。他纳闷，不知道棕榈树在这儿会长成什么样子？也许会像巨大的芦苇吧……

不远不近的地方有个小湖，湖水来自一条蜿蜒曲折流过草原的小河，河的源头消失在看来像棵巨大榕树的东西里。不知水源来自哪里？普尔注意到微弱的轰隆声，眼光沿着微弧的墙面而去，发现了一个小型尼亚加拉瀑布，上方的水雾中还悬浮着一道完美的彩虹。

就算他可以在那儿驻足欣赏良久，也仍旧看不尽这些模拟地球而制作的复杂又设计高明的美景。当开拓至不友善的新环境时，或许人类会愈来愈强烈地感到需要记住自己的起源吧。当然，就连在他的时代，每个都市也都有自己的公园，作为（通常是很薄弱的）"大自然"对人类的提醒。这里一定也上演着相同的冲动，不过尺度则宏伟多了。这里就是非洲塔的中央公园！

"我们下去吧，"英德拉说，"还有好多东西可看，我也不像以前那么常来了。"

虽然在这么低的重力下走路丝毫不吃力，不过他们偶尔也会搭乘小小的单轨列车；中间还曾停下来，到一家巧妙隐藏于两百五十米高的红杉树干中的咖啡馆里，吃了些点心。

附近人不多——跟他们一块儿来的旅客，早就消失在风景里了——所以这美妙的风景就好像是他们自己的一般。每样东西都维护得那么漂亮，想必是由机器人大军负责的吧，这偶尔会让普尔想起自己还是个孩子的时候，到迪士尼乐园玩的情形。不过这里更好，没有人潮，只有一点点东西会让人联想到人类和人造器物。

他们欣赏着这里了不起的兰花特区，有些兰花尺寸惊人。就在此时，普尔经历了一生中最大的震撼。那时他们正走过一间典型的小小园丁工具房，门打开——园丁出现了。

普尔一向对自己的自制力相当自豪，从来也没想过，都已经是个大人了，他还会因为恐惧而失声大叫。像他那个年代的所有男孩一样，他看过所有的"侏罗纪"电影——面对面看到一只恐龙的时候，他还认得出来。

"我真的非常抱歉，"英德拉带着明显的关切，"我忘了警告你。"

普尔紧绷的神经恢复了正常，当然，在井井有条若此的世界里，不可能会有危险，但这还是……！

恐龙对普尔的瞪视回以漠然的一瞥，随即急忙退回工具房中，然后带着一支耙子和一把大花剪再度出现，还把花剪丢进挂在肩头的袋子里。它用鸟儿般轻盈的步伐走开，头也不回地消失在十米高的向日葵后面。

"我要跟你解释，"英德拉后悔地说，"能不用机器人的话，我们喜欢尽可能使用生物体——我想这算是碳基沙文主义吧！只有少数动物具有灵巧的手，它们一律有用武之地。

"这是至今无人能解的谜。你一定觉得，基因改造过的草食动物，像黑猩猩和大猩猩会比较适合这类的工作。其实错了，它们没那个耐心。

"然而肉食动物，像是这里的这位朋友却很优秀，又容易训练。更有甚者——这是另一个吊诡之处——修正过之后，它们既温驯，脾气又好。当然它们背后有着将近一千年的基因工程，你看看原始人是怎么改造狼的，只是不断试错而已！”

英德拉哈哈笑了几声，又继续说道：“你可能不相信，弗兰克，它们还是很好的保姆呢——小孩爱死它们了！有个五百年历史的老笑话说：‘你敢让恐龙陪你的小孩？什么？让恐龙冒生命危险吗？’”

普尔跟着一块儿大笑，部分原因是嘲笑自己的恐惧。为了换个话题，他问了另一件仍旧困扰着他的事。

“这些，”他说，“真的是很棒——可是，为什么要这么麻烦？塔里的人可以花同样的时间就接触到真正的自然景物，不是吗？”

英德拉若有所思地看着他，衡量着自己要说的话。

“并不尽然。对那些住在二分之一G层的人来说，下到地表不但不自在——甚至还有危险，就算坐飞椅也一样。”

“我才不会！我可是生在长在正常重力下的——而且在发现号上也未疏于运动。”

“这点你就得听安德森教授的了。我可能不应该告诉你，不过你的生理时钟，引起了不小的争论。显然它并未完全停止，我们猜测，你目前的生理年龄应该介于五十到七十岁之间。虽然你现在状况不错，但也不能期待恢复全部的体力——都已经过了一千年了！"

我总算知道了，普尔凄凉地告诉自己。这就解释了安德森教授的推托，还有自己做过的那些肌肉反应测试。

我从木星那儿大老远回来，都已经到了离地球两千公里的地方——然而，不管我在虚拟现实中看过它多少次，我可能再也无法走在母星的地表上了。

我真不知道自己能不能承受……

10

蜡翼展翅

　　他的沮丧感很快就消失了：有这么多事情要做要看。就算活一千辈子大概都不够，问题却在于，在此世纪所能提供的无数娱乐中，该选择哪一个。他虽试着避开琐事，专注在比较重要的事情上——尤其是教育方面的，但并非总是成功。

　　脑帽，以及书本般大小的播放器——理所当然叫作"脑盒"，在此可就有了极大的价值。没多久，他就拥有一个由许多"快餐知识"光片所组成的图书馆，每片内含的知识都足以抵得上一个大学学位。当他插入其中一片到脑盒，调整到最适合的强度与速度时，就会出现一道闪光，接着他会有一个小时不省人事。等他醒过来，就像是心灵打开了一片新领域；不过若非刻意寻找，他并不会察觉那些知识的存在。那就好比图书馆的主人，突然发现了成堆原来属于自己的书。

大体上来说，他是自己时间的主人。出于义务——以及感恩的心理，他尽可能答应来自科学家、历史学家、作家与艺术家的要求，其中那些艺术家通常用的都是他搞不懂的媒体来进行创作。还有四大高塔居民们数不清的邀请，实际上他都被迫要回绝。

最诱人——也最难抗拒的——是来自下方美丽行星的邀约。"当然，"安德森教授告诉过他，"如果带着适当的维生系统下去，短时间内是没有问题，但是你不会觉得愉快。甚至可能会更削弱你的神经肌肉系统，它并没有从一千年的沉睡中真正恢复过来。"

他的另一位守护者，英德拉·华莱士，则保护他免于不必要的骚扰，并建议他该接受哪些邀请，又该婉拒哪些。对他来说，大概永远也搞不懂这个复杂文明的社会政治结构。不过他很快就知道，虽然理论上阶级分野已经消失，但还是有几千名超级公民的存在。乔治·奥威尔是对的，有些人永远比别人更平等。

过去曾有几次，受到21世纪经验的制约，普尔会猜想：究竟是谁在负担这些食宿款待——会不会哪天有人交给他一份相当于天文数字的旅馆账单？不过英德拉很快就跟他保证：他可是独一无二的无价展品，根本不用去担心这种世俗问题。不管他想要什么东西——只要合理，他们都会替他办到。他不知底线为何，但却未曾想到，有一天自己会尝试找出这些底线。

生命中所有重要的事都是意外发生的。当一个惊人的影像攫住他的注意之际，他的壁上显示器正被他设定在无声的随机浏览状态。

"停止浏览！音量调大！"他大吼，其实根本不需要这么大声。

他听过那个音乐，不过好几秒后才辨识出来。其实，他墙上的这番景象大有帮助，画面中满是长着翅膀、优雅地飞来飞去的人。不过，柴可夫斯基如果看到这种"天鹅湖"表演，恐怕也会大吃一惊吧，因为那些舞者是真的在飞翔……

普尔出神地看了好几分钟，直到确定这些画面是真实而非模拟：就算在他自己的时代，也不可能十分确定。想必这场芭蕾舞剧，是在某个低重力环境里演出的——由某些场景，可以看出是个相当大的场地，甚至可能就在非洲塔这儿。

我要试试看，普尔暗自决定。航天总署曾禁止他从事花式跳伞（他最喜欢的休闲方式之一），他还一直耿耿于怀。他也了解总署的着眼点，因为他们不愿拿珍贵的投资冒险。医生相当在意他早年参加滑翔翼比赛的意外，幸而，他年轻的骨头已经完全愈合。

"嗯，"他想着，"现在没有人可以阻止我了……除了安德森教授……"

让普尔大松一口气的是，安德森竟然觉得这是绝佳的主意，而普尔也很高兴得知，每座塔都有自己的"鸽笼"，就在十分之一重力层。

他们花了几天时间，替他量身打造翅膀，结果做出来的东西一点都不像是天鹅湖舞者穿着的那种优雅款式。伸缩性的薄膜取代了羽毛，当他抓着支架上的把手，才了解自己看起来只怕不太像鸟，反而比较像蝙蝠。然而，他对教练说的那句"飞吧，吸血鬼！"说了也是白说，因为那家伙显然从未听说过吸血鬼。

头几堂课他被轻型甲胄拘束着，所以在学基本展翅和最重要的控制与稳定技巧时，他哪儿也飞不过去。像许多的非先天技巧一样，这可不像看起来那么容易。

他觉得穿着安全甲胄很蠢，怎么会有人在十分之一G下受伤嘛！——不过又很高兴，自己只需要上几堂课就好；他的航天员训练无疑大有帮助。飞翔专家告诉他说，他是所有学生里最好的一个，不过也许他对每个学生都这么讲。

在一个四十米见方、零星分布着难不倒他的障碍物的大厅中，来回飞了十多次之后，普尔就得到了首度单飞的许可。他觉得自己又回到十九岁，正坐在旗杆镇飞行俱乐部的老西斯纳轻航机里准备起飞。

鸽笼，这是个平凡无奇的名字，并未特别为他准备这次处女航的场地。不过这里看来却比下面月层那个有森林和花园的空间还大。两者大小其实差不多，因为它也占满锥状塔的一整层。圆柱状的空间，高五百米，宽则超过四公里，由于完全没有视觉重点，所以显得十分巨大。墙壁是一式的浅蓝色，也给人一种无尽太空的印象。

普尔并不怎么相信飞翔专家夸下的海口："你想要什么场景都行。"他打算刁难他，给他一个不可能的挑战。不过他的首次飞行，是在令人昏眩、完全没有视觉娱乐效果的五十米高处。当然，在地球上，一个人若从同样的高度掉下来，可以把脖子摔断；但在这里，却连碰出一点点小瘀青都不大可能，因为整个地板覆着一层由弹性粗索织成的网子。这个房间就像巨大的弹跳运动床，普尔想，在这里一定可以玩得很乐——就算没翅膀也一样。

借着有力的、向下的振翅，普尔逐渐升空。像是瞬间就升上了数百米，而且还不断上升。

"慢一点！"飞翔专家说，"我跟不上你了！"

普尔稍微调整了一下，并慢慢地尝试想来次滚转。他觉得不只是头变轻了，身体也是（还不到十公斤！），同时想着氧气浓度不知上升没有。

真是美妙——跟无重力大不相同，因为这还伴随着体力的挑战。最接近的活动大概是水肺潜水：他希望这里有鸟儿，那这里便可以与那些常伴着他在热带珊瑚礁潜水的鱼儿相媲美。

飞翔专家让他进行了一系列的课程——翻滚、绕圈、颠倒飞行、盘旋……最后他说："我已经没有什么可教你的了，现在咱们好好欣赏风景吧。"

有那么一会儿，普尔差点就失去控制——也许人家早等着看他出丑。因为，连丝毫警告也没有，他便突然被覆雪的山峰围住，而且正往下飞过一条窄窄的通道，离嶙峋的岩壁仅有几米。

当然不可能是真的。那些山岳就和云朵一般虚无缥缈，只要他高兴，也可以直接穿过去。虽然如此，他还是改变了方向，飞离岩壁（其中一块凸出的岩石上还有窝鹰巢。他觉得如果再飞近一点，就可以伸手碰到巢里的两颗鸟蛋），然后朝着宽广的天空飞去。

山峦消失了，突然间已是夜晚。然后，星星出来了——不像贫瘠的地球天空一般，只有可怜兮兮的几颗，而是满天繁星、不可胜数。不只是星星，还有遥远的旋涡状星系，以及挤满了恒星的球状星团。

就算他被神奇地传送到某个真正拥有这般天空的世界，这也不可能是真的。因为，星系在他眼前不断后退；恒星在消逝，在爆炸，在如火雾般炽热的恒星温床中诞生。一秒钟，必然就是一百万年的流逝……

这壮观的场景，和开始时同样迅速地消失了。他又回到空荡荡的天空，只有自己和教练，在鸽笼乏味的蓝色圆柱空间里。

“我想今天这样就够了。”飞翔专家在普尔上方几米的地方盘旋，“下次你想要什么景色？”

普尔没有丝毫的犹豫，他微笑着回答了这个问题。

11

龙来了

就算以此时此日的科技来看，他也不相信有这种可能。要在过去的世纪中累积多少兆位（或是千兆位，真有足够大的数字可以形容吗？）的信息，又是储存在何种媒体中？最好别再想了，就照着英德拉的忠告："忘了自己是工程师——尽情地玩吧。"

他现在的确玩得很高兴，但喜悦之中，却裹挟着几乎是排山倒海而来的乡愁。因为，他正飞在年轻时代难以忘怀的壮观景色上空，两公里左右的高度（或者看起来像是）。当然这些景象都是假的，因为鸽笼只有五百米高，不过视觉效果十足。

他绕着大陨石坑飞，忆起在他以前的航天员训练中，还曾经沿着边缘爬上去。怎会有人怀疑它的起源，还有它命名正确与否，真是令人难以想象！不过，就算到了20世纪中期，杰出的地质学者还在争辩，它是不是火山造成的。一直要等到太空时代来临，才"勉强地"承认，所有的行星都仍受到持续撞击。

普尔相信，他的最佳巡航速度大约是一小时二十公里，而非两百公里。不过，规定要他在十五分钟之内飞到旗杆镇。反射着白色光芒的罗威尔天文台穹顶，是他小时候常去玩耍的地方，里面友善的工作人员，无疑大大影响了他对职业的选择。他有时会想，如果不是诞生在亚利桑那州，离历久不衰的火星人传说起源处这么近，他会从事什么工作？也许是错觉吧，不过普尔觉得，就在为他创造梦想的巨型望远镜旁边不远处，他似乎可以看到罗威尔独特的坟墓。

这段影像是什么年代、什么季节拍摄的呢？他猜想，应该是来自于21世纪初期监视着整个世界的间谍卫星吧。不可能比他的时代晚太久，因为城市的外观看来和他记忆中一样。说不定，如果他再飞低一点，还会看到当年的自己……

不过他也知道这很荒谬，他已经发现只能这么接近。如果再飞近些，影像就会开始分裂，显现出基本的像素。最好还是保持距离吧，别破坏了这美丽的幻影。

那里！太不可思议了！是他和中学同学一块儿玩耍的小公园。随着水资源变得愈来愈吃紧，乡亲父老们总是为了公园的废存争论不休。嗯，至少公园是撑到现在了——不管这到底是何年何月。

然后，回忆又让他热泪盈眶。从月球也好，休斯敦也好，只要他能回家，他总是沿着那些窄窄的小径，带着他挚爱的猎犬散步，丢棍子让它捡回来，这也是亘古以来，人与狗的共同游戏。

当初普尔曾满怀希望，等他从木星回来，瑞基会一如往常地迎接他，于是把它交给小弟马丁照料。当他再次面对这个苦涩事实之际，几乎要失去控制，下坠了几米才又恢复。瑞基也好，马丁也好，都早已归于尘土。

等到他能够再度清楚地视物，他注意到暗色、蜿蜒如带的大峡谷已经出现在遥远的地平线。他一直在挣扎着要不要飞过去——他渐渐有点累了——突然，他察觉天上飞的不是只有自己而已。有别的什么东西正在接近，而且绝对不是飞人。虽然距离不易判断，但那东西大得不可能是人类。

"嗯，"他想，"如果在这里碰到翼手龙，我也不会太惊讶——其实我一直希望有机会遇到这样的东西，但愿它很友善——不然我可以赶快飞走。哎呀，糟糕！"

说是翼手龙其实相去不远，说不定已猜中了十分之八。慢慢鼓动皮膜翅膀接近普尔的，是一条从神话世界飞出来的龙。而为了使画面更臻完美，居然还有位美女骑在龙背上。

至少，普尔假定她是美女。但是，传统的画面被一个小细节给破坏了：她大半个脸孔，都藏在一副巨大的飞行员护目镜下，说不定那还是从一次世界大战双翼飞机的无盖驾驶座上捡来的。

普尔在半空中盘旋，直到近得可以听到这只俯冲而下的怪兽的扑翅声。就算距离已经不到二十米，他还是没办法判断它究竟是机器还是生物结构体——或许是两者的混合吧。

然后他忘了龙的事，因为骑士拿下了护目镜。

陈腔滥调的讨厌之处，就像某位哲学家下的评语（说不定他还边打呵欠边说），在于它们总是真实得那么无趣。

但"一见钟情"却一点都不会无趣。

丹尼什么也不知道，不过反正普尔也没指望他。这位无所不在的随侍（如果他是传统男仆，一定不及格）在许多方面都没什么用，搞得普尔有时不禁要怀疑他是不是智障，不过看起来又不像。丹尼知道家电用品的功能，简单的命令他做得又快又好，也很清楚塔里的路。但仅此而已；跟他没办法有什么知性的对谈，如果客气地问起他的家人，丹尼总是一脸茫然。普尔有时暗忖，不知他是不是个生化机器人。

然而，英德拉却立刻给了他所需要的答案。

"噢，你遇到龙女了！"

"你们都是这样叫她吗？她的真名是什么，能不能帮我弄到她的'身份'？我们的距离几乎可以行触掌礼了。"

"当然可以——没毛病[1]。"

1　原文为no problemo，为美国俚语，意思与no problem（没问题）大致相同，广泛用于影视剧中。

“你哪里学来的啊？”

英德拉看来满脸迷惑。

“我也不知道，什么古书或者老电影吧。是好话吗？”

“超过十五岁就不算了。”

“我会尽量记住。赶快告诉我发生了什么事——除非你想让我嫉妒。”

他们现在已经是非常好的朋友，什么事都可以开门见山讨论。事实上，他们两人还曾经玩笑般惋惜彼此间没有火花——虽然有次英德拉补充说：“如果有一天，我们被困在荒芜的小行星上，没有获救的希望，我们大概还可以将就凑合。”

“你先告诉我她是谁。”

“她叫奥劳拉·麦克奥雷。除了许多其他头衔之外，她是‘重生协会’的主席。如果你觉得‘飞龙’已经够让人惊讶，那就等看到那些其他的——呃，创作——再说吧。像是白鲸莫比·迪克——还有许多连大自然都想不出来的恐龙。”

这实在好得不像是真的，普尔想。

12

挫　折

　　他几乎忘了那次和航天总署心理学家的谈话，直到现在……

　　"这趟任务要离开地球至少三年，如果你愿意，我可以为你进行'抑欲植入'，它能够持续到任务结束。我保证，等你回来时，我们会加倍补偿。"

　　"不，谢了。"普尔想尽办法保持表情严肃，"我想我应付得了。"

　　话说回来，三四个星期后，他开始有点怀疑；戴维·鲍曼也是。

　　"我也注意到了。"戴维说，"我敢打赌，那些该死的医生一定在我们的伙食里放了些什么。"

　　不管放的是什么东西，就算真有，也早就超过了有效期限。在此之前，普尔忙得没时间有任何感情牵扯，也婉拒了几位年轻

081

（和几位不怎么年轻）小姐的投怀送抱。他也搞不清楚，究竟是自己的外形还是名气吸引她们。说不定，她们只是对一个可能是自己二三十代前祖先的男人，感到单纯的好奇罢了。

让普尔很高兴的是，麦克奥雷女士的"身份"显示目前她的感情生活出现空缺，普尔便在第一时间与她联系。不到二十四小时，他就已经坐在龙背上，双手舒舒服服地环着她的腰。他也知道为何要戴飞行护目镜了！因为飞龙是完全机械化的，可以轻易达到百公里的时速。普尔怀疑，真正的龙能否飞到这个速度。

底下不断变化的风光，是直接由故事中复制而来，这点他也不惊讶。当他们追上阿里巴巴的飞毯时，阿里巴巴还气呼呼地挥着手，大吼："你没长眼睛啊！"不过他一定离巴格达很远，因为他们正绕着飞的几座尖塔，只可能出现在牛津。

奥劳拉指着下面解释，证实了他的猜测："就是那家酒馆，刘易斯和托尔金常跟朋友碰面的地方。再看那条河——有条船正从桥底里出来——看到船上的两个小女孩和牧师吗？"

"看到了。"普尔迎着飞龙带动的涡流，大声吼回去，"我想其中一个应该是艾丽斯吧。"

奥劳拉回头对他微笑，看来由衷地欣喜。

"相当正确。她是根据那位牧师的照片制造的，是很逼真的复制品。我还怕你不知道呢，打从你们的时代之后，很多人就不再看书了。"

普尔感到一阵满足。相信我已经通过了另一项测验，他得意地告诉自己。骑飞龙一定是第一项，后面不知还有多少，要拿大刀战斗吗？

不过测验到此为止，那古老问题"你家还是我家？"的回答则是——普尔家。

第二天早上，既震惊又屈辱的普尔联络上安德森。

"每件事都进行得很顺利，"普尔悔恨地说，"她却突然变得歇斯底里，还把我推开。我怕自己不知怎的伤了她——

"然后她把室灯叫亮——我们本来在黑暗中——从床上跳下来。我猜我就像个傻瓜一样瞪着她……"他苦笑道，"她当然值得瞪着看。"

"我想也是，继续说。"

"几分钟之后，她放松下来，然后说了些我永远都不会忘记的话。"

安德森耐心地等普尔平复情绪。

"她说：'我真的非常抱歉，弗兰克。我们本来可以玩得很愉快的。可是我不知道你被——割了。'"

教授显得很迷惑，不过这表情瞬间即逝。

"噢——我了解了。我也觉得很抱歉，弗兰克，也许我应该先警告你。我行医三十年，也只看过六七个病例——全都有正当的医学理由，当然你是例外……

"在原始时代，割包皮有它的道理，甚至在你们的世纪亦然。卫生状况不佳的落后国家，会用以对抗某些讨厌甚至致命的疾病；但除此之外，就没有任何理由了。还有一些反对论调，你现在也发现了吧！

"我第一次帮你检查身体之后，就去查了一下记录，发现21世纪中期有许多医疗诉讼，让'美国医疗协会'不得不明令禁止割包皮。当时还有人对这个问题争论不休，我相信一定非常有趣。"

"应该是吧。"普尔愁眉苦脸地回答。

"在某些国家还持续了一个世纪：然后有个无名天才发明了一句口号——用语粗俗，请见谅——'身体发肤，受之上帝，割包皮乃亵渎'。才多多少少终止了这件事。不过如果你有需要，我可以帮你安排移植，当然不会记在你的病历上。"

"我觉得大概没什么帮助，恐怕我以后每次都会笑出来。"

"这就是我的目的！你看，你已经能克服了。"

出乎普尔意料，他发现安德森说得没错，他发现自己已经笑出声来。

"如何，弗兰克？"

"我本来希望，奥劳拉的'重生协会'可以增加我成功的机会。我的运气太好了，竟然就是她不欣赏的重生动物。"

13

异代异客

　　英德拉并未如他期望的那么有同情心，或许她终究还是有一些嫉妒。而且更严重的是，他们谑称为"龙祸"的那场灾难，还引起他们第一次真正的争吵。

　　开始时非常单纯，英德拉抱怨：

　　"人家总是问我，为什么要把自己的生命投注在研究这么一段恐怖的年代上。如果回答说还有更糟的，并不能算是很好的答案。"

　　"那你为什么对我的世纪有兴趣？"

　　"因为它标志着野蛮与文明之间的转折点。"

　　"我们这些所谓'已开发国家'的人民，可都觉得自己很文明。至少战争不再是神圣的事，而且不管何处爆发战争，联合国都会尽力制止。"

"不怎么成功吧，我会说成功率只有百分之三十。不过我们觉得最不可思议的，是人们——直到21世纪！——竟然可以平静地接受那些我们觉得残暴的行为。还相信那些令人指发——"

"发指。"

"——的鬼话，任何有理性的人一定都会嗤之以鼻的。"

"麻烦举个例子。"

"你那微不足道的失败，让我开始了一些研究，发现的事情让我不寒而栗。你可知道当时在某些国家，每年都有上千名女童被残酷地阉割，只是为了要保住她们的童贞？很多人因此死去——当局却视若无睹。"

"我同意那真的很可怕——但我的政府又能怎么办？"

"能做的可多了——只要它愿意。但若是这样做，会触怒那些供油国家，那些国家还会进口会让成千平民残废、丧生的武器，诸如地雷一类的东西。"

"你不了解，英德拉，通常我们没有选择，我们又不能改造世界。不是有人说'政治是可能性的艺术'吗？"

"相当正确，那就是为什么只有第二流的头脑才会从政。天才喜欢挑战不可能的事。"

"那我可真是高兴，你们有够多的天才，所以可以纠正每件事。"

"我好像听到了一丝讽刺？多亏了我们的计算机，在政策真正实行前，我们可以先在网络空间里试行一下。"

英德拉对那个时代的丰富知识，一直很令普尔惊讶；但许多他认为理所当然的事，她却又如此无知，同样也让他意外。反过来说，他也有一样的问题。就算真如人家信心满满所保证的，他可以再活上一百年，但他学得再多也无法让自己觉得自在。每次的对话，都有他不知道的典故和让他一头雾水的笑话。更糟糕的是，他总觉得自己处在失礼的边缘：他即将引爆的社交灾难，连最近认识的好友都会觉得丢脸……

……就像那次他和英德拉及安德森一块儿吃午餐，幸好是在他自己家里。自动厨房端出来的食物总是毫无差错，是为他的生理需求而特别设计的，不会有让人垂涎三尺的菜色，总是令21世纪的美食家绝望。

然而，这一天出现了一道非比寻常的佳肴，把普尔带回年轻时猎鹿和烤肉的鲜明记忆。然而，那道菜在味道和口感上却有点不太一样，所以普尔问了个再明显不过的问题。

安德森只是微微一笑，英德拉却一副要吐的样子。几秒钟之后，她才说："你告诉他吧——不过要等我们吃完饭。"

我这会儿又说错了什么？过了半个小时，英德拉显然沉迷于房间另一头的视频显示器；此时，普尔对第三千禧年的知识，又有了长足的进步。

"尸体食物其实在你的时代就快要被淘汰了。"安德森解释道，"畜养动物——呃啊——来吃，经济上已不再许可。我不知道要多少亩土地才能养活一头牛，但同样大小的土地所生产的植物性食物，却能让十个人赖以维生。如果再配合水耕科技，说不定可以养活上百人。

"不过让整件恐怖作业结束的，并非经济因素，而是疾病。首先是牛，接着扩散到其他的食用动物。应该是某种病毒吧，它会影响脑部，然后导致可怕的死法。虽然最后找出治疗方法，但也来不及扭转乾坤了。不过，反正当时合成食物已经比较便宜，而且口味应有尽有。"

想想数周来差强人意的餐点，普尔对此相当保留。他想，不然为什么他还会梦到肋排和上品牛排呢？

其他的梦就更恼人了，他担心不用多久，就得请安德森教授提供医药上的协助。不管别人为了让他自在而做了多少努力，那种陌生感，以及这个新世界的复杂状态，都让他快要崩溃了。仿佛是潜意识努力要脱逃，在睡梦中他常常回到早年的生活。但当他醒来时，只会让情形更糟。

他曾到美洲塔上，往下看他思念的故乡，其实这不是个好主意。在空气洁净的时候，借助望远镜可以看得很清楚，他会看到人们在他熟悉的街道上各忙各的……

而在他的心灵深处，总是难忘他挚爱的人曾一度住在下面的大地。母亲、父亲（在他跟另外一个女人跑掉以前）、亲爱的乔治舅舅和丽雅舅妈、小弟马丁，和地位同样重要的一长串狗儿——第一只是他幼时热情的小狗，最后一只是瑞基。

最重要的，还是关于海莲娜的回忆和那个谜……

这段恋情始于他接受航天员训练之初，两人本是萍水相逢，但随着光阴流逝，却愈来愈认真。就在他准备前往木星前，他们正打算让关系永久化——等他回来以后。

如果他没能回来，海莲娜希望能为他生个小孩。他还记得，他们在做必要安排的时候，那种混杂着严肃与欢欣的感觉……

现在，一千年后，不管他尽多大的努力，他还是无法知道海莲娜是否遵守了诺言。如同他的记忆中有许多空白一般，人类的集体记录也是。最糟的一次是2304年小行星撞击所引起的，虽然有备份及安全系统，但仍有百分之几的信息库被毁。普尔忍不住要想，不知他亲生儿女的资料，是否也在那些无法挽回的无数字节中。到了现在，说不定他的第三十代后裔正走在地球上呢，不过他永远也不会知道。

这个时代里，有些女性并不像奥劳拉般把他当损毁货品看待，发现这点后，普尔好过了些。反之，她们还常常觉得这种不一样的选择很刺激；但这种诡异的反应，也让普尔没法建立起任何亲密关系。他也不急于如此，他真正需要的不过是偶尔一次健康而不用大脑的运动罢了。

不用大脑——这就是症结所在。他再也没有活下去的目标了，沉重的记忆压得他喘不过气来。他常套用年轻时读过的一本名著，自言自语地说："我是一个异代里的异客[1]。"

他甚至常往下看着那个美丽的行星（如果遵照医生指示，他是再也不能踏上去了），同时想着如果再度造访太空会是什么样子。虽然要闯过气闸而不触动警报并不容易，但是有人成功过。每隔几年，就会有决心求死的人，在地球的大气层中化为瞬间即逝的流星。

或许他的救赎已经在酝酿了，不过却是以完全意料之外的方式出现。

"普尔指挥官，很高兴见到你。别来无恙？"

"真抱歉，我不记得你，我见过的人实在太多了。"

"用不着抱歉，我们第一次碰面是在海王星附近呢。"

"钱德勒船长！能看到你真是太好了！自动厨房里什么都有，你想喝点什么？"

"酒精浓度超过百分之二十的都好。"

"你怎么会跑回地球来呢？他们告诉我，你从来不到火星轨道以内的。"

1　原文为Stranger in a Strange Time，即套用了美国科幻作家罗伯特·海因莱因（Robert Heinlein，1907—1988）的小说《异乡异客》（*Stranger in a Strange Land*）。

"几乎正确。虽然我在这里出生，却觉得这里又脏又臭，人口太多，又要直逼十亿大关了。"

"我们那个时候还超过一百亿呢。对了，你有没有收到我的感谢函？"

"有啊！我知道应该要跟你联络，不过我一直拖到再度日向航行。现在我来了！敬你一杯！"

船长以惊人的速度喝干那杯酒。普尔试着分析他的访客：留胡须——就算是钱德勒那样的小山羊胡——在这个社会非常罕见，而且他认识的航天员里没有人留胡子——胡子和太空头盔是无法和平共存的。当然了，身为船长，可能好几年才需要进行一次舱外活动，而且大部分的舱外工作都由机器人完成；不过，总会有意料之外的危险，总有要赶快穿上宇宙飞行服的时候。看来钱德勒显然是个异数，不过普尔衷心欣赏他。

"你还没回答我的问题呢。如果你不喜欢地球，那回来干吗？"

"哦，主要是和老朋友联络联络。能够没有数小时的信号延迟，有些实时的对话是很美妙的！不过这当然不是真正的原因。我那艘老锈船要维修，在外环船坞。装甲要重新换过，它薄得只剩下几公分的时候，我可睡不好。"

"装甲？"

"尘埃罩。你们那时候可没这种问题，对吧？不过木星外面很脏，我们的正常巡弋速度是几千公里——秒速！所以会有持续不断的轻微撞击，好像雨点落在屋顶一样。"

"你在开玩笑！"

"我当然是在开玩笑。如果真听得到什么声音，我们早就死翘翘了。幸好，这种令人不愉快的案例很少，上一个严重事故已经是二十年前的事了。我们知道所有大群的彗星雨在哪里，大部分的垃圾都在哪儿，我们会小心避开——除非是调整速度驱冰的时候。

"你要不要趁我们出发去木星前，到船上来看看？"

"太好了……你说木星吗？"

"嗯，当然是盖尼米得——阿努比斯市。我们在那边有很多业务，也有几个船员定居在那边，他们都几个月没和家人见面了。"

普尔已经听不到他在说什么。

突然间——完全出乎意料——或许时间也正好，他找到了活下去的理由。

弗兰克·普尔指挥官不是那种喜欢把工作留个尾巴的人——一点宇宙尘，就算是以秒速一千公里运动，似乎都不能阻止他。

在那个一度被称为木星的世界上，还有他未完成的任务。

II

歌利亚号

14 告别地球

"只要合理，不管你要什么都行。"人家是这么告诉他的。弗兰克·普尔不知道，他的新朋友会不会认为回到木星算是合理的要求。事实上，连他自己都不大确定，也正在重新考虑这件事。

数星期前，他就已经答应了许多约会。其中大部分他不怎么在乎，但也有些他觉得放弃了可惜。尤其是，他很不希望让自己高中母校的学生失望，他们原本计划下个月要来探望他。（这学校竟然还存在，多令人惊讶啊！）

无论如何，他还是松了口气，而且也有点意外——因为英德拉和安德森教授都觉得这个主意好极了。弗兰克头一次了解，原来他们也同样关切他的精神状况；或许离开地球度个假，就是最好的治疗。

而且最重要的是，钱德勒船长高兴得不得了。"你可以睡我的舱房，"他承诺，"我会把大副踢出她的房间。"有好几次，普尔想，不知这位留着胡子、大摇大摆的钱德勒，是不是另一个重生动物。他很容易就可以想象他站在破烂的三桅船船桥上，上面还飘扬着骷髅头旗帜。

一旦他下定决心，事情便以惊人的速度进行。他累积的财产不多，需要带走的更少。最重要的便是普琳柯小姐：他的电子秘书，现在也是他两世生活点滴，以及随机附属的兆位信息库。

比起他那个时代的个人随身助理，普琳柯小姐并没有大多少。通常她就放在方便拔出的皮套中、挂在腰上，像老式西部牛仔的点四五手枪一样。他俩能够直接用语音沟通，也可以透过脑帽。而她最主要的任务，就是担任外面世界与普尔之间的信息过滤与缓冲器。像所有的好秘书一样，她知道什么时候该用什么语气回答："立即为您接通。"或者，像她最常说的："很抱歉，普尔先生正在忙，请留下您的信息，他会尽快与您联系。"通常这意思就是：他不会回电话的。

他不需要跟多少人道别。虽然由于电波速度迟缓，以致无法实时对谈，但他会持续与英德拉和安德森教授联系——他们是他仅有的两个真心朋友。

让他有点意外的是，他突然明白自己居然会想念他那神秘但有用的"男仆"，因为他现在得自己处理一切日常琐事了。丹尼陪着他一路来到环绕地球的外环（距离中非洲三万六千公里的高空），分手之际，丹尼微微鞠躬，但除此之外，没有任何情绪起伏。

"迪姆，我实在不晓得，你会不会喜欢这样的比较。不过，你知道歌利亚号让我想起什么吗？"

他们现在已经是很好的朋友了，普尔可以叫他小名——不过只有在两人独处的时候才行。

"我想不会是什么好事吧。"

"那倒不尽然。不过当我还小的时候，无意中发现了一沓我舅舅乔治丢掉不要的科幻杂志——通称'廉价杂志'，因为印在便宜的纸上……里面好几本都散开了。每本都有俗艳却了不得的封面，画着奇异的行星和怪兽，当然，还有宇宙飞船！

"等我长大一点，才知道那些宇宙飞船有多可笑。它们通常都是靠火箭推进，却没有燃料槽！有些从船头到船尾有成排的窗子，好像海上的客轮。我最喜欢的一幅，有巨大的玻璃穹顶，好像是航行在太空中的温室……

"那些古代艺术家现在要反过来笑我了，可惜他们永远不会知道。比起我们过去从各基地发射的飞行燃料槽，歌利亚号还比较接近他们的梦想。你们的惯性引擎好得令人难以置信：没有可见的支撑结构，还有无上限的航程及速度……有时我都觉得，我才是那个在做白日梦的人!"

钱德勒哈哈大笑,指着窗外的景色。

"那些看起来像白日梦吗?"

自从来到星城之后,这还是普尔头一回看到真正的地平线,而且也不如料想的那么远。他终于抵达了直径为地球七倍的巨轮外缘,所以,横亘过这人工世界屋顶的景致,该绵延有几百公里吧……

他的心算向来不错,就算是在他那年代,这也是难能可贵的技能,说不定现在会的人更少了。计算地平线距离的公式很简单:你所在的高度乘二乘上半径再开平方,这种事情,你是不会忘记的,就算想忘也忘不掉……

算算看吧!我们在八米左右的高度——所以是十六的平方根——很简单!——假设外环半径是四万——消去后面三个零,让单位统统变成公里——四乘以四十的平方根——嗯——差不多是二十五……

嗯,二十五公里算是蛮合理的距离,地球上任何太空航站当然都没有这么大。虽然早就晓得会看到些什么,但看着那些比他的发现号大上许多倍、没有任何外在推进装置的船舰安安静静升空,还是令人觉得神奇。虽然普尔怀念旧日倒数计时之际的火焰与炙热,但还是不得不承认,现在这样比较干净,比较有效率,也更安全了。

不过最奇怪的，还是坐在外环这儿，在地球的同步轨道上面——还能感觉到重量！仅仅数米之遥，在小小观景厅的窗户外面，就有作业机器人与几个穿着宇宙飞行服的人缓缓滑动，进行着自己的工作；但在歌利亚号里，惯性场维持在标准的火星重力。

"确定不改变心意吗，弗兰克？"离开船桥的时候，钱德勒船长玩笑似的问他，"离升空还有十分钟哦。"

"我若打退堂鼓，会遭人唾弃吧，对吗？不。过去他们常这样说——我们约好了。不管我准备好了没，我都已经来了。"

升空之际，普尔觉得需要独处，人丁单薄的船员们（只有四男三女）也尊重他的意愿。或许他们能够体会他的心情：再度离开地球，却是在一千年之后——也再一次面对未知的命运。

木星／太隗在太阳系的另外一边，而歌利亚号近乎直线的轨道，会先经过金星，再到达木星。普尔希望能用肉眼看看地球的姐妹行星，在经过数个世纪的改造之后，是否真的就如同他们所说那般。

从一千公里上方看来，星城就像是条环绕地球赤道的巨大金属带，上面还点缀着高架、穹顶和更多的神秘结构。歌利亚号日向航行之际，星城也迅速缩小，现在普尔可以看到它有多么不完整：有许多仅由蛛网般的鹰架相连的巨大空隙，可能永远也不会被完整包覆。

目前他们已经降到外环的平面以南，北半球正是仲冬时节，所以星城这细细的光环以超过二十度的倾角斜向太阳。普尔已经看得到美洲塔和亚洲塔了，两塔像闪亮的丝线往外延伸，远超出蓝色暮霭般的大气层范围。

歌利亚号加速时，他几乎没有注意到时间的流逝，它比任何自星际空间日向航行的彗星都更加迅速。几乎圆满的地球，仍然盘踞他的视野。现在他可以看到非洲塔的总长度，他正挥别的是今世的家，他禁不住想着，或许要永远离开了。

到达五万公里高空时，他已经可以看到整个星城，它像个窄窄的椭圆环着地球。虽然较远的那边几乎看不到，只见一线细光衬着群星，还是会令人敬畏地联想到，人类最终还是把这个建筑放到天上去了。

然后普尔想起了壮丽无数倍的土星环，在能与大自然的成就相比较之前，航天工程还有很长、很长的路要走呢。

或说，在与"上苍"的成就相比之前。

15

金星之变

翌晨当他醒来时，他们已经抵达金星。但那巨大、闪烁、仍被云海包覆的一弯蛾眉，却并非空中最惊人的物体。歌利亚号正飘浮在一片一望无际、皱巴巴的银箔上方，在宇宙飞船飘过时，银箔还会反射日光，幻化出多姿多彩的绚丽纹路。

普尔记得，在他那个时代，曾有位艺术家用胶膜把一栋栋的大楼包了起来，如果能让这艺术家有此机会，把数十亿吨的冰用亮晶晶的封套装起来，他会多么高兴啊！也只有用这个方法，才能防止彗星核在数十载的日向航行中蒸发。

"你运气很好，弗兰克。"钱德勒跟他说过，"这连我都没看过，一定会很壮观。撞击将在一个多小时后发生，我们稍微推了冰核一下，好让它落在正确地点。咱们可不希望有人受伤。"

普尔讶异地看着他："你是说——已经有人在金星上面了？"

"大概有五十个疯狂的科学家，在南极附近。当然他们是在很深的地底，不过我们还是会让他们震一下——虽说着陆点是在行星另外一侧，或许应该说是'着气点'吧——会有好几天的时间，除了震波还是震波。"

在保护套中熠熠生辉的彗星冰山，因为朝着金星飘去而逐渐变小。普尔脑海中掠过一个酸楚的回忆：童年时的圣诞树，也是用这般精致的玻璃彩球装饰。如此比较并非全然无稽，因为对地球上的许多家庭而言，现在仍是送礼的季节；而歌利亚号，正为另一个世界带来无价的礼物。

雷达影像显现满目疮痍的金星地表，占满歌利亚号控制中心的主屏幕——有奇形怪状的山峦、煎饼般的穹顶和细长蜿蜒的峡谷，但普尔希望眼见为凭。虽然包覆着这颗行星的完整云海并未透露出下面地狱的任何信息，但他希望看到，在彗星撞击之际会发生什么状况。不用几秒的时间，这些水化物自太阳系边缘不断累积的速度，将会化作能量，完全释放……

开始时的闪光比普尔预期的还要强烈。多么奇怪，一个冰制飞弹竟然可以产生数万摄氏度的高温！虽说眺望窗的滤镜一定已经吸收了一切有害的短波，但火球猛烈的蓝色仍显示它比太阳还要炽热。

随着范围扩张，它也迅速地冷却下来，颜色由黄到橙再变红……震波现在必定是以音速向外扩张（那该是怎样的声音啊？），所以几分钟之内，应该就会看得出它在金星上行经的路线。

出现了！只有一个小小的黑圈圈，像个无关紧要的小烟圈；却完全看不见从撞击点向外爆出的狂暴气旋。随着普尔的注视，气旋也缓缓地扩张，不过因为比例的关系，所以看不出运动的迹象。他得足足等上一分钟，才能确定它真的变大了。

然而一刻钟之后，它已经成为行星上最显著的标志；不过颜色浅了许多，是一种脏兮兮的灰色，而非黑色。震波现在成为不规则的圆形，直径超过一千公里。普尔猜想，它应是遇到了底下山脉的阻挡而形成锯齿状，失去了原本完美的对称。

船上的通信系统传出钱德勒船长轻快的声音。

"正在接通爱神基地，很高兴他们没有大叫'救命'——"

"——是震了我们一下，不过跟预期的一样。监视器显示，在诺克米斯山区已经下了点雨——很快就会蒸发掉，但总是个开始。黑卡蒂裂隙似乎有山洪暴发——情况好得让人不敢相信，不过我们正在确认。上次送货来后，出现了一个暂时性的沸水湖——"

我不羡慕他们，普尔告诉自己，但我钦佩他们。在这个或许太舒适、太安逸的社会中，他们证明了冒险精神依然存在。

"——再次谢谢你们把货载到正确的地方。只要运气好，而且可以把太阳屏弄上同步轨道的话——要不了多久我们就会有永久的海洋。然后我们就能种珊瑚礁来制造石灰，把大气中过多的二氧化碳固定下来……希望我能活着看到这些！"

我也希望你可以，普尔默默地、佩服地想着。他常在地球的热带海域潜水，欣赏那些怪异多彩的生物。珊瑚已经够古怪了，恐怕在其他太阳系的行星上也找不到更奇怪的动物。

"包裹准时送达，确定收到收据。"钱德勒船长的声音透着明显的满足，"再见了金星。盖尼米得，我们来了！"

普琳柯小姐

档案夹——华莱士

嘿，英德拉。真的，你说得挺对的，我的确怀念咱们的小争执。钱德勒和我处得还不错，而刚开始时，船员们简直把我当成（你一定会觉得很好笑）什么圣人遗骨看待。不过他们已经渐渐可以接受我了，甚至还开始整我。（知道这个用语吗？）

没办法实时对谈真的很讨厌——我们已经穿越火星的轨道，所以电波来回一趟要花超过一个小时。不过这样也有好处，你就不能打断我了……

到木星只要一个星期，我本以为自己还有时间休息，其实门儿都没有：我已经开始手痒了，忍不住要回学校去。所以我在歌利亚号的一艘迷你航天飞机上接受基本训练，全部从头来过。说不定迪姆还会让我单飞呢……

它其实不比发现号的分离舱大多少，可是却如此不同！第一，当然，它不用火箭推进。我还不习惯豪华的惯性引擎和无上限的航程。如果必要的话，我还可以飞回地球——不过可能会闷出病来。（记得我上次用过的词组吗，你一下就猜出意思来的那个？）

但是最大的不同，还是它的控制系统，对我来说，要习惯"离手操作"可真是个大挑战——而且计算机还要学会听懂我的语音指令。起初它每隔五分钟就要问我一次："你真是这个意思吗？"我也知道用脑帽会比较好，但我就是没法对那个玩意儿完全放心。不知道到底能不能习惯有东西能读我的心思……

对了，航天飞机的名字叫作"游隼"，是个好名字——令人失望的却是，船上没有一个人知道这名字事实上可回溯到"阿波罗任务"，人类第一次登陆月球……啊哈！我还有好多话想说，可是船老大在呼叫了，得回到教室去了！珍重再见。

存档

传送

嘿弗兰克——英德拉呼叫（用法应该没错吧！）用我的新"思想书写器"——旧的那个精神崩溃了哈哈——所以一定会有很多错误——传送前来不及编辑——希望你看得懂。

指令设定！第一频道不第三频道——十二点三十分开始录——更正——十三点三十分。抱歉……希望我可以把旧机器修好——它知道我所有的快捷方式和简写——说不定，应该像你们那个时代一样，送它去做精神分析——真是搞不懂，为什么那个骗子——我是说弗洛伊德哈哈——的胡说八道可以持续到现在——

让我想起——有天碰巧看到20世纪晚期的定义——你可能会觉得好笑——是像这样的——引述——精神分析——一种接触传染病，源自20世纪初期的维也纳——目前绝迹于欧洲，但在富裕的美国人之间偶有所闻，引述完毕。

好玩吧？

对不起啊——思想书写器的麻烦——就是很难集中注意力——

茬五舁尢恩铱

七舂鹠九八一二丌亓芃该死……停……备份

我是不是弄错什么东西了？我再试试看。

你提到丹尼……抱歉我们总是逃避有关他的问题——知道你好奇，但我们有绝佳理由——记不记得你曾经说他不是人？猜得八九不离十嘛……！

有次你问我关于现代的犯罪问题——我说任何有那种兴趣的都很变态——说不定你们那个时代无止境的病态电视节目助长了那种风气——我自己是连一分钟都看不下去……恶心死了！

门——确认！——噢，嘿，梅琳达——抱歉——坐嘛——快好了……

对——说到犯罪。社会上——总会有些无法消灭的杂音，那该怎么办呢？

你们的解决之道——监狱。国家负担的错误工厂——耗费平均家庭收入的十倍来关住一个囚犯！疯狂透顶……显然，那些叫得最大声，说要盖更多监狱的家伙，铁定头脑有问题——他们才该接受精神分析！不过说实在话——在电子监视和电子控制十全十美以前，你们的确没有其他选择——你真该看看欣喜若狂的民众捣毁监狱墙壁的状况，比起——五十年前柏林围墙倒下之后，就没见过这种盛况了！

对——丹尼。我不知道他犯了什么罪——就算知道我也不告诉你——不过想必他的精神剖面显示出他适合担任——是哪个名词？——南胡——不，是男仆。有些工作很难找到人做——真不晓得如果犯罪率是零，我们要怎么过下去！不管怎样，希望他可以赶快服完刑期，回到正常的社会。

抱歉梅琳达——快好了。

就这样，弗兰克——帮我跟迪米特里问好——你们现在一定在往盖尼米得的半路上了——不晓得他们能不能推翻爱因斯坦的理论，这样我们就算穿越太空也可以实时对谈！

希望这部机器可以赶快习惯我。不然就得找真正的20世纪文字处理器了……相信吗？——我以前键盘输入很厉害呢，那个你们花了好几百年才淘汰掉的东西。

珍重再见。

嘿，弗兰克——又是我。还在等上封信的回复……

你和我的老友泰德·可汗，都朝盖尼米得而去，多么奇怪呀。不过或许这并非巧合吧：他和你都被同一个谜吸引着……

我从没见过任何人对宗教发展出这样的兴趣——不，根本是狂热。最好警告你，他可能会很闷。

对了，我这次表现得如何？我好想念那部旧的思想书写器，不过这部似乎也慢慢受控制了。还不坏吧——你们怎么说的？——没有出纰漏——吃图钉——吃螺丝——至少到目前为止——

不晓得该不该告诉你，怕你不小心说溜嘴。不过，我偷偷给泰德取了个绰号，叫作"最后的基督教徒"。你应该多少知道一点他们的事吧，在你们那个时代，都还在流行他们的戒律呢。

了不起的人——通常都是伟大的科学家——了不起的学者——做出来的好事坏事一样多。史上最讽刺的真理追求者之一——虔敬英明的知识与真相追求者，然而他们的整个逻辑却被迷信无药可救地扭曲了……

汶邴□纟　亲爱的廿一异孑水凹戈斿盂

该死，太激动，造成失控了。一、二、三、四……一闪一闪亮晶晶……这样好多了。

反正，泰德的高尚决心也一样恶名昭彰；千万别跟他辩论——他会像蒸汽压路机一样把你碾过去。

顺便问一下，什么是蒸汽压路机？用来烫衣服的吗？看得出来一定很不舒服……

思想书写器的麻烦……很容易胡思乱想，不管你多努力控制自己都没用……还是该帮键盘说说话的……我告诉过你了吧……

泰德·可汗……泰德·可汗……泰德·可汗……

他至少还有两句名言在地球上很有名："文明与宗教无法共存"，还有"信仰就是相信明知虚妄的事"。事实上，我不相信后面那句是原文；如果真是，那可就是他说过的最像笑话的话。我跟他讲我最喜欢的笑话时，他连嘴角都没动一下——希望你没听过……这绝对是从你那个时代就有的笑话……

某个大学校长跟几位教授抱怨："你们这些科学家为什么需要这么贵的设备呢？你们为什么不能像数学系一样，只要一块黑板一个废纸篓就行了？哲学系更好，人家连废纸篓都用不着……"嗯，说不定泰德以前就听过了……我想大部分的哲学家应该都听过吧……

好了，反正，帮我跟他问好——而且不要，千万不要跟他辩论！

来自非洲塔的祝福。

记录，储存。

传送——普尔

16

船长的餐桌

这么一位特殊乘客的光临，打乱了歌利亚号原本组织紧密的小世界。不过船员们全都欣然适应了。每天十八时，所有的船员会在船长室集合吃晚餐。若是在零重力状况下大家平均分散在六面墙上，船长室至少可以舒舒服服地容纳三十人。不过大部分的时候，船上工作区会维持月球重力，所以难免会有只能在地板一面用餐——这下子超过八人就嫌太挤了。

在用餐时才打开的半圆形餐桌环绕着自动厨房，只够容纳七个人，其中船长坐在尊位。多一个人就制造了无法避免的难题，于是每次都得有人要单独用餐。经过相当温和的辩论后，大家决定照笔画顺序轮流——不是根据真名，而是绰号。普尔花了好一阵子才习惯："大大"（大副）、"生命"（医药及维生系统）、"星星"（轨道与航行）、"推进"（推进及动力）、"芯片"（计算机及通信）和"螺钉"（结构工程）。

在十天的旅程中，听着船上伙伴说故事、讲笑话和发牢骚，普尔学到的太阳系知识，比在地球上那几个月还要多。船员显然都很高兴有个新来（或许还很古朴）的家伙当认真的一人听众，不过那些想象力比较丰富的故事，普尔则不易体会。

但是，有时很难知道该如何划分界限。没有人真的相信"黄金小行星"的存在，那通常都被当作24世纪的骗局。但是过去五百年来，有十几则水星离子粒团的可靠目击报告，那又该怎么说呢？

最简单的解释就是：那些全跟球状闪电有关，它同样要为地球和火星上那么多的"不明飞行物"负责。有些目击者却信誓旦旦，说在近距离接触之际，"它们"表现出某种目的，甚至企图。胡说八道，怀疑论者响应：那只不过是静电引力而已！

这难免会引起关于宇宙中其他生命的讨论，而普尔发现自己（这已经不是第一次了）会为自己那极端容易上当和怀疑的年代辩护。虽说在他小时候，"外星人就在你身边"的狂热已经冷却下来，但即使到了21世纪20年代，那些声称外星访客曾与自己接触，甚至绑架他们的人，仍令航天总署不胜其扰。他们的妄想因为媒体的煽动利用，而变得更严重。这整个症候群，最后在医学文献中被归类为"亚当斯基妄想症"。

TMA-1的发现，吊诡地结束了这出啼笑皆非的闹剧。因为它证明在某处的确有智慧生物，但显然他们已有好几百万年不曾关心过人类。少数科学家曾辩称：超越细菌层次的生命形式，是一种如此"非必然"的现象，就算不是在整个宇宙中，但至少在银河系里，人类是孤独的。TMA-1则令他们哑口无言、心服口服。

歌利亚号的船员对普尔那个时代的科技较感兴趣，对政治与经济则不然，而且特别着迷于发生在那时的革命：真空能量的驾驭敲响了化石燃料时代的丧钟。20世纪烟雾弥漫的都市，以及石油时代的垃圾、贪婪和令人毛骨悚然的环境灾难，实在令他们难以想象。

"别怪我！"经过一轮批评后，普尔玩笑似的反击，"无论如何，看看21世纪制造的那团混乱吧。"

桌旁响起一阵异口同声的"你这是什么意思"。

"好，一旦所谓的'无限动力时代'上路后，每个人都掌握了数百万瓦又便宜又干净的能源——你们也知道发生了什么事！"

"噢，你是说'热危机'呀，可是后来解决了。"

"在最后关头——你们用反射镜遮住半个地球，把太阳的热能反弹回太空。不然的话，地球现在会被烤得和金星一样焦。"

船员们对于第三千禧年的历史所知极其有限，普尔却对自己时代之后数世纪的事件了如指掌，这让他们惊讶不已（这都要归功于他在星城所受的密集教育）。不过，普尔也很得意地注意到，他们对发现号的日志相当熟悉，那本日志已经成为太空时代的经典记录之一。他们看待它的方式，普尔觉得就像是在看维京人传奇一般；他常得提醒自己，他所处的时代，是介于歌利亚号和首批横越大西洋的船只年代之间。

"在你们的第八十六天，"第五天晚餐时，星星提醒他，"曾经以不到两千公里的距离，经过7794号小行星，还发射了一枚探测器上去，记得吗？"

"我当然记得。"普尔有点冲地答道，"对我来说，那是不到一年前的事。"

"噢，对不起。明天我们会更接近13445号，想不想看看？有自动导航和固定框架，我们应该有个十毫秒的发射窗口。"

一百分之一秒！在发现号上那次的几分钟已经够令人血脉贲张了，而现在，一切竟要以快五十倍的速度发生……

"13445号有多大？"普尔问。

"三十乘二十乘十五米。"星星回答，"看起来像被打烂的砖块。"

"抱歉，我们没有小子弹可用。"推进说，"你有没有想过7794号会反击？"

"从来没想过。不过它提供了许多有用的信息给天文学家，所以还是值得冒个险……不管怎样，似乎没必要为了百分之一秒烦恼。无论如何，还是谢谢你。"

"我了解。看过一颗小行星，就等于全看过了——"

"才不是呢，芯片。我在爱神星上的时候——"

"你讲过十几遍了——"

普尔对他们的讨论充耳不闻。他的思绪回到了一千年前，想着在最后的灾变之前，发现号的任务中唯一令人兴奋的时刻。虽说他和鲍曼都清楚地知道，7794号不过是一块没空气没生命的大石头，但这并不影响他们的感受。这是他们在木星这一侧所能碰到的唯一固体物质，他们看着它：心情像是长期航海的水手，绕着无法登陆的海岸航行般。

7794号缓缓地由这头转到那头，可以看到表面斑驳凌乱散布的光影。有时像个远方的窗户在闪闪发光，如同结晶物质露出的结晶面，在阳光下闪烁……

他也记得，在他们等着看自己瞄得准不准之际，那种不断增强的兴奋感。要打中这么一个小目标并不容易；尤其是它在两千公里外，以每秒二十公里的相对速度移动。

然后，衬着小行星的黑暗部分，突然爆出一阵耀眼的光芒。那颗小小的纯铀二三八子弹以流星的速度撞了上去。在几分之一秒的时间内，它所有的动能都化为热能。一团刺目的白色气体喷入太空，而发现号的摄影机正记录着迅速消失的光谱线，捕捉炽热的原子透露出的信息。几个小时后，地球上的天文学家首度知道了小行星外壳的成分。虽然没有太大的惊讶，但也开了几瓶香槟。

钱德勒船长自己鲜少参加餐桌上的民主讨论。看着船员在这般非正式的气氛下放松、表达自己的感受，他似乎就满足了。只有一条不成文的规定：吃饭时不许讨论正事，如果有技术或操作上的问题，一定要在别处解决。

普尔惊讶地（也有点震撼地）发现，船员对歌利亚号各系统的认识相当肤浅。他问的那些问题应该很容易就可以回答，但他们竟然都叫他去查船上的记忆库。不过不久之后他便了解，在他的时代所接受的那些彻底的训练，已经不再可能了。宇宙飞船的操控牵涉了太多复杂的系统，让人没办法全部专精。专家面对自己的仪器，只要知其然，不必知其所以然。可靠性全依赖不厌其烦的自动侦测，人类介入很可能弊大于利。

幸好，这趟旅程中两者都不需要：当新太阳——太隗盘踞眼前的天空之际，这已经是任何船老大梦寐以求、最平静无事的旅程了。

III

伽利略诸世界

（摘录，纯文字，出自《外太阳系旅行指南》，p.219，第三版）

即使到了今天，那些巨大卫星（同属曾经的木星）仍带着许多未解的谜团。这四个世界虽然都绕着同一颗行星公转，大小也相差无几，但其他许多方面都大不相同，为什么？

只有艾奥（最内侧的卫星）才有令人信服的解释。它是如此接近木星，以至于重力潮汐不断搓揉它的内部，而产生异常大量的热——是啊，这么多的热量，因此其表面呈半融化状态。它是太阳系中火山活动最剧烈的世界，艾奥地图的有效期只有数十载。

虽然人类未曾在如此不稳定的环境中设置永久性的基地，但还是有数不清的着陆行动，以及持续不断的自动监测（2571号探险队的悲壮命运，参见《小猎犬五号》）。

欧罗巴，距离木星第二近的卫星，原本完全为冰所覆盖。除了裂隙造成的复杂脉络外，并未展现多少特征。主宰艾奥的潮汐力的威力，在这里则弱得多，但仍制造出足够的热能，让欧罗巴得以拥有由液态水所组成的全球性海洋，其中演化出许多奇异的生物（参见宇宙飞船钱学森号、银河号、宇宙号）。其实在木星转变为小太阳"太隗"以后，欧罗巴上的所有覆冰就几乎都融化了，而范围广大的火山活动则生成了几座小岛。

众所周知，一千年来，几乎未曾有人登陆欧罗巴，不过人类仍持续监视该卫星。

盖尼米得，太阳系中最大的卫星（直径5260公里），也同样受到新太阳诞生的影响。虽然还没有可供呼吸的大气，但其赤道地区温度已高到足以让地球生物存活。大部分的居民都积极参与改造活动与科学研究，最主要的殖民地为阿努比斯市（人口4.1万），位于南极附近。

卡利斯托则又完全不一样。它的表面布满各种大小的陨石坑，为数之多以致彼此重叠。那样的轰击必定已持续数百万年，因为新的陨石坑已经完全掩盖了旧的。卡利斯托上并无永久基地，但建有数座自动观测站。

17

盖尼米得

弗兰克·普尔睡过头，是件很不寻常的事，不过前一晚他不断被怪异的梦境惊醒。过去与现在纠缠不清，有时他在发现号上面，有时在非洲塔里，有时又回到童年，和一些自以为早就遗忘了的朋友在一起。

我到底在哪里？当他挣扎着要恢复清醒时，他边问自己边像个溺水的人一般挣扎。床的上方恰好有扇窗子，挂着厚度不足以遮住外面光线的窗帘。普尔记起20世纪中期飞行器慢得可以用头等卧舱当广告的时代；那种复古的享受他还未曾尝试过（那时候还有旅行社以此招揽生意呢），不过他不难假想自己此刻正身历其境。

他拉开窗帘，往外看去。不对，他并非在地球的天空苏醒，虽然下方绵延的景致不能说不像南极，但南极却从未沐浴在两个太阳下。当歌利亚号掠过之际,正好是两个太阳同时日出的奇景。宇宙飞船正盘旋在一片略覆着白雪的广袤田地上空不到一百公里处。不过,看来要不是农夫喝醉酒,就是导引仪器发疯了,因为犁沟渠朝着四面八方蜿蜒,有时彼此交错,要不就又掉头回来。岩层上四处点缀着不起眼的灰圈圈,是亘古时流星撞击所留下的阴森洞穴。

所以这就是盖尼米得喽,普尔懒洋洋地想着。人类的最前哨!头脑清楚的人怎么会想住在这里?嗯,我在冬天飞过格陵兰和冰岛上空时,也曾这么问过自己……

这时传来了敲门声,以及一句"我可以进来吗"。也不等他回话,钱德勒船长便自个儿进来了。"还以为会让你睡到着陆呢!那个'航末同欢会'的确比我预期的久了一点,但我可不能冒喋血的危险提早结束。"

普尔哈哈大笑:"太空里发生过喋血事件吗?"

"噢,很多啊!不过不是在我的时代。既然谈起这件事,你不妨说哈尔是始作俑者……对不起,我可能不该——快看,那就是盖尼米得市!"

出现在地平面上的,是看来呈棋盘状交叉的街道,但有稍许不规则。这是殖民地在未经都市规划下,慢慢成长扩张的典型结果。它被一条宽阔的河流分成两半,普尔想起盖尼米得的赤道地区,已经暖到液态水可以存在,这让他回忆起从前看过的一幅中古伦敦木刻画。

他注意到钱德勒兴味盎然地看着他……当他明白这"城市"的尺度之际，那种幻觉便消失了。"盖尼米得的人，"他酸酸地说，"体形一定很大吧，才会把路开成五或十公里宽。"

"有些地方还宽达二十公里呢，厉害吧？其实这都是冰的扩张和收缩造成的。大自然真是奇妙……我可以带你瞧瞧一些更人工的图案，不过没有这个这么大。"

"我小时候，人们大惊小怪说火星上有个人脸。当然了，结果是个被沙尘暴切雕过的山丘……地球的沙漠里就有一大堆类似的。"

"不是有人说，历史总是不断重演吗？在盖尼米得市也是一样，有些疯子还宣称它是外星人盖的。不过只怕它撑不了多久了。"

"为什么？"普尔惊讶地问。

"它已经开始崩溃了，因为太隩融解了永冻土。再过个一百年，你就认不得盖尼米得了……那是吉尔伽美什湖畔——如果你看仔细一点的话——在右边——"

"我看到了。那是怎么回事？就算气压这么低，也不应该是水在沸腾吧？"

"是电解厂，不知一天要生产多少亿兆公斤的氧。氢当然就直接往上升，然后消失，至少我们是这么希望的。"钱德勒愈说愈小声，然后用一种很不寻常的心虚语气重新开始，"下头所有那些美丽的水资源——盖尼米得连一半都用不着！你可别跟人家说，不过我正在想办法弄些到金星去。"

"比推彗星还容易吗？"

"就能量的考虑而言，没错，盖尼米得的最低脱离速度不过每秒三公里。而且省时得多，只要几年就够了，不用等上几十年。但还是有些实际上的困难……"

"我能体会。你要用巨型火箭把水射出去吗？"

"哦，不是。我会利用穿过大气层的高塔，像地球上的那种，不过小多了。把水抽到塔顶，让水冷却到接近绝对零度，再利用盖尼米得的自转把冰往正确方向甩出去。路上会有些蒸发损失，不过大部分都能抵达——有什么好笑的？"

"对不起！我不是笑你的想法，听起来相当有道理。不过你可把我带回鲜活的回忆里了。我们以前有一种庭院洒水器，就是利用水的喷射力让它转个不停。你计划的是一模一样的东西，不过尺度大了点……用的是整颗星球……"

突然，另一个来自过去的影像抹去了一切。普尔记得在亚利桑那的大热天里，在庭院洒水器缓缓喷出的旋转水雾中，他和瑞基很喜欢在会动的云雾里追逐。

其实钱德勒船长比他所假装的更为敏感，他知道何时该离开。

"得滚回船桥去了。"他粗鲁地说，"在阿努比斯市降落时再见了。"

18

大饭店

　　盖尼米得大饭店（在整个太阳系里自然是称作"盖大饭店"）当然一点也不大。而且，它如果能在地球上被评为一颗半星，就已经算是运气好了。只是由于最接近的竞争者也在几亿公里外，所以饭店的管理阶层并不觉得需要非常努力。

　　不过普尔没有怨言。虽然他常希望丹尼还在身边，帮忙处理日常琐事，并和身边那些半智能装置做更有效率的沟通。当房门在（人类）服务生背后关上的时候，普尔感到一阵恐慌。显然服务生对这位贵客的光临感到无比敬畏，以致忘了跟他解释如何操作客房服务。在对没反应的墙壁说了五分钟毫无成果的话之后，普尔终于联系上一个可以了解他的口音及指令的系统。"星际新闻"会怎么报道呢？著名航天员受困于盖大饭店套房，饥寒交迫致死！

还有更讽刺的事。虽说盖大饭店未能免俗地要为唯一的豪华套房命名，但当他被带进"鲍曼套房"的时候，普尔看到同船老伙伴的古典真人尺寸全息像，还是吓了一大跳。他也认得那个影像：他自己的正式肖像也是在那时候制作的，就在任务开始前不久。

普尔很快就发现，歌利亚号上的大部分伙伴在阿努比斯市都有家室，而且他们都急着要在预定停泊的二十天里，让普尔见见他们的另一半。普尔几乎立刻一头栽进这个前哨殖民地的社交与工作中，现在，反而是非洲塔比较像遥远的梦了。

像许多美国人一样，普尔内心深处有着一种对迷你社区的怀旧情感：每个人都互相认识——在真实生活里，而不是网络空间中的虚拟图像。阿努比斯市的人口，比他印象中的旗杆镇的还要少，倒是与此理想相去不远。

三个主要的气压穹顶，每个直径两公里，就矗立在可远眺绵延不断冰原的台地上面。盖尼米得的第二个太阳（过去叫木星）所提供的热远不够融解极冠，而这也是把阿努比斯市建立在这般荒凉地点的主要理由：本城的地基在几个世纪内都不大可能会崩溃。

待在穹顶内部，很容易会对外界环境不闻不问。普尔熟悉了鲍曼套房中的机关以后，发现自己对环境能有为数不多但相当精彩的选择。他可以坐在太平洋岸边的棕榈树下，倾听海浪温柔的呢喃；如果他喜欢，也可以选择热带飓风的怒号。他可以沿着喜马拉雅群峰翱翔，或在水手谷中俯冲。他可以在凡尔赛宫庭院中散步，也能在五六个大城市不同时代的街道上闲逛。就算盖大饭店不是银河系里最为人称道的度假胜地，但这些让人引以为傲的设备，一定会让地球上名气更响亮的前辈旅馆相形见绌。

不过，穿过大半个太阳系来拜访这个奇异的新世界，却沉溺在地球的乡愁里，是有点可笑。尝试了几次后，普尔终于为他愈来愈少的休闲时间拟订了折中方案——为了娱乐，也为了寻找灵感。

没去过埃及是他长久以来的遗憾。现在，他非常高兴能在人面狮身像的目光下放松心情（时间是设定在争议性极大的"修复"之前），并欣赏游客攀爬大金字塔的巨大石块。幻象极其逼真，但渺无人烟的沙漠边缘就是鲍曼套房的地毯，实在很突兀。

然而在上方映衬着的，却是在金字塔盖好五千年后，人类才看到的天空。那不是幻象，而是盖尼米得上复杂且不断变化的现实。

因为这一个世界的自转能力（像其他同伴一样），远在多年前就已经被木星（那颗高挂天空一动不动、由巨大行星中生出的新太阳）给剥夺了。盖尼米得的一侧，永远沐浴在太隗的光芒下。而另一个半球，虽一直被大家叫作"暗地"，但这名字就像更早期的"月球暗面"一般让人容易误解。其实，盖尼米得的"暗地"就像月球的"暗面"一样，有半个"盖星日"的时间能看到老太阳明亮的光芒。

基于一个与其说有用，倒不如说很让人迷惑的巧合，盖尼米得会花上几乎正好一周的时间（七天又三个小时）绕行它的母星一圈。要制定出"盖星日∥地球周"历法的企图，因为曾搞出极大的混乱，而在数世纪前就被废止了。像太阳系其他世界的居民一样，本地人沿用宇宙时，他们用数字为二十四时命名标准日，而非用星期。

由于盖尼米得新生的大气层还非常薄，而且几乎没有云气，天体的运行因而呈现永无止境的壮丽景观。在最接近盖尼米得的时候，艾奥和卡利斯托的大小几乎有地球上所见月亮的一半——这却是艾奥和卡利斯托唯一的共同点。艾奥如此接近太隗，所以只要两天不到便可绕行轨道一圈，甚至几分钟就能显现出可见的移动。卡利斯托比艾奥远三四倍，要花两个盖星日（或十六个地球日）才会悠闲地转完一圈。

这两个世界的实体性质就更不相同了。冻结的卡利斯托，几乎没有受到木星变成小太阳的影响：它仍是一片布满浅浅冰质陨石坑的荒原，这些陨石坑聚集如此紧密，是因为当年木星与土星的巨大重力场相互竞争，竞相吸引着外太阳系的破片，以致整个卫星表面没有一处逃得过不断的撞击。从那时候开始，除了几颗流弹之外，数十亿年以来便一直没有发生过什么事情。

在艾奥上，有些事却每周都发生。如同一位本地哲学家的评论，在太隗诞生前它是地狱——现在呢，则是炼狱。

通常普尔会调整影像，观察这火热的大地，近观火山口内部以及这片大于非洲且不断被火山重塑的陆地。有时，白炽的喷泉会冲入太空中数百公里高，像从死气沉沉的世界中长出来的巨大火树。

熔融硫黄的洪流自火山口与气孔中溢出，其颜色在红橙黄的狭窄光谱中变换，仿如变色龙一般，形成五颜六色的同素异形体。在太空时代的黎明到来前，没有人可以想象真有如此世界存在。虽然从普尔的优势观察点来欣赏，一切都非常迷人，但他也发觉，难以想象有人曾冒险登陆过那块连机器人都裹足不前的世界……

不过他最感兴趣的还是欧罗巴。在和盖尼米得最接近的时候，它几乎和地球那独一无二的月亮一样大，盈亏周期却只要四天。虽然在选择自己独享景观的时候，普尔并没有注意到其象征性，不过现在看起来，欧罗巴悬在另一个亘古大谜——人面狮身像上方的天空，却是再适合不过了。

打从发现号朝木星出发后这一千年来，欧罗巴的改变有多大，就算是普尔指定用原尺寸景观、不用放大效果也看得出来。在伽利略卫星中最小的一颗上，过去一度包覆全球的蛛网状细带与线条如今已经消失，只有两极地带例外。欧罗巴在新太阳所产生的热能之下，那里厚达数公里的全球性冰壳仍然持续不融；而其他地方，恰好在如地球的舒适室温，原始海洋却在稀薄的大气层中蒸发、沸腾。

在既是保护又是阻碍的冰壳融化后，对那些自水中浮出的生物而言，这也是舒适的温度。轨道上的间谍卫星，显示出巨细靡遗的景致，已经发现欧罗巴上有种生物已进化到两栖阶段。虽然它们大部分的时间仍在水里，但"欧星人"已经开始建构一些简单的建筑。

这些都发生在仅仅一千年的时间里，的确十分惊人。但没有人怀疑，解释就藏在最后也是最大的一块石板里——矗立在"加利利海"岸边那座数公里长的"长城"。

也没有人怀疑，石板用自己神秘的方式，守护着它在这个世界进行的实验——就像三百万年前它在地球上进行的一样。

19

人类的疯狂

普琳柯小姐

档案夹——英德拉

亲爱的英德拉——抱歉我连语音邮件都没有寄给你——借口当然一如往常，所以我也懒得说了。

回答你的问题——没错，我目前待在盖大饭店里挺自在的，可是花在这里的时间却愈来愈少，不过我对自己输送到套房里的天空景致很满意。昨天晚上艾奥磁流管上有了一场精彩的表演——是一种木星（我是说太隗）和艾奥之间的放电。很像地球上的极光，不过壮观多了。在我出生以前，电波天文学家就已经发现了这个现象。

既然说到古代——你知道阿努比斯市有警长吗？我认为他们

崇尚拓荒精神有点走火入魔了。让我想起爷爷常说的那些亚利桑那故事……我一定要讲些给盖星人听听……

有件事说起来可能有点蠢——我还不大习惯待在鲍曼套房里。我会忍不住一直回头看……

我怎么打发时间？跟在非洲塔时差不多。我跟本地的知识分子会晤，不过你可能会料想他们人数相当稀少（希望没有人窃听）。而且我也和教育系统（有真实的，也有虚拟的）互动，它似乎相当不错，不过比你所赞同的要更技术导向一点。这也难免，在这么一个陌生的环境里……

不过那让我了解了为什么有人要住在这里。那是我在地球上难得看到的一种挑战——一种使命感，你也可以这么说。

的确，大部分盖星人在这儿出生，所以他们不认为自己有别的故乡。虽然他们——通常——都太礼貌了，不会这么说，但他们觉得"母星"愈来愈颓废了。你们是吗？如果真的如此，你们"地人"（本地人是这么叫你们的）又打算怎么办呢？我见过的一班高中生希望能唤醒你们。他们甚至草拟了一份入侵地球的极机密计划，可别说我没有警告你们……

我去阿努比斯市外面走了一趟，去所谓的"暗地"，永远看不到太隗的地方。我们一行十个人——钱德勒、两名歌利亚号船员和六个盖星人——进入"暗地"，追逐太阳，直到太阳落入地平线，所以那里是真正的夜晚。真神奇——很像地球上极区的冬天，但天空却是一片漆黑……让我几乎觉得自己是在太空里。

我们顺利看到所有的伽利略卫星，还看到欧罗巴"食"艾奥——对不起，是"被食"。当然，这趟旅行是算好时间的，所以我们才看得到……

刚好也看到了太阳系几颗比较小的行星，不过"地月双星"还是最醒目的。我会不会想家？老实说，不会——不过我想念那里的新朋友……

我觉得抱歉的是——还没有和泰德·可汗博士见面，虽然他已经留了好几次话给我。我保证几日内就会跟他——地球日，不是盖星日！

替我问候安德森和丹尼——你知道丹尼现在怎么样了吗？是不是变回人了呢？随信寄上我的爱……

储存

传送

在普尔那个时代，姓名多少会透露出一个人的外表特征，不过三十世代之后，这已经不再准确。结果泰德·可汗博士竟然是位金发碧眼的北欧人，与其让他在中亚草原上驰骋，不如把他摆在海盗船上还比较像回事。不过，他扮演这两个角色都不会太成功，因为他还不到一百五十公分高。普尔忍不住来点业余的精神分析：个子小的人通常都是力求表现的人——这点，由英德拉所给的暗示来看，显然对盖尼米得上唯一的哲学家是很好的描述。可汗也许需要这些特质，以便在这么一个功能取向的社会里求生存。

阿努比斯市小得没办法容纳令人自豪的大学校园——虽说有人相信通信革命让大学校园已成过去式，但这样的奢华在别的世界依然存在。取而代之的是，阿努比斯市有一个更恰当而且同样有数百年历史的学院。这学院还有一小丛橄榄树，除非你自己试着穿过树丛，不然连柏拉图都会信以为真。英德拉说的那个"哲学系除了黑板之外什么都不需要"的笑话，在这个世故的环境里显然不适用。

"这是针对七个人使用而设计的，"当他们在故意设计得令人不太舒适的椅子上坐下来时，可汗博士十分骄傲地说，"因为那是有效互动的最大人数。而且，如果你把苏格拉底的灵魂也算进去，那就是斐多发表他著名演说时的人数……"

"那个关于灵魂不朽的演讲吗？"

可汗博士惊讶的表情，让普尔忍不住笑了起来。

"我毕业前修了一堂速成哲学——排课表的时候，有人觉得我们这些粗手粗脚的工程师应该受一点文化洗礼。"

"听到这种事真让我高兴，这样会让事情容易多了。你知道吗，我还不敢相信我的运气。你到这里来，几乎害我相信奇迹了！我也想过要去地球见你——亲爱的英德拉有没有告诉你我的——呃——沉迷？"

"没有。"普尔不大老实地回答道。

可汗博士看来相当高兴，显然乐得找到一个新听众。

"你可能听过别人称我无神论者，不过那倒也不尽然。无神论是不可证明的，一点也不有趣。无论多不可能，我们永远都没办法确定上帝曾经存在，然而现在却飞到了无限远处，任谁也找不到的地方……像释迦牟尼佛。我没什么立场评论这个主题，我的领域是在一般称之为'宗教'的变态心理学。"

"变态心理学？这样评断很极端了。"

"史有明证。假设你是外星智慧生物，只关心可验证的真理，你发现了某种物种，他们把自己分裂成上千——不对，到现在应该是好几百万的族群，有着各式各样对宇宙源起及行为准则的信仰。虽然许多族群有相同的想法，甚至其中有百分之九十九的想法都重叠，但那剩下的百分之一，仍足以让他们为了教条的细枝末节（对外人来说毫无道理可言）而互相残杀。

"要如何解释这些非理性的行为？古罗马诗人卢克莱修说得好，他说宗教是恐惧的副产品——对神秘且通常不友善的宇宙之反应。对人类的史前时期来说，这也许是一种必要之恶。但为何会比所需要的更邪恶呢？为什么在已经不再必要的时候，仍会流传下来呢？

"我说邪恶——我没夸张，因为恐惧导致残酷。只要了解一点点宗教法庭的历史，就会令自己耻为人类……史上最恶心的一本书就是《女巫的消灭》，几个变态的家伙写的，描述由教廷授权甚至是鼓励的刑求——要从成千的无辜老太婆身上逼出'自白'，然后再把她们活活烧死……教宗自己竟然还写了一篇赞许的序言！

"不过其他大部分的宗教——也有少数一些值得尊敬的例外——就像天主教一样糟糕……即使是你的时代，小男孩还要被锁着、鞭笞，直到他们记住狗屁倒灶的连篇鬼话，被剥夺童年和青壮岁月，去当僧侣……

"也许整件事最令人困惑的一面，就是那些显然是疯子的家伙，一世纪又一世纪地宣称他们——只有他们自己而已！——接收到来自上帝的信息。如果所有的信息都一致，那就天下太平了；不过，各信息间当然都天差地远，也无法阻止自命救世主的家伙召集上百有时甚至上百万的信徒，去和彼此之间只有一点点不同，但同样被误导的其他教派拼命。"

普尔觉得该是挑战泰德的时候了。

"你这么一说，让我想起小时候发生在我家乡小镇的一件事。有个圣人——加引号的——开了个店，宣称他可以制造奇迹，几乎立刻就召集了一群信众。而且，他的信徒既不愚蠢也并非文盲，通常还是来自最好的家庭。每个星期天早上，我都会看见一些高级的车子停在他的——呃——神殿旁边。"

"那叫'拉斯普汀症候群'，史上有几百万个这种例子，遍布每个国家。那种邪教，一千个里面大概会有一个可以流传几代。这个后来怎么样了？"

"嗯，他的对手相当不高兴，想尽办法诋毁他。希望我还记得他的名字——他用了一个很长的印度名字，史哇米什么的。结果这家伙其实是从阿拉巴马来的。他的把戏之一是凭空变出圣物，然后交给崇拜者。无巧不巧，我们当地的犹太法师刚好是个业余魔术师，还公开示范如何变那个把戏。不过一点用也没有，信徒说圣人的魔法是真的，犹太法师就是妒忌他。

"我很遗憾这么说，但有一阵子我妈对那个无赖挺认真的，那是在我爸跑掉之后没多久，说不定那也有点关系。有次她还把我拖去听他讲道。我大概才十岁，却觉得从来没看过长得这么讨厌的人。他留了一把可以养好几只鸟的胡子，搞不好真有鸟儿住在里面哪！"

"听起来像是典型的例子，这家伙风光了多久？"

"三四年吧。然后他急急忙忙离开镇上，因为人家逮到他开青少年性派对。当然他说是在施行神秘的灵魂拯救术。你一定不相信——"

"说来听听。"

"就算都到那个时候了，还是有一堆笨蛋相信他：他们的神不会错，所以他一定是被罗织的。"

"罗织？"

"抱歉，是指用假证据定罪。当其他方法都没用的时候，警察有时候会用这种方法抓犯人。"

"嗯。呃，你那位史哇米是十足的典型，我很失望。不过确实有助于证明我的论点——大部分的人类总是疯狂的，至少有时候如此。"

"旗杆镇的这个例子，是一个不具代表性的抽样。"

"没错，不过我可以举出上千个相同的例子，不只是你的世纪，而是各个时代。不管是多么荒谬的事，都有人愿意相信，通常还非常狂热，宁愿拼命捍卫，也不愿放弃自己的错误观念。对我来说，那是精神错乱的极佳操作型定义。"

"你会认为有强烈宗教信仰的人都是疯子吗？"

"就严格的技术层面来说，是的——如果他们真的都很虔诚，而不是伪君子。不过我估计，大概百分之九十的人都很虚伪。"

"我确定伯恩斯坦法师是真心的，他是我见过的人里面神志最清楚也是最好的人，这你又怎么解释呢？我见过唯一真正的天才，就是钱德拉博士，领导哈尔计划的那位。有一次我进他的办公室去找他，敲门时没人响应，我还以为没人在。

"他对着几尊奇异的青铜小雕像祈祷，前面还供着鲜花。其中一尊看起来像大象……还有一尊不止两只手臂……我觉得很不好意思，幸好他没发现，我就蹑手蹑脚溜出去了。你会说他疯了吗？"

"你举的例子不好，天才通常都是疯狂的！所以让我们这样说：他们不是疯子，但心智受损，那是肇因于童年的制约。基督教徒宣称：'把一个小孩交给我六年，他将一生为我所有。'如果他们及时逮到少年钱德拉，他就会变成虔诚的天主教徒，而不是印度教徒了。"

"可能吧。不过我很困惑，你为什么急着要见我？恐怕我从来就没对任何东西虔诚过。我跟这一切又有什么关系？"

带着明显如释重负的喜悦，可汗博士一五一十告诉了他。

20

离经叛道

记录——普尔

嘿，弗兰克……所以你终于和泰德见面了。没错，你可以叫他怪胎——如果你对怪胎的定义是毫无幽默感的狂热者。不过怪胎通常都是那个样子，因为他们知道一个"极大的真理"——看到我的引号了吗？却没人肯听他们的……我很高兴你肯听他说——我也建议你对他的话认真点。

你说，你很惊讶地发现泰德的公寓里挂了一幅显眼的教宗肖像。那应该是他的偶像，"庇护二十世"吧——我以前一定跟你提过他。去查查他的资料——人家通常都说他叛教！那可真是个动人的故事，而且跟你出生前发生的某件事几乎一模一样。你一定知道戈尔巴乔夫吧，苏维埃帝国的领导者，20世纪末时，因为他揭露了帝国的罪恶与暴行，而使得帝国崩溃瓦解。

庇护二十世并未打算做到那种程度——他原本希望改造宗教界，不过当时已经不可能了。我们永远无法知道他是否打着同样的主意，他公开了宗教法庭的秘密档案，震惊了全世界。在那之后不久，他就被一个精神错乱的主教给暗杀了……

在那之前几十年，宗教界还因TMA-0的发现而震撼不已——想必那件事对庇护二十世有很大的冲击，理所当然也影响了他的行动……

可是你还没有告诉我，为什么泰德这个伪多神论者会认为你有助于他研究上帝。我相信他一定还在生上帝的气，气他躲得那么好。你最好别告诉他我这么说。

不过，再想一想，有何不可？

爱你——英德拉

储存

传送

普琳柯小姐

记录

嘿——英德拉——泰德博士又给我上了一课，不过我仍未告诉他为什么你觉得他在生上帝的气！

但我跟他有些非常有趣的辩论——不，对话，虽然说大部分的时间都是他在讲。真没想到在这么多年工程生涯后，我会再踏进哲学的领域。或许我必须先了解哲学，才能体会泰德的想法吧。不知道他会怎样评断我这个学生。

昨天我尝试从这个角度探讨，想看看他的反应。或许这是原创的方法，不过我挺怀疑的。我想你会有兴趣听——我也想知道你的看法。我们的讨论如下——

普琳柯小姐——复制94号语音文件

"当然，泰德，你不能否认，大部分最伟大的人类艺术作品，灵感都是源于宗教奉献。难道那些也没能证明什么吗？"

"是没错，不过并不是用能让所有善男信女都得到慰藉的方式。人类三天两头就会列出世上最巨大、最伟大和最优秀的种种来自娱。我确定在你那个时候，那是种相当普遍的娱乐。"

"的确如此。"

"在艺术方面，这种著名企图也出现过几次。当然，这样的名单不可能建立起绝对而且永恒的价值，不过倒是很有趣，因为它显示出品位如何随时间而改变。

"我最近看到的一份名单，是几年前在'地球艺术网'上面。分成建筑、音乐、视觉艺术……我还记得几个例子……帕特农神庙、泰姬陵……巴赫的触技曲和赋格曲是音乐的第一名；接下来是威尔第的'安魂弥撒曲'。艺术方面，当然有蒙娜丽莎。然后——我不大确定顺序，斯里兰卡某处的一组佛教雕像，还有英年早逝的图坦卡蒙国王的金面具。

"就算我记得其他的（我当然记不得），那也不重要，重要的是其文化与宗教背景。就整体而言，各艺术领域都没有独钟哪一种宗教——只有音乐例外。那可能纯粹是科技层面的偶发事件：因为风琴以及其他非电子乐器，在基督教西方已臻完善。但是……比方说，倘若希腊人和中国人认真看工艺技术，也就可能完全不是那么回事了！

"可是真正引起争论的，就我所关切的层面，是要公认一件最伟大的人类艺术作品。几乎在每份名单上都一再出现的——是吴哥窟。然而，启发该艺术的宗教早已绝灭数世纪，没有人真正知道那到底是什么宗教，只晓得它有数百位神祇，而非只有独一无二的一位！"

"真希望我可以把这个问题丢给伯恩斯坦大法师，我相信他一定有很好的答案。"

"这点毫无疑问。我也希望自己曾经见过他；然而我也很高兴，他没有活着看到以色列的下场。"

语音文件结束

你听到了，英德拉。希望盖大饭店的服务项目上有吴哥窟——我从来没去过，不过一个人总是不可能要什么有什么……

接下来，是你真正想要我回答的问题……我到这里来，为什么会让泰德博士那么高兴？

如你所知，他深信许多谜题的关键就矗立在欧罗巴上，已经有一千年的时间，没有人得以降落在那里。

他认为我可能会是个例外，他相信我有朋友在那儿。没错，就是戴维·鲍曼，不管他现在成了什么东西……

我们知道他被拉进了老大哥石板，却并未因此身亡——事后又不知怎么办到的，他还造访了地球。但还有其他的事，我本来并不知道，只有很少数的人晓得，因为盖星人对此事羞于启齿……

泰德·可汗花了多年时间搜集证据，他现在已对事实相当肯定——即使还无法解释。至少有六次，大概每隔一世纪，在阿努比斯市就会有可靠的目击者，报告他们看到一个——幽灵，就像海伍德·弗洛伊德在发现号上见到的。虽然这些目击者没有一个人知道那次意外事件，但当他们看到戴维的全息像时，却都能认出他来。六百年前还有另外一起目击事件，发生在一艘极靠近欧罗巴的探勘船上……

分开来看，没有人会把这些案例当真，但放在一起便一目了然。泰德很确定戴维·鲍曼以某种形式存活着，想必和我们称为"长城"的石板脱不了干系。而他还依旧对人类的事情有兴趣。

虽然他并未试图沟通，但是泰德希望我能试着联系他。泰德相信我是唯一做得到的人……

我还拿不定主意，明天我会和钱德勒船长谈谈。会让你知道我们的决定。爱你，弗兰克。

储存

传送——英德拉

21

禁　地

"你相信有鬼吗，迪姆？"

"当然不信，但就像其他明白人一样，我怕鬼。问这干吗？"

"如果不是鬼，我就没做过更逼真的梦了。昨晚我和戴维·鲍曼促膝长谈。"

普尔知道，在需要之际，钱德勒船长会对他的话认真；而他也从没失望过。

"有意思——但这有个再明白不过的解释。你一直住在鲍曼套房里，上苍啊！你也告诉我你自己都觉得毛毛的。"

"我确定——嗯，百分之九十九确定你说得没错，而且我和泰德教授的讨论又唤起了这件事。你有没有听说过，戴维·鲍曼偶尔会出现在阿努比斯市？每隔一百年左右？就像发现号被重新启动之后，他对弗洛伊德博士现身一样。"

"那是怎么一回事？我听过一些模糊的故事，不过没怎么认真。"

"泰德博士可认真得很，我也是——我看过原始记录。当尘云在他身后成形，变成戴维的头像的时候，弗洛伊德就坐在我的老位子上。然后那东西便传达了那则著名信息，警告他赶紧离开。"

"谁不会呢？但那已经是一千年以前的事了，有足够的时间可以作假。"

"何必作假？泰德和我昨天还在看那个记录，我敢拿性命打赌它货真价实。"

"事实上，我同意你的看法。我也听说过那些报告……"

钱德勒愈说愈小声，似乎有点不好意思。

"很久以前，我在阿努比斯市这儿有个女朋友。她跟我说她爷爷看过鲍曼，结果我哈哈大笑。"

"不晓得泰德的名单上有没有这笔记录，你能不能帮他联络你的朋友？"

"呃——最好不要吧。我们已经好多年没说话了。就我所知，她可能在月球，或者火星……不管怎样，泰德教授为什么有兴趣？"

"这才是我真正想跟你谈的事。"

"听来不是好事，说吧。"

"泰德觉得戴维·鲍曼可能还活着，就在欧罗巴上面——不管他变成了什么东西。"

"在一千年之后？"

"喂！看看我吧。"

"一个例子不能算数，我的数学教授常这么说。不过继续说吧。"

"这是个很复杂的故事，也像缺了很多片的拼图游戏。但一般公认，三百万年以前，那块石板出现在非洲的时候，在我们祖先的身上发生了一些关键事件。它标示出史前时代的转折点——工具以及武器和宗教的首度出现……这不可能纯属巧合。石板一定对我们做了些什么。它当然不会光是杵在那儿，等着接受膜拜……

"泰德很喜欢引用一位著名古生物学家的话，他说：'TMA-0在我们的屁股上踢了进化性的一脚。'他辩称这一踢并不是完全朝着我们想要的方向。我们一定要变得那么卑劣丑恶才能生存下去吗？也许是吧……就我对他的了解，泰德认为我们大脑的线路有些基础性的错误，让我们无法进行一致性的逻辑思考。更糟的是，虽说每种生物都需要一定程度的侵略性格才能生存，但我们拥有的却绝对比需要的多得多。也没有其他任何一种生物，会像我们一样折磨自己的同胞。这会是演化上的偶然、遗传学上的不幸吗？

"另一个广为接受的说法是，月球上的TMA-1是为了追踪这个计划，或实验或不管到底是什么东西，并向木星回报——显然木星是'太阳系任务控制中心';那也是为什么另一块石板——老大哥等在那里的原因。在发现号抵达之际，它已经等了三百万年了。到目前为止，同意吗？"

"同意，我一直都认为这是最有可能的理论了。"

"接下来是更为臆测性的事情。表面上看来，鲍曼是被老大哥吞了下去，不过他的某些人格似乎还残存着。海伍德·弗洛伊德于第二次探险木星遇到他之后二十年，他们在宇宙号上再度相遇，弗洛伊德是为了2061年与哈雷彗星的会合才加入任务。至少，他在回忆录里是这么告诉我们的——不过他口述时已经一百多岁了。"

"可能是高龄所致。"

"依照现代的标准就不是了！同样，或许更具意义的，是当银河号迫降在欧罗巴上面时，他的孙子克里斯也有同样怪诞的经历。而且，当然，该处就是那块石板目前所在之地！正被欧星人围绕着……"

"我渐渐了解泰德博士目的何在，现在该我们上场了。整个循环又从头开始，欧星人将被栽培成明日之星。"

"完全正确！一切都吻合。把木星点燃，是为了给它们一个太阳，融化那个冰冻的世界。警告我们保持距离，想必是为了不让我们妨碍它们的发展……"

"我在哪里听过这样的想法？对了！弗兰克——这要回溯到一千年前，回溯到你的时代！'最高指导原则'！那部古老的'星舰'影集可真是有先见之明。"

"我有没有告诉过你，我曾经见过其中几位演员？如果他们现在看到我，一定会很惊讶……我自己对那个不干预政策也常觉得矛盾。当初在非洲的时候，石板对人类所做的显然违背了这个原则。可能有人会说，的确带来灾难性的后果……"

"所以下次运气会比较好——在欧罗巴上！"

普尔干笑几声。

"跟可汗说的一模一样。"

"那他觉得我们该怎么办呢？最重要的是，你又扮演了什么角色？"

"首先，我们得知道欧罗巴上到底发生了什么事，还有为什么。单单从太空中观察是不够的。"

"我们还能怎么办？盖星人发射过去的探测器，在着陆前就统统炸掉了。"

"而且，打从拯救银河号的任务开始，载人宇宙飞船都被某种力场给推偏了，没人知道是哪种力量。很有意思，这证明了不管下面是什么东西，它纯属保护性质，没有恶意。而且——这才是重点，它一定有办法知道来者何人，能够分辨机器人和人类。"

"比我还厉害，有时候我都看不清。继续。"

"嗯，泰德认为，有个人也许可以降落在欧罗巴表面上——因为他的老朋友在那儿，也许他可以影响那股力量。"

迪米特里·钱德勒船长吹了声低沉的、长长的口哨。

"而你愿意冒这个险？"

"对。我又有什么好损失的呢？"

"一艘价值不菲的航天飞机，如果我没猜错的话。你就是为了这个原因，才学飞游隼号的吗？"

"嗯，既然你提起……我是这么想过。"

"我得好好想想。我承认你们勾起了我的兴趣，不过还是有很多问题。"

"因为我了解你，一旦你决定要帮我之后，别人就构不成障碍了。"

22

冒　险

普琳柯小姐——地球所传来的列表优先信息

记录

亲爱的英德拉——我不是故意要那么戏剧化，不过这也许是我由盖尼米得传送出去的最后一通信息。等你收到的时候，我已经在前往欧罗巴的途中了。

虽然这是个仓促的决定，而且没有人会比我自己更惊讶，不过我却非常仔细地考虑过。你也猜得到，泰德·可汗是最主要的原因……如果我没回来的话，就让他去解释吧。

请不要误解我，我绝对没有把这件事当作自杀任务！不过我被泰德的论点说服了九成，他引起了我极大的好奇，如果我拒绝了这个一生只有一次的机会，我永远也不会原谅自己。也许应该说，是两生才有一次的机会……

我将驾驶歌利亚号的单人小航天飞机游隼号——我多么希望能够示范给我那些航天总署的老同事看！根据过去的记录判断，最有可能的结果，就是在我能降落欧罗巴以前，便会被推偏方向。即使如此，我也能学到些东西……

而如果它（想必是当地那块石板，那座"长城"）决定要像过去做掉那些探测器一样处理我，我也不会知道的。我已准备好要冒那个险了。

谢谢你做的一切，诚挚地问候安德森。传回来自盖尼米得的爱——希望下次是来自欧罗巴。

IV

硫黄国度

23

游隼

"目前欧罗巴距离盖尼米得大约四十万公里，"钱德勒船长告诉普尔，"如果你猛踩油门——谢谢你教我这个说法！游隼号可以让你在一小时内抵达。但我不建议这样做，咱们那位神秘的朋友，对这么高速冲过去的任何人都可能会起戒心。"

"同意！我也需要时间思考。我至少会花上几个钟头，而且我仍然希望……"普尔愈说愈小声。

"希望什么？"

"希望在我试图着陆以前，可以和戴维有某种形式的接触，不管他现在变成了什么。"

"对啊，当不速之客总是不礼貌的，就算造访熟人也一样，更何况是对欧罗巴上那些陌生人。说不定你该带点礼物去——古代的探险家都用什么？我记得镜子和玻璃珠一度还挺受欢迎的。"

钱德勒玩笑般的语气，并未成功掩饰他真正的关切，那不只是对普尔，同时也是为了普尔打算借用那昂贵的设备——歌利亚号的船老大终究是要负全责的。

"我还没决定我们该怎么进行。如果你凯旋，我希望沐浴在你的光辉里。可是如果你弄丢了游隼号也丢了自己的性命，我又该怎么说？说你趁我们不注意的时候偷走了航天飞机？恐怕没人会相信吧。'盖尼米得交通控制中心'可是非常有效率的，而且他们也不得不高效！如果你不告而别，他们会立刻找到你，只要一微秒——嗯，一毫秒！除非我事前先呈报你的飞行计划，不然你一定走不了。

"所以我这么打算，除非能想到更好的办法……

"你驾驶游隼号出去，进行最后的资格测验——每个人都知道你早就单飞了。你会进入欧罗巴上方两千公里高的轨道，这相当正常，随时有人这么做，当地的力量似乎也不反对。

"预估飞行总时数是五小时加减十分钟。如果你突然改变主意不想回家，没人能拿你怎么样——至少，盖尼米得上的人办不到。当然，我会暴跳如雷，说这样的航空失误真是太令我震惊等等，诸如此类能让我在往后的侦查庭上更逼真的话。"

"会到那种地步吗？我不希望害你惹上麻烦。"

"别担心，也该是让这儿有点小刺激的时候了。不过只有你我知道这个计划，尽量别和船员们提起，我希望他们看起来——你教我的那个说法是什么？'满脸无辜'。"

"谢了，迪姆——我真的很感激你做的这一切。希望你永远不必后悔，曾在海王星附近把我拖上歌利亚号。"

当船员们为游隼号准备一次原则上短程、例行的飞行任务时，普尔发觉自己的言行举止仍然难免引人怀疑。只有他和钱德勒知道，可能根本就不是那么回事。

不过他也并非像一千年前他和戴维·鲍曼那样，朝全然的未知飞去。游隼号的记忆中储存有高分辨率的欧罗巴地图，可以看出几米宽的细节。他清楚地知道自己要往哪里去；剩下的，就要看他能否打破数世纪以来的禁忌了。

24

脱　逃

"请给我手动控制。"

"你确定吗，弗兰克？"

"非常确定，游隼……谢谢你。"

虽然似乎相当不合逻辑，但是大部分的人都发觉，不管自己的人造后裔心智有多简单，都不得不对它们客客气气。成册成册的心理学专著，以及热门的指南（《如何避免让你的计算机伤心》《人工智能的真实愤怒》），都以人／机礼仪为写作主题。许久以前就已经决定了，无论对计算机粗鲁无礼显得多么微不足道，都应该受到规劝。因为，这很容易就会扩及人与人之间的关系。

游隼号此时已经在轨道上了，一如飞行计划所提出的，安全来到欧罗巴上方两千公里处。一弯巨大的蛾眉占据了眼前的天空，而且即使没有被太隗照到的地方，也被远方的太阳照得一清二楚。普尔无须借助任何光学仪器，就可以看见预定的目的地，它就在平静的、冰冻的加利利海岸边，距离降落在这个世界的第一艘宇宙飞船的骨骸不远处。虽然欧星人早已取走它所有的金属零件，这艘不幸的中国宇宙飞船仍然像纪念碑般凭吊着它的船员；而这个星球上唯一的"村镇"（即使是个外星村落），实在该命名为"钱氏村"。

普尔决定先下降到海面上方，然后再慢慢朝钱氏村飞过去——希望这种方式会显得友善，至少也表示没有攻击性。虽然他自己也承认这个念头实在太天真，却也想不出更好的方法。

然后，突然之间，就在他落到一千公里以下的时候，有人打断了他——并非他期望的那种，却在他意料之中。

"盖尼米得控制中心呼叫游隼号，你已经逾越了你的飞行计划。请立刻告知现状。"

对于这般紧急的要求，很难置之不理，不过在这种情况下，也只好这么办了。

过了整整三十秒，离欧罗巴又近了一百公里后，盖尼米得又重复了信息。普尔再度置之不理，但游隼号则不然。

"你真的确定要这样吗，弗兰克？"航天飞机问道。虽然普尔很清楚是自己的想象，但他可以发誓，它的声音中透着一丝不安。

"相当确定，游隼号。我很清楚自己在做什么。"

那当然不是真的，而且从现在开始，可能要说更多的谎，而且是面对一个更世故的对象。

在控制板边缘，鲜少启动的指示灯亮了起来。普尔露出满足的微笑：一切都按照计划进行。

"这是盖尼米得控制中心！你听得到吗，游隼号？你正使用手动接管操作，所以我无法协助你。怎么回事，为何你仍持续朝欧罗巴下降？请立即回报。"

普尔开始有点良心不安了。他觉得自己认出了那位控制员的声音，而且几乎可以确定，就是那位迷人的女士——当他抵达阿努比斯市之后不久，在市长主办的欢迎会上遇见的那位。她的声音听起来真的很担心。

突然间，他知道该怎样安抚她了，也可以试试原本以为太荒谬而不予考虑的方法。或许还是值得一试，当然不会有负面影响，说不定还能成功。

"我是弗兰克·普尔，自游隼号呼叫。我好得很，但似乎有某样力量接管了控制系统，而且正把航天飞机带往欧罗巴。希望你们能接到这则信息——我会尽可能持续回报。"

嗯，他并不是真的对忧心忡忡的管制员撒了谎，他希望自己有一天能坦荡荡地面对她。

他继续说话，试着让自己的声音听起来非常诚恳，而不是在事实边缘游走。

"重复，这是游隼号航天飞机上的弗兰克·普尔，正朝欧罗巴表面下降。我猜有某种外力控制了我的航天飞机，并会使我们安全降落。

"戴维，这是你的老搭档弗兰克。是你控制了我的飞船吗？我有理由相信你在欧罗巴上。

"果真如此的话，我希望能见到你——不管你在哪里，不管你是什么。"

他压根儿没想过会有人响应。即使是盖尼米得控制中心，似乎也震惊得说不出话来。

但就某个角度而言，他也得到了答案。游隼号仍毫无阻拦地朝加利利海降落。

欧罗巴就在下方五十公里处；现在普尔用肉眼就能看到那条窄窄的黑色条状物，亦即最大的石板的站岗之处（如果它真在站岗的话），它就在钱氏村的外缘。

一千年来，没有人类得以如此接近。

25

深海之火

数百万年以来，这里一直是个海洋世界；隐藏的水由一层冰壳保护，隔绝于真空之外。大部分的地方，冰层均厚达数公里；但也有薄弱之处，冰层会裂开、崩解。之后，两种势不两立的死敌会进行短暂的对抗，那是在太阳系其他世界都见不到的短兵相接。海洋与太空的战争，总是以同样的僵局结束；暴露出来的海水同时沸腾与冻结，修补着冰质甲胄。

如果不是受到旁边木星的影响，欧罗巴的海洋只怕早就统统冻成冰块了。木星的重力不断搓揉这小世界的核心；摇撼着艾奥的力量在此也同样具有影响力，但没有那么厉害。深海中到处都是行星与卫星间角力的证据；在深海地震造成的持续鬼哭狼嚎中，气体由内部尖啸着蹿出，冰崩产生的次声压力波扫过深海的平原。和覆盖着欧罗巴的嘈杂冰洋比起来，即使是闹哄哄的地球七海都显得安静如斯。

　　分布在深海中随处可见的，是会让所有地球生物学家都又惊又喜的绿洲。绿洲绵延长达数公里，周围是一团团纠结的管状物，那是矿质卤水涌出后形成的，像是拙劣的哥德城堡仿制品。从那之中，黝黑滚烫的液体随着缓慢的节奏脉动而流出，像被强有力的心脏压缩着。犹如血液一般，那也是生命的明证。

　　滚烫的流体阻止了由上面渗流而下的冰冷液体，并在海床上形成温暖的岛屿。同样重要的是，它们从欧罗巴内部带来生命需要的所有化学物质。这般富饶的绿洲，供应着丰富的食物与能量，早在20世纪，就已被地球海洋的探险家发现。在这里则以一种更恢宏的规模展现，变化性也大得多。

　　细致且有如蛛网、看来像植物的结构体，在最接近热源的“热带”地区茂密生长着。爬行其间的，则是奇异的蛞蝓和蠕虫。有些在植物上进食，其他则直接从周遭富含矿物质的水中摄取食物。在这些来取暖的生物外围，距离深海之火远一点的地方，则生长着更顽强、更坚韧的生物，看来有点像螃蟹或蜘蛛。

　　成千上万的生物学家，都可以在此花上一辈子的时间，只研究一个小小的绿洲。与地球的古生代海洋不同，欧罗巴的深渊并非稳定的环境。因此，演化以惊人的速度进展，创造出许多神奇的生命形式，而且全部被某种神秘的制裁力量操控着生死。当这股统御力量的重心转移至别处，这些生命之泉迟早会衰弱与死亡。整个欧罗巴海床上，随处可见这种悲剧的明证；数不清的圆形区域内散布着死去生物的骸骨，以及残余的矿物质外壳。在那些地方，演化从生命之书中被成章删去。有些留下了唯一的纪念：巨大的、空荡荡的壳，像是旋涡状的喇叭，比人还要大。还有许多不同形状的蚌壳，有双壳的，甚至三壳的，也有螺旋形、宽达数米的——与地球白垩纪末期海洋中神秘消失的美丽菊石一模一样。

在欧罗巴深海中最大的奇观之间，从巨大的深海火山口中涌流而出的，是炽热的熔岩流。此处的水压如此巨大，使得与红热岩浆接触的水无法瞬间蒸发，这两种液体便剑拔弩张地共存着。

在这个外星世界，由外星演员所主演的埃及故事，远在"人"出现以前便已上演。如同尼罗河为沙漠中的狭长地域带来生命，这股温暖热流也使得欧罗巴的深海生动了起来。沿着河岸，宽不过数公里的地带，一种又一种的生物演化出来，盛极一时，随后消失；有些还会留下永久的遗迹。

通常，那些生物和热流口周围的自然形成物难以区分，就算它们显然并非纯粹由化学作用产生，也令人难以判定究竟是直觉还是智慧的产物。在地球上，只有由白蚁所建造的高楼大厦，才差不多可以媲美被巨大海洋冰封的世界中的这些发现。

在深海荒漠中，沿着窄窄的肥沃地带，整个文化甚至文明都有可能兴起又衰败。在欧罗巴的帖木儿或拿破仑指挥之下，也许有军队行进——或说泅水，而这世界的其他部分却毫无所悉，因为所有绿洲都相互隔绝，犹如行星之于彼此。沐浴在熔岩流的温暖中的生物，与在地热口周遭觅食的生物，都不能穿越介于彼此孤寂岛屿间的蛮荒野地。就算出现过史学家和哲学家，每个文化也将深信自己是宇宙中的唯一。

但在绿洲之间也并非全然是生命荒漠，还有更顽强的生物，能够忍受酷烈的环境。有些是欧罗巴的"鱼"：流线型的身躯，由垂直的尾巴推进，并由沿着身体生长的鳍操控方向。与地球最成功的海洋居民相似，乃是必然：面对同样的工程问题，进化必定会给予一致的解答。看看海豚与鲨鱼，外表几乎一模一样，但在进化树上却相距如此遥远。

然而，欧罗巴海洋中的鱼和地球上的相比，却有一个最明显的不同：它们没有鳃。因为在它们悠游的海水中，没有丝毫氧气可供呼吸。就像地球上地热口周边的生物一般，它们的代谢是以火山环境中所盛产的硫化物为基础的。

也只有极少数生物拥有眼睛。除了熔岩流泻时的闪光，以及偶然可见的、为求偶或追猎所发出的生物冷光，这是个没有光的世界。

这也是个命运多舛的世界。不单因为它的能量来源零星且变幻不定，也因为操控这些能源的潮汐力正不断减弱。就算发展出真正的智慧，欧星人也会被困在火与冰之间。

除非出现奇迹，不然它们会因为小世界终将冰封而灭亡。

太隗，则成就了这项奇迹。

26

钱氏村

在最后一刻，当他宁静地以时速一百公里来到海岸边时，普尔不知会不会功亏一篑。但即使当他沿着"长城"黝黑险峻的表面飞过，也没有遇到任何麻烦。

替欧罗巴的石板取这个名字，真是再恰当不过了。因为，与它自己在地球和月球上的小兄弟不同，老大哥水平地竖立，长度超过二十公里。虽然它的真实尺寸要比TMA-0和TMA-1大上数十亿倍，但比例却一模一样——那数世纪以来，激发许多探讨数字神秘关系的1∶4∶9。

它的垂直面几乎高达十公里，所以有个挺唬人的理论坚称，除了其他的功能外，"长城"还是一面防风墙，保护钱氏村免受偶尔来自加利利海的猛烈暴风袭击。现在的气候已经稳定，暴风不再那么频繁；但在一千年前，对那些刚从海洋中冒出头的生物来说，还真是个很大的威胁。

虽然普尔早已打定主意，却一直拨不出时间去看第谷石板——当年他出发去木星时，那还是最高机密呢。地球的重力，又让奥杜瓦伊峡谷变得那么遥不可及。不过他已看过太多次它们的影像，早已对它们了如指掌（他常常想，又有多少人非常了解自己的手掌呢？）。除了尺寸天差地远外，还真是难以区分TMA-0、TMA-1与"长城"（或者说，列昂诺夫号在木星轨道上遇见的"老大哥"）之间的不同。

根据某些疯狂到近乎真实的理论所云，其实石板只有一个原型，而其他的不论大小，不过是它的投射或影像罢了。普尔注意到"长城"黝黑高耸而无瑕的表面，不禁想起这些论点。待在如此恶劣的环境中这么多世纪，表面上总该有些斑点刮痕吧！但它看起来那么光洁，好像刚被一队擦窗大军仔细擦拭过。

然后他想起，每位去看TMA-0和TMA-1的人，都会有一股无法抗拒的冲动，想摸摸那看来光洁无瑕的表面，但没有人成功过。手指也好，金刚钻头、激光刀也罢——统统斜掠过石板，仿如石板表面覆有一层不能穿透的薄膜。或者说，好像是（这又是另一个热门的理论了）它们并非真正处于这个宇宙，而是和这个宇宙之间相隔着完全无法通过的几分之一厘米距离。

他沿着"长城"从容不迫地绕了一圈，"长城"却完全不为所动。然后他把航天飞机（仍然保持手动，免得盖尼米得控制中心又想"拯救"他）驶近钱氏村的外围，盘旋其上以便寻找最好的地点降落。

透过游隼号小小全景窗看出去的景致，对他而言再熟悉不过了！他在盖尼米得上常检视这些记录，但没想到有天可以亲眼目睹。看来欧星人完全没有城乡规划的概念：在约一公里见方的范围内，四下散布着数百个半球形结构体。有些好小，就算人类小孩待在里面都嫌挤；虽然也有些大到装得下整个家族，但统统不超过五米高。

它们都由同一种材料制成，在双重日光下，闪着白惨惨的光芒。地球上，面对既寒冷又缺乏物质的环境挑战，因纽特人也找到了相同的解决之道。换句话说，钱氏村里的小屋，也都是用冰搭成的。

取代街道的是运河，这对那些仍然未脱离水陆两栖、还会跑回水里睡觉的生物来说，真是再适合不过了。此外，大家也相信，它们还回去进食和交配，不过两种假说都尚未获得证实。

钱氏村享有"冰上威尼斯"的声誉，普尔不得不同意，这还真是个妥帖的描写。然而目光所及，却没有任何威尼斯市民，这个地方看来似乎已被遗弃多年。

还有一件神秘的事：尽管太隗比遥远的太阳明亮五十倍，而且一直固定在天上，欧星人似乎仍被古老的日夜节律锁死了。它们在日落时回到海里，然后随着太阳升起冒出来——虽说亮度其实并没有多大的改变。说不定在地球上也有类似的情节；在那儿，微弱的月亮和明亮得多的太阳，对动物的生命周期有同样的控制力。

再过一个小时就日出了，那时，钱氏村的居民将回到陆地，进行它们慢吞吞的活动——依照人类标准，它们当然是够慢了。驱动欧星人的硫基生化反应，效率比不上为地球绝大多数动物提供动力的氧化反应。即使是树懒都能轻轻松松跑赢欧星人，所以很难说它们有潜在的危险性。这是"好消息"。"坏消息"则是，即使双方都有诚意，试图沟通的过程也将非常缓慢——说不定还会冗长到令人无法忍受。

普尔判断，该是回报盖尼米得控制中心的时候了。他们一定非常紧张，而且他也纳闷，不知他的同谋钱德勒船长应付得怎么样。

"游隼号呼叫盖尼米得。毫无疑问，你们看得到我已经——呃，被带到钱氏村上空，对方似乎没有敌意。这里目前是'太阳夜'，欧星人都还待在水里。我一旦降落，会再呼叫你们。"

普尔让游隼号像片雪花般轻轻降落在一块平坦的冰面上，他相信迪姆一定会以他为荣。他并没有利用游隼号的稳定性取巧，而是用惯性引擎抵消了航天飞机绝大部分的重量——希望正好够重，免得它不小心被风吹走了。

他已经在欧罗巴上了，是千年以来第一人。当老鹰号着陆月球时，不知阿姆斯特朗和奥尔德林是否也有这种飘飘然的感觉？也许他们登月小艇既原始又不聪明的系统，让他们忙得不可开交吧。

游隼号当然都是自动的。小小的驾驶舱里现在非常安静，只有不可避免也是令人心安的电子仪器运转顺畅的沙沙声。当钱德勒的声音——显然事先录好的——打断普尔的思绪时，给了普尔相当大的震撼。

"你成功了！恭喜你！如你所知，我们将于下下周返回柯伊伯带，但你应该有足够的时间。

"五天后，游隼号知道自己该怎么做。有你或没有你都一样，它会自己找路回家。所以祝好运喽！"

普琳柯小姐

启动加密程序

储存

嘿，迪姆，多谢那则令人振奋的信息！用这程序让我觉得好蠢，好像间谍肥皂剧里的特务。在我出生前，那些肥皂剧可热门了；话说回来，它多少有些隐秘性，可能会有用。希望普琳柯小姐下载得够完整……当然，普小姐，我只是开玩笑！

对了，我不断接到太阳系里各新闻媒体一大堆问题，可不可以帮我挡一下？不然转给泰德博士也成，他会乐于与他们周旋……

既然盖尼米得一直监视我，我就不浪费唇舌告诉你我看到些什么了。如果一切顺利，几分钟内我们就会有所行动。欧星人浮出水面时，会发现我早就安安稳稳地坐在这儿，等着迎接它们。到时就知道，这到底是不是个好主意……

不管发生什么事，一千年前张博士和他的伙伴降落在这里时所受到的震撼，是不会发生在我身上的！离开盖尼米得前，我又重新听了一次他那著名的遗言。我得承认，它让我有种阴森森的感觉——没法不去想，不知那样的事有没有可能再度发生……我可不愿像可怜的张博士那样子永垂不朽……

当然，如果出了岔子，我随时可以升空……我刚才又有一个有趣的想法……不知道欧星人有没有历史——任何形式的记录……关于一千年以前，发生在离此不远处的事件？

27

冰与真空

"这是张博士，自欧罗巴呼叫，希望你们听得到，尤其是弗洛伊德博士——我知道你在列昂诺夫号上面……我的时间可能不多了……我把宇宙飞行服上的天线朝向我认为你所在的位置……请将我的信息转送地球。

"钱学森号在三个小时前被摧毁，我是唯一的生还者。利用宇宙飞行服上的无线电——不晓得射程够不够远，但这是唯一的机会。请注意听……

"欧罗巴上面有生命。重复：欧罗巴上面有生命……

"我们平安降落。检查所有的系统，并拉出水管，立刻开始把水汲入推进槽……以免我们必须匆忙离开。

"一切依照计划进行……顺利得令人不敢相信。李博士和我出去检查水管绝缘层时，水槽已经半满。钱学森号停在——当时停在离'大运河'三十米左右远。水管直接从宇宙飞船上伸出来，往下穿过冰层。冰非常薄，走在上面不安全。

"木星那时如一弯新月。我们有五瓦的照明，成串挂在宇宙飞船上，看起来像圣诞树——好美，冰上还有倒影……

"是李博士先看到的——从深处浮起一大团深色物体。起先我们以为是一大群鱼，但实在太大了，不可能是单一生物体——然后它开始突破冰层，并朝我们前进。

"它看起来像一大丛湿淋淋的海草，沿着地面爬行。李博士跑回宇宙飞船去拿相机，我留下来继续观察，并透过无线电回报。那个东西移动得很慢，我可以轻易逃开。我的兴奋大过警觉，还自以为知道它是什么生物——我看过加州外海的海带林照片——我真是大错特错。

"……我看得出它现在有麻烦。这里低于它正常环境的温度一百五十摄氏度，它不可能存活。它一边移动，一边被冻得硬邦邦的——像玻璃般一块块碎裂——但它还是持续朝宇宙飞船前进，像一阵黑色的潮水，移动得愈来愈慢。

"我仍然非常惊讶，没办法好好思考，也无法想象它究竟想做什么。就算朝着钱学森号前进，它看起来还是完全不具威胁性，像——嗯，一小片在移动的森林。我还记得自己在微笑，因为它令我想起莎剧《麦克白》中的勃南森林……

"然后，我才突然意识到危险。虽然它一点恶意也没有——但它很重——就算是在这么低的重力下，它身上的那些冰一定也有好几吨。它正缓慢地、痛苦地爬上我们的起落架……架子开始变形，全是慢动作，好像在梦里——或者说，在噩梦里……

"一直到宇宙飞船开始倾斜，我才了解那东西究竟想干什么，但为时已晚。我们本来可以救自己一命的——只要把灯关掉就成了！

"也许它是向旋光性的，由透过冰层的阳光，驱动它的生物周期。也可能它就像飞蛾扑火一般被吸引过去。我们的聚光灯，一定比欧罗巴上任何东西都要明亮，即使太阳也比不过……

"然后宇宙飞船就垮了。我看见船身裂开，水气凝结形成一团雪花。所有的灯都灭了，只剩下一盏，在一条离地面几米的电缆上来回摆荡。

"我不知道紧接着又发生了什么，我所能记得的下一件事，是自己站在灯的下面、在船骸的旁边，新形成的雪花像细致的粉末般笼罩着我。我可以看到自己的足迹非常清楚地印在上面。我一定是跑过来的，也许才刚刚过了一两分钟而已……

"那棵植物——我还是把它想成植物，一动也不动。不知是否被撞伤了；粗如人臂的大块碎片，像树枝般裂开。

"然后，主体再度动了起来。它抽离船身，开始向我爬来。那时我终于确定这东西是感光的。我就站在这盏一瓦的灯正下方，灯已不再晃动。

"想象一棵橡树——说是榕树更像，它有无数的枝条——因为重力的关系而瘫在地上，还挣扎着在地上爬动。它挪到距灯光不到五米处，然后开始解散，直到形成一个围着我的正圆形。想必是它所能忍受的极限吧——此时，光的吸引力变成排斥力。

"之后好几分钟的时间，它一点动静也没有。不知是不是死了——终于冻僵了。

"然后我看到许多枝条上生出大朵的芽苞，好像在看慢拍快放的花开影片——我认为那些是人头般大的花。

"色彩艳丽的细致薄膜开始绽放了，即使在那种时刻，我还是想着没有人——没有任何'东西'曾经好好看过这些色彩，直到我们把光——我们那些要命的光啊——带到这个世界。

"那东西不知是卷须抑或雄蕊，正羸弱地摆动着……我走到那堵围着我的活墙壁前面，才能看清楚到底发生了什么事。从头到尾，我一点都不觉得这生物可怕。我很确定它没有恶意——如果它真有意识。

"有许多朵花，各在不同的绽放阶段。这会儿它们让我想起蝴蝶，刚刚羽化的蝴蝶——翅膀皱巴巴，依然脆弱——我愈来愈接近真相了。

"但它们冻僵了！才成形便死去。然后，一只接着一只从母体的芽苞上飘落。它们像搁浅在陆地上的鱼一般乱跳一阵——而我终于了解它们究竟是什么了。那些薄膜并非花瓣——而是鳍，或者相似的什么东西。是这个生物的泳行幼虫。也许它一辈子大部分的时间里都附着在海床上，然后送出这些可以移动的后代，去寻找新的地盘，就像地球海洋中的珊瑚一样。

"我跪下仔细看其中一个小生物。绚丽的色彩现在已渐渐消退，变成了无生气的棕色。有些瓣状鳍已经折断了，一结冻就变成脆脆的碎片。但它仍在蠕动，我接近的时候，还想躲开我。我不知它如何觉察我的存在。

"接着我注意到那些'雄蕊'——我所谓的雄蕊——在末端都有着蓝色的亮点。看起来像袖珍的星形蓝宝石，也像扇贝的那串蓝眼睛，能感知光线，却无法形成真正的影像。在我观察时，生气勃勃的蓝色消退了，宝石成了暗淡、普通的石头……

"弗洛伊德博士，或随便哪个在听的人，我没多少时间了；维生系统的警报刚刚响起，不过我快说完了。

"那时我才知道该怎么做。挂着瓦灯泡的那条电缆几乎垂到地面，我拉了几下，灯泡便在一阵火花中熄灭。

"不晓得是不是太迟了，头几分钟，什么事也没有发生。所以我走到那堵围着我的纠结树墙旁边，踢了它一脚。

"慢慢地，这生物自行解散，开始往运河退去。我跟着它一直到河边，它一慢下来，我就再踢几脚以示鼓励，我可以感觉到脚下的冰被碾碎……渐渐接近运河，它似乎也重拾了力气和能量，仿佛知道已经接近自己的老家。不知它能否存活下去，再度发芽开花。

"它穿过冰面消失了，在异星的大地上只留下几只刚死的幼虫。暴露出来的水面冒了几分钟的泡泡，最后又结起保护的冰痂，便与真空隔离了。然后我走回宇宙飞船，看看有没有什么可以抢救——我不想提这件事。

"我只有两个要求，博士。我希望分类学家能用我的名字为这种生物命名。

"还有，当下一艘宇宙飞船回地球的时候，请他们把我的骨骸带回中国。

"几分钟之内，我就要失去动力了——真希望知道到底有没有人收到我的信息。反正，我会尽可能一遍遍重复……

"这是张教授在欧罗巴上，报告钱学森号宇宙飞船摧毁的经过。我们在大运河边着陆，并在冰缘架设水泵——"

28

小黎明

普琳柯小姐

记录

太阳出来了！好奇怪——在这慢慢转动的世界，太阳看起来升得好快！当然当然——太阳太小了，所以马上就整个跳出地平线……不过它对整个亮度没有什么影响——如果不朝那方向看，根本不会注意到天上还有这一个太阳。

不过我希望欧星人注意到了。"小黎明"之后，通常要不了五分钟，它们就会开始上岸。不晓得它们是不是已经知道我在这儿了，还是有点怕……

不——也有可能正好相反。说不定它们很好奇，甚至急着要去看看是什么奇怪的访客来到钱氏村……我倒希望如此……

它们来了！希望你们的间谍卫星在监视——游隼号的摄影机正在录像……

它们动作真慢！和它们沟通恐怕会非常无聊……就算它们想跟我说话……

它们看起来挺像压扁钱学森号宇宙飞船的那个东西，不过小多了……让我想起用五六根细长的树枝走路的小树，有几百根树枝，分权、分权……再分权。就像我们大多数的全能机器人……我们花了多久时间才了解到，发展人形机器人真是件可笑的蠢事；最好的行走方法，就是利用许多小小的"自动脚"！每次我们发明了什么自以为聪明的东西，总会发现大自然老早就想到了……

那些小家伙好可爱，好像在移动的小树丛。不晓得它们怎么繁殖——出芽生殖吗？我没发现它们原来这么漂亮，几乎就和热带鱼一样色彩鲜艳——说不定是为了同样的理由……吸引异性，或者伪装成别的东西唬过天敌……

我有没有说它们像小树丛？就说玫瑰丛吧——它们真的有刺呢！应该有个好理由吧……

我好失望，它们一副没注意到我的样子。它们都朝着村子前进，好像有宇宙飞船来访是每日例行活动似的……只有几只留下来。说不定这招有用……我猜想它们能侦测到声音的震动——大部分的海洋生物都可以——不过这里的大气层可能太稀薄了，无法把我的声音带得太远……

游隼号——舱外扬声器……

嘿，听得到吗？我叫弗兰克·普尔……嗯……我是代表全体人类的和平使者……

让我觉得相当愚蠢，但是，你们有更好的建议吗？这样也好有个交代……

根本没有人注意我，大大小小都朝着它们的小屋爬回去。等它们到了那里，不知道会做什么？说不定我应该跟去看看。我确定会很安全——我的动作快得多喽——

我刚有个好玩的想法。这些生物统统朝同一个方向前进——好像电子学发展完备之前，在住家和办公室之间一天两次通勤往返的人潮。

我们再试试看吧，免得等下它们跑光了……

大家好！我是弗兰克·普尔，是来自地球那颗行星的访客，有人听到我说话吗？

我听到了，弗兰克。我是戴维。

29

机器里的鬼魂

　　弗兰克·普尔先是惊讶无比，随后感到排山倒海般的喜悦。他从未真的相信能达成任何接触，不管是和欧星人或是和石板。事实上他甚至还幻想过，自己充满挫折地踢着那高耸黝黑的"长城"，生气地大吼："到底有没有人在家呀？"

　　但他也不该那么诧异，一定有某个智慧生命监测着来自盖尼米得的他，并同意他降落。当初他应该对泰德·可汗说的话更认真一点。

　　"戴维，"他慢慢地说，"真的是你吗？"

　　除了他还有谁？他心中有个声音自问。但那倒也不是个蠢问题，因为来自游隼号控制板小扬声器的声音，带着诡异，或说不自然的机械腔。

"没错，弗兰克。是我，戴维。"

略停了一下，然后同一个声音，语调没有任何改变，继续说道：

"嘿，弗兰克，我是哈尔。"

普琳柯小姐

记录

嗯，英德拉、迪姆，真庆幸我把那些都记录下来了，不然你们一定不相信我……

我猜自己还没从震惊中恢复。首先，对一个试图——也确实动了手——杀掉我的家伙，即使是一千年前，我该有何种感受！但我现在了解了，不该责怪哈尔，不该责怪任何人。有句忠告是我常觉得有帮助的："袖手旁观并不代表不安好心。"我总不能对一群不认识的程序设计师生气，何况他们都死了好几个世纪了。

真庆幸这是加密的档案，因为我不知道该怎么处理这件事，而且接下来有许多我要告诉你们的事，到头来可能会变成百分之百的废话。我已经受不了信息超载了，得叫戴维暂时别理我——在我历尽千辛万苦来找他之后！但我不觉得伤了他的感情，我连他还有没有感情都不确定……

他是什么东西呢？问得好！嗯，他是戴维·鲍曼没错，但剥除了大部分的人性。像——呃——像书籍或科技论文的大纲。你们也知道，摘要可以提供基本信息，却不能提供任何有关作者人格特质的线索。但还是有些时候，我觉得老戴维的某些部分仍然存在。我不会把话说得很满，自认为他很高兴再见到我——说是不痛不痒还比较接近……对我自个儿来说，我还是很迷惑。像与久别的老友重逢，却发觉他已经变了一个人。唉，已经一千年了——我也无法想象他有些怎样的经历，不过就像我现在要让你们看的，他正试着要把其中一部分与我分享。

而哈尔——他也在这里，这点毫无疑问。大半时间里，我无法区分到底是谁在和我说话。在医学上不是也有双重人格的例子吗？说不定就是那样的情形吧。

我也问了他，这是怎么发生在他俩身上的，而他——他们——该死，就叫哈曼吧！哈曼也试着解释。我要再次声明：我可能不完全正确，但这是我心里唯一说得通的解释。

当然，有着多重面貌的石板是把钥匙——不对，这样讲不对。不是有人说过它是"宇宙的瑞士军刀"吗？现在还有这种东西，我注意到了，虽然瑞士已经消失好几个世纪了。它是个全能装置，可以做任何想做的事，或者被设定去做的事……

当年在非洲，三百万年前，它在咱们的进化上补踢了一脚，也不知是好是坏。然后它在月球上的小兄弟，就等着我们从摇篮里爬出来。我们早就猜到，而戴维也证实了。

我说过他没有多少人类感情，但他仍保有好奇心——他想学习。他碰到的是个多好的机会啊！

木星石板吸收他的时候——想不出更好的形容词了，它的收获超过预期。虽然它利用他——显然拿来当标本，也是调查地球的探测器——他也一样在利用它。透过哈尔的协助——谁又能比超级计算机更了解超级计算机呢？——鲍曼探索它的记忆，并试图找出它的目的。

接下来是件令人难以置信的事。石板是部威力强大的机器——看它对木星干了什么好事！——但仅此而已。它自动运转，没有意识。记得有次我在想，或许我会踢"长城"一脚，咆哮道："到底有没有人在家呀？"而标准答案是：除了戴维和哈尔，没有别人了……

更糟的是，它的某些系统已经不行了。戴维甚至认为，基本上来说它变笨了！或许它已经太久没人照顾，该是维修的时候了。

而他相信，石板至少判断错误过一次。这样说可能不对——说不定它是慎重、仔细考虑过的。

不管怎么样，它——唉，真的很可怕，而它的后台更恐怖。幸好，我能让你们看到这一点，所以你们能自行决定。是的，纵使这是发生在一千年前，列昂诺夫号进行第二次木星任务的时候！而这么长的时间里，从没有人猜到……

我真的很高兴你们替我装了脑帽。当然它是件无价之宝——实在不能想象没它的日子要怎么过——但现在它正处理着超越原始设计的工作，而它表现得可圈可点。

哈曼大概花了十分钟才弄清楚脑帽如何运作，并设好界面。现在我们是心智对心智的接触——对我来说压力很大，我可以告诉你。我得不断叫他们慢下来，用幼稚的语句，或者说是幼稚的思绪……

我不确定这能传输得多完整，这是戴维个人的经验记录，已经有一千年历史了，不知如何储存在石板庞大的记忆中，再被戴维抓到，并灌输进我的脑帽——别问我怎么办到的——最后利用盖尼米得控制中心转送并传给你们。希望你们下载的时候别头痛才好。

现在回到21世纪早期，戴维·鲍曼在木星上……

30

泡沫风光

百万公里长的磁力触须、无线电波的突然爆炸、比地球还要大的带电离子体，还有替整颗行星覆上绚丽光辉的云朵，对他来说都同样真实且清晰可见。他能了解它们之间复杂的互动模式，也心领神会木星其实远比众人所揣测的更加美妙。

当他坠落过"大红斑"的暴风眼，这片宽如大陆的雷雨区中，无数的闪电在他身边爆炸；纵使大红斑的成分是比地球的飓风稀薄多了的气体，他也"知道"为何它能持续数世纪。当他沉入较平静的深处时，氢风微弱的尖啸也渐趋无声，一阵白茫茫的雪花自高处飘落，有些已融入碳氢化合物泡沫所形成的、不可思议的山峦中。这里已经够暖和，可以容许液态水存在，却未曾出现过海洋；因为这纯粹的气体环境，稀薄到无法支撑水分。

他穿过层层云朵，直到进入一片清晰区域，那儿能见度之高，连人类的眼力都能看到一千公里之外。那不过是大红斑这巨大旋涡中的一个小气旋，它保护着一个秘密，人类虽然猜测已久，却未能证实。

沿着漂流的泡沫山峦游移的，是无数娇小却线条分明的云朵，大小都差不多，并镶有相似的红棕夹杂的斑点。在与行星尺度的周遭环境相比时，它们才显得娇小；事实上，即使是最小的也足以掩蔽一座中型城市。

那些显然是生物，因为它们正从容地沿着泡沫山峦的侧面缓缓移动，把那些斜坡啃得精光，仿如巨大的绵羊。它们也会以数米的波段呼叫彼此，衬着木星发出的噼啪声及震荡，那些电波语言显得微弱却清晰。

简直就是活生生的气囊，在酷寒巅峰与炙热深渊间的狭窄区域中飘浮着。狭窄，没错——却是一片比地球任何生物圈都庞大的领域。

它们并不孤独。穿梭于它们之间的，是其他小得多、让人容易忽略的生物。其中有一些，和地球的飞行器有着几乎不可思议的相似外形，大小也差不多。那些同样也是生物——可能是掠食者，可能是寄生者，甚至可能是放牧者。

如他在欧罗巴上瞥见的外星异类，在他面前展开的是进化史上全新的一章。有着喷射推进的鱼雷形生物，就像是地球海洋里的乌贼，正在猎捕并吞食着巨大气囊；但气囊也并非毫无防卫能力，有些会用雷电霹雳和链锯般长达数公里的有爪触须反击。

还有更奇怪的形状，几乎开发了几何学上所有的可能性：奇怪的、半透明的风筝，四面体、球体、多面体、纠缠不清的丝带……木星大气层中的巨大浮游生物，就像是为了飘浮，有如上升气流中的蛛丝，直到能够留下后代。然后它们会被扫入深处，被新的一代碳化、回收。

他在一个比地球表面大上百倍的世界中寻觅，虽然看见了许多奇妙事物，却没有任何智慧的迹象。大气囊的电波语言仅仅传达着简单的警告或恐惧。即使是猎者，那些或许能发展出较高级组织的生物，也像地球海洋中的鲨鱼般，只是没有心智的机器人。

尽管有着令人咋舌的尺寸与奇景，木星的生物圈仍是个脆弱的世界。除了雾气与泡沫之外，那儿还有一些脆弱的丝线及薄如纸的组织，只有少数的结构比肥皂泡坚韧；即使是地球上最软弱的食肉动物，也可以轻易撕裂那儿最恐怖的掠食者。

就像欧罗巴的放大版，木星是进化的死胡同。意识永远不会在这儿出现；即使真的出现了，也会活得很痛苦。或许这儿可以发展出纯粹的空气文明，但在一个不可能有火，且几乎不存有固体的世界里，它连石器时代都到不了。

31

温 床

普琳柯小姐

记录

嗯，英德拉、迪姆——希望传得很完整。我还是难以置信，所有那些奇妙的生物——我们早该接收到它们的无线电了，就算我们不懂！——全在瞬间被消灭，以便把木星变成太阳。

我们现在知道原因了，那是为了要给欧星人一个机会。多无情的逻辑！难道智慧真的是唯一吗？我可以预见和泰德·可汗就此主题大打舌战——

下个问题是：欧星人及格了吗？还是它们会永远困在幼儿园——不，在托儿所里？虽说一千年是段短时间，总该有些进步才对。但根据戴维的说法，欧星人现在就和刚从水里出来时同一副德

191

行。仍有一只脚——或者说一根树枝！——留在水里，也许这就是症结所在吧。

还有件事是我们彻底弄错的，我们以为它们跑回水里睡觉，正好相反——它们是回去进食，上岸以后才睡觉！我们也可以从它们的构造——那些树枝网，推测出它们捕食浮游生物……

我问戴维："那些小屋呢？难道不是科技上的进展吗？"他说不尽然——那不过是把原本盖在海床上的建筑物加以改良罢了，用来抵御各种掠食者，尤其某种长得像飞毯，大得像足球场的……

不过，它们倒在一个领域表现出主动性，甚至原创力。欧星人对金属着迷，想必是因为它们的海洋中，金属并不以纯物质形式存在。那是钱学森号被扒光的原因，偶尔掉进它们领域的探测器也有同样下场。

它们拿搜集到的铜啊，铍啊，钛啊干什么？恐怕没什么用。金属统统被堆在一个地方，经年累月的成绩相当可观。它们可能渐渐发展出美感——我在"现代艺术馆"还看过更烂的……不过我有另外一个理论——听过"航机崇拜"没有？在20世纪，少数仍然存在的原始部族会用竹子仿造飞机，希望借此吸引那些在空中飞翔、偶尔带给他们美妙礼物的大鸟。或许欧星人也有这种想法吧。

至于你一直问我的问题……戴维是什么？而他——还有哈尔，又怎么会变成现在这副德行？

最简单的答案，他们当然都是石板巨大记忆中拟态——仿真出来的。他们大半的时候都呈休眠状态；当我向戴维问起这件事的时候，他说自从一千年前的——呃，蜕变之后，自己总共才被"唤醒"了五十年——他是这么说的。

我问他是否憎恨被夺走生命。他说："我有什么好恨的？我的功能好得很。"对，口气就跟哈尔一个调调！但我相信那是戴维——如果现在两者还有区别的话。

记得那个"瑞士军刀"比喻吗？哈曼就是这把宇宙瑞士军刀众多零件的其中一个。

但他也不是完全被动的工具，当他醒着的时候，也有些自主权，一些独立性——想必也在石板主宰预设的限制中吧。数世纪以来，他被当成某种智慧探测器去观测木星——如你们方才所见——以及盖尼米得和地球。这就证实了佛罗里达那些神秘事件，包括戴维昔日女友的目击；还有他母亲临终前护士见到的……还有阿努比斯市的接触。

这也解释了别的神秘事件。我直截了当地问他："为什么我得以降落在欧罗巴上？几世纪以来别人不是都被赶跑了吗？我都做好心理准备了。"

答案真是简单得可笑。石板常常利用戴维——哈曼——注意我们的行动。我被救起的经过戴维一清二楚，甚至还看了一些我在地球还有阿努比斯市的媒体访问。不得不说我有点伤心，因为他竟然没有试着和我联系！不过至少在我抵达的时候他热忱欢迎……

迪姆，在游隼号离开以前——不管有没有我，我还有四十八小时。我想我不需要了，现在我已经和哈曼联系上了，就算是从阿努比斯市，我们也可以同样保持联系……只要他高兴。

而且我急着要尽快回到盖大饭店去，游隼号是艘优异的小宇宙飞船，但是水管设备可以再改进——这里已经开始有怪味，我想洗澡想疯了。

希望赶快见到你们——尤其是泰德·可汗。回地球以前，我们可有的聊了。

V

终曲

32

安逸的绅士

大体上来说，这是虽有趣却平静无波的三十年，偶尔穿插着时间之神与命运之神带给人类的喜悦与哀伤。最大的喜悦完全是在意料之外；事实上，在他出发去盖尼米得前，普尔一定会斥之为无稽之谈。

有句成语说"小别胜新婚"，还真是大有道理。当他和英德拉·华莱士再度见面时，发现尽管他俩常拌嘴、偶尔意见不合，但两人却比想象中更为亲密。好事总是接二连三——包括他们共同的骄傲，棠·华莱士和马丁·普尔。

现在才成家已嫌太晚，更别说他已经一千岁了。而安德森教授也警告他们，传宗接代也许不可能，甚至更糟……

"你比自己想象中还要幸运得多，"他告诉普尔，"辐射损害低得惊人。用你未受损的DNA，我们得以完成一切必要修复。不过在做更多检验前，我无法保证基因的完整性。所以，好好享受人生吧！但在我说OK前，可别急着生小孩。"

那些检验相当费时，正如安德森担忧的，还需要进行更多修复工作。有个很大的挫折：虽然在精卵结合后数周，他们仍容许他留在子宫里，但那是一个根本无法存活的生命；不过后来的马丁和棠却很完美，有着数目正确的头、手、脚。他们也同样俊美慧黠，而且差点就要被那对双亲给宠坏了。在十五年之后，他们的父母虽选择了各自独立生活，但仍是最好的朋友。因为他们的"社会成就评估"极佳，他们一定可以获准，甚至被鼓励再生一个孩子，但是他们决定不要把自己惊人的好运用光。

在这段时间里，有件悲剧为普尔的生活带来阴影——事实上，也震撼了整个太阳系：钱德勒船长和他的全体组员都失踪了。当时他们正在探勘的一颗彗星星核突然爆炸，歌利亚号被彻底摧毁，只能找到几块小碎片。这种由极低温中的不稳定分子所引起的爆炸反应，是彗星采集这一行中众所周知的危险，在钱德勒的职业生涯里也遇到过好几次。没人知道到底是怎样的情况，才会让如此经验丰富的航天员也措手不及。

普尔对钱德勒万般思念：他在普尔的生命中，扮演着独一无二的角色，没有人可以取代——没有人可以，除了戴维·鲍曼，那个与普尔分享重要冒险经历的人。普尔和钱德勒常计划再回到太空，也许一路飞到欧特彗星云，那儿有着未知的神秘，与取之不尽、用之不竭的冰。但行程上的抵触总是阻挠了他们的计划，所以这个期待就成了永远无法实现的梦。另一个渴望已久的目标，他则设法办到了：不顾医生的嘱咐，他下到了地球表面，而一次已经足够。

他旅行时搭乘的交通工具，和他自己那个时代半身瘫痪病人所使用的轮椅几乎一模一样。它具有动力，配着气球制的轮胎，可以让它驶过还算平坦的表面。借着一组强有力的小风扇，它还可以飞起大概二十公分高。普尔很惊讶这么原始的科技还在使用，不过把惯性控制装置用在这么小的尺度上，也嫌太笨重了。

当普尔舒舒服服地坐着飞椅下降至非洲中心的时候，他几乎感觉不出体重逐渐增加，虽然他注意到呼吸变得有点困难，不过他在航天员训练中还碰过更糟的状况。让他完全没有心理准备的，是在驶出巨大、高耸入云的非洲塔底层时，那阵袭击他的炙热焚风。

现在不过是早上而已，到了中午会是什么样子？

他才刚习惯那种酷热，却又被一阵气味围攻。无数种味道，并没有令人不快，却都非常陌生，纷扰着要引起他的注意。他闭上眼睛，以免输入回路超载。

在决定再度睁开眼睛以前，他感到有个巨大、湿润的物体轻触他的颈背。

"跟伊丽莎白打个招呼。"向导说道。他是个结实的年轻小伙子，穿着传统"伟大白人狩猎者"的服饰，看起来花哨大于实用。

"她是我们的迎宾专员。"

飞椅上的普尔转过头去，发现自己与一只小象神采奕奕的双眼对个正着。

"嘿，伊丽莎白。"他软绵绵地回应道。伊丽莎白扬起长鼻子致意，发出一种在有礼貌的社会里不常听到的声音，不过普尔很确定她是出于善意。

他待在地球表面的时间，加起来还不到一小时。他一直沿着丛林边缘前进，那儿的树木和空中花园相比，是丑了点儿；他还遇到许多当地的动物。他的向导为狮子的友善而道歉，它们都被游客宠坏了；但是表情却大大补偿了他。这儿可是活生生、一如往昔的大自然。

在返回非洲塔前，普尔冒险离开飞椅走了几步。他了解那等于让自己的脊椎承受全身的重量，不过也没什么大不了的。如果不去试试看，他永远不会原谅自己。

那还真不是个好主意，也许他应该挑比较凉快的时候尝试才对。才走了十几步，他就庆幸地坐回舒适的飞椅上。

"够了。"他疲倦地说，"咱们回塔里去吧。"

驶进电梯大厅时，他注意到一面招牌，来时因为太兴奋，所以不知怎的忽略了。上面写着：

欢迎来到非洲！

"荒野即世界原貌。"

亨利·戴维·梭罗（1817—1862）

向导注意到普尔兴味盎然的样子，问道："你认识他吗？"

这种问题普尔听得多了，此刻他并不打算面对。

"我想我不认识。"他疲倦地回答。大门在他们身后关上，把人类最早故乡的景物、气息与声音全都隔绝在外。

这番垂直的非洲历险，满足了他拜访地球的心愿，当他回到位于第一万层的公寓（就算在这个民主社会中，这里也是显赫的高级住宅区），他也尽了最大努力忽略各种酸痛。然而，英德拉却被他的样子吓到了，命令他立刻上床去。

"像安泰俄斯——但正相反！"她阴沉地咕哝。

"谁？"普尔问道。妻子的博学有时让他招架乏力，但他早就下定决心，绝不因此而自卑。

"大地之母盖亚的儿子。赫拉克勒斯跟他摔跤，但是每次他被摔到地上，力气马上就恢复了。"

"谁赢了？"

"当然是赫拉克勒斯。他把安泰俄斯举高，大地老妈就不能帮他充电了。"

"嗯，相信替我自己充电要不了多少时间。我得到一个教训：

如果再不多运动，我可能就得搬到月球重力层喽。"

普尔的决心维持了整整一个月：每天早上他都在非洲塔中选个不同的楼层，轻松地健行五公里。有些楼层仍是回音荡漾的巨大金属沙漠，可能永远也不会有人进驻；而其他楼层却在数世纪以来种种不相协调的建筑风格中造景与发展。其中许多取材自过去的时代与文化；那些暗示未来的，普尔则不屑一顾。至少他不至于会无聊，他的徒步旅程中常有友善的小朋友远远相伴。他们通常都没办法跟得上他。

有一天，普尔正大步走在香榭丽舍大道（挺逼真却游人稀少）的仿冒品上，他突然发现了一张熟悉的面孔。

"丹尼！"他叫道。

对方毫无反应，即使普尔更大声再叫他一次，也没有用。

"你不记得我了吗？"

现在普尔追上他了，更加确定他是丹尼，但对方却一副困惑的模样。

"抱歉，"他说，"当然，你是普尔指挥官。不过我确定咱们以前没见过面。"

这回轮到普尔不好意思了。

"我真笨。"普尔道歉后又说，"我一定认错人了。祝你愉快。"

他很高兴有这次相遇，也很欣慰知道丹尼已回到正常社会。不管他曾经犯的罪是冷血凶杀，或是图书馆的书逾期未还，他的前任雇主都不必再担心了，档案已经了结。虽然普尔有时会怀念年轻时乐在其中的警匪片，但他也渐渐接受了现代哲学：过度关切病态行为，本身就是一种病态。

在普琳柯小姐三代的协助之下，普尔得以重新安排生活，甚至偶尔有空可以轻松一下，把脑帽设定在随机搜寻，浏览他感兴趣的领域。除了他周遭的家人之外，他主要的兴趣还是在木星／太隗的卫星方面；自己是这个主题的首席专家，也是"欧罗巴委员会"的永久会员，倒并不是主要的原因。

在几乎一千年前成立的这个委员会，是为了那颗神秘的卫星，为了研究我们能为它做些什么，又该做些什么——如果真能有所作为。这么多世纪以来，委员会已累积了极大量的信息，可以追溯到1979年旅行者号飞掠之后的粗略报告，以及1996年伽利略号宇宙飞船绕轨提出的第一份详细报告。

就像大部分的长寿组织一样，欧罗巴委员会也逐渐僵化，如今也只在有新发展的时候才聚会。他们被哈曼的重现给吓醒，还指定了一个精力旺盛的新主席，该主席的第一个动作就是推举普尔。

虽说普尔只能提供一点点记录以外的数据，但他相当高兴能加入这个委员会。显然让自己有所贡献是他的责任，而这也提供了他原本缺乏的正式社会地位。之前他处在一度被称为"国宝"的状况，让他觉得有些不好意思。过去动荡不安的年代中，人民无法想象的富裕世界，正供给他过着豪华的生活；虽然他也乐于接受，但还是觉得该证明自己的存在。

他还感受到另一种需求，甚至是他对自己都极少提及的。哈曼在他们那次奇异会面中对他说话，一晃眼已经是二十年前的事了。普尔很确定，只要哈曼高兴，他大可轻轻松松地再度与自己说话。是不是他已经对与人类接触不再感兴趣了呢？希望不是那样，不过或许这是他缄默的原因之一。

他常和泰德·可汗联络，泰德的活跃与尖刻一如往昔，现在还是欧罗巴委员会驻盖尼米得的代表。自从普尔回到地球之后，可汗就不断尝试打开和鲍曼之间的沟通渠道，却都白费力气。他真搞不懂，他送出了一长串关于哲学与历史的重要问题，鲍曼怎么可能连简短的收件确认都不回。

"难道石板让你的朋友哈曼忙到连和我说话的时间都没有？"他对普尔抱怨，"他到底怎么打发时间啊？"

这是个挺合理的问题。自鲍曼处传来的答案却犹如晴天霹雳，形式则是普通至极的视频电话。

33

接 触

"嘿，弗兰克，我是戴维，有一件很重要的事要告诉你。我假设你此时正在非洲塔上自己的套房里；如果你在那里，请证明身份——说出我们轨道力学课程教官的名字。我会等六十秒，如果没有响应，一小时后我会重试一次。"

那一分钟几乎不够让普尔从震撼中恢复。他感到既惊又喜，但随即被另一种情绪取代。真高兴又听到鲍曼的音信，但那句"很重要的事"却显然不是个好兆头。

至少他运气不错，普尔告诉自己。鲍曼问的，是少数几个他还记得的名字。他们要花上整整一周，才能适应那个苏格兰佬的格拉斯哥腔，谁又忘得掉他呢？不过一旦你了解他说的话之后，才会知道他可真是个好老师。

"格瑞格里·麦可维提博士。"

"正确，现在请将脑帽的接收器打开。下载这则信息需要三分钟，不要试图监视，我用的是十比一压缩。会在两分钟之后开始。"

他怎么办到的？普尔纳闷。木星／太隗现在位于五十光分之外，所以这则信息一定在一个小时前就送出了。必定是连同一个智能型代理程序，一起包在写好地址的封包里，随着欧罗巴至地球的电波送出来。但这对哈曼来说定是小事一桩，石板里显然有许多资源可供他利用。

脑帽上的指示灯闪了起来，信息传过来了。

照哈曼所用的压缩比例看来，普尔要解读这则信息得花上半个小时。但他只花了十分钟，就知道自己平静的生活已经戛然而止。

34

决　断

在这么一个通信无远弗届且毫无延迟的世界里，要不泄密是很困难的。普尔当下便决定，这是个需要面对面讨论的问题。

欧罗巴委员会抱怨了一阵，但所有的成员还是集合在普尔的公寓中，一共有七个人。七是个幸运数字，长久以来不断迷惑人心，无疑是源自月球七个相位的启示。普尔还是头一次见到委员会其中三位成员，不过现在他对他们一清二楚，这也是他安装脑帽前不可能做到的。

"奥康诺主席，各位委员，在你们下载这则来自欧罗巴的信息前，我想先说几句话，几句就好，我保证！我希望能够口头报告，这样我比较自然——我对直接的思想传输，恐怕永远不会有安全感。

"正如各位所知，戴维·鲍曼和哈尔是以拟态的形式，被储存在欧罗巴的石板中。显然石板不会丢弃曾经有用的工具，而且常会启动哈曼，监视我们的活动——当他们关心的时候。我觉得我的抵达引起了关注，不过也可能只是我自抬身价！

"但哈曼并非只是个被动的工具。戴维的成分仍保有某些人格，甚至情绪。因为我们曾一起受训，甘苦与共那么多年，显然他觉得和我沟通比和别人沟通来得容易。我宁愿相信他乐于如此，但也许这个用词太强烈了……

"他也有好奇心，喜欢追根究底，而且可能对自己像个野生动物标本般被搜集的方式有点恼火吧。在制造了石板的那些智慧生物眼中，也许我们不过就是野生动物罢了。

"这些智慧生物如今何在？哈曼显然知道答案，还是个令人毛骨悚然的答案。

"如同我们向来所猜测的，石板是某种银河网络的一部分。最接近的节点——石板的控制者，或说顶头上司，就在四百五十光年外。

"简直就是兵临城下！这意味着21世纪早期传输出去的、关于人类和人类活动的报告，已经在五百年前就被送到了。如果石板的——就说'主人'吧，立刻响应的话，任何进一步的指示，差不多该在这个时候抵达。

"显然这就是目前发生的事。过去几天，石板接收到一连串的信息，想必也依照那些信息设定了新的程序。

"不幸的是，哈曼对那些指示的本质只能猜测。你们下载这光片后就会了解，他多少能够使用石板的回路和记忆库，甚至还能和它进行某种对话。这样讲不知对不对，因为要两个人才能叫对话！我一直不能体会，拥有那些力量的石板竟然没有意识，甚至不知道自己的存在！

"这个问题哈曼已经断断续续沉思了一千年，而他得到的答案和我们大部分的人得到的一样。但他的结论应该更有分量，因为他有内线消息。

"抱歉！我不是故意要开玩笑，但是你又能叫它什么呢？

"不管是什么东西不厌其烦地制造了我们，或者是对我们祖先的心智和基因动了手脚，它正在决定下一步动作，而哈曼很悲观。不对，这样说言过其实，应该说他觉得我们机会不大。但他现在是观察者，太抽离了，不会无缘无故担心人类的未来，担心人类的存亡绝续！那对他来说不过是个有趣的问题，但他愿意协助我们。"

出乎这些专注的听众意料，普尔突然停了一下。

"真奇怪。我刚想起一件令人讶异的往事……我想那应该能解释现在发生的事。请再耐心听我说……

"有天我和戴维沿着肯尼迪中心的海岸散步，就在发射前几周。我们看到沙地上躺着一只甲虫，这很常见。甲虫六脚朝天，正努力挣扎想要翻过身来。

"我没理它——我们正在讨论复杂的技术问题，戴维则不然。他站到一边去，用脚小心地帮它翻身。它飞走后我评论道：'你确定这样做好吗？这下它可以飞去大啖某人的名贵菊花了。'而他说：'可能吧，但我希望给它一个证明自己清白的机会。'

"很抱歉，我保证过只说几句话的！不过我很高兴自己还记得这个小插曲，相信这有助于正确解读哈曼传来的信息。他要给人类一个证明自己清白的机会……

"现在请各位检查脑帽。这是一则高密度的记录——在紫外波段的顶端，110号频道。请放轻松，但要确定使用视觉联机。开始了……"

35

军情会议

没有人要求重放，一次已经足够了。

播放结束以后出现了短暂的缄默。主席奥康诺博士取下脑帽，按摩着她光亮的头皮，慢慢说道：

"你教过我一句你那个时代的成语，看来非常适合现在的状况。这是个'烫手山芋'。"

"但是鲍曼——哈曼丢过来的。"其中一位成员说，"他真的了解像石板那么复杂的东西如何运作吗？还是这整个情节都是他想象出来的？"

"我不认为他有多少想象力。"奥康诺博士回答，"一切都吻合，尤其是关于天蝎新星的部分。我们原本假设那是意外，但显然是个——判决。"

"先是木星，现在又是天蝎新星。"克劳斯曼博士说。他是著名的物理学家，被公认为传奇人物爱因斯坦再世。不过也有人谣传，小小的整形手术让他看来更惟妙惟肖。"下次会轮到谁？"

"我们一直猜想，"主席说道，"那些石板在监视我们。"她暂停了一会儿，接着难过地补充道，"我们的运气真是糟——简直是糟糕透顶，结果报告竟然就在人类历史上最坏的时期发出去！"

又是一阵静默。大家都知道，20世纪通常被称为"悲惨世纪"。

普尔静静听着，并未开口，他等着大家产生共识。这个委员会的素质让他肃然起敬，已经不是第一次了。没有人要证明自己心爱的理论，或批评别人的论点，或自我膨胀。在他那个时代，航天总署那些工程师和管理阶层、国会议员，还有工业领袖之间气氛火爆的争论，让他忍不住要拿来比较一番。

是啊，人类毫无疑问是进步了。脑帽不只协助去芜存菁，也大大提高了教育的效率。但有得必有失，这个社会上令人难忘的人物很少。当下他只能想到四个：英德拉、钱德勒船长、可汗博士和他惆怅回忆中的龙女。

主席让大家心平气和地来回讨论，直到每个人都发言过了，她才开始总结。

"很明显的第一个问题是：我们对这个威胁应该认真到什么

程度？根本不值得浪费时间。就算是虚惊或者误会一场，它的潜在危险性也太高了，我们非得假定是真的不可，除非我们有绝对的证据证明正好相反。同意吗？

"很好，而且我们也不知道自己还有多少时间。所以我们得假设这个危机迫在眉睫。或许哈曼可以给我们更进一步的警告，但到那个时候可能已经太迟了。

"所以我们唯一得决定的事就是：我们如何保护自己，抵御像石板这么威力强大的东西？看看木星的下场！显然还有天蝎新星……

"我确定蛮力是没有用的，不过我们也应该探讨那方面的可行性。克劳斯曼博士——制造一颗超级炸弹要花多长时间？"

"假设所有设计都还'保存'着，不必再做任何研究——噢，大概两个星期吧。热核武器挺简单的，用的都是普通材料——毕竟，它在第二千禧年就已经被制造出来了！可是如果你要比较高明的东西——比方说反物质炸弹或者微黑洞，嗯，那可能要花上几个月。"

"谢谢你，请你立即着手进行好吗？不过我也说过了，我不相信它会有用；一个能掌握那么强大力量的东西，一定也能够抵御那些武器。还有没有其他建议？"

"不能谈判吗？"一位委员没抱多大希望地问道。

"跟什么东西……跟谁？"克劳斯曼回答，"据我们所知，基本上石板是个纯机械结构，仅仅进行被设定的事情罢了。或许那程序有些弹性，但我们无从得知。我们当然也不可能向'总部'上诉，那可远在五百光年之外！"

普尔安静地听着，这些讨论他帮不上忙，事实上，大半时间他根本就听不懂。他开始觉得愈来愈沮丧；如果不公开这则信息，他想，会不会比较好呢？然后，假如真是虚惊一场，反正也不会更糟糕。而如果不是……唉，无论如何在劫难逃，人类至少保有心灵的平静。

他还在咀嚼这悲观的想法，一句熟悉的话突然让他竖起了耳朵。

一位矮小的委员猛然丢下一句话。他的名字又长又拗口，普尔连记都记不住，更别说念出来了。

"特洛伊木马！"

接下来是可称之为"酝酿"的一阵缄默，跟着是一阵"我怎么没想到！""对啊！""好办法！"的七嘴八舌。直到主席在这次会议中第一次大叫肃静。

"谢谢你，席瑞格纳纳山潘达摩尔西教授。"奥康诺博士一字不差地说道，"你能不能说得更仔细些？"

"当然。倘若石板如同大家所认为的，基本上是没有意识的机器，只具备有限的自我保护能力，那我们可能已经拥有足以打败它的武器了，就锁在'密室'里。"

"载送系统就是——哈曼！"

"一点也没错。"

"等一下，席博士。我们对石板的构造不清楚，甚至完全一无所知，怎能确定我们这些原始人类的发明能有效对付它？"

"是不能。但你要记住，无论石板有多高明，它也得遵守数世纪前亚里士多德和布尔写下的普适性逻辑定律。所以锁在密室里的东西可能——不，是应该！会对它有杀伤力。我们得把密室里锁着的东西巧妙组合，让其中至少有一个可以作用。那是我们唯一的希望——除非有人能想到更好的主意。"

"对不起，"普尔终于失去耐心，"有没有人可以好心告诉我，你们讨论的这个著名的'密室'到底是什么，在哪里？"

36

恐怖密室

历史上充满了梦魇，有些是自然的，有些是人为的。

21世纪末，大部分自然的梦魇已经因为医药的进步而被消灭，或至少受到控制，包括天花、黑死病、艾滋病，还有隐匿在非洲丛林中的恐怖病毒。然而，低估大自然总是不明智的，而大家也都相信，未来还会有令人不快的惊奇伺机而出。

所以，为了科学研究而保存所有恐怖疾病的少数标本，看来是明智的预防措施。当然要严加戒备，才不会让它们逃出去，再度引发人类浩劫。但谁又能完全确定，这种事情没有发生的危险？

在20世纪末，有人建议将所知的最后几个天花病毒，存放在美、俄的疾病控制中心，那引起了一阵挺激烈的抗议（大家完全可以理解）。不管机会多么小，这些病毒仍有可能因为种种天灾人祸而释放出来，比方说地震、设备损坏，甚至是恐怖分子的破坏行动。

能够让每个人都满意的解决之道，就是把它们运到月球（那一小群高喊"保护月球荒野！"的极端分子却绝不会满意），在"雨海"最显著的地标"尖峰山"里挖条一公里长的甬道，将之保存在甬道末端的实验室中。这么多年下来，那儿还不时加入一些人类滥用智慧（其实是疯狂）的杰出案例。

那就是毒气和毒雾，即使微量也会引起慢性或立即的死亡。有些是由宗教狂热分子所制造（他们虽精神错乱，却能习得相当的科学知识）。他们之中有许多人相信，世界末日就在不久的将来（那时当然只有他们的信徒才会得救）。万一上帝心不在焉，未曾照章行事，他们要确定自己能修正他不幸的失误。

这些要命的宗教狂热分子头一波攻击的，是一些脆弱的目标；像是拥挤的地铁、世界博览会、运动会、流行音乐会……成千上万的人因此丧命，还有更多人受了伤。直到21世纪初期，这些疯狂行为才逐渐被控制。事情常像这样，祸兮福所倚，这些事件逼得全世界的执法单位史无前例地合作。因为就连那些支持政治恐怖主义的流氓政府，也无法忍受这种随机、完全不能预期的变种恐怖主义。

这些攻击行动（还有早期的战争）所使用的化学及生物武器，都成了尖峰山要命的收藏；如果有解毒剂，也一并入列。大家都希望，人类再也不要跟这些东西有任何瓜葛；但如果真的出现迫切的需要，在高度戒备下，仍然随时可以取用这些东西。

尖峰山储存的第三类物品虽可归类为瘟疫，却从来没有杀死或伤害任何人——顶多也只是间接。在20世纪末以前，它们甚至不存在。但仅仅几十年，它们就造成了数十亿元损失，而且通常和有形的疾病一样，可以有效地残害生命。这种疾病攻击的目标，是人类最新颖也最多才多艺的仆人——计算机。

虽然取名自医学辞典——病毒——它们其实是程序，只是常常模仿（有着怪异的精确性）它们的有机亲戚。有些无害，不过是开玩笑，设计来吓唬或消遣计算机操作者，方式是让视频显示器出现意料之外的信息或画面。其他的就恶毒多了，根本就是恶意的毁灭程序。

在大部分的案例里，目的是为了钱；它们是武器，被高明的罪犯拿来当工具，勒索那些如今完全依赖计算机系统的银行与商业组织。一旦受到警告，除非他们把数百万元汇进某个不知名账号，否则他们的数据库会在特定时刻自动清光。大部分的受害者不愿冒任何可能万劫不复的危险，他们默默付钱，通常（为了避免公众甚至私下的尴尬）他们也不会通知警方。

这种可以理解的隐秘需求，让那些网络土匪很轻易地进行电子抢劫，就算被逮到了，司法体系也不知道该拿这种新奇罪行怎么办，只能略施薄惩——而且，毕竟他们也没有真正伤害什么人，不是吗？事实上，当他们服完短暂的刑期后，依照"做贼的最会捉贼"定律，受害人还会默默雇用这些歹徒。

这种计算机罪犯纯粹出于贪念，他们当然不愿意摧毁他们吸血的对象。理智的寄生虫是不会杀死寄主的。但还有更危险的社会公敌……

他们通常是心理失调的个体：清一色青春期男性，完全独自作业，当然也绝对隐秘。他们只是为了要制造出能引起灾难和混乱的程序，再经由电缆和无线电全球网络或有形载具如磁盘和光盘，散布到整个地球。对于引起的混乱，他们会乐在其中，并沉醉在混乱赐予他们可怜心灵的权力感里。

有时，这些误入歧途的天才会被国家情报单位发掘并吸收，为的是某种秘密目的——通常是闯进敌方的数据库。这算是挺无害的雇用方式，因为上述组织对人类世界至少还有些责任感。

那些天启教派就不是这么回事了，他们发现这种新兵力掌握着更有效率、比毒气或细菌更容易散播的杀伤力。同时这种武器也更难反击，因为它们能在瞬间散布到数以百万计的办公室与住家。2005年纽约—哈瓦那银行的崩溃，2007年印度核导弹的发射（幸好核弹头并未引爆），2008年泛欧航空管制中心的当机，同年北美电话网的瘫痪……这些都是宗教狂热分子对世界末日的预演。多亏了那些通常并不合作，甚至互相敌对的国家级反间谍机构的高明行动，这股威胁才渐渐受到控制。

至少，一般大众相信：因为有数百年的时间，并没有发生针对社会根基所做的攻击行动。制胜的重要武器之一是脑帽——虽然有些人认为，所花的代价实在太大。

　　脑帽普及之后不久，有些聪慧过人（又极热心）的官僚了解到，脑帽具有成为预警系统的独特潜力。在设定的过程中，当新使用者在心智"校准"时，可以侦测出许多尚未发展出危险性的心智异常。通常也能指示最好的治疗方法，但若显示没有适当疗法，也可以利用电子追踪监测该用户；或者在比较极端的案例中，则是进行社会隔离。这个方法当然只能检验脑帽的使用者，但是到了第三千禧年末，脑帽已经变成日常生活的要件，就像个人电话刚开始时的情况一样。事实上，那些未加入的人，都自然而然可疑，并且被当成性格异常者检查。

　　不用说，当"心智刺探"（批评者这么称呼）开始普及之后，民权组织发出怒吼；他们最引人注意的口号之一是："脑帽还是脑监？"但是渐渐地，甚至有点勉强地，大众也接受了这种形式的监视，乃对抗邪恶的必要预防措施。而随着心理健康的普遍改善，宗教狂热开始迅速衰微，这结果也绝非偶然。

　　对抗计算机网络罪犯的长期抗战结束以后，胜利的一方发现自己拥有令人尴尬的战利品，都是过去任何一位征服者完全无法理解的。当然有几百种计算机病毒，大都难以侦测和杀死；还有些实体（没有更好的名字了）更恐怖，它们是被巧妙发明出来的疾

220

病，无法治愈——其中有些甚至连治愈的可能都没有……

它们大多和伟大的数学家扯在一起，那些数学家若看到自己的发明被如此滥用，只怕会吓得面无人色。人类个性的特色，就是会取些荒谬的名字来贬抑真正的危险性，所以这些病毒都有着颇滑稽的名字，像是布尔炸弹、杜林鱼雷、哥德尔小鬼、夏农圈套、曼德布罗特迷阵、康托大乱、康威之谜、组合学剧变、劳伦兹迷宫、超限陷阱……

如果真能一言以蔽之，则这些恐怖程序都是依照相同的原理运作。它们不靠那些幼稚的方法，例如抹除记忆或者损毁程序代码——正好相反，它们的方法微妙多了。它们说服寄主机器启动一个程序，事实上该程序就算运算到了时间的尽头都不会有结果，不然就是启动一个无限多步骤的程序（最要命的例子是曼德布罗特迷阵）。

最常见的例子是计算π，或其他的无理数。然而，就算是最笨的电光计算器，也不会掉进这么简单的陷阱里。低能机械磨损着自己的齿轮，甚至磨出粉末，想尽办法做零除的计算，那样的日子早就过去了……

这些恶魔程序员挑战的，是要说服他们的目标相信，那些任务有确定的结果，可以在有限时间内完成。在男人与机器的智慧战争里，机器总是落败的一方（女人很罕见，只有几个典型人物，像阿达·洛芙莱斯夫人、格蕾丝·赫柏上将以及苏珊·凯文博士）。

要用"抹去／覆写"指令毁掉这些捉来的秽物并非不可能（虽然在某些案例中是有点困难，甚至冒险），但它们代表着时间与才智的大手笔投资，所以无论是如何被误用，丢掉似乎很可惜。更重要的是，或许应该把它们留作研究之用，存放在某个保险的地方，以免万一哪天被坏人发现，又拿出来为非作歹。

解决之道清楚得很。这些数字恶魔理当和自己的化学与生物亲戚一块儿，被封存在尖峰山的密室里，最好能直到永远。

37

达摩克利斯行动

对这个装配人人希望永远用不上的武器的小组，普尔和他们向来没有太多接触。这次行动被命名为"达摩克利斯"，虽不吉利，却也挺适合的；但行动的高度专业化让他无法有任何直接贡献。而他对整个特殊部队也够了解了，足以明白其中有些人可能几乎属于异星族类。事实上，其中一位重要成员显然在疯人院里（普尔很讶异这样的地方仍然存在），而奥康诺主席有时还建议，至少有两位应该一同入院。

"你听过'谜团计划'吗？"在一次特别令人沮丧的会议之后，她问普尔。

普尔摇摇头，她接着说："我真惊讶你竟然不知道！那不过是你出生前几十年的事。我是在为'达摩克利斯'找资料的时候看到的，状况很类似：是在你们那个时代的某场战争里，一群杰出的科学家秘密集合在一起，要破解敌方的密码……顺带一提，他们造出了首批真正计算机，这项工作才得以完成。

"还有个可爱的故事——希望是真的，而且这个故事让我联想起我们的团队。有一天首相去视察，事后他对谜团计划的指挥官说：'我说要你别放过任何角落，没想到你会真的照做。'"

想必为了"达摩克利斯计划"，大家已经找遍了每个角落。然而，没有人知道面对的期限是以天计、以周计，还是以年计，因此刚开始时难以产生急迫感。保密需求同样制造了问题，因为实在没有理由对整个太阳系发出警报，所以只有不到五十个人知道这计划。但他们都是关键人物，可以召集所需的一切武力，还有些人可以单独授命开启尖峰山密室，这可是五百年来第一次。

随着哈曼报告说石板接收信息愈来愈密集，似乎也像是有什么事要发生了。

发现这些日子难以成眠的不是只有普尔，就算有脑帽的抗失眠程序也一样。在他终于能睡着以前，他还常自问自己还有没有明天。但至少这武器的所有组件都装配好了——一个看不到、摸不到的武器，对历史上所有的战士来说，这还是个想不到的武器。

一块完全标准而且是几百万顶脑帽天天使用的兆位记忆光片，看来是够无害、够无邪了。但是，它装在一大块晶莹的物质中，上面还交叉着金属带，在显示它是件异乎寻常的东西。

普尔心不甘、情不愿地接下这件东西。他纳闷，受命运载广岛原子弹的弹头到发射地点的人——太平洋空军基地的那位仁兄，不知是否也有一样的感觉。然而，如果他们所有的恐惧都情有可原，他的责任可能还更大。

而他甚至不确定自己任务中的第一部分能否成功！因为没有哪个回路绝对安全，所以哈曼还不知道"达摩克利斯计划"的种种，普尔会在回到盖尼米得的时候告诉他。

然后他就只能期盼哈曼愿意扮演"屠城木马"的角色；而且，或许还得愿意在过程中被牺牲。

38

先发制人

　　这么多年之后再度回到盖大饭店，令人有种奇怪的感觉——真是再奇怪不过了，因为尽管发生了这一切，这儿似乎一点也没改变。当普尔走进以鲍曼命名的套房时，迎接他的，还是熟悉的鲍曼影像；而且如他所预期，鲍曼／哈曼正等着他，看来比鲍曼自己的古典全息像更不实在。

　　他们还来不及寒暄，就出现了一个普尔原本会欢迎的不速之客——什么时候都好，只要不是现在。房里的视频电话响起紧急的三连音（这点也没变），一位老友出现在屏幕上。

　　"弗兰克！"泰德·可汗大叫，"你怎么没告诉我你要来！我们什么时候能碰面？怎么没有影像？有人跟你在一起吗？那些和你一块儿降落的官气十足的家伙又是谁——"

"拜托，泰德！对，我很抱歉。相信我，我有很好的理由，待会儿再跟你解释。的确是有朋友跟我在一起，我会尽快回你电话，再见！"

普尔一边补充设定"请勿打扰"的指令，一边抱歉地说："对不起！你当然知道他是谁吧？"

"是的，可汗博士，他经常试着跟我联系。"

"可是你从来不理他。能否问你为什么吗？"虽然有更重要的事情要操心，普尔还是忍不住要提出这个问题。

"你我之间的联系是我唯一愿意维持通畅的渠道。而且我也常远行，有时一去经年。"

那挺令人意外，但也不尽然。普尔非常清楚在许多地方、许多时代，都有鲍曼的目击报告，但是——"一去经年"？他可能去过不少星系，也许就是这样他才知道天蝎新星的种种，那只有四十光年的距离。可是他不可能一路去到"节点"，那来回一趟就是九百年的旅程。

"我们需要你的时候你刚好在，真是幸运！"

哈曼回答前迟疑了一下，这相当不寻常，大大超出无法避免的三秒钟延迟。他答道："你确定是幸运吗？"

"你是什么意思？"

"我不想谈这件事。不过有两次，我曾瞥见——力量……实体——比石板高级得多，说不定比它们的制造者更高级。你我所

227

拥有的自由，只怕比想象中还要少。"

那可真是令人毛骨悚然的想法。普尔得刻意屏气凝神才能把它摆在一边，以专注眼前的问题。

"姑且希望咱们有足够自由意志去做需要做的事吧。这可能是个蠢问题：石板知道我们碰面吗？它会不会——起疑？"

"它不具备这种情感。它虽有许多错误防护装置，有些我也了解，但仅止于此。"

"它会不会偷听？"

"我相信不会。"

真希望自己能确定它不过是这样一个天真单纯的超级天才，普尔一面想，一面打开公文包，拿出装着光片的密封盒子。在这么低的重力下，几乎难以察觉光片的重量，更令人无法置信这小东西或许就掌握着人类的未来。

"我们不确信能找到绝对安全的回路跟你联络，所以我们不能讨论细节。我们希望这光片中的程序，能阻止石板执行任何威胁人类的指令。里面有史上最具杀伤力的病毒，大部分没找到解药，有些则公认根本不可能有解药。它们各有五个副本，一旦你觉得有必要，或时机适当时，希望你能把它们释放出去。戴维——哈尔——从未有人承担如此重大的责任，但我们没有其他选择。"

又一次，回答来得似乎比信号往返欧罗巴一趟所需的三秒钟还久。

"如果这么做，石板的一切功能都会终止。我们不确定我们会发生什么事。"

"我们当然也考虑到这一点。但此时此刻，一定有许多装置能受你指挥——其中有些或许是我们无法了解的。我还附上另一块千兆位记忆的光片：十的十五次方位元，记录几辈子的记忆与经验都绰绰有余。这会给你一条退路，我想你应该还有其他的后路吧。"

"没错，到时候我们会决定该走哪一条。"

普尔勉强松了口气——在这种非常状况下，他实在无法完全放松。哈曼愿意合作，显示他和自己的根源仍有足够的联系。

"现在，我们得把光片交给你——亲手交给你。它的内容太过危险，不能冒险用任何电波或光波频道传送。我知道你拥有长距离控制物质的能力，不是有一次，你引爆了一颗洲际弹道飞弹吗？你可以把光片转移到欧罗巴上吗？或者，我们可以派自动信差，把它送到你指定的地方。"

"那样最好，我会在钱氏村等着。坐标如下……"

鲍曼套房的监视器迎进了自地球陪伴普尔前来的代表团领队，但普尔那时还瘫在椅子上。不管琼斯上校是不是货真价实的上校，或者是不是真的叫琼斯，都不过是普尔没兴趣了解的小事情。他是很优秀的组织者，默默且有效率地掌握着"达摩克利斯计划"

中的每个环节，而这就够了。

"好了，弗兰克，光片已经上路了，一小时十分后就会着陆。我猜想哈曼可以从那里接手，但我不明白他要如何动手处理这两片光片。说'动手'对吗？"

"我原来也很纳闷，还好后来一位欧罗巴委员跟我解释。有个人尽皆知、我却是例外的定理宣称：每一部计算机都可以仿真其他任何一部计算机。所以我确定哈曼对自己在做什么一清二楚，不然他绝不会同意。"

"希望你说得对。"上校回答，"如果不是——嗯，我不知我们还有什么选择。"

接下来是一阵忧郁的沉默，于是普尔想尽办法来缓和紧张的气氛。

"对了，本地盛传关于我们造访的流言，你听说了吗？"

"你指哪一个？"

"说我们是特别考察团，被派来调查这个新边疆城镇的犯罪和腐化。市长和郡长现在恐怕都落荒而逃了。"

"我真羡慕他们。"琼斯上校说，"有时，只需要烦恼这些芝麻小事还真是一种幸福。"

39

弑 神

　　就像阿努比斯市所有的居民（目前人口数量为56521）一样，泰德·可汗博士在当地午夜刚过，就被紧急警报给吵醒了。他的立即反应是："看在神的分上，不要是另一场冰震！"

　　他冲到窗户旁，大叫："开窗！"声音大到连房间都听不懂，他只好以平常的音量再重复一次。太隗的光芒理当流泻进来，画出令来自地球的访客迷惑不已的图案，因为不管你等多久，那光线都丝毫也不会移动……

　　那不变的光芒已经消失了。泰德·可汗不敢置信地望出阿努比斯市巨大的透明穹顶，看到的是盖尼米得暌违了千年的天空。它再次镶满繁星，而太隗却消失了。

　　凝望着早已遗忘的星座，可汗又注意到一件更骇人的事。太隗该在的地方，是一块全然黑暗的小圆盘，它遮蔽了一些不熟悉的星星。

只有一个可能的解释，可汗木然地告诉自己。太隗被黑洞吞掉了，下一个可能就轮到我们。

在盖大饭店的阳台上，普尔正看着同样的奇景，却怀抱着更复杂的情绪。紧急警报响起之前，为了一通来自哈曼的信息，他的通信秘书已经把他给吵醒了。

"开始了，我们成功感染了石板。可是其中有一个——说不定好几个——病毒进入了我们的回路。你给我们的记忆光片，不知道能不能用得上。如果成功了，我们会在钱氏村和你碰头。"

接下来的话，是令人惊讶甚至感动的字句。其中包含的情感成分，只怕许多世代都还会争论不休。

"如果我们无法下载，请记得我们。"

普尔听到身后的房间传来市长的声音，市长正尽最大的努力安抚现在已经了无睡意的阿努比斯市居民。虽然开头用的是最恐怖的官方说法"没有必要惊慌"，不过市长确实有好消息。

"我们不知道发生了什么事，但太隗明亮如昔！我重复，太隗依旧光明！我们刚接到半小时前出发前往卡利斯托的轨间航天飞机昴六号传来的消息，这是他们看到的景象——"

普尔从阳台冲进房里，刚好来得及看到太隗在视频屏幕上闪烁。

"目前所发生的，"市长上气不接下气地继续说，"是某种东西引起了暂时性的星食——我们来放大看看……卡利斯托天文台，请传送……"

他怎么知道是"暂时性"的？普尔边想边等着下个画面。

太隗消失了，取而代之的是一片繁星。同时，市长的声音淡出，另一个声音接了下去："——几乎用任何望远镜都看得到。那是个完全漆黑的圆盘，刚超过一万公里宽，薄得看不出厚度。而它刚好——显然是故意的——遮住了盖尼米得，使盖尼米得照不到任何光线。

"我们来放大看看能不能显现任何细节，不过我很怀疑……"

从卡利斯托的观测点看来，掩星的圆盘呈卵形，长度是宽度的两倍。它一直扩张，直到占满整个屏幕；之后便无法看出影像是否继续放大，因为完全看不出它的细节。

"跟我想的一样，没什么好看的，我们移到这东西的边缘去……"

再一次，完全感觉不出镜头有移动的迹象，直到一片繁星突然出现，被行星般大的圆盘的微弧边缘切出鲜明界线，就像他们正在一颗没有空气且完全平坦的行星上，朝地平线看过去似的。

不对，它并非完全平坦……

"有意思。"天文学家评论道。一直到现在，他的语气还是非常平淡，仿佛这种事每天都发生。

"边缘看来凹凸不平，但非常规则，好像锯齿……"

一把圆形的锯子，普尔默默低语。它是来锯我们的吗？别傻了……

"我们只能接近到这种程度，再下去绕射就会破坏影像——待会儿我们会处理，以便分析出细节。"

倍率如此之高，已经看不出是圆形了。横过屏幕的是一条黑带，呈锯齿状沿着边缘的是些非常相似的三角形。普尔难以忘怀那个不祥的锯子联想，但还有别的事正锯着他的心……

像盖尼米得上的其他人一样，他望着远处众多恒星在三角形山谷间进进出出，很可能，有些人早在他想到前就下了结论。

如果你想用一些矩形做出个圆盘，不管矩形边长是不是1：4：9，都不可能有平滑的边缘。当然，你可以把它尽可能做得近似圆形，只要用尽可能小的矩形。但如果不过是要造个大到可以遮蔽太阳的圆盘，又何必这么麻烦呢？

市长说得没错，星食的确是暂时性的。但它的结束和日食刚好相反。

第一道光线穿破正中央而出，而不是像日食一般，自边缘先出现"倍里珠"。破碎的光线从一个小孔中辐射出来——而现在，在最大倍率下，圆盘的结构现出原形。它是由无数个一模一样的矩形组成，也许个个都和欧罗巴上的"长城"一样大小。现在它们裂开了，好像巨大的拼图被打散一般。

当圆盘碎裂，太隗的光芒自逐渐加宽的裂隙中流泻而出，它那永恒的日光（不过刚被暂时打断）又慢慢回到了盖尼米得。现在那些组成单位正在消失，仿佛它们需要彼此接触所带来的力量才能保持形体。

虽然对阿努比斯市那些焦急的民众来说，整个事件似乎持续了数小时，但其实还不到十五分钟。等到事情结束了，才有人注意到欧罗巴本身。

"长城"不见了。过了几乎一个小时，才收到地球、火星和月球传来的新闻，说太阳显然也闪烁了几秒钟，之后才恢复正常。

这是一次有高度选择性的双星食，显然是针对人类而来。在太阳系里其他地方，都不会有生物注意到。

因为引起一片骚动，好一阵子后大家才注意到TMA-0和TMA-1也都已消失，只在月球第谷和非洲留下三百万年历史的印记。

这还是头一回，欧星人能够真正面对人类。但对那些在它们之间风驰电掣的巨大生物，它们既不提防也不惊讶。

当然，面对这些看来像是光秃秃的小灌木、没有明显感官或沟通行为的生物，要解析它们的情感状况并不容易。但是它们若是被昂六号的来临以及上面乘客的出现吓到，它们理当会躲在自己的冰屋里。

保护装和闪亮的铜线礼物对普尔的行动略有妨碍，他一面走进钱氏村凌乱的郊外，一面想着欧星人对最近这些事件不知有何感想。

对它们来说，太隗并不曾被遮掩，但"长城"的消失一定是个震撼。它自亘古以前就矗立在那里，除了作为屏障，毫无疑问还有更多的功能。然后，猝然间它就消失了，仿佛从未存在过……

那千兆位的光片正等着他。光片旁边围了一群欧星人，表现出普尔从未见过的好奇。他想，不知哈曼是否用什么方式告诉了它们，要好好守着这个来自太空的礼物，等着普尔来取回。

然后，普尔要把它带到唯一可以安全存放的地方。因为现在里面不只装着一个沉睡的朋友，还有在未来世纪里或许才有能力祛除的恐怖病毒。

40

午夜：尖峰山

要想象一个更为宁静的景致，只怕很难，普尔这么觉得，尤其是在前几周的创伤之后。近乎满圆的地球，照亮了无水雨海的每一个角落，而不是像太阳白炽的光芒般抹去那些景致。

在距离尖峰山不起眼的密室入口前百米处，月面车小队围成半圆形。从这个角度，普尔可以看到这座山根本名不副实。

早期的天文学家，因为被它的突出阴影误导而取了这个名字，但其实它不是陡峭的山峰，而是个圆圆的小丘。他也相信，当地的休闲方式之一就是骑着脚踏车攻顶。

直到现在，这些运动的男男女女还没人参透车轮下隐藏的秘密，而他希望这个恐怖的真相不会破坏他们的健身运动。

一小时前，带着既悲伤又优越的心情，他交出了从盖尼米得直接带到月球、从未离开自己视线的光片。

"别了，两位老友。"他喃喃说道，"你们表现得很好。也许未来某个世代会唤醒你们，但是老实说，我宁愿不要。"

他可以非常清楚地想象，再度需要哈曼知识的一个严重理由。现在，想当然耳，欧罗巴上的"仆人"已不复存在的那则消息，正朝着未知的控制中心而去。只要运气不太糟，再过九百五十年左右，响应就该来了。

普尔过去常诅咒爱因斯坦，现在却要歌颂他了。即使是石板背后的力量（现在已确定了它的存在），也无法以超光速散布其影响力。所以人类应当还有整整一千年，可以为下一次接触做准备——如果真有那么一次的话。或许到了那个时候，人类会有较好的准备。

有东西从隧道里出现了，是那个架在轨道上的半人形机器人，刚才就是它带着光片进入密室的。

看着一部机器包在某种用来防御致命病菌的隔离装里，似乎有点可笑——而且是在没有空气的月球上！

但不管看来多不可能，还是没有人敢投机取巧。毕竟，这个机器人曾沿着那些被谨慎隔离的恶魔移动，虽说监视摄影机显示一切正常，但总有可能会有哪个玻璃瓶漏了，或者哪个罐子的密封松了。月球是个很稳定的环境，但是根据记录，数世纪以来这儿也发生过许多月震和流星撞击。

机器人在隧道外五十米处停了下来。巨大的盖子缓缓移回原位，开始沿着螺纹旋转，像是个巨大的螺栓被旋进了山里。

"没戴墨镜的人，请闭上眼睛或移开视线！"

月面车无线电中传来了紧急的声音。普尔在位子上别过头去，正好看到月面车车顶上的一阵强光。当他转回头去望向尖峰山时，机器人只剩下一堆发红的熔渣。即使对一个大半辈子都生活在真空中的人来说，没有袅袅上升的缕缕轻烟，似乎还是非常不对劲。

"消毒完毕！"从任务控制室传出声音，"感谢各位。现在请返回柏拉图市。"

多讽刺啊！拯救人类的竟然是人类的疯狂制造出的产物！普尔想，我们能从中得到什么启示呢？

他又回头望着美丽的蓝色地球，她躲在云层之下，与寒冷的太空隔着一层补缀的雪白毛毯。在那儿，几个星期后，他希望能好好抱抱自己的第一个孙子。

不管隐身在星辰后面的，是什么天神般的力量和主权，普尔提醒自己，对普通人来说，重要的只有两件事，那就是"爱"与"死"。

他的身体还不到一百岁，他还有足够的时间去面对两者。

尾 声

"他们的小宇宙还很年轻，他们的神还只是个孩子。但现在评断他们嫌太早；当'我们'在'末日'回去的时候，会决定谁该被拯救。"

资料来源 .

第1章　彗星牛仔

描绘钱德勒船长的狩猎领地，于1992年发现，参考鲁（Jane X. Luu）和杰维特（David C. Jewitt）合著的文章《柯伊伯带》（*The Kuiper Belt, Scientific American*, May 1996）。

第4章　观景室

同步轨道（Geostationary Orbit, GEO）中"世界之环（ring around the world）"的概念——它们透过赤道上的塔和地球相连——虽然完全可以看作是奇想，却有坚固的科学理论基础。这显然是圣彼得堡的工程师阿苏塔诺夫（Yuri Artsutanov）所发明的"太空电梯"（Space Elavator）的扩大版。我在1982年曾和这位工程师有过一次愉快的会面，当时的圣彼得堡还叫作列宁格勒。

阿苏塔诺夫指出，在地球和徘徊于赤道上特定区域的卫星之间搭起一条缆线，在理论上是可行的。今日大部分的通信卫星在GEO上，即徘徊在地球上的特定区域。有了这样的开始，太空电梯（或以阿苏塔诺夫生动的语汇来说：宇宙脐带）是可望建造起来的，而载运上GEO的系统可完全由电力驱动。只有在旅程的其他时段才使用火箭推进器。

为了避免火箭技术所造成的危险、噪声，以及环境危害，太空电梯惊人地减少了所有太空任务的成本。电力很便宜，载一个人上去轨道只须花费一百美元，而在轨道上绕一圈则须花费十美元，因为大部分的能源在下降的旅途中将恢复。（当然，付较高的票价才能享受到好的餐饮及观赏电影。即使如此，一千美元就能来回于GEO，你相信吗？）

这理论是无懈可击的，但是有哪种材料，可以有效地承受距离赤道三万六千公里高的悬挂拉力，并有足够的强度能运送承载上去？当阿苏塔诺夫写他的论文时，只有一种物质符合这些可说是相当严格的规格：结晶碳（crystalline carbon），即人们所知的钻石。不幸的是，在市面上无法购得所需的百万吨钻石，虽然在《2061：太空漫游》我已说明了木星核心存在这些量的钻石之原因；而在《天堂的喷泉》（The Fountains of Paradise）我提出更可取得的来源：在轨道上的工厂，那里的钻石可以在无重力的状态下生成。

1992年8月，亚特兰蒂斯号航天飞机试图迈出太空电梯的"一小步"，当时做了一项实验，沿着一条长21公里的系链释放并取回载重。可惜，投资下去的这项工程却在几百米处就卡住了。

当亚特兰蒂斯号航天飞机的全员在轨道上进行的记者会上展示《天堂的喷泉》，以及这次的任务专家霍夫曼（Jeffrey Hoffman）在回到地球后将他亲笔签名的那本给我时，我感到十分高兴。

1996年2月，第二次的系链实验则稍稍进步了些：载重真的跑完全程，但在取回时缆线断了，因为绝缘体做得不好而导致漏电。（这或许是个幸运的意外：我不禁想起与富兰克林同时代的人，他们试图重复他著名但危险的实验——在大雷雨中进行风筝实验——而致命的事。）

除了可能会发生的危险外，从航天飞机发射出、扣在系链上的负载，看上去就像用假蝇钓鱼：看起来容易，其实并不然。但最终最后的"大跳跃"将会完成——一路直达赤道。

同时，碳的第三种形式，碳六十的巴克球（Buckminsterfullerene，C60，由六十个碳原子构成足球形状的结构），使得太空电梯的概念更为可行。1990年，一群休斯敦莱斯大学（Rice University）的化学家制造出管状的碳六十，其张力比钻石大许多。这群化学家的领导斯莫利博士（Dr. Smalley）甚至进一步宣称这是至今最强韧的材料，并且补充道，借着它太空电梯就可能建造完成。（最新的消息：我很高兴知道斯莫利博士因这项研发而获得1996年诺贝尔化学奖。）

现在，有一个令人吃惊的巧合——它怪异得令我困惑：谁在负责这件事。

巴克敏斯特·富勒（Buckminister Fuller）于1983年逝世，因此生前并未见到"巴克球"（backyballs）和"巴克管"（backytubes）这些使他身后极负盛名的发现。在他诸多旅程的最后几次中，有一次我有幸在斯里兰卡开飞机载他及其妻子安（Anne），并带他们去看看《天堂的喷泉》所提到的特定地点。不久过后，我用十二英寸的（还记得这种规格吗？）LP录音机（Caedmon TC 1606）录下小说，而巴克则友善地在唱片封套写下说明。这些事以一件令人讶异的启示告终，它激发了我对星城（Star City）的思考：

> 1951年，我设计了一个可自由活动且结构简洁的环状桥，在赤道上空并围绕着它而组装起来。在这"光环"桥内的地球依旧自转，而这圆形桥则以自身的速率旋转着。我预见地球上的交通工具垂直地上升移至桥中，旋转着，并下降到所欲抵达的地球位置。

我坚信，如果人类决定投入此项投资（依据对此而产生的评估，认为这不是一项资金甚巨的投资），星城是可以被建设起来的。除了产生新的生活形态，以及让来自低地心引力的世界，如火星或月球的参观者更适应我们的星球外，所有的火箭研究都不须在地表进行了，而是让它们回到所属的太空。（虽然我希望每年在肯尼迪中心太空中心应景地重演火箭升空，以唤起人们对火箭第一次升空的兴奋感。）

几乎可以肯定的是，大部分的城市将是腾空架起的，只有非常小的一部分城市作为科技目的使用。毕竟，每座塔相当于千万楼层高的摩天大楼，而围绕着同步轨道的环，则介于地球和月球之间，但较靠近月球。若这个环形成完整的一圈，数倍的人口可以居住在这个空间中。（这引起一些有趣的逻辑问题，我乐意把它们作为"学生作业"。）

关于"豆茎"（Beanstalk）概念的卓越历史，以及其他更先进的概念，如反地心引力和空间扭曲，请参考罗伯特·伏特（Robert L. Forward）的《科学魔术》（*Indistinguishable from Magic*）。

第5章　教育

1996年7月19日，我很惊讶在当地报章读到英国电信人工生命团队（Artificial Life Team）的领导人温德博士（Dr. Chris Winter）相信我这章所描绘的信息和储存设备能在三十年内发展完成！（我在1956年的小说《城市与群星》（*The City and the Stars*）中认为这些设备要在十亿年后才可能出现，显然是个失败的想象。）温德博士说，这种设备能让我们"在实体上、情感上和精神上重新创造一个人"，并且他评估这么做所需要的记忆空间大约是十的十三次方位元，比我所推测的十的十五次方位元小了二级。

我真希望当时能以温德博士的名字来为这种设备命名，这将会在正规圈子引起一些强烈的争论："灵魂的捕捉者。"至于这设备应用于星际旅行，请参考第9章。

我相信我发明了以掌心对掌心的信息传递方式，在第3章有描述，因此发现尼古拉斯·尼克罗彭迪（Nicholas Negroponte）和他的麻省理工学院媒体实验室投入这项研究已有多年时，实在叫人惭愧。

第7章　简报

如果零点场（Zero Point Field，有时被称为"量子波动"或"真空能量"）能被开发出来，那么它对我们的文明所造成的冲击将是非常巨大的。所有现今的能源——石油、煤、核电、水力发电、太阳能——都会被淘汰，当然我们所担心的环境污染问题也会随之消失。所有这一切都变成了一个大的担忧——热污染。所有的能源最终成为热，如果每个人有数百万千瓦可玩，这颗星球很快就会像金星那样：阴影处的温度高达几百摄氏度。

然而，这状况也有光明的一面：除了这方法外，别无其他方式避开下一次的冰河纪元，冰河纪元是一定会出现的。"文明是冰河纪元之间的休息时段。"这句话出自威尔·杜兰特（Will Durant）的《世界文明史》（*The Story of Civilization*）。

即使当我写下这些话时，全球各实验室的优秀工程师宣称他们正在开发这种能源。物理学家费曼曾估计过这种能源的体积，大意是一个马克杯大小的能源就足以把地球的海洋煮沸，真是令人印象深刻。

当然，这种想法会让人不免一惊。相较之下，核能根本不是对手。

我很好奇，有多少超级新星真的是由工业意外所诞生的？

第9章　空中花园

在星城中移动最主要的问题之一，就是距离太远了。如果你要拜访一位在隔壁塔的朋友（无论虚拟现实有多少优点，通信永远无法取代接触），这距离相当于一趟月球之旅。即使拥有最快的电梯，还是要花上好几天而非数小时，否则生活在低地心引力地区的人无法适应其加速度。

"无惯性推进器"（innertialess drive）的概念——即作用在身体上每个原子的推动系统，这样当电梯在加速时，身体就不会感受到压力了——在20世纪30年代由"太空歌剧"（Space Opera）大师史密斯（E.E. Smith）所发明。这概念并非如其所听起来那般不大可能，因为重力场正是以这种方式对身体产生作用的。

如果你在地表附近自由地下坠（忽视空气阻力），你的速度会增加近每秒十米。此外，你会感到处于无重力状态，不会感受到加速度，虽然到一分三十秒时，你的速度将增加为每秒一公里。

若你在木星的重力场下坠落也是如此（其地心引力为地球的
2.5倍），甚至你在巨大无比的场域内如白矮星或中子星（比地球
的地心引力强上几百万或几兆倍），也是如此。你感受不到什么，
即使你在出发数分钟后达到光速也是如此。然而，若你蠢到进入具
有引力的物质半径，因为受力不均衡，潮汐力量（tidal forces）很快
就会将你撕成碎片。进一步详细的资料，可参考我悲惨但文如其
名的短篇故事《中子潮汐》（Neutron Tide），收于拙著《太阳风》
（The Wind from the Sun）中。

"无惯性推进器"就像可控制的重力场域，它在科幻小说之外
很少被认真讨论到，直到最近。1994年，三位美国物理学家发展了
伟大苏联物理学家萨哈罗夫（Andrei Sakharov）的一些概念，并讨
论了无惯性推进器。

海希（B.Haisch）、瑞达（A.Rueda）和普霍夫（H.E.Puthoff）所
写的《零点场中的惯性》（Inertia as a Zero-Point Field Lorentz Force,
Phys Review A, February 1994），未来可能会成为具有里程碑意义的
重要论文，在小说中，我已经赋予它这地位了。这篇论文提出了一
个很根本且被视为理所当然的问题，即宇宙生成的方式。

这三位美国物理学家所问的是："是什么给予物体质量（或惯
性）以致它需要外力才会移动，以及一股同样的力量以恢复它原先
的状态？"

他们暂定的答案仰赖于一座远离物理学家的象牙塔，且不为人所知的事实：即所谓空洞的太空实际上是个能量沸腾的大汽锅——零点场，这点真是令人惊讶。这三位物理学家认为惯性和重力是一种电磁现象，它们是物体和场相互作用的结果。

自法拉第（Faraday）以来，有无数的实验试图把重力和磁力结合起来，虽然有许多实验宣称取得了成功，可是它们的结果没一个是经过证实的。然而，尽管还很遥远，如果这三位物理学家的理论获得证实，它将开启反重力的"太空推进器"（space drive）远景；更迷人的是，甚至可能控制惯性。这会产生有趣的状况：如果你以最小的力道去触碰一个人，他将在一小时内立即消失到几千公里远的地方，直到他碰到另一头而反弹停下来。好消息是交通意外将成为不可能的事；自动车以及乘客可以毫发无伤地以任何速度相互碰撞。（你觉得今日的生活已经够混乱了？也许未来更热闹呢！）

我们目前所熟知的太空任务中的"无重力状态"（下个世纪将会有数百万的人享受到这样的旅程），对我们的祖父辈而言就像是魔术。消除，或只是减少惯性是另一个相当不同的状态，甚至是完全不可能的[1]。但它是一个很棒的想法，因为它可以促成类似"遥

1　1996年9月，芬兰科学家宣称侦测到正在旋转且超导电的碟子，其上方的地心引力有微量的（少于百分之一）减弱。如果这获得了证实（慕尼黑马克斯·普朗克研究所早期的实验也示意具有相似的结果），这个突破可是长期以来所等待的。同时我也期待有趣的怀疑意见。——作者注

距传送"的作用：你几乎可以立即地到各地去旅行（至少在地球上）。坦白说，我真不晓得少了它要怎样来管理"星城"！

在这部小说中我做了一个假设，即爱因斯坦是对的，没有任何信号或物体能超越光速。有一些包括复杂数学运算的论文最近似乎认为：就如同许多科幻小说家所习以为常的那样，在银河搭顺风车的旅客或许不必忍受这恼人的限制。

整体而言，我希望这三位物理学家是正确的，但似乎有一个根本的反对意见。如果超光速（Faster Than Light，FTL）是可能的，为什么这些搭便车的，或者富有的旅客没有成行呢？

答案是，正像我们不会发展以煤为燃料的宇宙飞船一样，外星人没有理由建造航行于星际之间的交通工具，一定有其他更好的方法。

界定一个人只需要数量少到惊人的"位"，或是储存一个人一生中可能会获取的所有信息，这点在雪弗（Louis K. Scheffer）的《机器智慧，星际旅行的成本与费米悖论》（*Machine Intelligence, the Cost of Interstellar Travel and Fermi's Paradox, Quarterly Journal of the Royal Astronomical Society 35, no. 2* [June 1994]: 157–175）中有提到。这篇论文（肯定是严肃的QJRAS出刊以来最标新立异的一篇）估计，一位一百岁老人的全部精神状况和记忆大约占了十的十五次方位元。即使是今天的光纤也可以在数分钟内传输这笔信息。

我认为星际长途旅行的运输机在3001年以前还无法生产出来

的观点，在今后的一个世纪中可能会变得目光浅短到滑稽的程度，而目前没有星际游客只是因为地球上没有建造任何让宇宙飞船停靠的设施。或许外星宇宙飞船已经出发了，正在以缓慢的速度前进着……

第15章　金星之变

有机会向阿波罗15号的成员致意是一项殊荣。从月球返回之后，他们送我登月舱法尔康号（Falcon）的着陆模型，现在放在我办公室最显眼的地方。上面是月球车（Lunar Rover）三次出巡时所留下的路径痕迹，其中一条绕过了地球反照（Earthlight）的缺口。模型上印有一行字："给阿瑟·克拉克，阿波罗15号成员感谢您对太空的想象。斯科特（Dave Scott）、沃尔登（Al Worden）、艾尔文（Jim Irwin）。"为了回报他们，我把《地光》（Earthlight）（写于1953年，背景设定在1971年月球车所驶过的区域）献给他们："给斯科特以及艾尔文，第一位踏上这块土地的人；给沃尔登，在轨道上看护他们的人。"

在克隆凯特（Walter Cronkite）和席拉（Wally Schirra）于CBS报道阿波罗15号即将返回地球后，我飞往太空航行地面指挥中心观看它的返航。我坐在沃尔登的女儿旁边，她是第一个注意到太空舱的三个降落伞其中一个没有展开的人。这是令人紧张的一刻，所幸剩下的两个还可以胜任降落任务。

第16章 船长的餐桌

参考《2001：太空漫游》第18章描写太空探测船冲撞的部分。即将到来的克莱门汀二号（Clementine 2）任务目前正计划进行类似的实验。

看到《2001》中说月球瞭望台在1997年发现了阿斯特洛伊小行星7794号（Asteroid 7794）时，我觉得有些不好意思。我会把它挪到2017年——那时是我的百岁大寿。

就在写完以上这段之后几小时，我很高兴得知，巴斯（S. J. Bus）1981年3月2日在澳大利亚塞汀泉（Siding Spring）发现的小行星4923号[Asteriod 4923（1981 EO27）]，被命名为克拉克，在某种程度上是为了纪念太空防卫计划（Project Spaceguard）。有人怀着深深的歉意告诉我，由于一时失察，第2001号已经过时了，它和那个名叫爱因斯坦的人一样。借口，都是借口。

但得知与小行星4923号同一天被发现的5020号已被命名为阿西莫夫（美国生物化学家、作家，创作了许多科幻小说和科普读物），我还是非常高兴——虽然令人悲伤的是，我的老友永远无法知道这个消息。

第17章 盖尼米得

如同在本书序幕，以及《2010》和《2061》里解释过的，我希望充满雄心壮志的伽利略任务——到木星及其卫星之旅，可以多带给我们一些关于这个奇异世界的细节，以及令人目眩神迷的特写镜头。

嗯，多次延误之后，伽利略抵达它第一个目的地——木星，而且表现令人赞赏。但是，有个问题，由于某个原因，主天线并没有打开。这表示影像必须经由低增益天线（low-gain antenna）传送回来，其传输速度之慢让人难以忍受。虽然船上的计算机改编程序，已经奇迹似的弥补了这个遗憾，但仍得花上数小时来接收原本应该数分钟之内就可以传送回来的信息。

所以我们必须有耐心，而在1996年6月27日伽利略任务之前，我已经开始在小说中热切探索盖尼米得。

1996年7月11日，在完成这本书前两天，我从喷射推进实验室（JPL）下载第一批影像，幸好到目前为止，我的描述与实际情况没有抵触。但假使当前的景色不是由冰原组成的坑口，而是棕榈树和热带海滩，或者还要更离谱，变成"YANKEE GO HOME"[1]招牌，我的麻烦就大了。

我特别期待"盖尼米得市"（Ganymede City）的特写镜头（本书第17章）。这个引人注目的结构体正如我所描述的——虽然我犹豫过是否要如此描写，因为我担心我的"发现"会成为"国家撒谎人"（National Prevaricator）的头版。在我的眼里，它比著名的

1　越战时期反战运动的口号。

"火星脸谱"及其周围环境更像是人工造作的。假使它的街道有十公里宽，又如何？也许盖尼米得市就是这么"大"……

在NASA旅行者编号为20637.02和20637.29的影像中可以找到这个城市；或更方便的方法是，可以在拉杰（John H. Rogers）不朽的著作《巨大的木星》（*The Giant Planet Jupiter*）中，图23.8里找到。

第19章　人类的疯狂

有明显的证据支持泰德·可汗令人吃惊的断言，他指出大部分的人类至少都带点疯狂的基因，参看我的电视节目《克拉克的神秘宇宙》（*Arthur C. Clarke's Mysterious Universe*）第22集《会见玛利》（*Meeting Mary*）。要知道，基督徒在人类中只是很小的一群，比起这些曾经崇拜过圣母的信徒，更多的信徒同样崇拜其他崇高的神性，如罗摩（Rama）、迦梨（Kali）、湿婆（Siva）、托尔（Thor）、沃坦（Wotan）、朱庇特（Jupiter）、奥西里斯（Osiris）等。

最令人吃惊的，也令人感到惋惜的，是柯南·道尔的例子，他是个绝顶聪明的人，但信仰使他变成了一个胡言乱语的疯子。尽管他最喜爱的灵媒们不断被揭发是骗子，他对他们的信心仍然屹立不倒。而这个创造福尔摩斯的人，甚至曾借着表演逃脱术的最高境界，把自己"变不见"，试图使伟大的魔术师胡迪尼信服。这种逃脱术的伎俩，如华生医生很喜欢说的："简单得不得了。"［参看贾德纳（Martin Gardner）《巨大的夜》（*The Night Is Large*）一书中《柯南·道尔的题外话》（*The Irrelevance of Conan Doyle*）这篇文章。]

宗教法庭审判异端，这种虔敬的残酷丝毫不逊于柬埔寨前首相波尔布特（Pol Pot）和德国纳粹，其细节可以参看卡尔·萨根（Carl Sagan）在《魔鬼出没的世界》（*The Demon-Haunted World*）一书中对新世纪的傻瓜（Nitwittery）的辛辣抨击。

至少美国移民局已经采取行动反对宗教狂热的暴行。《时代》杂志里程碑专栏在1996年6月24日报道说，对于那些因家乡传统而遭受割礼的女孩，必须给予庇护。

在我完成这章之后，偶然看到史托尔（Anthony Storr）的《不为人知的弱点：印度导师的权力和魅力》（*Feet of Clay : The Power and Charisma of Gurus, The Free Press, 1996*），后者可说是这个领域的权威。很难相信这场神圣的骗局已经累积了九十三辆劳斯莱斯，直到美国联邦法院执行官迟至今日才逮捕他。更糟的是，他的数千个美国呆子信徒中，有百分之八十三已经潜入了大学，因此符合我最爱的一个对知识分子的定义：接受超越了其智慧水平的教育。

第26章　钱氏村

我在1982年出版的《2010：太空漫游》中，解释过这艘停在欧罗巴的中国宇宙飞船的命名是为了纪念钱学森博士，他是中美火箭计划的创始人之一。

出生于1911年的钱学森，1935年时获得一份奖学金，让他离开中国到美国求学。在那里，钱学森从杰出的匈牙利航空动力学者西奥多·冯·卡门（Theodore von Karman）的学生变为他的同事。之后，他以加州理工学院首位哥达德讲座教授的身份，协助成立了古根海姆航空动力实验室（Guggenheim Aeronautical Laboratory）——即帕萨迪纳（Pasadena）著名的喷气推进实验室的前身。就在中国于境内试射核武导弹之后，《纽约时报》（1996年10月28日）撰文（《北京首席火箭专家是美国训练出来的》）称："钱的一生是'冷战'历史的一个讽刺。"

随着绝密文件公开，人们发现他对20世纪50年代的美国火箭研究贡献良多。但在疯狂的麦卡锡时期，当他试图回祖国访问时，却被美国当局以虚构的保密罪名逮捕。在多场听证会和延长拘留之后，他最后被驱逐出境，回到故乡——带走他所有无人能出其右的知识和专业。就如同他许多成就卓越的同事所声明的，这是美国所做过最愚蠢，也是最可耻的事之一。

他被驱逐之后，根据中国国家航天局以及科协副主席庄逢甘的说法：钱学森"从零开始他的火箭事业……没有他，中国在科技上将落后二十年"。而且，或许这也会相对延后致命的"蚕"式反舰飞弹以及长征系列运载火箭的部署。

我完成这部小说后没多久，即获颁国际宇航学会的最高荣誉冯・卡门奖，在北京受奖！这是一个我无法拒绝的邀约，尤其是当我得知钱博士就居住在北京市。不幸的是，当我抵达那里后，发现他正因生病而留院观察，而他的医生不许访客探病。

为此，我十分感谢他的私人助理王寿云少将，他透过适当渠道，替我将签好名的《2010》和《2061》交给钱博士，并把一大套由他所编辑的《钱学森作品集：1938—1956》（科学出版社，1991年，北京东皇城根北街16号，100717）赠送给我。这是一本很棒的选集，内容包括了从许多与冯・卡门共同讨论的空气动力学问题，到关于火箭与卫星的专题论文。最后一篇是《热核能量厂》（*Jet Propulsion*, July 1956），是钱博士还是FBI的囚犯时所写的。这篇文章还论及一个在今日而言更是话题的主题："利用重氢熔化反应的动力站。"虽然到目前为止这项议题几乎没有什么进展。

1996年10月13日，就在我离开北京之后，我很高兴得知，高龄八十五岁且行动不便的钱博士，仍在继续进行他的科学研究。我衷心希望他喜欢《2010》和《2061》，且希望将来可以将这本《3001》献给他。

第36章　恐怖密室

1996年6月，参议院进行了一系列的计算机安全事宜听证会后，同年7月15日克林顿总统签署了第13010号行政命令，以因应

"计算机攻击控制重要基础建设的信息或沟通组件"（"网络威胁"）。建立了反网络恐怖主义的坚强力量，并有CIA、NSA，以及各防卫单位的代表。

小捣蛋，我们来了……

由于写了上面这段文字，我开始对还没看过的电影《独立日》结尾感到好奇了起来，听说结尾就如同特洛依木马屠城那样，使用计算机病毒反击！还有人告诉我，这部电影的开头和《童年的终结》（*Childhood's End*）一模一样，里面包含了所有从梅里爱（Georges Melies）的《月球之旅》（*Trip to the Moon*）以来的科幻小说都会有的陈腔滥调。

我无法决定是否要恭喜这个作者神来一笔的原创力，或是指控他们预知式的抄袭——这永恒的罪。无论如何，我担心我无法阻止波康（John Q. Popcorn）认为我剽窃了《独立日》的结尾。

致　谢

　　感谢IBM送我这个完美的、小巧可爱的Thinkpad 755CD，这本书就是用它完成的。多年来我一直被一个毫无根据的传闻所困扰——即HAL（哈尔）这个名字衍生自IBM字母的置换。为了解除这个"世纪之谜"，我甚至在《2010》中，让发明HAL的钱德拉博士极力否认这一传闻。然而，到最近我才放心，"蓝色巨人"[1]完全不受这个联想所困扰，还非常引以为傲。所以我也不再继续澄清这一传闻了，并于1997年3月12日，把我的祝贺寄给了厄班纳市伊利诺大学所有参与哈尔"庆生会"的人。

　　我要向Del Rey Books出版公司的编辑夏皮罗（Shelly Shapiro）致

1　Big Blue，IBM的商标为深蓝色。——编者注

谢。当我和文字交手之际，夏皮罗那长达十页的意见让这部作品增色不少。（是的，我自己曾是编辑，而现在已经不必忍受这种作者经常加给编辑的罪名——这个行业的人都是失意的刽子手。）

最后，诚挚地感谢我的老朋友，加勒菲斯酒店（Galle Face Hotel）的老板贾丁纳（Cyril Gardiner）。在我写这本书时，他热情地为我提供一间豪华宽敞的个人套房。在这段混乱的时光里，这是我的"宁静基地"。补充一下，虽然加勒菲斯酒店没有广大的、富有想象空间的景色，但是它的便利性远比盖尼米得优越。我这辈子再也没有待过比这里更为舒适的工作环境了。

就此而言，或许更令人鼓舞的是入口处所悬挂的牌子上罗列了百位光临加勒菲斯酒店的卓越人物。这些人中包括苏联航天员加加林（Yuri Gagarin），执行了第二次登月任务的阿波罗12号乘组，还有许多优秀的舞台及电影明星：格里高利·派克（Gregory Peck）、亚历克·基尼斯（Alec Guinness）、考沃德（Noel Coward）、演出《星际大战》的凯丽·费雪（Carrie Fisher）……还有费雯·丽（Vivien Leigh）和劳伦斯·奥利弗（Laurence Olivier），两人都曾在《2061》中短暂出现过。我很荣幸看到我的名字列在他们之间。

在一家颇负盛名的饭店开始一项计划看起来再适合不过了：纽约的切尔西酒店——天才和假天才的温床——而且这项计划应该在另一间在大半个地球之远的饭店结束。不过窗外听见的，不是记忆中西二十三街那遥远和温柔的街人车声，而是近在咫尺、风雨大作的印度洋咆哮，感觉很奇妙。

就当我在写这篇致谢辞时，我很遗憾得知贾丁纳在几个小时前去世了。

知道他已经看过以上的献词，而且觉得很高兴，这让我多少感到一点安慰。

阿瑟·克拉克

1997年

告　别

　　"永不解释，永不道歉"或许是给政客、好莱坞名流与企业大亨的最好忠告，不过一个作者应该更体谅他的读者一些。所以，虽然我并不打算为任何事情道歉，但"太空漫游四部曲"身世复杂，或许需要稍加解释一番。

　　这一切都始于1948年的圣诞节——没错，1948年！——我写了一篇四千字的短篇小说，参加英国国家广播公司（BBC）举办的竞赛。《岗哨》描述的是月球上发现了一座小型金字塔，那是某个外星文明置放的，用意是等待地球上生活着的物种——人类的兴起。在那时，这暗示的是我们实在太原始，引不起人家任何兴趣[1]。

1　在太阳系中搜寻外星产品，应该是绝对合理的科学分支（"地球外考古学"？）。可惜，由于有人宣称早已发现这类证据，使得这门科学备受质疑——而且还遭到NASA的刻意打压！竟然有人相信这些鬼话，那才真是不可思议：要说航空航天局刻意假造ET制造的物品，好解决他们的预算问题，那还比较有可能！（交给你了，NASA大老板……）——作者注

BBC拒绝了我卑微的努力，直到几乎三年后，这个故事才收录进唯一一期《十篇故事奇集》（*10 Story Fantasy*）杂志，于1951年春首度付梓。就像无价之宝《科学小说百科全书》（*Encyclopedia of Science Fiction*）中的挖苦批评一样，这本杂志"让人记得的唯一原因，是算术很烂。因为里面一共有三十篇故事"。

　　《岗哨》处在这种过度状态中超过十年光阴，直到库布里克在1964年春天跟我联系，问我有没有什么好点子可以用来拍那部"众所周知的"（也就是说，还不存在的）"优质科幻小说电影"。我们许多回合的脑力激荡，全都记录于《2001：失落的世界》一书。我们决定，把月球上的耐心守候者当作故事的好开头。结果它的成就不止如此，因为在制作过程中，这个金字塔演化成了现在众所周知的黑色巨石板——第谷石板。

　　要想全盘了解"太空漫游四部曲"，就一定要记住，库布里克和我开始计划当初名为《太阳系征服史》（*How the Solar System Was Won*）的故事时，太空时代不过七岁大，而离开地球旅行得最远的人，也不过只离开地球一百多公里。肯尼迪总统虽然宣布美国打算"在这十年里"（1970年底以前）登上月球，但对大部分人来说，那一定还是像个遥远的梦想。1965年，冷死人的12月29日那天，电影在南伦敦[1]开拍。当时，我们连靠近地球这一面的月球表面看起

1　位于谢珀顿（Shepperton）。在威尔斯（H.G.Wells）的经典作品《世界大战》（*War of the Worlds*）中，火星人曾在颇具戏剧张力的一幕中摧毁了谢珀顿。——作者注

来是什么样子都不知道。还有人担心，第一个出现的航天员陷入一层如滑石粉般的月尘时，脱口而出的第一句话会是："救命啊！"大体而言，我们猜得还挺准的：不过我们的月球景观比真实月球更崎岖不平——因为月球表面经过亿亿万万年来的流星尘吹袭，早就被抚平了。也就只有这一点，透露出《2001》其实是在"前阿波罗时代"制作的。

我们想象在2001年就会有那些巨大的太空站、绕轨的希尔顿饭店，还有到木星去的探索任务，这在今天看起来似乎很荒唐。但现在或许很难理解，因为在20世纪60年代，就曾认真计划建立永久的月球基地，并且登陆火星——完成时间是1990年！说实话，当时在CBS的摄影棚中，就在阿波罗11号发射之后，我听到美国副总统阿格纽（Spiro Agnew）兴奋地宣布："现在我们一定要去火星了！"

结果，他没进监狱算他运气好。那件丑闻加上越南的事情与水门事件，不过是那些过度乐观的理想未曾实现的理由之一。

当《2001：太空漫游》的电影与小说在1968年问世时，我还没想到续集的可能。但到了1979年，真的有了木星任务，我们也头一次能细看这颗巨大行星与其无比惊人的卫星家族。

旅行者号太空探测器[1]，当然并未载人，但它传回来的照片，使得当时即使是在最强力的望远镜中也不过是个光点的世界，呈现

1　这艘宇宙飞船也运用了《2001》书中发现号飞近木星时利用的所谓"弹弓"，也就是"重力辅助"操作。——作者注

出了真实——也出人意表的面貌。艾奥上不断喷发的硫黄火山、卡利斯托被撞击得坑坑洞洞的表面、盖尼米得如等高线般的诡异地表景观——简直就像发现了一个全新的太阳系一样。前去探索的诱惑简直无法抵挡，因此，《2010：太空漫游》也同样给了我机会，去看看当戴维·鲍曼在那谜一般的旅馆房间中醒来后发生了什么事。

1981年，当我开始写这本新书的时候，"冷战"还在进行，而我觉得描述一场美苏联合任务，会让自己身陷险境——当然也冒着被批评的危险。借由将这本小说献给诺贝尔奖得主萨哈罗夫（Andrei Sakharov），当时还在流放中的苏联航天员列昂诺夫（Alexei Leonov），我也强调了自己对于未来合作的期许。当我在"星村"告诉列昂诺夫那艘船要以他命名时，他热情洋溢地说："那保证是艘好船！"

当彼得·海姆斯（Peter Hymas）于1983年拍出了绝佳的电影版时，我还是觉得非常不可思议，因为他竟然能用旅行者号拍到的真正木星卫星近摄影像（其中某些经过原始出处"喷射推进实验室"的计算机处理）。然而，当时我们还期待雄心万丈的伽利略任务能传回更佳的影像，因为它将在为期数月的任务中详细探查所有的主要卫星。对这片新疆界的认识，过去仅来自于短暂的浮光掠影，但这次将能大大拓展我们原先的视野——而我也再没有借口不写《2061：太空漫游》了。

唉——前往木星的途中，却发生了悲剧。原本打算于1986年自航天飞机上发射伽利略号——但挑战者号的灾难排除了那项选择，同时我们很快就清楚看出，想要得到关于艾奥、欧罗巴、盖尼米得与卡利斯托的新信息，至少还要再等十年。

我决定不再等了，而哈雷彗星返回内太阳系（1985年），更提供了一个令人无法抗拒的主题。2061年，彗星将再度出现，那也将是《2061：太空漫游》出现的大好时机，不过我并不确定自己几时才写得出来。我向出版社请求支付一笔颇卑微的预付款。这里面有太多感伤，所以容我引用《2061：太空漫游》中的献词：

纪念非凡的总编辑朱迪-林恩·戴尔·雷伊，

她以一块钱买下本书版权

——但搞不清楚花这个钱值不值得

这一系列四本科幻小说，写成于科技（尤其是在太空探索方面）与政治发展最令人屏息的三十年间，显然很难毫无矛盾。但就像我为《2061：太空漫游》所写的引言："正如《2010：太空漫游》不是《2001：太空漫游》的续篇，本书也不是《2010：太空漫游》的续篇。这几本书应该说是同一主题的变奏曲，里面有许多相同的人物和情节，但不一定发生在同一个宇宙里。"如果你想看看不同媒体的优秀模拟作品，就听听安德鲁·韦伯与拉赫玛尼诺夫对同样一小段帕格尼尼音符的诠释吧。

所以这部《3001：太空漫游》抛去了前辈的许多元素，但发展出了其他的——我希望也是更重要的——而细节也更棒的元素。早期几部书的读者，若对这样的改头换面觉得困惑难解，我希望能劝说他们不要寄愤怒的抨击书评给我，就让我借用某位美国总统颇亲切的评语吧："别傻了，这是小说嘛！"

而这也全都是我自己的创作，如果你还没发现的话。不过我更享受与金特里·李（Gentry Lee）、麦可·库布-麦道威（Michael Kube-McDowell），还有已故的麦克·麦奎（Mike McQuay）的合作——如果将来我还有什么大得自己无法掌握的计划，一定会毫不犹豫地去找这一行最棒的枪手——但这一本《3001太空漫游》必须是一项独力完成的工作。

所以每一个字都是我自己的心血：呃，几乎每个字。我必须承认自己是在科伦坡的电话号码簿上找到"席瑞格纳纳山潘达摩尔西教授"（见本书第35章）这个名字；希望这个名字目前的主人不反对我借用。另外我也从《牛津英语辞典》中借了几个字词。而你们可知道——让我又惊又喜的是，我发现他们从我的书里引用了超过六十六处，用以解释某些字词的意义与用法！

亲爱的《牛津英语辞典》，如果你在这几页里发现了什么可用的例证，再一次地——别客气，尽管用。

很抱歉，我在这篇文章中小小地吹嘘了一番（大概有十项吧！），但它们引人注目的原因似乎太重要了，因而无法忽略。

最后，对于许多我的佛教、基督教、印度教、犹太教还有穆斯林朋友们，我要跟你们保证，不论"机会"赐予你们的宗教为何，宗教对你们心灵的平静（还有一如目前西方医药科学心不甘情不愿承认的身体的平静）所做出的贡献，我是真心诚意地觉得高兴。

神志不清但快乐，或许要比神志清楚但不快乐要好，但最好的还是神志清楚又快乐吧。

我们的后代子孙是否能达到这项目标，将是未来最大的挑战。事实上，这说不定还会决定我们是否有未来。

阿瑟·克拉克

斯里兰卡，科伦坡

1996年9月19日

读客®
科幻文库

跟着读客读科幻，经典科幻全看遍。

太空歌剧、赛博朋克、奇幻史诗……
中国、美国、英国、俄罗斯、波兰、加拿大、日本、牙买加……
读客汇聚雨果奖、星云奖、轨迹奖获奖作品，
精挑细选顶尖的科幻奇幻经典，
陪伴读者一起探索人类文明的过去、现在和未来，
亿亿万万年，直至宇宙尽头。

图书在版编目（CIP）数据

"太空漫游"四部曲 / (英) 阿瑟·克拉克
(Arthur C. Clarke) 著；郝明义等译. — 上海：上海
文艺出版社，2019.4
　　（读客外国小说文库）
　　ISBN 978-7-5321-7081-4

　　Ⅰ.①太… Ⅱ.①阿… ②郝… Ⅲ.①科学幻想小说
– 小说集 – 英国 – 现代 Ⅳ.①I561.45

中国版本图书馆CIP数据核字（2019）第039542号

　　　　责任编辑：毛静彦
　　　　特约编辑：姚红成　　徐陈健　　孟　南
　　　　封面设计：陈艳丽

"太空漫游"四部曲

〔英〕阿瑟·克拉克　著

郝明义　　张启阳　　钟慧元　　叶李华　译

上海文艺出版社出版、发行

地址：上海市闵行区号景路159弄A座2楼

电子信箱：cslcm@publicl.sta.net.cn

新华书店经销　河北中科印刷科技发展有限公司印刷

开本 880毫米×1230毫米　1/32　41.75印张　字数 763千字

2019年4月第1版　2025年8月第16次印刷

ISBN 978-7-5321-7081-4/I.5663

定价：299.00元

如有印刷、装订质量问题，
请致电010-87681002（免费更换，邮寄到付）

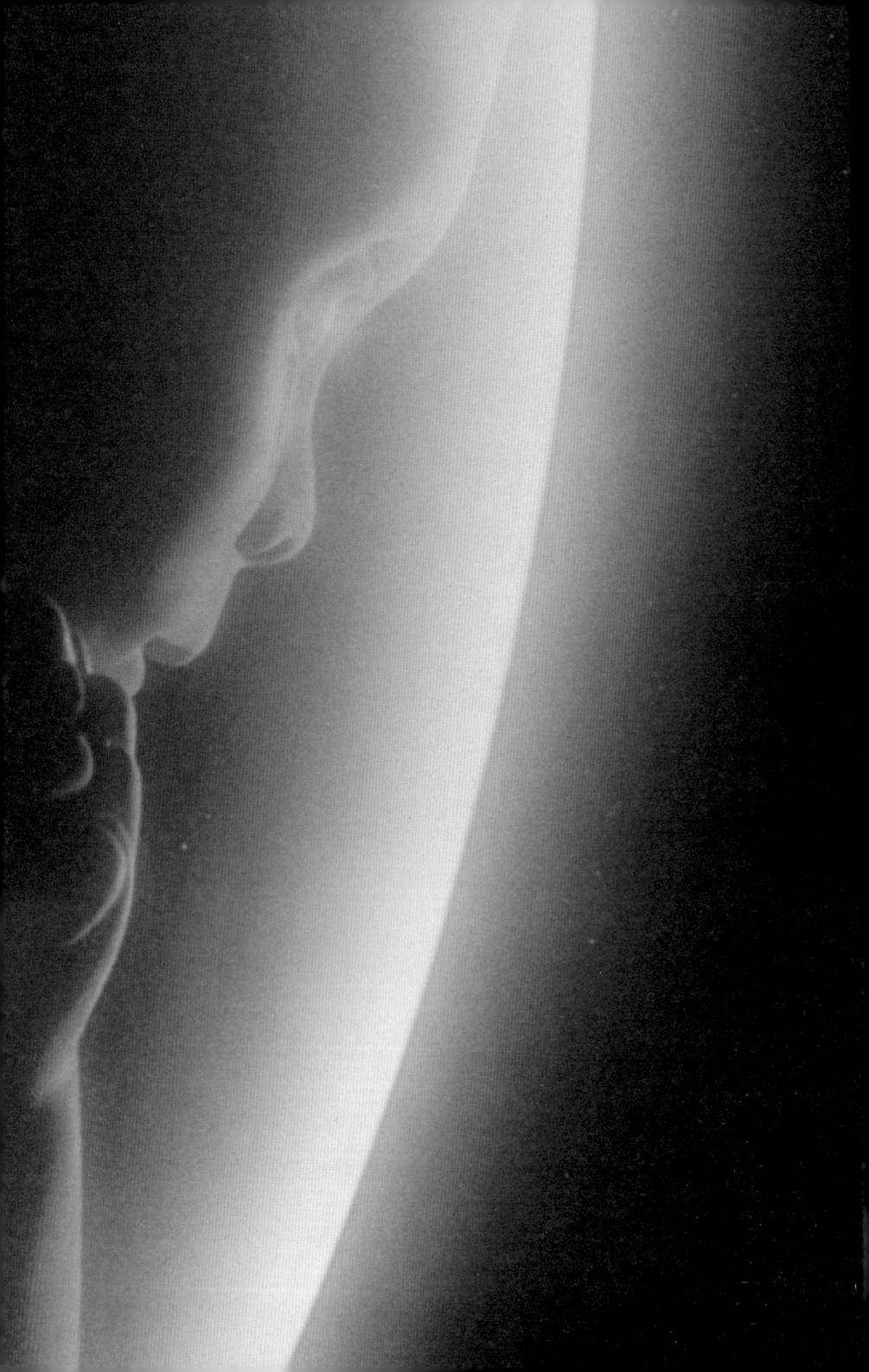